ERIK VALEUR
DER MANN IM LEUCHTTURM

Der Autor

Erik Valeur, Jahrgang 1955, ist Mitbegründer der dänischen Månedsbladet Press, arbeitete viele Jahre in Presse und Rundfunk und erhielt für seine journalistische Arbeit zahlreiche Auszeichnungen, u.a. je zwei Mal den Cavling- und den Kryger-Preis. 2011 debütierte er mit »Das siebte Kind« als Romanautor und erhielt dafür im selben Jahr den renommierten und hochdotierten Debutantpris, den Literaturpreis der Zeitschrift Weekendavisen, 2012 den DR Romanprisen, den Harald-Mogensen-Preis und zuvorderst die Auszeichnung für den besten Spannungsroman der Skandinavischen Krimiakademie, den zuvor schon Bestsellerautoren wie beispielsweise Peter Høeg, Håkan Nesser, Stieg Larsson und Jussi Adler-Olsen erhalten hatten.

Besuchen Sie uns auch auf www.facebook.com/blanvalet und
www.twitter.com/BlanvaletVerlag

Erik Valeur

Der Mann im Leuchtturm

Kriminalroman

Aus dem Dänischen von
Maike Dörries und Günther Frauenlob

blanvalet

Die Originalausgabe erschien unter dem Titel
»Logbog fra et livsforlis« bei JP/Politiken Forlaghus A/S, Kopenhagen.

Sollte diese Publikation Links auf Webseiten Dritter enthalten,
so übernehmen wir für deren Inhalte keine Haftung,
da wir uns diese nicht zu eigen machen, sondern lediglich auf
deren Stand zum Zeitpunkt der Erstveröffentlichung verweisen.

Verlagsgruppe Random House FSC® N001967

1. Auflage
Taschenbuchausgabe 2020 bei Blanvalet,
einem Unternehmen der Verlagsgruppe Random House GmbH,
Neumarkter Straße 28, 81673 München
Copyright © der Originalausgabe 2015
by JP/Politikens Hus A/S København
Copyright © der deutschsprachigen Ausgabe 2018 by Limes Verlag,
in der Verlagsgruppe Random House GmbH,
Neumarkter Straße 28, 81673 München
Redaktion: Susann Rehlein
Umschlaggestaltung: www.buerosued.de
Umschlagmotive: marion faria photography/Moment/Getty Images;
www.buerosued.de
JB · Herstellung: wag
Satz: Uhl+Massopust, Aalen
Druck und Einband: GGP Media GmbH, Pößneck
Printed in Germany
ISBN: 978-3-7341-0843-3

www.blanvalet.de

VORWORT DES AUTORS

DER WARNTRAUM

Die Warnung kam per Traum zu ihm, als er gerade wie ein Kind im Schlaf lächelte.

Die Frau. Das Meer. Die Hände, die sich ihm entgegenstreckten, als wollte die Frau ihn an sich ziehen.

Viggo Larssen erwachte mit einem leisen Schrei, aber niemand hörte ihn, er schlief allein. Bereits zum damaligen Zeitpunkt erfasste Viggo seine Bedeutung, weshalb er, als er schließlich erwachsen war, den Traum von der Frau als Warnung bezeichnete.

Er weihte niemanden ein; nicht seine Mutter, nicht seine Großmutter und schon gar nicht seinen Großvater, der im ganzen Reihenhausviertel für sein mürrisches Wesen berüchtigt war und an einer anhaltenden, alles verfinsternden Migräne litt.

Sie alle waren erwachsen, würden es nicht verstehen und hielten ihn ohnehin für etwas *sonderbar*, wie sie es nannten. Wie alle anderen fürchteten sie das Unbekannte, das Andere, die Visionen, die niemand erklären konnte. Für sie war das etwas, das bloß nicht zu nahe kommen sollte.

Darum verbannte Viggo Larssen seinen Traum an einen Ort, an dem niemand ihn finden würde und zu dem nur er selbst Zugang hatte. Der Traum suchte ihn in regelmäßigen Abständen heim. Die Hände. Das Meer. Die Frau, die seiner Mutter ähnelte. Ein dunkler Schatten peitschte das Wasser um ihre Füße zu weißem Schaum auf. Aber der Schatten drang nie durch die Wasseroberfläche ans Licht, ehe Viggo aus seinem Traum erwachte.

Schon in jungen Jahren begriff er, dass seine nächtlichen Visionen intensiveres Nachdenken erforderten als alles andere, was er in seinem bislang kurzen Leben erlebt hatte. Auch ließ es sich mit nichts vergleichen, was Viggo jemals gehört hatte. Er dachte über den Tod nach, aber Tod war ein gefährliches Wort, das er niemals in wachem Zustand in den Mund nahm. Er schloss all seine Furcht in einem finsteren Schacht tief in seinem Innern ein, wie es Kinder häufig tun.

Als er schließlich als Fünfzehnjähriger seinen Traum im Bericht eines anderen Menschen wiedererkannte, geschah das nicht als Folge jahrelangen Forschens oder eines bis dahin ungeahnten Scharfblicks, sondern schlicht und ergreifend aus einer Laune des Schicksals – purem Zufall. Aus der simplen Tatsache heraus, dass in Zeit und Raum voneinander getrennte Ereignisse sich auf ungeahnte Weise zusammenfügen und ein Muster bilden, das kein Auge sehen und kein Gedanke erklären kann, von dessen Existenz aber Viggo Larssen sehr wohl wusste.

Er zweifelte keine Sekunde an dem Muster – aber das Wissen darüber verbarg er in seinem Innern, genau wie seinen Traum.

Als die dramatischen Ereignisse im Pflegeheim Solbygaard in Gentofte der stummen Apathie ein Ende bereiteten, war er längst erwachsen.

1. August 2015

Schaut euch den Himmel an. Fragt euch: Hat das Schaf
die Blume gefressen oder nicht? Und ihr werdet sehen,
wie sich alles verändert...

... und kein Erwachsener wird jemals verstehen,
welche große Bedeutung das hat.

Antoine de Saint-Exupéry, Der kleine Prinz

PROLOG

DIE VERSCHWUNDENE WITWE

KANZLEI DES MINISTERPRÄSIDENTEN

Donnerstag, 1. Januar 2015, später Nachmittag

Der Ministerpräsident schüttelte sein beeindruckend massives und grotesk schweres Haupt. Er hatte seine riesige Pranken an die Schläfen gelegt. Ein Zeitungsjournalist hatte mithilfe eines Kraniologen das Gewicht ebenjenes Hauptes mit sechs Kilo veranschlagt – mehr als eine durchschnittliche Bowlingkugel –, und man hörte regelrecht die Gedanken hinter der Granitstirn rumoren, die keinen Weg nach draußen fanden.

In lange zurückliegenden Zeiten hatte die Mutter des Ministerpräsidenten ihrem Sohn stapelweise Comicserien über den Trapper Davy Crockett vermacht, und heute ähnelte der hochgewachsene Mann absurderweise einem verletzten Bären, der aus dem Dickicht bricht, sich auf seine mächtigen Hinterläufe aufrichtet und ein markerschütterndes Brüllen von sich gibt. Im Heft ist das natürlich nicht zu hören, sondern in einer überdimensionalen Sprechblase dargestellt, die an den Himmel steigt. Rasender, stummer Schmerz, gefolgt von einer Batterie von Ausrufezeichen, die dem sterbenden Riesen einen fast menschlichen Anstrich geben...

Über die fleischigen Lippen, die die verbissene Wut des Regierungschefs zum Ausdruck brachten, kam kein Laut, noch nicht einmal eine Sprechblase. Stattdessen erhob er sich von seinem Platz und marschierte in einem großen, ziellosen Kreis um den Schreibtisch herum, ehe er sich wieder auf seinen Stuhl setzte.

Sitzfläche und Rückenlehne waren mit kongolesischem Büffelleder bezogen. Der Stuhl war das Gastgeschenk einer afrikanischen Delegation, die allerdings nicht mit dem beeindruckenden Kampfgewicht des Staatsmannes gerechnet hatte. Das verhältnismäßig zierliche Möbelstück knackte und ächzte bedrohlich unter dem geballten Gewicht des enormen Körpers.

Der Schädel des ihm gegenübersitzenden Mannes hatte dieselbe Form (wiewohl einen kleineren Durchmesser), und es war offensichtlich, dass die beiden Männer in einem engen verwandtschaftlichen Verhältnis zueinander standen – sie waren mit kurzem Abstand geboren und kamen ganz nach der Mutter oder dem Vater, je nachdem, wer die durchschlagenden Gene in sich getragen hatte. Die Augenbrauen grau und buschig, eine hohe Stirn über der breiten Nase, die Glatze umringt von einem halbmondförmigen Kranz verbliebener Haare.

Der Jüngere der beiden beugte sich vor, ohne etwas zu sagen.

Die Positionierung der beiden Brüder als Ministerpräsident und Justizminister in der dunkelblauen Regierung, die 2011 die blau-rote Koalition abgelöst hatte, erinnerte an ihre berühmten amerikanischen Vorgänger, die zwei ermordeten Brüder des Kennedy-Clans. Die Medien hatten sich entsprechend begeistert auf diesen grandios inszenierten dänischen Mythos gestürzt und die zwei Spitzenpolitiker und ihre ehrgeizigen Nachkommen *Die Blegman-Dynastie* getauft.

Diese erste echte Politikerdynastie hatte – ähnlich dem Kennedy-Clan in den Dreißigern – eine imposante Witwe als Oberhaupt, die die Familie weiter regierte, nachdem ihr Gatte, ein Tyrann von Gnaden, in relativ jungen Jahren gestorben war.

Inzwischen war die Witwe Blegman fast neunzig und genoss noch immer Königinnenstatus, wenngleich die Brüder sich vor Kurzem gezwungen gesehen hatten, ihr Domizil in das Pflegeheim Solbygaard in der wohlhabenden Gemeinde Gentofte zu verlegen, nachdem die Witwe sich eine ebenso ernste wie hartnäckige Lungenentzündung zugezogen hatte. Die letzten Monate im Pflegeheim mit der hübschen Aussicht auf die hohen Bäume in dem parkähnlichen Garten hatten ihr offensichtlich gutgetan.

Und doch ging es an diesem Abend um sie. Nur um sie.

»Wo ist sie?!«, fragte Palle Blegman, der seit seiner frühen Jugend von Freunden (und später auch Feinden) den Spitznamen *der Bär* bekommen hatte. Nicht allein wegen seines zweiten Namens Bjørn, auch wegen seiner außergewöhnlich sonoren, brummenden Stimme, die seiner knappen Frage etwas plüschig Naives verlieh.

Der jüngere der zwei mächtigsten Männer des Landes, Poul Blegman, antwortete in hellerem Tonfall: »Ich weiß es nicht.«

Keine der beiden Äußerungen war für die Ohren der Öffentlichkeit bestimmt, die außerhalb des hohen, prachtvollen Raumes lauerte, der im Volksmund wenig respektvoll Bärenhöhle genannt wurde.

Die zwei kurzen Aussagen zeugten von einer Ratlosigkeit, die die Blegman-Brüder sich nach außen niemals anmerken lassen würden, weder am Rednerpult noch bei Wahlveranstaltungen. »Er muss doch *verdammt noch mal* eine Theorie haben...«, sagte der Bär.

»Dieser *verfluchte* Pedant macht eine verflixte Tugend daraus, so unerträglich langsam zu arbeiten«, antwortete sein einziger Bruder.

Seine verächtliche Äußerung richtete sich gegen den erfolgreichsten Ermittler der Hauptstadt, den die ganze Nation nur unter seinem Spitznamen *Mord-Chef* kannte. Ihm war die Leitung der Fahndung übertragen worden, die mit jeder Minute größere Kreise zog und bald weit über das Pflegeheim in Gentofte und die angrenzenden Wohnviertel der Wohlhabenden hinausreichte. Im Fokus der Fahndung stand eine einzige Person: ihre Mutter.

Die Fähigkeiten des Ermittlers standen außer Frage. Die Brüder hatten sich unmittelbar an ihn gewandt, aber nach ein paar Stunden ergebnisloser Suche war ihre Geduld nun erschöpft.

»Er *scheißt auf uns*...«

»Ich rufe ihn an.«

»Nein. Das mach ich selbst.« Der Ministerpräsident griff nach dem Telefonhörer.

POLIZEIPRÄSIDIUM

Donnerstag, 1. Januar, kurz vor Mitternacht

Der Chef der Mordkommission war ein eher unauffälliger Mann, der nicht viel Wesens um sich machte. Er war nicht besonders groß, weder zu dick noch zu dünn, weder zu dunkel noch zu blond, und wäre da nicht dieser klare Nimbus von Autorität gewesen (der von seiner Umwelt oft als

Feindseligkeit interpretiert wurde), hätte er ein archetypisches Beispiel der erzdänischen Mischrasse sein können, die jeden Tag anonym auf der Straße an einem vorbeispaziert.

In dem monströsen Polizeipräsidium im Herzen der Hauptstadt einen ruhigen und ausgeglichenen Menschen wie ihn zu haben – noch dazu als Speerspitze im Kampf gegen das Böse – konnte durchaus paradox wirken. Aber er war bekanntermaßen der Beste in seinem Job.

Der Mord-Chef schüttelte zum mindestens zehnten Mal an diesem Abend den Kopf und wandte sich an seinen Vize, der in den langen Korridoren des Morddezernats nur *Nummer Zwei* hieß. Außerhalb des Polizeipräsidiums kannte ihn niemand.

»Das ist doch absurd. Wer entführt denn eine Neunzigjährige aus einem Pflegeheim und aus welchem Grund?«

Nummer Zwei antwortete erwartungsgemäß wie aus der Pistole geschossen: »Geld.« Er war ein effektiver Ermittler und der einzige Vertraute seines obersten Chefs. Sie hatten zeitgleich die Polizeischule besucht und waren als junge Beamte gemeinsam nachts auf Streife gegangen.

»Lösegeld?«, fragte der Mord-Chef. »Möglich. An einen Terroranschlag glaube ich auch nicht ... Dann hätten sie sie längst geköpft und ihren Kopf auf dem Rathausplatz ausgestellt oder das ganze Pflegeheim in die Luft gesprengt.«

Der Vize schloss die Augen. Vielleicht stellte er sich in diesem Moment die rauchenden Ruinen des in die Luft gesprengten Pflegeheims vor. Ihm eilte der Ruf voraus, hinter der verschlossenen Fassade sehr viel empathischer als sein Vorgesetzter zu sein. Ihr gemeinsames Büro im Präsidium war nicht sonderlich groß und sparsam möbliert, zwei Sessel, ein Palisanderschreibtisch und zwei Bürostühle in hellem Walnussholz mit breiten, bequemen Armlehnen.

»Der Clan ... die *Dynastie* ... ist wohlhabend, aber es gibt weitaus reichere Familien. Sie haben Macht, große Macht, aber...« Der Zweifel des Mord-Chefs wurde von neuerlichem Kopfschütteln begleitet. »Aber das passt nicht zusammen. Es ist allgemein bekannt, dass die Witwe alt und angeschlagen ist. Sollte ihr wirklich jemand den Tod wünschen, müsste er sich nur noch ein paar Monate gedulden. Diese Theorie hakt doch vorn und hinten.«

Das war die dritte Variante derselben Feststellung, und das in weniger als einer halben Minute. Nummer Zwei witterte bereits den Hass seines Chefs auf den unbekannten Widersacher – einen Hass, der ihn wie ein Motor antrieb und durch den er berühmt geworden war. Einer seiner Vorgänger hatte einmal pathetisch bemerkt: »Man jagt ein Monster und fängt einen Menschen.« Die Version des aktuellen Mord-Chefs klang jedoch anders. Bei ihm blieben Monster Monster, auch wenn ein sentimentaler Richter oder ein übertrieben barmherziger Gott auf die dämliche Idee kommen sollte, Gnade vor Recht ergehen zu lassen. Derartiger Unsinn mochte seinetwegen in den Gerichtssälen in der Bredgade verzapft werden – oder vorm Jüngsten Gericht – beides war weit genug entfernt vom Polizeipräsidium in Kopenhagen.

Die ersten Polizisten am sogenannten Tatort – dem Pflegeheim Solbygaard – hatten die kleine Zweizimmerwohnung der Witwe in nahezu sterilem Zustand vorgefunden. Auf dem Fensterbrett stand ein Vogelbauer mit einem gelben, verschreckten Kanarienvogel. Auf dem Couchtisch lagen ein Stapel Neujahrszeitungen und ein einzelnes Wochenblatt. Alles wirkte friedlich und idyllisch.

Es gab keine Spuren eines Kampfes, niemand hatte sie das Zimmer verlassen oder jemanden das Zimmer betreten sehen. Was nicht weiter verwunderlich war, da das Personal viel Zeit in dem geräumigen Büro über dem Speisesaal verbrachte, bevorzugt hinter verschlossener Tür, um in Ruhe zu arbeiten. Zwischen den Kaffeebechern lagen Papierstapel, Arbeitspläne, Formulare, Tabellen und Auswertungsbogen, die bearbeitet werden wollten. Evaluierung und Kontrolle waren wie im übrigen Sektor alternder Mitbürger die wichtigste und zeitraubendste Aufgabe.

Lediglich mit einer halben Stunde Verzögerung erschienen die beiden Polizeichefs am Tatort. Immerhin war die Vermisste die Mutter des Ministerpräsidenten, der Taten verlangte.

Als Erstes wurde die kleine Wohnung der Witwe versiegelt, danach die Abteilung und schließlich das gesamte Haus. Dann wurde das weitläufige Parkgelände südöstlich des Bernstorffsvejs abgesperrt. Zu diesem Zeitpunkt war seit dem Alarm der Blegman-Brüder eine knappe Stunde vergangen. Ihre Mutter hatte sie für 18 Uhr eingeladen, aber da war sie bereits verschwunden gewesen. Auch beim Abendessen kurz davor war sie nicht mehr gesehen worden.

Die Tür ihrer Wohnung sei nur angelehnt gewesen, behaupteten die beiden Brüder, ein Detail, das man berücksichtigen musste. Es war nicht die Art der First Lady der Dynastie, irgendetwas offenstehen zu lassen, schon gar nicht die Tür ihrer Wohnung.

Kurz nach ihrem Eintreffen hatten die Kriminaltechniker ein gelbes, etwa handtellergroßes Stück Plastik gefunden.

Es lag auffällig auf dem Fensterbrett zwischen zwei eleganten Porzellanfiguren von Hans Christian Andersen und Søren Kierkegaard und Fotografien der drei Söhne der Witwe, von denen der jüngste bereits als Kind gestorben war. Sie hatten den ungewöhnlichen Fund, den die alte Dame niemals als dekorativen Blickfang aufgestellt hätte, in einen sterilen Beutel gepackt.

Zehn Minuten später hatten sie unter dem Kopfkissen

der Witwe ein weiteres Stück Plastik identischen Typs gefunden, was sie ernsthaft beunruhigte. War es nur ein Hinweis auf die zunehmende Senilität der alten Dame, die möglicherweise auch ihr Verschwinden erklärte, oder hatte jemand anders die gelben Kunststoffteile in der Wohnung platziert? Und wenn ja, warum?

Die dritte eventuelle Spur war die mystischste, aber Nummer Zwei hatte eine Vermutung. Eine Frage an die verängstigte Leiterin des Pflegeheims reichte, um die bange Ahnung zu bestätigen. Etwas in der verlassenen Wohnung – oder am Tatort, auch wenn diese Bezeichnung noch nicht offiziell verwendet wurde – war nicht stimmig.

Der Mord-Chef beschloss, den Fund seines Vize unter Verschluss zu halten.

Die Techniker entnahmen den dritten und letzten Fund behutsam der von Nummer Zwei geöffneten Schublade des Sekretärs der Witwe.

Es handelte sich um eine große Ledermappe, mattbraun verblichen, an den Rändern eingekerbt und offensichtlich sehr alt, wohingegen der Text auf der kleinen auf den Klappdeckel getackerten, mit schwarzer Tinte beschriebenen Pappe eindeutig neueren Datums war. Nummer Zwei hatte die zwei Worte, die den Inhalt bezeichneten, fast eine Minute lang reglos betrachtet.

Testament, unterschrieben.

Das zweite Wort hatte seine bangen Vorahnungen genährt. Sie klangen so endgültig, so unumstößlich, als wäre die Handlung an sich, das Unterschreiben, von entscheidender Bedeutung gewesen.

Aber erst als er die braune Ledermappe vorsichtig aufklappte, wurde er wirklich unruhig, denn sie war leer.

Das Testament, wenn es denn jemals darin gelegen hatte, war fort.

Die beiden Kommissare fuhren zurück ins Präsidium, um Bilanz zu ziehen und eine erste These über den Ablauf der Geschehnisse zusammenzubasteln.

War das Verschwinden der Witwe eine unglückliche Folge mangelnder Aufsicht und Betreuung in einem weiteren von Sparmaßnahmen betroffenen Pflegeheim oder schlicht und ergreifend der spontane Einfall einer verwirrten, leicht senilen älteren Dame?

Wenig wahrscheinlich. Alle Außentüren des Heims waren ordnungsgemäß verschlossen, eine Vorsichtsmaßnahme, da die meisten Bewohner verwirrt und dement waren. Was für die Witwe nicht galt. Sie war geistig völlig klar.

Sie hatte dem Personal sogar mitgeteilt, dass sie am frühen Abend ihre beiden Söhne erwartete.

Den Mord-Chef überzeugte keines der alternativen Szenarien. Er konnte sich allenfalls eine Entführung mit Aussicht auf eine Lösegeldsumme vorstellen, einen simplen Racheakt gegen die verhasste Dynastie – oder etwas ganz und gar anderes.

Aus dem Büro des Polizeipräsidenten ein paar Etagen höher hagelte es Fragen, die sie noch nicht beantworten konnten. Bislang hatten sie nur eine kurze, lakonische Pressemitteilung verschickt. Sekunden später, so jedenfalls kam es ihnen vor, war die Telefonzentrale des Präsidiums zusammengebrochen, woraufhin die Medien ihre Rund-um-die-Uhr-Belagerung von Solbygaard und dem Polizeipräsidium gestartet hatten.

Die Grand Old Lady der Dynastie verschwunden – möglicherweise gekidnappt, schrie es einem von den großen Nachrichtenseiten entgegen, gefolgt von der unvermeidlichen Flut von Gerüchten und Verschwörungstheorien auf Facebook und Twitter, die die gesamte Nation in einen Sensationsrausch zwischen Faszination und Schrecken versetzten, der erst verfliegen würde, wenn die Witwe gefunden war – tot oder lebendig.

»Bisher hat sich noch niemand mit ...«

»... einer Lösegeldforderung oder was auch immer gemeldet«, übernahm der Mord-Chef die logische Fortsetzung der Antwort seines Vize auf die relevanteste Frage des Polizeipräsidenten und ließ sie erst einmal im Raum stehen.

In dem Augenblick klingelte rechts neben ihm das rote Telefon, dessen Nummer nur eine Handvoll Top-Chefs und Politiker kannten. Beide Kommissare zweifelten nicht eine Sekunde daran, von wem dieser Anruf kam.

Natürlich musste der Ministerpräsident sie irgendwann auf seine wenig zurückhaltende, brüllende Art darauf aufmerksam machen, dass dieser Fall höhere Priorität habe als jeder andere Fall in der bisherigen Geschichte des Landes.

Der Mord-Chef fing den Blick seines Vize ein, ehe er sich auf dem Stuhl aufrichtete und den Hörer abnahm. Über Jahrzehnte hinweg hatten sie Schulter an Schulter die unterschiedlichsten Krisen und Kämpfe ausgefochten – sie hatten Vietnamdemonstranten gegenübergestanden, Rockern und revoltierenden Hausbesetzern. Das war eine Zeit gewesen, in der der Feind seine Stellung mit vorausgehenden Pressemitteilungen und Bergen an Wurfgeschossen verteidigte. So einfach war es heute nicht mehr.

Beide dachten an die Gegenstände, die sie in den verlassenen Räumen der Witwe gefunden und die sie bis auf Weiteres vor der Öffentlichkeit geheim gehalten hatten. Und die sie auch vor dem Furcht einflößenden Mann am Telefon geheim halten würden, der in der nächsten Sekunde seinem geballten Frust Ausdruck verleihen und sofortige Lösungen verlangen würde.

Sie mussten alles tun, um die Kontrolle über den Fall zu

behalten, von dem sie bereits jetzt ahnten, dass er der merkwürdigste ihres Polizeilebens werden würde.

DER LEUCHTTURM AUF DER LANDSPITZE

Donnerstag, 1. Januar, Mitternacht

Am Leuchtturm an der Spitze der lang gestreckten Halbinsel, nur ein paar Seemeilen entfernt, stand zur exakt gleichen Zeit ein Mann. Er hatte beide Hände tief in den Taschen vergraben und betrachtete den Mond über dem dunklen Wasser.

Die gelbe Scheibe hing tief und klar über dem Flecken, der wegen der unzähligen Schiffbrüche durch die Jahrhunderte *Höllenschlund* genannt wurde. Die meisten dieser Katastrophen waren unvermeidbar gewesen, das Zusammentreffen unglücklicher Umstände, über die noch heute niemand freiwillig gegenüber Fremden sprach.

Der Leuchtturm hinter ihm wirkte nicht sehr hoch, aber sein Licht hatte – als er noch in Betrieb war – eine Reichweite von vierzig Kilometern gehabt. Dennoch barg das Wasser unter dem Mond schreckliche Geschichten über Schiffe und Besatzungen, die zu nah an der Küste in Winde geraten waren, die sie auf die Untiefe zugetrieben hatten, ehe sie reagieren konnten…

… vom Meer verschluckt und in die Tiefe gezogen.

Der Mann wandte sich von dem Mond über dem Wasser ab und ging in den verwilderten Garten des Leuchtturms, in dem Schlehen, Sanddorn, Rotdorn und Holunder wucherten.

Auf der Leeseite, links neben der Tür, stand eine kleine Steinbank. Dort setzte er sich, die Hände noch immer in den Taschen vergraben, und lehnte sich gegen die weiß gekalkte Mauer.

Auch als die Mondsichel irgendwann kurz vor Mitternacht von den Wolken verhüllt wurde, saß er reglos und mit geschlossenen Augen da. Der Wind, die Kälte und das tiefe Grollen der Wellen schienen für ihn nicht zu existieren.

TEIL I

DER HÖLLENSCHLUND

KAPITEL 1

DER LEUCHTTURM AUF DER LANDSPITZE

Freitag, 2. Januar, Morgen

Als der Fall des rätselhaften Verschwindens der Witwe Blegman in den Medien so richtig hochkochte, wohnte ich bereits drei Monate und drei Tage in direkter Nachbarschaft von Viggo Larssen.

Das ganze Land war erschüttert und von einem kribbelnden Schrecken erfasst, wie es wohl typisch ist für eine Nation mit wachsendem Bedürfnis nach Wohlstand, Ruhe und Unbekümmertheit. Ein Land, das international immer wieder zum glücklichsten der Welt erkoren wurde und das diesen Sachverhalt gerade eben wieder mit dem größten Weihnachtsumsatz aller Zeiten bestätigt hatte. Auf ein Volk wie dieses wirken Katastrophen – ja schon die ersten Anzeichen davon – wie ein kalter Hauch aus der Unterwelt, eine schaurige, wiewohl willkommene Ablenkung im sonst so ruhigen Alltag.

Als ich mein windschiefes rotes Haus im Wald verließ und nach unten in die Senke lief, wo die Bäume weniger dicht standen, sah ich bald die Spitze des weißen Leuchtturms, der ganz vorn auf der Landzunge stand. Ich kann mich gar nicht sattsehen an der beängstigenden Neigung des Turms nach Ostsüdost, als wollten der Wind und die Brandung ihn auf den steinigen Küstenstreifen drücken, auf dem er erbaut wurde.

Die Senke hatte etwas von einem Fußabdruck, den ein Riese in dunkler Vorzeit hinterlassen hatte. Bis auf eine einsame Birke wuchsen dort aus unerfindlichen Gründen keine Bäume. Das beflügelte meine Fantasie; ich stellte mir einen gigantischen Nordweststurm vor, der das Wasser in Kaskaden über das Land geschleudert hatte und mit gewaltigen Wellen gegen die Küste angerollt war. Das Wasser hatte die geheimnisvolle Senke gefüllt und einen Salzsee in Form eines Fußabdruckes entstehen lassen.

Später hatte das Wasser sich wieder ins Meer zurückgezogen, aber der Fußabdruck hatte die Zeit überdauert. Seit meinem ersten Besuch hier nannte ich die Senke deshalb nur die Fußspur des Riesen.

Hier unten hatten sich die Reste urwaldähnlichen Gestrüpps gehalten, das tiefer in dem gerade einmal hundertjährigen Leuchtturmwald jedes Durchkommen unmöglich machte. Wenn der Dunst an einem frühen Vormittag vom Boden aufsteigt und sich wie ein weißgoldener Glorienschein über die Landschaft legt, wissen die Røsser – wie die Bewohner von Røsnæs sich nennen –, dass der Winter zu Ende geht und das Frühjahr nicht mehr aufzuhalten ist. Etwas später, wenn die Winde sich gelegt haben, schiebt sich ein ganz besonderer Lichtschein die Böschungen hoch, den die Ortsansässigen liebten und von dem sie jedem erzählten, der ihnen sein Ohr lieh. Ich glaube, jede Gegend hat so eine Geschichte über das Licht, die die Menschen stolz verinnerlicht haben und immer wieder zum Besten geben. Wenn die Sonne im Sommer dann wirklich die Oberhand gewinnt und die grauen Wolken und den Regen verdrängt, kommen Scharen von Naturliebhabern nach Ulstrup geradelt oder gewandert. Am Friedhof vorbei, dem kleinen Lebensmittelladen und über die schmale Landstraße bis zum Leuchtturm, wo sich die Wiesen nach rechts und links ausbreiten. In der welligen Landschaft können aufmerksame Wanderer die exotischsten Pflanzen entdecken, darunter die Echte Schlüsselblume, die Wiesenküchenschelle, das Gelbe Sonnenröschen, Steppenlieschgras und Knöllchensteinbrech. Wer ganz genau hinsieht, entdeckt vielleicht sogar seltene Schmetterlinge, wie das Kleine Wiesenvögelchen, den Braunen Feuerfalter oder den Zweibrütigen Würfeldickkopffalter. Auch die glockenartigen Rufe der kleinen Rotbauchunke sind hier zu hören, und über allem schweben Rotrückenwürger und Rothalstaucher. Im Herbst, wenn die Stürme und die heftigen Regenschauer wieder Löcher in die steile Böschung reißen, auf der mein Haus steht, sieht man häufig große Scharen von Zugvögeln auf ihrem Weg nach Süden.

Was die Bewohner der Halbinsel angeht, so glaube ich, dass sie zufrieden mit ihrem Leben hier sind, umgeben von Sand und Steinen, Wiesen und Bäumen, deren mächtige abgebrochene Äste im Abendlicht manch einen an die Gebeine von Riesen erinnern. Wenn dann die Winterstürme aus Nordwesten über das Land fegen, strecken selbst die mächtigsten der am Boden liegenden Kiefernstämme ihre Äste (widerstrebend) noch einmal zum Himmel empor.

Der weiße Turm stand unerschütterlich am westlichsten Punkt Seelands, an der äußersten Spitze der Landzunge, die wie ein gekrümmter Finger über den Belt nach Westen in Richtung Samsø und Jütland zeigte. Richtete man den Blick eine Spur weiter nach Nordwesten, sah man die Stelle, an der sich der Meeresboden unter den Wellen plötzlich veränderte und die Untiefe Røsnæs Rev bildete, um gleich dahinter wieder in die Tiefe des Belts abzufallen. Diese nur wenige Kilometer vor der Spitze der Landzunge gelegene

Stelle war es, die so viele Seeleute das Leben gekostet hatte. All die tragischen Geschichten, die unzähligen Einträge in den Kirchenbüchern, Inschriften auf den Grabsteinen und mündlichen Überlieferungen legten Zeugnis ab über Schiffbrüche und ertrunkene Seeleute und darüber, wie berechtigt der Name war, den die Einwohner dieser Stelle schon vor langer, langer Zeit gegeben hatten.

Der Höllenschlund.

Ich hörte diesen Namen zum ersten Mal von einer alten Frau, die von den Bewohnern der Halbinsel Meereshexe genannt wurde. An dem Tag, als sie mir die Schlüssel für das windschiefe Haus im Wald östlich des Leuchtturms gegeben hatte.

Ich hatte es für vier Monate gemietet und zahlte kaum etwas dafür. Nur ein Fremder zog in ein Haus, das am Rand der steilen Moränenböschung bei jeder Windböe wackelte. Auf einem Boden aus Lehm und Schotter, den die Gletscher hier zurückgelassen hatten. Bei jedem Sturm kam der Abhang etwas näher, und aus meinem Küchenfenster sah ich unter mir direkt auf das schwarze Wasser mit den weißen Gischtkämmen.

Meine Vermieterin hatte mir den rostigen, offenbar seit Jahren nicht mehr benutzten Schlüsselbund in die Hand gelegt und diese einen Moment mit ihren krummen Fingern festgehalten.

Dann ließ sie mich los und zeigte zum Leuchtturm, der durch die Äste der Kiefern zu erkennen war. Mit heiserer Stimme, die zweifelsohne zu ihrem Spitznamen beigetragen hatte, sagte sie: »Da ist der Leuchtturm und das schon seit hundert Jahren. Und da draußen...«, die alte Frau streckte ihren Finger zum Horizont aus, »liegt der Höllenschlund, vergessen Sie das nie...« Sie stockte kurz, dann fand sie zurück zu ihrem heiseren Flüstern. »Vergessen Sie nie, dass

Sie nicht auch nur in die Nähe dieses Ortes geraten dürfen, was auch geschieht.«

Ich hatte die Warnung abgespeichert, ohne wirklich zu wissen, was die alte Frau meinte. Auch wenn die Schiffsunglücke mit den Jahren seltener geworden waren, lagen dort unten am Grund der Untiefe Hunderte, wenn nicht gar Tausende ertrunkene Seeleute. Das erzählten die Einheimischen und der Inhaber vom Lebensmittelladen in Ulstrup, mit dem ich als Erstem gesprochen hatte, nachdem ich meine wenigen schwarzen Plastiksäcke mit Kleidern und Bettzeug in mein neues Heim getragen hatte und in die Stadt gefahren war, um einzukaufen.

Der dicke, birnenförmige Mann – ich fühlte mich in seiner Nähe sogleich sicher, was sonst bei Fremden nur selten der Fall war – hatte den Kopf geschüttelt, als er hörte, dass ich die Bruchbude an der unsicheren Steilküste gemietet hatte. Er bezeichnete mein neues Heim als Hexenhaus und sagte, nur ein Verrückter könne dort einziehen.

Ich ignorierte seine Worte, so wie mich das Leben seit meiner Geburt gelehrt hatte, mir über unabwendbare Tatsachen keine Gedanken zu machen. Was man tat, war nicht immer zu erklären und ganz sicher nicht immer logisch. Das Ungewöhnliche, Andersartige schreckte mich nicht ab. Ich hatte noch nie Angst davor gehabt, an speziellen Orten zu wohnen. Nicht unter hohen Bäumen, nicht an einer bröckelnden Küste, nicht in skurrilen Häusern und ganz sicher nicht am Meer.

Er sagte mir eine wöchentliche Lieferung von Lebensmitteln und anderen Notwendigkeiten zu; sein kleiner Lieferwagen schaffte den unbefestigten Weg durch den Wald bis zum Fuß der Anhöhe, wo ich die Sachen dann selbst über die abgebrochenen Äste die Steigung hinauf zu meinem windschiefen Haus tragen müsste. Das sollte reichen.

Mehr brauchte ich nicht.

So begannen die ersten Monate meines sozusagen neuen Lebens, das ich bereits am zweiten Tag zu erforschen begann. Teils aus Neugier, teils – natürlich – weil ich keine Zeit vergeuden durfte.

Auf der Ostseite des alten Leuchtturmwärterhäuschens hatte ein früherer Bewohner eine Steinbank errichtet. Viggo Larssen hatte darauf Platz genommen. Er saß ganz für sich reglos da.

Ich war Ende September auf die Landzunge gekommen und hatte mich in den ersten Tagen noch nicht zu erkennen gegeben.

Selbst an den kühlsten Tagen sah ich ihn dort sitzen, bis er zu seinem langen täglichen Marsch aufbrach, über den Strand bis zum Bavnebjergsklint und wieder zurück.

Er war älter, größer (und dünner) als bei unserer letzten Begegnung auf dem Friedhof von Søborg. Damals war er fünfzehn Jahre alt gewesen und ich noch ein Kind. Unsere Begegnung war nur flüchtig gewesen, konfus, ganz überschattet von seiner Trauer.

Was mich am meisten wunderte, war seine totale Reglosigkeit. Er drehte kaum einmal den Kopf, Beine und Arme waren ganz ruhig. Stundenlang lehnte er an der Wand und sah über das Meer. Manchmal standen neben ihm eine Flasche Wein und ein Glas.

Normalerweise verfügte ich über die Gabe, die Gedanken anderer Menschen erraten zu können, auch wenn sie nichts sagten oder sich nicht bewegten – doch bei Viggo Larssen scheiterte ich.

Zu diesem Zeitpunkt hatte ich ihn schon eine Woche beobachtet, eine meine leichtesten Übungen. Wenn mich das Leben etwas gelehrt hatte, dann Geduld. Meine Pflegemutter hatte diese Geduld vor Jahren als nahezu krankhaft bezeichnet, grenzenlos, irritierend.

Am siebten Tag – die Oktobersonne schien von einem eiskalten, tiefblauen Himmel auf die Halbinsel, fasste ich meinen Entschluss, holte tief Luft und trat oberhalb der Fußspur des Riesen aus dem Dickicht hervor.

Vor dem ersten Schritt zögerte ich, da unsere Begegnung nicht fehlschlagen durfte. Er sah mich erst, als ich schon fast vor seiner Bank stand.

»Guten Tag«, begrüßte ich ihn formell und neutral, ein Gruß, der sowohl Nähe als auch Distanz ausdrückt und mit dem niemand tiefere Gefühle verbindet.

Er zuckte zusammen, antwortete aber nicht. Nur das Rauschen der Baumwipfel im Wald der Meereshexe war zu hören.

»Ich heiße Malin...« Die Information war ein Freundschaftsangebot, das ich seit der Kindheit niemandem mehr gemacht hatte.

Er blieb regungslos auf seiner Steinbank sitzen und machte keine Anstalten, sich zu erheben. Keiner von uns reichte dem anderen die Hand.

An jenem Tag war ich mir nicht sicher, ob ich ihm jemals näherkommen würde. Vermutlich hielt er unsere Begegnung für einen Zufall – und an jenem Herbstmorgen, drei Monate vor dem Verschwinden der Witwe, war das wohl auch kaum anders zu erwarten. Ich kannte seinen Namen bereits und glaube, dass er das auf unerklärliche Weise ahnte.

Sein Name kam mir seltsam vor, die beiden »g« im Vornamen und die beiden »s« im Nachnamen fand ich irgendwie bizarr: *Viggo Larssen, 59 Jahre, gejagt von Dämonen*, gegen die ihm niemand helfen konnte; gerade erst vor einem schiffbrüchigen Dasein in Kopenhagen geflüchtet und offensichtlich angekommen am Schlusspunkt seines Lebens.

Ich setzte mich neben ihn auf die Bank. Zur Sicherheit so nah am Rand, dass schon ein einfacher Windstoß gereicht hätte, um mich hinunterzuwehen.

Selbst aus anderthalb Meter Entfernung und ohne Augenkontakt spürte ich die Einsamkeit, die ihn immer umgeben hatte; seine Augen, aus denen eine Trauer sprach, die mich rührte, in denen ich aber keine Reue erkennen konnte.

Links neben ihm lag ein Buch auf der Bank, und es war dieses Buch, das mich an jenem Tag angetrieben hatte, aus meinem Versteck zu treten.

Viggo Larssen hatte auf der Bank gesessen und gelesen, ehe er das Buch langsam und behutsam weggelegt hatte, als könnten die Seiten bei der leichtesten Erschütterung zerbröseln. Es war nicht groß, etwa wie ein kleines Schulheft. Es war das erste Mal, dass er nicht nur auf der Bank gesessen und vor sich hin gestarrt und Wein getrunken hatte. Der Einband war aus grünem Leder, hübsch, etwas verblichen, an einigen Stellen abgenutzt, an anderen schmutzig, als schützte er die Seiten des Buches seit vielen Jahren.

Auf der Vorderseite stand kein Titel.

Ich kämpfte gegen den Drang an, meine Hand nach dem Buch auszustrecken, und ich glaube, er spürte mein Interesse, da er das Kleinod nahm und es auf die andere Seite legte, sodass ich es nicht mehr sehen konnte. Mir machte das nichts aus, Geduld ist meine Kernkompetenz, außerdem hatte ich andere Methoden. Eile war ganz gewiss kein Mittel, um einem Mann wie Viggo Larssen näherzukommen.

»Ich bin Ihre neue Nachbarin«, sagte ich. Das war nicht ganz die Wahrheit, immerhin spionierte ich ihm schon seit einer Woche nach, was er vermutlich nicht gemerkt hatte, weil ihn die Außenwelt ganz einfach nicht interessierte. Ob er seit einem Tag, einer Woche oder einem Monat einen neuen Nachbarn hatte, ging komplett an ihm vorbei.

»Ich wohne in dem roten Haus oben am Abhang. Im Wald«, sagte ich. Er antwortete nicht, aber ich hatte das Gefühl, so etwas wie ein Nicken zu erkennen. Wenn es stimmte, war das ein Fortschritt, andererseits war es auch gut möglich, dass ich mir das nur einbildete.

Dann beging ich einen kleinen, aber dummen Fehler: »Ein schönes Buch haben Sie da.«

Ich hätte mir noch in derselben Sekunde die Zunge abbeißen können. Ich war zu forsch, der Zeitpunkt war vollkommen verkehrt. Das schwache Licht in seinen Augen – wenn es eins gegeben hatte – verlosch.

Ein paar Minuten blieb ich still sitzen, dann stand ich auf und verabschiedete mich. Keiner von uns reichte dem anderen die Hand.

Wenigstens hatte er mich nicht aufgefordert zu gehen, mehr konnte ich von unserer ersten Begegnung wohl nicht erwarten. Er hatte keinen Grund, jemanden zu sich vordringen zu lassen, weder in den äußeren noch in den inneren Raum, weder ins Licht noch ins Dunkel, vom dem, wie ich wusste, große Teile seiner Seele erfüllt waren.

Bei meinem zweiten Besuch lag das Buch wieder zwischen uns auf der Bank, als wollte er mich herausfordern, und dieses Mal nahm er es nicht weg.

Er trug eine verblichene braune Wrangler-Jeans und eine lange grüne Windjacke, die ihm bis zu den Schenkeln reichte und ihn wie ein Panzer umgab. Der Kopf ragte aus dem Pelzkragen heraus.

»Wirklich ein schöner Einband«, sagte ich, ohne den Blick zu senken.

Sein linker Augenwinkel zitterte leicht und es sah so aus, als müsste er gleich blinzeln, aber er tat es nicht. Sein Blick war weiterhin geradeaus gerichtet. Zum Horizont am Ende des Meeres.

»Woher kommt es?«, wagte ich die dreiste Frage.

Er richtete sich etwas auf, und sein Rücken und die Schultern lösten sich für einen Moment von der Wand des Leuchtturms. Ich sah, wie sehr er kämpfen musste, um die Hände ruhig zu halten, die gefaltet in seinem Schoß lagen. Er konnte nicht wissen, dass ich mich mit diesen kleinen Zeichen des Körpers – all die unfreiwilligen Gesten, die unkontrollierten Tics, die uns durch unser Leben begleiten – besser auskannte als die meisten anderen. Viggo Larssen hob die Schultern und redete zum ersten Mal. »Das ist nur ein Tagebuch... ein altes Tagebuch aus dem Spanischen Bürgerkrieg.« Sein linkes Augenlid zuckte merklich, als er »alt« sagte. Das Zucken aus seiner Kindheit, dachte ich, das er immer beim leisesten Anflug von Nervosität gehabt hatte. Offenbar hatte er es nie überwunden. »Nichts Besonderes«, fügte er betont hinzu.

Ich wandte den Kopf und sah ihn an. Meine Neugier fand ihren Weg bis zu meiner Zungenspitze, wo sie als nachdrückliches Fragezeichen blieb. Bereits als Kind hatte ich gelernt, dass diese Form des Schweigens – eine Art wortloser Ruf – das beste Mittel war, um die verschlossenen Räume der Erwachsenen zu öffnen. Das Zittern an seinem linken Auge wurde stärker und reichte jetzt hinunter bis zu seiner Wange. Ich hätte allein wegen dieses winzigen Details in Tränen ausbrechen können, doch damit hätte ich die Möglichkeit, die sich mir eröffnete, sofort im Keim erstickt.

Er stand auf und steckte das Buch mit einer abrupten Bewegung in eine meinem Blick verborgene Innentasche seiner Jacke. »Es geht um eine... längst vergangene Zeit«, sagte er. Eine Aussage, die alles und nichts bedeuten konnte.

Ich ließ meinen Blick über das Meer schweifen. Das machte nichts. Meine Geduld war grenzenlos. Ich kannte die Erklärung für seine Faszination für das grüne Buch nicht. Ich wusste nicht einmal, wer es geschrieben hatte. Aber ich war mir im Klaren darüber, dass ich die Bedeutung, die dieses Buch für ihn hatte – und damit auch für die Aufgabe, die vor mir lag –, nicht unterschätzen durfte.

Ich stand ebenfalls auf und ging zurück durch den Wald. Ich rutschte die Böschung zum Fußabdruck des Riesen hinunter. Ich passierte die gebrochene Birke, den einzigen Beweis dafür, dass hier einmal Leben gewesen war, und stieg auf der anderen Seite den steilen Abhang zum Haus der Meereshexe empor.

Wenn er nicht selbst bereit war, die Tür zu dem geheimen Raum zu öffnen, in dem er sein kostbares Kleinod gefunden hatte, musste ich einen anderen Zugang suchen. Meine Neugier würde sich wie immer einen Weg über alle Hindernisse bahnen, die man mir in den Weg stellte.

Gut drei Monate nach unserer ersten stummen Begegnung verschwand die Witwe. Ich wohnte da bereits den halben Winter auf der Landzunge und war ihm nicht wirklich nähergekommen.

Mein Haus stand noch, und es knirschte und knackte, als wollte es mir beweisen, dass es lebte und der unausweichliche finale Absturz erst bevorstand. In einem alten Buch, auf dem mit goldenen Lettern die Jahreszahl 1878 gedruckt war und das ich auf einem niedrigen Balken im Wohnzimmer gefunden hatte, hatte ein längst verstorbener Dichter etwas über die alte Sage geschrieben, die jeder in Røsnæs kannte. Laut der Überlieferung wurde König Valdemar Sejrs Sohn auf einer Jagd im Jahre 1231 durch einen verirrten Pfeil getötet, woraufhin der König in unbändiger Wut befohlen hatte, sämtliche Bäume und Büsche auf der Halbinsel abzufackeln; kein Stamm, kein Stumpf, nicht einmal das dünnste

Zweiglein, sollte jemals wieder seinen Schatten auf diesen verfluchten Flecken Erde werfen.

Doch wo des Königs Sohn,
in Næssets Land,
dank eines falschen Bogens Lohn
zum Tode fand,
werden Dänemarks Kinder
nun ihr Reich ausmachen
ihre Leiden lindern
und wieder in die Sonne lachen.

Das Ganze kam mir ziemlich pathetisch vor, außerdem hatte ich Kinder nie als Wesen aufgefasst, die über irgendetwas lachten, was Erwachsene getan hatten. Im Gegenteil. Kinder lachen aus Gründen, die Erwachsene nicht kennen; da sie in einer Welt leben, die Erwachsene nicht sehen.

Ich legte das Buch zurück auf den Balken. Es würde mit dem Haus ins Meer stürzen, wenn die Zeit gekommen war.

In dieser Nacht hatte ich das Gefühl, von fremden Augen aus dem Wald beobachtet zu werden, aber als ich die Tür öffnete und lauschte, hörte ich nur den Wind in den Bäumen – und natürlich die Brandung, die an die Küste schlug. Seit meiner Ankunft hatte ich an der Böschung öfter einen Fuchs beobachtet, aber der wäre in einer Nacht wie dieser sicher längst in seinem Bau in Deckung gegangen.

Ich schloss die Tür und sperrte das Dunkel aus, verriegelte sie aber nicht; kein Dämon sollte mich daran hindern, den Plan auszuführen, der mich zu diesem Haus im Wald geführt hatte, auf die Halbinsel und zu dem Mann im Leuchtturm.

Ich spannte meine schiefen Schultern an und schüttelte die Furcht ab. Meine Aufgabe war durch die Informationen, die ich seit dem frühen Morgen immer wieder durch das Radio erhalten hatte, nicht weniger interessant geworden.

Der Kampf gegen den unverwundbaren Clan des Höhlenbären.

POLIZEIPRÄSIDIUM

Freitag, 2. Januar, Vormittag

Der Leiter des Morddezernats wandte sich an seinen Vize, und beide Männer schienen auf Worte zu warten, die noch nicht ausgesprochen worden waren, sondern irgendwo über ihren Köpfen hingen und vielleicht – bei richtiger Deutung – das Rätsel lösen konnten, das vor ihnen lag.

Sie hatten ihre iPhones stummgeschaltet, um nicht von dem ewigen Klingeln und Piepsen vor Augen geführt zu bekommen, dass sie bis zum Hals in dem schwierigsten Fall ihres Lebens steckten.

Wenn die Grand Old Lady des Landes für eine Stunde verschwand, war das aufsehenerregend, zwei Stunden waren schockierend und mehr als ein halber Tag eine totale Sensation.

»Nichts ... Wesentliches.«

Der Vize schüttelte den Kopf. Die Kriminaltechnik hatte trotz akribischer Suche nichts gefunden. Was auch niemand erwartet hatte. Und dennoch. In der Mappe war ein kleiner gelber Zettel mit einem Datum und einer Jahreszahl gefunden worden. Jetzt lag dieser Zettel in einer durchsichtigen Plastikfolie auf dem Schreibtisch vor dem Mord-Chef.

»Warum sollte jemand ...« Der Dezernatsleiter kam ins Stocken und starrte auf den Zettel.

Der Vize konnte sich denken, wie der Satz weiterging, schwieg aber.

»Also, das Testament fehlt ... und stattdessen klebt da ein Zettel mit einem Datum und einer Jahreszahl, der ...«

»... keinen Sinn ergibt.« Dieses Mal beendete der Vize die Überlegung seines Chefs.

»Ein Datum, das ...«

»... mehr als vier Jahrzehnte zurückliegt, auch wenn die Analyse zeigt, dass ...«

»... der Zettel erst vor Kurzem beschriftet wurde ... mit blauem Kugelschreiber.«

Die letzte Bemerkung hing etwas verloren in der Luft.

Der Dezernatsleiter hielt den merkwürdigen Fund ins Licht, als könnten ihm die Strahlen der Sonne zu einer Erkenntnis verhelfen.

»Warum notiert jemand ein altes Datum und deponiert den Zettel in ihrer Mappe?«, fragte er. »Die Sache hat schon etwas Merkwürdiges ...«

»Na ja, vermutlich sind alle Menschen irgendwie merkwürdig«, sagte der Vize. »Wir kommen merkwürdig auf die Welt – und sterben merkwürdig.«

Eine derart philosophische Äußerung hatte der Dezernatsleiter von seinem ansonsten bodenständigen Kollegen noch nie gehört. Er hob den Blick und sagte zögernd: »Wenn wir alle merkwürdig sind, wäre das ja normal. Ich fürchte aber ... und spüre ... leider, dass dieser Fall etwas beinhaltet, womit wir es noch nie zu tun hatten. Wir wissen noch nicht einmal die Hälfte. Eigentlich gar nichts.«

Sein Vize antwortete nicht, aber sein Schweigen sagte alles.

DER LEUCHTTURM AUF DER LANDSPITZE

Herbst 2014

Mein kleines Haus hatte offensichtlich lange leer gestanden, als ich dort einzog, und die alte Frau hatte es mir überlassen, ohne etwas anderes zu verlangen als einige Monatsmieten im Voraus.

Weder hatte ich neugierige Fragen beantworten müssen noch irgendwelche Ausweise oder Papiere vorzeigen oder erklären, was es mit meinem abwegigen Einfall auf sich hatte, am höchsten Punkt der Steilklippe mit freiem Fall zum darunterliegenden Strand wohnen zu wollen. Sie verlangte keinen Nachweis, aus welchem Ort auf dieser Welt ich kam oder wieso ich über das winzige Schild am Ende des Schotterweges neben dem Touristenparkplatz gestolpert war: *Haus zu vermieten* – geschrieben mit krakeliger Altfrauenschrift und fast ausgewaschen.

Ich war ihre erste und vielleicht letzte Mieterin.

Der abblätternde rote Putz um die abgesackten Fensterrahmen verriet, dass seit Jahrzehnten niemand mehr Interesse an diesem Fleckchen Erde gehabt hatte. Der winzige Wohnraum war mit einem alten Tisch und ein paar Stühlen aus undefinierbaren Holzsorten möbliert. Jemand, der zwischen edlen klassischen Kommoden und Sekretären aufgewachsen war, mochte das vielleicht als asketisch empfinden, aber so war ich nicht gestrickt.

Am ersten Abend in meinem neuen Domizil drehte ich mich entspannt im Kreis – ganze drei Mal – und war sehr zufrieden mit meinem Fund. Ich benutzte die alten Möbel, schlief in einem Bett aus vier zusammengezimmerten Kanthölzern und sechs langen Brettern als Lattenrost, trank

Wasser aus einem Hahn, der meistens spotzte und gurgelte, und schaute zwischen den Bäumen hindurch nach oben zum Leuchtturm, dem Ziel meiner Reise. Ab und zu sah ich den rotbraunen Schatten eines Fuchses zwischen den knorrigen Zweigen. Ich erinnerte mich an ein Büchlein in einem der Zimmer im Haus meiner Kindheit, es hatte von einem Fuchs gehandelt, der sich mit einem Jungen über Unsichtbarkeit und Freundschaft unterhielt. Etwas später hatte meine Pflegemutter das Buch resolut entsorgt. Sie mochte keine gekünstelten Ansichten – wie sie das nannte –, Ideen, die womöglich die armen, verlorenen Seelen beeinflussten, die sie bei sich aufnahm, um sie vor allem Bösen abzuschirmen, bis diese im Stande waren, dem Leben ohne Angst entgegenzutreten.

Bei meinem zweiten Besuch in dem kleinen Supermarkt in Ulstrup fragte ich den Inhaber nach meiner Vermieterin. Er erzählte mir, dass sie das rote Haus nach dem Tod ihrer Eltern geerbt habe. Diese hätten das Haus mit eigenen Händen gebaut und ihr Leben lang darin gewohnt. Interessanterweise konnte mir niemand sagen, womit sie ihren Lebensunterhalt verdient hatten, aber die gichtkrumme Alte bezog jedenfalls eine Rente und wohnte in Ulstrup. Wenn ich sie treffen wollte, brauchte ich nur über die Straße auf den Friedhof zu gehen, wo sie die meiste Zeit verbrachte.

Und richtig: Meine Vermieterin saß auf einer kleinen Steinbank in einem Mauerwinkel. Knochig, in sich zusammengesunken und ganz in Schwarz. Vor ihr zwei schwarze Grabsteine, deren Inschriften ich nicht sehen konnte. Ich ging davon aus, dass es ihre Eltern waren. Manche Menschen lösen sich nie aus dem Leben, aus dem sie kommen, und versuchen wider alle Vernunft daran festzuhalten. Das Licht der winterlichen Nachmittagssonne lag wie ein roter Schal über ihren Schultern, und das weiße Haar hatte sie mit einem schwarzen Tuch verhüllt. Der friedliche Anblick rührte und beunruhigte mich gleichermaßen. Sie saß genauso reglos da wie Viggo auf seiner Steinbank am Leuchtturm, und genau wie er schien sie auf etwas zu warten, das für die Umwelt nicht ersichtlich war.

Zurück in meiner windschiefen Behausung, widmete ich meine Aufmerksamkeit wieder dem mystischen Tagebuch, das neben ihm auf der Bank gelegen hatte, und fasste meinen Beschluss. Ich hatte keine andere Möglichkeit. So viel stand fest.

Jeden Nachmittag um die gleiche Zeit verließ Viggo Larssen seinen einsamen Turm, ging die schiefe Treppe zum Strand hinunter und wanderte am Wasser entlang zur Steilküste. Es war eine beschwerliche, steinige Strecke, und an etlichen Stellen fiel die Küste bis zum schäumenden Gischtrand ab. Er machte viele Pausen und war mehrere Stunden unterwegs.

Ehe er sich auf den Weg machte, legte er den Schlüssel der Leuchtturmtür unter ein Moospolster im Vorgarten, an und für sich ein gutes Versteck, wenn man denn so gutgläubig war, dass nur Vögel sich aus der Ferne beobachten ließen. Es war mir ein Leichtes, das Versteck durch den kräftigen Feldstecher auszuspähen, den ich mit auf die Landspitze gebracht hatte und der mich bereits durch mein ganzes Leben begleitet hatte.

Der Schlüssel war groß und rostig und erinnerte an ein Requisit aus einem alten Piratenfilm. Viggo oder ein längst verstorbener Leuchtturmwärter hatte an den Schlüssel ein Stück Draht mit einem Stein mit Loch geknotet.

Das grüne Buch lag auf einem Stuhl gleich hinter der Tür. Ehrfürchtig und mit gespannter Erwartung schlug ich es auf, wurde aber leider enttäuscht.

Das Tagebuch, wie Viggo es bezeichnet hatte, enthielt

keinen Namen des Verfassers, nur knapp fünfzig handschriftliche Seiten, die im Laufe weniger Wochen entstanden waren, als ihr Schreiber – ein junger Däne – auf dem Weg nach Süden gewesen war, um sich den Internationalen Brigaden im Spanischen Bürgerkrieg anzuschließen.

Die erste Notiz war vom 18. Juni 1938 aus Esbjerg, wo der junge Spanienfreiwillige zusammen mit einem Freund ein Schiff nach Antwerpen bestiegen hatte, von wo es dann zu Fuß weiter durch Europa ging. Ich blätterte ungeduldig über die Beschreibungen von Landschaften, Orten, Mühlen, Flüssen und Herbergen hinweg, nichts davon war wirklich interessant, und ich konnte nicht nachvollziehen, wieso Viggo es immer wieder so gründlich las.

Zwischen einigen Seiten steckten lose Zettel, eine Zugfahrkarte nach Biarritz, eine Rechnung für Camping Ville de Hendaye und eine Postkarte von einem Platz, der Piazza Vittorio Emanuele hieß.

Gegen Ende des Tagebuches hatte der Autor es fast bis ins Baskenland geschafft und notierte: *Von hier hat man eine wunderbare Sicht auf die Pyrenäen und San Sebastian. In dem eleganten Badeort Biarritz sind wir ins Wasser gegangen – wurden aber schnell verjagt, da meine Lendenbekleidung nicht sittsam genug war.*

Ich seufzte und betrachtete die spärliche Möblierung in Viggos Wohnstube: ein runder Tisch, der unter das Fenster geschoben war, ein Sessel mit Rissen in dem schwarzen Lederpolster. Auf einem niedrigen Sofatisch stand ein Transistorradio. In gewisser Weise war es in etwa so trostlos und nichtssagend wie die Beschreibungen in dem alten Buch.

Auf der vorletzten Seite erreichte der junge Tagebuchschreiber schließlich die Front. Im Juli 1938 kam es am Ebro zu einer großen Schlacht der Internationalen Brigaden gegen die Faschisten. Der junge Mann hatte zuvor offensichtlich noch nie einen Schuss abgegeben, jedenfalls erzählten die letzten Zeilen, die ich sehr ungeduldig in Viggos winzigem Wohnzimmer las, von einem sehr eigenartigen Traum. Ich legte das Buch mit den abschließenden leeren Seiten weg.

Danach hatte er nichts mehr geschrieben.

Der jähe Schluss und die weißen, unbeschriebenen Seiten konnten darauf hindeuten, dass der Spanienkämpfer nach der Notiz zu seinem Traum in der Schlacht an einem fernen nordspanischen Fluss gefallen war.

Wie das Buch bei Viggo gelandet war und weshalb er es so interessant fand, dass er es hierher mitgenommen hatte, sozusagen ans Ende der Welt, dafür hatte ich keine Erklärung. Es war mir unbegreiflich. Jedenfalls zu diesem Zeitpunkt.

Denn ich hatte ein winziges Detail übersehen, wie ich später zu meinem großen Entsetzen feststellte – aber das hatte der Mann im Leuchtturm, mein Freund Viggo Larssen, Sohn einer ledigen Mutter, die schon lange tot und an einem sonnigen Sommertag auf einem Friedhof in Søborg beerdigt worden war, selbstverständlich nicht…

… das war mein erster großer Fehler.

KANZLEI DES MINISTERPRÄSIDENTEN

Freitag, 2. Januar, Vormittag

Der Anruf des Mord-Chefs wurde über seinen Staatssekretär an Palle Blegman durchgestellt, einen hoch aufgeschossenen, schlaksigen Mann, der laut Gerüchten, die im Ministerium kursierten, in blutjungen Jahren ein verhältnismäßig aggressiver, hochrangiger Linkssozialist gewesen war, ehe er

Dr. rer. pol. wurde und jetzt zu den einflussreichsten Männern des Landes gehörte.

Wenn einem aktuelleren Gerücht Glauben geschenkt werden konnte, war er Mitglied des Tårbæk-Clubs, einer kleinen exklusiven Loge für die vornehmsten Topbeamten – ehemalige und derzeitige.

»Ist Ihnen zu irgendeinem Zeitpunkt bei Ihrer Mutter ein gelbes Stück Kunststoff aufgefallen?« Der Mord-Chef kam direkt zur Sache. »Bei ihr zu Hause – oder im Pflegeheim?«

Die beiden Fragen zogen eine mehrsekündige Pause nach sich, die der Bär vorsichtig mit einer Gegenfrage beantwortete: »Ein Stück gelber Stoff?«

»Plastik«, sagte der Mord-Chef. »Alt, zerrissen. Mit ein paar dunklen Flecken, die wir noch nicht identifiziert haben.«

Die nächste Pause dauerte noch länger.

»Nein.«

»Wir haben ein paar Dinge gefunden, aber es ist noch zu früh...«

»Was können Sie mir sagen?«

»Nichts.« Der Mord-Chef hörte selber, wie absurd seine Antwort war.

Die dritte und letzte Pause wurde von keinem der beiden Männer beendet und sprach für sich selbst.

Nichts war ein Begriff, der auf dieser Ebene nicht existierte.

DER LEUCHTTURM AUF DER LANDSPITZE

Später Herbst, 2014

Als ich mir zum zweiten Mal Zugang zum Leuchtturm verschaffte, war ich wild entschlossen, das Buch von der ersten bis zur letzten Seite zu lesen, so gründlich wie nur möglich. Irgendwo darin musste es eine Erklärung für Viggos nahezu manisches Verhältnis dazu geben. Etwas, das der Umwelt verborgen bleiben sollte, davon war ich nach einem Tag der Spekulationen fest überzeugt – nur konnte ich mir überhaupt nicht vorstellen, was das sein sollte.

Dennoch spürte ich, dass es für die Aufgabe, zu deren Bewältigung ich angereist war, von entscheidender Bedeutung war, und ich hatte Zeit – einen Haufen Zeit, dachte ich naiv. Das war mehr als zwei Monate vor dem Verschwinden der Witwe gewesen.

Er hatte wie gewohnt den Leuchtturm für seine einsame Wanderung am Fuß der Steilküste verlassen, aber zu meinem großen Ärger lag das Buch nicht auf dem Stuhl, und ich konnte es nirgendwo entdecken. An der gegenüberliegenden Wand stand ein Regal mit vielleicht fünfzig Büchern, und es kostete mich sicher eine Viertelstunde, alle Titel zu sichten. Mehrere Bücher über Journalistik und Medien, eine Reihe angestaubter schwedischer Kriminalromane, die mir vage bekannt vorkamen, und ein Kochbuch mit Muschelrezepten, das vermutlich bereits vor seinem Einzug dort gestanden hatte. Ich persönlich hatte mich nie für Meeresfrüchte interessiert.

Das spanische Tagebuch war nicht dort.

Ich zögerte einen Augenblick, den Blick auf die Tür zum angrenzenden Raum geheftet, ehe ich die Neugier siegen ließ und die Tür mit einem festen Griff um die Klinke öffnete.

Rechts unter einem kleinen Fenster stand ein ungemachtes Bett. Die Bettdecke war halb aus dem Bezug und auf den Boden gerutscht, ein Kissen konnte ich nicht sehen. Ich könnte niemals ohne ein Kissen unter meinem verformten Schädel einschlafen, der meine Pflegemutter an den Schrumpfkopf eines kleinen Peruaners erinnert hatte – wie sie es in ihrer unverblümten Art ausgedrückt hatte.

Links, gleich hinter der Tür, war mit soliden Beschlägen eine blau angestrichene Holzplatte an die Wand montiert worden, auf der eine altmodische Reiseschreibmaschine stand, wie sie in den Fünfzigern modern war, eine rote Olympus. In der Walze steckte, halb herausgezogen, ein Blatt Papier.

Ich trat näher und beugte mich über den ramponierten Schreibtischstuhl mit der grauen, abgewetzten Sitzfläche. Er hatte nur fünf Worte geschrieben, am oberen Rand, die für mich genauso wenig Sinn ergaben wie das spanische Tagebuch mit den ausgedehnten Reise- und Naturbeschreibungen. *Meine Großmutter und der Kanarienvogel.*

Vielleicht war das ja die Überschrift für ein längeres, noch ungeschriebenes Kapitel. Andererseits konnten es auch die einleitenden Worte eines Tagebuches aus der Kindheit sein. Meine einzige Quelle aus der damaligen Zeit hatte vermutet, dass der Mann im Leuchtturm an diesen Ort geflohen war, um sein Leben in den Griff zu bekommen und alles niederzuschreiben, was ihn quälte und plagte. Sie hatte mir weiter erzählt, dass er ein Geheimnis mit sich herumschleppte, das er niemals mit jemandem geteilt hätte. Ein Geheimnis, das vielleicht seine lebenslange Menschenscheu erklärte.

Mein Blick fiel auf eine Plastiktüte vom Supermarkt, die

Viggo Larssen unter dem Tisch zum Papierkorb umfunktioniert hatte. Darin lagen etwa zehn zusammengeknüllte Blätter wie das, das noch in der Maschine steckte. Einige waren in der Mitte durchgerissen wie in Wut.

Ich legte das erste zerknitterte Blatt auf die Tischplatte und strich es glatt. Auch darauf standen nur wenige Worte, die genauso wenig Sinn ergaben. *Das Dreirad.*

Ich legte alle Blätter auf die Tischplatte, aber keiner seiner abgebrochenen Schreibversuche ergab einen Sinn.

Mein Großvater, stand auf einem der Blätter. Wieder nur zwei Worte. Ich hatte keine Ahnung, worauf er mit so einer Überschrift hinauswollte.

Ich drehte mich zu dem Bett um, das höchstens einen Meter breit war. In einem Anflug von vor langer Zeit antrainiertem Ordnungssinn, der mich immer wieder irritierte, den ich mir vermutlich aber nicht mehr abgewöhnen würde, hob ich die Decke vom Boden auf.

Mein Manöver brachte zu meiner Überraschung einen dreibeinigen Hocker zum Vorschein, der als Nachttisch fungierte und auf dem ein Buch lag. Ein altes Exemplar von *Der kleine Prinz* – die Erzählung eines Piloten, der einem Jungen von einem anderen Planeten begegnete, nachdem sie beide in der Wüste notgelandet waren und sich mit einem Fuchs angefreundet hatten wie jenem, dem ich nach meinem Einzug im Wald der Meereshexe begegnet war.

Ich schlug das Buch auf und stieß auf eine handschriftliche Widmung: *Für meinen Jungen, Viggo, 31. August 1963.*

Persönlich und zugleich formell. Von seiner Mutter.

Auf einer der ersten Seiten hatte sie (ich ging davon aus, dass sie es gewesen war) die Passage markiert, in der der Autor erklärt, dass seine allererste Zeichnung (ein Elefant, der von einer Würgeschlange verschlungen wird) niemals von jemand anderem als ihm verstanden wurde. *Wenn ich jemanden traf, der mir ein wenig schlauer vorkam, zeigte ich meine Zeichnung Numero 1, die ich mir dafür aufgehoben hatte. Ich wollte wissen, ob er sie verstand. Aber alle antworteten sie nur: »Dies ist ein Hut.« Und da wusste ich, dass ich mit diesen Leuten nicht über Boas oder Dschungel reden konnte. Also redete ich mit ihnen in ihrer eigenen Sprache über Kartenspiele, Golf, Politik und Krawatten. Die großen Leute waren dann immer froh, einen vernünftigen Menschen kennengelernt zu haben.*

Ich konnte das besser nachvollziehen als jeder andere. Für einen Moment spürte ich so etwas wie Sympathie für die Frau, die Viggo das Buch gegeben hatte. Ansonsten ist mein Verhältnis zu Erwachsenen selten von übermäßiger Zuneigung geprägt, außerdem hatte ich ihn bei ihrer Beerdigung erlebt. Ich war damals noch ein Kind gewesen, hatte im Schatten meiner Pflegemutter gestanden, trotzdem werde ich Viggo Larssens Blick an diesem Tag auf dem Friedhof nie vergessen.

Als ich das Buch zurück auf den Hocker legte, wurde die Schlafzimmertür wie von unsichtbarer Hand zugestoßen und offenbarte an der Wand dahinter einen weißen Schrank, der durch die geöffnete Tür vollständig verborgen gewesen war.

Hinter einer verschlossenen Glastür waren drei Regalböden zu sehen, auf denen je ein großes rotes Buch lag. Auf allen drei Deckeln stand in golden geprägten Buchstaben *Mein Tagebuch*, gefolgt von den Initialen von Viggos Mutter.

Das Buch auf dem oberen Brett trug in Goldlettern die Aufschrift: *1955–1964*.

Das auf dem Brett darunter: *1964–1970*.

Und das unterste: *1970–*

Dort war keine abschließende Jahreszahl eingraviert.

Dieses Buch würde unvollendet bleiben, das wusste ich

besser als irgendwer sonst, und meine Ungeduld ließ mich nach dem Messingscharnier greifen und daran rütteln, ehe ich auch nur einmal geblinzelt hatte.

Aber der Bücherschrank war gründlich verriegelt.

Ich sah mich in der kleinen Kammer um und suchte sicher zwanzig Minuten nach dem Versteck des Schlüssels, eine Schublade oder Schatulle, meinetwegen eine Ritze in der Wand. Ich stieg sogar die steile Wendeltreppe bis in den oberen Raum des Leuchtturms hoch, was mir einen leichten Schwindel bescherte, meine Ungeduld aber keineswegs linderte.

Unter der Treppe stand eine blaue Kommode, aber in den Schubladen war außer ein paar achtlos darin verstauten Hosen und Hemden nichts zu finden. Er musste den Schlüssel mitgenommen haben.

In dieser Nacht schlief ich schlecht. Und natürlich kehrte ich zurück in den Leuchtturm.

Sobald Viggo das Haus verlassen hatte und nur noch als winziger Punkt am Strand zu sehen war, verschaffte ich mir Zutritt. Tag für Tag, während der Herbst in den Winter überging. Ich achtete darauf, die bescheidene Leuchtturmwärterwohnung in dem vorgefundenen Zustand zu verlassen, damit er keinen Verdacht schöpfte, dass er unerwünschten Besuch gehabt haben könnte – das zumindest bildete ich mir damals ein. Viggo Larssen hatte eine zuverlässige Pünktlichkeit, die ich mir nur mit einem letzten Rest seiner ausgeprägten und hart erkämpften Disziplin erklären konnte, die er nicht aufgeben wollte, obgleich er alles andere hatte aufgeben müssen.

Irgendwann versuchte ich, den Bücherschrank mit einer dünnen Messerklinge aufzuhebeln, erfolglos.

Ich hinterließ dabei leichte Kratzspuren im Holz, um das Schlüsselloch herum, wie meine Pflegemutter sie irgendwann an einer Schreibtischschublade ihres Sekretärs entdeckt hatte, nachdem ich ihre Sachen durchsucht hatte. Ich glaube aber nicht, dass Viggo Larssen die gleiche unheimliche Intuition besaß, die ihr zu eigen war. Er hatte die Kratzer vermutlich nicht bemerkt.

Ich setzte mich auf seinen Stuhl und las die neuen Satzfragmente, die sich jeden Tag aus der Walze der alten Olympus schoben, ohne etwas von Interesse zu entdecken.

Erster Schultag. Ove, Adda, Verner und Teis.

Das waren Namen aus seiner Vergangenheit. Ich kannte Familien in der Gegend, aber die fünf Freunde waren etliche Jahre vor mir auf die Welt gekommen.

Jedes Mal, wenn er die Walze eine Zeile weiterdrehte, schienen die Worte in ihm zu versiegen. Als würde genau in diesem Augenblick der Stecker gezogen, sodass er nicht weiterschreiben konnte.

Ich blätterte in dem alten Exemplar von *Der kleine Prinz* auf seinem dreibeinigen Nachttisch und notierte die Stellen, die Viggos Mutter mit Bleistift angestrichen hatte. Wer weiß, ob sie dabei an Viggo, sich selbst oder gar an ihre eigene Mutter gedacht hatte: *Wenn du einen Freund willst, so zähme mich!*

Ich verstand die Anspielung. An dem Hang vor meinem Schlafzimmerfenster war ein Fuchs.

Meiner Pflegemutter waren solche Geschichten zu unrealistisch gewesen. Sie machte sich nichts aus Märchen, mochte nur ein paar wenige Kinderlieder, die von einfachen Dingen handelten.

Am ersten Dezembertag, es war ein Montag, lag das spanische Tagebuch wieder auf dem Stuhl hinter der Leuchtturmtür. Meine Erleichterung lässt sich kaum beschreiben, hatte ich doch befürchtet, er hätte den mystischen Text sicherheitshalber mit auf seine täglichen Ausflüge genommen.

Ich ließ mich an Viggos blau gestrichenem, abblätterndem Schreibtisch nieder und stellte fest, dass kein Papier in der Schreibmaschine steckte.

Ich las die ersten zwanzig Seiten noch einmal gründlich und mit viel Zeit. Der junge Mann war mit einem dänischen Freund zusammen gereist, und zwischen die handschriftlichen Abschnitte hatten die zwei Abenteurer hier und da kleine Papierschnipsel geschoben, Ansichtskarten, Briefmarken und Landesstempel, die sie vermutlich von den Grenzwachen erbettelt hatten.

Sie waren ein paar Tage in Paris geblieben, und neben einer Strichzeichnung von der Seine stand: *Gemeinsam mit einem Deutschen und einem Tschechen einen Ausflug in die Stadt gemacht. Am frühen Abend Montmartre bestiegen, wo wir alle Kameraden aus der Herberge trafen: Amerikaner, Australier, Dänen, Schweizer, Deutsche, Franzosen, meinen Freund Kalle aus Helsingborg, ja selbst Halfdan, der sonst Menschenmengen meidet und sich lieber absondert, war dort.*

Das war sein Freund.

Ich studierte die nichtssagenden Passagen noch etwa eine halbe Stunde, bevor ich das Buch zurück auf den Stuhl legte, in exakt der Position, in der ich es vorgefunden hatte – lange bevor Viggos schmächtige Gestalt am Horizont auftauchte.

Immer noch war es mir unmöglich zu begreifen, was das Büchlein beinhaltete, das ihm so furchtbar wichtig war. Der junge Spanienkämpfer schrieb von seinem letzten Traum, der ein wenig wie eine Fieberfantasie wirkte, unmittelbar vor der Schlacht am Ebro, wo auch der junge Dichter Gustaf Munch-Petersen gefallen sein soll – wie viele Dänen.

Die Beschreibung des Traumes füllte eine halbe Seite, danach kam nichts mehr. *Das ist die unheimlichste und unheil-*

schwangerste Vision, die ich je hatte, lautete die letzte Zeile. Ich fand es nicht weiter verwunderlich, dass der junge Kämpfer Albträume hatte. Schließlich sollte er bald dem Teufel persönlich, in Gestalt des *Generalissimo*, gegenüberstehen, der ohne viel Federlesens alle jungen Helden der Zeit in seinem schwarzen Feldzug ausradierte.

In der Mitte des Buches steckte ein liniertes Blatt Papier mit etwas unbeholfenen, mit Bleistift geschriebenen Reimen, deren Sinn sich mir nicht erschloss. Da sie nicht in der Handschrift des jungen Mannes geschrieben waren, legte ich das Blatt ungeduldig zurück und platzierte das Buch ein für alle Mal auf dem Stuhl.

POLIZEIPRÄSIDIUM

Freitag, 2. Januar, um die Mittagszeit

Wer nichts von dem engen Verhältnis der beiden Männer wusste, konnte meinen, dass Nummer Zwei vor dem Schreibtisch strammstand, während sein Vorgesetzter dahinter ihre heftig kritisierten Ermittlungsergebnisse zusammenfasste.

Die Blogger und Twitterer und Gott und die Welt – inklusive aller Zeitungskommentatoren und Leitartikler – setzten bereits am zweiten Tag große Fragezeichen hinter die Qualität der polizeilichen Ermittlungen. Ging das nicht alles viel zu langsam? Gab es wirklich keine Neuigkeiten? Hatte das Morddezernat wirklich das richtige Team für einen derart delikaten Fall? Sollte man nicht besser eine *Taskforce* einrichten – in dem Wort schwang etwas sehr Beruhigendes mit.

Die Herrscherin der Blegman-Dynastie war verschwunden, und das jetzt schon seit bald vierundzwanzig Stunden.

Das und nichts anderes war von Bedeutung. Die Medien nahmen kein Blatt vor den Mund. Die Redakteure zeigten in der Kampfansage an die Ermittler keine Gnade, alle verlangten Taten und Resultate. Jeder einzelne Chefredakteur im Land ließ seine Kriminalreporter über dem Haupt des Mord-Chefs die Peitsche schwingen. Sie alle standen in diesem Fall ganz auf der Seite der Blegman-Dynastie, unabhängig von politischer Observanz.

Nichts in der Wohnung der Witwe im Pflegeheim Solbygaard weist darauf hin, dass etwas nicht so ist wie immer, schrieb die Nachrichtenagentur Ritzau und schob die Pointe hinterher: *teilte die Polizei mit.*

Die beiden Ermittlungsleiter korrigierten die Aussage nicht.

Oberflächlich betrachtet, war sie vollkommen korrekt. Auf den ersten Blick hatte alles komplett normal ausgesehen. Und doch auch wieder nicht.

Der Ministerpräsident und der Justizminister fanden die zwei Zimmer ihrer Mutter leer vor und schlugen mit der Effektivität und Geistesgegenwart Alarm, die die prominenten Söhne der Blegman-Dynastie auszeichnet, schrieb die Agentur mit nahezu unterwürfiger Ehrfurcht.

Sie hat sich in Luft aufgelöst, las es sich etwas bodenständiger in der Berlingske Abendzeitung.

Keine Spur im Blegman-Fall, titelte der große Zeitungsverlag am Rådhusplads in seinen drei überregionalen Zeitungen, was nicht stimmte. Die beiden Kommissare wussten nur beim besten Willen nicht, wie sie die drei eigentümlichen Funde einordnen sollten; zwei gelbe Kunststoffstücke, die (fast) leere Mappe, in der statt des zu erwartenden Testaments ein mit einem Datum beschrifteter Zettel lag, für das sie keine Erklärung hatten. Details, von denen jedes, für sich betrachtet, unwichtig erscheinen mochte, die zusammengenommen aber ein beunruhigendes Gefühl wachriefen. Es gab keinen Grund zur Annahme, dass *der große Detektiv Öffentlichkeit* sie einer Lösung näher bringen würde, und wenn die rätselhaften Funde tatsächlich eine Bedeutung hatten, schadete eine Veröffentlichung womöglich den Ermittlungen und ihrer Jagd nach dem möglichen Täter. Nur eine Person konnte ihnen über die mysteriösen Fundstücke Auskunft geben, nämlich der Mensch, der sich dort befunden hatte, als die Witwe verschwand.

Auf dem Schreibtisch zwischen den beiden Polizisten lag die Broschüre einer Unternehmensberatung nördlich von Kopenhagen. Der Flyer trug die Aufschrift *Solbygaard – das beste Leben*. Der Mord-Chef schüttelte gereizt den Kopf. Als ob irgendjemand am Ende seines Lebens auch nur im Entferntesten an Sonnenschein dächte – zumal an einem derart gottverlassenen Ort.

Die Leiterin des Pflegeheims hatte einen Experten für Leadership Branding angeheuert, um die »internen und externen Arbeitsprozesse zugunsten alter Menschen« im Heim auf den neuesten Stand zu bringen, wie es detailliert in der Broschüre nachzulesen war. Einige dieser Maßnahmen waren dem Mord-Chef bereits bei seinem ersten Rundgang über das Gelände aufgefallen. Auf der Fläche zwischen den hohen grauen Heimgebäuden waren Stangen und Gurte und Kreidelinien verteilt, die zu dem neuen Trainingsprogramm zur »Dynamisierung von Personal und betagten Bewohnern« gehörten, wie die Heimleiterin es formulierte. Der Mord-Chef hatte insgeheim gedacht, dass das vermutlich nur dazu beitrug, die betagtesten der Herrschaften zu Tode zu erschöpfen. Was die Fluktuation (und damit die Effektivität) für das eine oder andere Kontrollsystem messbar und damit gewinnbringend machte.

Die Blegman-Brüder hatten bei der Regierungsbildung

gründliches Vereinfachen aller bürokratischen Prozesse auf staatlicher und kommunaler Ebene versprochen, aber aus unerfindlichen Gründen waren aus der Aufräumaktion eine Reihe neuer Organe und Ämter resultiert, die mindestens so fragwürdig und zeitaufwendig waren wie die ursprünglichen.

Dass die beiden konservativen Frontkämpfer 2011 die Regierungsmacht übernahmen – an der Spitze einer ansonsten schwer kränkelnden Partei –, war eine riesige Überraschung für alle gewesen, und dazu hatte es nur kommen können, weil die größten Parteien links und rechts die Fäden aus der Hand gegeben hatten, zumindest den entscheidenden Faden, der die Regierung noch hätte zusammenhalten können.

Der Mord-Chef warf einen kurzen Blick in die Broschüre über die Aussichten der Solbygaard-Bewohner auf ein noch besseres Leben und unterdrückte ein Gähnen. Dann widmete er sich wieder der braunen Ledermappe und dem gelben Zettel, dem die Kriminaltechniker nicht die kleinste handfeste Spur hatten entnehmen können.

Es hatte kein Testament in der Mappe gelegen, was sie nach Rücksprache mit der Heimleitung in größte Alarmbereitschaft versetzt hatte. Die Witwe hatte mehrfach die Existenz eines Testaments erwähnt, und ihr Anwalt hatte mitgeteilt, dass er es ihr im Herbst 2014 ausgehändigt hatte, weil sie ein neues hatte schreiben wollen.

Danach hatte er es nie wieder zu Gesicht bekommen.

Möglicherweise hatte sie ein neues Testament verfasst und es in die Schublade ihres Sekretärs gelegt – das war im Hinblick auf die Aufschrift der leeren Mappe die einzige einleuchtende Theorie –, aber wo war es abgeblieben? Und, wie Nummer Zwei anmerkte, wieso war die Schublade nicht abgeschlossen gewesen?

KAPITEL 2

DER LEUCHTTURM AUF DER LANDSPITZE

Freitag, 2. Januar, früher Nachmittag

Die fünf Zeilen prangten wie schwarze Balken auf dem weißen Papier. So viel hatte er noch nie geschrieben.

Das Blatt lag auf dem Boden unter dem blauen Tisch, am Tag nach dem Verschwinden der Witwe.

Ich hob es auf und strich es glatt.

Lieber Freund. Es ist lange her. Die Ereignisse in Kopenhagen (das Verschwinden von Witwe Blegman) haben mich an dich denken lassen. Du erinnerst dich doch sicher noch an sie, und ganz gewiss erinnern wir beide uns an ihre Söhne. Ich habe lange versucht, diese sonderbare Geschichte zu erzählen, wusste aber nicht recht, wie. Deshalb bitte ich dich heute um Rat. Die Geschichte handelt vom Tod. Sie beginnt in Søborg, als wir Kinder waren. Kurz nach Pils Tod.

Die neuerliche Erwähnung des Todes schien zu viel für den Mann im Leuchtturm gewesen zu sein – warum sonst brach der Brief genau an dieser Stelle ab?

Ich sah mich um. Es war kein weiteres Blatt zu sehen. Ich wusste nicht, ob er eine zweite Version beendet oder sein Vorhaben aufgegeben hatte.

Der Zusammenhang zwischen dem Verschwinden der

Witwe und dem lange zurückliegenden Todesfall war mir unklar. Weitere Erklärungen fehlten. *Die Geschichte handelt vom Tod. Sie beginnt in Søborg, als wir Kinder waren. Kurz nach Pils Tod.*

Als ich die Zeilen zum dritten Mal las, erkannte ich, dass Viggo seine Taktik geändert hatte – er hatte seine zeitaufwendigen, ins Leere laufenden Versuche aufgegeben, die frühen Jahre seiner Kindheit zu schildern, in denen allem Anschein nach etwas Schlimmes passiert war. Die Briefform ließ vermuten, dass Viggo Larssen beschlossen hatte, seine Gedanken mit jemandem zu teilen, dem er vertraute. Und dieser jemand war natürlich nicht ich.

Ich legte das Blatt wieder an die Stelle auf den Boden, wo es gelegen hatte. Die fünf Zeilen kannte ich auswendig.

Bevor ich den Leuchtturm verließ, legte ich meine Hand routinemäßig an den Griff der Tür, die mir den Zugang zu den drei roten Büchern mit den Initialen seiner Mutter verwehrte. Sie rührte sich keinen Millimeter.

Zu Hause schaltete ich das Radio ein. Die Nation war an diesem Freitagnachmittag noch zutiefst erschüttert von Witwe Blegmans Verschwinden. Sie schien sich in Luft aufgelöst zu haben oder geradewegs in den Himmel aufgestiegen zu sein, was viele für ein Mitglied der Blegman-Dynastie als die komplett falsche Richtung empfanden.

Rastlos lauschte ich den Kommentaren und Berichten aus der Hauptstadt und verließ kurz darauf eilig das Haus der Meereshexe, rutschte den Abhang zur Senke hinunter, bis ich neben dem einsamen weißen Birkenstamm stand, höchstens fünfzig Meter von dem Busch entfernt, von dem aus ich den Leuchtturm und seinen Bewohner beobachten konnte, ohne selbst gesehen zu werden. Ich musste mich vergewissern, dass er nichts Unerwartetes tat, wollte auf keinen Fall etwas verpassen.

Ich war einer vagen Vorahnung gefolgt, die sicher mit den Zeilen zusammenhing, die er auf der alten Olympus an den unbekannten Empfänger verfasst hatte. Vielleicht konnte ich mich im Schutz der Dämmerung näher an den Leuchtturm heranschleichen und einen Blick durch das Fenster werfen. Ich musste einfach wissen, ob er den rätselhaften Brief weiterschrieb.

In dem Moment öffnete sich die Tür des Leuchtturms. Ich verharrte einen Augenblick und huschte dann zurück in mein Versteck. Das wenige, was ich über das Erwachsenenleben meines scheuen Nachbarn wusste, hatte ich aus zweiter Hand oder im Internet gelesen. Er war Journalist einer Lokalzeitung gewesen und später zum Radio gegangen. Dort hatte er einen Nervenzusammenbruch gehabt – die Journalisten in seinem Umfeld sprachen natürlich von Burn-out – und anschließend seine Arbeit mithilfe von Pillen und Alkohol mehr schlecht als recht fortgesetzt, bis er irgendwann wieder zusammengeklappt war. Seitdem bezog er eine geringe Invalidenpension.

Als ich ihn mit einem mittelgroßen Umschlag in der rechten Hand aus der Tür treten und über den Pfad durch den Wald in Richtung Ulstrup an mir vorbeigehen sah, wurde mir bewusst, dass er den Leuchtturm nie zweimal am selben Tag verlassen hatte. Ich zog mein Fernglas aus dem abgewetzten Futteral, das immer an meinem Gürtel hing, und studierte ihn.

Durch die kräftige Linse erkannte ich die Briefmarke und die blauen Striche, bei denen es sich nur um den Namen und die Adresse des Empfängers handeln konnte.

Seine Schritte waren ungewöhnlich zielbewusst. Auch sein Gesicht wirkte anders als sonst. In den vergangenen Tagen und Wochen hatte er die Welt geradezu demonstrativ auf Abstand gehalten und gedankenverloren über das

Meer geschaut. Jetzt waren seine Augen weit geöffnet, und er ging mit sicheren Schritten in Richtung Ulstrup, aller Wahrscheinlichkeit nach zum Briefkasten an der Mauer des Lebensmittelladens.

Es war absurd, aber ich fühlte tatsächlich so etwas wie Eifersucht, als ich den weißen Umschlag in seiner Hand sah. Am Ende des Waldes bog er nach rechts ab, und ich folgte ihm.

Bis in den Ort brauchte er etwas über eine Stunde, in der ich beständig auf der Hut sein musste für den Fall, dass er plötzlich auf die Idee kam, sich umzudrehen.

Vor dem Briefkasten blieb er reglos stehen, als müsste er alles noch einmal überdenken, dann steckte er den Brief ein, machte auf dem Absatz kehrt und marschierte zurück zum Leuchtturm.

Ich überlegte eine Weile, ob ich ein Werkzeug finden könnte, das kräftig genug war, um die rote Box aufzubrechen, und es war weder Moral noch Nervosität, was mich letztlich davon abhielt. Ich spürte vielmehr, dass ich den Brief freigeben musste, seine Reise nicht schon hier beenden durfte. Mir war klar, dass der Brief von der Person gelesen werden musste, an die Viggo Larssen beim Schreiben gedacht hatte. Das Gefühl, das mich in diesen Sekunden ergriff, verdrängte meine Neugier und ließ mich beschämt den Blick senken wie ein eingeschüchtertes Schulmädchen, das ich nie gewesen war.

Zurück am Leuchtturm, setzte er sich auf die Bank und lehnte sich gegen die Wand. Nach einer Weile stand er noch einmal auf, holte eine Flasche Wein und goss sich ein Glas ein, bevor er wieder regungslos unter der kleinen gelben Lampe saß, die hoch oben an der Wand montiert war. Erst Stunden später ging er nach drinnen.

Es ist eine schlechte Angewohnheit von mir, bevorstehende Unglücke zu spüren – zu jeder Zeit und Unzeit –, aber genau das geschah, als ich ihn hineingehen sah. Ich schaltete meine Taschenlampe ein, ging zurück durch das Dickicht, hinunter in die Senke, vorbei an der Birke und hinauf zu meinem wackeligen Hexenhäuschen, das ohne jeden Zweifel beim nächsten heftigen Sturm in die Tiefe stürzen würde. In dieser Nacht hörte ich wieder die Brandung und den Wind in den Bäumen und spürte förmlich, wie wachsam der Fuchs in seinem Bau war, den der Wald der Meereshexe so gut verbarg.

Vielleicht stimmt es, dass ich ein merkwürdiges Kind gewesen war, aber selbst die merkwürdigsten Kinder finden mitunter jemanden, der noch merkwürdiger ist als sie – wenn sie sich Mühe geben. Und Mühe hatte ich mir immer gegeben.

Vielleicht ist es die einzige Notwendigkeit, das einzig wirklich Wichtige, dass die merkwürdigen Existenzen dieser Welt einander finden, hatte meine einzige Freundin (sie war längst tot) einmal zu mir gesagt. *Menschen wie wir haben keine Sprache, keinen Raum, in dem wir unsere teuer erkauften Erfahrungen teilen können, und deshalb treffen wir uns schweigend – im Nirgendwo.* Sie lachte, sodass ihre verkrüppelten Arme über die Armlehnen ihres rostigen Rollstuhls rutschten.

In dieser Aussage schien ein tieferer Sinn zu stecken, der dem einsamsten Gedanken, den ein Kind haben konnte, widersprach: Die Gleichgültigkeit ist nicht vollständig, nicht allumfassend, irgendwo gibt es ein Band, eine Verbindung.

An jenem Abend hätte ich spüren müssen, was kommt, was die Geschichte in dem Umschlag im Briefkasten an der Mauer des Lebensmittelladens in Ulstrup auslösen würde. Hinterher war es ein Leichtes für mich, die Jahre zu zählen und festzustellen, dass mehr als fünfzig vergangen waren, seit Viggo Larssen zum ersten Mal im Traum gesehen hatte, was er als Vorwarnung bezeichnete, als Omen. Ein derart langes Schweigen ist nichts im Vergleich zum Lauf der Zeit und des Universums, aber im Leben eines Menschen grenzt es an eine Ewigkeit. Ich bin sicher, dass er selbst überzeugt war, dass die Zeitspanne, die er gewählt hatte, lang genug war, schließlich musste er (wohl zu Recht) denken, dass eine Offenbarung wie die seine eine Gesellschaft wie die unsere in ihren Grundfesten erschüttern würde. In all unseren Filmen, Zeitschriften und Büchern geht es immer nur um Tod und Zerstörung, desgleichen in den größten Kunstwerken und wichtigsten Forschungsprojekten, trotzdem leugnen und fürchten wir das Unausweichliche, je näher es uns auf den Leib rückt. Wir laufen vor allem weg, was auch nur im Entferntesten an das erinnert, was der merkwürdige Junge zu sehen geglaubt hatte …

Eigentlich war an seinem Entschluss nur eins seltsam, dachte ich später: Warum hatte Viggo ausgerechnet Teis auserwählt, ihm einen ersten Blick in die Welt zu gewähren, die er so lange unter Verschluss gehalten hatte? Der dicke, linkische Junge, der wie Viggo in einer späteren Phase seines Lebens Schiffbruch erlitten hatte.

TEIS AUS SØBORG

Samstag, 3. Januar, gegen Mittag

Teis Hanson lehnte sich zurück und schloss die Augen. Die Gicht war immer dann am schlimmsten, wenn sich etwas in seinem Leben querstellte – und besonders schmerzte dann der Arm, der seit dem Gymnasium teilweise gelähmt war.

Er stellte sich einen milden Wintertag vor, ein anderes Leben. Mit Kindern um sich herum und einer Frau in der Küche, während er sich über eine weitere Auszeichnung für seine einzigartige Forschung freute – vielleicht sogar den Nobelpreis.

Es wäre kein Ding der Unmöglichkeit gewesen.

Er hatte den breiten, antiken Sessel millimetergenau zwischen der Stehlampe und dem nach Norden gehenden Fenster platziert. Die Wohnung im dritten Stock bewohnte er jetzt schon seit dem Beginn seines Medizinstudiums Mitte der Siebziger. Unter ihm lag die Gothersgade, deren fernes östliches Ende in das Herz von Kopenhagen führte: Kongens Nytorv, Nyhavn, Königliches Theater, Fußgängerzone.

Seine Eltern – beide Lehrer – hatten sie ihm gekauft, um ihm seine akademische Laufbahn zu ebnen. Damit er nicht durch irgendwelche Jobs Zeit verlor. Er sollte der Erste in der Familie sein, dem Anerkennung zuteilwurde, der es zu Ruhm und Ehren brachte, ja, vielleicht sogar zum Nobelpreis. In den Sechzigern waren solche Träume noch möglich gewesen. Sogar im Wohnzimmer einfacher Lehrer, inmitten einer normalen Reihenhaussiedlung. Der kleine Teis war schüchtern und vielleicht ein wenig seltsam, in den Augen seiner Eltern war er aber immer ein Genie in Kinderschuhen gewesen.

Inzwischen waren beide tot, was alles verändert hatte.

Nach dem Studium war Teis dem Ruf der Wissenschaft gefolgt und hatte die menschlichen Erbanlagen erforscht, die DNA-Doppelhelix mit ihrem abenteuerlichen Code für alles Leben auf der Welt. Das Resultat waren Forschungsarbeiten über die Gene des Menschen und ein Haufen neuer medizinischer Wundermittel. Gab es eine Straße, die in den Heiligen Gral der Wissenschaft führte, musste es diese sein. Seine Eltern hatten seine Berufswahl und seinen Lebensweg mit allen ihnen zur Verfügung stehenden Mitteln unterstützt und das Glück ihres Sohnes zu keinem Zeitpunkt dem Zufall überlassen.

Heute würde Teis seine Entscheidung eher als den Klondike der Wissenschaft bezeichnen, zunehmend besetzt von kommerziellen Glücksrittern und wissenschaftlichen Scharlatanen. Die Mittel, die das Institut ihm zur Verfügung stellte, waren mit den Jahren immer weniger geworden, bis die neue konservative Regierung den Entschluss fasste, seine komplette Forschungsabteilung einzusparen – und schließlich sogar das gesamte Institut. Die Blegman-Regierung hatte ihn mit einem Federstrich kaltgestellt. Er war nach Hause geschickt worden, bezog aber noch sein volles Gehalt, bis er irgendwann seine Pension bekommen würde. Die ebenso bizarren wie seltenen Krankheiten, die er erforscht hatte, waren in Ordner und Mappen abgeheftet und im Keller der Universität verstaut worden. Wo sie vielleicht eines Tages von einer verirrten Seele oder einem zukünftigen, ebenso exzentrischen Wissenschaftler wiederentdeckt würden.

Im Herbst seines Lebens nun hatte Teis keinerlei Aussicht auf Ehre oder Anerkennung. Und in seiner Frustration über die Missachtung, die er in den zwei Jahren seit seiner Kündigung erfahren hatte, war er auf alle möglichen wissenschaftlichen und unwissenschaftlichen Abwege geraten. Zum Glück waren seine Eltern bereits tot, als sein Lebenstraum sich in Luft auflöste, und da er nur an Materie und Moleküle glaubte, rechnete er auch nicht damit, Anerkennung oder Mitleid von oben zu bekommen.

In seinem 44. Lebensjahr war Teis Hanson Witwer geworden, in dem Sinne, dass seine langjährige Lebensgefährtin ohne ein Wort des Abschieds plötzlich verschwunden war. Sie hatten nie Kinder bekommen, sodass er jetzt allein im Wohnzimmer in seinem Sessel saß und auf das rätselhafte Kuvert ohne Absender starrte. Eine handgeschriebene Adresse – als wäre das elektronische Zeitalter am Absender des merkwürdigen Briefes komplett vorbeigegangen. Er zog die Augenbrauen zusammen und starrte weiter auf den Umschlag.

Sein Name. Teis Hanson. Die Schrift unauffällig, leicht geneigt, weder schön noch sonderlich gleichmäßig.

Er kannte niemanden, der ihm einen privaten Brief schreiben würde. Trotzdem musste es jemanden geben, der ihn gut genug kannte, um ihn nicht, wie die meisten anderen, Hansen zu nennen, mit »e« statt »o«.

Das hatte ihn immer geärgert.

Woher diese winzige Abwandlung in seinem Namen stammte, wusste er nicht; unter seinen Ahnen gab es keine Schweden oder anderen Ausländer. Er war sich bewusst, dass diese Abweichung seines Namens einen Teil seines Lebens definiert hatte, nicht zuletzt wegen der Hänseleien, die schon am ersten Schultag angefangen hatten, als der Lehrer die Namen vorgelesen hatte – *Teis Hanson!* – und er aufgestanden war und kerzengerade dagestanden hatte. Ganz anders als seine Eltern, zwei liberale Lehrer, Beatles-Fans und *Flower-Power*-Anhänger, es ihn gelehrt hatten.

Er drehte den Brief um, sich zum zigsten Male vergewissernd, dass der Absender wirklich nicht draufstand, dann öffnete er den Brief mit dem grönländischen Walbeinmesser, das seine Lebensgefährtin ihm an ihrem letzten gemeinsamen Weihnachtsfest geschenkt hatte. Er hatte nicht gewusst, dass sie sich für Grönland interessierte. Als sie ging, hatte sie außer den Kleidern, die sie am Leib trug, nichts mitgenommen. Die Polizei meinte, ein solches Verschwinden sei nicht außergewöhnlich. Wenn Menschen ihr bisheriges Leben und ihren Partner leid waren, zogen sie es bisweilen vor, sich unsichtbar zu machen. Sie radierten sich sozusagen selbst aus. Außerdem stand die Jahrtausendwende bevor, und für manche Menschen habe das womöglich etwas Symbolisches. (Teis Hanson hatte keine Ahnung gehabt, was man ihm damit sagen wollte.)

Auf jeden Fall waren sie nicht bereit gewesen, nach ihr zu fahnden.

Er selbst hatte auf der Suche nach einem Abschiedsbrief die ganze Wohnung auf den Kopf gestellt, aber nichts gefunden, nicht den kleinsten Schnipsel. Immer mal wieder hatte er ganze Vormittage gesucht – mit den Jahren allerdings mit schwindendem Enthusiasmus. Bis er sich irgendwann in seinen Sessel gesetzt und gedacht hatte, dass die Sehnsucht schon irgendwann nachlassen würde. Wie bei den mikrobiologischen Mechanismen, die er in der Blüte seines Lebens erforscht hatte.

Das erste Blatt trug das Datum 2. Januar. Zunehmend verwirrt las er die einleitenden, etwas feierlichen Worte.

Mein lieber Freund. Es ist lange her. Ich schreibe dir, weil etwas Sonderbares passiert ist. Ich verstehe den Zusammenhang noch nicht, aber ich bin mir sicher, dass es einen gibt. Die Ereignisse in Kopenhagen – Frau Blegmans Verschwinden – und jene Entdeckung, die ich als etwa Fünfzehnjähriger gemacht habe und in den Jahren danach – das hängt alles irgendwie zusammen. Damals ist etwas passiert, von dem ich nie jemandem erzählt habe…

Teis zögerte und drehte das Blatt um, ehe er weiterlas.

Søborg…

…das war nicht nur ein Brief von einem entfernten Freund, es war ein Gruß aus einer Vergangenheit, an die er nicht gerne erinnert werden wollte.

Viggo Larssen…

…wie er am Ende des Weges wartete, an der Dornenhecke, mit seinen Segelohren und den merkwürdigen Tics, die seine rechte und linke Gesichtshälfte abwechselnd zucken ließen oder seine Augenbraue zur Seite zogen, als wäre sein Gesicht aus Gummi.

Ein seltsamer Junge...

... hatten die Erwachsenen gesagt.

Teis Hanson ging noch einmal zurück zu den ersten Zeilen, und seine Augen, die die kleinsten Bestandteile menschlichen Lebens erforscht hatten, glitten mit skeptischer Langsamkeit über die geschriebenen Worte. Was um alles in der Welt dachte sich sein Freund aus Kindheitstagen bei dieser merkwürdigen Geschichte?

Er hätte den Brief gerne jemandem gezeigt, am liebsten seiner Mutter, aber Alice Hanson war seit Jahren tot (kein medizinisches Wunder war eingetreten, um zu verhindern, dass der Lungenkrebs sie im Laufe weniger Monate dahingerafft hatte), und andere kamen nicht infrage. Seine früheren Kollegen hatten sich von ihm distanziert, als er in den Medien als führender Verschwörungstheoretiker bezeichnet wurde, weil er immer wieder die These lanciert hatte, dass die Zwillingstürme in New York vor dem Terrorangriff am 11. September vermint worden waren – und nur deshalb hatten einstürzen können. Diese Betitelung hatte eine unsichtbare, aber unüberwindbare Mauer um ihn herum errichtet. Niemand verstand, wie ein angesehener Wissenschaftler, der die Bausteine des Lebens erforscht hatte, eine Theorie unterstützen konnte, die die Verantwortung für 9/11 dem damaligen amerikanischen Präsidenten zuschob.

Teis las den Brief erneut.

Natürlich wusste er – auch wenn er immer auf die Naturwissenschaften gebaut hatte –, dass Offenbarungen sich als richtig erweisen konnten. Man musste nur an Einsteins Relativitätstheorie denken, die alles auf den Kopf gestellt hatte.

Trotzdem verspürte Teis Hanson einen beinahe physischen Widerwillen beim Lesen des drei Seiten langen Briefes, den sein Jugendfreund auf einer alten Schreibmaschine getippt hatte. Er skizzierte darin eine (grauenhafte) These, basierend auf einer Begründung, die der alternde Wissenschaftler nur schwer nachvollziehen konnte.

Die These war im höchsten Maße bedrohlich, und man konnte sich nur wünschen, dass sie nicht stimmte, denn sonst würde sie das Leben der Menschen für immer verändern.

Teis Hanson dachte an seinen Freund – klein und ein bisschen krumm, nicht wegen einer Behinderung, sondern weil er vor Schüchternheit immer den Kopf einzog, als wollte er sich unsichtbar machen. Vielleicht lag es an den merkwürdigen Großeltern, mit denen Viggo und seine Mutter in dem roten Reihenhaus zusammengewohnt hatten. Oder es hatte mit all den Todesfällen zu tun, die er schon als Kind hatte miterleben müssen.

Teis erinnerte sich vage an die Ereignisse, die das Leben in der ganzen Nachbarschaft verändert hatten. Er hatte den kleinen Pil in dem zerfetzten Regenmantel gesehen, bevor sie ihn weggetragen hatten, die roten Flecken auf dem Asphalt. Und er hatte Frau Blegmans Schreie in der offenen Tür gehört.

Als Nächstes hatte er Viggo Larssens Sturz auf der Steintreppe mitbekommen, hatte das Blut auf den weißen Fliesen gesehen und wie die Erwachsenen neben ihm in die Hocke gegangen waren.

Nach der dritten Katastrophe war Viggo Larssen drei Wochen lang nicht mehr zu sehen gewesen, was verständlich war. So etwas wünschte man seinem ärgsten Feind nicht, so boshaft war niemand, außer vielleicht Palle und sein niederträchtiger kleiner Bruder. Die brutalen Geschehnisse hatten den einsamen Jungen noch sonderbarer werden lassen. Das dicht beschriebene Blatt, das Teis Hanson in den Händen hielt, schien das zu bestätigen.

Er sah Viggo Larssen vor sich. Die tiefblauen Augen, die alles und jeden belogen, nicht aus Bosheit oder mit schlechten Absichten, sondern weil sie all das Abartige verbergen mussten, das sie gesehen hatten.

Teis Hanson las den Brief ein letztes Mal und legte ihn schließlich weg.

Ein sonderbares Kind zieht vermutlich merkwürdige Geschehnisse an. Die Unwissenschaftlichkeit dieser Theorie war Teis bewusst, wie schon bei der Theorie über die Zwillingstürme. Aber das war in beiden Fällen eben so. Es musste so sein.

Er schloss die Augen und ließ die Welt seiner Kindheit noch einmal Revue passieren.

Es war nicht Gott, der bestimmte, wo man aufwuchs, nein, der stellte nur irgendwo drei rote Reihenhausblöcke ab und ließ die Menschen einziehen. Den Rest regelten sie selber.

Viggo und Verner. Er sah sie vor sich.

Ove und Agnes. Die heute im totalen Überfluss oben am Dyrehaven wohnten. Der Teufel und Gott unter demselben Dach. Fast hätte er laut gelacht, was lange nicht mehr passiert war.

POLIZEIPRÄSIDIUM

Samstag, 3. Januar, Nachmittag

Der Mord-Chef musste sich dem nächsten schlechten Tag stellen. Es war der dritte Tag nach dem ebenso plötzlichen wie absurden Verschwinden der Witwe aus dem Pflegeheim in dem vornehmen Viertel von Gentofte. Die Telefone auf den Tischen seiner Mitarbeiter hatten den ganzen Vormittag über geklingelt, aber keiner der Hinweise hatte seine Frustration mildern können. Er sah zu seinem Vize und fühlte für einen Moment so etwas wie Dankbarkeit, sich das Büro mit dem ruhigen Mann teilen zu dürfen, der nur selten etwas sagte – und fast nie, wenn man ihn nicht dazu aufforderte –, außer es gab wirklich etwas Wichtiges.

Gerade deshalb spitzte der Mord-Chef die Ohren, als sein Kollege den Mund öffnete.

»Wir haben es hier mit einer Geschichte in zwei Akten zu tun. Und jeder Akt trägt eine eigene Überschrift.« Zwei unaufgeforderte Sätze hintereinander, für Nummer Zwei eine fast übermenschliche Leistung. Und dann fügte er noch einen dritten Satz hinzu: »Und bis jetzt kennen wir nur den ersten Akt – er spielt am Tatort –, auf den zweiten warten wir.«

Der Mord-Chef neigte den Kopf. »Du meinst – der Fund der ...«

Nummer Zwei nickte. Der Fund der *Witwe*. Bereits in den frühen Morgenstunden hatten sie ihre Mitarbeiter angewiesen, dass die Ermittlungen nun in eine neue, ebenso sensible wie notwendige Phase getreten waren. Der engste Familienkreis der Witwe und dessen Vergangenheit sollte in aller Diskretion bis zum Ende des Wochenendes unter die Lupe genommen werden.

»Auch die beiden ... *die beiden* ...?«, hatte der jüngste Ermittler während der Morgenbesprechung geflüstert und seine Kollegen entsetzt angeschaut.

»Die beiden Blegman-Brüder, ja. Ich möchte unterstreichen, dass ein solches Vorgehen ganz normal ist. Aber natürlich müssen wir in diesem Fall mit größter Diskretion ermitteln.«

Der Mord-Chef war sich bewusst, wie wichtig dieser

Punkt war. Sie durften die mächtigsten Brüder des Landes nicht herausfordern. Niemand wollte, dass der Bär sich auf seine Hinterbeine aufrichtete, sich brüllend auf das gesamte Präsidium stürzte, und jedem, der in die Ermittlungen eingebunden war, mit sofortiger unehrenhafter Entlassung drohte. Denn dass der Ministerpräsident und sein nicht weniger dominanter kleiner Bruder auf solche Gedanken kommen würden, war allen im Besprechungszimmer klar.

»Sie stammen aus Søborg und sind später im Smakkegårdsvej in Gentofte aufgewachsen. In einem besseren Mittelklasseheim. Der Vater war eine graue Eminenz, eine Art Parteiideologe der Konservativen Volkspartei. In den Siebzigern und Achtzigern war er Parteivorsitzender und hat sich da unentbehrlich gemacht, während seine Frau...«, der Mord-Chef zögerte, »zu Hause war.«

»Frau Blegman«, präzisierte sein Vize.

»Ja.«

Der jüngste der Ermittler räusperte sich zurückhaltend.

»Aber *geboren* wurden sie in Søborg, in Gladsaxe. In die bessere Gegend sind sie erst gezogen, nachdem der Vater seine Berufung zum Obersten Gerichtshof erhalten hatte – viele Jahre nach dem Unglück, das ihnen widerfahren ist.«

Der Mord-Chef nickte. Das Unglück war ein Problem. Sie würden sich damit beschäftigen müssen – was nicht leicht werden würde, da dieses Ereignis ein wunder Punkt bei den mächtigen Brüdern war. In den Zeitungsporträts über die Familie und die Jugend der beiden wurde diese Zeit, oder was damals geschehen war, ausgespart.

»Ihr kleiner Bruder kam bei einem Unfall ums Leben«, fügte der junge Ermittler hinzu. »Es war kein Verbrechen, aber in der Folge blieb natürlich eine gewisse Trauer. Ich weiß allerdings nicht, ob und welche Bedeutung das heute noch hat.«

Niemand widersprach.

»Sie haben sich auf dem Weg nach oben viele Feinde gemacht, oder?« Die Frage, die wie eine Schlussfolgerung klang, kam vom Vize.

»Ja, die Vergangenheit ist immer von Bedeutung«, sagte der Mord-Chef.

»Du meinst, dass sich in ihrer Vergangenheit vielleicht ein Rachemotiv findet?«

Der Mord-Chef nickte. »Ja, nur dass das ein sehr, sehr großer Bereich ist, mit dem wir uns da beschäftigen müssen, und ...«

»... sie das zur Weißglut treiben wird«, vollendete Nummer Zwei den Satz.

Jetzt, da die beiden allein waren, griff der Mord-Chef den Faden wieder auf und sagte zu seinem Vize: »Unser Argument muss sein, dass die Ermittlungen das Rätsel lösen und die Witwe retten könnten, wo auch immer sie ist ... so sie noch am Leben ist. Das können sie doch unmöglich ablehnen.«

Der Kommentar hätte eigentlich ein Nicken des Vize auslösen müssen, doch stattdessen sprach er an diesem Nachmittag seinen vierten unaufgeforderten Satz, eine düstere Prophezeiung: »Wir finden sie ganz sicher ... Aber wir finden sie *tot*.«

Es gab keinen Anlass, ihm zu widersprechen. Nicht nach dem Vakuum, das das Verschwinden der Witwe nach sich gezogen hatte. Keine Forderungen, kein Bekennerschreiben, nicht das geringste Anzeichen einer Entführung. Die unheilschwangere Schlussfolgerung daraus konnte nur sein, dass sie nicht mehr unter den Lebenden war.

TEIL II

VIGGO LARSSEN

KAPITEL 3

SØBORG BEI KOPENHAGEN

1955–1960

Viggo Larssen war kein gewöhnliches Kind – oder vielleicht gerade doch, habe ich rückblickend oft gedacht.

Es mag all seinen Eigenheiten und Tics geschuldet gewesen sein, seiner eigenwilligen Gestik und den merkwürdigen Lauten, seinem unbändigen Drang, die finstersten Gemütswinkel des Menschen zu erforschen, dass ich mich ihm so seelenverwandt gefühlt habe. Ich war mit derselben Neigung aufgewachsen, alles Schöne und für andere Existenzen vollständig Normale zu verzerren; aus Angst davor, etwas von sich preiszugeben, und mit dem übermächtigen Bedürfnis eines Kindes, sich unsichtbar zu machen, wenn alles um einen herum sich auflöste und die Wunderlichkeiten aus allen Poren ans Tageslicht kamen.

Alles Erbanlage, würde Teis sagen. Defekte Mechanismen, ungünstige biologische Verbindungen, an einer fehlplatzierten DNA-Kette aufgehängte Genom-Girlanden aus der Zeit, als das Leben entstand... Aber, Teis, vielleicht gibt es mehr von uns, als du ahnst. Alle Kinder wachsen mit vom Teufel, Gott und der Wissenschaft totgeschwiegenen Geheimnissen auf. Vermutlich sind deine Erklärungen nur ein bizarrer Trost, wie ihn die allenthalben waltende Vernunft fordert. Eine Art *Taskforce* der Vernunft. Ein Hut, um die die sich windende Schlange zu verbergen, die den Elefanten verschlungen hat.

Ich weiß nur, dass mir die Erforschung seines Lebens an den Tagen nach dem Verschwinden der Witwe Einblick in die finsteren Räume gewährt hat, in denen er seit früher Kindheit seine Geheimnisse eingeschlossen hat.

Viggo Larssen wurde in Kopenhagen von einer alleinstehenden Mutter geboren. Der Vater hatte schon lange vor der Geburt hartnäckig jede Verantwortung für die Schwangerschaft von sich gewiesen und war in sein Heimatland Schweden zurückgekehrt. Er war »über alle Berge«, wie es in der Kopenhagener Mutterhilfe hieß zu dieser Zeit, in der jährlich Tausende treulose Väter ihre Kinder verließen, ehe diese das Licht der Welt erblickten.

»Über alle Berge« traf in diesem Fall wortwörtlich zu: Viggo Larssens biologischer Erzeuger war in das Bergmassiv des Kebnekajse in Lappland geflohen, wo ihn die schwedischen Behörden aufspürten und ihm eine Blutprobe entnahmen, die ihn unzweifelhaft mit dem unerwünschten Spross in Verbindung brachte, den er in Dänemark gesät hatte. Er wurde zu monatlichen Alimenten verurteilt, und das war alles, was Viggo Larssen von seinem Vater wusste.

Es war eine Zeit, in der ledige Mütter wegen ihrer unehelich geborenen Kinder beschämt das Haupt neigten. Vielleicht hatte ihm seine Mutter deshalb irgendwann das Buch über den Jungen geschenkt, der weder Vater noch Mutter hatte und doch einen eigenen Planeten regierte. *Der kleine Prinz.*

Als die Not am größten war, entschieden ihre Eltern, den kurz zuvor angetretenen Ruhestand vom Küstenort Vejle in die Großstadt Kopenhagen zu verlegen, wo zwei Brüder von

Viggos Großvater wohnten. So weit die offizielle Erklärung für den Ortswechsel. Sie kauften ein Reihenhaus in Søborg, in das sie mit ihrer Tochter und dem Enkel einzogen.

Die neue Reihenhaussiedlung war in einem Vorort hochgezogen worden, der als einer der Vorreiter für den Wohlstand der Sechziger galt. Es entstanden Kindergärten, Volksschulen, Reitschulen, Sportvereine, Hochhaussiedlungen, Fernsehsender – und ein gigantisches Freibad, in dem man Jahre später an sonnigen Sommersonntagen die Rockband Savage Rose auf der Wiese neben dem tiefen Becken sehen konnte, gleich neben dem Zehnmeterturm, von dem sich niemand zu springen traute.

In Viggos Viertel verbrachten die Erwachsenen die Wochenenden im Garten mit Rasenmähen, Plattenlegen, Tulpen- und Krokuszwiebelnsetzen. Sie jäteten die Rosenbeete, stutzten die Rhododendronbüsche und legten schnurgerade Kartoffel- und Petersilienreihen an, flankiert von Johannisbeersträuchern, Erdbeeren, Stachelbeeren, Apfel-, Birn- und Zwetschgenbäumen – alles, was die ungeübten Finger der neuen Gartenbesitzer und die massive Behandlung mit DDT und Kunstdünger überlebte, ehe die Umweltfundamentalisten sich einzumischen begannen. Es war erstaunlich, wie viele Blumen, Sträucher und Bäume in einer schmalen Gartenparzelle Platz fanden und wie neugierig die Nachbarn über die noch niedrigen, frisch gepflanzten Hecken die Pflanzenpracht der Konkurrenz in Augenschein nahmen.

»Das Gras dürfte in diesem Jahr schön grün werden«, sagte Viggos Großvater fachkundig, wenn auch wenig überzeugend. Er war von Natur aus skeptisch, manch einer würde sagen, cholerisch. Im Reihenhausviertel galt er als introvertiert, einer, der im besten Falle nickte, aber selten etwas sagte.

Viggo Larssen war bis zu seinem dritten oder vierten Lebensjahr ein einigermaßen unauffälliger Junge. Noch gab es keine Anzeichen, die auf die Eigenarten hinwiesen, die später zutage treten sollten. Doch, vielleicht dass er als Dreijähriger seine Milch noch immer mit den Lippen am äußersten Becherrand trank – ein kleiner Silberbecher mit in den Henkel gravierten Initialen –, worauf der Inhalt sich natürlich jedes Mal über seinen Schoß ergoss. Andererseits war das so komisch, dass das herzhafte Lachen seiner Umgebung von dem dunklen Fleck ablenkte. Manchmal glaube ich – ähnlich wie Teis Hanson, als er den Brief bekam –, dass der Unfall mit dem Dreirad eine wichtige Rolle spielte – auf jeden Fall offenbarte er eine Seite, die niemand kannte. Nach außen hin kämpfte der junge Viggo darum, so zu sein wie alle anderen, aber tief in seinem Innern rumorten sonderbare und unaussprechliche Gedanken und Vorstellungen. Sie tauchten auf und verschwanden, wie es ihnen passte. Er wusste instinktiv, dass er ihnen keine Stimme geben, sie nicht zu Worten formen durfte, also drängte er sie zurück, tief hinein in den schwarzen, bodenlosen Schacht (von Gläubigen auch Seele genannt), aus dem es kein Entkommen gab.

Meist saß Viggo reglos da und starrte auf seine Handgelenke. Kein Erwachsener verstand, was in seinem Kopf vor sich ging. Als er im Kindergarten war, hatte er eine der Mütter von einer tödlichen Blutvergiftung erzählen hören, die von einer kleinen, unscheinbaren Schramme an der Hand des betroffenen Jungen ausgegangen war. Seitdem hatte Viggo panische Angst vor kleinsten Verletzungen oder Schrammen und vor dem Tod. Eine Angst, von der keiner der Erwachsenen um ihn herum wusste. Er war überzeugt, eines schönen Tages einen roten Streifen zu entdecken, der sich vom Handgelenk den Arm hoch bis zur Schulter vorarbeitete, während in seinem Innern die Vergiftung mit Kurs aufs Herz durch die Adern rauschte.

Auf die Frage, ob es ihm nicht gut ginge, hätte er keine Antwort gegeben. Kinder lassen Erwachsene nicht in ihre Welt ein, weil sie instinktiv wissen, dass das ihr Untergang wäre: all die Fragen, die Ungeduld – und am Ende der Zorn.

Darum wachsen unzählige Kinder wie Viggo mit Gedanken und Eigenheiten auf, über die sie nie mit irgendjemandem sprechen. Nach außen das unschuldige, naive Kind, doch innen der verkrüppelte Sprössling, der im Dunkeln keimt und Visionen in sich trägt.

Viggos Geschichte ist nicht einfach zu erzählen, ich kenne längst nicht alle Kellerräume und Rumpelkammern, in die er seine Geheimnisse eingeschlossen hat. Und obgleich ich immer schon Jungen wie ihn beobachtet habe – tief in ihr Inneres geblickt, in die dunklen Seelenschächte –, war er ein ganz spezieller Fall.

Er erinnerte mich in so vielem an mich selbst.

Meine eigene Geschichte ist unbedeutend. Ich bin als Waise aufgewachsen und erst sehr spät ins Leben getreten, wie es zu der Zeit hieß, als ich das Kinderheim in Skodsborg, nördlich von Kopenhagen, verlassen habe, in dem ich meine gesamte Kindheit und Jugend verbrachte: als Pflegetochter der Heimleiterin und mit den Fräulein, die sich um die elternlosen Kinder kümmerten.

Viggo Larssen hatte dort, ein paar Jahre vor mir, die ersten Monate seines Lebens verbracht.

Ich bin ihm erstmals auf dem Friedhof in Søborg begegnet – da war er fünfzehn Jahre alt –, kurz vorher war sein Leben gekentert. Meine Pflegemutter überragte mich zwischen den Grabsteinen. In ihren Augen war das, was Viggo an jenem Tag durchlebte, nicht wirklich lebenszerstörend. Menschen sterben.

Erst als auch sie gestorben war, habe ich das Nest verlassen. Ich trug meinen neuen Namen in einen der Taufscheine ein, von denen meine Pflegemutter immer einen Vorrat zur Hand hatte, und trat eine Stelle als Nachtwache in einem Pflegeheim im vornehmsten Stadtteil der Großstadt an. Eine bessere Pflegekraft dürften sie nie gehabt haben. Alte Menschen zu pflegen ist, wie an den Anfang des Lebens zurückzukehren. Jahrelang wohnte ich diskret, nahezu unsichtbar, in einer kleinen Kellerwohnung unter dem Heim. Als ich in das Hexenhaus auf der Landzunge zog, brauchte ich eine Weile, mich an das Licht und den Wind und die Weite des Meeres um den Leuchtturm zu gewöhnen.

Ich hatte Viggo Larssen jahrzehntelang nicht gesehen, aber in all diesen Jahren verging keine Woche, in der ich nicht an ihn dachte. Vermutlich, weil er mich an meine eigene Vergangenheit erinnerte – und weil ich die gleiche Gabe besaß wie er: das Steuer herumzureißen, wenn es nötig wurde. Der Welt den Rücken zu kehren und mich auf einem kleinen, unentdeckten Planeten niederzulassen, von dem aus ich die Erwachsenen und Sterblichen dort unten in ihren schmucken Gärten beobachten konnte. Die Fräulein und Besucher hatten das Kind, das vor ihnen stand, mit seinem Namen angesprochen, aber sie bekamen keine Antwort, weil das Kind unsichtbar und unerreichbar war. Das war unsere Art, uns zu schützen.

So stand auch Viggo Larssen, Sohn einer unverheirateten Mutter, auf dem oberen Absatz der Steintreppe, die von der Haustür in den kleinen Vorgarten führte. Die schmalen Schultern wachsam nach vorn geschoben, als rechnete er mit dem überraschenden Schlag oder Schubser eines unsichtbaren Angreifers. Ich erkannte das wachsame Starren, den schweifenden, suchenden Blick um die Ecke, über die niedrige Reihenhaushecke, durch die Gartenpforte, hinter die parkenden Autos. Lag dort möglicherweise jemand auf der Lauer und beobachtete ihn, wenn er die sichtbare Welt verließ und Dinge tat, über die selbst hartgesottene Märchenerzähler den Kopf schütteln würden?

Nein, aber an jenem Tag im Frühjahr 59, Viggo war dreieinhalb Jahre alt, stand oben vor der Haustür ein Dreirad. Ich habe oft gedacht, dass alle folgenden Ereignisse nur der böse, niemals ausgeführte Plan eines unerhört fantasievollen Teufels geblieben wären, hätte er das Dreirad damals nicht bemerkt und sich nicht mit jenem Ausdruck in den Augen draufgesetzt, den ich nur zu gut kannte.

Das Dreirad trug bereits vor dem Sturz Spuren eines gelinde gesagt waghalsigen Fahrers – Kratzer im Lack, verbogener Lenker und aufgerissener Sattel. Es war blutrot lackiert und hatte einen kleinen weißen Gepäckträger, auf dem an diesem Morgen ein Donald-Duck-Heft klemmte.

Vielleicht hörte er eine Stimme in seinem Kopf: »Das traust du dich nicht... Das traust du dich nicht...!« Vielleicht war es auch Agnes, die – in der realen Welt – aus ihrem Versteck hinter der Hecke zum Nachbargrundstück die grausame Aufforderung herüberrief, wie Teis es später behauptete: »Die wollte nur sein Donald-Heft, da ist die Geschichte drin über die Entenfamilie, die ins Land der viereckigen Eier reist.«

Teis hatte alles vom Bürgersteig aus beobachtet und die Stimme gehört, die Viggo provoziert hatte – eine Mädchenstimme, wie er all die Jahre danach selbst unter Eid ausgesagt hätte.

Als Viggo Larssen eine Sekunde später die wenigen Zentimeter an die vordere Kante der hohen Treppe vorrollte, war sein Beschluss fester als der Zement, auf den die Reifen trafen; er wollte nicht bremsen, um nichts in der Welt wollte er bremsen. Dieser Trotz, der Welt die Stirn zu bieten, war es, der die anderen Kinder manchmal an ihm erschreckte. Viggo maß mit einem Auge den Abstand bis zu den Steinplatten am Fuß der Treppe, das andere hatte er zugekniffen. Dann stieß er sich mit den kurzen Beinen ab. Das Rad kippte samt Viggo vornüber und schepperte abwärts, abwärts... Alle schlossen die Augen... um sie gleich wieder aufzureißen... wie Kinder eben sind... weil sie das Ende des brutalen Sturzes sehen wollten.

Das Donald-Heft klemmte auf wundersame Weise noch auf dem Gepäckträger, festgehalten von den verbogenen Metallstangen. Viggo war mit dem Kopf aufgeschlagen, er lag reglos auf den Steinplatten vor der Treppe, beide Augen weit aufgerissen. Das kaputte Dreirad lag auf der Seite, eine Pedalstange war verbogen und der weiße Gepäckträger in einem grotesken Winkel zum Sattel hochgedrückt wie ein gebrochener Knochen.

In diesem Augenblick trat Agnes, das einzige Mädchen, mit dem er gelegentlich spielte, aus den Schatten. Viggo Larssen lag auf dem Rücken und rührte sich nicht. Als er für einen kurzen Moment seine Augen schloss und gleich darauf wieder öffnete, war sie weg. Genau wie das Donald-Heft.

Im nächsten Augenblick flog die Haustür auf, und seine Großeltern stürzten heraus, um dem halb bewusstlosen Jungen zu Hilfe zu eilen. Auf den grauen Steinplatten waren rote Flecken, und Viggos Großmutter drückte ein nasses Geschirrhandtuch auf seinen Hinterkopf. Die Sirene des Krankenwagens war schon von Weitem als unheilschwangeres, Tod verkündendes Heulen zu hören. Die Kleinfamilien standen, in blinkendes Blaulicht gebadet, in den Vorgärten ihrer aneinandergereihten Häuser. Noch nie war ein Krankenwagen in ihrer Straße gewesen.

Später, als sie aus dem Krankenhaus zurück waren und Viggo in seinem Bett lag (den Kopf in einem kreideweißen Verband), saßen die drei Erwachsenen im Wohnzimmer und unterhielten sich über den rätselhaften Vorfall. Die Augen seiner Mutter schimmerten besorgt. Sie und Viggo bewohnten zwei Zimmer im Erdgeschoss des Reihenhauses. Sie schlief auf dem Sofa, das nachts zum Bett umfunktioniert wurde, Viggo hatte ein eigenes Zimmer mit Regal, Schreibtisch und Bett – und Aussicht auf das gelbe Haus in der Maglegårds Allé am anderen Ende des Gartens, in das vor Kurzem eine Familie mit drei Söhnen eingezogen war.

Viggos Mutter war oft in Gedanken versunken und hing den Problemen aus dem Büro nach, in dem sie als Sekretärin angestellt war. Wie immer, wenn sie ihren Sohn trösten wollte, erzählte sie ihm ein Märchen. Sie drückte ihm einen Kuss auf den weißen Verband und las ihm die Geschichte vom hässlichen Entlein vor, das sich in einen Schwan verwandelte. Im schwachen Licht der Nachttischlampe sah sie nicht, dass ihr Sohn die Augen fest zukniff, als wollte er die Bilder der wundersamen Verwandlung des hässlichen Vogels aussperren. (Ich glaube, Viggo spürte instinktiv, dass so eine Verwandlung jeder Realität entbehrte und dass das Bild vom stolzen jungen Schwan, der auf der letzten Seite des Buches hinter seiner neuen Familie herschwamm, eine Lüge sein musste, etwas, das die Erwachsenen sich ausgedacht hatten.)

»Wie kann so etwas passieren?«, fragte Viggos Großmutter später am Nachmittag im Wohnzimmer. Viggo hörte ihre Stimmen, weil die beiden Alten mit zunehmendem Alter immer lauter sprachen.

»Weil er ein *Rindviech* ist«, sagte der Großvater, der Bezirksleiter der dänischen Heidelandschaft war und als Heidemeister mit seinen hochschaftigen Stiefeln meilenweit

Heideflächen und Wiesen durchschritten hatte, als Westjütland noch unerschlossen und unbesiedelt war.

Seine Ehefrau – sie waren seit über fünfzig Jahren verheiratet – sah ihn stumm an. Vielleicht in stillschweigender Akzeptanz des harten Urteils. Es war die einzig mögliche Erklärung und entschuldigte damit auch die Herzlosigkeit ihres Mannes. Erwachsene sprechen sich gerne gegenseitig frei. Zu dem Zeitpunkt wussten sie allesamt, dass er es willentlich getan hatte…

Ich habe sie so oft beobachtet, diese Ausflüchte der Erwachsenen, sobald sie abweichendes Verhalten erahnten, das womöglich auf sie selbst zurückfallen könnte. Ich hätte Viggo, je tiefer ich Einblick in sein Leben bekam, mitteilen müssen, dass diese Herzlosigkeit mehr Kinder traf, als irgendjemand sich vorstellen konnte. Und ich hätte ihm sagen sollen, dass diese Kinder ihre Erfahrungen mit sich durchs Leben trugen, um sie selber irgendwann an ihre Kinder weiterzugeben. Aber ich sagte nichts, weil es dafür ohnehin zu spät gewesen wäre.

In den Wochen nach dem Sturz hatte Viggo die ersten Visionen. Sie kamen immer dann, wenn seine Mutter das Licht gelöscht hatte.

Sobald er die Augen schloss, wurde seine innere Welt von Sonnen, Sternen und flimmernden Kometen mit blau-roten Feuerschweifen erleuchtet, die ihn an die blinden Kinder denken ließen, die er irgendwann einmal auf dem Spielplatz an der Station Vengede gesehen hatte. Es war das erste und einzige Mal, dass er über seine Angst vor Blindheit und Finsternis sprach. Der Arzt hatte ihm über den Kopf gestreichelt (nachdem er gerade den Verband abgenommen hatte) und seine Mutter und Großmutter beruhigt.

Was der Junge empfände, sobald das Licht gelöscht wurde, sei nur etwas wie Schneeblindheit, erklärte er, und die Erwachsenen nickten wissend und ernst. Schneeblindheit, na ja... Er hörte die Stimme seiner Großmutter aus der Kaffeerunde im Wohnzimmer aufsteigen: »Dann müssen wir uns also keine Sorgen machen...«

Er starrte in die Feuerblitze und sah einen strahlenden Kometen dem nächsten folgen. Sie ließen ihn allein mit seiner Angst.

Er sagte ihnen, dass die Lichtblitze aufgehört hätten, wie der Arzt es vorhergesagt hatte. Er lag in der Dunkelheit und versuchte einzuschlafen, fürchtete aber, irgendwann blind zu erwachen, und diese Angst ließ ihn nicht los. Er schlug die Augen auf und schaute zu der Laterne vor dem Fenster, um sich zu vergewissern, dass er noch sehen konnte. Wegen des Schlafmangels waren seine Augen gerötet, und seine Mutter schalt ihn und legte ein Stück schwarzen Stoff über sein Gesicht. Er widersprach nicht und suchte stattdessen eine Lücke im Gewebe, durch die er schauen konnte. Der Umriss des Fensters war in diesen Monaten sein einziger Halt. Ich glaube nicht, dass die Kopfverletzung ihn wesentlich veränderte oder etwas in seinem Hirn lostrat. Die Veränderung beruhte eher auf der Erkenntnis, dass es nicht ratsam war, über von der Norm abweichende Dinge zu reden. Er gewöhnte sich an, hektisch mit den Augen zu blinzeln, erst mit dem linken, dann mit dem rechten, gefolgt von einem Glucksen und Schnaufen, als ob er lachte.

Der Blick seiner Mutter verfinsterte sich.

Seine Großmutter atmete tief ein und hielt die Luft gut zwanzig Sekunden an, ehe sie ausatmete. Die Pause gab ihr die Gelegenheit, ein stummes Gebet an Unseren Herrn zu senden.

In dem Augenblick rief sein Großvater gepresst aus: »Was zum Teufel ist bloß mit dem Jungen los?!«

Sie wussten es allesamt. In der realen Welt gab es kein

Entkommen – das Entlein entkam nur in den Märchen. Vielleicht lasen die Erwachsenen sie deshalb immer und immer wieder vor.

KANZLEI DES MINISTERPRÄSIDENTEN

Sonntag, 4. Januar, Vormittag

Der Bär fasste sich an den Kopf. Der sechs Kilo wiegende Körperteil wurde zu gleichen Teilen von Ohnmacht und unbändigem Zorn gepeinigt. Jemand hatte ihm seine Mutter genommen – ihm und seinem Bruder. Jemand forderte die absolute Herrschaft der Blegman-Dynastie heraus. Er sprang von seinem Stuhl auf und zeigte auf seinen jüngeren Bruder, den Justizminister: »Nenn mir das Motiv für die Entführung... Was zum Teufel wollen die?!«

Der Bruder des Ministerpräsidenten starrte auf den ausgestreckten Zeigefinger und antwortete mit Resignation in der Stimme: »Wenn es denn überhaupt ein vernünftiges Motiv gibt.«

»Gibt es, das spüre ich. Irgendjemand hat sich lange... lange über das hier Gedanken gemacht. Sie ist ganz sicher nicht freiwillig... Jemand hat sie entführt – *jemand*...« Mit geballten Fäusten starrte er den Staatssekretär an, den dritten Mann im Raum, den die Brüder in ihrer Frustration eingeweiht hatten.

Er war groß und blond und laut Gerüchten in jungen Jahren Moped-Rowdy mit langer Löwenmähne gewesen, ehe er Mitglied einer revolutionären Partei geworden war. Aber diese Zeiten lagen lange zurück.

Der Unterton im Ausbruch des Bären zeigte deutlich, dass die letzten Monate nicht gerade dazu beigetragen hatten, seine liebevollen Gefühle der Witwe gegenüber zu steigern – aber das wusste sein Bruder ohnehin, und der Staatssekretär unterstand der Schweigepflicht.

»Was sagst *du* dazu?«

Der Staatssekretär ließ die Frage ein paar Sekunden in der Luft zwischen ihnen hängen, ehe er antwortete. »Ich habe einen Hinweis bekommen – von... ist ja auch egal, von wem, dass der Mord-Chef seine Leute darauf angesetzt hat, also...«

»Worauf angesetzt, was? Worauf hat er sie angesetzt, *verdammt noch mal?*« Der Bär, der sich eigentlich gerade setzen wollte, richtete sich wieder auf.

»Im engsten Familienkreis der Witwe Blegman zu graben. Also... so weit zurück in der Vergangenheit, wie sie kommen.«

Hinter der letzten Information ahnte man beinahe so etwas wie ein leises Lächeln, was natürlich undenkbar war.

Die Brüder wechselten Blicke. Der Justizminister stand ebenfalls auf. Wenngleich einen Kopf kleiner als sein großer Bruder, war er dennoch eine imposante Erscheinung. Bis jetzt hatte es sich um Routineuntersuchungen über ihre Jugendzeit im Gentofte-Viertel um den Smakkegårdsvej gehandelt, die die Polizei abspulen musste. Aber das jetzt... Sie hatten so schon genügend Probleme. Ihre Mutter war zum absolut ungünstigsten Zeitpunkt verschwunden, unmittelbar vor einem Versöhnungsgespräch, zu dem sie ihre beiden Söhne eingeladen hatte. Beide hatten auf das Testament gewartet. Den letzten und endgültigen Willen ihrer Mutter. Sie hatten darauf vertraut, dass dieses Treffen all ihre Probleme lösen würde.

KAPITEL 4

SØBORG BEI KOPENHAGEN

1960–1961

Das Reihenhausviertel Lauggårds Vænge war nach einem Adeligen benannt, der mit brutaler Hand Bauern und Angestellte unterdrückt hatte. Damals hatte Søborg noch einzig aus Feldern, Mooren und Gräben bestanden.

»Aber warum hat ausgerechnet unsere Straße seinen Namen bekommen«, hatte Viggo einmal gefragt, als sie beim Abendessen gesessen hatten.

»Weil er ein großer Mann war«, hatte Viggos Großvater gesagt, der selbst ein großer Mann war.

Viggos Großvater, der wie der Junge den Namen Viggo trug, hatte fast sein ganzes Leben mit der Pflege der jütländischen Heideflächen verbracht. Über dem Sofa und der Kommode im Wohnzimmer hingen Bilder von hellgrünen Wiesen und golden wogenden Kornfeldern. Die beiden Alten hatten ihr geliebtes Jütland nur verlassen, um ihre Tochter zu unterstützen. Und diese Entscheidung war nicht mehr rückgängig zu machen.

Das fünfte lebende Wesen in der niedrigen Stube war ein Kanarienvogel, den Viggos Großmutter Piephans getauft hatte und der mit der Zeit wirklich das Singen gelernt hatte. Er sang immer dann, wenn die Stimmung passte, und schwieg, wenn die Laune des alten Heidemeisters gegen null tendierte, was oft der Fall war. Wie schon in den alten Kohleminen witterte der gelbe Vogel vor allen anderen die Gefahr und verstummte als Erster, wenn der mürrische Mann die Signale aussandte. In diesen Momenten wurde es still in dem kleinen Reihenhaus: Schweigen im Wohnzimmer, Schweigen auf dem Flur und oben, wo die Schlafzimmer lagen. Da wünschten sich alle außer dem Großvater woandershin.

Viggos Mutter ging jeden Morgen um sieben zur Arbeit, von der sie erst abends wieder zurückkam. Alleinerziehende Mütter konnten nur durch gewissenhafte, zuverlässige Arbeit wieder Respekt gewinnen, indem sie sich aufopferten, ohne zu murren, wie es immer schon gewesen war in diesem vom Wind gepeitschten und von Heide bedeckten Land mit seinen arbeitsamen Einwohnern.

Die neu errichteten Reihenhausblöcke waren die Früchte harter Arbeit von Generationen von Menschen. Hier konnten selbst Polizeibeamte, Büroangestellte und Werftarbeiter mit berufstätigen Frauen ein kleines Stückchen Boden ihr Eigen nennen und die Sonntagnachmittage mit einem Bier oder Schnaps auf der Terrasse genießen.

Jeder der lang gezogenen Gärten mündete auf die stark befahrene Maglegårds Allé, und jeder verantwortungsvolle Familienvater sorgte dafür, dass die Gartentore solide gebaut und mit Riegeln gesichert waren, wenn die Finger ihrer Kleinen zu vorwitzig wurden. Man kannte die tragischen Geschichten von Kindern, die hinaus auf die Straße gelaufen waren, die das neu errichtete Viertel Bellahøj – und die ersten richtigen Wolkenkratzer des Landes – mit Søborg verband.

Viele Autos kamen den Horsebakken heruntergeschossen

und rasten zu schnell durch die Kurve beim Lebensmittelladen und weiter in Richtung Gladsaxevej, wo sie erst im letzten Augenblick abbremsten. Die breite Straße, das abschüssige Gelände und die lange, scharfe Kurve beim Kaufmann verleiteten nicht nur Raser, auch Taxis oder Lastwagen fuhren hier gerne zu schnell. Einer der verantwortungsvollen Familienväter hatte der Allee den Beinamen *Landstraße des Todes* gegeben, und so wurde die Straße von den Kindern hinter den Hecken und Gartentoren auch genannt.

Teis, Sohn nüchterner Lehrer, sagte: »Aber das ist gar keine Landstraße.« Exaktheit, Evidenz und Verlässlichkeit waren ihm schon damals wichtig.

Der kleine Ove, der sich später als Berater der größten und erfolgreichsten Firmen in ganz Dänemark einen Namen machen sollte, musterte den kleinen, ungelenken Teis und sagte: »Aus einer Straße kann aber auch eine Allee werden, man muss sich nur Mühe geben.«

Agnes stand wieder halb versteckt hinter dem Gartentor der Nummer 10 und beobachtete die Jungen. In einem verschlossenen Holzkästchen oben in ihrem Zimmer lag ein zerknittertes, fleckiges Donald-Heft. Man sah sie leicht x-beinig dastehen und Kaugummiblasen machen, bis sie platzten und die rosa Masse ihr halbes Gesicht bedeckte, das für Viggo damals schon das bezauberndste Gesicht auf der ganzen Welt war, mit und ohne Kaugummi. Sie hatten die Fähnchen aus den Kaugummiverpackungen gesammelt und schon bald die ganze Welt zusammen. Viele Länder sogar doppelt. Sambia war die Nummer 106.

Agnes, die mit dem nicht ganz häufigen Namen Persen auf die Welt gekommen war, wurde von ihren Eltern Adda genannt. Wenn die Jungs mitbekamen, wie die Eltern sie zum Essen riefen und dabei die zweite Silbe in die Länge zogen, war Agnes immer rot geworden. Mit der Zeit legte sich das, und irgendwann wurde sie von allen Adda genannt. Bis sie als Teenager den Blick hob und eine Schönheit entfaltete, die ganz einfach den Namen Agnes einforderte. Aber noch heute, viele Jahre später, kam es vor, dass sie aus alter Gewohnheit (oder war es Nostalgie) ihre monatlichen Grußworte im Sølleröder Kirchenblättchen mit *Adda* unterzeichnete.

Mit der Zeit, noch im Körper des Kindes, wurde sie selbstbewusster, einige meinten sogar, gnadenlos, wenn sie sich etwas in den Kopf gesetzt hatte.

Einmal, als Viggo an einer Warze an seinem Mittelfinger rumdrückte und ihm die Flüssigkeit direkt ins Auge spritzte, schrie Adda: »Jetzt kriegst du eine Warze im Auge!« In diesem Moment hatte die zukünftige Pastorin und Seelenhirtin der Gemeinde Søllerød geradezu boshaft schadenfroh geklungen. Sie war um den entsetzten Jungen herumgetanzt und hatte »Quasimodo! Quasimodo!« gerufen, weil sie kurz vorher in einer Ausgabe der Illustrierten Klassiker vom *Glöckner von Notre Dame* gelesen hatte, dem missgestaltetsten aller Krüppel. Es war, als kannte sie die Wege, die direkt in Viggos innerste Ängste führten. Er war damals direkt zu seiner Großmutter gestürzt, die sein Auge gründlich mit Borwasser ausgewaschen und ihn zu beruhigen versucht hatte. Drei lange Tage sah Viggo nicht in den Spiegel aus Angst, eine Unebenheit in seinem Gesicht zu entdecken. Kurz darauf stand er aber wieder an der Hecke und rief nach Adda, und wer immer ihn beobachtete, konnte schon damals die Sehnsucht in seinen Augen sehen.

Viggos Großeltern rauchten. Das Haus mit den niedrigen Decken war schon völlig verräuchert, als Viggo noch ganz klein war. Eine Weile hustete er deswegen, gab es aber irgendwann auf, wie Kinder es tun, wenn die Übermacht zu groß ist. Die Großeltern dachten nicht an den Schaden,

den sie seiner kleinen Lunge zufügten, und ignorierten sein Husten.

Viggos Mutter war eine nicht sehr große, stämmige Frau, die auf ihre eigene Weise durchaus hübsch war. Ihre Haare waren beinahe schwarz, obwohl sie (angeblich) nur helle, jütländische Gene hatte. Sie hatte versucht, sich mit Schlaftabletten das Leben zu nehmen, als Viggos Vater sie sitzen gelassen und sich in Richtung Nordschweden aus dem Staub gemacht hatte.

Sie hatte begonnen, Viggo aus *Die wunderbare Reise des kleinen Nils Holgersson* vorzulesen, doch als sie beim Lesen herausfand, wohin die Leitgans Akka den kleinen Nils auf ihrem Rücken tragen wollte, nämlich zu Viggos Vater, hatte sie das Buch zugeklappt und nie wieder in die Hand genommen.

Viggo Larssen hatte seit seiner Geburt Segelohren, die rot leuchteten, wenn die anderen Kinder lange genug an ihnen herumgezerrt hatten. Sie hänselten ihn, schimpften ihn Dumbo, den fliegenden Elefanten, und machten sich darüber lustig, dass er Donald-Hefte las. Sogar der kleine Teis – normalerweise eher freundlich und schüchtern – entwickelte einen wahren Löwenmut, wenn Viggo gehänselt wurde und sie abwechselnd an seinen Ohren zogen. Niemand zog und zerrte bei diesen Anlässen fester als er. Viggos damals bester Freund Ove nahm an diesen Quälereien als Einziger nicht teil. Als er mit der Zeit mehr Macht in der kleinen Gruppe bekam, begann er, sich für Viggo einzusetzen, und damit wurde es langsam besser. Ove redete immer Klartext. Der Einzige, den er nicht erreichte, war Teis, der seine Einsamkeit zu überwinden versuchte, indem er Viggo verfolgte. Bei einer dieser Gelegenheiten zeigte Ove zum ersten Mal die gnadenlose Berechnungsgabe, die später in der weitaus härteren Wirtschaftswelt sein Markenzeichen als Ratgeber, Spindoktor und Kommunikationscoach wurde.

Eines Nachtmittags, als Teis Viggos Ohren wieder einmal mit beiden Händen festhielt, schrie Ove ihn an und warf ihm Worte an den Kopf, die im Viertel zwischen Utterslev Mose und Maglegårds Allé noch kein Kind je gehört hatte:

»Teis, *du fetter Zwerg*! Teis, Teis, Teis, rund wie ein Fußball, flennst bei jeder Kleinigkeit, kratzt dich am Arsch und *stinkst* wie ein vollgeschissenes Scheißhaus, dass alle sich die Nase zuhalten müssen, wenn du auf deinen *kurzen, fetten Beinen* angewatschelt kommst wie eine *verkrüppelte Ente*...!«

Sprachlich war das vollkommen korrekt – ein Schlaglicht auf Oves kommende Größe.

An diesem Tag senkte sich unvermittelt Schweigen über die gesamte Nachbarschaft, selbst Arbeiter und halb taube Rentner hielten inne. Alle starrten sie mit großen Augen Teis an und wussten, dass sie soeben die Hinrichtung eines Kriegers miterlebt hatten, eines Jungen, der mit Worten gefällt worden war, die er niemals verwinden würde... und dann kam das Lachen – es hallte zwischen den Reihenhäusern und Garagen wider, während Teis wie ein im Lichtkegel gebanntes Tier dastand. Irgendwann drehte er sich um und rannte, bis er nicht mehr zu sehen war.

An diesem Tag zog Teis sich in sich selbst zurück. Den anderen Kindern näherte er sich erst wieder nach dem Sommer und Herbst und einem langen Winter. Vielleicht entwickelte der Junge Teis in diesen Monaten die Verschlossenheit und Konzentration, die ihn für eine Zeit zu einem der bedeutendsten Genforscher machten, zu einem der wenigen Dänen, die auf der Jagd nach dem Genom, dem wahren Ursprung der Menschheit, in Watsons und Cricks abenteuerliche Fußspuren traten.

POLIZEIPRÄSIDIUM

Sonntag, 4. Januar, Nachmittag

Die beiden gelben Plastikstücke lagen zwischen ihnen auf dem Palisandertisch. Nummer Zwei hatte sie aus der Tüte genommen, in der die Kriminaltechniker ihren Fund verstaut hatten.

»Fetzen von einem alten *Regenmantel*?«

Der Mord-Chef sah seinen Vize fragend an. Er wiederholte: »Ein *Regenmantel*?«

»Ja – das zeigt die Analyse. Die beiden Fetzen sind vermutlich mehrere Jahrzehnte alt. Die kleinen Flecken da sind Blut.«

»Aber warum?« Der Mord-Chef schüttelte den Kopf und beugte sich vor. Er berührte vorsichtig einen der Plastikfetzen mit dem Zeigefinger. »Und warum legt man so etwas unter ein Kopfkissen und auf eine Fensterbank?«, fragte er.

»Eine der Schwestern meinte, sie habe diese Fetzen schon mal bei ihr gesehen, in einer Schublade. Aber sie ist sich nicht sicher. Die haben es ja immer eilig. Die Alten sollen allein zurechtkommen.«

»Hat sie sich die Dinger selbst beschafft – oder hat sie jemand mitgebracht? Aber wofür? Was soll das?«

Nummer Zwei wechselte das Thema. »Die Techniker sind…«, er zögerte, »…mit der Analyse des anderen… Fundes noch nicht fertig.«

»Da ist wohl auch keine einfache Erklärung zu erwarten, oder?«

Die Antwort lag auf der Hand: Die Bedeutung des gelben Klebezettels mit dem weit zurückliegenden Datum zu ermitteln war wirklich keine einfache Aufgabe.

»Die Brüder sind natürlich stinkwütend, dass wir noch keine Ergebnisse haben. Und unsere Presseabteilung ist rund um die Uhr am Telefon und...«, sagte Nummer Zwei.

»Das wundert mich nicht. Aber wissen wir mittlerweile mehr darüber, warum sie ausgerechnet zu diesem Zeitpunkt bei ihrer Mutter waren?«

»Nein. Sie halten an ihrer Aussage fest, dass es ein ganz normaler Neujahrsbesuch war. Daran ist nichts Ungewöhnliches oder gar Verdächtiges.«

»Aber?« Der Mord-Chef deutete das Zögern seines Kollegen richtig.

»Aber die Pastorin – eine Agnes Irgendwas – bestätigt, dass sie eingeladen waren. Allerdings...«

»Ja?«

»Sie sagt eben auch, dass das ungewöhnlich war. Die Brüder kamen nicht gerade häufig, und die Witwe hatte sie anscheinend nie zuvor eingeladen.«

Der Mord-Chef ließ das kleine Stück Plastik auf die Tischplatte fallen und lehnte sich auf seinem Stuhl zurück. »Aha.«

Nummer Zwei sagte erst einmal nichts. Sie waren sich beide nicht sicher, ob sie der Aussage der Pastorin Gewicht beimessen sollten.

»Gibt es was Neues aus den Recherchen zu ihrer Vergangenheit? Oder zur Vergangenheit der Witwe? Ist da irgendetwas rausgekommen?«

Nummer Zwei schenkte sich die Antwort. Er schüttelte den Kopf.

Es gab nichts, keine Anhaltspunkte, denen sie folgen konnten.

SØBORG BEI KOPENHAGEN

1961–1962

Viggos Großvater war ein ziemlicher Tyrann. Über seine Arbeit als Heidemeister hinaus war er im ostjütländischen Widerstand gewesen (weil die verdammten Deutschen einfach über die Erde seiner Väter gewalzt waren und Felder, Gräben, Wiesen und blühende Landschaften zerstört hatten). Am liebsten hätte er sie alle erschossen. Ein harter Mann, würden sicher viele sagen – aber auch die härteste Schale bekommt irgendwann Risse, wenn sich im Innern eine poröse, vergiftete Masse befindet, die unter Verschluss gehalten werden muss.

Viggo spürte das – wohl weil er selbst Experte für diese Form der Wut war –, trotzdem hatte er Angst vor seinem Großvater. Einmal schlug der Alte nach Viggos Freund Ove, als dieser auf der Jagd nach einem blau gepunkteten Ball durch das großväterliche Staudenbeet rannte. Der schwere Stock sauste nur Millimeter am Gesicht des Freundes vorbei und schlug hinter ihm in die Hecke, wo zwei mittelstarke Äste abbrachen.

Ein anderes Mal hielt er Viggo am gestreckten Arm über die Bordsteinkante der Maglegårds Allé, als ein Lastwagen mit Anhänger vom Horsebakken heruntertonnerte und direkten Kurs auf den Jungen nahm, den der Alte erst in buchstäblich letzter Sekunde in Sicherheit brachte.

Die Großmutter hatte alles von der Terrasse aus beobachtet und presste sich bestürzt zwischen den Johannisbeerbüschen hindurch zum Tor, doch als sie zwischen Erdbeeren und Kartoffeln den Blick ihres Mannes sah, blieb sie wie angewurzelt stehen.

Er hatte nur seine Pflicht getan.

»Der Junge muss lernen, wie gefährlich es ist, wenn er nicht auf dem Bürgersteig bleibt!«, rief der alte Heidemeister. »Das wird ihm später noch nützlich sein.«

An dieser Stelle hätte man das Schicksal lachen hören müssen. Der alte Nörgler ahnte nicht, wo die wirkliche Gefahr lauerte.

Während Viggos Großmutter voller Güte und Warmherzigkeit war – sie liebte ihren Enkel abgöttisch –, verbrachte der Großvater seine Tage schweigend im Lehnsessel. Er war ein Griesgram allerersten Ranges. Seine permanent vorgeschobene Unterlippe berührte beinahe die Nasenspitze (so jedenfalls sah es aus der Perspektive des verängstigten Kindes aus), und wenn er dann doch einmal etwas sagte, klagte er über Kopfschmerzen, die sich mit den Jahren zu einer Migräne auswuchsen, die seine vorderen Stirnlappen, in denen die Zentren für Rücksicht und soziale Kompetenz liegen, außer Kraft setzte.

Viggos Großmutter pflegte und umsorgte ihren grantigen Ehemann in all diesen Jahren und versuchte, ihren Enkel vor den Launen ihres Mannes zu schützen. Doch mit genau dieser Güte versäumte sie – wie unzählige Mütter und Großmütter vor und nach ihr – ihre Pflicht, der Herrschaft des Tyrannen in der zu kleinen und dunklen Stube Einhalt zu gebieten.

In der Regel wurde es gegen drei Uhr nachmittags etwas besser, wenn Viggos Großmutter Kaffee servierte (und für den kleinen Viggo Orangenlimonade). Manchmal schlug sie vor, eine Runde Karten zu spielen, um die gemütliche Stimmung auszunutzen, was der Großvater häufig mit einem zustimmenden Brummen quittierte. Wenn sie dann spielten und den Alten haushoch gewinnen ließen, kam der alte Heidemeister wieder zum Vorschein, wie er damals über die weiten Ebenen gewandert war. Mitunter hörte man sogar ein triumphierendes Lachen, wenn er mit der höchsten Karte den letzten Stich machte und seinem Enkel die letzte Chance auf einen Sieg nahm. Ebenso elegant wie unbemerkt sorgten die beiden Ränkeschmiede immer schon beim Austeilen dafür, dass Viggos Großvater die höchsten Trümpfe bekam, damit er seine scheinbar chancenlosen Gegner auch wirklich an die Wand spielen konnte.

Ein anderer kurzer Lichtblick war es, wenn der alte Mann nach dem Abendessen Viggo und die anderen zu dem Wettkampf herausforderte, wer die meisten Pflaumensteine hatte. Es gab nämlich immer Pflaumenkompott zum Nachtisch, weil das damals konkurrenzlos billig war. Das Oberhaupt der Familie reihte seine Steine am Rand des Tellers auf, bis sie einmal ganz herum reichten. Danach zweifelte niemand mehr daran, wer die meisten Steine hatte. Viggo hasste Pflaumenkompott von ganzem Herzen, und ihm entging nicht, dass seine Großmutter regelmäßig Steine in ihrer Schürze versteckte, damit der Haussegen nicht schief hing, wenn der Topf leer war.

Sie schafften es sogar, dem Großvater im Weihnachtsbrei die Mandel zuzuschustern, für die es das Marzipanschwein gab, das während der gesamten Adventszeit in Zellophan gehüllt und mit einer roten Schleife um den Hals auf dem Fensterbrett gestanden hatte.

In der Küche steckte Viggo dafür gemeinsam mit seiner Großmutter die Mandel an eine diskret markierte Stelle in der Schüssel, und gemeinsam spielten sie dann lächelnd die Nichtsahnenden. Beim Servieren drehten sie die Kristallschüssel immer so, dass der Großvater, der Riese von der Jütländischen Heide, sie bekommen musste. Er versteckte sie immer lange im Mund und freute sich sichtlich, dass niemand sein Geheimnis kannte.

Erst ganz zum Schluss, wenn Viggo und die beiden Frauen aufgegessen hatten, spuckte er die Mandel mit einem Siegergrinsen auf den Teller – und kassierte das Schwein mit der roten Schleife, das dann unversehrt bis nach Neujahr auf dem kleinen Glastisch neben seinem Sessel vor sich hin trocknete, bis die Großmutter es irgendwann in den Mülleimer warf.

Diese kleinen Rituale, Sinnbilder für Selbstaufopferung und menschliche Größe, könnten als Lehrstücke für Fürsorge und Einfühlungsvermögen herangezogen werden, doch für Viggo waren sie eher ein Beweis, dass er sich beständig auf unsicherem, nicht überschaubarem Terrain bewegte. Die Basis, auf der seine Kindheit aufgebaut war, konnte jederzeit unter ihm nachgeben und ihn in die gefährlichen Lawinen von des Großvaters Launen stürzen, die das ganze Haus für Tage verstummen ließen.

Ich glaube, das war auch der Grund, weshalb er abends gemeinsam mit Großmutter vor dem Bett kniete und in seiner ganz persönlichen Version des Nachtgebetes um Schutz für die ganze Familie bat.

Danach hielt Viggo nach dem Engel aus dem Gebet Ausschau, aber der saß weder auf dem Bettpfosten noch im Fenster zur Maglegårds Allé, den naheliegenden Landeplätzen für Engel. Wenn seine Großmutter dann nach unten ging, um zu spülen, betete er innerlich weiter. Er musste verstanden haben, dass er einen Verbündeten in höheren Sphären brauchte, eine himmlische Stütze – um die irdischen Gefahren abwenden zu können.

Das beklemmende Gefühl, dass Wände, Decken und Böden jederzeit aufreißen könnten, dass alles kaputtgehen könnte, verfolgte ihn vermutlich bis zu dem Tag, an dem die drei Erwachsenen, die ihn umgaben, tot waren. Als er älter wurde, traten anstelle der Nachtgebete innerliche Gebete – manchmal sogar tagsüber, wenn er auf dem Schulhof stand oder im Bus Nummer 68 vom Freizeitheim in Søborg Torv nach Hause fuhr. Er lief herum und hielt stumme Monologe, in denen er alle nur erdenklichen himmlischen Mächte anflehte, dass alles so bleiben sollte, wie es war, dass nichts verschwinden dürfe... nichts kaputtgehen... nichts anders werden.

Lieber Gott, bitte schütze meine Mutter, meine Großmutter, meinen Großvater und mich vor allen Unglücken, vor allem Bösen und Tragischen, Schlimmen und Schrecklichen – und bitte hilf mir, dass es noch sieben oder acht Jahrzehnte dauert, bis ich sterbe, fünf oder sechs Jahrzehnte, bis meine Mutter stirbt und vier oder vielleicht fünf Jahrzehnte, bis meine Großmutter und mein Großvater sterben. Bitte hilf mir, dass meine Wünsche in Erfüllung gehen, Amen.

Auf diese Weise pflegte Viggo in jungen Jahren eine Beziehung zu seinem Herrgott, um die ihn jeder Pastor beneidet hätte. Dabei hatte er zugleich ungeheure Angst davor, dass andere etwas davon mitbekamen.

Jeder von Eigenarten geplagte Mensch weiß, wie unerträglich peinlich es ist, wenn seine Geheimnisse entdeckt werden, auch wenn sie ihm selbst so normal erscheinen wie das tägliche Zähneputzen oder der Toilettengang.

Viggos Mutter spürte bereits damals etwas von der speziellen Beziehung ihres Sohnes zu Gott. Sie deutete das leichte Zittern in Viggos Mundwinkel als ein Zeichen absoluter Unterwerfung. Ihr machte das Angst, aber sie verbarg ihre Sorge wie so vieles anderes, erwähnte sie nur in dem Tagebuch mit den Jahreszahlen 1955-1964, das ich schon bei meinem ersten Einbruch in dem Glasschrank im Leuchtturm gesehen hatte.

Wochenlang hatte ich immer wieder das solide Schloss untersucht, das ich aus Angst vor Entdeckung nicht aufzubrechen wagte. Und dann hatte das Buch – am vierten Tag nach dem Verschwinden der Witwe – plötzlich aufgeschlagen auf seinem Nachtschränkchen gelegen, als hätten die dramatischen Geschehnisse in Kopenhagen ihn veranlasst, es herauszunehmen und eine Reise in die Vergangenheit zu unternehmen.

Ich wollte die Decke vom Fußboden aufheben, wie es die Fräulein in meinem Heim am Meer mich gelehrt hatten, als ich es erblickte. Ich ließ die Decke liegen und nahm stattdessen das Buch. Wie ein Neugeborenes hielt ich es in den Händen und legte mich auf sein Bett. Es war Sonntag und ich rechnete damit, Zeit genug zu haben, um wenigstens die erste Hälfte des zwei Finger dicken Buches lesen zu können, auch wenn die bald dreißig Jahre alte, etwas verwischte Schrift nicht leicht zu entziffern war.

Für meinen Jungen, Viggo, geb. 1955, hatte sie auf der ersten der quadratischen Seiten notiert. Das Papier war ziemlich dick, gut geeignet für die damals häufig verwendeten Füller, damit die Tinte nicht auf die andere Seite zog.

Viggos Mutter konnte sich keinen Füller leisten, erkannte ich, aber ihre Schrift war fein wie Spinnweben und mit vielen Häkchen und Bogen an den großen Anfangsbuchstaben: *Dieses Tagebuch habe ich fünf Wochen nach der Geburt meines Sohnes gekauft. Ich will darin die Gedanken notieren, die ich niemandem anvertrauen kann. Alles ist mit einem Mal so verändert...*

Ich blätterte um. Sie waren gemeinsam nach Søborg gezogen.

In diesem Haus soll ich mit Viggo leben. So ist es für uns vorgesehen. Zum Glück haben mein Vater und meine Mutter uns freundlich aufgenommen; sie hatten nicht um die Prüfung gebeten, die ich ihnen auferlegt habe, und das müssen wir zwei wiedergutmachen.

Schon hier hatte sie ihren Sohn zum Teil des Wiedergutmachungsprojektes gemacht.

Sie verdienen ein angenehmes Leben, einen ruhigen Lebensabend, in dem ihre Tochter und ihr Enkel ihnen Respekt zollen und ihnen mit Liebe begegnen.

Ich sah an die Decke und stellte gleich darauf fest, dass das instinktiv die richtige Richtung gewesen war... Viggos Mutter beendete ihr erstes Kapitel mit einem eindringlichen Gebet.

Ich danke unserem Herrgott, dass er auf uns aufpasst. Ich habe Viggo aufgefordert, unsere Dankbarkeit nie zu vergessen, wenn er sich abends am Bett hinkniet und mit seiner Großmutter das Nachtgebet spricht.

Wenn ich Viggo auf der Bank vor dem Leuchtturm sitzen sehe, weiß ich, dass er nie aufgehört hat, diese stummen Monologe zu sprechen. Mit gefalteten Händen sitzt er da, als führte er Gespräche mit jemandem.

Vielleicht ist ihm irgendwann bewusst geworden, dass sein Gott nie vorhatte, ihm seinen Wunsch zu erfüllen. Jedenfalls nicht, was die ersten drei Personen in Viggos Gebet anging. Sie verschwanden und ließen ihn allein zurück.

Den Zusammenhang zwischen der kleinen Familie in dem roten Reihenhaus und den Kindern der wohlhabenden Familie, die gegenüber in dem gelben Haus wohnte, begriff ich erst, als ich endlich die Gelegenheit bekam, die Aufzeichnungen von Viggos Mutter zu lesen. Die drei Brüder.

An jenem Tag im Leuchtturm las ich die Hälfte des ersten Tagebuches, bis ich es nicht länger wagte zu bleiben.

Ich stand vom Bett auf, zog das Laken glatt und legte das Buch auf das Nachtschränkchen. Dann hastete ich zurück durch das Dickicht und die Fußspur des Riesen in mein Hexenhaus. Noch ganz außer Atem setzte ich mich ans Küchenfenster und richtete den Blick auf den Höllenschlund.

Was mich am meisten faszinierte, waren ihre Beschreibungen eines Zuhauses, das ich aus meinen jungen Jahren kannte, da meine Pflegemutter auch Viggos Mutter betreut hatte. Er war als Säugling eine kurze Zeit bei uns im Kinderheim in Skodsborg untergebracht gewesen, weil seine Mutter unter Depressionen litt und total abhängig von ihrem Vater war, der zu dem Zeitpunkt noch nicht sicher war, ob er unter einem Dach mit einem unehelichen Kind leben wollte. Es heißt, dass er sich dazu erst bereiterklärt hat, als Viggos Großmutter ihm mit der Scheidung drohte, was für einen Mann wie ihn ein noch größerer Skandal gewesen wäre.

Unter anderem deshalb begannen ihre Aufzeichnungen erst fünf Wochen nach Viggos Geburt. Aber obgleich sie in späteren Jahren oft auch helle und positive Erinnerungen an ihren Sohn und seine Spielkameraden niederschrieb, war der dunkle Schatten über ihren Berichten nicht zu übersehen, wenn sie von der Küche in das niedrige Wohnzimmer zu dem Mann in dem Ohrensessel ging. Oder wenn sie die alte Frau auf dem Sofa betrachtete, die mit einer Zigarette zwischen den Fingern alles daransetzte, die Stimmung in der kleinen Familie mit Kaffee und Kuchen und ihrer Herzensgüte aufzuhellen. Der Kanarienvogel im Käfig war dabei so etwas wie das Symbol für ihre Zerrissenheit. Sie hatte ihr ganzes Leben Kanarienvögel gehabt, die alle auf rätselhafte und oft jämmerliche Weise gestorben waren, ehe ihre Zeit eigentlich gekommen war. Diese traurige Tradition setzte sich auch im Reihenhaus in Lauggårds Vænge fort.

Der erste Piephans in Viggo Larssens jungem Leben erstickte unter schrecklichen Krämpfen, als die Großmutter ihm versehentlich ein gefrorenes Salatblatt gab. Er begann auf seiner Stange zu zittern, auf einem Bein hockend, bis er irgendwann den Halt verlor und auf den Boden des Käfigs fiel, wo er flügelschlagend im weißen Sand lag, die Augen aufriss und einen seltsamen Laut von sich gab, als explodierte die kleine Kanarienlunge. Viggo sah entsetzt zu, ohne eingreifen zu können, während seine Großmutter neben ihm auf dem Stuhl saß und weinte, weil der nächste Goldvogel, für den sie verantwortlich war, sich ins Vogelparadies verabschiedete.

Das kleine Geschöpf schaute ein letztes Mal zu der Stange hoch, auf der es nie mehr sitzen würde. Viggo sah, wie der Tod sich anschlich, erst als eine Serie von Krämpfen, dann durch schwächer werdendes Zittern und schließlich als Schatten in den Augen des Vogels. Viggos Großmutter hinter ihm stieß einen leisen Schrei aus.

Piephans der Erste lag als unförmiger Federklumpen auf dem Rücken im Sand.

Hinter ihnen war in diesem Augenblick ein tiefes Brummen zu hören. Viggo drehte sich von dem kleinen Federbündel weg und begegnete dem befremdlich befriedigten Blick seines Großvaters. Als wäre der Sturz des Vogels von seiner Stange das Eintreffen einer vor langer Zeit gemachten Prophezeiung, über die nur er Bescheid wusste.

Sie begruben den toten Vogel in dem schmalen Gartenstreifen hinter dem Haus, in einem weißen Schuhkarton, der fast wie ein richtiger Sarg aussah. Sie sprachen ein Gebet, warfen Erde in das Grab und blieben einen Augenblick schweigend davor stehen.

Exakt in diesem Moment nahm Viggo die drei Jungen wahr, die in dem gelben Haus auf der anderen Seite der Maglegårds Allé wohnten. Sie standen auf dem Bürgersteig vor dem Gartentor und hatte die Zeremonie mit breitem

Grinsen verfolgt. Mit geschwellter Brust standen dort Palle, der Älteste der drei, dicht neben ihm der ein oder zwei Jahre jüngere Poul und schließlich noch ihr kleiner Bruder Benjamin, den alle nur Pil nannten, weil er schnell wie ein Pfeil war und niemand, nicht einmal die größeren Jungs, ihn fangen konnte. Hinter vorgehaltener Hand tuschelten die Erwachsenen über seine geistige Beschränktheit, und vielleicht war der Unfall, zu dem es später kommen sollte, eine Folge dieses Defizits. Die Eltern hätten den Kleinen niemals unbeaufsichtigt herumlaufen lassen dürfen. Die beiden älteren Brüder waren für ihre Bosheit bekannt, die angeboren oder ihnen von ihrem prügelnden Vater eingebläut worden war. Manchmal, in lauen Sommernächten, hörte man durch die geöffneten Fenster des Hauses das väterliche Gutenachtritual: lautes Klatschen, gefolgt von Schreien und geschluchzten Entschuldigungen, häufig begleitet von einem unverständlichen Schnarren, das wie das Fauchen des Säbelzahntigers klang, den die Kinder aus ihren Comics kannten. In den Zimmern des gelben Hauses schien kein Herrgott und kein Engel Wache zu halten, und Viggos Großmutter schloss immer die Fenster, bis es drüben wieder still war.

Jetzt standen die drei Brüder da und beobachteten die Zeremonie für den toten Piephans. Palle, der bereits kräftig wie ein Bär war, nahm seinen kleinen Bruder auf den Arm, damit auch er über das Gartentor blicken konnte. Noch bevor Viggo die drei aus den Augen lassen und sie ignorieren konnte, rief Palle laut und höhnisch, sodass es bis zu dem kleinen toten Geschöpf in seinem Schuhkarton vordringen musste:

»Kleiner Piephans, fertig, aus,
der Tod geht durch das Höllenhaus!«

Ein seltsamer Reim, vermutlich aus dem Stegreif erdichtet, um zu provozieren. Aber die Worte zeigten unmittelbar Wirkung. Viggos Großmutter wurde blass. Wenn Viggo ein seltenes Mal fluchte, nahm seine Großmutter ihn direkt mit nach oben ins Bad, wo er seine Flüche in die Kloschüssel spucken sollte, damit sie sie wegspülen konnte. Danach war alles vergessen. Dabei war Viggo nie auch nur in der Nähe derart böser Worte gewesen, wie sie Palle beständig über seine Lippen kamen. Poul gab auch noch seinen Senf dazu, nicht weniger hasserfüllt, auch wenn seine poetischen Fähigkeiten zu wünschen übrig ließen.

»Kleiner Vogel liegst im Kot,
Scheißerchen, bist endlich tot!«

Viggos Großmutter hatte auf dem Absatz kehrtgemacht und die gestörte Zeremonie ohne ein Wort verlassen. Viggo rannte hinter ihr her, das laute, höhnische Lachen der beiden älteren Brüder im Nacken.

Schon am nächsten Tag kaufte die Großmutter in der Zoohandlung auf der Søborger Hauptstraße einen neuen, Piephans – Piephans den Zweiten, der, wenn überhaupt möglich, noch gelber als sein Vorgänger war. Die Großmutter setzte ihn zufrieden in den Käfig und füllte seine Schälchen mit Wasser und Vogelfutter.

Es ist leicht, ein erloschenes Leben durch ein neues zu ersetzen, wenn man in der Lage ist, die Nöte und Sorgen der vergangenen Tage einfach zu vergessen. Und darin war Viggos Großmutter eine wahre Meisterin. Sonst hätte sie kaum mit dem mürrischen Mann in dem hohen Sessel mehr als fünfzig Jahre zusammenleben können.

In jener Nacht hatte Viggo einen beängstigenden Traum, den er als Erwachsener in den Beschreibungen im Tagebuch seiner Mutter und den Berichten anderer, längst verstorbener Menschen wiedererkennen sollte.

Beim ersten Mal bestand der Traum nur aus dem vagen

Umriss eines Menschen. Er ahnte ein paar magere Arme, die sich aus einem grauen Nebel zu ihm ausstreckten, um ihn zu packen und fortzuziehen.

Er warf sich in seinem Bett hin und her – und wachte mit einem Schrei auf, den niemand in dem kleinen Haus hörte.

KAPITEL 5

DER LEUCHTTURM AUF DER LANDSPITZE

Montag, 5. Januar, kurz nach Mittag

Im Unterholz an der Böschung über der Fußspur des Riesen kauernd, studierte ich den Mann im Leuchtturm durch mein Fernglas. Zu Beginn meines Aufenthaltes auf der Landspitze hatte ich die Observierung Viggo Larssens als notwendigen Teil meines Auftrages betrachtet: mir ein Bild von ihm zu machen, mir ein Urteil zu bilden und Kontakt zu ihm aufzunehmen, um ihm irgendwann zu erzählen, was erzählt werden musste. Aber je mehr Zeit verging, desto stärker empfand ich fast so etwas wie Zuneigung für ihn – mir fällt kein besserer Ausdruck dafür ein. Ich befürchtete, dass dieses für mich ungewohnte Gefühl in Mitleid umschlagen könnte, in eine Art missverstandener Ergriffenheit vom Unglück anderer Menschen, die ich so verachtete. Mitleid ist ein großzügiger Mantel, den man um sich und den Ausersehenen schlägt. Mitleid ist Distanzierung und Herablassung in einem. Mitgefühl ist etwas anderes, wenn auch mit ähnlich religiösem Beigeschmack. Sympathie ist die bodenständigere Verwandte, ein argloses Gefühl, das leicht mit Liebe verwechselt werden kann. Ich hatte keine Ahnung, wo mein wachsendes Verständnis für den Mann auf der Bank, den ich seit meiner Kindheit nicht mehr gesehen hatte, mich hinführen würde. Damals war er fünfzehn Jahre alt gewesen.

Es war der fünfte Tag nach dem Verschwinden der Witwe. Ich hatte kaum meinen Posten im nassen Gestrüpp bezogen, als ich ihn den Schlüssel unter das Moospolster im Leuchtturmgarten legen und Richtung Osten davongehen sah, hoch zu dem Weg, der in den Wald und nur wenige Meter entfernt an mir vorbeiführte. Sein Ziel war vermutlich das gleiche wie drei Tage zuvor: der Postkasten in Ulstrup. Ich ging selbstverständlich davon aus, dass sein Brief etwas mit dem Verschwinden der Blegman-Witwe zu tun gehabt hatte, mit irgendeiner Verbindung in die Vergangenheit. Er war früher dran als sonst und verzichtete zum zweiten Mal zugunsten wichtigerer Dinge auf seinen Strandausflug. Ich sah keinen Briefumschlag, der in dem strömenden Regen vermutlich in wenigen Sekunden aufgeweicht gewesen wäre, aber die Taschen seiner grünen Windjacke waren groß genug, um sogar mehrere Briefe zu bergen.

Als er zwischen den Bäumen war, nahm ich die Verfolgung auf. Nach etwa zwei Kilometern kamen wir an den Waldrand, die Landschaft öffnete sich, und der Schotterweg wurde zur asphaltierten Straße. Ein Regenbogen spannte sich über die Talsenke von den Hängen im Norden bis zum Bavnebjergsklint im Süden. Es war ein atemberaubender Anblick, aber Viggo marschierte, davon unberührt, zielstrebig weiter die Landstraße hinunter nach Ulstrup. Über dem Steilufer kreisten große Schwärme weißer Möwen, und als wir uns den weißen Höfen in der Talsenke näherten, vollführten zwei Raubvögel einen Sturzflug in das Gestrüpp am Rand des Skanseskov. Mein ornithologisches Wissen beschränkte sich auf Vögel, die in einem Käfig auf einem Stöckchen saßen, aus der Entfernung konnte ich eine wilde Vogelart nicht von der anderen unterscheiden. Aber man hatte mir bei meiner Ankunft gesagt, dass man mit ein bisschen Glück den Rotmilan, die Rohrammer und die Bachstelze sehen konnte, vorausgesetzt, man wusste, wo man nach ihnen Ausschau halten musste.

Viele Fremde, die auf die Landspitze kamen, wussten das. Im Sommer war die Gegend von unzähligen Vogelbeobachtern bevölkert – *Ornithologen* nannten sie sich –, die mit Ferngläsern bewaffnet den gesamten Küstenstreifen abgrasten, damit ihnen ja kein Flügelschlag über dem Meer oder an Land entging.

Viggo Larssen ging ohne Pause in den kleinen Ort, und als er den Lebensmittelladen mit dem Briefkasten an der Wand erreichte, erhaschte ich einen Blick auf etwas Weißes in seiner Hand. Dann war der Brief eingeworfen, und ich konnte ihm nur noch Glück wünschen auf seinem Weg. Und mir selbst. Im Falle einer Antwort würde ich vermutlich sehr viel mehr über ihn erfahren als das, was ich bisher wusste.

Ich stutzte, als ich sah, dass er vor dem Briefkasten stehen blieb, als wäre er sich unsicher über seinen nächsten Schritt. Ich hatte mich hinter die Friedhofsmauer zurückgezogen, um nicht entdeckt zu werden.

Er schob fast im Zeitlupentempo die Hand in die andere große Tasche seiner Jacke und fischte ein zweites weißes Kuvert heraus. Ein paar Sekunden hielt er es in der Hand – etwas länger, und der Regen hätte die handschriftliche Adresse abgewaschen –, dann steckte er den Brief mit einer geradezu ungeduldigen Geste in den Kasten.

Er trat den Rückweg zum Leuchtturm an, ehe ich reagieren konnte, aber es bestand auch keine Notwendigkeit, ihn jetzt noch zu verfolgen. Er hatte innerhalb weniger Tage drei Briefe abgeschickt – an drei unterschiedliche Adressen, davon ging ich ganz selbstverständlich aus. Dort im Regen hinter der Friedhofsmauer war ich mir ziemlich sicher, wer die Empfänger waren. Viggo Larssen schickte, wenn man so wollte, Nachrichten in seine Kindheit, an die wenigen verbliebenen Freunde, von denen seine Mutter in ihrem Tagebuch geschrieben hatte.

Teis, Verner, Ove und Agnes.

In dem Augenblick hörte ich rechts von mir ein leises Rascheln hinter der Steinmauer, und obwohl ich niemals wirklich Angst hatte, nicht einmal im Dunkeln – das niemand besser kennt als ich –, setzte mein Herz einen Schlag aus. Ich trat an die Mauer und schaute zu der Bank hin, dem Platz der Meereshexe.

Sie saß tatsächlich wieder dort bei den zwei schwarzen Grabsteinen. Offenbar hatte sie mich entdeckt, ich erahnte jedenfalls, dass sie mir unter der schwarzen Kapuze ihr Gesicht zugewandt hatte, als wollte sie sagen: *Wo willst du hin?*

Nirgendwohin.

Ich bin mir nicht sicher, ob ich das laut gesagt hatte.

Ich kann dich weiter bringen als jedes Schiff, hatte die Schlange in Viggos Buch gesagt. Er hatte nicht geantwortet.

Ich trat in den Schatten zurück. Um alte Frauen, die auf Friedhöfen sitzen und mit ihren verstorbenen Verwandten auf den Tod warten, mache ich am liebsten einen großen Bogen.

Wen ich berühre, den gebe ich der Erde zurück, aus der er hervorgegangen ist ... Die Schlange wand sich um den Knöchel des Jungen wie ein goldenes Armband und stieß die Warnung aus, die für alle Menschen gilt.

... Ich löse alle Rätsel.

Ich drehte mich um und begab mich zurück zum Wäldchen und dem Hexenhaus.

Später am Abend, als der Mond wie eine Silberscheibe zwischen schwarzen und dunkelvioletten Wolkenrändern hing, stattete ich Viggo nach halsbrecherischem Marsch durchs Gestrüpp, ausgestattet mit der alten Stablampe meiner Pflegemutter, einen Besuch auf seiner Bank ab.

Er saß, wie so oft, an die Wand gelehnt da und starrte unverwandt in Richtung Mond.

Vielleicht hätte ich es unheimlich gefunden, hätte ich ihn nicht schon so oft so gesehen und mich im Laufe der Tage und Wochen daran gewöhnt.

Ich war nicht abergläubisch, zumindest nicht, was den Einfluss der Gestirne auf den Körper und die Seele betraf, und Viggo Larssen nahm in Vollmondnächten keine andere Gestalt an. Weder wuchsen ihm Wolfsohren oder Reißzähne, noch zeigte er Ansätze dunklen Haarwuchses über gelben Augen. So anders und merkwürdig ist er im Grunde gar nicht, dachte ich, was vermutlich daran lag, dass mir sein Äußeres nicht weiter ungewöhnlich vorkam. Hässliche Menschen wie wir wissen, dass an so etwas nicht einmal unser Herrgott etwas ändern kann. Wir sollten uns glücklich schätzen, wenn uns Pelz und gelbe Augen erspart bleiben, und wir neben einem anderen Menschen sitzen dürfen, wenn auch ohne jede Berührung und stumm dazu.

Und trotzdem fand ich Viggo im Schein des Mondes schön, was ich ihm natürlich niemals sagen oder auch nur andeuten würde. Das wäre Schwäche gewesen, die ich nicht zeigen durfte, so viel hatte mich meine Erfahrung gelehrt.

Er bot mir ein Glas Rotwein aus der Flasche an, die neben ihm auf der Bank stand. Es war ein Siglo Rioja, ganz altmodisch in Bast eingebunden. Nie hatte ich ihn eine zweite Flasche holen sehen oder ihn betrunken erlebt, obwohl er ganz nüchtern auch nicht sein konnte. Ich ging davon aus, dass er im Wein Trost suchte, den Grund dafür glaubte ich zu kennen. Ich hätte ihn gerne darauf angesprochen, natürlich, es war eine meiner wichtigsten Fragen in diesen Tagen, aber bislang hatten wir uns nur über den Mond unterhalten, das Meer, die Stürme und die an den Unterwasserriffen des Höllenschlunds zerschellten Schiffe. Über diesen Teil der Geschichte der Landspitze wusste er sehr gut Bescheid.

Gegen Mitternacht stand er auf und goss die letzten Tropfen Rotwein in seinem Glas auf die Erde. Wir froren beide. Dann nahm er die leere Flasche, nickte mir zu und schloss die Leuchtturmtür hinter sich.

Ich stellte mir seinen weiteren Gang durch die Wohnung vor – schließlich kannte ich die Räumlichkeiten, vielleicht sogar besser als er selbst. Ich stellte mir vor, wie er die Tür zu dem kleinen Schlafzimmer mit dem blauen Tisch, dem schmalen Bett und dem dreibeinigen Hocker schloss und einen Augenblick vor dem Schrank mit den Tagebüchern seiner Mutter stehen blieb ...

An dieser Stelle ließ ich den inneren Film abreißen, weil ich auf keinen Fall sehen wollte, wie er sich auszog. So wie ich mich niemals dort sehen wollte – direkt hinter ihm – wie eine Spiegelung im Glas des Bücherschrankes. Kinder vergessen niemals, dass sie hässlich und schief geboren wurden, sie sind wie schräg in den Boden gerammte Pflöcke. Sie verlassen nicht plötzlich den Raum, der ihnen zugewiesen wurde, um ein neues Leben zu beginnen – wie das hässliche Entlein in Viggos Märchen. Dieser Gedanke ist lächerlich. Wenn es so wäre, würde es ihnen ergehen wie Piephans dem Ersten. Dem Schicksal entgeht solcher Übermut nicht.

Dort drinnen in der Dunkelheit, in der mein Freund nun einsam lag, würden alle seine Tics und Zuckungen für einen Augenblick vergessen sein. Darum war er auf die Landspitze gezogen. Er hatte sich ans Ende der Welt zurückgezogen, und das war nicht der schlechteste Aufenthaltsort. Ich blieb vor seiner Tür sitzen und wachte noch eine Viertelstunde über ihn.

In dieser Nacht fand ich keinen Schlaf. Ich lauschte auf die Geräusche in der Dunkelheit und auf das Knacken der Wände. Kann sein, dass ich den Fuchs hörte, vielleicht war das aber auch nur meine eigene Stimme, die die unausweichliche Frage stellte und sich gleich selbst die Antwort gab – genau wie im Buch:

... Ich kann nicht mit dir spielen ...
... Ich bin nicht gezähmt ...

SØBORG BEI KOPENHAGEN

1961–1962

Viggos Mutter war auf eine ganz eigene Art hübsch, auch wenn sie durch die sitzende Arbeit als Sekretärin in einer britischen Ölfirma in der Amaliegade in Kopenhagen ein wenig rundlich geworden war.

Sie ging mit den damals üblichen Absatzschuhen zur Arbeit, die allerdings längst nicht so hoch und definitiv nicht so spitz waren wie heute. Als ledige Mutter hatte sie darauf zu achten, die verheirateten Männer, von denen sie umringt war, nicht zu provozieren, das hätte missverstanden werden können. Ich selbst habe nie etwas anderes als flache Schuhe und Gummistiefel getragen.

Als Viggo klein war, hat sie ihn jedes Jahr ins Sommerlager nach Odsherred geschickt, vermutlich aus dem starken Bedürfnis heraus, wenigstens ein paar Wochen im Jahr für sich zu haben.

Viggo hasste es, von zu Hause weg zu sein, und es grauste

ihm mit einer Heftigkeit vor den Sommern in der Ferienkolonie an der Sejerøbucht, von der er nichts durchblicken ließ. Das Heimweh plagte ihn viel härter, als sich irgendwer vorstellen konnte. Aber seine Mutter schien seine Abwesenheit zu genießen. Sie ließ ihre Zahnfüllungen austauschen (dafür hatte sie das ganze Jahr gespart, und trotzdem weinte sie, als die Rechnung kam), sie nutzte die Zeit, ihre Mozart-, Beethoven- und Bachplatten zu hören und morgens auszuschlafen ohne die täglichen Verpflichtungen. Sogar den Tiergarten besuchte sie mit dem einen oder anderen Bewunderer, von denen sie aber keinen mit nach Hause nahm. An einem Samstagabend ließ sie sich von einem jüngeren Abteilungsleiter aus dem Büro, der nicht auf eine alleinerziehende Mutter herabzuschauen schien, ins Kino einladen. Aber sie beließ es bei einem Getränk nach dem Film, ehe sie sich von ihm verabschiedete.

Sie war eine ehrbare Frau.

Wie immer am Abreisetag begleitete sie auch diesmal ihren Sohn zum Endrup Plads, wo die Kinder auf zwei große Busse von Odsherred Busreisen verteilt und gen Norden verfrachtet wurden – in die gelobten Wälder über den kreideweißen Stränden, von denen man im Vorstadtviertel-Kindergarten zwischen Bispebjerg und Vangede nur träumen konnte.

Die Fräulein in den Bussen sangen mit den aufgeregten Kindern *Allzeit fröhlich* und *Morgenstund hat Gold im Mund*, während sie gen Nordwesten rollten. Viggo saß auf der hinteren Bank neben Agnes aus dem Reihenhausviertel und knetete den kleinen Gummitroll mit den roten, verfilzten Haaren, den er so liebte. Seine Finger waren noch gerötet, und die Handgelenke schmerzten von dem vergeblichen Versuch, sich am Treppengeländer vor dem Reihenhaus festzuklammern, um nicht fahren zu müssen.

Es hatte drei Erwachsene gebraucht, um ihn von den Geländersprossen zu lösen; zu guter Letzt hatte sein Großvater seine Finger gewaltsam aufgebogen, einen nach dem anderen, bis die Großmutter die ganze Hand wegziehen konnte.

Seine Mutter hatte mit Tränen in den Augen zugeschaut, wissend, dass es das Beste für den Jungen und alle war; das hatten die Fräulein im Einklang mit den Sachverständigen der damaligen Zeit gesagt. Wald und Meer und Strand waren eine gesunde Abwechslung von der erdrückenden, sauerstoffarmen Stadt.

Viggo schrie bis zum letzten Moment aus voller Kehle: »Nein, nein, nein ...!«

Und hörte dennoch das heisere Fauchen seines Großvaters: »Du kleines *Rindviech*!«

Er hob ihn auf den Fahrradsattel, wo Viggo kraftlos in sich zusammensackte. Seine Mutter musste ihn die ganze Strecke bis zum Endrup Plads an der Jacke aufrecht halten.

Viggo hasste die roten Ferienbaracken in Ellinge Lyng mit der ganzen Kraft seines Jungenherzens (eine Art von Hass, die niemals vergeht oder schwächer wird und jederzeit durch einen Duft oder ein Geräusch, frisch gemähtes Gras oder das Rascheln einer Brise in den Fichten, wieder geweckt werden kann).

Die sechs Holzbaracken in der Sejerøbucht boten Platz für ungefähr hundert glückliche Großstadtkinder, und während die Fräulein Salomonsen und Thorsager bei der Ankunft durch das leuchtend grüne Gras tanzten, um die Türen zu den Schlafsälen aufzuschließen, die Fenster zum Lüften aufzureißen, Saft zu mischen und Bockwürste heiß zu machen, die auf langen, wackeligen Tischen serviert wurden, schaukelten die Kinder auf ausgedienten Autoreifen, testeten die Wippen und strahlten mit der hoch am Himmel hängenden buttergelben Sommersonne um die Wette.

Viggo hasste all das mit der gleichen Vehemenz, mit

der die Fräulein die offensichtliche Verzweiflung und das verbissene Gesicht des segelohrigen Jungen missbilligten. Viggo hasste Sirupsaft und zerkochte Bockwürste mindestens so sehr, wie es den Fräulein missfiel, dass er lustlos in ihrer Begrüßungsmahlzeit herumstocherte und irgendwann einfach aufstand und in Richtung Weiden und Wald davonmarschierte.

Viggo stand einsam an der Grenze zwischen Heimgelände und Wald und starrte zwischen die Bäume, während die Tage trotz Ausflügen und Singspielen, Nachmittagskakao, Hefezopf und verkohlten Grillwürsten unerträglich langsam vergingen.

Die Sonne versank blutrot hinter den Fichten, aber Viggo hasste die rote, sinkende Kugel aus tiefster Seele. Genau wie die Stille, die sich bei Sonnenuntergang immer auf sie alle herabsenkte.

An einem dunklen Abend, an dem alle Kinder sich drinnen aufhielten, weil ein Sturm über die Sejerøbucht peitschte, entdeckten die Fräulein plötzlich, dass Viggo nicht auf dem Lagergelände war – er hatte Agnes, die von allen nur Adda genannt wurde, mitgenommen. Sie wussten, dass die beiden sich von zu Hause kannten. Die Fräulein versuchten, ihre Panik zu verbergen, als sie sich Schulter an Schulter, immer zu zweit, mit langen Stablampen bewaffnet und laut rufend in die Dunkelheit hinausbegaben. Sie kämpften sich mit wachsendem Unmut über schmale Waldpfade runter zum Strand. Sollten sie in jener dunklen Nacht dort draußen zu irgendwem gebetet haben, dann sicher nicht zu Gott, sondern zum Teufel, dass er Viggo endlich holte und bei sich behielt – vorher musste er ihn aber noch kurz zu ihnen bringen, damit sie sich überzeugen konnten, dass ihre gütige Aufopferung für die kleine Herde nicht von einer Katastrophe erschüttert wurde...

Sie fanden die zwei Ausreißer – splitternackt und eng umschlungen – unter einem mit dem Kiel nach oben gedrehten Boot unterhalb des Waldes am Strand. Ihre Kleider lagen im Regen, der um Mitternacht herum eingesetzt hatte. Schluchzend und zitternd erklärten sie, dass sie baden wollten, als sie von dem Regen überrascht worden waren. Diese Entschuldigung und die Nacktheit der zwei Kinder brachte die Heimleiterin Salomonsen so sehr in Rage, dass sie um ein Haar die Hand gegen sie erhoben hätte. Sie musste von ihrer Vertreterin weggezerrt werden und saß danach, vor fiebriger Wut zitternd, zwei Stunden in der hintersten Baracke. Wenn ich an Viggo und Adda denke – und ihre Trennung nur wenige Jahre später –, gönne ich ihnen diese eine Nacht umso mehr – nackt, zusammen, eng umschlungen. Obgleich sie natürlich noch viel zu jung waren, um das wirkliche Glück des Erlebten zu genießen.

Im dritten Sommer – der auch der letzte war – schloss Viggo sich auf der Toilette der Badebaracke ein, sodass sie die Tür mit der Axt einschlagen mussten, um ihn herauszuholen. Als Strafe nahmen sie ihm den Gummitroll weg und schickten ihn ohne Abendessen ins Bett.

Am nächsten Morgen fanden sie ihn schlafend in seinem Bett vor, lange nachdem die anderen Kinder aufgestanden waren. Sie zogen ihm resolut die Decke weg, was sie besser nicht getan hätten. Fräulein Salomonsen schrie laut auf, und die Fräulein wichen angeekelt von dem Bett zurück. Neben dem Jungen lag ein Schatz, den er gefunden haben musste, als seine Kameraden beim Abendessen waren: eine schwarze, tote Amsel, mit ausgebreiteten Flügeln und unnatürlich zur Seite gedrehtem Kopf. Die Amsel hatte den Schnabel geöffnet, als wollte sie singen oder als wäre sie mindestens so schockiert wie die Fräulein, die mit weißen, gespreizten Fingern vor den Augen dastanden.

Zunächst spielten sie ihre Entdeckung herunter, als ahnten sie etwas, über das sie noch nicht reden konnten. Sie schickten den Jungen zum Frühstück und zogen das Laken mit dem schwarzen Federvieh darauf ab, bevor die anderen Kinder etwas mitbekamen. Den Vogel legten sie in einen roten Plastikeimer aus der Sandkiste, den Fräulein Thorsager mit einem Lappen abdeckte und zum nächsten Fichtendickicht trug. Für den rätselhaften Schrei, den sie alle gehört hatten, bekamen die Kinder keine Erklärung. Und die Fräulein stellten aus Angst vor der Antwort nicht die naheliegendste aller Fragen: Hatte der Vogel noch gelebt, oder war er bereits tot, als der Junge ihn mit unter die warme Decke genommen hatte?

Später am Nachmittag sahen sie den sonderbaren Jungen auf der Schaukel sitzen und wie immer beharrlich nach Südosten schauen. In diese Richtung fuhren die Busse, wenn es für die Ferienkinder wieder nach Hause ging. Vielleicht dachte er an den schwarzen Vogel, den er am Vorabend auf dem Rückweg vom Zähneputzen in der Badbaracke auf dem Boden gefunden hatte. Er hatte ihn, in sein Handtuch gewickelt, in den Schlafsaal getragen und gehofft, dass eine Nacht unter der warmen Decke ihn wieder zum Leben erwecken konnte. Bei Sonnenaufgang, kurz bevor die anderen wach wurden, wollte er ihn wieder nach draußen bringen und ihm nachschauen, wenn er in den Himmel flog, über den Wald und die Bucht. Er hatte sich fast zwei Stunden wach gehalten, irgendwann waren ihm dann aber doch die Augen zugefallen, und jetzt, auf der Schaukel sitzend, war ihm klar, dass sein Einschlafen den kleinen Vogel das Leben gekostet hatte.

Das älteste Fräulein riss ihn mit ihrem Zorn aus seinen Gedanken und von der Schaukel.

Die Reaktion des kleinen Viggo Larssen kam so unvermittelt und mit einer Wildheit, die keiner der Anwesenden, Kinder wie Erwachsene, je erlebt hatte. Alle, die sich auf dem Spielplatz aufhielten, würden diesen ewigkeitslangen Augenblick immer in Erinnerung behalten, denn plötzlich hatte der Junge breitbeinig über dem ältlichen Fräulein gestanden, vornübergebeugt, die Finger wie Krallen um ihren Hals gelegt, und zugedrückt. Nur die Übermacht der herbeieilenden Fräulein konnte die keuchende Frau aus der Umklammerung des rasenden Jungen befreien. Die übrigen Kinder hatten den Kampf wie paralysiert beobachtet, reglos, aus zehn Metern Entfernung. Wie eine Armee aufrechter Zinnsoldaten hatten sie dagestanden, als begriffen sie instinktiv, dass nicht ihr Kamerad der Feind war.

Dieser Tag war Viggos letzter Tag in Lyng. Er wurde noch am selben Abend nach Hause gebracht. Über den Vorfall wurde nie wieder gesprochen.

Einen Monat später kam Viggo Larssen in die Schule.

VERNER AUS SØBORG

Dienstag, 6. Januar, Nachmittag

Hätte Verner Jensen sich einen halben Meter zur Seite gebeugt – was nicht möglich war, weil er frisch an der Hüfte operiert war –, hätte er die untere Schublade des Schreibtisches aufziehen und seine Jugendzeitnotizen aus dem Reihenhausviertel Lauggårds Vænge herausnehmen können. Es waren nicht viele Seiten – und vermutlich keine davon sonderlich interessant, nur die Kritzeleien eines pubertierenden Teenagers, der sich zum Schreiben berufen fühlte.

Ein paar der Beiträge waren für die Schülerzeitschrift am Gymnasium gedacht gewesen, kurz bevor diese von stärkeren Kräften, die er nicht beeinflussen konnte, eingestellt worden war – andere handelten vom Alltag in der Reihenhaussiedlung.

Verner war schon früh ein hoch aufgeschossener, schlaksiger Bursche gewesen, auf den die Mädchen flogen. Nach einer Gehaltserhöhung des Vaters war die Familie aus einer Zweizimmerwohnung in die Reihenhaussiedlung Lauggårds Vænge gezogen. Verner hatte Viggo Larssens Menschenscheu von Anfang an akzeptiert, wie es unter Kindern ab und zu funktioniert – interessanterweise waren die beiden sozusagen Freunde fürs Leben geworden. Der Helle, Offene, Populäre und der Düstere, in sich Gekehrte, der erst in den Jahren auf dem Gymnasium einen Teil seiner Scheu abstreifte. Die Freundschaft hielt nicht das ganze Leben, aber sie brachte Viggo Larssen einigermaßen durch die Teenagerzeit.

Verner hatte später oft gedacht, dass er sich – wie vermutlich eine Menge andere Menschen – nicht in diese Phase seines Lebens zurückwünschte. Dafür hatte es in seinen frühen Jugendjahren viel zu viele Niederlagen, Horrorvisionen, Angstattacken, Fiaskos, Irrungen und Wirrungen gegeben – aber das ist eine andere Geschichte.

Freunde fürs Leben – dieser Ausdruck passte nicht in die stromlinienförmige Welt von Danmarks Radio, in die seine Karriere ihn katapultiert hatte. Er war viel zu pathetisch. Außerdem hatten sie sich ewig nicht gesehen, bis Verner Viggo zufällig in der Nørrebrogade getroffen und sie zwei Bier auf dem Sankt Hans Torv getrunken hatten. In Viggo Larssens Leben hatte sich nichts verändert, seit sie sich das letzte Mal gesehen hatten. Er war, wie Verner es vermutlich formulieren würde, am Ende der Sackgasse angelangt. Allein in einer Parterrewohnung, arbeitslos und nach zwei Nervenzusammenbrüchen mit halber Invalidenrente.

Das war im Frühjahr 2014 gewesen.

Wenige Wochen nach ihrem Treffen war Viggo ans andere Ende von Seeland gezogen, in den Leuchtturm auf der Landspitze, von der Verners Familie stammte. Am Abend vor Viggos Aufbruch hatte Verner seinem alten Freund vorgeschlagen, dort draußen auf der Landspitze seine Memoiren zu schreiben. Im Grunde genommen war diese Idee pathetisch und sentimental, aber Verner spürte, dass seinen Freund irgendetwas bedrückte, er sah es in seinen Augen und an den Bewegungen und Gesten, sowohl den langsamen als auch den jähen (viel zu hastigen).

Schreib deine Träume auf, deine Albträume, vielleicht hilft dir das ja. Schick mir dann, was du geschrieben hast...

Fertig oder nicht abgeschlossen, das würde die Zeit zeigen.

Er hatte noch keine einzige Zeile oder auch nur ein Lebenszeichen erhalten. Bis jetzt. Im ersten Augenblick hatte er gedacht, Viggos Brief enthielte ein Exposé. Für ein komplettes Manuskript war der Umschlag zu dünn.

Das längliche Kuvert lag auf dem Tisch in der Küche, die seine vierte Frau für wahnwitzig viel Geld hatte modernisieren lassen, kurz bevor sie geschieden wurden. Der hohe Barhocker war angeblich von einem Pariser Stuhldesigner entworfen worden. Verner beugte sich vorsichtig vor (trotzdem schoss ein höllischer Schmerz in die verfluchte Hüfte) und schob die Tageszeitungen, die voller Neuigkeiten über die Blegman-Dynastie waren, beiseite. Er selbst hatte die Radioberichterstattung der letzten beiden Tage dirigiert und wegen der verfluchten Familie und ihrer noch verfluchteren Tragödie kaum Schlaf bekommen. Als Nachrichtenchef eines nationalen Mediums musste er bei allem, was er tat oder sagte, professionell rüberkommen. Und niemand wusste, was er wusste. Und so sollte es auch bleiben.

Er kannte die beiden Brüder schon sehr lange – länger und weit besser, als irgendwer auch nur ahnte. Und er kannte die Grand Old Lady. Jeder Däne kannte sie, aber er hatte sie persönlich getroffen, und das schon in seiner Kindheit. Genau wie Viggo. Er wusste, aus welchem Stoff sie gemacht war. Er kannte einige der dunkelsten Geheimnisse der Familie, aber er hatte die objektive Fassade aufrechterhalten, während seine Reporter immer frustrierter um den Fall kreisten, weil die Polizei einfach keine Informationen preisgab. Und nun lag da dieser Brief auf dem Hightechküchentisch seiner Ex-Frau, von einer Person, mit der er sich in lange vergangenen Zeiten über die rätselhaftesten Dinge ausgetauscht hatte.

Sie hatten fast zeitgleich ihre Journalistenausbildung abgeschlossen und in den Achtzigern ein relativ erfolgreiches Graswurzelblatt gestartet, ehe Viggo Larssen ohne Vorwarnung zusammengebrochen war, ein Schicksal, das er mit vielen jungen Idealisten jener Zeit teilte. Die einen fingen an zu saufen, andere nahmen Beruhigungspillen, wieder andere begingen eine letzte Verzweiflungstat – wie ihr Anzeigenredakteur Jørgen, der in einer Paranoiaattacke in Nørreport vom Bahnsteig auf die Gleise gesprungen war. Sie gehörten der Generation an, die in den Jugendrevolten der Sechziger geboren und erst in den Siebzigern Teenager war, gefangen im Niemandsland zwischen dem bunten und leicht unverbindlichen Aufruhr und ihren eigenen Idealen vom Kampf für eine bessere Welt, wie die Achtundsechziger es ihnen vorgelebt hatten.

Fast alle vormals so hochtrabenden Achtundsechziger waren in jenen Jahren in teure Einfamilienhäuser oder Wohnungen gezogen, sobald sich die Gelegenheit geboten hatte. Sie saßen auf gut bezahlten Universitäts- und Forschungsstellen und ließen ihre Nachfolger – eine komplette Generation – mit den verblassenden Schlagwörtern ihrer Ideale im Regen stehen. Nach ihnen die Sintflut. Verner erinnerte sich an Bahnsteige und Dächer als häufigste Wahl der Ausgebrannten – gefolgt von Bäumen, Brücken und Kellerräumen. Und die gescheiterten Existenzen wurden von den Überlebenden der Krise bestattet. Ihr Kreis wurde immer kleiner, als am Ende auch die Stärksten aufgaben und die trostlosen Hirngespinste in die Tonne traten.

Viggo war anders gestrickt; er wollte nicht sterben. Er zog sich einfach in sich zurück und mied seine früheren Freunde, auch Verner.

Verner Jensen saß auf dem Barhocker und las den Brief, Viggos erstes Lebenszeichen seit seinem Umzug auf die Landspitze im Frühjahr 2014. Und während er las, standen all die Fragen parat, die er schon immer gehabt hatte. Was war passiert in Viggo Larssens Leben, und in welcher Weise hatten die Katastrophen, denen er ausgesetzt gewesen war, sein Schicksal beeinflusst? Was hatte den plötzlichen und unerwarteten Zusammenbruch seines Kollegen beim Graswurzelmagazin – und danach noch einmal bei Danmarks Radio – ausgelöst? Er hatte interessante Jobs gehabt und tolle Kollegen, dazu ein festes Gehalt und eine Rente. Trotz Verners Kenntnis von Viggos angeborenen Eigenarten hatte das alles keinen Sinn ergeben. Vielleicht war es einfach ein gigantischer Tic, der ihn aus dem Nichts überrollt und endgültig aus der Bahn und dem realen Leben geworfen hatte. Aber so gut, um das einschätzen zu können, kannte Verner Viggo dann auch wieder nicht.

Die drei Blätter mit Viggos Bericht lagen zerknittert auf dem eleganten Küchentisch. Verner schloss die Augen.

Die Geschichte, die er erzählt, kann unmöglich wahr sein.

Möglicherweise war der Vorschlag, sich in den Leuchtturm zurückzuziehen, der entscheidende letzte Tropfen in dem Meer von Wahnsinn gewesen, das Viggo in sich trug. Und Verner hatte ihm das Angebot unterbreitet.

Er schloss die Augen und öffnete sie wieder. Der Brief lag noch immer auf dem Tisch.

Was für eine bizarre Geschichte... Wenn sie denn stimmte. Er spielte diese Möglichkeit in Gedanken durch, jetzt wieder mit geschlossenen Augen. Was Viggo schrieb, konnte unmöglich wahr sein.

Die Wahrheit hatten sich einst alle Journalisten auf ihre Fahnen geschrieben, doch keiner konnte sie mehr ertragen. War sie doch so voll von Katastrophen und Kriegen, Terror und Korruption, dass selbst die Redaktionstechniker in den Schnitträumen beim TV resigniert die Augen verdrehten. Das war einer der Gründe für den eigentümlich belebenden Effekt, den das Verschwinden der Grand Old Lady auf die Medien und die Bevölkerung ausübte: Endlich passierte mal etwas anderes. Ein Vorfall, bei dem nicht das Leben aller, sondern nur ein einzelnes auf dem Spiel stand. In einem relativ überschaubaren Rahmen.

Viggo hatte das Verschwinden der Witwe am Anfang des Briefes erwähnt. Als gäbe es einen Zusammenhang zwischen diesem Ereignis und dem, was er eigentlich erzählen wollte. Falls es diesen Zusammenhang gab, konnte Verner ihn nicht sehen. Für die Polizei konnte das von Interesse sein: ein bizarrer Mann – der die Witwe kannte...

Im weiteren Verlauf des Briefes erwähnte Viggo noch eine andere Episode, die keiner in der Reihenhaussiedlung je vergessen würde. Den Tod des jüngsten Sohnes der Witwe.

Dieser Brief durfte niemandem unter die Augen kommen. Viggo Larssens Theorie war verrückt – wie so viele andere Theorien, die er im Laufe seiner Journalistenkarriere aufgestellt hatte, bis ihm niemand mehr hatte zuhören wollen. Nicht einmal Verner.

Was aber, wenn es *wahr* war?

Viggo Larssen war ein Verführer gewesen, wenn er ein seltenes Mal an die Oberfläche kam. Man glaubte ihm fast alles – obwohl er blinzelte, sich räusperte, merkwürdig mit seinem Kopf ruckte und eine Schrulligkeit ausstrahlte wie ein Wesen von einem anderen Stern. Wenn er sein Garn spann, wie damals auf dem Gymnasium oder später in der Redaktion des Graswurzelblattes, wo er die schrägsten und merkwürdigsten Ideen an Land gezogen hatte, war er unwiderstehlich.

Verner lächelte.

Viggos überbordende Fantasie hatte ihn zu dem vielversprechenden Journalisten gemacht, der er gewesen war, als er noch funktionierte – in einer Zeit, als die Medien noch ganz gewöhnliche Menschen aufsuchten, um ihre Lebensgeschichte zu erzählen.

KAPITEL 6

SØBORG BEI KOPENHAGEN

1962–1963

Als Viggo von seinem unwiderruflich letzten Sommerlager zurückkam, sah er um Jahre gealtert aus. Seine Augen und abstehenden Ohren waren gerötet, seine Haut fahlgrau und seine Schultern hingen herab. Seine Mutter bekam die Gerüchte über den Angriff auf Fräulein Salomonsen zu hören, konnte sie aber nicht glauben. Viggo hatte dazu nur gesagt, dass die anderen ihn wie üblich wegen seiner Segelohren gehänselt und Dumbo genannt hätten. Deshalb hatte er schreckliches Heimweh gehabt, was dem Fräulein nicht gefallen hätte. Seine Mutter hörte ihm zu, spülte seine Augen mit Borwasser aus und brachte ihn ins Bett.

Ein paar Tage später schilderte Viggos Großmutter Doktor Fagerlund die Ereignisse. Wenn Viggo tatsächlich zu gewalttätigen Ausbrüchen neigte, wie ihr zu Ohren gekommen war, noch dazu gegen Respektspersonen, musste etwas unternommen werden. Doktor Fagerlund, der gleich gegenüber der Søborger Schule wohnte, auf der Viggo die erste Klasse beginnen sollte, legte in Arztmanier die Fingerspitzen aneinander und sagte nach einem freudianischen Stirnrunzeln, dass das bizarre Auftreten des Jungen mit unterdrückten Minderwertigkeitskomplexen zu tun haben könne...

Als möglichen Grund dafür nannte er die abstehenden Ohren. »Es wird sicher nicht einfach werden, wenn der Junge mit einer derartigen Beeinträchtigung die Schule anfängt.«

In der folgenden Woche kam Viggo ins Militärhospital am Tagensvejen in Kopenhagen, wo die Ärzte die Knorpel beider Ohren ausdünnten und anschließend wieder am Schädel fixierten. Nach der Operation musste Viggo drei Wochen eine straffe Mullbinde um den Kopf tragen und kam mit einer Woche Verzögerung in die Schule. Mit seinem weißen Turban sah er aus wie ein Astronaut oder ein Außerirdischer.

Ove, Verner, Adda – und selbst Teis – bildeten einen Ring um ihn und schirmten ihn vor den schlimmsten Plagegeistern ab. Manchmal tun Kinder so etwas. Will man mehr wissen über all die Feindschaft und den Unfrieden, die es in der Welt der Erwachsenen gibt, sollte man vielleicht an diesem Punkt ansetzen: bei vier Freunden, die, in hoffnungsloser Unterzahl, instinktiv alles daransetzten, den Rest ihrer Klasse zu besseren Menschen zu machen.

Nach außen hin verhielt Viggo sich beinahe normal.

Innerlich – besonders wenn er allein war – streifte er in einer unwegsamen Landschaft umher, die nur er sehen konnte.

Er war mit Äther betäubt worden, als seine Ohren angelegt wurden, eine für die Zeit übliche Vorgehensweise. Ich habe gehört, dass Äther oder andere bewusstseinsverändernde Mittel diese Folgewirkung haben konnten, wenn ein kleiner Rest sich irgendwo ablagerte, unsichtbar, unerreichbar und nicht einmal von den besten Neurologen aufzuspüren. Viggo hatte eine kräftige Dosis bekommen, als die Ärzte sich um sein Handicap kümmerten.

Er wurde von anderen Leiden heimgesucht, als die Jungs und Mädchen seines Alters. In den ersten Schuljahren war es eine Mischung aus Zwangsgedanken und körperlichen Reaktionen – kleine Bewegungen und Lautäußerungen, über die die anderen Kinder sich im Stillen wunderten. Dazu kam dann noch die Paranoia vor Krankheit, Vergiftung und gewaltsamem Tod.

All diese selbst gemachten Ängste kamen wie Dämonen aus einer Welt zu ihm, die parallel zu der alltäglichen zu existieren schien. Sie marschierten geradewegs über seine Schutzwälle hinweg und quälten ihn zu Hause, in der Schule oder beim Spiel mit seinen Freunden. Vor allem aber nachts.

Anfangs sah er eine Art Wetterleuchten und Lichtblitze in der Ferne – der Arzt sprach von Schneeblindheit –, später wagte er – aus lauter Angst, nicht wieder aufzuwachen – gar nicht mehr, die Augen zu schließen.

Hatte er die Augen nicht zu, bevor das Licht erlosch, würde er sie nie wieder öffnen können, fantasierte er. Manchmal machte er deshalb zwanzig oder dreißig Mal das Licht an und aus, bis ihm die Art und der Augenblick, in dem er die Augen schloss, richtig erschienen.

Falls unten im Wohnzimmer jemand das an- und ausgehende Licht bemerkte, sprachen sie jedenfalls nicht darüber.

Im Winter 1962 wurden seine Ängste – dass mit der Nacht und dem Schlaf auch der Tod kam – immer schlimmer. Er lag mit offenen Augen im Dunkeln, starrte an die Decke und stellte sich vor, dass seine Überlebenschancen stiegen, je kürzer er schlief. Mit etwas Glück fand der Tod (der ja auf der ganzen Welt viel zu regeln hatte) ihn in diesen kurzen Phasen nicht. Er trainierte sich regelrecht an, möglichst schnell wieder wach zu werden, am besten nach weniger als drei Stunden.

Einmal hatte er mithilfe zweier zerbrochener Streichhölzer seine Lider aufgehalten. Im Laufe der Nacht waren die Hölzer herausgefallen, und er war mit brennenden Lidern aufgewacht. Die Schwefelköpfchen waren tatsächlich schwarz, und Viggo war überzeugt davon, dass es im Zimmer nach Feuer und etwas Süßlichem roch. Sein Spiegelbild hatte, wie er feststellte, ebenfalls rußige Lider, was keiner der Erwachsenen zu bemerken schien. Viggo kam stets mit roten, geschwollenen Augen in die Schule, aber die Lehrer sagten nichts. Was in den eigenen vier Wänden der Leute passierte, war tabu. Auch Adda, Ove, Verner und Teis ließen sich nichts anmerken. Die Mitschüler nannten ihn nun Heulsuse, aber ihre Hänseleien hatten nur wenig Durchschlagskraft, und der Name blieb nicht an ihm kleben. Viggo saß neben einem Jungen, der noch kleiner und schüchterner war als er selbst. Manchmal griff er für kurze Augenblicke unter der Tischplatte nach Viggos Hand. Er hieß Uffe.

Abends bekam Viggo von seiner Mutter Borwasser in die Augen getropft, das Wundermittel der damaligen Zeit, mit dem sie über Jahre hinweg alle nächtlichen Gespenster des Jungen, seine Wahnvorstellungen und Albträume bekämpfte. Das Rot in seinen Augen konnte unmöglich eine innere Ursache haben.

Natürlich lernte Viggo, seine Eigenarten zu verstecken. Er hatte es aufgegeben, Trost bei seiner Mutter zu suchen.

Einmal hatte er ihr seine Angst vor den Giftpilzen geschildert, die am Rand des Spielplatzes wuchsen. Damals war er noch in den Kindergarten gegangen. Sie hatte ihn verwundert angesehen und gesagt: »Aber du musst sie doch nicht anfassen.«

Darauf hatte er nichts gesagt, denn genau das war ja das

Problem. Was, wenn er sie aus Versehen berührte, mit dem Fuß darauf trat oder die anderen Kinder ihn beim Spielen damit bewarfen. Er hatte Geschichten von Menschen gehört, die einen Fliegenpilz nur mit dem Jackenärmel berührt hatten und Minuten später unter Krämpfen gestorben waren.

Er starrte nach unten auf seine Handgelenke und glaubte, die roten, entlarvenden Streifen einer Blutvergiftung an seinem Unterarm hochkriechen zu sehen, vorbei an Ellenbogen, Schulter, Brust.

Manchmal löste seine Angst vor Pilzen, Verletzungen oder Schlangen eigentümliche Glucks- oder Schluchzlaute aus. Die anderen Kinder ließen sich nicht anmerken, ob sie es mitbekamen. Kinder können gnadenlos sein, doch sie zögern, wenn ihnen etwas unheimlich vorkommt, wie in Viggos Fall.

Ove war der Einzige, der es wagte, Viggos Furcht die Stirn zu bieten. Einmal legte er seine Hände auf Viggos Schultern, hielt ihn fest und sagte: »Es gibt *keine* Kreuzottern in Utterslev Mose.« Streng genommen, hatte er keine Ahnung, ob das wirklich stimmte. Das Gelände war weitläufig, und Schlangen waren so klein, dass sie sich eigentlich überall verstecken konnten. Er sagte es aber trotzdem.

In jungen Jahren war Ove Nilsen aus einem ganz anderen Stoff geschnitzt – irgendwie viel weicher als das, was in seinem erwachsenen Leben zum Vorschein kam. Während seiner gesamten Kindheit war Ove damit beschäftigt gewesen, Geld für seinen hohen Süßigkeiten- und Donald-Heft-Verbrauch zu verdienen, indem er Produkte an Erwachsene verkaufte, die vorsichtig ausgedrückt nicht immer die Qualität oder Wirkung hatten, die Ove in Aussicht gestellt hatte. Für diese Verkaufsaktionen trommelte er alle Kinder des Viertels zusammen, um Fliegen durch die

Knoblauchpresse zu drücken, Käfer, Würmer, Ohrenkriecher und Marienkäfer zu mörsern und mit Petersilie, Spucke und geschlagener Sahne zu einer Paste zu verrühren, die unter dem Namen *Ove Nilsens Lebenselixier* verkauft wurde. (Den Namen hatte er aus einem Micky-Maus-Heft.) Jetzt mussten die Kunden nur noch ein Eukalyptusbonbon oder ein Stück Kräuterzucker in die unbestimmbare Masse tunken und sich die Herrlichkeit auf der Zunge zergehen lassen – dann wären ihnen ewige Gesundheit und ein langes Leben sicher.

Ove erntete viel Lob für seine Aktionen. Solche Initiativen erfreuten die Erwachsenen. Anfang der Sechziger sah man im Tatendrang der Kinder so etwas wie ein Spiegelbild des Landes, das aufzubauen sie mithelfen sollten. Hätte es damals schon den heutigen Wahn um all die Wundermittel und Nahrungsergänzungsmittel gegeben, hätte Oves Weg noch ganz anders aussehen können.

Nur Viggos Großmutter weigerte sich standhaft, die kleine Flasche mit dem merkwürdigen Fluidum zu kaufen, als die Kinder an ihrer Tür klingelten. Sie schaute nervös zu Viggo hinüber, der sich tags zuvor ihre Knoblauchpresse geliehen hatte. Sie hatte sie selbst gespült und war sich ziemlich sicher, im Gitter den Flügel einer Fliege gesehen zu haben.

Auch wenn Ove es schon damals liebte, Befehle zu erteilen – er hatte allen Kameraden das Versprechen abgenommen, das Rezept für sein Lebenselixier streng geheim zu halten, damit niemand es stehlen konnte –, verlor er in dieser Zeit seine engsten Freunde nicht aus dem Blick.

Sie streiften gemeinsam durch das Moor, vier Jungs und ein Mädchen, das sich schon am Ende der ersten Klasse zu entfalten begann. Addas X-Beine verschwanden, ihre Haare wurden blonder, und die Sommersprossen auf ihrer Nase bildeten ein freundliches Muster. Wenn sie ihre Freunde mit ihren blauen Augen anlächelte, wollten alle sie in den Arm nehmen.

In einem freundschaftlichen Ringkampf gelang es Viggo, Adda auf den Rücken zu legen. Er setzte sich rittlings auf sie und drückte ihre Handgelenke ins Gras, wobei sein Gesicht so dicht über ihrem war, dass er ihren Atem spürte. Nachdem sie sich leicht erschrocken befreit hatte, ging ihm das Gefühl nicht mehr aus dem Kopf. Sein leicht an ihren Bauch gedrückter Schritt, die Wärme ihres Körpers und ihr Atem, ihre Augen und die etwas geöffneten Lippen. Noch Monate später sehnte er sich danach, diesen Moment noch einmal zu erleben, es bot sich aber nie eine Chance, und irgendwann war es zu spät. So ist es möglicherweise immer, wenn der Zufall nicht die richtige Sekunde erwischt.

Ganz nüchtern betrachtet.

Manchmal stellte Viggo Larssen sich vor, einen Aufsatz über seine nächtlichen Traumbilder und Wahnvorstellungen zu schreiben und Fräulein Iversen an der Schule in Søborg zu geben, damit sie ihn laut in der Klasse vorlas. Vielleicht stellte sich ja heraus, dass er nicht allein war mit seinen Ängsten. Aber das war natürlich undenkbar. Viggo wagte es nicht, seine Eigenarten mit jemandem zu teilen. Er begrub die Schreckgespenster seiner Kindheit in den hintersten Winkeln, im Dunkel, zu dem er keinem lebenden Wesen Zutritt gewährte. Sie waren so gut versteckt, dass niemand seinen inneren Aufruhr bemerkte. Nur so konnte er morgens aufstehen, frühstücken, auf einem klapprigen blauen Fahrrad zur Schule fahren und den anderen Kindern, die in dieser Zeit in Søborg aufwuchsen, zum Verwechseln ähnlich sein.

Kinder wie Viggo – und bestimmt gibt es davon mehr,

als wir alle ahnen – tragen ihre Geheimnisse ihr ganzes Leben mit sich herum. Vermutlich werden einige ihrer inneren Zwangsbilder im Laufe des Lebens durch andere ersetzt. Durch neue Tics, neue Wahnvorstellungen, Sehnsüchte, Wutanfälle und unbewusste Bewegungen – das alles besteht aber aus demselben Stoff: einer finsteren Masse, die gottesfürchtige Menschen in Ermangelung besserer Bezeichnungen auch Seele nennen. Die niemand je gesehen hat, und deren Existenz nicht bewiesen werden kann.

Einmal stellte Viggos Freund Verner die eine Frage: »Du wirkst manchmal... ein bisschen traurig?«

Ein großes, ungewöhnliches Wort im Munde eines Achtjährigen.

Und Viggo sagte natürlich nichts dazu.

KANZLEI DES MINISTERPRÄSIDENTEN

Dienstag, 6. Januar, Nachmittag

Es war der fünfte Tag seit dem Verschwinden der Grand Old Lady. Die zwei Brüder hatten Gesellschaft von ihren Staatssekretären bekommen, zwei weitere Ratgeber im Schlepptau, sogenannte Spindoktoren, waren sie zu ihnen gestoßen. Sechs mächtige Männer, vereint in der Kanzlei des Ministerpräsidenten – in totaler Verwirrung.

»Das ist jetzt der sechste Tag!«, brüllte der Bär zur Begrüßung.

Keiner wagte es, das Staatsoberhaupt zu korrigieren: *knapp fünf.* Das Verschwinden der alten Dame war von den beiden Brüdern am Neujahrstag um 17.57 Uhr bemerkt worden, als sie auf eine persönliche Einladung ihrer Mutter hin mit ihr über das sprechen wollten, was ihnen am meisten am Herzen lag. Daraus war dann nichts geworden. Das Ganze wirkte wie ein absurder Witz, für den es eigentlich nur eine Erklärung geben konnte: Jemand versuchte mit diesem teuflischen Spiel, die Blegman-Sippe ein für alle Mal auszulöschen. Das dachte jedenfalls Palle.

»Ich will, dass sich jeder Polizist in diesem verdammten Loch um die Sache kümmert!« Der Lärmpegel wurde nicht geringer.

Beide Staatssekretäre erstarrten unwillkürlich. Mit *Loch* konnte der Bär nur die Hauptstadt des Landes oder den ganzen Staat meinen, den er regierte. Der Befehl war so oder so nicht umzusetzen, weshalb der oberste Beamte des Bären kurz den Mund öffnete, doch ihn verließ sogleich der Mut, und er hüllte sich weiter in Schweigen. Er kannte Staatssekretäre, die ihren Ministern zu widersprechen wagten. Darüber hatten sie im Tårbæk-Club gesprochen, der exklusivsten und mythenumwobenen Loge des Landes, die sich normalerweise an jedem ersten Dienstag des Monats traf. Er selbst konnte bei diesem Thema immer nur betroffen schweigen. Palle Blegman war ein mächtiger und unberechenbarer Mann. Der Bruder des Ministerpräsidenten rettete ihn vor der Konfrontation, zu der er sich ansonsten eventuell hätte entschließen müssen.

»Palle, wir können doch nicht ...«

»Ich will, dass sie gefunden wird. Jetzt! Lebend oder ... Egal in welchem Zustand!« Der Bär knallte seine kolossale Pranke auf den Tisch, und die zierliche Kupferlampe mit dem handgestickten Schirm fiel zu Boden.

Der persönliche Berater des Justizministers, der direkt daneben saß, machte Anstalten, die Lampe aufzuheben, ließ es aber sein. Jede unüberlegte Bewegung konnte die nächste Explosion auslösen. Der antike Schreibtisch hatte dem Wutausbruch des Ministerpräsidenten standgehalten, es war aber alles andere als sicher, dass er das auch beim nächsten Mal tun würde.

»Das Einzige, was wir von der Polizei hören, ist, dass sie suchen... und dass *nichts Neues* deshalb als *gute Nachricht* zu werten ist. Das ist doch Schwachsinn! Wenn jemand sie entführt hat und auf irgendetwas wartet, dann sind das doch keine guten Nachrichten!«

Seine fünf Zuhörer schüttelten simultan die Köpfe.

»Danmarks Radio?« Palle Blegman sagte nur diese beiden Worte und sah seinen persönlichen Spindoktor eindringlich an, einen schmalschultrigen Mann mit blasser Haut und spitzer Nase, der früher Nachrichtenredakteur bei TV 2 gewesen war. Als Blegmans Vertrauter nahm er das Fragezeichen hinter der Aussage des Ministers wahr.

»Der öffentlich-rechtliche Rundfunk beginnt, in Ihrem Leben zu graben, dem Ihrer Familie, in Ihrer Vergangenheit...« Er verstummte.

»Verner *Jensen*!«

»Ja. Verner Jensen ist der Nachrichtenchef«, schaltete sich der Staatssekretär des Justizministeriums ein. »Er muss den Spuren der Polizei gefolgt sein. Vielleicht gibt es ein Leck...«

»Da kannst du dir *verdammt noch mal* sicher sein!« Der Bär war aus seinem mit kongolesischem Büffelleder bezogenen Ministerpräsidentenstuhl aufgesprungen. »Ich will, dass das ein Ende hat. Ich will... *Verner Jensen* ist ein boshaftes, verlogenes... *Dreckschwein*!«

Schwein war als Schimpfwort eigentlich ziemlich aus der Mode, auch ergänzt durch den Zusatz Dreck, dachte der oberste Beamte des Ministerpräsidenten, als wäre das im Augenblick ihr größtes Problem.

»Eine *Schlange*...!« Der Ministerpräsident versuchte sich an einer anderen Bezeichnung.

Seine Anklage wurde von niemandem kommentiert.

Keiner hatte eine Antwort auf das zentrale Problem, wo die Grand Old Lady abgeblieben war. Niemand, nicht einmal die ältesten Greise in diesen Pflegeheimen, löste sich einfach in Luft auf.

DER LEUCHTTURM AUF DER LANDSPITZE

Dienstag, 6. Januar, Abend

Ich hörte die Erkennungsmelodie der 18-Uhr-Radionachrichten bereits, als ich mit meiner kleinen Taschenlampe in der Hand die Böschung hinter der Fußspur des Riesen emporkletterte. Die Stimme des Nachrichtensprechers klang dramatisch.

Viggo Larssen saß oft bei offener Tür auf der Bank und hörte P1, so laut hatte er sein altes Transistorradio vorher aber noch nie gestellt.

Er bemerkte mich erst, als ich neben ihm Platz nahm, aber er reagierte nicht.

Der Sprecher stellte an diesem Tag sicher schon zum zwanzigsten Mal zum Polizeipräsidium in Kopenhagen durch, auch dort klangen die Stimmen beinahe panisch. Reporter schwärmten zu den Ministerien aus, und zwei Zeitungsredaktionen und drei Fernsehsender unterstützen das Fußvolk durch Helikopter. Die Geschichte war aber auch wirklich außergewöhnlich: Die greise Mutter von Ministerpräsident und Justizminister war vermutlich entführt worden, und vielleicht zählte wie in amerikanischen Filmen jede Sekunde.

Wer die dänische Presse kannte, wusste um die Anspannung, die sie alle erfasst hatte. Und um die Schadenfreude, die sich gegen die Reichen und Schönen richtete, die trotz ihrer Schlösser und Türme und vergoldeten Säle plötzlich nicht mehr weiterwussten. Aber nicht einmal im Traum hätte einer von ihnen das vor laufender Kamera zugegeben. Stattdessen redeten sie über Allgemeinplätze.

Gibt es mittlerweile Spuren, die auf eine Entführung hindeuten? Ist ein Lösegeld gefordert worden? Wurde die Polizei von den Entführern kontaktiert?

Hat man ihre Leiche gefunden?

Oder gab es neue, entsetzliche Erklärungen für das geheimnisvolle Verschwinden der alten Dame? Der Vorfall ging sogar durch die internationalen Medien, schließlich war es nicht alltäglich, dass ein Staatsoberhaupt auf derart bizarre Weise seine Mutter verlor.

Natürlich hatte ich über einen Zusammenhang zwischen ihrem Verschwinden und Viggo Larssens fahrigem Verhalten der letzten Tage nachgedacht. Auch die drei Briefe, deren Empfänger ich kannte, ohne den Inhalt der Schreiben zu kennen, passten ins Bild. Was die Empfänger anging, gab es bei einer einsamen Seele wie ihm nicht gerade viele Möglichkeiten.

Viggo Larssen konnte nicht ahnen, wie viel ich über seine Vergangenheit wusste, und das würde er auch nie herausfinden, wenn er mich nicht auf frischer Tat dabei ertappte, wie ich, auf seinem Bett liegend, im Tagebuch seiner Mutter las. Ihm musste klar sein, dass irgendwann die Polizei bei ihm auftauchen und die Frage stellen würde, die tüchtige Ermittler stellen mussten. Sie würden nach dem Unfall fragen, durch den sein Leben unwiderruflich mit dem der Blegman-Sippe verbunden war, und sie würden nach einer Erklärung für den merkwürdigen Zusammenhang suchen, auf den sie gestoßen waren.

Die Vergangenheit hatte die Gegenwart eingeholt und

den Mann im Leuchtturm in gewisser Weise wieder mit dem Fluch seiner Kindheit vereint. Ich dachte an die Geschichte von dem Kind in der Wüste und seiner Begegnung mit dem abgestürzten Piloten, mit der Viggos Mutter ihn großgezogen hatte. Sie hatte ihm *Der kleine Prinz* an dem Tag geschenkt, an dem der jüngste und kostbarste Spross der Blegman-Dynastie beerdigt worden war. Warum, weiß ich nicht, aber dieses Buch hatte Viggo durch sein ganzes Leben begleitet.

Meine eigenen Worte hatte ich nicht gefunden, obwohl ich alle Schubladen und alle Bücher im Regal durchsucht hatte. Ein paar Monate vor meinem Erscheinen auf der Landspitze hatte ich ihm einen anonymen Brief geschrieben. Er musste ihn verbrannt oder weggeschmissen haben, was ich nur zu gut verstand. Ich hatte damals übereilt gehandelt und nicht richtig nachgedacht. Ich hatte ihm von der Familie in dem gelben Haus erzählt, nicht zu viele Details, aber genug, damit er den Rest selbst herausfand. In meiner Naivität war ich überzeugt gewesen, das Richtige zu tun. Es war ausnehmend dumm gewesen und in gewisser Weise der Grund für mein Hiersein.

Er hatte die Witwe mit Sicherheit aufgesucht, wie ich es ihm in meiner stümperhaften Rolle als anonymer Berater vorgeschlagen hatte. Aber die alte Frau hatte ihr Jahrzehnte andauerndes Schweigen nicht gebrochen, sodass er ohne eine Antwort und unverrichteter Dinge auf die Landspitze zurückgekehrt war, was alles nur noch schlimmer gemacht hatte. Ich hätte vorhersehen müssen, wie unbeugsam sie war.

Ich hatte geglaubt, ihn von seinen Schuldgefühlen befreien zu können, dabei hätte ich es besser wissen müssen.

Von meiner Pflegemutter wie von den Fräulein in den Zimmern mit den hohen Decken hatte ich eine Sache gelernt: Ganz gleich ob man an die hinterhältig ausgelegten Stolpersteine des Schicksals glaubt oder an die unvorhersehbaren Zufälle des Lebens – so oder so gelingt es einem nur selten, einen Schritt zur Seite zu treten und in Deckung zu gehen. Viggo Larssen war es nicht anders ergangen. Das Problem war nur, dass er nichts von Schicksal oder Zufall wusste, sondern die Schuld bei sich selbst suchte: bei dem Jungen, der es versäumt hatte, in den Sekunden, in denen er in einer perfekten Welt dort gewesen wäre, an der Seite seiner Mutter zu sein.

SØBORG BEI KOPENHAGEN

1963

Viggos Großmutter war, wie es in den frühen Dreißigern so schön hieß, ein herzensguter Mensch.

Sie lächelte den krakeelenden Buben und Mädchen auf dem Weg zum Bäcker freundlich zu, ihren mürrischen Mann untergehakt, blieb an den Gartentoren stehen und tauschte sich mit den jungen, daheimgebliebenen Müttern über Rezepte und Blumensamen aus und bückte sich und streichelte Fräulein Bachmanns weißen Pudel, obwohl allgemein bekannt war, dass er nachts bellte und tagsüber weiche Kackhaufen bei den Garagen hinterließ. Man sah sie auf der Terrasse stehen und pfeifend mit den himmlischen Vögeln plaudern, und man sah sie in der Hecke nach verirrten Igeln suchen oder die kleinen Vögel am Futterhäuschen auf der Terrasse vor aufdringlichen Katzen schützen.

Merkwürdigerweise mündete ihre Fürsorge für die hilfsbedürftigen Wesen in den Büschen und den Bäumen nur allzu oft in einer Tragödie.

An einem sonnigen Nachmittag fand Viggos Großmutter im Garten eine Amsel mit einem gebrochenen Bein. Sie legte sie in eine ausgediente Zigarrenschachtel von Viggos Großvater in ein Lager aus Stroh und verband den Bruch mit einer Mullbinde. Die Amsel starb in der Nacht, vermutlich erstickte sie im Mief alter Zigarren in der engen Schachtel.

Am nächsten Tag fand sie die Vogeljungen – deren Vater offenbar ausgeflogen war. Sie fütterte sie mit Salzkartoffeln, die ihrer Meinung nach alles kurierten. Die jungen Vögel starben allesamt, und sie saß auf einem Gartenstuhl und weinte sich die Augen aus dem Kopf, wie sie auch weinte, als ein Spatz gegen das frisch geputzte Wohnzimmerfenster flog, das sie nichtsdestotrotz weiter mindestens zweimal die Woche putzte, damit es nur ja nicht weniger sauber und blank aussah als die anderen Fenster im Viertel.

Eines Tages tauchte eine pechschwarze Katze auf der Terrasse unter dem Wohnzimmerfenster auf, in den Krallen den kleinen Dompfaff, den sie so liebte, zerfetzt und blutverschmiert. Das war wie ein böses Omen.

Am folgenden Sonntag stand die Terrassentür offen, und Piephans der Zweite flatterte aus seinem Käfig, drehte eine triumphierende Runde durchs Wohnzimmer und flog zur offenen Tür hinaus in die Freiheit, in großem Bogen durch die Luft, in eine Birke, gerade hoch genug, damit er unerreichbar für alle war.

Viggos Großmutter stand am Fuß der Birke und versuchte ihn anzulocken, indem sie die Melodie pfiff, die sie allen Kanarienvögeln beibrachte: ein langer Ton und sieben kurze.

Natürlich nützte das nichts. Bei Sonnenuntergang saß der Vogel noch immer in der Birke, und irgendwann verstummte sie, während ihr Tränen über das Gesicht liefen. Viggos Großvater hatte sich während der ganzen Zeit nicht gerührt, er döste im Gartenstuhl und hatte seine graue Kappe über die Augen gezogen. Er war es, der die Tür hatte offen stehen lassen.

Plötzlich schoss von oben ein Schatten herab, die Sonne im Rücken, wie Battler Britton in seiner Spitfire in Viggos Kriegsheften. Aber es war kein englischer Comicheld, sondern eine schwarze Krähe, die sich über die gelbe Beute stülpte wie eine dicke Vogelspinne über eine fette gelbe Larve. Viggos Großvater stieß ein Grunzen aus, das vom Aufschrei der Großmutter übertönt wurde, als das zum Tode verurteilte Wesen, einen Schweif roter Perlen hinter sich herziehend, in einem undefinierbaren Klumpen am Rand des Erdbeerbeetes landete. Viggo und seine Großmutter rannten dorthin und fanden Piephans den Zweiten zerrupft und mit halb weggehacktem Kopf am Boden liegen. Seine dunklen Augen starrten sie vorwurfsvoll an, erloschen in dem Augenblick, als Freiheit und Trotz mit Furcht und Tod kollidierten. Die Krähe stieß hoch über ihren Köpfen einen triumphierenden Schrei aus. Viggo schaute den Vogel an und lief dann zur Terrasse, wo sein Großvater saß. Das Gesicht des alten Mannes lag im Schatten des blauen Sonnenschirms, trotzdem kam es Viggo so vor, als hätte er der Krähe zugeblinzelt. Die Großmutter wickelte Piephans den Zweiten behutsam in das dunkellila Tuch, mit dem sie abends immer seinen Käfig abgedeckt hatte, und sie bestatteten ihn neben seinem Vorgänger. Dieses Mal waren die Blegman-Brüder nicht anwesend.

Am nächsten Tag überquerte sie die Maglegårds Allé und klingelte an der Tür des gelben Hauses. Sie hatte das noch nie getan, und es war auch besonders, dass sie und die Mutter der Blegman-Brüder daraufhin gemeinsam zu der Tierhandlung in der Søborger Hauptstraße gingen und jede einen Kanarienvogel kauften.

Dazu erstand Frau Blegman nach den Anweisungen von Viggos Großmutter den größten Käfig des Ladens.

Der Vogel war für den kleinen Pil, der so schnell rannte, dass die Erwachsenen befürchteten, er könne eines Tages auf die Straße laufen, ehe sich's jemand versah.

Viggos Großmutter hatte Pils wilde Jagd unzählige Male beobachtet – und so war ihr die Idee gekommen.

»Er braucht eine ruhigere Beschäftigung«, hatte sie Pils Mutter schon mehrmals erklärt, wenn sie sich beim Fischhändler oder Metzger an der Ecke der Maglegårds Allé getroffen hatten.

Jeder in der Siedlung wusste, dass der Kleine bei der Geburt zu wenig Sauerstoff bekommen hatte und deshalb vermutlich etwas zurückgeblieben war. Er hatte nur ein einziges Interesse: Laufen, und er lief hinter den Vögeln her durch den Garten, verfolgte die Spatzen und Amseln und versuchte, die Kohlmeisen auf dem Vogelhaus zu fangen. Sein Vater und seine zwei älteren Brüder hatten wenig Geduld mit ihm. Pil war blond, blauäugig, liebenswert und verträumt, das ganze Gegenteil seiner Brüder, die die anderen Kinder aus der Reihenhaussiedlung tyrannisierten und selbst größere Jungs in die Flucht schlugen. Sie waren eifersüchtig auf ihren kleinen Bruder, weil ihre Mutter ihn so offensichtlich in Schutz nahm und sich von seiner fröhlichen, ausgelassenen Verrücktheit verführen ließ. In letzter Zeit hatte ihr Mann, ein prominentes Mitglied der Konservativen Volkspartei, häufiger den Gedanken geäußert, den Jungen in einer ruhigeren Umgebung als ihrem Haus unterzubringen, die Mutter des kleinen Pil wusste, dass er damit für immer für sie verloren wäre, und sie zog ihn, soweit möglich, aus dem Blickfeld der Tyrannen, wozu ihr die Anschaffung des Kanarienvogels ein guter Beitrag schien.

Niemand weiß, wie der Patriarch des gelben Hauses in

der Maglegårds Allé den kleinen gelben Singvogel aufnahm, aber Pil schien instinktiv zu erfassen, was seine Mutter von ihm erwartete. Die ersten Wochen verbrachte er damit, den Vogel zu zähmen, ihm Pfeifen beizubringen, ihn auf seiner Schulter herumzutragen und zu erdulden, dass an seinem Ohrläppchen gepickt wurde. Frau Blegman erzählte Viggos Großmutter in der Schlange beim Gemüsehändler von der vielversprechenden Entwicklung. Pil hatte seinen neuen Freund Buster getauft, nach dem tollpatschigen Clown vom Cirkus Buster, den alle Kinder liebten.

Für eine Weile herrschte fast so etwas wie Idylle. Es war April, und die Frühjahrssonne lockte die Knospen an den Büschen und Bäumen des Vorstadtviertels heraus. Das alles hatte ein jähes Ende, als der Patriarch drei Katzenbabys, die eine verwilderte Katze im Garten der Familie hinterlassen hatte, in der Garage zerbombte...

Alle Mitglieder der Konservativen Volkspartei kannten Peter Blegmans Temperament und seine zeitweise brutalen Auftritte – aber keiner hätte es gewagt, sich laut darüber auszulassen.

Als Mitglied des Parteivorstandes hatte er ein weitverzweigtes Netzwerk einflussreicher Stützen der Gesellschaft geknüpft, die er zu besonderen Gelegenheiten in sein abgeschiedenes Landgut in Schweden einlud. Wie es hieß, kamen nicht nur Parteifreunde und erfolgreiche Unternehmer in Peter Blegmans rot-weißes Domizil bei Älmhult, sondern auch führende und mächtige Sozialdemokraten (unter ihnen etliche Minister), die in entspannter und absolut vertraulicher Umgebung die Probleme des Landes mit Menschen diskutieren konnten, mit denen sie sich in der Öffentlichkeit nicht zusammen sehen lassen durften.

Wenn Richter Blegman sich etwas vornahm, legte er eine legendäre Hartnäckigkeit an den Tag. Darum hatten die drei Katzenjungen, die er unter einem Busch im Søborger Garten entdeckt hatte, auch nie eine Chance.

Das Krachen der alten Flinte, die der Patriarch von seinem eigenen Vater geerbt hatte, war Hunderte von Metern weit zu hören. Er hatte die drei zum Tode verurteilten Katzenjungen mit einer Schale Milch in die Garage gelockt und danach das alte Gewehr mit Schwarzpulver und Kugeln geladen. Der Schuss aus einer solchen Waffe und aus dieser Nähe hatte in etwa den Effekt eines Bombeneinschlags.

Zwei der Katzenjungen waren in blutigen Flecken und Streifen über die ganze Wand verteilt, als Frau Blegman und ihre drei Söhne in die Garage gestürzt kamen. Der Patriarch hatte seine Waffe gerade nachgeladen, und so wurden sie Zeugen, wie der dritte und letzte ungebetene Gartengast in einer Wolke roter Blutstropfen und verkohlter Pelzreste vollständig pulverisiert wurde. Die Reaktionen waren sehr unterschiedlich – und vermutlich aussagekräftiger bezüglich der Familienverhältnisse als irgendetwas sonst.

Der mittlere der drei Brüder, Poul, brach in schallendes Gelächter aus. Will man in Bezug auf Palle Blegman, den ältesten Sohn, etwas einigermaßen Versöhnliches sagen, dann höchstens zu seiner unmittelbaren Reaktion beim Anblick der drei Katzenjungen: In den ersten Sekunden war der Blick seiner blauen Augen fast schockiert gewesen. Dann schien er zu begreifen, dass sich in solchen unvorhersehbaren Augenblicken des Lebens der weitere Kurs entscheidet, den man nur schwerlich korrigieren kann. Schließlich lachte er noch lauter als Poul.

Frau Blegman schrie in die vor den Mund geschlagenen Hände, und man hätte denken können, dass der naive, verträumte Pil ähnlich wie sie reagieren würde, aber so war es nicht. Seine Mutter hörte ihn zu ihrem großen Entsetzen noch lauter als seine beiden Brüder lachen. Er klatschte in die Hände und rief aufgeregt: »Noch mal...! Noch mal...! Noch mal...!« Aber es gab kein Katzenjunges mehr, das massakriert werden konnte. Peter Blegman stellte die noch heiße Waffe in eine Ecke und verließ das Schlachtfeld, gefolgt von seinen drei Söhnen.

Schwer zu sagen, ob sich nach dieser Episode das Verhältnis zwischen den drei Jungen und ihrer Mutter entscheidend änderte. Allerdings kann man davon ausgehen, dass Frau Blegman die Schrift an der Wand gesehen hat – das Menetekel, vor dem sie sich immer gefürchtet, mit dem sie aber seit vielen Jahren gerechnet hatte: Keine höhere Macht – und schon gar nicht ihre eigenen sehr viel irdischeren Bestrebungen – würden den Einfluss ihres Mannes auf ihre drei Söhne unterbinden können.

Sie hatte zuschauen müssen, wie Poul und Palle sich willenlos von ihm formen ließen, und jetzt hatte sie miterlebt, dass der kleine Pil ihnen widerstandslos folgte – in die wirkliche Welt, um ein Mann zu werden wie sein Vater. Nach diesem Tag gab sie alle Bestrebungen auf, ihn in der Sicherheit der warmen Stube festzuhalten, vor dem Käfig mit dem Kanarienvogel, in sicherem Abstand zu seinen Brüdern und seinem Vater.

Pil rannte weiter im Garten herum und schrie und sang wie ein Bekloppter... Und Viggos Großmutter stand wie so oft am Wohnzimmerfenster und schüttelte den Kopf über die sinnentleert verwirrten Manöver des Jungen auf den Steinplatten.

»Eines Tages geht das schief«, flüsterte sie Piephans dem Dritten auf ihrer Schulter zu.

Und genauso kam es.

Es war der 23. August 1963, einen knappen Monat vor Viggo Larssens achtem Geburtstag, und keiner der Bewohner der Siedlung an der Maglegårds Allé würde dieses Datum je vergessen.

Viggos Großvater hatte wenige Tage zuvor das Auto seines Bruders ausgeliehen, nachdem er diesen samt Frau zum Flughafen gefahren hatte, von wo aus sie mit dem Pastor von Tjæreborg nach Palma de Mallorca geflogen waren.

Sein jüngerer Bruder hatte die nötige Zeit, außerdem konnte er sich dank seiner üppigen Pension von FL Smith, wo er Vizedirektor gewesen war, diese Art von Luxus leisten. Mit seinem Abschied hatte er den Firmenwagen übernommen, einen schmucken blauen Opel Kapitän, von dem Viggos Großvater nur träumen konnte – den er aber hin und wieder ausleihen durfte.

An diesem Tag hatte er ein seltenes Mal etwas in der Stadt zu erledigen gehabt. Viggo hatte das Strahlen in den Augen seines Großvaters gesehen, als dieser am Nachmittag in den glänzenden Wagen gestiegen war. Er wäre entsetzlich gerne mitgefahren und zupfte den Großvater bettelnd am Ärmel, aber seine Großmutter hatte ihm aus dem Wohnzimmer zugerufen, dass er noch Hausaufgaben machen müsse.

Später hatte man den Streckenverlauf detailliert in einem Polizeiprotokoll rekonstruiert. Viggos Großvater war über den Frederiksborgvej ins Zentrum gefahren, vorbei am Tivoli, heimwärts dann am Radiohaus in der Rosenørns Allé vorbei, rechts auf den H.C. Ørsteds Vej und links auf den Åboulevard. Er passierte die Bellahøj-Häuser und bog Minuten später auf den Horsebakken und den letzten fatalen Abschnitt der Maglegårds Allé ein, von allen nur Landstraße des Todes genannt. Zuvor hatte es leicht geregnet, möglicherweise war die Fahrbahn deshalb rutschig. Jedenfalls hatte Viggos Großvater vor der Kurve zu Beginn der

Steigung leicht beschleunigt, trotzdem war er – späteren Messungen zufolge – noch unter der Geschwindigkeitsgrenze geblieben.

Hundert Meter hinter der Kurve, direkt gegenüber von Viggo Larssens Garten, lag das gelbe Haus, in dem die drei Blegman-Brüder mit ihren Eltern wohnten. Vielleicht hätte ein zufälliger Passant in dem Augenblick, als das Auto sich näherte, die Haustür zuschlagen hören, die Bewegung im Garten vor dem gelben Haus bemerkt und möglicherweise entdeckt, dass die Pforte des Vorgartens offen stand. Vielleicht hätte so jemand die Pforte, die Sicherheit kleiner Kinder im Blick, beherzt geschlossen. Aber es war keine Menschenseele auf der Straße.

Der Junge, den sie Pil nannten, war bereits am oberen Treppenabsatz losgelaufen und hatte ordentlich Schwung, als er die offene Gartenpforte erreichte. Vor seinen moosgrünen Gummistiefeln, die man hinterher fast zwanzig Meter entfernt auf der Fahrbahn gefunden hatte, tanzte ein blauer Ball.

Der blaue Opel hatte keine Chance gehabt – wie die Polizei hinterher feststellte. Die Geschwindigkeit war angemessen gewesen, das Auto gut sichtbar, einzig die wilde Jagd des Jungen über die Bordsteinkante nach seinem Ball war unmöglich vorherzusehen gewesen.

Viggo hatte gerade Wasser in die Vogeltränke gefüllt. Seine Großmutter hatte beschlossen, den alten Vogelkäfig rauszuschmeißen und einen neuen zu kaufen. Der dritte Piephans sollte der erste Vogel einer ganz neuen Epoche sein. Und nun war also Viggo dabei, den gerade gekauften Käfig für den neuen Bewohner einzurichten.

Er hörte kreischende Bremsen, dann einen dumpfen Schlag und einen Schrei, aber vielleicht war das auch nur das Jaulen der blockierten Reifen auf dem Asphalt.

Dann hörte er seine Großmutter einen lauten Ruf ausstoßen – gefolgt von der Order, im Wohnzimmer zu bleiben. Aber seine Neugier war zu groß. Er riss die Tür zum Garten auf und rannte über den Gartenweg zur Allee und zum gelben Haus.

Den Anblick, der sich ihm bot, würde er nie mehr aus dem Kopf bekommen, so wie bei der Krähe und dem Kanarienvogel.

Über einem kleinen gelben Häuflein am Boden stand ein dunkler, riesiger Schatten, der das Gelb fast verschluckte, das in Sekundenschnelle eine neue Farbe annahm, die niemals mehr abgewaschen werden konnte. Viggo begriff instinktiv, dass das Blut war. Seine Großmutter war auf die Fahrbahn gelaufen und starrte das Kind und das Auto an, das in dem vergeblichen Versuch auszuweichen, mit einem Rad auf den Gehweg gefahren war. Der Junge in dem gelben Regenmantel lag halb unter dem vorderen Kotflügel.

Dieser Anblick, dieses Bild, veränderte Viggos Leben; danach war nichts mehr wie zuvor; die Umrisse des toten Jungen verschwanden nie mehr aus seiner Erinnerung. Das Gelbe, das Schwarze, das Glänzende, der Asphalt, die Kühlerhaube – der darunter aufsteigende Dampf –, das sickernde Rot, das nach und nach das Gelb verschlang, der seltsam friedvolle Blick des Jungen, als wäre der Schmerz nicht zu den Augen durchgedrungen, ehe es ohnehin zu spät gewesen war.

Dann hörte er den Schrei aus dem Auto.

Er erreichte seine Großmutter, zog sie auf den Gehweg vor dem gelben Haus und sah mit klopfendem Herzen seinen Großvater aus dem Auto aussteigen und auf die Fahrbahn kippen. Er sah ihn auf Händen und Knien vor das Auto kriechen, das gelbe Häuflein unter der Stoßstange hervorziehen und in seine Arme nehmen.

So saß sein Großvater mit dem kleinen Jungen im Arm da.

Aus dem Garten vor dem gelben Haus ertönte ein lauter Schrei, dann krachte die Haustür mit einem metallischen Echo gegen das Treppengeländer. Der Patriarch kam durch das Gartentor gelaufen, gefolgt von seinen zwei beinahe ebenso großen Söhnen. Palle und Poul stürzten sich mit ihrem Vater auf Viggos Großvater und schleiften ihn weg von dem toten Jungen, ihrem kleinen Bruder Pil, nicht ohne ihm vorher einen brutalen Tritt zu verpassen.

Zu diesem Zeitpunkt hörte Viggo bereits die Sirenen. Irgendjemand hatte einen Krankenwagen gerufen, der nichts mehr würde retten können. Frau Blegman stand am Gartentor und schrie. Auf der anderen Straßenseite sah er Teis völlig verschreckt neben einer Gartenpforte stehen.

Sein Großvater saß im Rinnstein, den Kopf in die Hände gelegt, während Palle und Poul reglos dastanden. Es grenzte an ein Wunder, dass sie den alten Mann im Rinnstein nicht mehr anrührten.

Viggos Großvater sagte nie, was vielleicht jeder andere gesagt hätte: *Das war nicht meine Schuld – der Junge ist mir direkt vors Auto gelaufen*; weder dort im Rinnstein der Maglegårds Allé noch irgendwann später. Auch den Polizisten gegenüber bekam er den befreienden Satz nicht über die Lippen: *Er ist mir vor das Auto gelaufen.*

Im Gegenteil.

»Das ... das ist meine Schuld ... Mein Gott, das ist meine Schuld ... Ich hätte früher bremsen müssen ...« Und dann erstarb seine Stimmer in tiefer Verzweiflung, die Viggo peinlich berührte. Er hatte seinen Großvater noch nie so schwach erlebt, hatte ihn sich nie vor irgendwem oder irgendetwas beugen sehen. Noch Jahre später war er erstaunt über seine eigene Reaktion. Der Zorn, der in ihm aufstieg, explodierte irgendwo in seinem Kopf und wurde zu einem merkwürdig weißen Nebel, der ihn fast eine Minute blind machte. Er kam erst wieder zu sich, als seine Großmutter ihm über den Arm strich und ihn mit sich hinter das Tor des eigenen Gartens zog. In Sicherheit.

Der Unfallhergang wurde detailliert von der Polizei rekonstruiert.

Das war nicht weiter schwierig.

Bereits in dem Durcheinander auf der Fahrbahn hatte einer der Polizisten die Geistesgegenwart besessen, die entscheidende und zentrale Frage in Bezug auf die Schuld zu stellen: *Stand das Gartentor offen?*

Mehrere Nachbarn waren sich bei der Antwort einig gewesen. *Ja.*

Der Polizist nickte nachdenklich. Der Gehweg war etwa einen Meter breit. Hätte der Junge zuerst das Tor öffnen müssen, um den Garten zu verlassen und auf die Fahrbahn zu laufen, wäre dem Fahrer des Wagens bei normaler Geschwindigkeit genügend Zeit geblieben, ihn zu sehen und zu bremsen, trotz der regennassen Fahrbahn.

Dass Viggos Großvater die Höchstgeschwindigkeit nicht überschritten hatte, bewies die Auswertung der Bremsspur.

Vor Gericht sagte er: »Der Junge kam angelaufen…«, wiederholte aber dennoch die einzige Erklärung, von der er bis zu seinem Lebensende nicht abweichen würde: »Es ist meine Schuld… Ich hätte ihn rechtzeitig sehen müssen!«

Als wäre es eine dem Menschen angeborene Kompetenz, Dinge rechtzeitig zu erkennen. Sollte das tatsächlich einmal vorgekommen sein, dann doch nur, weil das Schicksal es aus unerfindlichen Gründen gut mit demjenigen meinte.

Die Brüder und ihr Vater bestritten vehement, dass das Gartentor offen gestanden hatte, und Frau Blegman konnte nicht in den Zeugenstand geladen werden. Sie war zu verzweifelt und durch starke Nervenpillen und Schlafmittel von ihrer Umwelt abgeschottet.

Über die Schuldfrage wurde auf klassische Weise entschieden: im Zweifel für den Angeklagten. Den technischen Untersuchungen zufolge hatte Viggos Großvater sich regelkonform verhalten, und alles deutete darauf hin, dass das Gartentor offen gestanden hatte. Bei der Verkündung des Freispruchs sah Viggo seinen Großvater ein zweites Mal weinen, es waren keine Tränen der Erleichterung.

Zwei Tage nach dem Unglück überquerte er die Maglegårds Allé, die ihrem Spitznamen eine solche Ehre gemacht hatte, dass niemand ihn jemals wieder in den Mund nahm. Mit einem Strauß gelber Freesien (den Lieblingsblumen seiner Tochter) in der Hand trat er durch das Tor in den Garten, stieg die Treppe zur Haustür hoch und klingelte. So mutig, so tollkühn – und so dumm. Viggos Großvater konnte sich einfach nicht vorstellen, was hinter der gelben Fassade ... und in den Herzen ... wohnte, die er herausforderte. Die zögerlichen, ängstlichen und doch so mutigen Schritte, hätte er niemals gehen sollen ...

Die Tür wurde aufgerissen, und ein gigantischer Schatten baute sich über ihm auf. Niemand hörte, was gesagt wurde, bevor Viggos Großvater bestürzt zurückwich, rückwärts die Stufen hinuntertaumelte und im Rückwärtsgang das Gartentor erreichte, das er wenige Sekunden zuvor so sorgfältig hinter sich geschlossen hatte ...

Entweder war ihm der Strauß aus der Hand geschlagen worden, oder er hatte ihn fallen lassen, als er einsah, dass seine Sünde niemals gesühnt sein würde. Die Freesien lagen auf dem Gartenweg verstreut.

Einige Tage später war Pils Beerdigung. Viggo ging mit seinen Großeltern die wenigen Hundert Meter die Frødings

Allé zur Søborg Kirke hinunter. Es war ein Mittwochnachmittag, seine Mutter war bei der Arbeit. Viggo hatte sehr wohl wahrgenommen, dass weder sie noch seine Großmutter das Bedürfnis hatten, dem kleinen Jungen die letzte Ehre zu erweisen – während der Großvater sagte, er könne sich nicht vor der Aufgabe drücken, es sei seine Pflicht. Schließlich wäre es sein Auto gewesen, das den kleinen Jungen im Rinnstein getötet hatte.

Ich hatte zwei Seiten aus dem Tagebuch von Viggos Mutter gelesen, auf denen es um den Nachmittag auf dem Friedhof gegangen war. Keine behagliche Lektüre. Die Blegman-Familie hatte den Jungen einen Tag früher beerdigen wollen, an seinem vierten Geburtstag, aber die Leiche war nicht rechtzeitig freigegeben worden. Nun fand die Trauerfeier am gleichen Tag statt, an dem Jens Otto Krag zum Ministerpräsidenten von Dänemark gewählt wurde, was den Tag für den anwesenden Blegman-Clan nicht gerade heller oder verheißungsvoller machte. Gegenüber der Kirche parkten dunkle, glänzende Limousinen, wie Viggos Mutter kommentarlos schrieb.

Die Probleme begannen in dem Moment, in dem Viggo mit seinen Großeltern die Kirche betrat. Vorn vor dem Altar stand der kleine Kindersarg. Sie setzten sich in die hinterste Bankreihe auf der linken Seite. Dennoch blieb ihr Eintreten natürlich nicht unbemerkt. Ein Raunen ging durch den Kirchenraum und erreichte die ersten Reihen, wo die Familie des verstorbenen Jungen in schwarzen Anzügen und schwarzen Kleidern Schulter an Schulter saß. Köpfe drehten sich nach hinten, und der Vater des kleinen Pil – der mächtige Patriarch – erhob sich halb von seinem Platz, wurde aber von einer unsichtbaren Hand zurückgezogen. Sein Zorn war wie der kalte Zug einer unvermittelt auffliegenden Tür, durch die der Teufel persönlich in die blumengeschmückte Kirche schlüpfte und sich im Schatten hinter dem Taufbecken amüsiert die Hände rieb. Viggos Großmutter schaute erschrocken zu ihrem Mann, aber der schien die Reaktion des Blegman-Patriarchen gar nicht zu bemerkten.

Nach der kurzen Trauerfeier – niemand hielt eine Rede für den kleinen Jungen – erhoben Viggo und seine Großeltern sich wie alle anderen, als der kleine mit Blumen bedeckte Sarg an ihnen vorbei aus der Kirche getragen wurde. Die beiden Brüder gingen vorn, der Patriarch hinten rechts. Keiner von ihnen schaute zur Seite, keiner weinte, wie man es hätte erwarten können. Sie trugen ihren Jüngsten, den blauäugigen Jungen, der vor ihrem Gartentor dem Tod in die Arme gelaufen war, ohne ein Zeichen ihrer Trauer.

Unmittelbar vor dem Ausgang tat Viggo dann etwas, was er noch nie getan hatte: Er ergriff die Hand seines Großvaters, der ihn aus unerfindlichen Gründen gewähren ließ... Draußen verharrten die drei einen kurzen Augenblick. Noch ehe die Großmutter das schwere schmiedeeiserne Tor öffnen konnte, drehte ihr Mann sich jäh um, ließ Viggos Hand los und trat von seiner Frau und seinem Enkelsohn weg. Etwa zwanzig Meter von ihnen entfernt hielt der Leichenwagen. Sie sahen Frau Blegman, die beide Hände auf den Sarg ihres Sohnes gelegt hatte. Es sah aus, als wollte die Mutter den letzten, unumkehrbaren Teil der Reise ihres jüngsten Sohnes verhindern und ihn mit dieser ohnmächtigen Geste zurück ins Leben holen.

Viggo schaute zu seinem Großvater auf. Der Mann, der sonst nie wegen irgendetwas eine Träne vergossen hatte, nicht für sich oder seine Frau, nicht für seine Tochter und schon gar nicht für Viggo, weinte um den kleinen Jungen in dem Sarg. Viggo krümmte sich und lief los. Er stieß das angelehnte Eisentor auf, das mit einem scharfen Knall gegen die Friedhofsmauer stieß, und hörte das aufgeregte Rufen seiner Großmutter hinter sich. Er blieb erst stehen, als er die Marienborg Allé erreichte, die mindestens hundert Meter entfernt war. An diesem Abend kam er spät nach Hause.

In den folgenden Tagen sah man Frau Blegman am Fenster stehen und auf die Stelle starren, wo ihr Sohn aus seinem Leben hinausgelaufen war. Sie hörten ihre Kommandos an die hinterbliebenen Söhne, ihre autoritäre, aber tonlose Stimme. Sie sahen sie im Garten, zusammen mit ihrem Mann, der das Gartentor aus den Angeln hob und es ins Gras legte, um einen Bügel mit einer kräftigen Stahlfeder einzubauen, der bis in alle Ewigkeit dafür sorgen sollte, dass das Tor von allein ins Schloss fiel, wenn es geöffnet worden war.

Die Maßnahme kam zu spät, was Frau Blegman in den zwei Stunden, die die Reparatur dauerte, mit jeder Zelle ihrer reglosen Anwesenheit ausstrahlte.

Die traurige Wahrheit – die Viggo Larssen und ich erst sehr viel später erfuhren – war, dass Frau Blegman an jenem Tag, als Pil starb, eigenhändig das Gartentor geöffnet hatte.

Ein paar Tage später ließ sie Buster frei. Sie trat mit dem kleinen gelben Federklumpen in den Händen aus der Tür, und Viggos Großmutter, die in der Spätsommersonne gedöst hatte, richtete sich in ihrem Liegestuhl unter dem Sonnenschirm auf, begriff augenblicklich, was geschehen würde. In einer fließenden Bewegung öffnete sich der Griff um den Vogel, der sich, soweit es aus der Entfernung überhaupt zu erkennen war, wie ein gelber Streifen in die Luft erhob, hoch über das Villendach und die Häuser in der Maglegårds Allé, und schließlich als schwarzer Punkt am Himmel verschwand. Viggos Großmutter, die mit ansehen musste, wie Piephans der Zweite zu Tode gehackt wurde, und den zerrupften Federball begraben hatte, war erleichtert, dass Buster geistesgegenwärtig genug gewesen war, nicht im nächsten Baum Schutz zu suchen. Natürlich würde der zahme Vogel nicht lange überleben – nicht in einer Welt, in der so gnadenlos mit seinen Artgenossen umgesprungen wurde. Sie stand auf und schaute zu ihrem Mann, der ebenfalls unter dem Sonnenschirm saß. Dann rief sie nach Viggo und setzte Kaffeewasser auf. Sie wollten Karten spielen und Viggos Großvater gewinnen lassen wie üblich. Auch wenn der Großvater nicht wie üblich triumphierend mit der Zunge schnalzte, als er seinen Enkel mit dem höchsten Trumpf ausstach.

Später hörte Viggos Großmutter von Bekannten in der Schlange beim Bäcker, dass das weibliche Oberhaupt der Blegman-Familie Busters Käfig behalten hatte.

Nach Pils Beerdigung war Viggos Mutter mit einem kleinen Päckchen für Viggo nach Hause gekommen, das sie ihrem Sohn mit den Worten überreichte: »Ich weiß, dass das kein schöner Tag war, darum habe ich dir etwas mitgebracht.«

Er hatte gehofft, es wäre eine Schachtel mit Matchboxautos – oder ein Spiel –, aber es war ein Buch über einen kleinen Jungen, der sich auf dem Buchumschlag von einem Schwarm großer Vögel an den Himmel hochziehen ließ. Der Kleine hielt sich an einem Bündel langer Schnüre fest und hatte das Gesicht den Sternen zugewandt, als wäre das die Richtung, in die er fliegen wollte.

Viggos Mutter hatte ihm noch nie zuvor ein Buch geschenkt, und zuerst glaubte er, es wäre ein Comic, weil der Junge und die leuchtend gelben Sterne um ihn herum mit feinen schwarzen Konturen gezeichnet waren. Das Haar des Jungen war so gelb wie die Sterne. Es erinnerte ihn an Pil, außer dass dieser Junge *flog* und nicht rannte und den Vögeln mit leicht überraschter, fast ein wenig trauriger Miene hinterherschaute.

Unter den Vögeln stand in hübschen grünen Buchstaben der Buchtitel: *Der kleine Prinz*.

»Ich glaube, er hat die Zugvögel benutzt, um zu entkommen«, sagte seine Mutter und legte das Buch auf den Tisch neben seinem Bett. »Ich habe das Buch als junges Mädchen gelesen, es ist sowohl für Kinder als auch für Erwachsene.«

Viggo nickte und hoffte, dass es nicht langweilig war.

Als er nach der Beerdigung im Bett lag und an seinen Großvater dachte, der wegen des kleinen Jungen in dem Sarg geweint hatte, las sie ihm den ersten Absatz in dem Buch vor und lächelte ihn aufmunternd an. Sie las bis zu der Stelle mit der ersten Illustration, der Hut, der über einen Elefanten gestülpt war, der eine Schlange verschluckt hatte … oder umgekehrt?

Viggo spürte, dass seine Mutter verstand, und er lächelte sie an.

Am folgenden Tag fragte Viggo: »Wo ist die Mutter des Prinzen?« Vielleicht hatte der Prinz ja gar keine Mutter, schließlich war er mutterseelenallein in der Wüste gelandet.

»Alle Kinder haben eine Mutter«, sagte seine Mutter, »aber diese ist verschwunden.« Sie lächelte wieder, als der Prinz sich unbändig über einen Karton mit drei Löchern freut, weil er glaubte, dass sich darin ein Schaf befände.

Viggo hatte an Pil gedacht, immerhin war der Junge in dem Buch auch sehr sonderbar und geistig ein bisschen minderbemittelt. Mit diesen Worten hatte seine Großmutter Pil beschrieben.

»Sie sollten besser auf ihn aufpassen«, hatte sie oft gesagt, aber das hatten sie nicht getan.

In dem Buch erkannte der kleine Prinz ganz klar die

Schlange, die den Elefanten verschlungen hatte, was bei keinem der Erwachsenen der Fall war. *Schlangen sind sehr gefährlich.*

In dieser Nacht hatte Viggo den Traum geträumt, den er schon kannte. Eine Frau winkte ihm zu und wollte ihn mitnehmen. Dieses Mal war der Traum klarer – als hätte der Nebel sich gelichtet –, und dieser Traum sollte im Laufe des Herbstes und Winters mehrmals wiederkehren. Er dauerte nie sehr lange, und es kam nur eine Person darin vor, seine Mutter, die sich nicht bewegte. Sie stand in einer Wüste – oder vielleicht war es ein Meer. Jedenfalls war es unendlich und flimmernd weiß. Sie sah ihn an, ohne Anstalten zu machen, näher zu kommen. Aber sie streckte die Hände nach ihm aus, als wollte sie ihm etwas sagen oder ihn zu sich rufen. Er hatte das deutliche Gefühl, dass sie ihn an einen unbekannten Ort entführen würde, wenn er zu ihr ging, was ihm Angst machte. Er spürte, dass etwas nicht stimmte. Als er wach wurde, lag er mit vor der Brust überkreuzten Armen und geballten Fäusten da.

In dieser Haltung war er noch nie aufgewacht.

Er blieb eine Weile so liegen und starrte in die Dunkelheit, während er die verwirrenden Traumbilder zu sortieren versuchte. Seine Mutter trug eine lange, schwarze Tracht, vielleicht war es auch ein Kleid, und es hatte so ausgesehen, als wären ihre Beine unter dem Rocksaum nackt gewesen. Die Füße waren nicht zu sehen.

Seiner Mutter hat er nie etwas von den seltsamen Traumbildern erzählt. Er ahnte, dass ihr das die Freude an dem kleinen Buch kaputtgemacht hätte. Ganz davon abgesehen, sprach er sowieso mit niemandem über seine innersten Gedanken.

Sie las ihm die Geschichte von dem sonderbaren Prinzen in etwas über drei Wochen vor – jeden Abend ein Kapitel –

und legte es zurück auf seinen Nachttisch, wo er es liegen ließ. Er fand den Jungen in der Wüste zutiefst irritierend, entsetzlich wirr – und furchtbar egoistisch –, er erkundigte sich an keiner Stelle nach der Reparatur des Flugzeuges, obgleich der Wasservorrat des in der Wüste notgelandeten Piloten nur sieben Tage reichte und dieser zu verdursten drohte, ehe der Motor wieder ansprang.

Am Ende wurde der Prinz von einer Schlange gebissen und starb. Über diese Stelle hatte Viggo lange nachgedacht: Er mochte weder die Schlange noch den Jungen.

Eine Passage gefiel seiner Mutter ganz besonders: *Wenn du bei Nacht den Himmel anschaust, wird es dir sein, als lachten alle Sterne, weil ich auf einem von ihnen wohne.*

Das waren die letzten Worte des kleinen Prinzen gewesen, bevor er starb.

Viggo hasste diese Worte.

Wenn er sein Fenster öffnete, sah er keine Sterne, nur das gelbe Haus, dessen Umrisse ihm bestätigten, dass er nicht blind war.

Er schloss die Augen und versuchte, sich einen Jungen vorzustellen, der Ähnlichkeit mit ihm selber hatte – in der Wüste, über sich einen Schwarm goldener Vögel an einem Bündel Schnüre. Es sah irgendwie verkehrt aus.

Viel später, auf der Bank vor dem Leuchtturm, begriff ich, wieso er das Buch vom kleinen Prinzen behalten hatte. Der Junge irritierte ihn zwar, aber seine Mutter hatte ihn geliebt, und das hatte er verstanden. Vielleicht hatte sie in der Gestalt des kleinen Prinzen ihren eigenen Jungen wiedererkannt, der so gutherzig war, dass er sein Leben für ein Schaf geopfert hätte, für eine Blume, für einen Sonnenuntergang...

Viggo war klar, dass er diesem Bild nicht einmal annähernd glich. Er war die dunkle Seite des Lichtes. Der kleine

Prinz schwebte über allem, er war gutherzig, mutig und klug. Viggo war introvertiert, misstrauisch, sonderbar und ängstlich.

Aber diese Eigenschaften verbarg er in der Dunkelheit. Hinter geschlossenen Lidern.

KAPITEL 7

POLIZEIPRÄSIDIUM

Mittwoch, 7. Januar, Vormittag

»Warum...?«

Nummer Zwei hatte seinen Freund, Kollegen und Vorgesetzten über all die Jahre, die sie jetzt zusammenarbeiteten, noch nie so nah an einer hörbaren Explosion erlebt. Normalerweise strahlte der Mord-Chef auch in den kritischsten Augenblicken eine stoische Ruhe aus, für die er im ganzen Präsidium bekannt war.

Aber diese Krise war nicht normal. Das lag auf der Hand.

Der Mord-Chef hatte das Foto, das sie gerade von der Kriminaltechnik erhalten hatten, vor sich auf den Tisch gelegt, wobei seine Hände – ein seltener Anblick – gezittert hatten.

Das Motiv auf dem Foto wirkte so unschuldig, so friedlich, ja auf den ersten Blick urdänisch.

Trotzdem ließ das, was die Techniker in der Wohnung der alten Dame gefunden und fotografiert hatten, die beiden Beamten ratlos die Köpfe schütteln. Es ergab keinen Sinn... Sie hatten den Käfig mit dem Kanarienvogel doch selbst gesehen, als sie weniger als zwei Stunden nach dem gemeldeten Verschwinden der Witwe im Pflegeheim eingetroffen waren.

Er hatte auf dem Fensterbrett gestanden, neben den Porzellanfiguren und den Familienfotos, wo auch der eine der beiden gelben Plastikschnipsel gelegen hatte. Der Vogel war hektisch hin und her geflogen, was nicht verwunderlich gewesen war, schließlich wimmelte es in dem Zimmer ja auch von Polizisten, die alles auf den Kopf stellten.

»Willst du damit andeuten, dass…?« Der Mord-Chef kam ins Stocken.

»Genau.«

Unmittelbar nach dem Anruf war Nummer Zwei mit den Technikern nach Solbygaard gefahren, wo sie die Pflegedienstleiterin beinahe zwei Stunden lang befragt hatten. Sie waren gerade erst wieder zurück.

»Ja«, wiederholte er. »Die Krisenpsychologen hatten die Frau nach Hause geschickt. Sie war krankgeschrieben und ist erst heute wieder nach Solbygaard gekommen, wo sie dann bemerkt hat…«

»Dass da einiges im Argen liegt.«

Der Vize nickte.

»Der dürfte also gar nicht da sein?«

»Nein.«

»Und da ist sie sich ganz sicher?«

Nummer Zwei nickte. Die Pflegedienstleiterin und sämtliche Schwestern und Pfleger hatten über den Vogel im Käfig das Gleiche ausgesagt.

»Und niemand ist auf die Idee gekommen, dass das wichtig sein könnte?«

»Die Schwestern nicht«, sagte Nummer Zwei entschuldigend. »Sie haben ihm Körner, ein Brötchen und Wasser gegeben…«

»Ein Brötchen?« Der Mord-Chef senkte den Kopf, als müsse er extra tief Luft holen, um die Explosion tief in seinem Innern zu ersticken.

»Und sie haben sich nichts dabei gedacht, da der Raum ja leer stand«, sagte Nummer Zwei. »Bis dann die Leiterin kam.«

Der Mord-Chef atmete langsam aus. »Aber... das ist doch... ein Tatort! Man hätte uns über alles Ungewöhnliche sofort informieren müssen.«

»Sie sind nicht auf die Idee gekommen. Erst die Pflegedienstleiterin hat daran gedacht, dass wir informiert werden müssen.« Er tippte mit dem Zeigefinger auf das Foto von dem Vogelkäfig mit dem gelben Vogel, das in A4 vor ihnen lag.

»Es dürfte also kein Vogel in diesem Käfig sein – war da wirklich nie einer drin?« Der Mord-Chef stellte die entscheidende Frage fast beiläufig: »Die Witwe hat den Käfig mit ins Pflegeheim gebracht, aber es hat nie ein Vogel darin gelebt?«

Nummer Zwei nickte. »Nein, da war nie ein Vogel drin.«

»Und wo kommt der dann jetzt her?«

»Der Käfig ist eine Erinnerung an ihren verstorbenen Sohn. Es war sein Käfig. In Solbygaard sind keine Tiere erlaubt, aber wenn einem etwas ganz besonders wichtig ist, darf man es natürlich mitbringen, auch wenn es sich um einen leeren Vogelkäfig handelt.«

»Willkommen im Land der unbegrenzten Möglichkeiten.« Der Mord-Chef hob die Kaffeetasse mit seinen Initialen hoch – J.O. – und stellte sie auf das Vogelfoto.

»Wäre die Leiterin des Pflegeheims da gewesen, als Frau Blegman verschwand, hätte sie es vielleicht gleich bemerkt, aber sie hat nach der Befragung ja einen Zusammenbruch erlitten.«

»Ja, so ist das nun mal. Und jetzt sind sechs Tage vergangen.«

Sie dachten beide das Gleiche. Sie mussten die bizarre

Entdeckung des Vogels bis auf Weiteres geheim halten. Das war ein seltsamer Fund, auf den sie da gestoßen waren, und sie hatten nicht die Spur einer Ahnung, was er zu bedeuten hatte.

Offenbar hatte jemand zeitgleich mit dem Verschwinden von Frau Blegman einen lebenden Vogel in dem Käfig in ihrem Zimmer platziert. Warum oder aus welchem Motiv war vollkommen unklar.

Die beiden Ermittler sahen sich an. Feierabend lag in weiter Ferne. Wenn die Presse und damit auch die Brüder von dem seltsamen Fund Wind bekamen, ehe sie auch nur den Ansatz einer Theorie hatten, standen sie auf verlorenem Posten.

Sie würden im Präsidium übernachten müssen, wenn sie die nächsten Tage überleben wollten.

Es musste in diesem ins Stocken geratenen Fall doch irgendetwas geben, das sie weiterbrachte.

Den einzigen Hinweis, der sich derzeit bot, hatten sie einem jungen Kriminalassistenten zu verdanken, der dem Tipp eines pensionierten Polizisten gefolgt war. Der Ansatzpunkt war eine Notiz aus einem alten Polizeibericht, an die ein Zeitungsartikel, datiert vom 24. August 1963, geheftet war.

Tödlicher Unfall: Junge stirbt auf gefährlicher Straße, stand dort zu lesen.

Und weiter: *Der gestern bei dem Unfall tödlich verletzte Junge ist der Sohn des konservativen Politikers und Richters am Obersten Gerichtshof, Peter Blegman.*

Der Vater der Blegman-Brüder.

»Gute Arbeit«, hatte der Mord-Chef gesagt. Nummer Zwei war sich nicht ganz sicher, ob er das ironisch meinte – denn natürlich war die Notiz keine frische, erfolgversprechende Spur, sondern lediglich ein Hinweis auf den einzigen Zeitungsartikel, der über das Unglück berichtete, das die Presse in den Porträts der Familie immer wieder als dunkles Kapitel bezeichnet hatte, über das aber niemand reden wollte.

»Wir sagen ja, dass es keine unwichtigen Spuren gibt, so abwegig sie auch erscheinen mögen, aber die hier macht wirklich keinen Sinn – oder siehst du da irgendeinen Zusammenhang? Was sollte der Tod ihres Sohnes – vor fünfzig Jahren – mit ihrem jetzigen Verschwinden zu tun haben? Das ergibt doch keinen Sinn.«

Nummer Zwei schüttelte den Kopf. Er konnte seinem Chef nur recht geben.

OVE AUS SØBORG

Mittwoch, 7. Januar, Nachmittag

Ganz oben auf Ove Nilsens Visitenkarte stand der etwas pompöse Titel, den er sich selbst gegeben hatte: *Strategieplaner – Geschäftsentwicklung, Personal Management.*

Ein eleganter Sprachenmix, einem Konzept folgend, das Ove in den großen Coaching- und Teambuildingjahren, in denen er zu Reichtum gekommen war, mit entwickelt hatte.

Er war daran beteiligt gewesen, Arbeit für Dänemark ganz neu zu definieren, ihr eine neue Weltanschauung und innovative Ansätze für Führung und Entwicklung zugrunde zu legen. Er hatte die überholten Auffassungen von Firmenstrukturen und Personalpflege über Bord geworfen und den Markt für allerlei Entwicklungswerkzeuge wie *Product Re-Engineering* oder *New Public Management* geöffnet.

Unzählige Mitarbeiter großer und kleiner Firmen hatten seine Medizin zu schmecken bekommen, die nichts mehr mit der erdverbundenen Tinktur seiner Kindheit zu tun hatte, deshalb aber nicht weniger exotisch, vielgestaltig und unwiderstehlich war. Gerade weil niemand wusste, was sich in den Flaschen befand, mussten alle, die er zum Kauf überredete, an die Wirkung glauben – und natürlich bei anderen dafür Werbung machen, um nicht naiv oder gutgläubig zu erscheinen. Erst die Nachbarschaft in der Straße – dann im großen Stil das halbe Land, das untereinander schließlich in Codes über Benchmark, Facilities und Breaking out of the box kommunizierte. Es war genau wie in *Des Kaisers neue Kleider* – nur in einer hochmodernen Variante. Vielleicht war es der Geist des Kapitalismus, der sie alle heimsuchte: Die Angst vor der Unbeweglichkeit, dem Stillstand, die gleichbedeutend mit dem Ende aller Lebensfunktionen war.

Niemand verstand sich so gut wie Ove darauf, seine Kunden mit ebenso kraftvollen wie unwiderstehlich englischdänischen Worthülsen einzulullen. Es kam darauf an, bei jeder *Opportunity* das richtige *Konzept* zu *performen*.

Die Beschwerden fielen wie die V2-Raketen am Ende des Zweiten Weltkriegs, und sie hatten den gleichen Effekt, nämlich keinen, außer dass unzählige Mitarbeiter sich verarscht fühlten, wenn ihnen (die Entlassung vor Augen) aufging, dass ihre Chefs komplette Idioten waren. So richtig deutlich wurde das 2011 und 2012, als die Worthülsen der Heerscharen von Managementberatern sich als untauglich erwiesen, der globalen Krise etwas entgegenzusetzen oder die Chinesen und all die anderen Märkte auf Abstand zu halten.

Ove Nilsen hatte damit ein Problem, seine Geschäfte knickten ein. Er hatte gerade einen kurzen, aber unangenehmen Arbeitstag mit der Heimleitung des Pflegeheims Solbygaard zugebracht, die nach dem plötzlichen Verschwinden der Witwe Blegman eine echte Krisensituation zu bewältigen hatte.

Er würde eine gepfefferte Rechnung stellen – zumal das Ganze auch für ihn ohne Frage ein herber Rückschlag war. Er hatte die Witwe Blegman voll eingeplant, um das Konzept zu promoten, das sein in Schieflage geratenes Unternehmen retten sollte; und auch die schmucke Villa im Dyrehaven, die er und Agnes so liebten.

Er saß in seinem weichsten Sessel, auf dem der Poesie zuliebe ein dickes Eisbärenfell lag, inklusive Klauen und Kopf mit weit aufgerissenem Maul, die in Richtung Teppich herunterhingen.

Von seinem Platz aus genoss er durch das große Panoramafenster die Aussicht auf Meer und Wald.

Er goss sich großzügig einen Rémy Martin ein und ließ den Korken neben der Flasche liegen.

Trotz der aktuellen Herausforderung konnte er zufrieden sein.

Seit sieben Jahre gelang es ihm jetzt, auf der globalen Krise zu surfen. Er fungierte dabei als Berater, Coach, Direktor und alleiniger Inhaber der Firma Blue Light Communications. »Rufen Sie Ove von Blaulicht an!«, rieten die Firmenchefs des Landes, wenn es brannte.

Irgendwann waren aber auch solche Anfragen zurückgegangen, und erst im letzten Augenblick war Ove der entscheidende Schritt in eine Richtung gelungen, die ihm schon viel früher in den Sinn hätte kommen müssen: Er musste sein Konzept auf eins der größten Probleme des Landes ausweiten, nämlich die steigende Anzahl alter Menschen. Geschickt umgesetzt, konnte das eine Goldgrube sein.

Er hatte eine riesige, von allen übersehene Nische entdeckt: alte, grantige Menschen, die auf den Tod warteten.

All die Dänen, die bald das Parkett räumen würden, aber zu Lebzeiten so viel angespart hatten, dass sie mit offenen Händen einen einfühlsamen Berater zahlten, der ihnen ihre letzten Tage ein wenig versüßte und noch einmal Licht in das Dunkel aus physischem Verfall, Einsamkeit, Todesangst und Langeweile brachte.

Gerade Letzteres hatte Ove als treibende Kraft bei all jenen ausgemacht, die in Pflegeheimen wie Solbygaard einsaßen – was auf unglaublich viele Menschen zutraf. Er hatte daraufhin seine Angebote für körperliches und mentales Training zu Papier gebracht, sie an zahlreiche Gemeinden geschickt und dabei die Vorteile aufgelistet, die er garantieren konnte. Eine Win-win-win-win-Situation für alle involvierten Parteien: die Steuerzahler, die Alten, das Pflegepersonal und – in aller Bescheidenheit – natürlich auch für Blue Light Communications. Dass es dafür einen gewissen Zynismus brauchte, war ihm durchaus bewusst. Niemand zuvor hatte expansive, effektive Beratertätigkeit mit diesem auf den ersten Blick so hoffnungslos wirkenden Segment verbunden. Eine Gruppe initiativloser, erschöpfter, von Krankheiten und Todesangst gezeichneter Menschen, die sich vor dem Tor zum Unbekannten sammelten. Voller Ungewissheit und mit der alles verzehrenden Hoffnung, dass erst einige der anderen ins Dunkel mussten, bevor man selbst an der Reihe war.

Ove lächelte über seine Gedanken. Schließlich war es gerade der Tod gewesen, der ihn auf die Idee seiner neuen *New Eden Strategy* gebracht und ihn vor dem wirtschaftlichen Niedergang bewahrt hatte.

Was für seine Kollegen wie ein ausgewachsener *WORM* aussah (*Waste Of Recruit and Money*), war in Ove Nilsens Visionen ein ungeheuer lukratives Geschäft...

Er legte die Beine auf die kleine Fußbank und trank

durch den grünen Strohhalm einen winzigen Schluck von seinem Cognac.

Jeden Tag um 15 Uhr absolvierte der alleinige Besitzer von Blue Light Communications sein Nachmittagsritual. Dann gönnte er sich einen schottischen Hochlandwhisky oder einen Cognac. Um nicht schon vor dem Abendessen betrunken zu sein, hatte er die Strategie mit dem Strohhalm erfunden, die er natürlich nur in seinem Büro anwandte, wenn er allein war. Zum einen erinnerte ihn das Saugen an seine Kindheit, zum anderen konnte er den Geschmack seines Drinks so erst richtig auskosten.

Er saugte einen weiteren Schluck durch den grünen Strohhalm und spürte die Flüssigkeit warm und scharf über seinen Gaumen fließen. Dann klappte er den Prospekt auf, den er ein Jahr zuvor an die Gemeinde Gentofte und das Pflegeheim Solbygaard geschickt hatte. Natürlich hatte er den Prospekt auch der Polizei gegeben, als die Beamten ihn darum gebeten hatten. Auch wenn die Witwe bei Weitem nicht alle seiner lebensverlängernden Angebote genutzt hatte, gab der Prospekt doch einen guten Eindruck ihres Tagesablaufs im Pflegeheim, den Ove für sich *Polka im Vorhof des Todes* getauft hatte.

Er lächelte und hatte das Gefühl, sich dieses Lächeln durchaus erlauben zu dürfen. Es kam kaum noch etwas durch den in der Mitte abgeknickten Strohhalm. Als Kind hätte er ihn weggeschmissen, aber jetzt, da er besser als die meisten anderen verdiente, tat er sich schwer mit dem Verschwenden. Ohne Frage ein neurotischer Zug, aber wer war heutzutage nicht neurotisch. Das finanzierte ihn schon sein halbes Leben.

Leg den Finger auf die Neurosen deiner Kunden, direkt darunter schlummert die Angst mit ihren vorhersehbaren Reaktionen. Kein Wirtschaftsboss oder Minister war bereit zuzugeben, was ihn wirklich quälte – nicht einmal ihren Frauen und ganz sicher nicht ihren Kindern gegenüber. In den Prospekt eingeschoben war die Hochglanzbroschüre, der die konservativen Gentofter Politiker nicht hatten widerstehen können. Auf der Titelseite prangte das markante Firmenlogo, eine blaue Glaskugel mit dem mattlila Schriftzug BLC.

Darin bot er im wahrsten Sinne des Wortes an, Leben zu verlängern – und nebenbei auf wundersame Weise die Lebensqualität zu erhöhen.

Ein Lächeln ging über sein Gesicht, als er den Blick über Garten und Wald schweifen ließ. Die alte luxussanierte Villa im Dyrehaven war ein Scoop gewesen. Sogar Agnes, die Extravaganz ablehnte, hatte sich von dem kleinen grünen Wicht mit Hut und Gamsbart, den das Maklerbüro geschickt hatte, verzaubern lassen. Sie hatten das Anwesen 2007, ein Jahr vor Beginn der globalen Krise, für sechzehn Millionen Kronen gekauft.

Ove Nilsen hatte Solbygaard mit Bedacht als Pilotprojekt für seine neue Idee auserkoren. Die Bewohner waren fast ausschließlich wohlhabende alte Menschen, darunter – jedenfalls bis vor Kurzem – das Oberhaupt des Blegman-Clans.

Das Konzept, das er der Gemeinde anbot, hatte er in seinem Büro in der Amaliegade entwickelt. Seine Geschäftsräume lagen nur wenige Schritte vom königlichen Palais entfernt, dessen Anblick ihn immer zum Lachen reizte. Das vom Glücksburgischen Königsgeschlecht errichtete Rokokoschloss war in seinen Augen ein Mahnmal für die Existenz blauen Blutes. Je aufgeklärter das Volk war, desto mehr verfiel es glitzerndem monumentalem Größenwahn. Ove verstand diese Sehnsucht nur zu gut. Die Forderungen nach höherem Tempo, mehr Effektivität, Selbstentfaltung und

Flexibilität, die er über zwanzig Jahre hinweg gestellt hatte, waren in den Zeiten der Krise einer beinahe grenzenlosen Bewunderung für das unbewegliche, wenig effektive, veränderungsresistente Konzept gewichen, das kaum eine Nation besser verkörperte als die dänische Monarchie mit ihren goldene Kutschen und aufrechten Zinnsoldaten, die in ihren Wachhäuschen auf dem Schlossplatz standen.

Ove hatte nach der ersten Kontaktaufnahme einen wahren Siegeszug durch das Rathaus angetreten. Nachdem er seine visionäre Idee über etwa eine Stunde konzentriert vorgestellt hatte, standen Bürgermeister und Gemeinderäten Tränen in den Augen. Er bezeichnete seine Idee als *bahnbrechende, neue Methode*, für die er in einem wahrhaft göttlichen Moment – den Strohhalm tief im Drink steckend – den passenden Namen gefunden hatte: *Gerontio-Management – für ein selbstbestimmtes Leben im vierten Alter.*

Seit Beginn der Arbeit in Solbygaard war das Konzept, nicht zuletzt wegen der aktiven Beteiligung der Witwe Blegman, von begeisterten Reportern im ganzen Land verbreitet worden. Auf jeden Fall könnte er damit sein Leben und die Villa im Wald weiter finanzieren. Er schüttelte den Kopf, kniff ein Auge zu und saugte den letzten Rest Cognac aus dem Glas.

Solbygaard war trotz seiner architektonischen Extravaganz kaum anders als alle anderen Pflegeheime des Landes.

Hinter den Mauern kroch die Einsamkeit wie ein dunkel schimmerndes Insekt unter schweren Türen hindurch in die Räume, von denen viele abgeschlossen wurden, um zu verhindern, dass die Alten und Dementen, um die sich niemand kümmerte, kopf- und planlos durch die Gänge irrten.

Diejenigen, denen es besser ging, saßen im Tagesraum, wiegten ihre Körper hin und her, vor sich die immer gleichen Standardmahlzeiten. Wer sich nicht für das Essen interessierte, wurde in Windeseile gefüttert, bevor die Tabletts wieder abgeräumt wurden.

Ove hatte den eiskalten Atem all der Bewohner gespürt, die in diesen Räumen ihren letzten Schnaufer getan hatten – oder es noch tun würden. Ihre Stimmen waren wie ein Echo durch die leeren Flure gehallt und hatten ihm kalte Schauer über den Rücken gejagt, während draußen die Kirschbäume blühten: *Lass uns nicht allein… Lass uns nicht allein… Lass uns nicht allein…!*

Eine Aushilfsschwester, Pia, hatte die Witwe als Letzte nach dem Frühstück am Neujahrstag gesehen. Sie hatte wie üblich die fast noch vollen Teller abgeräumt und in die Küche getragen, als ihr die Witwe auf dem Flur zwischen dem Tagesraum und ihrem kleinen Appartement ziemlich flott entgegengekommen war, wie sie sich ausgedrückt hatte.

»Ziemlich flott?«, hatte ein junger Polizist gefragt, und Pia war rot angelaufen, hatte aber keinen anderen Ausdruck finden können.

»Wir verstehen alle nicht, wie das passieren konnte«, hatte die Heimleiterin gesagt, bevor sie zusammengebrochen war.

Ove wusste genau, wie so etwas passieren konnte. Mitunter war auf den Stationen überhaupt kein Personal zu sehen. Manche Flure waren bis zu einer Stunde lang komplett verwaist. Besonders nachmittags, wenn die Alten ihren Mittagsschlaf machen sollten.

Ove verdrängte die deprimierenden Gedanken an die traurige Endstation für wohlhabende Alte und richtete seinen Blick noch einmal auf den Umschlag in seiner Hand.

Missbilligend den Kopf schüttelnd, stellte er seinen Drink auf den kleinen Glastisch neben dem Sessel.

Wer zum Henker schrieb heute noch auf einer alten Schreibmaschine? Oder sollte das ein Witz sein? Er sah die ins Papier eingedrückten Buchstaben und musste zugeben, dass es irgendwie ästhetisch war, aber komplett idiotisch war es trotzdem.

Nur zu gut erinnerte er sich an Viggo Larssen aus seiner Kindheit und Jugend. Ein Junge, der vor allem und jedem Angst gehabt hatte, sosehr er das auch zu verbergen versucht hatte. Eigentlich hätte er schon als Achtjähriger in die Kinderpsychiatrie in Gladsaxe eingeliefert werden müssen.

Das Problem war, dass er nie mit jemandem über seine Ängste geredet hatte. Natürlich hätte er Hilfe gebraucht. Besonders nachdem sein Großvater damals den kleinen Jungen überfahren hatte. Es war eine schrecklich blutige Angelegenheit gewesen, die Viggo aus erster Reihe beobachtet hatte. Damals hätte Ove selbst gerne in der ersten Reihe gesessen und den sensationellen Auftritt des Todes bezeugt. Der Tod war buchstäblich unmittelbar vor dem menschenscheuen Jungen, der Gespenster sah und ängstlich wimmerte, wenn er sich allein wähnte, auf die Straße gesprungen. Um sich im letzten Moment für jemand anderen zu entscheiden.

Pil.

Es war kaum zu begreifen, wie Viggo in den Wochen nach dem Unfall seine inneren Dämonen hatte im Zaum halten können ...

Ove erinnerte sich. Viggo hatte unter einem Baum in Utterslev Mose gesessen und sich die Augen zugehalten, als sähe er den toten Jungen noch immer vor sich. Ove war lautlos näher an ihn herangerobbt wie ein Indianer in einem Davy-Crockett-Heft. Hinter dem Stamm hockend, hatte er Viggos Schluchzen gehört und verstanden, dass die Probleme des sonderbaren Jungen größer und übermächtiger waren als alles, was er selbst jemals gespürt hatte. Und dass er einsam war, unfassbar einsam. Für so etwas hatte Ove schon immer ein besonderes Gespür gehabt.

Viggos Gedanken waren anders als die der anderen Kinder in der Straße. Wenn diese lautstark Tod und Verderben vorhersahen und aufpassten, bloß nicht auf die Fuge zwischen zwei Platten zu treten, war das nur Teil eines Spiels.

Ove hatte ein wenig in den Archiven gestöbert, zu denen er Zugang hatte. Sein Kindheitsfreund hatte einen alles andere als geradlinigen Lebenslauf, seit sie sich zu Beginn des Gymnasiums aus den Augen verloren hatten. Er war ein paarmal eingewiesen worden, das wusste er von Verner, den er manchmal in Kommunikations- und Medienkreisen traf. Er war mehr oder minder durchgedreht oder zumindest kurz davor gewesen. Er hatte eine Stelle als Freelancer bei Danmarks Radio bekommen – ein Posten, den ihm natürlich Verner verschafft hatte. Auf jeden Fall hatten weder Ove noch Agnes in all den Jahren von ihm gehört.

Er las den Brief nun zum sechsten Mal, und obgleich er das Ganze für leeres Geschwafel hielt, stutzte er bei manchen Passagen. Besonders beunruhigte ihn das letzte Blatt. Die Schrift der Schreibmaschine war hier etwas dunkler und tiefer eingedrückt, als hätte er bei der endgültigen und wahnsinnigen Schlussfolgerung mit extra viel Kraft getippt.

Er goss sich einen dritten Cognac ein – nur anderthalb Zentimeter – und las den Brief ein siebtes Mal. Die mystisch faszinierende Kraft, die aus dem Text sprach, ärgerte ihn, sie machte ihn fast neidisch, auch wenn es Nonsens war.

Es musste Nonsens sein. Was dort stand, ergab keinen Sinn. Außer man war ebenso abergläubisch wie die Prärieindianer in den Zeiten von Sitting Bull oder wie einige der Bewohner von Solbygaard. Nein, das alles ergab keinen Sinn. Ove lächelte wieder, sah zum Kirschbaum hinüber und versuchte seinen Ärger abzuschütteln. Er beugte sich vor und schob den Brief unter eine der Tatzen des Eisbärenfells, die den Boden berührte. Vielleicht würde er ihn am nächsten Tag noch einmal hervorholen. Er konnte sich selbst nicht erklären, warum er den Brief nicht einfach wegwarf. Oder warum er ihn Agnes, mit der er sonst eigentlich alles teilte, nicht zeigte. Sie kannte Viggo ebenso lang wie er. Er wusste es wirklich nicht. Da hörte er sie die Haustür öffnen.

Er saugte den letzten Rest durch den Strohhalm und stand auf. Sie hatte ihn andererseits auch nicht nach dem Brief gefragt, obwohl sie gesehen hatte, wie er ihn tags zuvor geöffnet hatte. Aber so war sie. Gott und all seine Geschöpfe würden reden, wenn die Zeit dafür gekommen war. Vorher nicht. Sie hatte regungslos dagesessen, als er den Brief das erste Mal gelesen hatte. Er liebte sie. Er hatte sie mitgenommen, als sie all das Unangenehme, das passiert war, hinter sich gelassen hatten.

»Adda!«, rief er, und alle Gedanken über den Tod wichen von ihm. »Bist du das?«

Sie antwortete leise wie immer. »Ja!«

Er liebte sie.

Die Welt da draußen ging vollkommen vor die Hunde – das wusste Ove besser als jeder andere –, aber in ihrem Haus im Dyrehaven stand die Zeit still. Sie hatten einen Pakt mit Gott geschlossen. Dabei hielt Ove den Glauben an einen tieferen Sinn und an das ewige Leben für die größte aller Illusionen.

SØBORG BEI KOPENHAGEN

1963–1965

Das Wetter war in den Wochen nach dem Tod des kleinen Pil freundlich gewesen. Viggos Großeltern saßen unter dem blauen Sonnenschirm, oft stundenlang, ohne etwas zu sagen, und niemand schien das merkwürdig zu finden.

Manchmal verging ein ganzer Nachmittag in diesem Schweigen.

In den wenigen denkwürdigen Momenten, in denen sein Großvater Freude oder eher Zufriedenheit ausstrahlte, konnte es passieren, dass er seinen Enkel Meister Viggo nannte, und dann beugte Viggo den Kopf und starrte auf die Bodenplatten, damit niemand sah, wie viel ihm das bedeutete.

Eines Sonntagnachmittags, zwei Jahre nach der Beerdigung des kleinen Pil, saß Viggo verborgen hinter dem Gartentor und beobachtete das gelbe Haus auf der anderen Straßenseite. Er wollte einen Blick auf die Eltern erhaschen, die ihr Kind verloren hatten, er wollte sie auf die Treppe treten und das Gartentor öffnen sehen, das inzwischen mehrfach gesichert war. Er wollte sehen, wie sie an der Stelle vorbeigingen, wo Pil gestorben war, und dabei den Blick über die Terrasse schweifen ließen, auf der Viggos Großeltern saßen.

Statt der Eltern erschien Palle in dem kleinen Garten vor dem Haus. Er öffnete das Tor und blieb einen Augenblick auf dem Gehweg stehen. Sein Gesicht zeigte keine Gefühlsregung, seine blauen Augen waren starr auf den Punkt gerichtet, wo das Blut durch den Rinnstein in ein Abflussgitter gelaufen war.

In diesem Augenblick entdeckte er Adda. Sie kam auf Viggos Seite auf dem Gehweg anspaziert. Sie hatte sich im Lebensmittelladen einen Auto-Lutscher gekauft. Die blaugrüne autoförmige Bonbonmasse ragte zwischen ihren Lippen hervor. Sie blieb abrupt stehen, als sie den Jungen aus dem gelben Haus entdeckte.

Dass dies die absolut falsche Reaktion war, wurde ihr wohl im gleichen Augenblick klar. Der große und gefürchtete Bursche reagierte instinktiv wie ein Tier. Mit zwei, drei Sprüngen überquerte er hinter seiner vor Schreck gelähmten Beute die Allee, stürzte sich in einem Riesensatz auf sie, riss sie herum und drückte sie auf die Bodenplatten. Der Ausdruck in seinem Gesicht war (zu Viggos Entsetzen) zugleich zart und vollständig gnadenlos. Adda hatte jede Form von Widerstand aufgegeben. Ihr Blick war an den Himmel gerichtet, den Lutscher noch zwischen den Zähnen. Der runde Stiel ragte schräg zur Seite weg. Als Palle sich rittlings auf das magere Mädchen hockte, hätte Viggo reagieren müssen, mutig wie seine Helden aus Attack, Kid Colt, Kapitän Micky, Akim oder Davy Crockett, aber er war wie gelähmt vor Angst bei der Vorstellung, der bullige Kerl könnte ihn hinter dem Gartentor entdecken.

Es lagen nur wenige Meter – und eine Gartenpforte – zwischen ihnen. Er hörte das schwere Keuchen des Bären. Es hörte sich fast wie ein Knurren an. Und er hörte Addas leises Wimmern, immer wieder unterbrochen von den Sauggeräuschen, wenn sie das Zuckerwasser aus den Mundwinkeln saugte.

In diesem Moment tat Palle etwas sehr Merkwürdiges. Er beugte sich über ihr Gesicht und legte behutsam die Zähne um den runden Lutscherstiel, der aus ihrem Mund ragte; seine fülligen Lippen waren einen Zentimeter oder weniger von ihren entfernt. Wieder hätte Viggo aufspringen und seinem Zorn Luft machen müssen, aber seine Muskeln und Stimmbänder versagten ihm den Dienst.

Palle richtete sich langsam über seiner Beute auf, den Lutscherstiel zwischen den Zähnen, und zog ihn ganz langsam aus ihrem Mund. Das Auto löste sich mit einem intimen Schmatzer (so dachte Viggo Jahre später daran) aus ihrem Mund, ehe Palle aufstand, den Lutscher zwischen den fleischigen Lippen hin und her drehte, während er das Mädchen mit dem Blick am Boden festnagelte.

Gleich darauf ertönte ein Ruf aus dem Garten auf der gegenüberliegenden Straßenseite. Palles Mutter hatte das Küchenfenster geöffnet und wiederholte Palles Namen in einem Ton, den Viggo nicht genau deuten konnte: zornig, empört, vorwurfsvoll oder nichts von alledem.

In einer Sekunde überquerte der Bär die Straße und verschwand in dem dicht bewachsenen Garten, der das gelbe Haus umgab. Adda lag schluchzend auf dem Gehweg. Auf ihrer Brust der Lutscher, den der Bär ausgespuckt hatte, als seine Mutter nach ihm gerufen hatte.

Viggo nahm zum dritten Mal Anlauf, sich zu erheben, aber wieder versagten seine Muskeln, Sehnen und Knochen. Sein Körper war bleischwer, und die zwanzigfache Schwerkraft drückte ihn hinter der Gartenpforte zu Boden.

Vielleicht, dachte er später oft, wäre alles anders gekommen, wenn er an diesem Nachmittag den Mut gehabt hätte aufzustehen, das Gartentor zu öffnen, alle ihre Dämonen zu verjagen und sie im Arm zu halten, bis sie sich wieder beruhigt hatte.

Seine Heldentat hätte vielleicht verhindert, was später an einem Ort geschah, an dem niemand, weder Kind noch Erwachsener, die Möglichkeit hatte einzugreifen.

Als er den Kopf hob, war sie weg, der Bürgersteig leer.

Ein paar Wochen später wurde Viggo zehn. Es war ein

Samstag, und alle Kinder in der Straße waren zu Milchbrötchen und Torte eingeladen, die seine Großmutter beim Bäcker im Gladsaxevej gekauft hatte.

Am Morgen hatte eine kurze Nachricht das ganze Land in Aufruhr versetzt. In Amager waren vier junge Polizisten von einem Einbrecher erschossen worden.

Viggo sah seine Großmutter in der Küche stehen und weinen, sie war mindestens so verzweifelt wie an dem Morgen, als der amerikanische Präsident Kennedy erschossen worden war.

Viggo hatte sich in seinem Zimmer eingeschlossen und sich geweigert, für wen auch immer rauszukommen.

Das Geburtstagsfest wurde abgesagt. Seine Mutter war von Tür zu Tür gegangen, um sich für das Benehmen ihres Sohnes zu entschuldigen, schließlich kannte er die Toten ja nicht.

Viggo verbrachte den Rest des Tages und den ganzen Abend allein in seinem Zimmer, und niemand hatte eine Ahnung, was der Grund für sein Verhalten war.

In der vierten Klasse war Viggo Larssen alt genug, um seiner Mutter bei den alltäglichen Dingen zu helfen, wie es die Jungs in seinen Kinderliedern taten: Kerzen anzünden, Milch holen, Botengänge übernehmen.

Eine Viertelstunde vor dem Klingeln ihres Weckers stand er auf, zog sich an und ging nach unten in die Küche. Er deckte den Tisch mit Glas, Brettchen und Messer und gab einen Löffel Pulverkaffee in ihre Lieblingstasse.

Sobald er ihre Schritte auf der Treppe hörte, ließ er das heiße Wasser ein paar Sekunden laufen – und füllte die Tasse direkt am Wasserhahn auf.

Eine größere Liebeserklärung konnte kein Junge seiner Mutter machen. Sie trank den lauwarmen, nicht ganz aufgelösten Pulverkaffee und beklagte sich in all den Jahren, das musste man ihr lassen, nicht ein einziges Mal. Sie trank ihre Tasse sogar immer bis zum letzten Schluck leer. Das war ihre Erwiderung auf seine Liebeserklärung.

Am Wochenende frühstückte die ganze Familie auf der Terrasse, wenn das Wetter es zuließ. Seine Großmutter kochte Eier, die weder zu hart noch zu weich waren, wie sein Großvater sie am liebsten hatte. Der Alte bekam zwei, Viggo eins. Der Großvater köpfte die Eier mit einem raschen Schwung seines Buttermessers gegen das schmale Ende, während Viggo es vorsichtig mit dem Löffel am runden Ende aufklopfte und die Schalensplitter unter dem heißen Ei in den Eierbecher legte.

Sein Großvater beobachtete das umständliche Gepule mit unverhohlener Herablassung, aber Viggo traute sich nicht, das Kunststück nachzumachen, das nur sein Großvater beherrschte. Ein einziges Danebenschlagen würde nur noch größere Verachtung auslösen, das wusste er. Wie er auch wusste, dass seine Großmutter den gleichen Gedanken hatte, sonst hätte sie den Mut ihres Enkels längst herausgefordert und das Ei im Eierbecher umgedreht. Was sie nicht tat. In den wichtigen Bereichen des Lebens forderte sie das Schicksal nicht heraus.

An diesem Morgen schwang Viggos Großvater das Buttermesser so, dass der Hut in einem perfekten Bogen abflog – zum Schrecken aller zog er aber einen Faden flüssiges Eiweiß hinter sich her, der auf der Tischdecke landete. An diesem Morgen – es war September und die Amsel zwitscherte noch immer in der Birke am Ende des Gartens – hatte seine Großmutter die Eier zu kurz gekocht, was ihr noch nie passiert war. Die Zeit blieb stehen, und der Großvater krakelierte vor ihren Augen – wie die Eierschale unter Viggos klopfendem Teelöffel.

Viggo sah seinen Großvater mehrmals blinzeln und plötzlich die Hände hochreißen, als befürchtete er, der Himmel könne ihnen auf den Kopf fallen. Seine Großmutter witterte die nahende Katastrophe und richtete sich unter dem blauen Sonnenschirm auf. Der alte Mann blinzelte weiter, Tränen liefen über seine zerfurchten Wangen und fielen in großen Tropfen auf den Teller und in das zu kurz gekochte Ei. Nun schlug er gar die Hände vor die Augen, und seine Schultern bebten, und Viggo wusste, dass er gehen musste, wollten sie jemals wieder zusammen sein.

Als seine Großmutter die Arme um ihren Ehemann legte, sprang Viggo auf, rannte ins Haus, vorn zur Haustür wieder raus und die Straße hinunter. Erst als er das Moor erreichte, blieb er stehen, starrte auf den Fluss und ertappte sich immer wieder bei dem Gedanken, ob er Schuld am Leid des Großvaters war, dessen Gefühle für den toten Jungen stärker und tiefer waren als alles, was er je für Viggo empfinden könnte.

Ihm war seine eigene Rolle in der Sache vollkommen klar. Bevor sein Großvater an jenem Morgen ins Auto gestiegen war, hatte Viggo ihn am Ärmel festgehalten, in der Hoffnung, mitfahren zu dürfen – oder zumindest, dass sein Großvater die Hupe betätigte, wenn er von der Straße abbog, wie es die Väter der anderen Jungen jeden Morgen taten. Ohne diese kurze Verzögerung wäre alles anders gekommen, mehr als diese Sekunde brauchte es nicht, um die Welt zu verändern und alle Planeten des Universums aus ihrer Umlaufbahn zu stoßen. Diese eine Sekunde Verzögerung hatte zwei Stunden später zu der Katastrophe auf der Landstraße des Todes geführt.

Für ein anderes Kind oder einen besonnenen Erwachsenen wäre ein kurzes Ereignis mehrere Stunden vor einem Unglück sicher kein Argument für Reue und schon gar nicht für Schuld. Für Viggo aber war es der Beginn einer Kausalkette, die ganz anders ausgegangen wäre, wenn er anders gehandelt hätte.

Er sah sein Spiegelbild in dem grünen Wasser, die flirrenden, verschwommenen Umrisse seines Gesichtes. Viggo wusste, dass alle Handlungen Konsequenzen hatten, welche das waren, erfuhr man aber meist erst dann, wenn es zu spät war, etwas zu ändern. So war das Leben. Entweder war Gott gnädig und ließ nichts passieren – oder er löste durch die winzige Verschiebung eines Details furchtbare Konsequenzen aus. Jeden Nachmittag, wenn sein Großvater in der Berlingske Abendzeitung die Unglücksfälle des letzten Tages studierte, hörte er die Rufe der unglücklichen Betroffenen: *O nein, das hätte niemals geschehen dürfen!*

Aber es war geschehen.

Viggos Mutter und Großmutter sahen nur den Mann im Sessel oder auf der Terrasse, der stumm weinte. Wie den meisten Erwachsenen kam ihnen nicht in den Sinn, dass ein unschuldiges Kind derart dunkle, tiefe Schächte in seinem Innern graben könnte. Vielleicht war der Gedanke auch einfach unerträglich für sie, denn was hätten sie schon dagegen tun können? Die Sorgen der Erwachsenen erschienen ihnen größer und wichtiger als die Probleme eines Kindes, die mit einem Lächeln oder ein paar tröstenden Worten vertrieben werden konnten. Vielleicht liebte Viggos Mutter den kleinen Prinzen deshalb so sehr. Sie glaubte, ihren Sohn mit den Geschichten zu trösten, und merkte nicht, dass Viggo dieses Kind, das mit einem Schwarm Zugvögel auf die Erde gekommen war, hasste, wie auch seine direkte Art zu reden, die die Erwachsenen nicht verstanden. *Ob es sich um das Haus, die Sterne oder die Wüste handelt, das, was ihre Schönheit ausmacht, ist unsichtbar.* Und am Ende die Entscheidung für den Tod, als er sich von der Schlange beißen lässt.

Als seine Mutter wieder einmal am Ende angekommen war und hingerissen lächelte, verstand er, was sie von ihm erwartete.

Er gehörte nicht in die wirkliche Welt.

Eines Nachts wachte Viggo mit dem unguten Gefühl auf, dass etwas ganz und gar nicht stimmte. Dabei hatte er keine Visionen gehabt, das war es nicht. Er knipste die Nachttischlampe mit dem roten Schirm an und blieb liegen, bis die Augen sich an das Licht gewöhnt hatten. Später konnte er nicht mehr sagen, wieso er das getan hatte. Er riss die Decke zur Seite und warf sie auf den Boden, streckte die Arme hoch und sah seine Hände an. Irgendetwas stimmte nicht mit seinen Fingern, sie waren länger und dünner als normal. Er schob die Schlafanzugärmel hoch und untersuchte seine Arme. Am rechten Arm, direkt unter dem Ellenbogen, fehlte das Muttermal, das immer dort gewesen war. Am linken Arm die Narbe über dem Handgelenk, wo er sich im Kindergarten an einer Wunderkerze verbrannt hatte. Er hörte seinen eigenen stoßweisen Atem. War er in einem anderen Körper erwacht? War es passiert, während er geschlafen hatte? Er kniff die Augen fest zu, saß im Bett und schwankte mit dem Oberkörper vor und zurück, während sein Herz gegen die Rippen trommelte. Das war unmöglich. Das konnte nicht wirklich geschehen sein. Gott würde niemals zulassen, dass er den Körper eines anderen Kindes bezog, ganz abstreifen konnte Viggo den Gedanken aber nicht. Irgendwann musste er wieder eingeschlafen sein, denn als er am nächsten Morgen wach wurde, war alles wie immer. Das Muttermal und die Narbe waren da, wo sie sein sollten, und die Finger hatten wieder ihre ursprüngliche Form. Offenbar war seine Mutter in seinem Zimmer gewesen und hatte das Licht ausgemacht, wenn er nicht alles nur geträumt hatte.

Einige Nächte darauf erwachte er wieder mit dieser Unruhe und knipste das Licht an. Sein Körper war normal, seine Hände und Finger waren seine eigenen, aber das Zimmer um ihn herum sah anders aus. Die Möbel waren nicht seine, wo sonst neben dem Bücherregal sein roter Hocker stand, war nun ein grüner Polstersessel, an der Stelle seines Schreibtisches stand ein großer Sekretär. In der Ecke eine Stehlampe, die er noch nie gesehen hatte.

Am Morgen war das Licht wieder gelöscht, er schien eingeschlafen zu sein, und alles wirkte wie immer.

In den folgenden Nächten traute er sich kaum ins Bett. Ihm war, als wäre er dabei, sich aufzulösen. Entweder sein eigener Körper – oder die ihn umgebende Welt. Irgendjemand wollte ihn mitnehmen, aber er wusste nicht, wohin oder aus welchem Grund. Er lag auf dem Rücken (mit auf dem Bauch gefalteten Händen) und bewegte die Lippen, während er dem unbekannten Beschützer oben in der Dunkelheit von seinen Traumbildern erzählte.

Lieber Gott, bitte beschütz mich... auch wenn ich es nicht verdient habe... Lieber Gott...

Er musste sich etwas ausdenken, dass der Gott, zu dem seine Mutter und Großmutter beteten, sich ihm wieder zuwandte. Er musste es sich verdienen, weiter in der Welt bleiben zu dürfen, die er kannte. Er wollte an keinen anderen Ort, nicht in einen anderen Körper, aber er hatte keine Macht über diese Entscheidung.

Lieber Gott. Ich bin sicher, dass es Engel gibt. Ich habe im Dunkeln ihren Flügelschlag gehört. Ich glaube, dass ihre Flügel dunkelblau sind und nicht weiß, weil ich sie sonst in der Dunkelheit sehen könnte. Kannst du heute Nacht einen deiner Engel über mich wachen lassen? Er kann am Fußende sitzen.

Viggo winkelte die Beine an und zog die Decke hoch, um dem Engel Platz zu machen. Einem Erwachsenen mag es sentimental und absurd erscheinen, aber in dem nachtdunklen Kinderzimmer war es absolut real.

In dieser Phase träumte er auch vom Tod seiner Mutter. Sein Großvater hatte mit der Berlingske Abendzeitung in seinem Sessel gesessen. Plötzlich war die Zeitung aus seiner Hand auf den Boden geglitten. Viggo hatte sie aufgehoben. Auf der ersten Seite war ein Foto seiner Mutter, die in einer Blutlache lag. Über dem Bild standen zwei Worte, die ihn aus dem Schlaf aufschrecken ließen: *Frau ermordet.*

In den ersten panischen Sekunden im dunklen Zimmer wusste er, was geschehen war: Gott hatte keinen Engel geschickt. Der Gott seiner Mutter und Großmutter strafte ihn. Er hörte noch immer das Echo der Worte:

Kannst du wenigstens hupen!

Es war wirklich sein größter Wunsch gewesen.

Dabei konnte er sich jetzt nicht einmal erinnern, ob der Großvater gehupt hatte oder nicht, aber das spielte auch keine Rolle mehr.

KANZLEI DES MINISTERPRÄSIDENTEN

Mittwoch, 7. Januar, Nachmittag

Der Ministerpräsident saß regungslos hinter seinem gigantischen Mahagonischreibtisch. Er sah aus, als wäre er gerade aus einem besonders grausamen Albtraum erwacht, seine Augen waren gerötet und blutunterlaufen.

Die aufgeschreckten Beamten, die das Vorzimmer bevölkerten, hatten ein ungewöhnliches Geräusch hinter der eigentlich schallisolierten Ministertür gehört. Es hatte fast wie ein Schluchzen oder Wimmern geklungen, was natürlich nicht sein konnte. Im Staatsministerium flossen keine

Tränen – höchstens vor Freude, wenn es mit einem ihrer schlimmsten politischen Gegner richtig bergab ging.

Poul Blegman war eine Stunde zuvor in Begleitung von drei Bodyguards und einem Staatssekretär beim Ministerpräsidenten eingetroffen, herbeizitiert von einer Stimme, die er kaum als die seines Bruders wiedererkannte. Aber nur ihm allein war der Zutritt ins Allerheiligste gewährt worden, die Entourage musste draußen warten.

Palle Blegman hatte vornübergebeugt hinter seinem Schreibtisch gesessen, die Hände auf der grünen Schreibunterlage gefaltet, als würde er beten. Sein jüngerer Bruder wusste, wie weit der äußere Eindruck von der Wirklichkeit entfernt war. Das männliche Oberhaupt ihres Clans hatte niemals zu irgendwem oder irgendetwas gebetet, weder zu Gott im Himmel noch dem Teufel in der Hölle. Die weißen Knöchel verkündeten bloß den Zorn, der sich jeden Augenblick in einem Brüllen entladen konnte, das ganz und gar kein Gebet sein würde, eher eine Verwünschung.

Der Bär erhob sich, ehe der Justizminister in einem Winkel des riesigen Büros in Deckung gehen konnte, und rief: »Dieser Mord-Chef – und sein *Hornochse* von einem Stellvertreter – wollen eine Unterredung mit uns! Er will mit uns über unsere *Vergangenheit* reden... Gentofte... das Gymnasium...«

Poul Blegman wagte es nicht zu antworten.

»Unsere *Vergangenheit*.« Die Stimme des Ministerpräsidenten reduzierte sich auf ein Flüstern. Er setzte sich wieder. Das plötzliche Absinken der Lautstärke machte die Situation nicht weniger bedrohlich, im Gegenteil. Der Justizminister blieb stehen. Möglicherweise fühlte er sich nicht in der Lage, die Füße zu heben, oder er wusste instinktiv, dass eine einzige verkehrte Bewegung unvorhersehbare Konsequenzen nach sich ziehen konnte. Noch nie, nicht einmal als Kind, hatte er sich in körperlicher Hinsicht vor seinem Bruder gefürchtet, aber das Leben hielt so viele andere Ebenen bereit – und in diesem Moment befanden sie sich auf einer, die das gleiche zittrige, unwirkliche Gefühl in ihm auslöste, wie er es damals gehabt hatte, als ihr Vater die drei Katzenjungen in ihrer Garage massakriert hatte. Damals hatte er sein eigenes Lachen gehört und gedacht, dass jede andere Reaktion ihn auf direktem Weg ins Verderben geführt hätte.

Den Rest des Treffens in der Kanzlei erlebte der Justizminister wie in Trance. Sein Bruder hatte auf einen Knopf gedrückt, woraufhin der Mord-Chef vom obersten Staatssekretär des Bären hereingebracht worden war.

Der Polizist hatte ihnen zehn oder zwölf, vielleicht auch mehr Fragen zu ihren Jahren in Gentofte gestellt, ob dort *was auch immer* geschehen sei, das zur Aufklärung beitragen könnte... Gab es vielleicht jemanden, der einen Groll gegen sie hegte oder die beiden Minister schon immer gehasst habe... oder ihren Vater... oder gar die Witwe... War da vielleicht jemand, der der Blegman-Familie etwas anhängen wolle... irgendein früherer Bekannter... ein politischer Gegner, zum Beispiel ein Unternehmer, der kaltgestellt worden war...

Oder...?

»Es deutet nichts auf eine Entführung hin, es liegt keine Lösegeldforderung vor, kein terroristischer Hintergrund, kein Bereicherungsvorsatz, es kann eigentlich nur etwas Persönliches sein.«

Eigentlich, vielleicht, der Polizist verbarrikadierte sich regelrecht hinter vagen Worten, dabei war er kein ängstlicher Mann.

»Sie wird tatsächlich einfach gegangen sein, und *Sie und Ihre*« – der Ministerpräsident erhob sich bei diesen Worten und lehnte sich über den Schreibtisch – »Horde von *Idioten*... haben sie bloß nicht gefunden!«

»Sie ist nicht einfach gegangen«, sagte der Mord-Chef. »Niemand hat sie gehen sehen. Und sie hätte das Gebäude nicht allein und ungesehen verlassen können, weil die Ausgangstür verriegelt war.«

»Trotzdem scheint ihr genau das gelungen zu sein. Sie muss das Gebäude verlassen haben, oder sie hat sich in Luft aufgelöst.« Der Sarkasmus des Bären füllte den Raum vom Boden bis unter die Decke.

Der Mord-Chef hielt auf beeindruckende Weise die Stellung. »Ja, genau das verstehen wir eben nicht. Genau dafür suchen wir eine Erklärung.« Er stockte.

»Und nach dieser Erklärung suchen Sie ausgerechnet *in der Vergangenheit*?«

Der Sarkasmus des Landesvaters hatte einen bedrohlichen Unterton angenommen, von dem seinem kleinen Bruder ein wenig schwindelig wurde. Zu Lebzeiten ihres Vaters war Sarkasmus immer der Vorläufer einer unabwendbaren Katastrophe gewesen. Schläge mit dem Stock.

»Es könnte jemand eine Rechnung mit Ihnen offen haben«, sagte der Mord-Chef, überraschend unbeeindruckt.

»Wenn jemand noch eine Rechnung offen hat, dann wohl eher wir.« Palle senkte die Stimme und neigte den Kopf.

Der Mord-Chef griff das Stichwort auf. »Sie denken da an Ihren *kleinen Bruder*, nehme ich an.«

Palle Blegman richtete sich auf. »Was um alles in der Welt hat Pils Tod mit dieser Sache zu tun?!«

»Ich weiß es nicht«, sagte der Mord-Chef.

Im Nachhinein mussten sie zugeben – auch wenn sie keine Silbe darüber verloren –, dass ihr Gegner klüger und intelligenter war, als sie es ihm zugetraut hätten. Wer den richtigen Instinkt hat, weiß, wann er welche Richtung einschlagen muss, aufwärts, abwärts oder geradeaus. Während Gott nur einen Weg kennt – nach oben – und der Teufel die entgegengesetzte Richtung, hatte der Mord-Chef sich zwei, möglicherweise sogar drei, Fluchtwege gesichert, ehe er sich an den verletzten Bären angepirscht und ihm die eindringlichste, persönlichste Frage in der Angelegenheit der verschwundenen Witwe aus Solbygaard gestellt hatte.

Nachdem der Staatssekretär die Tür hinter dem Mord-Chef geschlossen hatte, waren die beiden Brüder wieder unter sich.

»Aber das ist *vielleicht*...«, begann Poul Blegman und stockte. Er hatte das bevorzugte Wort des Mord-Chefs übernommen.

Sein Bruder, der Ministerpräsident, musterte ihn lange, ehe er antwortete – und dieses Mal kamen seine Worte weder als leises Flüstern noch als Brüllen: »Du vergisst...«

In der realen Welt war es vermutlich das Beste, den Satz nicht zu Ende zu bringen. Selbst in dem schallisolierten Büro gab es keinen Grund, Thesen zu formulieren, zu denen noch nicht einmal der Mord-Chef gelangt war.

Das Staatsoberhaupt sank auf seinem mit Büffelleder bezogenen Stuhl zusammen, die Bärenpranken ruhten auf den Armlehnen. Ein ungewohnter Anblick – selbst für den kleinen Bruder, der sich noch gut an jene Nacht und den Morgen erinnerte – in der Mitte ihrer Gymnasialzeit.

Eine Sommernacht in einer anderen Welt...

Es musste nichts bedeuten und würde die Polizei in jedem Fall nur verwirren. Ein Jäger folgt seiner Spur. Und ein guter Jäger jagt in seinem eigenen Tempo und Rhythmus und aufgrund seiner eigenen Beobachtungen. Und nicht immer führt die Jagd zu einem Ziel.

Dem Mord-Chef eilte allerdings der Ruf eines verdammt guten Jägers voraus.

Poul Blegman dachte an die Welt, die sich entfalten würde, wenn seine Mutter tatsächlich tot war. Und er wusste, dass ein geschickter Fährtenleser – wie in den Geschichten seiner Kindheit, *Roter Wolf* und *Der letzte Mohikaner* – die Zeichen entdecken würden, die in der realen Welt viel deutlicher waren als zerbrochene Zweige auf dem Waldboden oder die Witterung der Beute im Wind.

KAPITEL 8

DER LEUCHTTURM AUF DER LANDSPITZE

Mittwoch, 7. Januar, Nachmittag

Viggo Larssen war früher als üblich aufgebrochen, und ich hatte das Postauto unten auf dem Schotterweg vorbeifahren sehen, auf dem Weg zum Leuchtturm.

Spontan beschloss ich, mich zum Leuchtturm zu begeben, den Schlüssel unter dem Moos hervorzuholen und in die Wohnung zu gehen.

Bei seiner eingefleischt festen Routine hatte ich mindestens anderthalb Stunden, bis er vom Bavnebjergsklint zurückkam.

Die Leuchtturmtür hatte keinen Briefschlitz, weshalb der Umschlag in einem unabgeschlossenen Briefkasten an der Mauer lag. Ich nahm ihn heraus, drehte ihn um und warf einen Blick auf den Absender. Es war keine Überraschung. Viggo hatte seine Briefe an die Freunde seiner Kindheit geschickt, und Teis war der Erste, der ihm antwortete. Für einen kurzen Augenblick zog ich in Erwägung, den Brief des pensionierten Genforschers mit in mein Hexenhaus zu nehmen, aber eigentlich war das gar nicht nötig und außerdem zu riskant. Sollte er diesen Brief erwarten, würde er in der Poststation im Supermarkt nachfragen und Verdacht schöpfen.

Meine Neugier konnte ihm in den Monaten, die wir uns jetzt kannten, unmöglich entgangen sein. Ich vermute sogar, dass sie es war, die mich auch nur annähernd interessant für ihn machte. Außerdem war ich ziemlich sicher, was der dünne Umschlag enthielt: eine Einladung – mehr nicht.

Viggo würde fahren. Er würde aufbrechen, um die vier Menschen zu treffen, denen er sich anzuvertrauen gewagt hatte.

Und ich würde ihn begleiten.

Ich ließ den Brief liegen, trat über die Schwelle und setzte mich auf den Stuhl an dem blauen Schreibtisch. Er hatte nur ein Wort auf das Blatt in der Walze der alten Olympus geschrieben: *Nahtoderfahrungen*.

Natürlich beschäftigte ihn das.

Ich glaubte nicht an solche Sachen. Die Vorstellung stammte irgendwo aus dem Grenzland zwischen unserem Herrgott und der Wissenschaft – genau dem Bereich, in dem Teis gelandet war, nachdem die Flugzeuge in die Zwillingstürme in New York geflogen waren und alles eingestürzt war.

Ich sah das anders. Nur naive Geister konnten glauben, dass die einmal aus einem Körper entkommene Seele danach trachtete, in ihre irdische Hülle zurückzukehren. In den Berichten, die ich gelesen hatte, stieg die Seele wie eine ferngesteuerte Drohne unter die Decke des Raumes, filmte die Todesszene unter sich, um sich irgendwann zu besinnen, den Fallschirm zu öffnen und unversehrt in dem Körper zu landen, den sie kurz zuvor verlassen hatte.

Das war vollkommen absurd.

Ich verstand nicht, wie das einen Mann interessieren konnte, der sich immer nur mit dem tatsächlichen Tod befasst hatte – der Tod gab nie etwas zurück.

Ich war überzeugt davon, dass der Brief von Teis, der ungeöffnet im Briefkasten lag, eine Antwort auf die Visionen enthielt, die Viggo schon als Kind Todesangst gemacht hatten und jetzt wiederkehrten. In einer seiner Schubladen hatte ich stapelweise Todesanzeigen gefunden, einige so alt, dass sie schon vergilbt waren. Eins hatten alle Anzeigen gemeinsam: Die Behörden suchten mit einem kurzen Text nach noch lebenden Angehörigen der Verstorbenen: *... ist verschieden am ...*

Wie pathetisch.

Angehörige wenden sich bitte ...

Der Wortlaut war mir bekannt.

... an die Behörden und das Sozialamt ...

Als hätten die einsam Verstorbenen in ihrem jäh beendeten Leben von dort die größte Fürsorge erhalten.

Falls es Angehörige gab, hätten diese sich vermutlich schon viel früher gemeldet, lange vor dem Tod. Sie tauchten nicht wegen einer zufälligen Todesanzeige mit einem kurzen, einspaltigen Text in der unteren Ecke der Zeitungsseite auf.

Viggo hatte diese Anzeigen trotzdem gesammelt und aufbewahrt, und als ich eines Tages zufällig darin blätterte, entdeckte ich auf mehreren auf die Rückseite gekritzelte Telefonnummern. Das Überprüfen der Nummern ergab, dass es sich um Altwarenhändler und sogenannte Nachlassverwalter handelte. Vermutlich hatte er die Friedhofsverwaltungen kontaktiert und sich als entfernter Verwandter ausgegeben, der wissen wollte, wer die Wohnung des Verstorbenen ausgeräumt hatte. Irgendetwas hatte er offensichtlich bei ihnen gesucht.

Ich spürte, wie Wut in mir aufstieg – wie damals in ferner Vergangenheit, als ich die persönlichen Unterlagen meiner Pflegemutter durchging und Stück für Stück zu ihren Geheimnissen vordrang. Sie hatte nicht mit meinen geduldig suchenden Fingern gerechnet, hatte von dieser Seite keine Gefahr erwartet – ganz sicher nicht von einem Kind. Sie, die sich um die kleinsten und am meisten notleidenden Kreaturen kümmerte, bis ein Zuhause und eine Familie für sie gefunden war, hatte sich nicht vorstellen können, dass ihr eigenes Kind aus ganz anderem, undankbarem Holz geschnitzt war.

Ich verließ die Wohnung, schloss die Tür gründlich hinter mir ab und richtete meinen Blick zum Bavnebjergsklint.

Ich sah ihn weit entfernt als schwarzen Punkt vor dem weißen Hintergrund.

Aber er konnte mich nicht sehen.

Der Mann im Leuchtturm hatte, soweit ich wusste, nur zwei Interessen im Leben: den Tod und was ich als eine Form von beherrschtem Trinken bezeichnen würde. Er stand immer erst spät auf – im Laufe des Vormittags – dafür brannte das Licht in seinen zwei kleinen Räumen bis tief in die Nacht.

Ich hatte mich nie getraut, ihn durchs Fenster zu beobachten, auch wenn ich weiß Gott einen schier unüberwindlichen Drang hatte, das zu tun, darum konnte ich auch nicht sagen, was er nachts dort machte.

Er hatte einen Lenovo-Laptop mit auf die Landspitze genommen, vielleicht war der Empfang ja stark genug, um damit fernzusehen. Ich hatte ihn nie danach gefragt. Ich wusste nur, dass es eine Katastrophe wäre, wenn er etwas von meiner intensiven Überwachung mitbekam, weshalb ich das auf keinen Fall riskieren wollte.

Ich hatte mich daran gewöhnt, in seiner Nachbarschaft zu leben – auf der Landspitze – und die Zeit ihren Gang gehen zu lassen. Zwischendurch hatte ich fast vergessen, weswegen ich gekommen war, aber jetzt war das natürlich nicht mehr möglich. Die Witwe Blegman war verschwunden, und er hatte drei Briefe in die Welt geschickt, die er eigentlich verlassen hatte.

Ich wanderte in der frühen Dämmerung durch den Fußabdruck des Riesen zurück zum Haus der Meereshexe und setzte mich mit Blick auf das Riff und den Höllenschlund ans Fenster. Ich dachte an all die Seelen, für die sich niemand interessierte, nachdem das Schicksal für ihren Untergang gesorgt hatte.

Ich dachte an Viggo und schaltete das Radio ein.

Mir blieb fast das Herz stehen.

Die Redaktion schaltete nach Solbygaard, und ein Sprecher informierte die Nation in atemlosen, dramatischen Wendungen über die neueste Entwicklung im Blegman-Fall.

Überraschend für alle war eine größere Zahl Polizeibeamter, mit den beiden Ermittlungsleitern an der Spitze, am frühen Nachmittag aus dem Polizeipräsidium ausgerückt und mit heulenden Sirenen zum Pflegeheim Solbygaard gerast, wo es jetzt von Polizisten nur so wimmelte. Niemand wusste, worum es ging. Alle Zugänge waren abgesperrt, und die Außenstehenden – darunter der gesamte Pressepulk – wurden auf Abstand gehalten.

Die Aufmerksamkeit der Polizei konzentrierte sich auf den Heimbereich, in dem die verschwundene Witwe Blegman untergebracht gewesen war. Der Reporter wendete sich in einer ausdauernden Hustenattacke ab, für die er sich so oft entschuldigte, dass man sich ernsthaft um sein geistiges und körperliches Wohl Sorgen machen musste. Schließlich nahm er seinen keuchenden Monolog wieder auf. Alles deute darauf hin, dass die Polizei hinter den Mauern der Einrichtung etwas gefunden habe. Die Anwesenheit von Kriminaltechnikern, Mord-Chef und Vize und die Absperrung des gesamten Geländes ließen nichts Gutes erwarten.

Vor dem Gebäude, in dem die Witwe ihr kleines Appartement hatte, breitete sich eine Rasenfläche mit hohen Bäumen aus. Dort parkte eine lange Reihe Polizeifahrzeuge, wie der Reporter berichtete, ehe er wieder zu husten begann.

Er entschuldigte sich ein weiteres Mal für seine Husterei wie auch dafür, dass er bedauerlicherweise nicht die kleinste Information zur Ursache des ganzen Wirbels bekommen habe.

Alle Fragen seien mit Schweigen beantwortet worden – an dieser Stelle kam die dritte Hustenattacke, ehe er mit fast schluchzender Stimme weitersprach. Das Schweigen der anwesenden Polizisten und Behörden sei so massiv, dass man mit dem Schlimmsten rechnen müsse – auch wenn niemand im Umkreis des Tatorts auch nur ahne, was die Polizei gefunden haben könnte... Immerhin sei die Arbeit der Spurensicherung ja längst abgeschlossen.

Ich schaltete den hustenden Augenzeugen aus und zweifelte keine Sekunde, was geschehen war. Ich hatte meine einzige Verbindung nach Røsnæs verloren. Ich hatte die Verbündete verloren, die es mir ermöglicht hatte, in das Hexenhaus auf der Landspitze zu ziehen. Dieses Problem konnte ich nicht ignorieren. Ich würde schon klarkommen – eine Weile zumindest –, die Witwe hatte meine Miete bis zum 31. Januar bezahlt. Danach würde ich auf mich allein gestellt sein. Doch ganz sicher würde keine Drohne aus dem Nichts über dem Wald auftauchen und über meinem Häuschen einen Sack Gold abwerfen.

Mir blieben noch drei Wochen – vielleicht ein paar Tage mehr.

TEIL III

DER TOD

KAPITEL 9

SØBORG BEI KOPENHAGEN

1965–1968

Das Gelb verfolgte ihn, dachte Viggo manchmal... Erst die toten Kanarienvögel, dann der tote Junge in dem zerrissenen gelben Regenmantel, und kurz darauf im Traum das Foto seiner ermordeten Mutter auf der Titelseite der Berlingske Abendzeitung. Die Zeitungen druckten damals noch keine Farbfotos, aber er hatte das gelbe Kleid erkannt, das sie von ihrem Ersparten für die Jubiläumsfeier der Ölgesellschaft gekauft hatte, in der sie als Sekretärin arbeitete.

Anfang der vierten Klasse hatte Viggo eine neue Manie entwickelt, die er wie auch die anderen schon um jeden Preis geheim halten musste. Er wusste nicht, woher sie kam, und fragte sich, ob die anderen Kinder oder wenigstens die anderen Jungs auch so etwas hatten. Wenn er in der Klasse oder im Bus neben einem Mädchen saß, musste er einfach ihre Haare berühren. Seine Finger begannen zu zittern, aber er konnte nichts dagegen tun, wobei die Auserwählten natürlich nichts davon merken durften. Es reichte, eine Strähne nur flüchtig mit einem Finger zu berühren, um den merkwürdigen Zwang zu befriedigen. Mit einer geplant beiläufigen Bewegung rutschte er auf dem Sitz oder

Stuhl etwas näher, hob die Hand und näherte sich seinem Ziel. Die Erleichterung, wenn er die Haare an seiner Haut spürte, war enorm. Sie hatte nichts mit der Befriedigung zu tun, die ein erwachsener Mann spürt, aber das Gefühl, etwas Unerreichbares erreicht zu haben, war jedes Mal überwältigend.

Manchmal gerieten seine Berührungen ungewollt plump, weil der Bus eine unerwartete Kurve fuhr, und die Mädchen spürten seine Hand. In dem Fall tat er unbeteiligt und schaute aus dem Fenster. Kein normaler Junge würde so etwas tun. Und Viggo Larssen hätte man es gleich gar nicht zugetraut.

Wenn er von der Schule nach Hause kam, musste er Botengänge zum Metzger oder Kaufmann machen, und manchmal, wenn die Großeltern auf ihren Abendspaziergang verzichteten, was mit der Zeit immer häufiger vorkam, auch schon einmal zum Briefkasten in der Lauggårds Allé. Seine Großeltern schrieben noch Briefe, manchmal gleich mehrere in einer Woche. Sein Großvater saß über seine grüne Schreibunterlage gebeugt und schrieb auf fein liniertem Briefpapier. Viggo hörte den Füller flüsternd über das Papier kratzen, immer wieder unterbrochen von Pausen, mitunter dauerte es einen ganzen Tag, bis der Brief vollendet war.

Unweit des Briefkastens blieb Viggo im Licht der Straßenlaterne stehen, nahm den Brief aus der Tasche seines Anoraks, schob den Finger unter die Lasche und öffnete den Umschlag; damals musste man die Briefumschläge noch anlecken, um sie zuzukleben, und weder seine Großmutter noch sein Großvater taten dies mit ausreichender Sorgfalt. Anschließend verschloss er die Briefe mit etwas Leim aus einer Tube, die er mitgenommen hatte.

Der Großvater schrieb oft an seinen Bruder, von dem er sich an jenem fatalen Tag den Opel geliehen hatte. Manchmal waren die Briefe aber auch an seine Schwestern auf Falster gerichtet. Es stand selten etwas Persönliches darin, meist waren es grantelige Kommentare über Wind und Wetter, Krankheiten oder andere Leiden, dazu endlose Betrachtungen all der Dinge, die sich alten Menschen in den Weg stellten. Oder es ging darum, wann die Familie wieder zu einem Geburtstag zusammenkommen würde, und was passiert war, seit man sich das letzte Mal gesehen hatte.

Ich kann nichts gegen die Kälte in meinem Herzen machen, schrieb Viggos Großvater an seine Schwester in Nykøbing Falster. In dem Winter, als er am Abendbrottisch kaum mehr ein Wort sagte und auch beim Kartenspielen nicht auftaute.

Die Frühlingsgicht ist wieder da – bestimmt bleibt sie bis nach Ostern, hieß es in einem späteren, Anfang des Jahres geschriebenen Brief.

Im Sommer wurde es noch schlimmer. *Wir alten Menschen können nicht rausgehen und die Sonne genießen, ohne immer wieder die kalte Luft zu spüren, die einem durch Mark und Bein geht. Man wird enttäuscht, sobald man vor die Tür geht; ich komme nicht mehr zurecht.*

Einen Brief an seinen Bruder, der Vizedirektor bei FL Smith gewesen war, warf Viggo im August ein, exakt zwei Jahre nach dem Unfall, den der Großvater nie erwähnte.

Wir mögen den Nordwind nicht, schrieb er nur.

Dann wurde es ihm plötzlich zu warm.

Diese Hitze ist unerträglich.

Und wenige Tage später: *Jetzt donnert es – was ist das nur für ein Wetter bei uns?*

Es war, als interessierte Viggos Großvater sich nach Pils Tod nur noch für das Wetter und den körperlichen Verfall. Vielleicht war das seine Art, die undurchdringliche Wildnis in seinem Innern zu meistern. Seine mit Füller geschriebenen Worte waren wie Schritte auf einem Untergrund, der jeden Augenblick unter einem nachgeben konnte. *Gut und schlecht sind im Leben nicht gleich verteilt – nicht nach einem gerechten System – oder nach der Fähigkeit, etwas anständig annehmen oder mit genug Nachdruck ablehnen zu können*, schrieb er an seine Schwestern.

Um Weihnachten 1965 herum wurden seine Kopfschmerzen immer schlimmer. *Wenn die Schmerzen kommen, reichen meine Gedanken nicht mal mehr von einem Ohr zum anderen,* schrieb er.

Die Länge des Winters treibt uns an, im noch verbleibenden Jahr so viel wie nur möglich zu erledigen, las Viggo auf dem Weg zum Briefkasten, bevor er den Brief wieder zuklebte. Man sah der Schrift den körperlichen Verfall des Mannes an, und zwischen den Zeilen war zu lesen, wie sehr er seines Lebens überdrüssig war.

Viggo saß auf der Bank vor dem Leuchtturm, ein erwachsener Mann, und starrte vor sich hin, wie es sein Großvater getan hatte. Er war in einem Haus aufgewachsen, in dem man sich im Winter nach dem Sommer und im Sommer nach dem Winter sehnte. In Zimmern, in denen sich jeder Wetterwechsel in Sehnen, Muskeln und Knochen als Schmerzen und Gicht bemerkbar machte. Er beobachtete die Erwachsenen, die ihn zunehmend ignorierten, als wäre er nicht Teil der Zukunft. Der Tod, der vor und hinter ihnen lag, war zwischen den Zeilen zu spüren, die er heimlich las, und in der Stille des Hauses. Seine Mutter versuchte die Stille in ihrem kleinen Zimmer hinter geschlossenen Türen zu übertönen. Mit Beethovens fünfter Symphonie, mit Mozart, Haydn und Händel.

Viggo Larssen hatte das Gefühl, dass irgendetwas nahe bevorstand, ohne zu wissen, was es war. Wie die böse Vorahnung der Seeleute draußen am Höllenschlund, als sie sahen, wie sich plötzlich die Wellen vor dem Schiff brachen, bevor der Bug aufriss und sie in die Tiefe gezerrt wurden. Seine gesammelten Erfahrungen – nicht zuletzt aus der Tragödie um Pil – hatten ihn gelehrt, dass unsichtbare Zufälle den Lauf der Zeit und jede Bewegung beeinflussten. Und damit auch Leben und Tod.

Wenn er nur eine Minute zu spät aufwachte – oder zu früh –, konnte das ein fatales Unglück bewirken. Wenn seine Mutter sich durch ihn nur um Sekunden verspätete, würde sie mit ihrem schwarzen Fahrrad exakt in der Sekunde auf den Gladsaxevej rollen, indem der große Lastwagen um die Ecke bog, um sie zu überfahren. Eine Sekunde früher – oder später –, und das wäre nie geschehen. Er wusste nur nicht, welches die entscheidende Sekunde war. In der Verzögerung oder in der Eile? Diese unerträgliche Gewissheit schleppte er in diesen Jahren mit sich herum. Er wusste, dass das Schreckliche irgendwo dort draußen lauerte, er wusste aber auch, dass es für ihn unsichtbar war ...

Er stellte seinen Wecker auf Viertel nach sechs und schaltete das Licht aus, während er an den warmen Kaffee dachte, den er seiner Mutter jeden Morgen machte. Dann schaltete er das Licht wieder an und stellte den Wecker ein paar Minuten früher, weil er sich mit einem Mal sicher war, dass Viertel nach sechs ein Startzeitpunkt mit fatalen Folgen sein könnte. Konnte er nicht einschlafen, stand er wenige Minuten später wieder auf und stellte den Wecker erneut um. Die Zeit war sein einziges Bindeglied zu einer möglichen Kontrolle dessen, was er fürchtete. Er lag mit geschlossenen Augen da und stellte sich vor, wie die winzigen Veränderungen des Zeitenlaufs den kommenden Tag verändern würden, die kommende Woche, den Rest des Lebens. Er wäre Schuld an diversen Unglücken, wenn er nicht die richtige Entscheidung traf.

Die Lehrer fragten vorsichtig bei seiner Mutter nach, warum er oft so müde war. Sie tat das alles ab und behauptete, ihr Junge sei vollkommen normal. Trotzdem spielte sie in den Folgetagen Beethoven etwas leiser, damit Viggo schlafen konnte.

KAPITEL 10

KANZLEI DES MINISTERPRÄSIDENTEN

Mittwoch, 7. Januar, Abend

Der Ministerpräsident stand am Fenster und hatte seinen beiden Gästen den Rücken zugewandt. Er hätte auf die beiden, die ihn nicht zu Unrecht mit einer gewissen Furcht beobachteten, gelinde gesagt gut verzichten können.

Schließlich drehte er sich um und ging langsam und leicht vornübergebeugt zurück zu seinem Schreibtisch. Seinen rotgeäderten Augen war anzusehen, dass er schon lange nicht mehr richtig geschlafen hatte.

»Das heißt, dass sie …?« Der erste Beamte des Staates schaffte es nicht, die entscheidende Frage zu Ende zu bringen.

»Sie ist tot aufgefunden worden, ja«, vollendete sein Bruder, der Justizminister.

»Das ist richtig«, bestätigte der Mord-Chef.

»Sie …?« Die Frage wurde in der kürzest möglichen Form gestellt.

Ebenso die Antwort, die jetzt im Chor kam.

»Ja.«

»In einem Kellerraum …«

»Ja.«

Der Ministerpräsident richtete sich auf und glich mehr denn je einem angeschossenen Bären. Der Justizminister war auf einem Stuhl zusammengesunken und starrte paralysiert in die Welt, die ihm noch Minuten zuvor als ganz normal erschienen war.

Der Tag hatte mit dem Terroranschlag in Frankreich begonnen, und die beiden Brüder hatten den Franzosen ihr Mitgefühl ausgesprochen, wie es erwartet wurde. Ein paar verrückte Muslime hatten die Redaktion einer satirischen Wochenzeitschrift angegriffen. Es hatte mindestens zehn Tote gegeben. Hinter verschlossenen Türen zeigten sie beide aber kaum eine Regung angesichts des Amoklaufs in einem Land, das sie wegen seiner Schwäche und seines Snobismus verachteten. Ihr Vater hatte eine feste Redewendung für zu schwache, zu feige politische Gegner: »Jetzt führen sie sich wie die Franzosen auf!« Sein Urteil war zeit seines Lebens unerbittlich gewesen. Das Land, das mit seinem aufgeblasenen General Napoleon an der Spitze alles verloren hatte, war 1940 – wie er sagte – widerstandslos vor Hitler in die Knie gegangen. Die politischen Anführer hätten zu keinem Zeitpunkt die Kraft gehabt, sich zu verteidigen. Und nach dem Krieg hätten ausgerechnet die Deutschen einen bewundernswert stählernen Willen gezeigt, und das sei noch heute so, trotz der Frau an der Spitze des Landes. Frankreich sei historisch betrachtet eine Nation, die bei der kleinsten Berührung zusammenzuckte – sodass das Schicksal von Palle Blegmans Mutter die irrsinnige Tat einiger verrückter Franzosen klar in den Schatten stellte.

»Aber das ist doch absurd«, sagte er, und dieses Mal war das keine Frage. Er sah den Mord-Chef misstrauisch an, trat vom Fenster weg und zeigte auf einen der hübschen, aber äußerst unbequemen Wegner-Stühle. Er selbst nahm auf dem Børge-Mogensen-Sofa Platz, das trotz der vier massiven Beine unter seinem Gewicht ächzte.

»Na ja«, sagte der Mord-Chef. »Sie scheinen in einem so großen Pflegeheim nicht immer alles unter Kontrolle zu haben.« Er wusste nur zu gut, dass er der eigentlichen Frage auswich.

»Und Sie *verdammt noch mal* ja wohl auch nicht! Sie haben sieben Tage nach ihr gefahndet, dabei war sie nicht mehr als ein paar Meter entfernt!«

Der Mord-Chef senkte den Kopf, eine Geste, zu der er sich nur selten hinreißen ließ, aber die Anklage war ja nicht ganz unberechtigt. Eine Putzfrau, die wie die Hälfte des Personals aus dem Nahen Osten kam, hatte die Alte gefunden und Alarm geschlagen. Die syrische Frau hatte auf der Suche nach einem Eimer eine verschlossene Tür im Keller geöffnet, als sie die gesuchteste Frau des Landes auf einem alten Gartenstuhl sitzend in der Mitte des Raumes sah.

Mausetot.

Das Rätsel um ihren letzten Aufenthaltsort war damit von einer Putzhilfe gelöst. Der Rest des Mysteriums war noch weit von einer Auflösung entfernt. Es gab keine sichtbaren Spuren von Gewaltanwendung, keine Anzeichen eines Kampfes, nur den Geruch des Todes, schließlich saß sie schon seit Tagen dort. Der Gesichtsausdruck der alten Dame war friedvoll. Als hätte sie ihren letzten Atemzug ganz ohne Furcht getan.

Die Tür hatte ein simples Schnappschloss. Bei dem Kellerraum handelte es sich um einen alten Schutzraum aus der Zeit des Kalten Krieges, dessen Tür absolut dicht war. Aber aus welchem Grund sollte die Witwe sich in einen dunklen Kellerraum begeben und dann auch noch die Tür hinter sich zuziehen?

Wobei die Tür natürlich auch von außen geschlossen

worden sein konnte. Der Schlüssel steckte jedenfalls außen im Schloss, sonst hätte die Putzfrau sie ja nicht öffnen können. Aber warum sollte jemand die alte Frau in den Keller sperren?

Obwohl sie die Frage nicht beantworten konnten, war diese Variante mit Abstand die wahrscheinlichste.

Jemand hatte die alte Dame in den Keller gelockt und sie dort auf dem rostigen Stuhl mit dem gerissenen Plastikbezug zurückgelassen. Sie war nicht gefesselt, und allem Anschein nach hatte man sie nicht geschlagen. Der Raum war klein und gut isoliert, die Luft dick und sauerstoffarm, das konnte die alte, lungenkranke Frau nicht lange überleben. Früher hatte es sicher eine Lüftung gegeben, Sauerstoffreserven und Notrationen, um den Aufenthalt vieler Menschen über längere Zeit sicherzustellen, aber das war heute natürlich alles nicht mehr vorhanden.

Die Polizei hatte den Keller nach der Entdeckung der Leiche umgehend abgesperrt, und im ganzen Heim wimmelte es von Polizisten und Kriminaltechnikern. Martinshörner waren zu hören, und drei Medienhubschrauber kreisten über dem Haus, in dem die Grand Old Lady der Blegman-Dynastie gefunden worden war.

»Wer ... wer hat ihr das angetan?«, brüllte der Staatschef auf dem Sofa. Beinahe wäre ihm das Wort *Mutter* über die Lippen gekommen, aber das hätte eine Verwundbarkeit ausgedrückt, zu der er als Ministerpräsident sich nicht bekennen würde.

Der Mord-Chef verlagerte sein Gewicht kaum merkbar auf den anderen Fuß, und für einen Moment sah es so aus, als schwankte er auf dem unbequemen Stuhl hin und her.

»Das ist *nicht* ...«, sagte der Mord-Chef und fing noch einmal von vorn an: »Wir können noch nicht sagen, ob wirklich Fremdverschulden vorliegt. Noch nicht. Es kann sein, dass Frau Blegman sich in den Kellerraum verirrt hat und an Sauerstoffmangel gestorben ist. Das Pflegeheim ist erst vor Kurzem renoviert worden, aber der Keller, der während des Kalten Krieges als Schutzbunker eingerichtet wurde, liegt etwas abseits und wird schon lange nicht mehr genutzt. Die Luftschächte funktionieren seit Jahren nicht mehr. Und wenn die Tür zu ist...« Er kam nicht weiter, da der Staatschef aus dem Sofa aufstand und sich wütend vor ihm aufbaute.

»Jetzt halten Sie Ihr *Maul*... Sie... Sie bescheuerter *Idiot* – Sie ist doch nicht aus eigenem Antrieb da runtergegangen! Nie im Leben!« Das Gesicht des Ministerpräsidenten war purpurrot angelaufen. Er ließ sich zurück auf das Sofa fallen und schlug mit der Faust auf den Tisch, auf dem die Staatsgäste sonst den Kaffee serviert bekamen.

Der Mord-Chef kniff die Augen zusammen. »Genau das wissen wir eben noch nicht mit Sicherheit«, sagte er vorsichtig. »Solbygaard ist personell nicht gerade überbesetzt.« Es klang fast wie eine Kritik, dass die beiden mächtigen Brüder das Kronjuwel ihres Clans an einem derart schäbigen Ort untergebracht hatten. »Das ist bekannt und Bestandteil des neuen Heimkonzepts. Sie haben einen externen Berater angestellt, um die Abläufe im Heim zu modernisieren und zu optimieren...«

»Ja, das ist einer der Gründe, weshalb meine... Sie ist sehr zufrieden hier... Deshalb haben wir ja diesen Ort ausgewählt.«

Der Mord-Chef griff die Worte auf, obgleich er wusste, dass sie nicht der Wahrheit entsprachen. Ove Nilsen hatte den Job als Berater des Pflegeheims erst angenommen, nachdem die alte Dame bereits eingezogen war – vermutlich war genau das der Grund für seine Entscheidung gewesen. Ihre Anwesenheit in dem von ihm gewählten Heim garantierte seinem *Gerontio-Management* größtmögliche Publicity. »Ja«, sagte er mit einem Nicken. »Jedenfalls ist es durchaus möglich, dass sie in den Keller gegangen ist, ohne dass jemand das bemerkt hat.«

»Und was zum Henker hat sie dort unten gewollt?« Der Bär war wieder aufgesprungen.

»Das wissen wir noch nicht. Vielleicht wurde sie nach unten *gebracht*, sie kann aber auch selbst gegangen sein. Wenn die Tür erst ins Schloss gefallen ist, lässt sie sich von innen nicht mehr öffnen.«

»Ja, das verstehe ich. Aber verdammt nochmal, was hat sie Ihrer Meinung nach in dem alten Keller zu suchen gehabt?«

Der Mord-Chef verstand den Einwand, oder vielleicht gewöhnte er sich allmählich an den rauen Ton der Regierung, für die er arbeitete. Er zuckte mit den Schultern. »Die Spurensicherung ist vor Ort. Möglicherweise ist Ihre Mutter an einem Schock gestorben – weil jemand sie eingesperrt hat –, das wird die Obduktion ergeben. Vielleicht war es auch eine Kombination aus schwachem Herzen, Sauerstoffmangel und Enge in dem kleinen Raum.«

Das Purpurrot im Gesicht des Staatschefs verstärkte sich bei dem Wort Sauerstoffmangel. Er öffnete den Mund, um das allseits gefürchtete Brüllen von sich zu geben. Aber es blieb aus. Stattdessen ließ er sich nach hinten fallen, als wären ihm die Worte ausgegangen. Diese Geste der Ohnmacht war völlig untypisch. Vielleicht wagte der Mord-Chef, der früher Verbrecher durch die Hinterhöfe von Kopenhagen verfolgt hatte, es deshalb, den Kopf für einen Moment nach rechts zu drehen und seinen Blick über die im Mondlicht grün schimmernden Türmchen und Dächer der Innenstadt schweifen zu lassen, die durch das Fenster zu sehen waren.

»Wo ... war ... die Polizei?« Es war der oberste Chef des

Polizisten, Justizminister Poul Blegman, der das Schweigen seines Bruders nutzte, um das Wort zu ergreifen.

Der Blick des Mord-Chefs zuckte vom Fenster zurück und fokussierte die neue Bedrohung. »Wie ... Sie ... wissen«, er kopierte die abgehackte Sprache seines Vorgesetzten perfekt, »wurden wir spät informiert. Zudem ist das Pflegeheim nicht gerade bekannt für ... Ich meine, es ist schließlich Teil der neuen Strategie, den Alten größtmögliche Selbstständigkeit zu lassen.« Er klang, als zitiere er aus der Werbebroschüre von Blue Light Communications, die Nummer Zwei von der Heimleitung bekommen hatte.

»Ja, das ... wissen wir.« Der Justizminister sah seinen Untergebenen mit einem Blick an, der Schärfe und Nachsicht ausdrücken sollte, jedoch nach krankem Hund aussah.

»Diese kleinen Verzögerungen«, fuhr der Mord-Chef fort, »können jedenfalls fatal sein. Wir mussten davon ausgehen, dass die alte Frau bereits weit weg sein konnte.«

»Dann haben Sie den Kellerraum einfach übersehen?«

»Wir haben den Raum nicht übersehen. Wir haben die Hausleitung gefragt, ob alle Räume gründlich durchsucht worden sind, was man uns bestätigt hat. Es hieß, alle Etagen und jedes Zimmer wären durchsucht worden.« Genau dieser Punkt war die Schwachstelle in der Argumentation des Mord-Chefs, worüber er sich mehr als bewusst war. Natürlich hätte ein Mann mit seiner Erfahrung die Aussage der Hausleitung nicht unüberprüft abhaken dürfen. Sie hatten gesehen, wie das Personal vor lauter Überlastung die Hilferufe mancher Alten ganz einfach ignorierte, und sie hatten festgestellt, dass aus Personalmangel mitunter selbst einfachste Routinearbeiten versäumt wurden. Dem Personal eines modernen Altenheims so viel Verantwortung aufzubürden, war schlichtweg schlechte Polizeiarbeit.

»Aber das war nicht passiert«, sagte der Justizminister.

»Nein. Nicht gründlich genug.« Eine grobe Untertreibung. Die zwei erfahrenen Ermittler und ihr kleines Heer von Mitarbeitern hatten außer den Gemeinschaftsräumen und den Zimmern der Bewohner nichts durchsucht. Selbst wenn die Witwe in dem luftdicht verschlossenen Raum um Hilfe gerufen hätte, wäre sie von niemandem gehört worden.
Aber das war gar nicht das Aufregendste an den Ereignissen, weshalb der Mord-Chef nervös die Füße hin und her schob. Sie hatten in dem Kellerraum etwas gefunden, das sie aufs Schärfste beunruhigte. Er hatte lange mit Nummer Zwei unter vier Augen darüber gesprochen. Vor den Füßen der Witwe hatte ein kleines Buch gelegen, als wäre es ihr aus den Händen gerutscht, als sie zusammengesunken und gestorben war ...
Nummer Zwei hatte seinen Chef direkt nach der ersten Besichtigung des Kellerraums angerufen, und seine Stimme hatte gezittert. Der Fund, den sie im Keller gemacht hatten, war auch wirklich bizarr. Das Buch war nämlich kein normales Buch gewesen. Diese Information wollte der Mord-Chef noch nicht an die beiden unter Schock stehenden Männer weitergeben. Damit wollte er warten, bis er sicher war, womit sie es wirklich zu tun hatten.
Erst die Plastikteile im Appartement der Grand Old Lady – für die es vielleicht noch eine natürliche Erklärung gab. Dann die Mappe, in der statt des erwarteten Testaments ein kleiner Zettel mit einem Datum gelegen hatte, für das sie noch immer keine Erklärung hatten. Und schließlich der Vogel im Käfig, der gerade in der Kriminaltechnik untersucht wurde. Es schien keinen logischen Zusammenhang zwischen diesen drei Fundstücken zu geben. Und jetzt der vierte seltsame Fund im alten Sicherheitstrakt unter dem Pflegeheim: das Buch zu Füßen der alten Dame. Die Beamten der Spurensicherung hatten es mit größter Sorgfalt vom

Boden aufgehoben und gesichert. Er durfte sich nichts anmerken lassen. Diese Details mussten unter Verschluss gehalten werden. Auch vor den beiden mächtigsten Männern des Landes.

»Als wir am Tag ihres Verschwindens die Wohnung Ihrer Mutter durchsucht haben«, fuhr er fort, »... haben wir diesen Zettel hier in einer Schublade gefunden.« Er reichte ihnen den durchsichtigen Plastikbeutel mit dem gelben Zettel.

Der Ministerpräsident beugte sich vor und las: »*23. Juni 1971.*« Er sah den Mord-Chef an.

»Sagt Ihnen dieses Datum etwas?«

Die beiden mächtigen Männer schüttelten simultan die Köpfe. War die gemeinsame verneinende Geste zu schnell gekommen? Der Mord-Chef hätte jetzt gerne Nummer Zwei an seiner Seite gehabt. Auch wenn die beiden hohen Politiker nicht in Verdacht standen, ihre Mutter ermordet zu haben, konnten sie andere Gründe haben, wichtige Informationen zurückzuhalten. Ihr gemeinsamer Aufstieg in die vornehmsten Büros des Landes war alles andere als unproblematisch gewesen.

»Das Datum scheint erst vor Kurzem notiert worden zu sein... Wir meinen... von der alten Dame selbst.«

»Wo haben Sie das gefunden?«, fragte der Ministerpräsident.

»Der Notizzettel lag in einer braunen Ledermappe in der obersten Schublade ihres Sekretärs.«

»Das ist der alte Sekretär meines Vaters. Und bestimmt ist das auch seine Ledermappe. Er hat darin...« Der Staatschef stockte.

Der Mord-Chef beugte sich vor. »Auf der Ledermappe war *Testament* notiert. Aber es war kein Testament darin. Nur dieser Notizzettel mit dem Datum.«

Die zwei Männer saßen wie versteinert da.

»Unserem Familienanwalt liegt kein Testament vor«, sagte Palle Blegman. »Wir haben uns erkundigt. Wir brauchen kein Testament...« Er zögerte einen Augenblick. »Das Erbe geht natürlich an uns.«

Der Mord-Chef nickte. Gemeinsam mit Nummer Zwei hatte er mit größter Diskretion Informationen über die privaten Verhältnisse der beiden zusammengetragen. Ein früherer Kollege, der jetzt beim Geheimdienst arbeitete, hatte ihnen wichtige Informationen geliefert, von denen außer ihnen dreien niemand wusste. Wenn publik wurde, dass sie sich so sehr für das Privatleben der beiden mächtigen Männer interessierten, würde es *breaking news* hageln und der geballte Hass der beiden Blegman-Brüder wäre ihnen gewiss. *Polizei verdächtigt Ministerpräsidenten*. Eine fantastische Geschichte. Die sie beide den Job kosten würde.

Natürlich hatten einige kritische Journalisten in Ermangelung anderer Spuren begonnen, sich näher mit der Blegman-Dynastie zu befassen und damit auch mit der Vergangenheit und frühen Jugend der beiden mächtigen Männer. Aber dort war nichts zu finden gewesen, was Licht auf das mysteriöse Verschwinden der alten Dame hätte werfen können, das nun den schlimmstmöglichen Ausgang genommen hatte. Die Informationen aus der alten Zeit waren nicht mehr als Gerüchte. Es gab ein paar anonyme Quellen, laut denen die Brüder als *Teenagertyrannen* am Gymnasium von Gladsaxe bezeichnet wurden. Damals hatten sie im Smakkegårdsvej in Gentofte gewohnt. Weiter zurück waren die Journalisten zum Glück nicht gegangen. Aber das konnte sich jederzeit ändern.

Der Ministerpräsident war von alten Klassenkameraden als *Brutalo* bezeichnet worden, später war daraus die deutlich freundlichere Bezeichnung *Bär* geworden. Und heute versuchte derselbe Mann, sich als gutmütigen, warmherzigen Menschen darzustellen. Eine Hauptstadtzeitung mit Sympathie für die Opposition hatte öffentlich gemacht, dass das Oberhaupt des Landes damals wegen mehrerer brutaler Überfälle auf einen gleichaltrigen Jungen auffällig geworden war. In der zwölften Klasse hatte er einen jüngeren Mitschüler auf dem Schulhof mit Tritten bearbeitet. Derselbe Journalist deutete überdies an, dass es im folgenden Jahr einen größeren Skandal gegeben hatte, bei dem der ältere Blegman-Bruder eine Rolle gespielt habe, er ging aber nicht ins Detail. Entweder waren die Gerüchte zu vage, und der Journalist hatte die notwendigen Informationen nicht heranschaffen können, oder der Skandal war so umfassend, dass eine Veröffentlichung auch noch Jahre später als grobe Kränkung des amtierenden Staatschefs gelten konnte. Die Zeitung musste in diesem Fall mit dem Vorwurf rechnen, das tragische Schicksal der Witwe politisch auszunutzen.

Dass sie die alte Dame jetzt im Keller des Pflegeheims gefunden hatten, würde erst einmal alle zum Schweigen bringen, dachte der Mord-Chef. Die Polizisten waren den Medien immer ein Stückchen voraus, auch wenn ihre Ermittlungen sich mühsam gestalteten. Die Mitarbeiter gingen von Tür zu Tür auf der Suche nach Menschen, die die Blegmans kannten. Nicht nur aus der Zeit, als die beiden Brüder aufs Gymnasium gingen und in Gentofte wohnten, sondern auch aus den Jahren in dem weniger vornehmen Viertel in der Maglegårds Allé in Søborg. Die Befragten reagierten zurückhaltend und durchwegs vorsichtig.

Der Mord-Chef wechselte seine Sitzposition, holte tief Luft, richtete seinen Blick auf den Ministerpräsidenten und stellte an diesem Nachmittag im Prins Jørgen Gård seine letzte Frage: »Ist an diesem Datum – dem 23. Juni 1971 – irgendetwas passiert? Sie haben damals in Gentofte gewohnt.«

Erst viel später wurde ihm sein Fehler bewusst. Dass er an einem entscheidenden Punkt die Frage falsch formuliert hatte – weshalb die Antwort auch unbrauchbar war.

»Nein«, sagten die beiden Männer wie aus einem Mund.

DER LEUCHTTURM AUF DER LANDSPITZE

Mittwoch, 7. Januar, später Nachmittag

Ich gehöre zu den Menschen, die sich selbst nicht einschätzen können – bin ich hübsch oder hässlich –, was vermutlich auf meine ersten Jahre in dem alten Kinderheim am Sund zurückzuführen ist.

Während die anderen Kinder liebevolle Adoptivfamilien fanden, zeichnete sich schnell ab, dass ich allein zurückbleiben würde. Ich war von Geburt an krumm, hatte einen schiefen Rücken und deformierte Gliedmaßen, die langsam und nach und nach gerichtet wurden. Die Heimleiterin, die im Laufe der Jahre einsah, dass niemand mich wollte, adoptierte mich als Pflegetochter, lachte herzlich über meinen Watschelgang und meine finstere Introvertiertheit und Kleinwüchsigkeit. Es war vermutlich tröstend gemeint, denn so war ihre innere Einstellung. Die Menschen in ihrem Umfeld, die sie mit ihrem ungebremsten Optimismus und ihrer ungetrübten Herzensgüte überrollte, gerieten leicht aus dem Kurs und lachten nicht ganz so laut.

Was mich betraf, wurde das Finstere und Schiefe in mir mit den Jahren ein wenig heller und aufrechter, vom Wind und der Sonne über dem Sund, und irgendwann erweiterte meine Pflegemutter ihre munteren Kommentare über mein Äußeres gegenüber Gästen des Heims und sagte: »Ich glaube, aus dem hässlichen Entlein wird eines Tages doch noch ein schöner Schwan.«

Die sicher gut gemeinte Aussage, die den Gästen ein wohlwollendes Lächeln für mich entlockte, war im Grunde genommen ein Kompliment an sich selbst, ein Lob für die Arbeit, die sie in ihrem Leben geleistet hatte. In ihrer Obhut richteten schiefe und verlassene Existenzen sich auf und fanden ihren Platz im Leben. In ihrer Schmiede wurden glückliche Lebensläufe gehämmert und zurechtgebogen – um irgendwann in die Freiheit entlassen zu werden.

Natürlich wird sie meine Skepsis ihrer Auslegung gegenüber gespürt haben. Märchen werden in der Regel nicht wahr. Und diese Skepsis, die ich mit Kindern wie Viggo Larssen teilte, verließ uns nie. Kein Mensch hat je so eine Verwandlung durchgemacht. Dunkelheit und Hässlichkeit blieben bestehen, was für rührselige Vorstellungen die Erwachsenen auch bezüglich ihrer Kinder entwickeln mochten.

Diese Erfahrung teile ich mit dem Mann im Leuchtturm.

Nacht um Nacht hatte er in seinen Kinderjahren versucht, der Dunkelheit zu entkommen, weil er die Dämonen fürchtete, die darin lauerten. Aber es war ihm nicht gelungen. Nicht eine einzige Nacht war er verschont geblieben; und erst als erwachsener Mann hatte er gelernt, sich einigermaßen mit seinen Verfolgern zu arrangieren. Er wusste, dass es noch andere wie ihn geben musste – ahnte aber auch, dass sie ihre Eigenarten ebenso wie er zu verbergen versuchten...

Mit den Jahren hatte er gelernt, die extremsten Zwangsneurosen zu kontrollieren und seine äußeren Tics nur zuzulassen, wenn er allein war. Er hatte gelernt, die unsinnigsten Gedanken und ärgsten Zuckungen in kleine Depots unter der Haut zu verbannen – für die Umwelt unsichtbar... und fast unsichtbar für ihn selbst. Das Manöver schien ihm gelungen zu sein, als ich auf der Landspitze eintraf. Er wirkte in Sicherheit, wenn er da mit dem Rücken an der Leuchtturmmauer lehnte, leicht fröstelnd, aber ruhig – bis das Verschwinden der Witwe die schlimmste von allen Vorahnungen in ihm lostrat... Anders konnte ich es mir nicht erklären.

Der Ladeninhaber in Ulstrup hatte mir erzählt, das Viggo Larssen sich ein Taschengeld als Reimschmied für die Silberhochzeiten und runden Geburtstage der ortsansässigen Familien (seine Anzeige hing neben der Ladentür) zur Rente dazuverdiente. Viel konnte das nicht einbringen.

Älteren Zeitungsartikeln hatte ich (in verhältnismäßig diskreter Form) entnommen, dass seine journalistische Karriere nach einem psychischen Zusammenbruch beendet gewesen war. Sein einziger Luxus war der bastumwickelte Rioja, den er mehrmals die Woche in Sechserkartons geliefert bekam.

Wenn das Wetter es erlaubte, saßen wir gut eingepackt im Freien, die Flasche zwischen uns auf der Bank, und er bot mir ein Glas an, aber nie mehr als dies eine. Manchmal sahen wir, so nebeneinander sitzend, die Sonne über dem Höllenschlund untergehen, und ich hielt mich eine Stunde an meinem Weinglas fest. Er holte Decken von drinnen, in die wir uns wickelten. Die Flasche blieb zwischen uns stehen, und ich hatte von Anfang an verstanden, dass sie eine kleine, aber sichere Barriere darstellte, die ganz natürlich verhinderte, dass wir näher zusammenrückten. Ich hatte verstanden, dass er schon vor langer Zeit diese Form von Nähe aufgegeben hatte. Andere Männer hätten trotz allem – im Rausch oder in der sich herabsenkenden Dunkelheit – wenigstens eine gewisse Form von... wie immer man es nennen will... gezeigt.

Nach der Nachricht, dass die Witwe gefunden worden war, hatte ich mich zum Leuchtturm begeben, und wir hatten eine Weile wie üblich nebeneinander gesessen. Ich hatte keine Ahnung, was er darüber dachte, seine einzige Reaktion war gewesen: »Ich habe es gehört.« Ich wagte es nicht nachzuhaken, wollte nicht verraten, dass ich über sein sehr enges Verhältnis zur Witwe Bescheid wusste. Wir saßen also schweigend da, ein vertrauter Zustand.

Plötzlich wandte er sich mir zu und sagte: »Malin... das ist ein sehr besonderer Name. Wo stammt er her?«

Es war die erste persönliche Frage, die er mir stellte, und am meisten daran überraschte mich, dass er mich so direkt ansprach. Das konnte natürlich auch bloß eine Reaktion auf... Ich schwieg. Und hoffte, dass er glaubte, der Wind hätte ihm die Frage von den Lippen gerissen und aufs Meer hinausgeweht, ehe sie meine Ohren erreichte.

Er wiederholte die Frage in leicht abgewandelten Worten. Möglicherweise hatte der Tod der Witwe Erinnerungen an die Vergangenheit in ihm geweckt, und der Wein tat vielleicht sein Übriges. »Wo hast du vorher gewohnt?«

Ich beschloss, so vage wie möglich zu antworten. »Ich stamme aus einem Ort ganz in der Nähe... aus einem Haus am Meer.«

»Wie hast du das Haus im Wald gefunden?« Die Frage bezog sich auf mein Heim am Steilhang über dem Fußabdruck des Riesen.

»Ich habe es von einer alten Frau gemietet, die von allen Meereshexe genannt wird.«

»Die schwarze Hexe«, sagte Viggo kryptisch, und ich hörte seiner Stimme an, dass er wusste, wen ich meinte.

»Ja – sie muss mindestens hundert Jahre alt sein.«

»Die Meereshexe...«, sagte er nachdenklich. »Die sehe ich öfter auf dem Friedhof, am Grab ihrer Eltern.«

Ich nickte, aber er sagte nicht mehr. Ich wollte das Schweigen nicht brechen. Was ich jetzt brauchte, war so viel Vertrauen wie nur möglich. Über drei Monate lang hatte ich mich in Geduld geübt, eine Eigenschaft, auf die ich immer stolz gewesen war. Wenn ich mir ein Ziel gesetzt und einen Plan gemacht hatte, folgte ich ihm, ohne zu zögern, so war es schon immer gewesen. Nur dass mein jetziger Plan von einem Augenblick auf den anderen seinen Sinn verloren hatte. Der Tod der Witwe hatte ihn in tausend Stücke zerschlagen.

Er und ich hatten uns nur kurz über das ausgetauscht, was in den Radionachrichten zu hören gewesen war und was auch alle anderen Medien des Landes breit auswalzten.

Die Witwe ist tot.

OVE AUS SØBORG

Donnerstag, 8. Januar, um die Mittagszeit

Im Pflegeheim schwirrten Polizisten herum, die Ove Nilsen den Zugang zu den meisten Abteilungen verwehrten.

Als Berater kam er zumindest auf das Gelände, aber es gab keine Möglichkeit, seriös mit den Trainingsprogrammen zu arbeiten, die er für seine Klienten zusammengestellt hatte. Selbst die Betagtesten merkten, dass etwas nicht stimmte. Einige der Alten weinten, andere wollten am helllichten Tag ins Bett, und die Sozial- und Gesundheitsassistenten und freien Mitarbeiter nutzten den Ausnahmezustand, um ihren einförmigen Alltag mit ein paar zusätzlichen Pausen aufzulockern.

Ove wusste besser als irgendwer sonst, dass Zeit – besonders Zeitausfall – Geld kostete, und er empfand das hektische Rumoren der Polizisten in den Kellerräumen wie ein Eindringen in seine ganz persönliche, private Domäne. Er befürchtete, dass etwas von der Unruhe und Hektik seinen Ruf beeinträchtigen und seiner *Marke* unwiederbringlichen Schaden zufügen könnte. Sein Konzept, den Alten ihre Selbstständigkeit zurückzugeben und ihnen ein besseres und glücklicheres Alter zu bescheren, war durch den jähen Tod des bekanntesten Familienoberhaupts des Landes bedroht.

Das war in mehr als einer Hinsicht eine Katastrophe.

Als Krönung der Idiotie hatten zwei blutjunge Kriminalkommissare ihn zum Verhör ins Verwaltungsbüro des Pflegeheims bestellt. Sie nannten es zwar nicht Verhör, hatten aber Fragen gestellt, die ihn in die Schar möglicher Verdächtiger einreihte.

»Sie dürften ja mit den Arbeitsabläufen im Heim vertraut sein – haben Sie vielleicht eine Erklärung dafür, weshalb niemand das Verschwinden der Witwe Blegman aus ihrem Zimmer bemerkt hat?«

Er hatte sie lange angestarrt, bevor er mit »Nein« geantwortet hatte.

»Wussten Sie von den Kellerräumen – ehe die Witwe gefunden wurde?«

Diese Frage hatte er als unmittelbare Beleidigung empfunden. Mehr oder minder als Anschuldigung. Natürlich hatten die Polizisten in den Tageszeitungen die Artikel über die wilde Jugend der Blegman-Brüder gelesen. Wie heute ein ganzes Land hatten die beiden damals ein Gymnasium beherrscht, es gipfelte in dem Überfall auf eine jungen Frau nach einer Party – und mehrere Zeitungen deuteten mehr als an, dass die Brüder involviert gewesen sein könnten.

Wieder zu Hause in seiner Villa im Dyrehaven, hatte Ove sich in den tiefen Sessel mit dem zähnebleckenden

Eisbärenfell gesetzt. Die Polizisten wussten vermutlich, dass es sich bei der namenlosen Frau in dem Zeitungsartikel um Agnes handelte, seine Frau. Womöglich glaubten sie, der damalige Vorfall gebe ihm ein Motiv, sich an der Blegman-Familie zu rächen.

Die unter Druck stehenden Ermittler übersahen jedoch, dass seit der bizarren Episode mehr als vierzig Jahre vergangen waren. Natürlich hasste er die Blegman-Brüder und alles, wofür sie standen… Palle mehr als irgendwen sonst. Er fand die Aussicht, ihre steinalte Mutter zu manipulieren, äußerst befriedigend, und seine großen Pläne mit ihr enthielten selbstredend eine ausgeklügelte Form von Rache.

Diese Pläne waren mit ihrem Tod vermutlich gescheitert – noch war das schwer zu sagen –, weshalb die vergangenen vierundzwanzig Stunden Ove Nilsen schwer zugesetzt hatten. Sie hatte ihm zugesagt, ihn in ihr Testament einzufügen, und nach ihrem Tod sollte das Projekt vom Stapel laufen. So war der Plan gewesen. Der Presse zufolge hatte niemand ein Testament gefunden, und ohne ein Testament waren die Brüder die Alleinerben des Familienvermögens.

Einer der Beamten hatte Fragen zur Blegman-Familie gestellt, die er nur sehr vage beantwortet hatte. Ja, er war mit den Brüdern aufs Gymnasium gegangen. Palle war damals schon aktives Mitglied der Konservativen Jugend gewesen. Später war Poul ebenfalls in den Jugendverband eingetreten, auf Drängen seines Vaters und des großen Bruders. Die Straßenkämpfe in Kopenhagen, Berlin und Paris. Die Besetzung von Universitäten. Che Guevara und Rosa Luxemburg auf den Hausfassaden. Die Drogenfestivals in Woodstock und Roskilde. Das Thylejren-Festival und Christiania. Die Blegman-Dynastie hatte all das bekämpft, und die beiden Jungen hatten am Gymnasium die Speerspitzen dieses Kampfes sein sollen – mit den in der Familie üblichen Methoden.

Aber was hatte all das mit dem Tod ihrer Mutter zu tun?

Oves Gegenfrage hatte die Polizisten veranlasst, das empfindliche Thema zu wechseln. Sie hatten nicht nach den Jahren vor dem Gymnasium gefragt, was einer gewissen Logik nicht entbehrte. Wenn sie nach einem tief verborgenen Rachemotiv suchten, würden sie das kaum bei kleinen Kindern finden.

Er hatte nichts von Viggo, Teis und Verner gesagt – und ganz sicher nichts von Agnes. Er wollte sie um jeden Preis schützen. Jahre hatte er gebraucht, den dunklen Schatten aus ihrem Blick zu vertreiben, und manchmal glaubte er, dass dieser Schatten wohl nie ganz verschwunden war.

Nach dem Verhör war er direkt nach Hause gefahren, und obgleich es dafür noch viel zu früh gewesen war, hatte er sich einen großen Cognac eingeschenkt, sich in den Sessel gesetzt und über seinen nächsten Schachzug nachgedacht.

Draußen im Garten schien die Sonne auf den Kirschbaum. Dahinter lag der Wald, in dem sie im Frühjahr lange Spaziergänge unternahmen und den Duft von Flieder und Holunder genossen. Wie sehnte er sich nach den weißen Blüten. Agnes hatte sich einen Urlaubstag genommen und kniete mit der Schere in der rechten Hand im Rosenbeet, vermutlich suchte sie bereits nach einem ersten Frühlingsboten. Sie kniete immer in ihren Beeten und war beständig auf der Jagd nach kleinen Knospen. Es lag etwas ewig Gütiges in diesem Anblick, und er liebte sie. Sie sah noch genauso aus wie damals. Sie würde niemals älter werden... oder sterben... nicht wirklich, der Gedanke war abwegig. Die kleine Adda würde für ihn immer in ihren grünen Gummistiefeln hinter der Hecke in der Reihenhaussiedlung stehen – mit ihrem Südwester, der ihre blonden Locken bedeckte, und einem geheimnisvollen Lächeln in ihren blauen Augen.

In diesem Augenblick kam ihm erneut Viggos Brief in den Sinn, und er stellte gereizt das Glas weg. Er beugte sich vor und zog den Brief unter der Eisbärenpfote mit den monströsen Krallen hervor. Er war kurz nach dem Verschwinden der Witwe abgestempelt worden, und Viggo Larssen hatte darin Personen benannt, die sie lange Zeit kannten.

Er las die drei Seiten zum achten oder neunten Mal und fasste den Entschluss, den Brief den Ermittlern im Pflegeheim auszuhändigen, sollten sie sich doch um die endgültige Interpretation kümmern. Es gab einen zeitlichen Zusammenhang, der nicht ignoriert werden konnte – und möglicherweise einen Personenkreis, den die Polizei genauer unter die Lupe nehmen sollte.

Und dann gab es noch eine Person mit einem offensichtlichen Motiv: den Briefeschreiber selbst.

Den Nebeneffekt, die Aufmerksamkeit damit von sich und Agnes abzulenken, nahm er gerne in Kauf. Je schneller die Polizisten Solbygaard verließen, desto besser. Keine unnötig in die Länge gezogene Polizeiermittlung sollte seinem bisher größten Projekt in die Quere kommen. Niemand hatte in den letzten sieben Jahren entscheidendere Ideen entwickelt als er – und das Pflegeheim der Witwe war das Tor in die Welt, in der alles anders sein würde.

Er schenkte sich einen weiteren Cognac ein und legte die Lippen ans Glas. Die Welt konnte auf ein Konzept wie das seine nicht verzichten.

Ältere Menschen wurden wieder wie Kinder – die es hassten, wenn mit der Begründung, der Tag sei jetzt vorbei, das Licht ausgemacht wurde und sie schlafen sollten. Der Tag sollte niemals enden. Die Dunkelheit sollte kein Chance kriegen, die Glücksmomente des Tages zu verschlucken, sie sollte in die Ewigkeit verbannt werden. Früher oder später packte jeden die Angst, reich oder arm, und Ove hatte die wichtigsten Faktoren der Furcht notiert, auf vier Excel-Blättern ausgedruckt und in den oberen rechten Ecken mit *Gerontio-Management* überschrieben. Er hatte gründliche Vorarbeit geleistet, hatte die Angst vor dem Verfall in kleine Kreise und Diagramme gebannt. Der Verfall des Körpers und die erschreckende Hässlichkeit, die dieser Verfall mit sich brachte. Die Wehwehchen, das Schrumpfen der Knochen, die beginnenden Lähmungen, bis irgendwann der Tod vor der Tür stand.

Die Gewissheit, dass alles vorbei ist, weil der Atem plötzlich stehen bleibt, und dass es menschenunmöglich ist, die Luft länger anzuhalten, als der himmlische Schöpfer es uns zugemessen hat.

Er hatte mit dem Gedanken gespielt, dem Tod die Tür zu weisen – einfach weiterzuleben, während die Jahre verstrichen. Der Slogan seiner Firma lautete: *Alles ist möglich*. Agnes glaubte an das ewige Leben – aber wieso sollte man es unbedingt ins Jenseits verbannen?

Das hatte Ove nie verstanden.

Natürlich war seine Idee eine Utopie. Aber warum sich ihr nicht annähern? In Erinnerung zu bleiben war das Einzige, was es auch nur annäherungsweise mit dem Tod aufnehmen konnte. Und zwar nicht fünf oder zehn oder fünfzig Jahre – bei den engsten Freunden und Verwandten (falls sie Zeit haben) –, sondern für immer, in alle Ewigkeit, bei allen Menschen, überall auf der Welt. Das war die Vision.

Niemand hatte vor ihm das Potenzial erkannt. Oves Idee war eine Offenbarung.

Er hatte beschlossen, sein Konzept im Zentrum der Zielgruppe weiterzuentwickeln: in einem großen Pflegeheim in der Landeshauptstadt. Die Grundidee hatte er schon sehr früh gehabt. Es sollte ein Pflegeheim mit möglichst betuchten Bewohnern sein, die es sich leisten konnten und bereit waren, Geld in seine bahnbrechende Idee zu investieren. Solbygaard beherbergte überwiegend wohlhabende alte Menschen, die große Villen in Hellerup, Tårbæk, Trørød und Klampenborg verkauft hatten, als sie nicht mehr allein zurechtkamen. Die Umstellung auf das traditionelle Pflegeheimmilieu dürfte für die meisten von ihnen ein gehöriger Schock gewesen sein. Zu ihrem großen Kummer hatte ihr Reichtum plötzlich keinerlei Wirkung mehr. Stattdessen saßen sie, aus dem Weg geräumt, in kleinen Zimmern und Appartements, von morgens bis abends von mechanischen Routinen gesteuert. Sie hatten das Geld, sich Luxus zu leisten, sie hatten Träume von einem sehr viel angenehmeren Lebensabend, aber niemand bot ihnen in diesem Abschnitt ihres Lebens noch irgendetwas an. Die Politik ebenso wenig wie der Pflegesektor und schon gar nicht ihre Familien, die kein Interesse daran hatten, ihr zukünftiges Erbe zu schmälern. Die Miete in einem Pflegeheim wie diesem war ohnehin wahnwitzig hoch.

Ove beobachtete aus dem Wohnzimmer, wie die Sonne über dem Wald unterging. Ab und zu beugte er sich vor und tätschelte dem Eisbären freundschaftlich die Tatze. Er wollte in einem Aufwasch die schlimmsten Folgen des altersbedingten Verfalls lindern, den Alten einen entschieden schöneren Lebensabend bescheren und mit seiner guten Tat auch noch Geld verdienen.

Die Gemeinde Gentofte hatte das Komplettpaket gekauft, ganz dem Zeitgeist folgend, sollte es in einer Kombination aus öffentlichen und privaten Mitteln finanziert werden. Die Investoren waren Steuerzahler, eine Reihe Wohltätigkeitsfonds und natürlich die Alten selbst. Oves Projekt hatte eine Laufzeit von drei Jahren bewilligt bekommen. Mehr brauchte er nicht.

Bereits am ersten Tag hatte er die Alten auf dem Rasen vor dem Pflegeheim versammelt und in drei Mannschaften aufgeteilt: Sehbehinderte, Gehbehinderte und Rollstuhlfahrer. Danach hatte er eine auserwählte Schar vom Pflegepersonal instruiert, welche Übungen sie mit den Alten machen sollten.

Zuerst sollten sie fünf Minuten lang die Köpfe hin und her drehen, danach eine Viertelstunde lang die Arme und Beine beugen und strecken, um abschließend zwanzig Minuten untergehakt um die Eiche in der Mitte der Rasenfläche zu spazieren. Für die Rollstuhlfahrer war diese Übung nicht ganz einfach, aber das war eben die besondere Herausforderung der Trainingseinheit, hatte Ove betont und dem Personal eingeschärft, körperliche Ertüchtigung sei die entscheidende Vorbereitung für das mentale Training, um das er sich kümmern würde.

Die Übungen auf der Rasenfläche sollten die Bewohner einander näherbringen, Bande zwischen ihnen knüpfen und zudem Körperspannungen lösen.

Hinterher hatte er im ersten Stock in dem kombinierten Esssaal und Gemeinschaftsraum gestanden und auf den Fußballplatz hinuntergeschaut, auf dem drei Sozial- und Gesundheitsassistenten ihre jeweilige Mannschaft herumkommandierten. Der Anblick war fast komisch: drei Reihen Greise, die die Befehle umzusetzen versuchten, angeleitet von Pflegediensthelfern, die es ganz offensichtlich genossen, die alten Menschen zu dirigieren, die sonst passiv im Aufenthaltsraum herumsaßen.

Eine der Alten setzte sich plötzlich auf den Rasen, eine andere brach in Tränen aus, eine ganz natürliche Reaktion auf die ungewohnten Ereignisse in ihrem stagnierenden Dasein.

Während des mentalen Trainings hatte keiner der Pfleger

Zutritt zum Aufenthaltsraum, aber sie bekamen von einigen der Bewohner erzählt, dass sie verschiedene Begriffe für dieselbe Sache hätten suchen sollen, darüber hinaus seien sie nach ihrer Lieblingsfarbe gefragt worden, und schließlich hätten sie Lieder auswendig lernen und zusammen aufsagen sollen.

Ove hatte die erste Woche in einem überschwänglichen Bericht für die Heimleitung zusammengefasst. Widerspruchslos war er als Dokumentation, dass die Gelder sinnvoll eingesetzt wurden, an die Gemeinde weitergeleitet worden. Die Evaluierung würde jederzeit positiv ausfallen – das Geheimnis aller Berater und Konzeptplaner. Keiner ihrer Klienten würde im Nachhinein die eingekauften Projekte als Fiasko bezeichnen, dazu waren sie viel zu teuer, und die Blamage würde nur auf die Klienten selber zurückfallen.

Agnes hatte seine neue Idee zu keinem Zeitpunkt kommentiert. Sie war mit dem Pflegeheim in ihrer Funktion als Pastorin verbunden, seit sie frisch verheiratet nach Søllerød gezogen waren. Sie hatte die Witwe über mehrere Monate regelmäßig besucht und wusste daher, dass sie an einem Kummer litt, der niemals verging. Trotzdem hatte Ove das Gefühl, dass Agnes ihm nicht alles gesagt hatte. In ihren frommsten Stunden nahm sie ihr Ordinationsgelübde und ihre Schweigepflicht sehr ernst.

Nur einmal vor ihrem Verschwinden hatte die Witwe an dem Training teilgenommen. Das Foto der alten Frau Blegman, die untergehakt mit einem anderen Heimbewohner um die Eiche spazierte, war in allen Wochenblättern abgedruckt gewesen, was Ove um die zwanzig Anfragen aus anderen interessierten Gemeinden und Pflegeheimen beschert hatte.

Das Dilemma war, dass er beim Verschwinden der Witwe noch nicht sehr weit mit der letzten und entscheidenden

Phase des Konzeptes vorangekommen war – den eigentlichen Kern seiner Idee hatte er außer seiner Frau und der Witwe noch niemandem verraten. Die beiden Trainingsmodule waren reines Beiwerk – eine Art Ablenkungsmanöver –, und es wunderte ihn immer wieder aufs Neue, dass erwachsene, intelligente Menschen mit solcher Begeisterung ein paar vollständig banale, wirkungslose Übungen ausführten.

Wenn die Polizei erst weg war, wollte er die Arbeit wieder aufnehmen und sich den Zugang zum richtig großen Geld sichern. Er hatte die Genehmigung für die individuelle Beratung der alten Herrschaften erwirkt und mit der Grand Old Lady der Blegman-Dynastie begonnen. Er hatte ihr ein Angebot unterbreitet, das sie nicht hatte ausschlagen können, und ihr danach den ganz großen Plan vorgestellt, der allerdings noch von einer gewissen Startfinanzierung abhängig war. Er hatte ihr angesehen, dass sie seine Idee verstanden hatte, und ihre positive Einstellung seinem Projekt gegenüber machte ihren Tod noch frustrierender.

Nachdem er beschlossen hatte, Viggos Brief der Polizei auszuhändigen, rief er Agnes zu sich und zeigte ihn ihr.

Sie las schweigend.

»Da siehst du es, er ist schon ein bisschen… speziell, oder?«

Sie antwortete nicht.

»Ich fand ihn immer schon etwas unheimlich… Ich glaube, er hat sich den Dachschaden geholt, als du ihn damals die Treppe runtergeschubst hast, auf dem Dreirad…«

»Ich habe ihn nicht geschubst.«

»Okay… dann eben nicht. Aber du hast das Donald-Duck-Heft vom Gepäckträger genommen, hat Teis erzählt. Das mit den viereckigen Eiern aus Peru.«

Agnes errötete. »Das war nicht das Heft mit den viereckigen Eiern... das war damals noch gar nicht erschienen. Es war...« Sie stockte.

»Also, ich fand ihn schon immer etwas unheimlich. Und ich will, dass die Polizei das hier kriegt.« Ove nahm seiner Frau das Blatt aus der Hand.

Sie reagierte nicht, und danach herrschte in dem alten Forsthaus Schweigen.

KAPITEL 11

KANZLEI DES MINISTERPRÄSIDENTEN

Donnerstag, 8. Januar, Nachmittag

Der Landesvater legte seine mächtige Pranke auf die Mappe, die der Mord-Chef ins Ministerium geschickt hatte. Sie enthielt eine kurze, aber präzise Zusammenfassung der letzten Entwicklung in dem Fall. Der Fokus richtete sich jetzt auf seine finanzielle Situation. Sie wollten wirklich die innersten Geheimnisse der Blegman-Dynastie ans Licht zerren. Die Ermittlungen könnten damit eine ganz andere Richtung einschlagen und lauter Dinge offenlegen, die gegen sie sprachen: die bevorstehende Wahl, der drohende Bankrott und das mögliche rettende Erbe. Es war der reinste Agatha-Christie-Roman.

»Das Testament«, sagte Poul.

Wenn du was zu sagen hast, das niemand hören soll, dann halt die Klappe. Poul kannte die Antwort seines Bruders, ohne dass er sie aussprechen musste.

Nach Pils Tod war er der Jüngste gewesen, und ihre Mutter hatte ihm deshalb mehr Aufmerksamkeit geschenkt, obwohl der Vater jede Form von Sentimentalität verabscheute. Zu Beginn ihrer Zeit am Gymnasium war er kurz davor gewesen aufzubegehren, aber dazu war es natürlich nie gekommen. Nicht bevor Palle kurz vor dem Abi die Todsünde seines Lebens beging und sie alle eng zusammenrücken mussten.

Ihr Vater, der despotische Patriarch, war 1988 gestorben. Seither hielt ihre Mutter mit eiserner Hand das Familienvermögen zusammen. Für sie war es eine nicht zur Diskussion stehende Tugend und Selbstverständlichkeit, dass ihre Söhne sich aus eigener Hand etwas aufbauten.

Poul erwiderte den Blick seines Bruders. Sie beide wussten, dass nach dem Tod der Mutter jetzt in erster Linie Vorsicht geboten war. In letzter Zeit hatte es durchaus Anlass zu der Befürchtung gegeben, ihre Mutter könnte das beträchtliche Familienvermögen dem Tierschutzbund oder irgendeiner anderen unsinnigen Organisation vermachen – aber diese Sorge war wohl übertrieben.

Beide Brüder hatten die Mutter immer wieder um Zuschüsse für kleinere oder größere Projekte gebeten – bei starkem Gegenwind auch mal um einen Kredit –, aber nie mit Erfolg. Sie legten eben nicht die Bescheidenheit ihres Vaters an den Tag. Beide hatten sich Villen in Trørød gekauft, im Hafen von Vedbæk lagen ihre Jachten, und in Palles Garage stand ein restaurierter Bentley. Natürlich waren das Statussymbole für die Macht und den Einfluss der Dynastie, die Kosten lagen aber weit über dem normalen Budget eines hohen Staatsbeamten, selbst unter Berücksichtigung der Durchschnittsdividende ihrer Aktienpakete. Ihre letzten Investitionen waren der Finanzkrise zum Opfer gefallen, woraufhin es sogar bei Palle erste Anzeichen von Panik gegeben hatte. Die Mutter hatte wie immer ihre Hilfe verweigert, als die Fassade zu bröckeln begann. Also hatten die Brüder Kredite bei Banken und Freunden aufgenommen und über mehrere Monate immer riskantere, aber vielversprechende Geschäfte gemacht. Zusehends verwandelte ihr

Königreich sich in ein unübersichtliches Netz aus Freundschaftsdiensten und Gegenleistungen. Manch einer hätte das sicher als Korruption bezeichnet. In den letzten Monaten hätte schon die kleinste unvorhergesehene Erschütterung zu einem höchst peinlichen Kollaps ihrer Finanzen geführt, und welcher Staatschef meldete schon gerne Privatinsolvenz an. Schon gar nicht kurz vor einer Wahl. Das wäre das Ende ihrer politischen Karriere gewesen.

Beide Brüder waren darauf trainiert, Stärke zu demonstrieren, selbst hier, unter vier Augen im Büro des Ministerpräsidenten. Sich gegenseitig ihre Ängste anvertrauen kam natürlich nicht infrage. Angst war in der Blegman-Dynastie ein Begriff, dem man mit Verachtung begegnete.

»Sie hat ein neues geschrieben.« Der Anwalt der Familie hatte der Grand Old Lady das alte Testament ausgehändigt, weil sie ein paar wichtige Änderungen vornehmen wollte.

Die zwei Männer zweifelten nicht daran, um was für Änderungen es sich dabei handelte. Das hatte sie ihnen ziemlich klar zu verstehen gegeben. Der Besuch an Neujahr sollte eine Art Versöhnung sein, auch daran zweifelten sie nicht. Eine Versöhnung mit einer anständigen Zahl unter dem Strich.

Das Familienvermögen belief sich auf mindestens eine halbe Milliarde Kronen. Ihr Vater hatte das Geld solide in Aktien angelegt (und in ein paar wenige Obligationen), die jetzt schon seit vielen Jahren auf sie warteten – oder besser gesagt auf den lange vorhergesagten Tod ihrer Mutter.

»Aber es ist nicht gefunden worden, die Ledermappe war leer.«

Es gab kein Testament.

Unter Umständen mussten sie ihrem unsichtbaren Feind da draußen danken.

SØBORG BEI KOPENHAGEN

1969–1971

Viggos Vater war Schwede – deshalb die beiden »s« im Namen Larssen. Seine Mutter hatte ihm das erzählt und ihm das Schwarz-Weiß-Foto eines Mannes mit adrettem Seitenscheitel, festem Blick und kantigem Kinn gezeigt. Er hatte in den Spiegel geschaut, das Kinn vorgeschoben und versucht, das gleiche Gesicht zu machen, aber ohne Erfolg.

Die kleine Fotografie sah wie ein Passbild von Clark Kent aus, geknipst exakt in dem Moment, in dem er die Vision von sich selbst als Superman hatte.

»Wo ist er, Mama?«, hatte er gefragt und es im gleichen Moment bereut, denn er wusste, dass dies eine der verbotenen Fragen war.

Eine Antwort hatte er deshalb auch nie bekommen.

In den ersten Jahren als Teenager wuchs Viggo langsamer als die anderen Jungen. Er war kleiner als seine Mitschüler, selbst einige der Mädchen waren größer als er. Um dem abzuhelfen, trampelte er ein paar der neuen Milchkartons flach und legte Kartonschichten unter die Innensohle seiner Schuhe. Die Schuhe drückten daraufhin an der Ferse, aber er war größer und atmete endlich dieselbe Luft wie die anderen Jungen. Seine Freunde zogen ihn mit seinem merkwürdigen Gang auf, und irgendwann hatte er so wundgescheuerte Hacken, dass er die Kartons wieder aus den Schuhen nehmen musste.

Ove, Verner, Teis und Adda kamen zu seinem Geburtstag. Sie gingen in den Wald, und er beobachtete Adda, die jetzt größer war als er. Verschwand sie zwischen den Bäumen und war länger nicht zu sehen, hielt er die Luft an und flehte zum Himmel, dass sie zurückkam. Der Gedanke, dass sie im Wald verloren gehen könnte, gefangen bleiben im Dunkel zwischen den Stämmen, war ihm unerträglich. Das Mädchen forderte das Schicksal heraus, sie versteckte sich unter welken Blättern und lag regungslos am Boden. Dann spitzte sie die Lippen, pfiff laut: *Sucht mich, sucht mich, ihr findet mich doch nicht!*, sollte das heißen. Sie würde zu spät erkennen, wann aus dem neckenden Spiel Ernst wurde. Sie würde sehen, wie die vier Jungs, ihre Freunde, sie suchten, und sie mit Pfiffen und Rufen leiten: *Hier... hier... ich bin hier!* Doch die Jungs würden sie nicht finden können, sie nicht sehen oder hören, und Adda würde nie mehr in der wirklichen Welt auftauchen.

Diese Vorstellung jagte Viggo eine Riesenangst ein. Seine Freunde lachten, sie bekamen davon nichts mit, während er etwas abseits stand, vornübergebeugt und mit weichen Knien, als hätte er Seitenstechen.

Viggo Larssen flehte nicht irgendwen an, er betete direkt zu dem Gott, von dem seine Großmutter ihm erzählt hatte.

Lieber Gott, entschuldige, dass ich mich nicht hinknie – aber kannst du mir trotzdem helfen, Adda zu finden.

Wenn wieder einmal alles gut gegangen war und Adda wieder bei ihnen war, nutzte er die Gelegenheit, um abseits der anderen für einen Moment stehen zu bleiben und sich zu bedanken: *Lieber Gott, danke, dass du mir geholfen hast, Adda zu finden.*

Hätten die anderen geahnt, was in ihm vorging, sie hätten im Spiel innegehalten und ihn für verrückt erklärt. Jungs wie Verner, Ove und Teis würden so etwas nicht verstehen. Wenn sie wüssten, dass Viggo jeden Tag zu seinem Gott betete – auf dem Schulweg, in der Schule, sogar wenn sie Fußball spielten –, wäre es mit ihrer Freundschaft vorbei gewesen. Sie hätten ihn fallen gelassen. Aber solange er die

Lippen nicht bewegte und die Hände nicht faltete, sah niemand, dass er Kontakt mit dem obersten aller Beschützer aufnahm, von dem eigentlich niemand wusste, ob es ihn gab.

Im Jahr zuvor war Viggos ganze Klasse im Konfirmandenunterricht bei Pastor Bendtsen in der Kirche von Søborg gewesen. Niemand hätte es gewagt, nicht daran teilzunehmen. Jeder wurde konfirmiert, ob gläubig oder nicht, und die Gottlosen ließen sich vorübergehend bekehren mit der erfreulichen Aussicht auf Geschenke, ein Familienfest und einen Tag schulfrei.

Adda saß kichernd neben Ove und Teis in der hintersten Reihe, und niemand hätte damals auch nur im Traum daran gedacht, dass sie eines Tages Pastorin werden sollte.

Pastor Bendtsen strahlte eine Herzensgüte aus, die durch nichts und niemanden zu erschüttern war. Und er bezog Gott in alles ein: vom Krieg in Vietnam über die Ausbeutung der Entwicklungsländer bis hin zur Frauenbewegung und der bevorstehenden Mondlandung. Mit seinem schwarzen Vollbart sah er wie eine Mischung aus Abraham Lincoln und dem Psalmendichter Grundtvig aus. In der Kirche in Søborg hatte er einmal sogar mit einem Anti-Atom-Zeichen um den Hals zu Jesus am Kreuz gebetet und sich Frieden für die Welt gewünscht. Auch wenn Gladsaxe als fortschrittliche, sozialdemokratische Mustervorstadt galt, hatten einige Søborger aus Protest die Kirche verlassen. Das anschließende Palaver – unter anderem in der Zeitung – hatte den Pastor beinahe sein Amt gekostet.

Er stand im Konfirmandenraum vor der grünen mobilen Tafel, die unter das Kreuz geschoben worden war, und redete über das Evangelium der Liebe.

Richtet nicht, auf dass ihr nicht gerichtet werdet. Denn mit welcherlei Gericht ihr richtet, werdet ihr gerichtet werden; und mit welcherlei Maß ihr messet, wird euch gemessen werden.

»Aus dem Neuen Testament – Matthäusevangelium, Kapitel sieben.« Aus irgendeinem Grund liebte er die alten Bibeltexte, die so gar nicht zu seiner progressiven politischen Einstellung zu passen schienen. Mitten im Satz zeigte er plötzlich mit der Kreide zwischen den Fingern auf Viggo: »Bei deinem Hintergrund, Viggo, musst du dich ganz besonders für die Liebe einsetzen.«

Zwei Schulklassen waren im Gemeindezentrum versammelt, trotzdem hätte man in diesem Moment eine Stecknadel fallen hören können. Intuitiv wussten alle, dass sie gerade etwas bezeugten, das unsichtbar und unausgesprochen hätte bleiben sollen. Viggo saß wie gelähmt im Zentrum der Stille. Nur die roten Flecken auf seiner Haut verrieten, dass der Pastor ins Schwarze getroffen hatte. Verner, rechts von ihm, war erstarrt, und Uffe, der auf der anderen Seite neben Viggo hockte, sah ihn mitleidig an...

Viggo hätte niemals damit gerechnet, dass jemand es laut aussprechen würde. Schon gar nicht im Hause Gottes. Er hatte die Scham seiner Mutter immer geahnt – Kinder spüren so etwas. Sie war die einzige unverheiratete Mutter in der ganzen Nachbarschaft, er das einzige vaterlose Kind des gesamten Viertels. Seinen Vater hatte Viggo nie zu Gesicht bekommen, und das würde sich auch nicht ändern. Seine Augen brannten, dabei war er zum Weinen viel zu alt. Und für eine Antwort war es längst zu spät.

Der Pastor trat zu ihm und legte eine Hand auf seine Schulter. »Aber Viggo, hast du nie mit deiner Mutter darüber gesprochen...? Dafür muss man sich doch nicht schämen. Es ist keine Sünde, unehelich ein Kind zu gebären. Das ist alles nur bürgerliche Heuchelei!« Und dann posaunte Pastor Bendtsen noch lauter: »Du bist ein echtes Kind der Liebe, Viggo.« Dann hielt der Pastor plötzlich inne und richtete sich auf, als hätte ihm jemand zwischen die Schulterblätter geschlagen. Irgendeiner Eingebung folgend verstummte er.

Alle blickten zu Boden. Sie schämten sich – für sich selbst, für den Pastor und für Viggo. Selbst Jesus oben am Kreuz, Gottes Sohn, war außerstande, das Wunder zu bewirken, das Viggo Larssen hätte retten können. Im Raum stand eine Offenbarung, die der Herr allen im Konfirmandenraum mitgeben wollte: Der Sohn musste für die Sünden seiner Mutter und seines Vaters büßen, es war der Fluch der Familie, dass die Schuld von den Eltern an die Kinder weitervererbt wurde.

Pastor Bendtsen fand seine Stimme wieder, beugte sich vor und betrachtete sein Opfer. »Wir können später weiter darüber reden, Viggo. Gerne auch zusammen mit deiner Mutter.« Er richtete sich zu voller Größe auf und sagte: »Lasst uns singen *In Gottes Hand leg ich mein Leben*, und denkt daran: Selig sind die Demütigen, denn sie werden das Erdreich besitzen.«

Viggo Larssen konnte die drei Strophen auswendig, aber trotz Verners Hand auf der Schulter war er außerstande mitzusingen. Er hatte dieses Lied seither nie wieder gesungen und hasste es von ganzem Herzen.

Später dachte Viggo manchmal, dass es Pastor Bendtsens beschwörende Verurteilung seiner Mutter war, die die Katastrophe ausgelöst hatte.

In der Nacht nach der Konfirmation im Frühling 1969 hatte er wieder den merkwürdigen Traum, in dem seine Mutter in schwefelgelbem Nebel stand, vielleicht in einer Wüste oder im Meer, und beide Hände nach ihm ausstreckte, als wollte sie, dass er mit ihr ging. Sie hatte nackte Beine und trug ein schwarzes Kleid, das sie nie besessen hatte. Er konnte ihre Füße nicht sehen, sie waren im Sand oder Wasser versunken. Er nahm hinter ihr eine Bewegung wahr, die er im Traum für eine Luftspiegelung des golden flimmernden Himmels hielt. Ihre reglose Gestalt und die nach ihm ausgestreckten Hände strahlten eine große Ruhe aus, und er wusste, dass er diese Hände irgendwann ergreifen würde.

Er war fast vierzehn, als der Amerikaner Neil Armstrong seine ersten Schritte auf dem Mond machte. Es beunruhigte ihn, dass die Menschen den gelben Himmelskörper da oben nun auch erobert hatten, als beträfe ihn das irgendwie persönlich.

Ein paar Tage später bekam er einen rötlichen Ausschlag im Gesicht, eine seltene Form von Gürtelrose, die er noch nie gesehen habe, meinte der Arzt...

Aber Viggo Larssen war ja auch kein gewöhnlicher Patient.

Kurz nach Beginn des neuen Schuljahrs stand er vor der Klasse und hielt ein Referat über die Mondlandung. Er sollte eigentlich nur zusammenfassen, was in den Zeitungen gestanden hatte, aber dort vorn, vor der Klasse stehend, wollten die Worte einfach nicht über seine Lippen, und sein Ausschlag machte die Nervosität auch nicht besser. In seinen Ohren rauschte es, und er glaubte, ohnmächtig zu werden, als plötzlich etwas sehr Merkwürdiges geschah: Mitten im Satz wurde es ganz still, er hörte nicht einmal mehr seine eigene Stimme. Das Merkwürdige war nur, dass seine Klassenkameraden ihn ansahen, als würde er noch immer zu ihnen sprechen. Auf unerklärliche Weise war er in einer Parallelwelt gelandet: In der einen Welt hielt er sein Referat, in der anderen nicht. Er kannte dieses Phänomen aus seinen Büchern über den Weltraum, das Universum und die Entstehung der Erde und wusste aus seinen Comics, dass man verschwinden und in einer anderen Dimension wiederauferstehen konnte.

Verwirrt starrte er zu Adda, dem sichersten Fixpunkt. Dann zu Teis und Verner, und da verstand er, dass er eine unsichtbare Grenze überschritten hatte. Schließlich richtete er den Blick auf Ove, aber sein guter Freund aus der Nachbarschaft saß unbeweglich und mit zusammengekniffenen Augen in der hintersten Bankreihe.

In diesem Augenblick war seine Klassenlehrerin, Fräulein Iversen, zu ihm getreten, und wie durch das Fingerschnippen eines Hypnotiseurs oder Zauberers waren die Geräusche plötzlich wieder da gewesen.

»Sag was, Pierrot!« Zu seiner Verblüffung kam die spöttische Bemerkung, die er nicht verstand, von Adda. Alle in der Klasse lachten. Manchmal legte sie die Rolle des liebenswerten Wesens ab, das alle in der Klasse liebten; der Heiligenschein, der sonst über ihren goldenen Locken stand, verwandelte sich in ein scharfes Schwert, das sie ohne Vorwarnung aus der Luft zog, um damit zuzuschlagen, bevor noch jemand reagieren konnte. Und jedes Mal fiel ein Kopf.

In den folgenden Tagen kam die merkwürdige Taubheit immer wieder zurück. Mitten im Gespräch trat er aus sich heraus, hörte nichts mehr, sah aber, wie seine Lippen sich bewegten und die anderen ihm weiter zuhörten. Meist kamen die Geräusche nach einer Weile so laut zurück, dass er zusammenzuckte.

Nach ein paar Wochen waren der rötliche Ausschlag und die seltsame Hörstörung verschwunden, die er sich nicht erklären konnte und von der er niemandem zu erzählen gewagt hatte.

Im Herbst desselben Jahres begann er, mit einem Kopfkissen zwischen den Beinen zu onanieren, trotz der unbändigen Angst, von seiner Großmutter entdeckt zu werden. Wenn er dabei die Augen schloss, hatte er manchmal ein

Gefühl von Schwerelosigkeit. Wie Peter Pan, nur allein, flog er durchs Zimmer, aus dem Fenster hinaus und weiter über die Stadt, ohne allerdings Geschwindigkeit und Richtung kontrollieren zu können. Unten in den gepflegten Gärten saßen Menschen, die er kannte, und redeten miteinander. Aus seiner Perspektive über ihren Köpfen beobachtete er sie und freute sich über ihr Glück... Da saßen seine Mutter und Großmutter auf der Terrasse, da saß Fräulein Iversen und sprach zur Klasse... Da liefen seine Freunde und riefen sich etwas zu, und abends gingen sie nach Hause zu ihren Familien und halfen, den Abendbrottisch zu decken und der kleinen Schwester das Lätzchen anzulegen. Er selbst hing wie der Schatten der Person, die sie in ihm sahen, hinter einer Wolke. Irgendwann begann er sich selbst leidzutun, schlief ein und wachte mit einem seltsamen Gefühl im Bauch auf.

Das Kribbeln breitete sich von den Schenkeln über den Unterleib aus, weiter im ganzen Körper, bis der Samenerguss kam und die Feuchtigkeit und das Herztrommeln unter der Decke. Eine Woche später passierte es wieder. Bald darauf verstand er, was es war, und ließ es zu einer Gewohnheit werden. Jeden Nachmittag ging er nach oben in sein Zimmer, um seinen Körper vollkommen losgelöst von Seele und Umgebung zu erleben.

Er vermied jeden Gedanken daran, wie lange er in die Toilette spucken müsste oder was er sagen sollte, falls seine Großmutter ihn erwischte. Sie würde ihn so laut verdammen, dass alle in der Reihenhaussiedlung wissen würden, was er zu verbergen versuchte.

Manche Kinder verändern sich stärker als andere, wenn sie in der Pubertät in die Reihe der Erwachsenen treten, wie es so häufig in Konfirmationsreden heißt. Als würden sie ihre neue Berufung ernster nehmen als ihre Kameraden – und sogar so etwas wie Verachtung für die Unschuld an den Tag legen, die sie hinter sich lassen wollen, aber noch nicht ganz abgestreift haben. Mitunter werden manche Charakterzüge vollkommen ausradiert oder so tief in der Seele versteckt, dass sie nicht mehr sichtbar sind. Freigiebigkeit wird zu Durchhaltevermögen, Unbekümmertheit zu Angst, Mitgefühl zu Misstrauen.

Ove Nilsen veränderte sich in den Monaten vor dem Wechsel aufs Gymnasium stärker als die meisten seiner Freunde. Sein Blick wurde schärfer, und er kniff die Augen zusammen wie Kid Colt und Hopalong Cassidy, bevor sie ihren Revolver zogen. Ein Schütze, der ein Ziel fokussiert, hat jedes Recht dazu. Und Ove begann tatsächlich, Ziele ins Auge zu fassen, als trainierte er bereits für sein späteres Leben.

Sein Vater war Steuermann bei der Handelsflotte und nur selten zu Hause, und Oves Mutter ließ dem Jungen alle Freiheiten und kümmerte sich mehr um seine kleine seit der Geburt kränkelnde Schwester. Ove reagierte nie auf deren Weinen und ging stets wortlos an ihr vorbei, als wäre sie eine Luftspiegelung. Es ist ein Rätsel, warum manche Kinder so hart und kalt sind.

Ich glaube nicht, dass Ove sich darüber bewusst war, wie sehr er sich in den ersten Jahren als Teenager veränderte, oder dass er als Erwachsener zurückgeblickt und sich gefragt hat: Warum bin ich eigentlich so geworden, wie ich bin? So hart zu manchen Menschen? Und wie kommt es, dass ich jemanden gefunden habe, der mir etwas bedeutet? Während mir alle anderen völlig egal sind?

Liebe Adda, werden alle Menschen absolut rein geboren, vollkommen gut, oder haben wir uns das nur ausgedacht, damit unser Bild von der Schöpfung perfekt ist? Weil wir es nicht ertragen könnten, die Welt unvollendet zu betreten? Weil der große Schöpfer keine Fehler machen darf? Weil Kinder perfekt sind, ohne Hintergedanken, Neid und Hass?

Aber warum beginnt dann irgendwann der Verfall?

Als Kind war Ove immer auf der Suche nach Erklärungen für Viggos Eigenarten gewesen: die Unruhe in dem dunklen Teil von ihm – und hatte das Epizentrum irgendwo in Viggos Seele vermutet. Ove hatte Viggo nie wirklich aufzogen, obwohl er die verzweifelten und manchmal komischen Schutzmechanismen seines Freundes durchschaut hatte. Es war ein Zögern, ein Unbehagen, das ihn zurückhielt. Agnes würde es ohne Zweifel Mitgefühl oder Empathie nennen, zwei Begriffe, die Ove als Erwachsener verachtete und die so gar nicht in seine Managementwelt passten, in der alle unwiderruflich verloren waren, die die Anforderungen an die globalisierte Welt nicht erfüllten. Sein Überlebenskonzept bestand in einer gehörigen Portion Zynismus. Sentimentalität dagegen war wie Schimmel in einer versteckten Ecke des Hauses: Er breitete sich aus, und plötzlich, eines schönen Tages, waren Wände, Boden und Deckenbalken von innen verfault.

Ove war immer ein guter Redner gewesen. Schon damals hatte er all ihre Spiele in der Nachbarschaft dirigiert und freundlich, aber entschieden erklärt, was jeder zu tun hatte, damit sie richtig Spaß hatten. Er nahm kein Blatt vor den Mund und sagte klar und deutlich seine Meinung, ohne die anderen vor den Kopf zu stoßen. Es ist interessant, dass der beinahe kindliche Ton absoluter Ehrlichkeit in seiner Stimme nie ganz verschwand. Es waren die Gedanken hinter der Stimme, die sich in der Pubertät veränderten. Er wurde deutlich berechnender, und mit der tiefer werdenden Stimme schlichen sich Härte und Dunkelheit in sein Gemüt. Jetzt sagte er »die Wahrheit« ohne Rücksicht auf die

Konsequenzen, die das für die anderen hatte. Und er log. Viggo war nicht derjenige, auf den er seinen neuen, veränderten Blick richtete. Er fand ein anderes Opfer, das absolut keine Chance hatte.

»Teis, du hast die dicksten Schenkel der ganzen Schule, daran solltest du etwas ändern.«

Teis sah entsetzt an sich herab – und begriff nicht die vernichtende Wucht des wohlgemeinten Ratschlags. Es entsprach der Wahrheit, dass Teis immer dicker geworden war. Er hatte mittlerweile ein Doppelkinn. Ove sah ihn mit treuherzigem Blick an, legte ihm den Arm um die Schulter und sagte fast liebevoll: »*Teis, Teis, Teis*, das Dickerchen mit dem Doppelkinn.«

Alle um sie herum brüllten vor Lachen. Ove nahm den Arm herunter und wiederholte den Fluch: »*Teis, Teis, Teis*, das Dickerchen mit dem Doppelkinn!« Der Spruch kam so gut an und war so eingängig, dass Ove noch als Erwachsener in seinem Haus im Dyrehaven manchmal daran dachte. Aber er begnügte sich damit, ihn im Stillen zu wiederholen, denn er wusste nur zu gut, dass Agnes Hohn und Spott nicht billigte – obwohl auch sie damals gelacht und Oves Sinn für Sprache und Vernichtung bewundert hatte.

Schafft man es, spöttische Bemerkung in einem trügerisch freundschaftlichen Ton von sich zu geben, kann niemand widerstehen. Genau das war es, was die Falle zum Zuschnappen brachte. Teis fand keinen Ausweg aus der Demütigung, weil sie so aufrichtig besorgt, wenn auch vielleicht einen Hauch ungehalten an ihn herangetragen worden war. So war das unter Freunden. Und wenn die anderen Jungs den Spott aufgriffen, dann auch immer mit diesem freundlichen Ton, als meinten sie es nur gut mit ihm. Trotzdem litt Teis unter der Demütigung. Und Ove war sich nur zu bewusst, was seine doppelbödigen Botschaften und Demütigungen bewirkten. Ein Junge wie Teis würde ihm das niemals vergeben. Aber das schien Ove keine Sorgen zu machen.

Viggo konnte sich Oves Hass auf Teis nicht erklären. Er war nur froh, nicht selbst das Ziel zu sein. Die Einzige, die außer ihm von Oves groben Hänseleien verschont blieb, war Adda, mit der Ove dann später zusammen war.

Viggo war sich im Klaren darüber, dass er bei Adda keine Chance hatte, dass sie jetzt, da Ove Interesse zeigte, für ihn unerreichbar war. Trotzdem spürte er eine Verbindung zu ihr, so ungenau das Wort dafür auch war.

An einem frühen Freitagabend hatten sie sich im Wald unter der dicken Eiche verabredet und Bier getrunken, und als Verner, Ove und Teis gemeinsam pinkeln gingen, stieß er mit Agnes an, der dabei die Flasche Wibroe aus der Hand rutschte. Beide bückten sich gleichzeitig und richteten sich Hand in Hand wieder auf. Im nächsten Augenblick geschah, was er nie für möglich gehalten hatte. Er fuhr ihr mit den Fingern durch die Haare, und sie küsste ihn auf den Mund. Wie lange dauert ein Kuss? Viggo hätte in dieser Sekunde voller Überzeugung gesagt: Millionen von Jahren. In der nächsten Sekunde hörte er ein Geräusch, öffnete die Augen und sah beim Blick über ihre Schulter Palle zwischen zwei Bäumen stehen, leicht nach vorn gebeugt, als wäre er gerannt. Im gleichen Moment hörten sie Ove und die beiden anderen zurückkommen, und der Junge aus dem gelben Haus verschwand.

Adda trank den Rest aus ihrer Flasche, aber irgendetwas war anders. Gleich darauf verabschiedete sie sich, und die drei sahen ihr nach, als sie über die Brücke lief, ohne sich umzudrehen oder ihren Bewunderern noch einmal zuzuwinken.

Am nächsten Tag hörte Viggo von dem Überfall. Adda

hatte sich Verner anvertraut. Auf halbem Weg war Palle plötzlich hinter einer Hecke aufgetaucht. Sie war die letzten Hundert Meter bis zu den Reihenhäusern gerannt, und Palle hatte nur ihre Haare erwischt, bevor er ins Straucheln geraten und gestürzt war. Niemand wagte sich auszumalen, wozu der Brutalo in der Lage gewesen wäre, hätte er sie in der dunklen Ecke unten am Bach erwischt.

Adda wollte nicht darüber reden, und keiner der Erwachsenen durfte davon erfahren. Viel später dachte Viggo, wie anders diese Tage im Juni hätten verlaufen können, wenn er nur die Zeichen, die ihm gegeben wurden, erkannt hätte.

Am Morgen des Mittsommertages hatte seine Mutter ihn gefragt, ob er mit ihr zum großen Feuer am alten Kinderheim Skodsborg kommen wollte. Sie hatte vor, von der Arbeit direkt mit dem Fahrrad hinzufahren.

Viggo hatte den Kopf geschüttelt.

Adda würde an diesem Abend allein zu Hause sein, und vielleicht gelang es ihm ja, all seinen Mut zusammenzunehmen und bei ihr zu klingeln. Da waren der Kuss und der Überfall. Das Schöne und das Schreckliche hatten ihm auf wundersame Weise eine Tür geöffnet, durch die jemals zu gehen, er nie zu hoffen gewagt hatte.

Er würde es nicht tun.

Die Nachricht wurde ihnen durch zwei uniformierte Beamte überbracht. Mitten in der Nacht klingelte es an der Tür. Viggo hörte seine Großmutter aufstehen, den Morgenmantel anziehen und die Treppe runtergehen. Er spürte die Angst, er wusste, dass etwas passiert war.

Er war früh nach Hause gekommen und früh eingeschlafen, weil nur der Schlaf ihn vor den Selbstvorwürfen retten konnte, die ihn bis unter die Decke verfolgten, bis ins Dunkel, wo man seine eigene, unerträgliche Dummheit am besten versteckt. Sein Besuch bei Agnes war eine Katastrophe gewesen. Er war davon ausgegangen, dass sie ihn noch einmal küssen würde. Sie hatten auf dem Sofa gesessen und sich ein Bier geteilt, und er hatte sich vorgebeugt, um mit den Fingern durch ihre Haare zu fahren wie im Wald. Das war ein Fehler, denn dieser Moment trennte sie für immer. Er hatte den unwiderstehlichen Drang gehabt, sie zu beschützen und einfach nur zu halten – zugleich war da aber auch die Lust, die Palle bei der Jagd auf seine Beute gespürt haben musste. All das musste sie in seinen Augen gesehen haben. Und als er es selber realisierte, war es zu spät gewesen: »Du gehst jetzt besser. Ich muss ins Bett.«

Er hörte Stimmen im Flur, verstand aber nicht, was gesagt wurde. Schließlich stand er auf, schlich die Treppe hinunter und sah die beiden Polizisten vor der Tür.

Seine Großmutter musste seine Anwesenheit gespürt haben, denn sie drehte sich um, schob ihn in die Küche und schloss die Tür.

Im Dunkel an den Kühlschrank gelehnt, wusste er nicht, was er tun sollte. Bilder von Adda und seiner Mutter wirbelten durch seinen Kopf. Er wusste, dass ab diesem Moment nichts mehr so sein würde wie vorher.

Dann hörte er seine Großmutter jammern und öffnete die Tür zum Flur. Sie saß auf der unteren Treppenstufe und hatte die Hände vor das Gesicht gelegt. Die Polizisten waren gegangen.

Sein Großvater war nirgends zu sehen, vielleicht hatte er die Klingel gar nicht gehört.

»Deine...« Seine Großmutter kam nicht weiter, sie saß einfach nur da, das gestickte weiße Taschentuch an der Hand.

Er hatte sie noch nie so verzweifelt gesehen. Sie weinte oft, meist aber nur vor Rührung, wenn sie einen Film im

Fernsehen sahen oder wenn eine ihrer alten Freundinnen anrief, um ihr schlechte Nachrichten von Krankheit oder Tod zu überbringen.

»Dein Großvater ... hol deinen Großvater.«

Viggo drehte sich um und rannte die Treppe hoch. Das Wort »Tod« fiel an keiner Stelle. Weder damals noch irgendwann später.

Sein Großvater in dem blauen Pyjama, den sie ihm zu Weihnachten geschenkt hatten, stand hinter der Schlafzimmertür. Er musste das Wehklagen seiner Frau längst gehört haben. Viggo verstand nicht, warum er nicht heruntergekommen war.

An den Rest der Nacht konnte er sich nicht erinnern. Nur an das, was sie ihm später erzählt hatten, was nicht viel war. Seine Mutter war gegen elf Uhr abends mit dem Fahrrad vom Kinderheim Skodsborg aufgebrochen. Eine halbe Stunde später waren sie und ihr Fahrrad im Hellerupvej gefunden worden.

Sie war von einem Auto angefahren worden, als sie nach links in den Svejgårdsvej abbiegen wollte. Niemand hatte den Unfall gesehen, der Hergang war von der Polizei ermittelt worden. Der Fahrer hatte Unfallflucht begangen. Die Polizei suchte nach Zeugen und besuchte Mechaniker und Autowerkstätten, da das Unfallfahrzeug sichtbare Schäden haben musste. Das Fahrrad von Viggos Mutter war total verbogen.

Die Ermittlungen führten ins Leere.

Viggos Mutter wurde am vorletzten Junitag auf dem Friedhof von Søborg beigesetzt. Viggos Freunde waren auf dem Musikfestival in Roskilde, auf das sie sich alle gefreut hatten.

Nur Verner war bei ihm in Søborg geblieben und stand neben ihm, als der Sarg in die Erde hinabgelassen wurde.

Die Leiterin des Kinderheims in Skodsborg war auch gekommen, zusammen mit ihrer kleinen, etwa zehnjährigen Pflegetochter.

Seine Großmutter schlug den Jackenkragen hoch, denn es war kühl. Eine kräftige Brise aus Osten wehte über die verlorene Gesellschaft hinweg. Viggo stellte sich vor, wie der Herrgott dort oben tief Luft holte, um den Friedhof und die halbe Welt in einem gewaltigen Sturm fortzublasen.

Hätte er sich nicht für seine Liebe zu Adda entschieden und wäre an diesem Mittsommerabend an der Seite seiner Mutter gewesen, dann wäre der Unfall nicht passiert. Und noch etwas anderes ging ihm durch den Kopf: In seiner verblendeten Sehnsucht nach Adda hatte er seiner Mutter hinterhergewunken, aber vergessen, Gott vorm Einschlafen zu bitten, auf sie aufzupassen. Das tat er sonst immer. Aber in seiner Frustration über Addas Abweisung hatte er das an diesem Abend vergessen.

Sein Großvater stand leicht nach vorn gebeugt auf dem Friedhof, wie ein windschiefer Baum. Seine Frau hatte sechs Tage geweint, während er schweigend in seinem Ohrensessel gesessen hatte. Er hatte vor sich in die Luft gestarrt und weder die Nachrichten noch die Wasserstandsmeldungen eingeschaltet.

Der letzte Rest von Viggos Kindheit verschwand an diesem Tag gemeinsam mit dem Leichenwagen, der in Richtung Westen fuhr, wie er es in der Nacht nach ihrem Tod geträumt hatte.

In den nächsten Wochen fahndete die Polizei intensiv nach dem Täter, sie fanden aber nie auch nur eine Spur.

Viggos Großeltern saßen schweigend beim Abendessen, sie schalteten den Fernseher ein, ohne hinzuschauen und gingen ins Bett, kaum dass es dunkel geworden war.

Seine Großmutter kniete vorm Schlafengehen noch immer an Viggos Bett, aber sie betete nicht, sondern faltete nur schweigend die Hände.

In einer Phase, in der sie Himmel und Hölle in Bewegung hätten setzen müssen, um ihren Enkel zu retten, sickerte die Lebenskraft aus den beiden Alten heraus wie aus einem löchrigen Eimer das Wasser. Es war ein trauriger Anblick. Viggo Larssen saß allein in seinem Zimmer, er hatte Sommerferien und sollte danach im Gymnasium anfangen. Die meisten seiner Freunde waren verreist.

Mitte Juli stand er von seinem Stuhl auf und ging ins Schlafzimmer seiner Mutter. Alles war unverändert. Er starrte auf die Mozart-, Bach- und Beethovenplatten auf dem Couchtisch und fegte sie wütend auf den Boden. Dann zog er alle Schubladen der blauen Kommode heraus. Er öffnete die beiden Schranktüren des Sekretärs mit dem Schlüssel, dessen Versteck er kannte, und fand, was er suchte. Die drei Tagebücher, in denen er sie so oft hatte schreiben sehen, während sie Beethovens Fünfte hörte. Sorgfältig hatte sie ihr ganzes Leben niedergeschrieben, all das, was eigentlich ohne Bedeutung war und streng genommen nichts von dem verriet, was sie dachte oder fühlte.

Im ersten Tagebuch stand: *Sie haben ihn am Kebnekajse gefunden.* Es ging um seinen verschwundenen Vater.

Im zweiten schrieb sie: *Was spielt die Vergangenheit für eine Rolle, wenn man eines Tages denjenigen findet, mit dem man den Rest seines Lebens verbringen möchte?*

Diese Person hatte sie nie gefunden.

Darüber hinaus hatte sie detailliert über Festtage, Geburtstage und Weihnachtsfeiern berichtet – welche Gäste da waren und was Viggo geschenkt bekommen hatte: *Trolleybus, Schaffnerset, Spielzeugampel,* Pippi Langstrumpf, Kalle Blomqvist, *Taschenlampe, Knete, Märklin, Matador, Globus mit Licht, Lego,* Die Räuber von Kardemomme, Cirkus Buster, Twist and Shout *(65)*, *Spielebuch, Magnet, Briefmarken, Fort mit Indianern, Militärauto und Panzer, Mikroskop, Fred-Feuerstein-Kostüm, Pistole mit Gurt, Zauberkasten, Fußballbuch,* Fünf Freunde, *Spieltelefon, Stoppuhr, Brieftasche, Puzzle, Labyrinthkugel...*

Wie langweilig musste ihr gewesen sein, dass sie solche detaillierten Notizen machte. Die Nutzlosigkeit davon ärgerte ihn richtiggehend. Nirgends gab es auch nur eine Spur von dem Leben, das sie mit ihm geführt hatte, von ihren gemeinsamen Tagen, als hätte es nie eine Verbindung zwischen ihnen gegeben.

Er warf die beiden ersten Bücher auf die am Boden liegenden Schallplatten und schlug das dritte auf.

Er erkannte schnell, dass dieses Buch anders war. Die ersten Seiten fingen zwar dort an, wo die anderen Bücher aufgehört hatten, aber dann näherte er sich ihrem Todestag. Er setzte sich in ihren Sessel und blätterte vorsichtig weiter. Wie oft hatte er seither gedacht, dass er in diesem Moment Schallplatten und Tagebücher hätte nehmen und wegschmeißen sollen. Sein Großvater hätte alles im Garten verbrennen können, dann hätte er auch etwas zu tun gehabt.

Stattdessen entdeckte Viggo etwas völlig Unerwartetes.

Er hatte es in seinen Träumen gesehen, ganz eindeutig hatte er es gesehen, und er wollte nicht glauben, was er dort las. Der letzte Eintrag seiner Mutter.

Er schlug das Buch zu, sah sich verwirrt im Zimmer seiner Mutter um und klappte das Buch wieder auf. Die Worte standen unverändert da. Sie hatte die letzten Zeilen am Morgen geschrieben, wenige Minuten, bevor sie in die Küche gegangen war, um ihren lauwarmen Nescafé zu trinken und ihn zu fragen, ob er mit nach Skodsborg wollte, um mit ihr gemeinsam am großen Feuer Mittsommer zu feiern.

Er las die wenigen Zeilen zum dritten Mal. Es gab keinen Zweifel.

Und keine Erklärung.

OVE AUS SØBORG

Donnerstag, 8. Januar, Abend

Ove legte die grüne Mappe neben dem Cognacschwenker auf den Glastisch. Sie enthielt die drei Grundbausteine seines Konzeptes für Solbygaard – und der zukünftigen Altenpflege in Dänemark.

Er hatte Agnes von der ersten Phase erzählt, dem körperlichen und mentalen Training, bei dem die Alten im Takt ihre müden und eingerosteten Glieder bis ins letzte Gelenk auflockern sollten, um anschließend ein Gedächtnistraining zu absolvieren. Und wenn die beträchtlichen vom Heim ausgeteilten Mengen an Hexalid und Cipralex hielten, was die Hersteller versprachen, wäre das Ganze von einem Lächeln begleitet.

Agnes hatte nur einen einzigen Kommentar zu seinem ersten Modul gehabt: »Du kannst doch von alten Menschen nicht verlangen, untergehakt um einen Baum zu tanzen. Erst recht nicht von Leuten, die im Rollstuhl sitzen. Und ganz sicher nicht zwanzig Minuten lang.«

»Ich ziehe die Bezeichnung Fahrstuhl vor, Adda«, hatte Ove geantwortet. »Außerdem ist nicht ausschlaggebend, dass sie um den Baum tanzen. Was wirklich zählt, ist die Nähe zwischen ihnen.« Agnes war wie erwartet rot geworden und hatte nichts mehr gesagt.

Ove musste die ganze Zeit an den dubiosen Brief denken, den Viggo Larssen ihm geschickt hatte und der nun auf dem Weg in die Obhut der Polizei war. Er erinnerte sich noch gut an den Tod von Viggos Mutter vor mehr als vierzig Jahren, obwohl dieser ihn nicht wirklich berührt hatte. Sie hatten den Fahrer nie gefunden, obwohl es Zeugen gegeben haben musste. Die Polizei war davon ausgegangen, dass das Auto erhebliche Schrammen und vermutlich ein paar Beulen davongetragen hatte.

In seinem jugendlichen Übermut hatte er gedacht, dass Viggos Familie es nun mit gleicher Münze heimgezahlt bekam. Viggos Großvater hatte auf der Straße vor dem gelben Haus einen kleinen, unschuldigen Jungen totgefahren, und acht Jahre später war seine Tochter auf genau die gleiche Weise ums Leben gekommen.

Viggo hatte sich zum Weinen ins Moor zurückgezogen, nicht ahnend, dass er beobachtet wurde. Ove und Teis lagen platt auf dem Bauch im Schilf, und Ove hatte in diesem Moment instinktiv gewusst, dass er unmöglich mit einem derart verzweifelten und untröstlichen Jungen wie Viggo befreundet sein konnte. An diesem Tag im Moor mit Teis, der auch heulte, war Ove klar geworden, dass er anders war.

Er erhob sich aus dem Sessel und schaute hinaus zu dem Kirschbaum mit den noch kahlen Zweigen. Agnes und er hatten ihr Heim mitten in dem Wald gefunden, in dem sie die schönsten Sommersonnensonntage ihrer Kindheit verbracht hatten – und durch den sie später um Mitternacht sturzbetrunken nach ihren ersten Teenagerausflügen nach Hause getorkelt waren: vier Jungs mit Agnes zwischen sich, die wie ein Nachtfalter zwischen ihnen herumflatterte, der sich die Flügel nicht am Feuer verbrennen wollte.

Jetzt saß sie wie ein Engel aus weißem Marmor im Schein der Außenlampe auf der weißen Gartenbank. Es ging nicht die leiseste Brise, und der Waldrand hinter ihr erinnerte an ein altes englisches Landschaftsgemälde. Sie schrieb die Predigt für den nächsten Sonntag und sah hübscher aus denn je.

Er wusste, dass auch Viggo in Adda verliebt gewesen war – mindestens so lange wie er selbst –, und er hatte gesehen, wie sie sich im Moor geküsst hatten, kurz bevor Palle sie auf dem Heimweg überfallen hatte.

»Sieh dir an, was aus Viggo geworden ist«, hatte er vor Kurzem zu Adda gesagt. »Er ist eine komplette Null und lebt in einem Leuchtturm am äußersten Rand der dänischen Provinz.«

Sie hatte nichts dazu gesagt.

Wieder richtete er seinen Blick auf die grüne Mappe. Er hatte ein Angebot zusammengestellt, das kein Alter, Kranker oder Sterbender jemals ablehnen konnte: ein würdiger Lebensabend, ein farbenfroher letzter Abschied mit einer speziell gestalteten Todesanzeige und einer groß angelegten Leichenschau in einer Kirche oder Kapelle eigener Wahl.

Die dritte und abschließende Phase beinhaltete das grandiose Finale mit einem ganz neuen und epochalen Design der letzten Ruhestätte des Verstorbenen, die nichts, aber auch gar nichts mit den trist grauen, schnurgeraden Grabplätzen auf todlangweiligen Friedhöfen zu tun hatte, an denen die Menschen sonst beerdigt wurden. Die letzte Ruhestätte, die er im Sinn hatte, sollte dem paradiesischen Fleckchen Erde gleichen, das Gott bei seiner Schöpfung vor Augen gehabt haben musste. Der Ort, an dem das ewige Leben nach Oves Gestaltung beginnen konnte.

Der neue Garten Eden.

In das Finale hatte Ove seine Kooperationspartner noch nicht eingeweiht. Vorher wollte er ganz sicher sein, dass die Technologie auch wirklich funktionierte – was die IT-Leute innerhalb der nächsten Monate klären wollten.

Danach würde er seine Idee patentieren lassen, bevor jemand seine Genialität erkannte und sie kopierte. Außerdem war die Finanzierung der ersten Landkäufe und spezialangefertigten Grabsteine noch nicht geklärt. Er hatte Agnes eine grobe Skizze seiner Idee vorgetragen. Sie hatte mit gerunzelter Stirn in ihrem gepunkteten Sessel gesessen und zugehört.

»Ove, ich will auf keinen Fall in diesem irdischen Dasein künstlich am Leben erhalten werden. Wir sind in das ewige Leben im Jenseits abberufen – dort gehören wir hin.«

Ihre Reaktion hatte ihn irritiert. »Es geht nicht darum, sie künstlich am Leben zu erhalten – es geht um die Lebensgeschichten der Menschen.« *Was bitte ist künstlicher als der religiöse Glaube, dass die Toten in den Himmel kommen und mit heiligen Jungfrauen und irgendwelchen aufgefahrenen Engeln Cancan tanzen*, hätte er um ein Haar hinterhergeschoben, hatte aber geschwiegen. Er setzte nur selten einen Fuß in die Kirche seiner Frau. In Oves Augen war ihr christlicher Gott aus dem gleichen Holz geschnitzt wie ihr fanatischer Kommunistenvater. Der einzige Unterschied war, dass ihr Vater direkt in den Himmel aufgefahren war, ohne vorher jemanden zu bemühen, sich für ihn ans Kreuz nageln zu lassen.

Adda lebte jede einzelne Stunde des Tages die Verkündigung der Liebesbotschaft, selbst in den unbedeutendsten Alltagsverrichtungen: wenn sie seine Socken vom Boden aufsammelte und seine Wäsche machte, wenn sie seine Hemden in die Reinigung brachte, die Betten neu bezog oder Hirschrücken mit Pilzsoße und Johannisbeergelee servierte. Er hatte sie niemals bei einer unüberlegten Geste ertappt, ihre Mundwinkel am Rande eines Wutausbruchs zittern sehen oder sie auch nur einmal fluchen hören. Da er von Gottes Schöpfung zu seinem Projekt inspiriert worden war, konnte Gott ihm doch ruhig einen Vorschuss in seinem irdischen Leben gönnen.

Ove hatte beobachtet, wie die Globalisierung die Bevölkerung verunsicherte und das Bedürfnis hervorrief, in Deckung zu gehen, die Gardinen zuzuziehen, um sich auf die eigene kleine, einigermaßen überschaubare Welt zu konzentrieren. Körper, Seele, Familie, das gute Leben. Je unruhiger es in der Welt wurde, desto mehr kreiste das Denken der gut gestellten, wohlhabenden Menschen um ihre persönlichen Befindlichkeiten, den körperlichen Verfall und die schwindende Kontrolle – in diesem Strudel der Angst war der Tod eine Ungerechtigkeit, die schlicht und ergreifend nicht zu der Lektion passte, die der moderne Mensch von klein auf verinnerlicht hatte: dass er stark war, unwiderstehlich, und alles bekommen und erreichen konnte, was er wollte.

Was ergab das für einen Sinn? Wo war da die Belohnung?

Er sah es in den Fitnesszentren und Trainingskellern der Firmen, in denen er als Coach unterwegs war: das verzweifelte Gestrampel panischer Menschen auf eigentümlichen Geräten in neonbeleuchteten Hallen. Sie alle versuchten nur, sich in Sicherheit zu bringen, das Unvermeidliche aufzuschieben, den Griff der kalten Knochenfinger abzuschütteln... Er sah es in ihren Gesichtern, in den Augen der Flüchtenden, im Schweiß auf ihrer Stirn. Die kollektive Gesundheitsmanie, der niemand sich zu widersetzen wagte – geschweige denn, sie zu behandeln –, war in eine kollektive Laufpsychose gemündet, die alle Menschen in Oves Bekanntenkreis, ja das ganze Land befallen hatte. Sie liefen wie besessen, morgens, mittags, abends, sie liefen in ihren Firmen, im Privaten. Sie liefen um ihr Leben. Als ob die körperliche Gesundheit irgendeine Bedeutung hatte, wenn das Schicksal irgendwann gnadenlos zuschlug.

Der Mensch griff nach jeder Erfindung, die seine Todesangst lindern konnte. Darum entwickelten die fortgeschrittensten Gesellschaften die verrücktesten, übergeschnapptesten Lösungen wie zum Beispiel das Rauchen an der frischen Luft oder nur noch in den eigenen vier Wänden, während man Autos und Busse und Lastwagen in immer größeren Mengen die Luft verpesten ließ und alle Kühltheken mit chemisch verunreinigten Nahrungsmitteln befüllte. Es waren die kleinen symbolischen Handlungen, die unsere Leben retten und das schlechte Gewissen beruhigen sollten – keine wirklichen Taten.

Von daher war sein Konzept eine sichere Nummer. Natürlich würden die Alten und Sterbenden für das Angebot der definitiven Utopie bezahlen, sie war wie die neue Quelle der Jugend in den Donald-Duck-Heften, die er und Adda als Kinder so geliebt hatten.

Darum hatte er sich mit einem Architekturbüro zusammengetan, das virtuelle und dreidimensionale Modelle der neuen Friedhöfe entwarf, die Oves Mitarbeiter unter dem Namen *New Eden* oder *Der neue Garten Eden* in den schönsten Landschaften und Umgebungen anlegen würden. Ove würde den wohlhabendsten Familien ein Stück Wald, eine Wiese, eine Bergkuppe, vielleicht eine Lichtung mit einem idyllischen Bachlauf anbieten, wo alle verstorbenen Familienmitglieder bis in alle Ewigkeit zusammen sein könnten – wie er es der Witwe mit ihrem kleinen Pil in Aussicht gestellt hatte. Es würde Kaninchen geben, Füchse und röhrende Hirsche – Kohlmeisen, Singdrosseln und Sperber. Die Schönheit würde die Seelen beruhigen, schon bevor sie dort zur Ruhe gebettet wurden, und auf ewig die finsteren Gedanken vor dem realen Tod zerstreuen.

KAPITEL 12

POLIZEIPRÄSIDIUM

Freitag, 9. Januar, Morgen

Der Mord-Chef nahm den neunten Ermittlungstag im Fall Blegman mit einer sehr starken Tasse Kaffee in Angriff – und die Nummer Zwei folgte seinem Beispiel. Sie hatten, wenn es hochkam, sechs Stunden geschlafen. Der Chef hatte alle vier Lampen auf dem großen Palisanderschreibtisch eingeschaltet, weil die Sonne es zu dieser frühen Stunde noch nicht über den Horizont geschafft hatte. Den beiden Ermittlungsveteranen blieb mit etwas Glück noch eine Stunde Zeit für Absprachen, ehe die Hölle losbrach. Auch heute würden sie wieder belagert werden von ihren eigenen Vorgesetzten und dem immer größer werdenden Schwarm der Presseleute aus dem In- und Ausland.

»Wenn wir zusammenfassen, was wir wissen ... Nein, führen wir uns erst einmal vor Augen, wie wir sie gefunden haben.«

Der Mord-Chef gab Nummer Zwei ein Zeichen, der sofort übernahm.

»Sie saß auf einem Gartenstuhl direkt hinter der Tür. Es gab keine unmittelbaren Anzeichen von Gewalt – die Szenerie war fast friedlich –, ihr Herz hat ... einfach aufgehört zu schlagen.«

»Das tut es immer, wenn jemand stirbt ...«

Der sarkastische Einschub des Mord-Chefs war sicher korrekt, aber sein Ton untypisch scharf, was zum Ausdruck brachte, wie sehr sie beide unter Druck standen.

»Sie hat einfach den Geist aufgegeben, nachdem sie sich eine Weile in dem Raum aufgehalten hat. Erschöpfung, kombiniert mit Sauerstoffmangel. Bei dem Raum handelt es sich um eine Art Zufluchtsraum aus den Tagen des Kalten Krieges, die Lüftung funktioniert allerdings schon seit Jahrzehnten nicht mehr. Wer auch immer sie in den Keller gebracht hat, wusste sehr genau, dass sie dort nicht lange überleben würde und dass niemand sie hören würde – sollte sie Kraft haben, um Hilfe zu schreien ...«

Nummer Zwei verstummte.

Sie beide mussten mit dieser peinlichen Tatsache leben. Sie hatten sich allzu blind auf die Aussage der Heimleiterin verlassen, dass das Personal das Gebäude bis in den hintersten Winkel minutiös und gewissenhaft durchkämmt hatte. Ganze drei Mal, wie die Leiterin beteuert hatte.

Das daraus entstandene Szenario machte im schlimmsten Fall die beiden Polizeichefs mitverantwortlich für den Tod der alten Dame, schließlich hätte ein gründliches Durchkämmen des gesamten Heimgeländes sie möglicherweise zutage gebracht. Sie hätten auf eine neuerliche Durchsuchung drängen müssen – in einem breiten Polizeieinsatz, mit Hunden, Taschenlampen und all ihrer Erfahrung.

Stattdessen hatten sie übereilt mit der Befragung der Bewohner des an das Heimgelände angrenzenden Wohnviertels begonnen und nach Zeugen gesucht, denen im Laufe des Tages verdächtige Personen oder Fahrzeuge aufgefallen waren. Der Mord-Chef unterbrach seine finsteren Gedanken mit einer Frage, deren Antwort er im Grunde genommen bereits kannte.

»Das Buch, das vor ihren Füßen lag ... auf dem Kellerboden ... Darauf waren keine anderen Fingerabdrücke als die der Witwe, oder?«

»Nein.« Das hätte Nummer Zwei natürlich sofort weitergeleitet.

»Seltsam.«

»In der Tat.«

»Stimmt«, sagte der Mord-Chef.

»Das Personal hat bestätigt, dass das Buch in ihrem Regal gestanden hat. Es war ihr eigenes Exemplar. Sie las oft darin.«

»Ein merkwürdiger Titel, oder?«

»*Der kleine Prinz* ... ja.«

»Warum ausgerechnet dieses Buch?«, fragte der Mord-Chef.

Nummer Zwei konnte ihm seine Frage nicht beantworten.

Der Mord-Chef wechselte abrupt das Thema. »Die Gentofte-Spur hat nirgendwohin geführt, oder?« Er bezog sich damit auf die Suche nach einem möglichen Motiv in der Vergangenheit der Brüder, der Witwe oder des gesamten Blegman-Clans. Sie hatten explizit nach dem Zeitraum rund um das Datum gesucht, das auf dem Zettel in der braunen Ledermappe stand: *23. Juni 1973*.

Zu dieser Zeit waren beide Brüder aufs Gymnasium gegangen, und beide Polizisten hatten das vage Gefühl gehabt, dass das wichtig sein könnte. Sie hatten keine Ahnung, ob die Witwe den Zettel selber geschrieben hatte – oder eine ihnen unbekannte Person. Die wenigen Zahlen und Buchstaben gaben nicht viele Anhaltspunkte für eine detailliertere grafologische Analyse. Die Brüder verbanden mit dem

Datum nichts – das jedenfalls hatten sie wie aus einem Mund geantwortet –, wobei die beiden langjährigen Polizeikollegen exakt das gleiche Bauchgefühl gehabt hatten, wie der Mord-Chef es nach dem Zusammenstoß in der Höhle des Bären beschrieben hatte. Da war ein Zögern gewesen, ein Unbehagen, das nicht hätte da sein dürfen.

Sie hatten die Ermittlungen bezüglich der frühen Jugend der Brüder intensiviert, wohl wissend, dass sie sich auf dünnem Eis bewegten. Doch die Antwort auf die Frage nach den Gentofte-Ermittlungen fiel negativ aus.

»Wir wissen nur das, was die Presse auch schon rausgefunden hat. Und ja, sie waren bereits auf dem Gymnasium echte Tyrannen, was wohl niemanden wirklich überrascht.«

»Und was ist mit den zwei Freunden, die ein Motiv für ... Rache haben könnten?«

»Teis Hanson. Der Bär hat ihn im Gymnasium angegriffen, ziemlich brutal. Er ist arbeitslos, seit die neue konservative Regierung das Institut geschlossen hat, in dem er angestellt war – und damit auch seinen Forschungsbereich für seltene genetische Krankheiten. Er verbringt seine Zeit jetzt damit ...« Es war untypisch für Nummer Zwei, einen Satz unvollendet im Raum stehen zu lassen.

»Womit?«

»Er verbringt seine Zeit mit dem Verfassen von Verschwörungstheorien im Internet ... ziemlich weit hergeholte Geschichten über die Zwillingstürme in New York. Laut seiner Theorie hat Präsident Bush den Terrorangriff auf New York selbst angeleiert. Hanson war seinerzeit ein anerkannter Genforscher, scheint aber inzwischen etwas von der Rolle zu sein. Von sublimer Wissenschaft zu wilden Verschwörungstheorien.«

»Den müssen wir mal unter die Lupe nehmen«, sagte der Mord-Chef. »Und dann haben wir noch Ove Nilsen.«

»Ja«, bestätigte Nummer Zwei. »Der Zwischenfall... Palle ging in die letzte Klasse des Gymnasiums, und Agnes war gerade sechzehn... im Grunde ein triftiges Motiv für ihren heutigen Ehemann. Aber wieso erst jetzt? Warum Rache nach so vielen Jahren? Es sei denn...«

»... ihr ginge es deswegen erst jetzt richtig schlecht?«
Der Mord-Chef nickte.

Sie saßen länger schweigend voreinander, als sie es sich eigentlich leisten konnten. Die Sonne hatte sich über die goldenen und grünen Turmspitzen der Landeshauptstadt erhoben, aber trotzdem tappten die beiden Männer auch am dritten Tage nach dem Auffinden der Witwe im Dunkeln. Und die Hinweise all der abgedrehten Leute, die die Witwe in seltsamer Begleitung, darunter auch Außerirdische, gesehen haben wollten, konnten sie ignorieren.

Nummer Zwei knipste nacheinander die vier Schreibtischlampen aus und schenkte ihnen beiden schwarzen Kaffee ein.

Themenwechsel.

»Der Vogel...« Es klang fast wie ein Fluch.

»Und der Vogelbauer... aus Søborg.« Sie hatten den wichtigsten Fund im Appartement der Blegman-Witwe unter Verschluss gehalten in der Hoffnung, das Rätsel baldmöglichst selber aufzuklären. Nur der Täter konnte davon wissen. Im Gegenzug hatte keiner der Ermittler auch nur die leiseste Idee, was das Hinterlassen eines lebenden Kanarienvogels zu bedeuten hatte.

»Aber wir haben... Der Tod ihres kleinen Bruders kann doch nicht... Das ist nicht möglich.« Nummer Zwei verstummte.

»Ich wette, der Tod des kleinen Bruders hat etwas mit der Sache zu tun!«, sprang der Mord-Chef ein. »Das ist nur so ein Gefühl. Dieser Vogelbauer, das Buch im Keller... Das sagt mir, irgendetwas ist da, etwas, das sehr, sehr lange zurückliegt. Du musst...«

Den gleichen Gedanken hatte Nummer Zwei auch schon gehabt. »Ja«, sagte er, wohl wissend, was seine Zustimmung bedeutete. Die vielen Kriminalbeamten, die sie losgeschickt hatten, würden ihren Einsatzbereich einen Hauch nach Südsüdwest und ein paar entscheidende Jahre weiter in die Vergangenheit verlagern müssen. Und zwar nach Søborg, sie mussten die Kindheit der Brüder noch einmal gründlich unter die Lupe nehmen.

Es war nicht mehr als ein Schuss ins Blaue, aber ein logischer Schuss. Sie mussten tiefer in dieser Richtung ermitteln. Noch weiter in den Morast vordringen, in dem die Brüder regierten. Wenn es etwas gab, würden sie es finden.

DER LEUCHTTURM AUF DER LANDSPITZE

Freitag, 9. Januar, kurz nach Mittag

Es gab keine Spiegel im Leuchtturm. Das hatte ich bereits bei meinem ersten Besuch festgestellt.

Es hatte mich nicht überrascht.

Im Gegenteil.

Sich so zu sehen, wie ein Spiegel einen zeigt, würde Panik auslösen. Er würde schreiend durch die kleinen Zimmer laufen und mit den Händen auf sein Gesicht einschlagen, in dem verzweifelten Versuch, sich von dem Bild und dem zerstörerischen Gedanken zu befreien: *Wer bin ich...? Wer bin ich...?* Ich kannte das besser als irgendwer sonst.

Es war die Angst, in dem Spiegel und damit in sich selbst gefangen zu sein. Seit ich aus dem Heim meiner Kindheit ausgezogen war, hatte ich keinen Spiegel mehr besessen, und so würde es auch bleiben.

Ich schloss die Tür des Hexenhauses hinter mir und hatte den Eindruck, als schaukele es leicht, als ich von der schmalen Veranda trat, deren Planken sich im Zustand fortgeschrittener Vermoderung befanden.

Rechts von mir nahm ich eine Bewegung wahr, ein Schatten huschte zwischen die krummen Zweige. Reglos stand ich da, drehte nur langsam den Kopf. Der Fuchs reagierte genau wie ich. Er stand wie erstarrt in Zeit und Raum, kaum geschützt von Zweigen und einem umgekippten Kiefernstamm. Wahrscheinlich lag irgendwo dort in den Schatten sein Bau. Unsere Blicke verschränkten sich – mindestens eine halbe Minute –, während wir beide den nächsten Schritt überlegten. Möglicherweise spürte der Fuchs, dass ich anders war als die Störenfriede, die sonst durch den Wald streiften – vermutlich hatte er mich sehr viel öfter beobachtet, als mir bewusst war, und das sollte etwas heißen. Als Kind hatte ich zum Leidwesen meiner Pflegemutter mein Herz an einen kleinen japanischen Elefanten auf Rädern gehängt, den ich an einer rostigen Kette durch die dunklen Korridore des Kinderheims zog und am Stuhl neben meinem Bett festband, wenn ich schlafen ging. Vielleicht hat sie auch einmal unser nächtliches Flüstern gehört, ohne zu verstehen, was ein Kind einem japanischen Elefanten anvertrauen mochte, wenn kein Erwachsener zuhörte. Der Elefant im Buch war von einer Schlange verschlungen worden, und kein Erwachsener hatte es erkannt. Dann war der Fuchs aufgetaucht und hatte gesagt: *Die Menschen haben keine Freunde mehr. Wenn du einen Freund willst, dann zähme mich.*

Die Worte waren so deutlich und klar bei mir angekommen, dass ich zusammenzuckte. Ich war mir sicher, dass ich nicht selber laut gesprochen hatte.

Als ich in das Gestrüpp spähte, war der Fuchs verschwunden. Ich war kurz davor, nach ihm zu rufen – aber das wäre absurd gewesen, ich war kein Kind mehr.

SØBORG BEI KOPENHAGEN

1971–1972

Ich glaube, tief in seinem Innern fühlte Viggo sich schuldig am Tod seiner Mutter – weil er sie hatte sterben lassen und selbst am Leben geblieben war. Damals wurde einem in einer solchen Situation noch kein Psychologe empfohlen, weshalb seine Schuldgefühle unbeachtet blieben. Seine Großeltern merkten nichts davon, wie ihn der Gedanke quälte, den schrecklichen Unfall nicht verhindert zu haben, obschon es in seiner Macht gelegen hätte.

Auch meine Mutter ist gestorben – genau genommen, meine Mütter –, und ich kann aus eigener Anschauung sagen, dass der Tod niemals schön ist.

Sie ist ganz still eingeschlafen.

Das ist in den seltensten Fällen wahr.

Viggos Mutter ist nicht still eingeschlafen. Im Gegenteil, sie wurde im Hellerupvej von der Fahrbahn geschleudert und blutüberströmt im Straßengraben liegen gelassen. Viggos Fantasien in den Monaten danach waren nur verständlich, trotzdem bekam niemand etwas mit von seinem Leid. In dieser Zeit studierte er ihre Tagebücher intensiv – und fand dabei fast nur alltägliche Beschreibungen ihres Alltags. Feiertage, Geburtstage und ein paar Gedanken über klassische Musik.

Erst in ihren allerletzten Zeilen beschrieb sie einen Traum, der ihn auf seltsame Weise an einen Traum erinnerte, den er selbst als Kind nach Pils Tod geträumt hatte. Nur endete der Traum deutlich unangenehmer.

Viggo versuchte, sich, so gut es ging, damit abzufinden.

Das Zimmer seiner Mutter blieb über ein Jahr, wie sie es verlassen hatte. Nachdem er sich die drei Tagebücher geholt hatte, war er nicht mehr darin gewesen. Genau wie seine Großmutter. Nichts durfte bewegt, nichts verändert werden.

Vielleicht öffnete sie hin und wieder die Tür, wenn Viggo nicht zu Hause war, und schaute einen Moment auf all das, was es nicht mehr gab, bevor sie die Tür wieder schloss.

Sein Großvater saß immer nur im Wohnzimmer und las Zeitung, während die Stille um das Pendel der alten Standuhr waberte, die einmal in der Stunde schlug. Viggo streifte allein durch den Wald, mitunter stundenlang. Um vor der Stille im Haus zu fliehen, dem Anblick der beiden Alten, die nichts taten, um ihre Trauer zu bekämpfen.

Viggo wäre vermutlich zugrunde gegangen, wenn Verner damals nicht eingeschritten wäre. Verners Vater, der Hausmeister der Schule, lud Viggo auf die Bitte seines Sohnes hin ein, in den Sommerferien mit ihnen zum Camping nach Italien zu fahren. Sie reisten Mitte Juli ab und kamen Anfang August wieder zurück. Viggo saß zwischen Verner und dessen kleiner Schwester auf der Rückbank des roten Ford Taunus, und je weiter sie sich von Søborg entfernten, desto besser ging es ihm.

Im August begann er das Gymnasium, wo er gemeinsam mit seinen vier Freunden den sprachlichen Zweig wählte.

In den folgenden Monaten legte er auf wundersame Weise ein paar Zentimeter zu. Er kaufte sich eine grüne Militärjacke und ließ seine dunklen Haare bis fast auf die Schultern wachsen. Blickt man heute auf die frühen Siebziger zurück, könnte man meinen, dass damals plötzlich alle Absonderlichkeiten der Menschen salonfähig wurden.

Plötzlich war es normal, barfuß in Holzschuhen zu laufen und mitten im Sommer Norwegerpullis zu tragen. In jeder noch so verrückten Besonderheit sah man ein Zeichen des Aufruhrs. Fettige Haare wurden verehrt und merkwürdige Grimassen und unkontrolliertes Verhalten waren klare Signale an die Welt, den solcherart Gesegneten bitte nicht zu nahe zu treten. Die ganze Epoche – von der folgenden Generation als Hippiezeit verschrien – tarnte Viggos Parade verborgener Eigentümlichkeiten. Tief in seinem Innern muss ihm seine am Gymnasium neu gewonnene Popularität wie eine Lüge vorgekommen sein.

Poul Blegman und sein großer Bruder Palle gingen zu dieser Zeit in die erste und zweite Klasse des Gymnasiums Gladsaxe, und der Einfluss des Älteren auf die ganze Schule war bereits zementiert. In den Pausen hielt er Hof und umgab sich ausschließlich mit Gleichgesinnten – Sprossen von Direktoren, Anwälten und hohen Verwaltungsbeamten aus besseren Stadtvierteln. Sie führten politische Diskussionen über den Werteverfall und die Notwendigkeit einer neuen, konservativen Führung des Landes. Und sie nutzten jede Gelegenheit, um sich spöttisch über die flippigen Gestalten des Gymnasiums zu äußern, die Fehlgeleiteten und Unangepassten. Die schlimmsten Auswüchse dieser Zeit waren für sie die Friedensbewegung, die Anti-Atomkraft-Bewegung und natürlich das hirnrissige Experiment in der Bådmandstrædes Kaserne, das 1971 unter dem fast schon blasphemischen Namen Christiania gestartet wurde.

Der Kreis um die Blegman-Brüder verachtete alles, was auch nur ansatzweise etwas mit Sozialismus zu tun hatte. Selbst relativ unpolitische Menschen wie Ove, Viggo und Teis kamen als Gesellschaft nicht infrage, weil die bunten Hosensäume und die Friedenszeichen an den Militärjacken vage an die Krawallmacher erinnerten, die Mao verehrten, den Kapitalismus der Weltbank bekämpften und in allen europäischen Hauptstädten gegen den Krieg in Vietnam demonstrierten.

Es gab am ganzen Gymnasium nur ein Mitglied der Kommunistischen Jugend Dänemarks. Der Junge hatte ein Porträt von Che Guevara auf sein Hemd genäht und diskutierte in der Pause mit einem Klassenkameraden, warum die Idee hinter dem letzten Terroranschlag der RAF in Deutschland durchaus nachvollziehbar sei.

Als Palle Blegman das hörte, lief er rot an, bahnte sich einen Weg durch den Kreis seiner Jünger und stürmte von hinten auf den Jungen zu, der die Gefahr nicht erkannte. Mit einem brutalen Faustschlag in den Rücken fällte der Bär den jungen Kommunisten, der umstandslos zu Boden ging. Für einen Moment sah es so aus, als wollte der ältere der beiden Blegman-Brüder dem fast Bewusstlosen auch noch einen Tritt an den Kopf verpassen, doch in diesem Augenblick geschah etwas, das niemand verstand oder erklären konnte.

Der sonst so stille, menschenscheue Teis Hanson aus der 1b schob sich wie aus dem Nichts zwischen den am Boden liegenden Jungen und Palle Blegman. Es gab damals keinen größeren, keinen gefürchteteren Schüler auf dem Gymnasium, vielleicht in der ganzen Gemeinde, als ihn. Der Thronfolger der Dynastie musste augenblicklich und mit zerstörerischer Wirkung reagieren, wenn er die bodenlose Demütigung durch diesen Grünschnabel verhindern wollte.

Der Faustschlag kam von weit unten, fast aus Kniehöhe, und traf Teis Hanson an der Brust. Ein fürchterlicher Schlag, dessen lähmende Wirkung keinem der zahllosen Zeugen auf dem Schulhof entging. Teis ging bewusstlos neben dem stöhnenden Jungen, den er zu verteidigen versucht hatte, zu Boden. Poul Blegman legte im gleichen Moment die Arme um seinen großen Bruder und zog ihn weg, entsetzt über den Anblick des Mitschülers, der tot sein konnte.

Sieben Minuten später fuhr ein Krankenwagen auf den Schulhof. Zu diesem Zeitpunkt wusste noch niemand, ob Teis atmete oder nicht.

In der letzten Schulstunde erfuhren die Schüler über die Lautsprecheranlage, dass alles in bester Ordnung sei: Der Junge aus der 1b sei bei vollem Bewusstsein, er habe sich ein paar Rippen gebrochen, werde aber bald wieder putzmunter sein... Die Stimme des Direktors klang seltsam erleichtert. Nicht in Bezug auf das Opfer, sondern auf sich. Hätte Teis bleibende Schäden davongetragen, wäre ein zermalmender Konflikt mit dem Oberhaupt der Blegman-Familie unausweichlich gewesen.

»Er hat angefangen«, sagte Palle Blegman nur und wiederholte diese Aussage gegenüber Freunden, der Schulleitung und den zwei Polizisten, die in dem Vorfall nicht mehr sahen als ein banales Scharmützel auf einem Schulhof, wenn auch mit ungewöhnlich brutalem Ausgang. Palles Aussage wurde von seinen Klassenkameraden im beinahe gleichen Wortlaut bestätigt: Der Junge aus der 1b habe sich ohne jeden Grund auf den vollkommen ahnungslosen Schüler der 2g gestürzt, der instinktiv und in Selbstverteidigung reagiert habe.

Teis Hanson kam erst drei Wochen später wieder zurück in die Schule. Sein rechter Arm hing noch immer etwas schlaff in der Schlinge. Der Arzt meinte, das würde sich mit der Zeit geben, aber dem war nicht so, die Lähmung sollte nie vollständig weggehen. Er hatte keine Kraft in der rechten Hand und konnte zum Beispiel den Gashebel seines Puch-Mofas nicht mehr drehen. Verner kaufte ihm die Maschine ab. Und erst nach Monaten lernte er, mit links zu schreiben.

Palle hatte Teis zum Krüppel gemacht, worüber Teis nie hinwegkam – und natürlich auch nicht über das, was folgte.

Ich glaube, es war diese Episode, die Verner dazu veranlasst hat, die Gymnasiumszeitschrift zu gründen. Er gab ihr den Namen *Signal*. Vielleicht hatte er schon als Schüler die naive Vorstellung, dass das freie Wort und eine kritische Presse den Lauf der Dinge ändern können, selbst wenn alle Despoten dieser Welt uns belügen und alles, was gut und schön ist, in Schutt und Asche bomben. Verner war bislang mit allen zurechtgekommen, hatte nur selten seine Stimme erhoben und versteckte eventuelle kritische Beobachtungen hinter seinen dunkel lächelnden Augen. Er fuhr die Puch, die er von Teis gekauft und weiß gestrichen hatte, und trug wie sein Hausmeistervater vorzugsweise Cordhosen und Pullover mit V-Ausschnitt. Auch er ließ seine Locken bis über die Ohren wachsen, länger aber nicht. Verner bewegte sich unbeschwert zwischen den gegensätzlichen Gruppierungen des Gymnasiums: den Kindern der Wohlhabenden auf der einen und den etwas Flippigeren auf der anderen Seite. Die Mädchen fühlten sich bei ihm sicher, während die Jungen ihn im Kampf um die Mädchen nie als ernsthaften Konkurrenten sahen.

Alle sollten nun eine gehörige Überraschung erleben – und auch wenn die Schlacht kurz und brutal war, die das Ende der Zeitschrift und Verners totale Niederlage zur Folge hatte, würde niemand der Anwesenden sie jemals vergessen. Verner schrieb seinen ersten Artikel über die Schlägerei auf dem Schulhof, bei der sein Freund Teis brutal zu Boden geschlagen worden war. Und er fand Zeugen, die anonym erzählten, was an diesem Tag in der großen Pause wirklich passiert war.

Palle schwieg sich zu den Vorwürfen aus, während sein

Vater vor Wut an die Decke ging. Der Direktor des Gymnasiums, Mitglied der Konservativen Partei, hielt Verner eine zehnminütige Standpauke, die dieser an sich abperlen ließ. Der Stift war zu seiner Waffe geworden. Der frischgebackene Redakteur war fast nicht wiederzuerkennen, wenn er die Worte auf dem Papier für sich sprechen ließ.

Dass Poul trotz des sensationellen Artikels über den Angriff auf Teis sich als zweiter Redakteur bei der Zeitschrift verdingte, brachte deutlich zum Ausdruck, auf wie unsicherem Terrain die Blegman-Brüder sich befanden. Sie konnten die Reichweite von Verners neuer Waffe noch nicht einschätzen und wussten nicht, welche Wut sich hinter seiner phlegmatischen Fassade angestaut hatte.

Schon im Frühling 1972 hätte man vorhersehen können, dass das schiefgehen musste. Aber niemand sah es vorher. Hitzig wurde über Diktaturen, Kriege und Bürgerkriege diskutiert, von denen einige so weit entfernt waren, dass man die Länder kaum auf der Karte fand. Aber das spielte keine Rolle. Der Kampf zwischen Gut und Böse war zu einem Kampf zwischen Revolte und dem Bestehenden geworden – oder umgekehrt –, und die verfeindeten Parteien warfen sich gegenseitig Zynismus, Brutalität und Verantwortungslosigkeit vor. Ost und West fochten vollkommen unversöhnlich ihre Stellvertreterkriege aus.

Palle herrschte über den Schulhof und bekämpfte mit aggressiven Attacken jedes noch so geringe Anzeichen von Aufruhr. Das sollte wenig später groteske Konsequenzen haben.

Am 14. März stürzte der Sterling-Airways-Flug 296 nach Kastrup, Kopenhagen in der Nähe von Dubai ab. Es gab keine Überlebenden. Wie das Schicksal es wollte, waren Addas Großeltern an Bord.

Addas Vater und Großvater arbeiteten als Schweißer für

Burmeister & Wain und waren Mitglieder der damaligen Kommunistischen Partei Dänemarks. Die sechzehnjährige Adda hängte das nicht an die große Glocke, aber sie trug als eine der Ersten an der Schule einen langen orangebraunen Afghanenpelz und hörte Doors, Bob Dylan und Janis Joplin. Außerdem schrieb sie alle vier Wochen in Verners Zeitschrift über unterdrückte Völker in Indochina, Bolivien oder El Salvador.

Auf dem Schulhof bot sie den Blegman-Brüdern manchmal für alle hörbar Paroli, und weil sie hübsch war – ich glaube alle Jungs, die beiden Brüder eingeschlossen, begehrten sie –, fiel es auch den Abkömmlingen der Besserverdienenden schwer, ihr zu widersprechen. Poul war in diesen Situationen recht hilflos, er wurde rot wie ein kleiner Junge. Palle hätte gerne draufgehauen, aber natürlich konnte er nicht einfach seine Pranke heben und das lästige Sozialistenbalg in irgendeine Ecke des Schulhofs befördern. In diesen Augenblicken spürte er erstmals seine eigene Machtlosigkeit und noch etwas Tieferes, Quälenderes, vor dem er die Augen nicht verschließen konnte: Die Mädchen in seinem Umfeld bewunderten Agnes' Mut. Er sah es an ihren Blicken, und er hörte es an ihrem Schweigen, und dieses Detail trug mehr als alles andere zu dem Fehltritt bei, den niemand am Gymnasium Gladsaxe jemals vergessen würde.

Adda hatte zwei Wochen zuvor in der Märzausgabe von *Signal* einen begeisterten Artikel über die Reise ihrer Großeltern nach Ceylon geschrieben. Das Land litt schon lange unter der kapitalistischen Kolonialregierung, und eine Gruppe aufrechter Kommunisten, einschließlich ihrer Großeltern, war eingeladen gewesen, sich dort aus nächster Nähe anzusehen, wohin die tyrannische Natur des Imperialismus führte.

Auf dem Rückflug war ihr Flugzeug abgestürzt, und Adda war drei Tage nicht in die Schule gekommen.

Als sie am nächsten Montagmorgen wieder da war, ließen ihre Mitschüler sie nicht aus den Augen. Sie beobachteten sie aus der Ferne und dachten ohne Zweifel an ihre eigenen Großeltern oder Eltern und wie sie sich an ihrer Stelle fühlen würden. Ganz Dänemark sprach von der Katastrophe, bei der achtundsechzig Dänen ums Leben gekommen waren, die meisten davon Gäste des Reiseveranstalters Tjæreborg. Die Nation trauerte mit den Hinterbliebenen. Mit Sicherheit haben die Schüler an jenem Morgen auch so empfunden – und waren umso betroffener, als sie in der Pause auf dem Schulhof mit einem Mal Palles Stimme hörten. Seine Worte waren eindeutig, die Provokation kristallklar: »Jetzt gibt's auf dieser Welt wenigstens zwei Kommunisten weniger!«

Ein paar seiner Hofschranzen kicherten, ansonsten herrschte Stille.

Ich weiß nicht, ob Bosheit wirklich von innen kommt. Junge Idealisten wie Adda oder Verner standen normalerweise auf dem Standpunkt, dass *alle* Menschen, *unabhängig* von Abstammung und Erbgut, *gleich* auf die Welt kamen, ohne Bosheit und mit der gleichen Fähigkeit zu Mitgefühl. Diesen Zustand konnten erst äußere Einflüsse und schlechte Bedingungen zerstören. An diesem Tag aber, als Palle wieder einmal eine Tür zu den finstersten Ecken seiner Seele aufstieß und seine ganze Verachtung herausposaunte, müssen ihnen Zweifel daran gekommen sein.

Obwohl Palle mit Strenge erzogen worden war und an das Recht des Stärkeren glaubte, sollten die folgenden Sekunden eine schwindelerregende Reise in eine Dunkelheit werden, die sein Gefolge zutiefst erschütterte.

Adda saß gemeinsam mit Verner, Viggo, Teis und Ove auf einer Bank. Keiner musste etwas sagen, weil sie sich bereits am Wochenende getroffen hatten und Adda ihnen von dem letzten Brief ihres Großvaters erzählt hatte. Es war eine Brandrede über Armut und Unterdrückung in dem großen Land, in dem er gerade weilte, über alle wichtigen und guten Dinge, die nicht getan werden konnten, weil die ganze Welt wegschaute.

Die fünf hatten beschlossen, den Brief in seiner vollen Länge in der nächsten Ausgabe zu veröffentlichen.

Nach Palles Äußerung sprang Adda auf, ehe ihre vier Freunde reagieren konnten, und lief über den Schulhof. Palles Jünger wichen erschrocken zur Seite, und Adda blieb zwei Meter vor dem Bären stehen, der noch immer breitbeinig posierte, die Hände in die Seiten gestemmt. Sie sprach leise, aber alle hörten ihre Worte: »Du bist ein Schwein, Palle Blegman!«

Mehr nicht.

»Agnes Persen...« Die Art, wie er ihren Nachnamen betonte, enthielt all die Verachtung der Privilegierten gegenüber niedrigeren Klassen. »Solltest du jemals zur Vernunft kommen – was man nie ausschließen darf –, wirst du mir recht geben. Die Welt wird... *immer dann*... ein besserer Ort, wenn ein Kommunist stirbt.«

Die Umstehenden hielten entsetzt den Atem an. Adda sah aus, als suche sie nach einer Antwort, mit der sie Palle bis auf die Knochen bloßstellen konnte. Dann drehte sie sich plötzlich um, als wollte sie gehen, und in der gleichen Sekunde gaben die Beine unter ihr nach. Sie sackte ohne einen Laut auf dem Schulhof zusammen.

Adda Persen – die von diesem Tag an Agnes hieß – war ohnmächtig geworden.

Die Ohnmacht offenbarte eine Seite an Agnes, die ihr gar nicht gefiel und die sie schlimmer fand als alles andere. Ihr fehlte die nötige Stärke, wenn es wirklich darauf ankam.

Ich glaube, dass sie sich diese Schwäche niemals vergeben hat. Die Stille, mit der sie sich in den Wochen danach umgab, sollte die erwachsene Agnes nie ablegen, die wenige Jahre später mit Ove zusammenkam.

In der Aprilausgabe von *Signal* schrieb Verner über ihren Zusammenstoß mit Palle, ohne die Worte zu wiederholen, die alle, die dort waren, mitbekommen hatten, und genau das war schließlich die Schwachstelle des Artikels. Die Blegman-Brüder fühlten sich bestätigt und sprachen noch verächtlicher über den sozialistischen Abschaum.

Viggo war derjenige, der den Provokationen der Blegmans als Einziger ungerührt gegenüberstand. Dieses Talent, sich in sich zurückzuziehen und die anderen einfach auszuschließen, ohne feindlich oder arrogant zu wirken, hatte er in seiner Kindheit entwickelt. Die Blegman-Brüder verwirrte und verunsicherte so ein Verhalten. Sie waren es gewohnt, dass ihnen Ablehnung entgegengebracht wurde, Verachtung für ihre bloße Existenz. Ich glaube, sie spürten, dass Viggo sie besser einschätzen konnte, als irgendjemand sonst, nur eben ohne die erwartete Reaktion zu zeigen. Viggo verurteilte niemanden, lehnte niemanden ab, verdammte niemanden. Ein seltener Zug.

Ich selbst habe von Kind an die Gabe besessen, Menschen zu durchschauen und zu spüren, was in deren tiefsten Innern vor sich geht, während diese Menschen umgekehrt nichts von meinen heimlichen Gedanken ahnten. Kinder, die anders sind als andere, entwickeln solche Fähigkeiten. Nach meiner Wahrnehmung gibt es sieben geheime Kammern, die wirklich von Bedeutung sind und zu denen ich mir – selbst aus der Distanz und mit geschlossenen Augen – schon als kleines Mädchen Zutritt verschaffen konnte.

Als Erstes die Angst, die uns von Geburt an begleitet und die wir nicht eliminieren können. Aus ihr entspringen alle

Eigenarten, all unsere Unsicherheit. Sie ist die Keimzelle aller Vorurteile (Verurteilung) wie auch der Fähigkeit zu hassen und zu verachten.

Dann die Trauer: Die Menschen verbergen sie, weil sie letzten Endes würdelos ist, die größte Schwäche von allen.

Die Entbehrung lebt in stiller Furchtsamkeit im Schatten aller anderen Gefühle.

Die Begierde, oft getarnt als Liebe oder Sehnsucht, manchmal gar als Aufopferung, die in das Bedürfnis umschlägt, zu erobern und zu besitzen – oder in simple Gier.

Die Gleichgültigkeit: Sie ist die zynisch berechnende Cousine des Vergessens und übertrumpft alle Neugier und jedes Mitgefühl.

Die Verstellung: Sie sorgt für ein harmonisches Auftreten, trotz aller Niederlagen und anderer Dinge, die wir verstecken.

Und schließlich die Wut, die größte der sieben Geheimkammern, die uns durch alle Phasen unseres Lebens begleitet – ein Leben, das romantische Fantasten einteilen in eine sorglose Kindheit, eine suchende, liebende Jugend, die reflektierte Reife des mittleren Alters, gefolgt von dem – Gott wie dumm – lebensweisen, großmütigen Alter.

Die Wut ist dabei das Einzige, was wirklich von Bedeutung ist. Zu dieser Erkenntnis bin ich bereits als Kind gelangt, und ich glaube, alle Kinder spüren das. Und mir wurde schon sehr früh klar, dass mich niemand für diese Erkenntnis loben würde. Alle anderen führten die Liebe, die Sehnsucht, die Güte und Barmherzigkeit als wichtigste Kammern der Seele an – allen voran meine Pflegemutter und ihre selbstlosen Fräulein –, aber keine von ihnen hatte das Dunkel so intensiv erforscht wie ich. Es heißt, das Leben sei dazu da, vollendete Freude zu empfinden, warum sollte also jemand – wenn er doch die Wahl hat zwischen

Göttern, Teufeln und Menschen – flügellose Dämonen aus den finstersten Ecken der Dunkelheit regieren lassen?

Vielleicht weil irgendwo dort in der Dunkelheit die achte Kammer liegt, die all die anderen verbindet: die Fähigkeit zu lügen und zu betrügen – in erster Linie sich selbst.

Man kann sein Leben problemlos auf einer Lüge aufbauen, wenn man darin geübt ist. Selbst komplizierte, komplette Lebenslügen können ein ganzes Menschenleben Bestand haben, wenn man sie nur mit genug Willenskraft, Zynismus und Stärke verteidigt. Neigt man aber zu Panik und liegt nachts wach – gequält von Scham und Schuldgefühlen –, zieht die Lüge alle Aufmerksamkeit auf sich. Genau deshalb ist es wichtig, so viel über das Labyrinth der eigenen Seele zu wissen, dass man mit seinem Unterbewusstsein einen Pakt schließen kann: Misch dich nicht ein (zumindest nicht in ungünstigen Momenten), mach keinen (unnötigen) Lärm, verrate niemandem, was wirklich vor sich geht. Auf diese Kunst habe ich mich immer gut verstanden.

Das Unterbewusstsein fordert im Gegenzug ein bewusstes Zusammenleben mit dem Gewissen ein. Eine Koexistenz, die ihrerseits Pakte mit tiefer liegenden Triebkräften eingeht, unter anderem der Erbsünde (die Verantwortung der Kinder für die Sünden ihrer Väter und Mütter).

Es waren gerade die Gedanken über die Erbsünde, die Viggos Leben steuerten. Die Gewissheit einer Verantwortung, der er sich nie entziehen können würde – und seine Schutzlosigkeit eben davor, weil ihm Wut und Verurteilung abgingen.

Er erkannte nicht einmal seine eigenen Feinde.

DER LEUCHTTURM AUF DER LANDSPITZE

Freitag, 9. Januar, früher Nachmittag

Wir saßen schweigend nebeneinander und beobachteten die Vögel über dem Höllenschlund, als er plötzlich aufstand – wie nach einem langen, beschwerlichen Entscheidungsprozess – und in den Leuchtturm ging.

Er kam mit einem kleinen schwarzen Buch zurück, das ich noch nie gesehen hatte, und reichte es mir.

Logbuch – Mykenes 1872.

»Das habe ich am Neujahrsabend gefunden. Es war im Leuchtturm versteckt.«

Ich schlug es auf und überflog die ersten Seiten.

Samstag, 1. Mai. 45 Tage auf See. Die letzten drei Wochen sind wir 3600 Seemeilen gesegelt, im Vergleich zu den ersten 20 Tagen, an denen wir nur 600 Seemeilen geschafft haben. So ist es, wenn man von Wind und Wetter abhängig ist. Mit gutem Wind kann man große Strecken zurücklegen. Kein Waschtag, viel zu tun, angenehmes Klima, gichtgeplagter Rücken. Schmidt und ich haben gestern Abend beschlossen, dass wir ein wenig weibliche Pflege brauchen, sonst rostet man ein.

»Ich habe in Ulstrup nachgefragt. Draußen über dem Höllenschlund ist ein Schiff zerschellt. Ein föröisches Schiff. Und es heißt, es seien Bewohner des Ortes gewesen, die es auf das Riff gelockt hätten. Strandräuber. Der alte Leuchtturmwärter war einer von ihnen. Vielleicht hat er es nicht übers Herz gebracht, sich der letzten Worte des ertrunkenen Steuermanns zu entledigen – aus Angst, damit einen Fluch auf sich zu ziehen –, also hat er es versteckt. Und jetzt habe ich es gefunden.«

Ich blätterte weiter durch das Buch, das nicht nur Positionen und praktische Informationen enthielt, sondern auch nahezu philosophische Betrachtungen.

Freitag, 7. Mai. 51. Tag auf See. Die meisten Menschen verschlafen, vergeuden oder verlungern – wenn ich es mal so ausdrücken darf – den größten Teil ihrer Lebenszeit. Ganz anders wir Seeleute, die jeden Tag gerade einmal acht Stunden zur Verfügung haben für Schlafen, Flickarbeiten, Wäschewaschen und Geistesbildung. Die übrigen Stunden des Tages müssen wir uns zumindest wach halten, wenn auch nicht immer mit einer konkreten Arbeit. Sich wach zu halten, besonders nachts und bei warmem Klima, ist hart. Aber der Mensch ist ein Gewohnheitstier, und auch daran kann man sich gewöhnen, selbst wenn es seine Zeit braucht. Der Alltag besteht aus Befehlen, kein Wunder also, dass Seeleute sich nach beendeter Fahrt an Land vergnügen wollen.

Und ein paar Tage später:

Montag, 11. Mai. 54. Tag auf See. Heute geht ein leichter Sturm, zu unserem Verdruss gegen uns. Das zerrt an der Stimmung, und wir frieren allesamt, als wären wir am Nordpol. Zur Abwechslung haben wir Stockfisch bekommen und angebrannte Gerstengrütze. Und wir scheuern das Deck, irgendwas muss man schließlich tun für sein täglich Brot.

»Die letzte Seite… die letzten Worte… sind wichtig.« Der Ausdruck in Viggo Larssens Augen konnte nur als pure Angst bezeichnet werden. Das Buch, die unbekannte, aber klare Stimme aus der Vergangenheit, hatte ihn tief und an einem wunden Punkt getroffen: *Vergiss niemals, was du als Kind erlebt hast, du kannst nicht davor fliehen – weil du es in dir trägst…*

Ich blätterte zum Ende, nervös und angespannt – dabei wusste ich, was mich dort erwartete. Jetzt würde ich ihn nicht mehr davon überzeugen können, dass er sich irrte.

Letzte Nacht bin ich um 12 Uhr in die Koje gegangen und wegen des dauernden Schlafmangels auf der Stelle eingeschlafen.

Ich hatte einen eigenartigen Traum. Ich schlug wie ein Besessener um mich, stöhnte und rief laut nach dem Kapitän ... in dem Augenblick wurde ich wach.

Dann beschrieb er den Traum.

Keine zwölf Stunden danach war sein Schiff untergegangen.

SØBORG BEI KOPENHAGEN

1972–1974

Viggo beobachtete Adda aus der Distanz.

Er hatte sie einmal geküsst – das war mehr als die meisten erreicht hatten –, aber das war fast ein Jahr her, und sie waren seitdem nie mehr allein und ohne die anderen zusammen gewesen. Es war, als hätten sie sich beide von diesem Teil des Lebens verabschiedet. Agnes war blond und hübsch geworden, wimmelte aber alle Annäherungsversuche ab. Und davon gab es mehr als genug.

Die Jungs um Palle und Poul hatten ihr nach dem ersten Winter, in dem sie trotz zweier Schulfeste keinem ihrer Bewunderer auch nur einen Tanz gewährt hatte, den Spitznamen *Schneekönigin* gegeben.

Viggo, der sie mit der Liebe eines Kindes geliebt hatte, seit dem Vormittag, als er sich auf seinem roten Dreirad die Treppe hinabgestürzt hatte, suchte sich auf den Festen andere Mädchen. Nach der Schulweihnachtsfeier teilte er sich auf der dunklen Hintertreppe ein Elephant-Bier mit einem halb verschwommenen Wesen, das den Kopf auf seine Schulter gelegt hatte. Im Augenblick vor dem Kuss sah er den Herpes an ihrer Lippe. Sie fing seinen Blick ein und lächelte ihn an, wie nur Frauen es können, und die Botschaft war unmissverständlich: *Wenn du mich trotzdem küsst, kannst du alles von mir haben.*

Er küsste sie und bekam alles, was sie ihm in Aussicht gestellt hatte, inklusive eines Ausschlages, der seine halbe Oberlippe entstellte und ihm fast drei Wochen erhalten blieb. Er trug es mit Fassung. Zu der Zeit war eine solche Verunstaltung fast so etwas wie ein Adelsprädikat, der Beweis, dass man geknutscht hatte – wenn nicht mehr.

Agnes hatte gegen Ende des Festes mit Ove und Verner zusammen auf einer Bank auf dem Schulhof gesessen. Sie entfernte sich selten von ihren zwei Beschützern, wenn die anderen Jungs besoffen waren. Ove saß stumm und fröstelnd in seiner fransigen Jeansjacke im kalten Abendwind und beneidete Verner, der sich mitten in der Hippiezeit traute, im alten grünen Militärparka rumzulaufen. Agnes trug ihren Secondhand-Afghanenpelz, der nach einem Regenguss mindestens zehn Kilo wog und bis an ihre nackten Zehen reichte. Sie roch oft nach nassem Kamel, aber das machte sie nur noch exotischer und unnahbarer.

Sie war davon überzeugt, dass gleich hinter dem Horizont eine bessere Welt wartete, für deren Materialisierung ein paar Räucherstäbchen oder ein Zug an einem Chillum reichte (sie nahm nie mehr als einen Zug) und vielleicht ein Gitarrensolo von *Electric Ladyland*. Niemand hätte es an diesem kalten Dezemberabend auf dem Schulhof für möglich gehalten, dass sie nur wenige Jahre später all ihre hochfliegenden Visionen gegen den Glauben an einen fordernden und strafenden, auf seinem himmlischen Thron sitzenden Gott eintauschen würde.

Nach dem ersten Jahr am Gymnasium hatte sich ungefähr jeder zweite Schüler in Agnes verliebt, jeden Morgen schlugen ihr die gesammelten Emotionen entgegen, hoben sie empor und trugen sie wie eine Göttin durch die Pforten des alten Schulgebäudes. Hinein und am Nachmittag wieder heraus. Auch Palle kniff bei ihrem Anblick seine auseinanderstehenden hellblauen Augen zusammen wie ein Reptil kurz vor der Attacke – so jedenfalls sah es Verner –, und vielleicht war dies bereits eine Warnung für das, was kurz bevor der ältere Blegman-Bruder im Frühjahr 1973 sein Abitur ablegte, geschah.

Der dritte Jahrgang bereitete sich auf das Examen vor: dänische Novellen von Henrik Pontoppidan, Gedichte von Jørgen Gustava Brandt, deutsche Romane von Heinrich Böll, Gedichte von Byron und Coleridge, die Ilias, Integralgleichungen, das Abstandsgesetz.

Am Wochenende vor dem Endspurt richtete die Schule ihr großes Frühjahrsfest aus – am 28. Jahrestag der Befreiung Dänemarks. Die Schüler legten ihre Bücher beiseite und kamen im Laufe des Abends auf ihren Mofas, ihren Rädern oder zu Fuß in die Schule. Einige wenige wurden von ihren besorgten Eltern im Auto gebracht. Es wurde Mitternacht – vielleicht auch etwas später –, ehe die Lehrer begannen, die Schüler aus dem Festsaal zu fegen und die Türen zu schließen. Weshalb Agnes allein auf ihrer roten Puch Maxi vom Schulhof fuhr, konnte keiner sagen. Genauso wenig, weshalb sie in die falsche Richtung abbog und irgendwann unterwegs stehen blieb.

Vielleicht lag es an den drei Bieren, die sie sonst locker wegsteckte, dass sie auf halber Strecke stehen blieb, das Mofa auf dem Ständer abstellte und zwei, drei Schritte zwischen die Büsche ging, ganz in der Nähe der Brücke, die über den Fluss ins Utterslev-Moor führte.

Warum ausgerechnet dort jemand sie entdeckt oder erwartet hatte, würde immer ein Geheimnis bleiben. Als sie sich vornüber zwischen die Büsche beugte und zwei Finger in den Hals steckte, wurde sie von hinten umgestoßen.

Die Vergewaltigung wurde mit unglaublicher Wut vollzogen, dennoch hinterließ sie außer ein paar Schrammen im Gesicht keine Spuren. Keine Blutergüsse, keine anderen Verletzungen. Sie spürte nur die geballte Wut, sah aber nichts, weil sie sich nicht umdrehen konnte. Erst nach einer gefühlten Ewigkeit war es vorbei...

Am folgenden Tag erwachte sie in ihrem Bett. Irgendwie musste sie nach Hause gekommen sein. Ihr Vater saß auf ihrer Bettkante.

»Ich bin überfallen worden«, traute sie sich zu sagen. Schließlich musste sie etwas sagen, um die Schrammen im Gesicht und die Tränen, die sie nicht zurückhalten konnte, zu erklären.

»Was heißt überfallen?« Als ihr Vater sich über sie beugte, rollte sie sich wie ein Fötus zusammen, nicht aus kindlicher Scheu, sondern weil sein Geruch nach Bier und Mann sie an das erinnerte, was geschehen war.

Er saß lange schweigend da, ehe er sich erhob, ohne die einzige logische Frage zu stellen: *Wer hat dich überfallen?*

Später hatte sie sich Verner anvertraut. Oder genauer: Er war der einzige der Freunde, der sie fragte, was passiert war.

Als sie nicht antwortete, sagte er: »Ist dir gestern auf dem Nachhauseweg etwas zugestoßen?«

Sie hatte ihm schließlich von dem Schatten im Gebüsch erzählt, von dem sie genau wusste, wer es war, obgleich sie es nicht geschafft hatte, sich umzudrehen.

Hätte sie die Schritte früher gehört, wäre vielleicht alles anders gekommen. Es ist eine uralte Wahrheit, dass einem der schlimmste Dämon nichts mehr antun kann, wenn man es schafft, sich zu ihm umzudrehen und seinen unsteten Blick einzufangen. Aber es gibt eine noch ältere Wahrheit, nämlich die, dass dieses Kunststück nur selten gelingt, weil wir furchtsame Wesen sind. Furcht war die einzige Erklärung dafür, dass Adda sich in jener Nacht in dem Gebüsch nicht zur Wehr gesetzt hatte, sondern einfach zusammengebrochen war.

Verner begab sich auf direktem Weg zu Addas Vater und sagte ihm den Namen.

Am dritten Tag erhob Addas Vater sich aus seinem Sessel im Wohnzimmer, sah seine Tochter lange wortlos an und verließ das Haus. Der Mut, den er gesammelt hatte, bestand aus einer Mischung aus Wut und grenzenloser Demütigung, die hätte reichen müssen, um selbst den stärksten Kräften entgegenzutreten. Er überquerte die Maglegårds Allé und begab sich direkt in die Höhle des Patriarchen, stellte sich vor – ich heiße *Persen* –, und dann fiel er wie ein löcheriger Ball in sich zusammen. Adda hatte das vorhergesehen.

Der Arbeiter aus Lauggårds Vænge, der aufrecht auf dem Teppich im Salon der Blegman-Familie hätte stehen und unbeugsam Gerechtigkeit für seine Tochter und alle Generationen nach ihr fordern sollen, verließ seinen Feind als Gedemütigter, Enteigneter, in die Schranken Gewiesener und mit gebeugtem Kopf. Er hatte seine Tochter verraten, seine Kollegen in der Werft, seine abgestürzten Eltern und all die Träume von Gerechtigkeit, an die er sein Leben lang geglaubt hatte.

Der Patriarch verzichtete darauf, ihn zu fressen, ging aber mit ihm nach draußen und stieß ihn durch die Gartenpforte aus seinem Leben. Als Agnes ihren Vater die Straße überqueren sah, wusste sie, dass sie nie mehr ein Wort über das Geschehene sprechen würden. Die Familie in dem gelben Haus hatte erst sie und dann ihren Vater geholt.

Palle Blegmans Mutter hatte kategorisch abgestritten, dass ihr ältester Sohn irgendetwas mit einer Untat diesen Ausmaßes zu tun hatte. Er sei zum fraglichen Zeitpunkt zu Hause gewesen und habe in seinem Bett gelegen, was sie jederzeit bezeugen würde, auch unter Eid. Mit dieser unwiderlegbaren Gegenaussage konfrontiert, war Addas Vater im Salon in dem gelben Haus eingeknickt. Danach hatte es in seiner Welt nur noch die Scham gegeben. Plötzlich stand er im Mittelpunkt eines Skandals und wurde bei der Polizei angezeigt, weil er einem unschuldigen Jungen Ungeheuerliches unterstellt hatte. Es gab Zeitungsberichte, die wiederum zu Tratsch auf der Werft führten, bis die Spirale gnadenlose abwärts in Richtung einer neuen Katastrophe in seiner ohnehin schon zerbrochenen Familie führte.

Verner sammelte Stoff für einen Artikel im *Signal*. Die Zeugen stellten sich allesamt hinter Palle und die Blegman-Familie: Palle hatte Adda niemals in ein Gebüsch gestoßen (sicher war sie einfach nur gestürzt), und ganz bestimmt hatte er keine Vergewaltigung begangen. Und wenn es tatsächlich passiert sein sollte, wieso hatte sie ihn dann nicht angezeigt? Oder sich von einem Arzt untersuchen lassen? Vielleicht war sie ja heimlich in Palle verknallt – wie so viele der älteren Mädchen am Gymnasium – und hatte aus lauter Eifersucht diese finstere und bösartige Geschichte erfunden? Verner zweifelte keine Sekunde an Adda, er sah die Wahrheit in ihren Augen. Aber kein Mitglied des Blegman-Clans wollte mit ihm sprechen, und der Direktor des Gymnasiums untersagte ihm kategorisch, solch nicht fundierte Spekulationen zu drucken. Das wäre das Ende der Zeitung und würde ihn noch dazu sein Abi kosten – und eine Anzeige bei der Polizei würde es auch geben, drohte er. An diesem Punkt war selbst Verner nichts mehr eingefallen.

Irgendwann an einem Sonntagmorgen stand dann aber Adda vor seiner Tür. Wie schon so oft zuvor spazierten sie zusammen ins Moor. Vor der Brücke zeigte sie ruhig auf das Gebüsch am Rand des kleinen Wäldchens auf der anderen Flussseite.

»Da ist es passiert.«

Er machte ein paar Schritte nach vorn, aber sie hielt ihn zurück. »Nicht mal mein Vater...« Sie brach mitten im Satz ab und setzte sich auf den Waldboden. Sie hatte in diesem Moment so zerbrechlich ausgesehen, dass Verner sich vor sie gekniet und seine Hände fest auf ihre Schultern gelegt hatte.

»Was ist mit deinem Vater?«

»Heute Morgen, als er mich geweckt hat. Er hat mich geweckt und gesagt, ich hätte alles kaputtgemacht. Als ob... Ich glaube, er denkt, ich hätte das alles nur erfunden, weil ich Aufmerksamkeit will.« Sie schluchzte in seinen roten Pullover.

Am folgenden Montag gab Verner seine Geschichte einem Jungen aus der 2g zum Korrekturlesen.

Der Junge sah seinen Redakteur ungläubig an, als er den Text gelesen hatte. »Das kannst du doch nicht schreiben.«

»So ist das nun mal mit Fiktion. Das ist eine Novelle. Ein Märchen mit dem Titel *Die Vergewaltigung*. Jede Ähnlichkeit mit lebenden Personen oder Ereignissen ist rein zufällig.«

»Aber alle werden Palle Blegman wiedererkennen.«

»Mag sein, aber da steht kein Name.«

Am ersten Tag nach den Sommerferien teilte der Rektor den Schülern mit, dass die Gymnasiumszeitschrift bedauerlicherweise eingestellt werden müsse. Während der Ferien hätte jemand die Redaktionsräume verwüstet, das Inventar zerschlagen, darunter sämtliche Schreibmaschinen, und den Rest mit Bodenlack übergossen. Ende August zog die Familie Blegman aus dem gelben Haus an der Maglegårds Allé in eine sehr viel größere Villa im Smakkegårdsvej in Gentofte. Palle Blegman begann ein Jurastudium an der Universität, sein kleiner Bruder wechselte aufs Øregård Gymnasium in Hellerup.

Am Ende des Sommers kamen einem die schrecklichen Ereignisse wie ein Albtraum vor, an den niemand mehr erinnert werden wollte.

Noch im selben Herbst nahmen Viggos Großeltern Kurs aufs Ende, eine Reise, die sie an keiner Station zu stoppen versuchten – nicht um ihretwillen, und schon gar nicht für Viggo. Der Tod ihrer Tochter war der Anfang vom Ende gewesen, das war allen drei stummen Anwesenden in den niedrigen Räumen bewusst. Viggos Großvater sah die Standuhr an und konnte nichts mehr mit den Zahlen anfangen. Er starrte aus dem Fenster und wusste nicht, ob Sommer oder Winter war. »Ich erkenne das Wetter nicht mehr!«, sagte er mit verzweifelter Stimme. Er weinte, wenn er im Radio seine Sendung hörte, weil er die Ortsnamen nicht zuordnen konnte und nicht mehr wusste, wo Westdeutschland war, als über den Jahrestag der Morde an den elf israelischen Sportlern bei den Olympischen Spielen in München berichtet wurde.

Wenig später wurde er ins Kreiskrankenhaus Glostrup eingeliefert, im Volksmund Irrenanstalt genannt. Viggo besuchte ihn dort nur ein Mal. Im ersten Moment hatte der verkalkte alte Mann ihn nicht wiedererkannt, aber plötzlich beugte er sich vor und sagte mit tränenerstickter Stimme: »Du bist zurückgekommen? Bist du endlich zurückgekommen?«

Dann begann er zu weinen, Tränen liefen ihm über die Wangen, tropften in einem anhaltenden, nicht enden wollenden Strom auf das weiße Krankenhausbett, und Viggo war klar, dass der sterbende Mann zu guter Letzt Pil wiedergetroffen hatte, auch wenn der Name nicht gefallen war.

Viggo Larssen begriff instinktiv, dass er dieses Missverständnis nicht korrigieren durfte. Ganz tief in seiner Seele wusste er, dass er schuld daran war, dass der Junge aus dem gelben Haus an jenem Tag gestorben war. Ein Leben für ein Leben. So simpel war das. Eine unaufmerksame, verlorene Sekunde für eine andere.

Nach dem Tod des alten Mannes im Winter 1973 ging Viggo in das Schlafzimmer seiner Großeltern und öffnete den Nachtschrank des Großvaters. Er wusste nicht, was er dort suchte. Er hatte einen Zeitpunkt am Vormittag gewählt, an dem seine Großmutter mit dem Bestattungsunternehmer verabredet war. Handgeschriebene Notizen seines Großvaters fand er nicht. Im unteren Fach lag allerdings ein merkwürdig aussehendes Buch, das er noch nie gesehen hatte.

Viggo zog es neugierig heraus. Es war in grünes Leder eingebunden, wenn es denn Leder war, und der Einband hatte dunkle und helle, vermutlich altersbedingte Flecken.

Er klappte das Büchlein an einer zufälligen Stelle auf und stieß auf ein paar Fotos von zwei jungen Männern mit knielangen Hosen in einer eher südländischen als dänischen Landschaft. *Tage und Halfdan. Unterwegs nach Spanien im Frühjahr 1938.*

In der Mitte des Buches – zwischen zwei Seiten über eine Nacht in einer Pension an der spanischen Grenze – lagen ein paar handschriftlich beschriebene Zettel mit kurzen gereimten Versen.

Viggo hatte ein Tagebuch gefunden, verfasst auf einer Reise in den Krieg gegen die Faschisten, der in einer Katastrophe geendet hatte. Er konnte sich nicht erklären, wie das Tagebuch in die Hände seines Großvaters gelangt war. Vielleicht war der Freiheitskämpfer und Spanienfreiwillige Tage ein Freund seines Großvaters gewesen.

Die beiden jungen Burschen hatten in Esbjerg abgelegt, mit Kurs auf Antwerpen, von wo sie sich zu Fuß, auf

Rädern oder in Zügen in Richtung Front bewegt hatten. Irgendwann hatten sich ihre Wege getrennt, und der Tagebuchschreiber war allein weitergegangen.

Viggo blätterte zur letzten Seite weiter. Er saß auf der Bettkante seines Großvaters und las die Zeilen, die sein Leben für immer verändern sollten. Es konnte nicht wahr sein.

Viggo Larssen stemmte sich von der Bettkante hoch und verließ wie in Trance das großelterliche Schlafzimmer. Er hielt das Spanientagebuch in der rechten Hand und schloss die Tür zu seinem eigenen Zimmer mit der linken Hand ab, ehe er die obere Schreibtischschublade aufzog, das Tagebuch seiner Mutter herausnahm und es neben das spanische legte.

Er schlug die letzten Seiten der Bücher auf und verglich die Texte.

Zwischen den Aufzeichnungen lagen mehr als dreißig Jahre. Viggo kam sich vor wie in einem Traum, der merkwürdiger als alles war, was er je erlebt hatte. Er verstand nicht, was er sah und konnte sich keinen logischen Reim darauf machen.

Die zwei Menschen – seine Mutter und der Spanienkämpfer – waren sich nie begegnet. Sie waren zu unterschiedlichen Zeiten Tausende Kilometer voneinander entfernt gestorben. Trotzdem hatten beide einen fast identischen Traum beschrieben, den sie in der letzten Nacht ihres Lebens gehabt hatten...

Und der Traum hatte auf sie beide einen so großen Eindruck gemacht, dass sie ihn gleich nach dem Aufwachen niedergeschrieben hatten.

DER LEUCHTTURM AUF DER LANDSPITZE

Samstag, 10. Januar, früher Nachmittag

Es war der mildeste, aber auch graueste Winter seit Menschengedenken.

Ein paar große schwarze Vögel zogen über den Höllenschlund, als ich allein auf der Bank vor dem Leuchtturm saß, um meine nächsten Schritte zu planen. Der Tod der Witwe war Viggo sehr nahegegangen, daran bestand kein Zweifel. Es war ein Schock für uns beide, der uns auf eine Weise verband, die Viggo noch nicht erfasste. Erst das rätselhafte Verschwinden und dann der unerklärliche Tod der alten Frau im Keller.

Er war mit der Aussicht auf ihren Garten aufgewachsen, er kannte ihre Söhne – vor allem deren schlechte Seiten –, die ganze Blegman-Familie war ein fester Teil der Vergangenheit, die er mit seinen wenigen Freunden teilte. Er hatte ihnen geschrieben, als das Mysterium seinen Lauf nahm, aber bis jetzt hatte nur Teis Hanson geantwortet, was ihn sicher enttäuschte. Nichtsdestotrotz spürte ich, dass seine Rastlosigkeit in irgendeine Form von Handlung münden würde.

Ich nahm wahr, dass er kurz davor war, mich einzuweihen. Ich war neben ihm das einzige menschliche Wesen auf der Landzunge, und ich hatte mich ihm nie aufgedrängt, nie seine Stille gebrochen, ihn nie genötigt, über das zu reden, was ihn zum Einsiedler gemacht hatte.

Ich sah ihn weit entfernt am Strand entlanglaufen. Ein schwarzer Strich in all dem Weiß. Er war wieder einmal auf seinem Weg zum Bavnebjergsklint. In der Schreibmaschine steckte ein angefangener Brief, den ich natürlich längst gelesen hatte. Der kurze Brief war unfertig, mitten im Satz abgebrochen, und auch die Überschrift fehlte. Vielleicht hatte Viggo Larssen sich noch nicht entschieden, wem er diesen Brief schicken sollte.

Oder ob er ihn überhaupt abschicken sollte.

Die wenigen Zeilen würden reichen, um eine psychiatrische Diagnose zu stellen. Er beschrieb die drei Todesfälle, die sein Elternhaus im Abstand weniger Jahre erschüttert hatten, und mir lief ein kalter Schauer über den Rücken. Entweder war er wirklich verrückt, oder er war als junger Mensch tatsächlich mit etwas konfrontiert worden, das er einfach nicht vergessen konnte. Es begann mit dem Tagebuch seiner Mutter und fand seine Fortsetzung im Tagebuch des Spanienfreiwilligen, den sein Großvater gekannt haben musste.

Ich habe nie erfahren, wie es dorthin gekommen ist, aber ich habe dieses Buch neben dem Bett meines Großvaters gefunden. Es muss für ihn von großer Bedeutung gewesen sein, hatte er in seine alte Olympus getippt.

Nach dem Tod des Großvaters war Viggos Großmutter immer mehr in sich zusammengesunken. Die Zeit im Reihenhaus stand still, und Viggos Schulabschluss im Juni 1974 ging unbemerkt an ihr vorbei. Das Land wurde von einer Ölkrise erschüttert und einer Wahl, die alles auf den Kopf stellte, von steigender Arbeitslosigkeit und Depression. In gewisser Weise war der innere Rückzug seiner Großmutter nachvollziehbar. In ihren letzten Monaten saß sie am Sekretär und schrieb Briefe an eine Jugendfreundin, die von allen nur Tante Jenny genannt wurde. *Ich komme einfach nicht mehr mit. Selbst der amerikanische Präsident muss jetzt vielleicht ins Gefängnis, und in allen Ecken dieser Welt herrscht Krieg.*

Dann riss sie sich zusammen und schloss den Brief mit den versöhnlichen Worten: *Ansonsten geht aber alles seinen*

Gang, wenn auch etwas zu ruhig, aber damit muss man in den letzten Jahren seines Lebens wohl zurechtkommen.

Kaum einen Monat später bekam sie Schmerzen in der Seite, die sich auf den Rücken und die Beckenpartie und schließlich den ganzen Körper ausweiteten. Irgendwann stand sie gar nicht mehr aus dem Bett auf.

Doktor Fagerlund überbrachte ihr das ärztliche Todesurteil: *Krebs im ganzen Körper*. Man konnte nichts mehr für sie tun.

Viggo erinnerte sich an ihre letzten, vermutlich als Trost gedachten Worte an ihn: »In gewisser Weise bin ich dankbar – denn ich höre deinen Großvater rufen. Er hat meine Gebete erhört. Jetzt werden wir uns endlich wiedersehen, er braucht mich, und ich brauche ihn.«

Einen Tag vor Heiligabend bekam sie einen Weihnachtsbrief von Tante Jenny, und noch am selben Abend klingelte das Telefon. Viggo nahm den Hörer ab. Es war Jennys jüngerer Bruder. Jenny war gestorben. Sie war friedlich eingeschlafen, gleich nachdem sie Großmutter den Brief geschrieben hatte.

Einen Tag darauf folgte Viggos Großmutter ihrer Freundin nach. Sie lag in ihrem Bett im Schlafzimmer, als der Weihnachtsfriede sich über das Reihenhausviertel senkte. Viggo wollte Doktor Fagerlund den Heiligabend nicht verderben und rief erst am Morgen des ersten Weihnachtstages an. Seine Großmutter lag in ihrer Hälfte des Doppelbettes, die linke Hand über die Mitte auf die andere Hälfte geschoben, wo noch ein Jahr zuvor ihr Mann gelegen hatte.

Die Sanitäter trugen sie in den Krankenwagen.

Anschließend begab Viggo sich wie schon nach dem Tod des Großvaters in das großelterliche Schlafzimmer, setzte sich auf die Bettkante und nahm – fast im Reflex – den letzten Brief von Tante Jenny vom Nachttisch. Vielleicht war es sein sechster Sinn (oder ein siebter, wenn es ihn gibt), denn normalerweise interessierte er sich nicht für das Geschreibe alter Frauen über verstorbene Ehemänner und verlorene Jahre. Tante Jennys Brief endete jedoch mit der Beschreibung eines Traumes. Ihres letzten.

Viggo erstarrte. Es war, als bliebe die Zeit in dem Zimmer seiner Großeltern stehen. Er traute seinen Augen nicht und blieb lange auf dem Bett sitzen.

Der alte Brief lag jetzt neben der Schreibmaschine in der Leuchtturmwärterwohnung. Ich nahm ihn in die Hand und las ihn, und natürlich gab es in den Worten der verstorbenen Frau etwas, das ich wiedererkannte…

Nun saß ich auf der Bank und wartete auf seine Rückkehr vom Steilufer. Ich hatte das Gefühl, am Ende des Weges angekommen zu sein, was meine Beziehung zu dem Mann im Leuchtturm anging. Wir mussten unseren Handel zum Abschluss bringen. Gespürt haben wir das wohl beide.

Ich hatte das Wissen, das er brauchte, aber auch er wusste etwas, das von großer Bedeutung, ja vielleicht sogar gefährlich war.

KAPITEL 13

POLIZEIPRÄSIDIUM

Samstag, 10. Januar, Nachmittag

»Ich verstehe das nicht. Was genau...«

»... will er erreichen?«, brachte Nummer Zwei die zögernd vorgebrachte Frage seines Chefs zu Ende.

»Ja, was will Ove Nilsen, erfahrener Managementguru und Spindoktor, mit einem solchen Brief an uns bewirken?«

»Und warum den Verdacht auf einen alten Freund lenken?«, ergänzte Nummer Zwei.

»Wir könnten etwas Wichtiges übersehen haben.« Kein angenehmer Gedanke. Aber in der Blegman-Affäre waren sie gerade zum Abschuss freigegeben worden. Sie hatten keinen konkreten Verdacht, nicht einmal Vermutungen, und alle Welt um sie herum forderte Taten und Lösungen, Schlussfolgerungen oder wenigstens den Ansatz einer Theorie, was geschehen sein könnte.

»Der Brief, auf den er hinweist...« Nummer Zwei geriet ins Stocken, dabei war die Fortsetzung logisch.

»Ja, das ist echt *creepy*.« Der Mord-Chef griff auf ein Wort zurück, das er sonst nie benutzte, aber kein anderes passte in diesem Zusammenhang so gut.

»Aber nur, weil man ein bisschen verrückt ist, entführt

man noch niemanden oder bringt ihn um. Und was, wenn Ove selbst der Täter ist? Vielleicht lenkt er den Verdacht bewusst auf jemand anderen.«

»Viggo Larssen erwähnt die Witwe nur kurz – und dann beginnt er mit diesen ... Todestheorien ... Warnungen oder wie er es nennt. Das ist schon sehr seltsam.« Der Mord-Chef bediente sich wieder seiner üblichen Worte.

Die Medien hatten am Morgen desselben Tages eine neue Theorie ins Spiel gebracht, die das Leben im Präsidium nicht unbedingt einfacher machte. Sie sprachen die Tatsache an, dass die Blegman-Brüder ein Riesenvermögen erbten, die Heimleitung aber angedeutet habe, es gebe ein Testament, das jetzt nicht aufzufinden sei. Gleich mehrere anonyme Quellen hatten es aber nur wenige Monate zuvor, Ende August oder Anfang September, auf dem Tisch der alten Frau liegen sehen.

Wo war dieses Testament?

Die beiden Brüder konnten darauf keine Antwort geben.

Handelte es sich tatsächlich um eine neues Testament?

Kein Kommentar.

Was beinhaltete es?

Kein Kommentar.

Hatte sie es selbst vernichtet?

Schweigen.

»Wir kommen nicht darum herum. Wir müssen diesen Viggo Larssen besuchen. Anscheinend hat er sich einen *Leuchtturm* als letzten Wohnsitz auserkoren.« Man hörte dem Mord-Chef an, dass er keine großen Ambitionen hatte, diesen Ort zu besuchen.

»Er kennt die Familie. Natürlich liegt das schon lange zurück, aber er war mit den Brüdern zusammen auf dem Gymnasium – jedenfalls ein Jahr lang.«

»Das waren viele.«

»Wenn wir nicht reagieren... Du kennst Leute wie Ove Nilsen, die machen doch gleich...« Nummer Zwei musste seinen Gedanken nicht weiter ausführen. Dem Berater des Pflegeheims war durchaus zuzutrauen, dass er seine Vermutungen publik machte.

Der Mord-Chef nickte. Er nahm den Hörer des roten Telefons ab – die abhörsichere Leitung direkt ins Justizministerium – und rief den Minister an.

Er war in einer Sitzung, doch der Sekretär des Ministers hörte sich das Anliegen des Mord-Chefs trotzdem an und entschied dann, das Risiko einzugehen, die Sitzung zu unterbrechen und einen der berüchtigten Wutanfälle seines Chefs zu riskieren.

Der Mord-Chef kam gleich zur Sache: »Bevor Sie in den Smakkegårdsvej gezogen sind – in Ihrer Kindheit –, haben Sie in Søborg gewohnt und gingen auf das Gladsaxe Gymnasium, nicht wahr? Es hat damals ein paar Artikel über Gewalt gegeben.« Er hörte den tiefen Atemzug des Justizministers durch den Hörer. Der Wutanfall war nicht mehr weit. »Wir müssen uns absichern, dass...«

»... ich keine Feinde habe, das sagten Sie bereits.«

»Dass nicht jemand aus Ihrer Vergangenheit... ein Motiv haben könnte, Ihnen zu schaden.« Es sah dem Mord-Chef gar nicht ähnlich, sich so durch einen Satz zu stammeln.

»Da hätte dieser *Jemand* aber verdammt lange gewartet, meinen Sie nicht auch?«

Das kommt vor, hätte der Polizist beinahe gesagt, hielt sich im letzten Moment aber zurück. »Trotzdem – der eine oder andere aus dieser Zeit könnte für uns interessant sein.«

»Sie wirbeln da aber nicht allen möglichen... *Schmutz* auf!«

»Es wird überhaupt nichts aufgewirbelt werden... was mit der Sache nichts zu tun hat.« Er versuchte möglichst sachlich zu klingen (was nicht seine Stärke war), aber das Groteske an der Ermahnung des Ministers ging ihm nicht aus dem Kopf. Immerhin war er der Mann, der gemeinsam mit seiner Regierung dafür gesorgt hatte, dass die Überwachung der dänischen Bevölkerung weiter fortgeschritten war als jemals zuvor. Telelogging, Mailüberwachung und Kameras an allen öffentlichen Orten. Und dieser Mann empfand Ermittlungen bezüglich seiner Jugend als übergriffig.

»Meinem Bruder wird das nicht gefallen ... keinem von uns gefällt das.« Die Drohung war klar und unverblümt. Ging es nach Poul Blegman, balancierte der Mord-Chef am Abgrund seiner eigenen Entlassung. Wenn er nicht schon am *Point of no return* angelangt war, auf geradem Weg in die Finsternis, aus der keiner der Feinde der Blegman-Dynastie jemals wieder aufgetaucht war.

»Noch eine letzte Sache. Gibt es irgendetwas Neues über das Testament – wissen Sie, wo es ...?«

Die Leitung zum Justizministerium war mit einem Mal tot.

SØBORG BEI KOPENHAGEN

1975–1976

Viggo fing mit dem Studium an.

Er war neunzehn Jahre alt und hatte niemanden mehr.

Es war das Frühjahr 1975.

Das Reihenhaus wurde verkauft und der Bruder seines Großvaters, ehemals Vizedirektor bei FL Smith, besorgte ihm eine Dreizimmerwohnung in der Læssøesgade in Kopenhagen.

Er nahm einige der Möbel seiner Großeltern mit, was er darüber hinaus brauchte, kaufte er sich bei einem der zahlreichen Gebrauchtwarenhändler in der Ryesgade.

Die Parterrewohnung hatte etwas von einem Museum. Eine gutbürgerliche Wohnung aus einer entschwundenen Zeit. Im Sekretär seiner Großeltern bewahrte er seine Schätze auf: die drei Tagebücher seiner Mutter, das spanische Tagebuch, das er in der Nachttischschublade seines Großvaters gefunden hatte und den Brief der Freundin seiner Großmutter, Tante Jenny.

Zu diesem Zeitpunkt wusste er noch nicht, auf was er gestoßen war. Er ahnte allerdings, dass diese Entdeckung jeden erschüttern würde – auch Menschen ohne Tics oder Besonderheiten, wie er sie hatte. Schließlich ging es um den Tod. Er war über etwas gestolpert, das er nicht hätte sehen sollen. Da war er sich ganz sicher. Die Wahrscheinlichkeit oder das Risiko, dass so etwas geschah, ging gegen null. Und trotzdem war genau das eingetroffen. Die Zeichen und Vorwarnungen waren nicht misszuverstehen. Die Beschreibungen in den drei örtlich und zeitlich klar getrennten Dokumenten waren so offensichtlich und eindeutig, dass er sie nicht ignorieren konnte.

Natürlich überlegte er, ob dies auch wieder nur einer der seltsamen Zufälle war, die sein Leben begleiteten und die nichts mit der Welt um ihn herum zu tun hatten. Andererseits schien das, was seine Schätze andeuteten, schon seit Jahrhunderten Gültigkeit zu haben, seit vielen Generationen, ohne dass dies je von irgendjemandem bemerkt worden wäre.

Für die Entdeckung dieses Zusammenhangs bedurfte es eines Zufalls. Und genau der war jetzt eingetroffen.

Natürlich hätte das Muster, das er entdeckt hatte, noch ein paar Jahrhunderte unentdeckt bleiben können. Denn selbst wenn jemand darauf aufmerksam wurde, hieß das ja nicht automatisch, dass derjenige der Sache nachging, statt sie als Zufall oder ein Produkt seiner Fantasie abzutun. Es lag in Viggos Macht, seine Entdeckung weiterhin geheim zu halten, und diese Erkenntnis war für ihn sehr beunruhigend. Ging er zu früh damit an die Öffentlichkeit, würde das eine Katastrophe auslösen, doch wenn er zu lange wartete oder nichts unternahm, konnte dasselbe geschehen. Es war genau wie damals, als sein Großvater das Haus verlassen hatte, um zum letzten Mal in ein Auto zu steigen. Eine Sekunde früher – oder später – und alles wäre anders gewesen.

Viggo bekam Besuch von Verner, der im Juni seine Aufnahmeprüfung an der Journalistenschule in Aarhus hatte. Teis hatte ein Medizinstudium begonnen, und Ove war an der Kunsthandwerksschule am H.C. Andersens Boulevard aufgenommen worden. Natürlich nicht im künstlerischen Zweig, sondern im Bereich Werbung.

Vielleicht träumte Viggo in diesen Monaten von Agnes, aber sie besuchte ihn nie, und er wagte es nicht, sie anzurufen. Laut Ove und Verner war sie an der theologischen Fakultät der Universität Kopenhagen aufgenommen worden. Vielleicht wollte sie ja Religionslehrerin werden. Keiner von ihnen kam auf den Gedanken, dass sie Pastorin werden wollte.

In den folgenden Monaten lebte Viggo von dem Geld, das er geerbt hatte. Er unternahm nicht viel, ging in Nørrebro spazieren, las und sah fern.

In der Zentralbibliothek, die damals noch am Kultorvet lag, lieh er sich aus, was er über den Spanischen Bürgerkrieg finden konnte. Des Weiteren bestellte er historische und philosophische Werke über den Tod, ohne dass ihn das einer Lösung seines Rätsels näher brachte.

Das Buch *Der kleine Prinz*, das auch mit dem Tod endete – sogar durch die eigene Hand –, lag damals schon auf seinem Nachtschränkchen. Er las nur selten darin, aber der symbolische Schluss des Buches stellte für ihn eine eindeutige Verbindung zu den Papieren in seinem Sekretär dar.

An einem Nachmittag im April 1975 – es war der Tag, an dem der Vietnamkrieg in einem gewaltigen Chaos flüchtender Zivilisten und Soldaten zu Ende ging – las er das ganze Buch noch einmal von vorn bis hinten, besonders die von seiner Mutter unterstrichenen Zitate:

Weißt du... meine Blume... Ich bin für sie verantwortlich! Und sie ist so schwach! Und sie ist so einfältig. Sie hat vier Dornen, die sie nicht gegen die Welt schützen können...

Er war fast sicher, dass dieser kurze Abschnitt auf ihr eigenes Leben hindeutete. Ihr Leben im Reihenhaus in Søborg.

Als hätte so eine halb welke, lebensmüde Rose jemals das Recht gehabt, in ihrem fruchtbaren Garten zu stehen.

Wenn ihre Mutter ihm damals wirklich etwas hatte sagen wollen, warum dann durch ihre Begeisterung für diese kleine Figur mit den gelben, struppigen Haaren und einer Schar blauer Vögel an einer langen Schnur? Einem Jungen, der sich am Ende selbst das Leben nahm und allem den Rücken kehrte, das er so liebte.

Seine Großmutter hatte immer gesagt, dass Selbstmord in den Augen Gottes die größte aller nur denkbaren Sünden sei.

Wieso gab es davon plötzlich eine Ausnahme?

Viggo Larssen wurde im Sommer 1976 an der Journalistenschule in Aarhus angenommen. Verner rief ihn aus einer der Telefonzellen in der Uni an und gratulierte ihm. Wenige Tage später stieß er im wahrsten Sinne des Wortes gleich hinter der Bibliothek in der Købmagergade auf Agnes. Im

Nachhinein erinnerte er sich nur noch an das irritierende Detail, dass sie mit Ove zusammengezogen war, den er ewig schon nicht mehr gesehen hatte.

»Wir wollen uns verloben«, hatte sie strahlend gesagt. »Er studiert Marketing und Werbung«, hatte sie mit Stolz in der Stimme hinzugefügt.

Eine Theologin zusammen mit einem Reklamemann, hatte Viggo gedacht. Das Schwebende, Träumende, zusammen mit knallhart kalkulierendem Materialismus, dachte er, und für einen Moment wurde ihm bei diesem Gedanken ganz flau, weil er aus Gefühlen entsprang, die so gar nicht typisch für ihn waren: Neid und Eifersucht. Er empfand eine jähe Trauer und Einsamkeit, als hätte er jemanden verloren, von dem er geglaubt hatte, ihn niemals verlieren zu können. Er fuhr mit dem Fahrrad nach Hause und lag den Rest des Tages weinend auf seinem Bett. Er war zwanzig Jahre alt, hatte mehr Dämonen gesehen als irgendwer sonst und sie alle mit würdevoller Stille ertragen. Natürlich hatte er noch immer seine Rituale, wenn er allein war, schaltete das Licht über seinem Bett auf die richtige Weise aus, vermied es morgens, sich im Spiegel anzusehen, röchelte tief hinten im Rachen und stellte den Wecker neben seinem Bett immer wieder neu und betete zum Gott seiner Großmutter.

Die meisten hätten ihn für verrückt gehalten, hätten sie auch nur geahnt, was in ihm vorging.

OVE AUS SØBORG

Samstag, 10. Januar, Abend

Ove Nilsen hatte die Füße auf das Eisbärenfell gestellt und genoss die Aussicht über das Meer und den Wald. Der Abend war hell und sternenklar.

Trotzdem machte er sich Sorgen.

Agnes war in den letzten Tagen sehr abwesend gewesen, und nur der in allen Medien aufgeblasene Niedergang der Blegman-Königin holte sie ab und zu in die Wirklichkeit zurück. Sie hatten über die Tragödie der beiden Minister gesprochen, und sie hatte auf die Neuigkeiten ohne das Mitgefühl reagiert, das sie als Pastorin sonst auszeichnete: »Dann wissen Sie jetzt, wie es sich anfühlt, etwas zu verlieren.« Beinahe schadenfroh hatte sie geklungen, und ihre Augen hatten bei diesem Satz unergründlich geleuchtet.

Natürlich kannte er ihre Wut, obwohl sie nie mehr über den Überfall gesprochen hatten – nicht einmal, als die beiden Brüder in die Politik gegangen und in den Achtzigern in der Partei aufgestiegen waren. Später waren sie Abgeordnete geworden, Oppositionsführer und im neuen Jahrtausend Minister, bis einer von ihnen schließlich in das höchste aller Staatsämter gewählt wurde. Doch alle Macht würde ihnen nicht helfen, ihre Mutter zurückzubekommen.

Über den Dämon, der sie nun an die Gymnasialzeit und an den totgeschwiegenen Überfall erinnerte, hatte Ove keine Kontrolle. Der Vorfall hatte sich für immer in ihre Seele eingebrannt. Und obgleich er das alles auf beinahe akademische Weise verstand, spürte er eine Wut, die er um keinen Preis zeigen durfte. Am liebsten würde er sie an den Schultern packen und ihr sagen, dass ihre Gefühle zwischen ihnen standen. Warum war sie nie darüber hinweggekommen?

Er sollte froh sein, dass sie nichts sagte, denn natürlich war das auch nach all den Jahren noch gefährliches Terrain. Sie hatten nie Kinder bekommen, und er wusste, dass sie die Schuld dafür dem Vorfall nach dem Fest gab. Über mehr als zehn Jahre hatten sie versucht, schwanger zu werden. Sie hatten damals sogar Teis aufgesucht, der ihnen einen Platz in einer Privatklinik besorgt hatte, in der mit großem Erfolg künstliche Befruchtungen durchgeführt wurden. Sie hatten viel Geld investiert, immer wieder, bis Agnes die Versuche in den Neunzigern aufgegeben hatte.

Ihr Traum – das größte Geschenk ihres Gottes an die Menschen – war nie in Erfüllung gegangen. Der Sinn des Lebens. Die zwei Brüder hatten Kinder bekommen und sorgsam darauf geachtet, sie von den Medien und der Öffentlichkeit fernzuhalten. Nur einmal war es einem Paparazzo gelungen, sie beim sorglosen Spielen im Garten der Villa zu fotografieren.

Eine Zeitung hatte geschrieben: *Das Oberhaupt der Dynastie ist gefallen – aber neue Generationen sind auf dem Weg.*

Ove und Agnes hatten auch hierüber nicht gesprochen; aber es war fast so, als schrumpfte sie vor seinen Augen. Sie wurde schmaler, zerbrechlicher, schwächer. Sie verbrachte viel Zeit im Garten und auf der kleinen Bank am Waldrand. Ihre Silhouette hob sich hell vor dem blauen Himmel ab. In der Regel saß sie vollkommen reglos da, während Ove sie durch das große Panoramafenster beobachtete, nicht selten mit einem Glas Cognac in der Hand. Vielleicht war sie in diesen Stunden bei ihrem Gott, bei einer Art Vorbesprechung der letzten Visite, aber diesen Gedanken verdrängte er schnell wieder. Sie konnten nicht sterben, nicht mitten im Leben, dafür war es viel zu früh.

Adda hatte ihm einmal von einem *Beerdigungsstalker* erzählt – einem Mann, der zu Beerdigungen vollkommen fremder Menschen ging. Niemand kannte ihn, und er kannte die Toten nicht, er tauchte einfach auf. Sie hatte ihn oft gesehen.

Ove hatte fasziniert zugehört. Er verstand den Mann, sein übermächtiges und allumfassendes Interesse für den Tod.

Genau deshalb steckte in seiner Projektidee ja auch so viel Potenzial.

Verner hatte ihm einmal von einem Mann erzählt, der wegen eines Schreibfehlers in der Todesanzeige seiner Frau total ausgeflippt war. Er war in die Zeitungsredaktion gestürmt, hatte einen Redakteur niedergeschlagen und gerufen: »Niemand buchstabiert den Tod meiner Frau falsch!«

Werden wir nicht alle in jenem Moment falsch buchstabiert, hatte Ove gedacht.

Wie sonst konnte der Tod der Sinn des Lebens sein?

Als er die ersten Ideen zu seinem Pflegekonzept zu Papier brachte, gab er dem Projekt nicht ohne Ironie den Titel *Vorgarten des Todes*. Jetzt – nur zwei Jahre später –, da er so weit war, seinem Meisterstück den letzten Schliff zu geben, hieß es *Der neue Garten Eden* –, ein Konzept, das der Auferstehung einen vollkommen neuen, absolut wirklichkeitsnahen Anstrich gab. Er hatte eine Aktiengesellschaft unter dem englischen Namen *Real Eden Foundation – Immortality Center of Unlimited Life* gegründet und musste über das Fantasievolle, gepaart mit dem Kommerziellen, seiner Idee schmunzeln. Diese beiden Dinge gingen immer Hand in Hand.

Vielleicht trank er manchmal wirklich einen Cognac zu viel ...

Vor mehr als vierzig Jahren war er mit Viggo auf der Beerdigung von dessen Mutter in Søborg gewesen, und schon damals hatte er gedacht, dass er gerne ihre Geschichte hören würde. Von ihr selbst. Warum, hatte er damals nicht gewusst. Sie waren beide noch Kinder gewesen. Jugendliche. Vielleicht hatte es etwas damit zu tun, dass er und Verner und manchmal auch Teis Viggo in diesen Tagen der Trauer heimlich beobachtet hatten. Ganz aus der Nähe und doch gut versteckt.

Waren es die mysteriösen Umstände, unter denen seine Mutter zu Tode gekommen war, die ihn interessiert hatten? Oder weil er spürte, dass Viggo alles für die kleinste Andeutung eines Lebenszeichens gegeben hätte? Für die Möglichkeit einer Wiedervereinigung – einer Fortsetzung des gemeinsamen Lebens.

Es war diese Utopie, die er jetzt möglich machen würde.

Viggos Mutter hatte damals unter einem grauen, anonymen Grabstein gelegen – nur ihr Name und das Datum des Todes waren in den Granit gemeißelt worden, als hätte der Steinmetz sein Werkzeug oder seine Handgelenke schonen wollen. Ein Ort, der niemandem jemals auffallen würde.

Viele Jahre später waren ihm die Bilder vom Friedhof noch einmal in den Sinn gekommen. Er hatte den Stein vor sich gesehen und plötzlich diese Idee im Kopf gehabt. Ohne jede Vorwarnung.

Es war ein Moment *göttlichen Glücks* gewesen, dachte er lächelnd.

Er erinnerte sich an Viggos Faszination für den Tod nach seiner Journalistenausbildung. Sie hatten ihn in der Vestergade getroffen. Agnes hatte noch studiert. Ove war damals schon dabei, seine erste Million als Texter für ein renommiertes Reklamebüro im Zentrum von Kopenhagen zu verdienen. Viggo schrieb für das Graswurzelblatt, das Agnes manchmal mit nach Hause brachte. Viggos Artikel waren leicht zu finden. Er hatte über die Gräber auf dem Westfriedhof geschrieben, eine Pastorin in Vesterbro interviewt und mit drei Frauen gesprochen, deren Kinder im Säuglingsalter gestorben waren. Das war schon fast krankhaft.

1985 hob Viggo gemeinsam mit Verner ein neues Blättchen aus der Taufe: *Die Kinder aus dem Viertel*, das Agnes, vermutlich aus Nostalgie, abonnierte.

Wieder war es leicht, Viggos Spur zu folgen. Er schrieb weiter Artikel und Artikelserien, die irgendwie den Tod thematisierten. Er berichtete über einen Rocker, der in einer Kneipe niedergeschossen worden war, über einen einsamen Mann, der vollkommen alleine gestorben war und über den heroischen Dichter Gustaf Munch-Petersen und die Spanienfreiwilligen der Dreißigerjahre. Im Frühjahr 1986 hatte Viggo in einer amerikanischen Zeitschrift einen Artikel über übernatürliche Geschehnisse gelesen. Es wurde über eine Frau berichtet, die die Auren ihrer Mitmenschen wie ein leuchtendes Feld sehen konnte, und sie behauptete, jede Aura habe eine eigene Farbe, abhängig davon, wie lange ein Mensch noch zu leben habe. 1984 wollte sie von Paris nach New York fliegen. Unmittelbar vor dem Start des Flugzeuges bemerkte sie, dass die Auren aller Passagiere dieselbe Farbe hatten. Ihr war sofort klar, was das bedeutete. Sie versuchte verzweifelt, die Flugbegleiterinnen zu warnen, weil sie überzeugt davon war, dass das Flugzeug abstürzen würde. Das Personal brachte die aufgewühlte Frau aus dem Flugzeug und zurück in den Flughafen Charles de Gaulle. Das Flugzeug hob ohne sie ab und stürzte anderthalb Stunden später in den Atlantik.

Alle Passagiere kamen dabei ums Leben.

Viggo hatte die Fluggesellschaft angerufen, um sich die Episode bestätigen zu lassen, woraufhin diese sich bei Verner, dem Chefredakteur der Zeitung, über Schikane und

Panikmache beschwert hatte. Es hätte diesen Vorfall nie gegeben. Viggo versuchte daraufhin die Frau aufzuspüren, aber sie hatte sich in Luft aufgelöst. Für ihn bestätigte das nur, dass jemand die Wahrheit über den fatalen Absturz geheim halten wollte.

In den Achtzigern konnte man es sich noch erlauben, anders zu sein. Überall wurden Verschwörungen gewittert. Die Linken glaubten, dass ihre Telefone abgehört und sie vom Geheimdienst überwacht wurden. Einige Journalisten bekannter Magazine wurden deshalb mit Nervenzusammenbrüchen oder Paranoia in Kliniken eingeliefert – das gehörte beinahe zum guten Ruf dazu.

Die Geschichte über die hellsichtige Frau ging aber selbst Verner zu weit. Er hatte sich geweigert, den Beitrag zu drucken, und später erzählte er Ove und Adda von Viggos geradezu krankhafter Besessenheit vom Mord an Olof Palme, der 1986 in Stockholm auf offener Straße erschossen worden war. Viggo hatte nach dem Tagebuch von Palme gesucht, das er für ein wichtiges, geheim gehaltenes Puzzlestück in diesem Fall hielt und das möglicherweise alles erklären konnte. Die Ermittlungen hatten ihn in einen fast manischen Zustand versetzt, und zu guter Letzt hatte er sich auf den Weg nach Stockholm gemacht, um die Witwe des Ermordeten aufzusuchen. Er wurde vor Palmes Haus in Gamla Stan von der Polizei aufgegriffen und zurück nach Kopenhagen geschickt, wo Verner nur dank seiner guten Kontakte zu Polizei und Staatsanwaltschaft erreichte, dass Viggo wieder auf freien Fuß gesetzt wurde.

Danach wurde Viggo mit akutem Verfolgungswahn ins Sankt Hans Hospital in Roskilde eingeliefert, wo er eine geraume Zeit blieb. Nach seiner Rückkehr in die Redaktion 1988 ging es rapide bergab. Er arbeitete an einer Artikelserie über ein Phänomen, zu dem er während seines Klinikaufenthaltes recherchiert hatte (er sprach von Todeswarnungen). Unter anderem wollte er dabei den Tod seiner Mutter als Beispiel heranziehen. Verner konnte das nur abwenden, indem er eine investigative Gruppe einrichtete, die auf Basis gründlicher Recherchen die Blegman-Familie, die sich bereits damals zum politisch wichtigsten Faktor des Landes entwickelte, kritisch beleuchten sollte. Viggo Larssen war natürlich dabei, so eine Gelegenheit konnte er sich nicht entgehen lassen.

Die Ausgabe erschien im September 1988 mit der Überschrift: *Eine Sippe von Schlachtern*. Auf den Titel waren sie nach mindestens sechs großen Bier in Sabines Cafeteria in der Teglgårdsstræde gekommen.

Es war eine unerhört persönliche und harte Abrechnung mit einem der mächtigsten Clans des Königreichs. Alle Redaktionen hielten die Luft an. Würden die rebellischen Kollegen von der Anarchozeitung das überleben?

Wenige Tage später erhielten sie die Rechnung. Das Oberhaupt der Blegman-Sippe, Peter Blegman, kippte in seinem Büro in der Bredgade um – Schlaganfall. In der Hand hielt er (laut Aussage seines ältesten Sohnes) die Zeitschrift mit dem vernichtenden Artikel. Von einem Moment auf den anderen schlug die Stimmung um.

Verner und Viggo wurden zu Freiwild erklärt, sie waren zu weit gegangen, hatten sich über alle ethischen und moralischen Regeln hinweggesetzt. Wenige Monate später wurde die Redaktion geschlossen. Der kritische Artikel hatte eine gigantische Kampagne gegen die kleine Zeitschrift losgetreten, die Abonnenten kündigten, die Quellen bekamen Angst, und zu guter Letzt wurde der Redaktion noch der Geldhahn zugedreht. Damit waren sie auch ökonomisch am Ende.

Niemand zweifelte daran, woher der Antrieb für die ebenso heftige wie effektive Reaktion gekommen war.

DER LEUCHTTURM AUF DER LANDSPITZE

Samstag, 10. Januar, Abend

Ich hatte in den Räumen im Leuchtturm kein Manuskript, nicht einen einzigen Artikel oder irgendetwas in der Art aus Viggos Journalistenleben gefunden. Er schien seine Vergangenheit an einer Stelle versteckt zu haben, wo selbst ich sie nicht finden konnte.

Es heißt, der Mensch unterscheide sich durch die Fähigkeit des Denkens vom Tier, aber wie ich das sehe, ist der eigentliche Unterschied ein anderer, nämlich die Fähigkeit zur Empathie, die Veredelung eines eher instinktiven, angeborenen Mitgefühls. Vielleicht war diese Fähigkeit bei ihm ausgeprägter als bei anderen Kindern. Und sie richtete sich hauptsächlich auf seinen Großvater, der früh in seinem Leben innerlich zerbrochen war. Es war eine Falle, aus der es kein Entrinnen gab. Er hatte das Gymnasium und die ersten Journalistenjahre hinter sich, als sein eigener Zerfall begann und die ersten Zusammenbrüche kamen. Er zog sich immer mehr in sich selbst zurück. Im Laufe der Jahre verabschiedete er sich von den Menschen und seinem sozialen Umfeld und entwickelte ein sehr spezielles Verhältnis zum Tod. Vielleicht wäre es besser gewesen, Verner hätte ihm nicht immer wieder unter die Arme gegriffen. Im Grunde genommen war meine größte Sorge, dass Verner sich wieder einmischen könnte. Er war inzwischen ein einflussreicher Redakteur, der Themen zur Debatte stellte, wie kein anderer. Beim Fernsehen gab es keine Empathie, auch wenn die meisten Fernsehleute etwas anderes behaupten würden. Das Fernsehen verfügt nur über die Fähigkeit, Schock, Schrecken, Schadenfreude und Angst zu verbreiten.

Die Begegnung des mächtigen Fernsehmannes mit dem einsamen, kaputten Mann auf der Leuchtturmbank könnte sehr unglücklich für Viggo ausfallen. Ich hatte die Todesanzeigen gesehen mit all den Verstorbenen, für die Viggo sich interessierte. Ich hatte seine Bücher und Mappen mit Artikeln über Nahtoderlebnisse gelesen und die Blätter, die in der Walze seiner alten Olympus steckten.

Natürlich wusste ich sehr viel mehr über ihn, als er ahnte. Ich wusste, dass ihm in den Monaten nach dem Blegman-Porträt und dem jähen Tod ihres Graswurzelblatt einmal mehr sein Freund Verner wieder auf die Beine geholfen hatte. Die meisten seiner Kollegen wurden arbeitslos (ihr Ruf war nicht der beste), viele von ihnen kamen erwartungsgemäß auf den Hund, während Verner Jensen dank seiner sympathischen Ausstrahlung und seiner guten Kontakte eine Stelle als Redaktionsleiter in der Featureabteilung von Danmarks Radio bekam. Er konnte Viggo mitnehmen und in der damals noch existierenden freien Reportagegruppe unterbringen, vermutlich eine der absurdesten Stellen auf dem Erdenrund – und genau deshalb der einzige passende Platz für einen Mann mit Viggos journalistischer Bedächtigkeit und seinen wunderlichen Ideen. In dieser Gruppe konnten die Mitarbeiter ungestört ein halbes Jahr ihre verschrobenen Ideen und abseitigen Lebensgeschichten recherchieren.

Viggo hatte mit einem Beitrag über tödliche Verkehrsunfälle mit Kindern angefangen und mit dem Flugzeugabsturz bei Lockerbie in Schottland weitergemacht. Dazu hatte er Angehörige der Verunglückten aufgesucht. Ansonsten wanderte er, seinen Gedanken nachhängend, durchs Funkhaus.

Er las Bücher von Abenteurern und Eroberern und suchte Kontakt zu mystischen und überirdischen Wesen wie Teufel und Gott, Jesus und Mohammed, mit denen er fiktive

Gespräche führte, die er zu Papier brachte. Eine Zeit lang konversierte er mit einem Wesen, das an den sogenannten Schneemenschen Yeti erinnerte, außerdem sammelte er Material für Berichte über das Ungeheuer von Loch Ness und die Sage von der Quelle der ewigen Jugend, aus denen nie irgendwelche Beiträge wurden. Trotzdem hielt Verner die ganze Zeit eine schützende Hand über ihn.

Er bekam kleine Vorschüsse für neue Ideen und wohnte in der Wohnung in der Læssøesgade, die der Bruder seines Großvaters für ihn gekauft hatte.

Ungefähr zu dieser Zeit wurden Palle und Poul Blegman ins Folketing gewählt, während Teis sich als einer der vielversprechendsten Genforscher des Landes profilierte. Agnes hatte eine Pastorenstelle in Søllerød angetreten, und Ove unterrichtete Powermanagement und Mitarbeiterführung.

Nach dem Tamilenskandal, der 1993 die Regierung stürzte, war der Weg der zwei Blegman-Brüder zur Herrschaft über die Partei geebnet. Ihr Vater war tot. Jetzt waren sie an der Reihe.

Gott hat der stolzen Heiden Wurzel ausgerottet und Demütige an ihre Stätte gepflanzt, wie es im Buch Sirachs in den Apokryphen zu lesen stand – über die Agnes predigte.

Ob dies hier passte, da war ich nicht so sicher.

KAPITEL 14

KANZLEI DES MINISTERPRÄSIDENTEN

Sonntag, 11. Januar, Morgen

»Ich muss dir ... eine Sache erzählen ...«

Die Stimme war so leise und eindringlich, dass der Ministerpräsident kaum verstand, was sein Bruder sagte. Diese Zurückhaltung war völlig untypisch für ihn – besonders, da sie unter vier Augen miteinander sprachen.

Der Staatssekretär des Bären hatte kurz vorher das Büro verlassen. Das unangekündigte und in keinem Terminplan vermerkte Auftauchen des Justizministers hatte den Staatssekretär auf eine Weise irritiert, die er nur schwerlich verbergen konnte. Er hatte gerade die wichtigsten Hauptpunkte eines Krisenplans vorgelegt, die Früchte mehrwöchiger, intensiver Arbeit des Finanzministeriums. Die Beamten hatten ihre Lösungsvorschläge für die Probleme des Landes mit Grafiken und Säulen dargestellt und einen detaillierten Notfallplan verfasst, der eine Taskforce vorsah, die für die Straffung der Bezugsfristen für Arbeitslose sorgen und die ganz Faulen über die Planke gehen lassen sollte, zu noch niedrigeren Sätzen. Schließlich ging es darum, die Finanzkrise mit heiler Haut zu überstehen. »Die eine oder andere Kröte werden wir schlucken müssen«, hatte er gesagt. Es musste mit eiserner Hand regiert werden, und diese eiserne Hand konnte nur Palle Blegman sein – natürlich mit der Unterstützung seiner treuen Untergebenen.

Der Staatssekretär hatte während des gesamten Referates auf dem zweitelegantesten und unbequemsten Stuhl des Büros gesessen und dem Ministerpräsidenten in die Augen geschaut. Er war der einzige Mitarbeiter im gesamten Ministerium, der sich das traute. Die Regierung hatte im Zuge des hektischen Wahlkampfs 2011 viel zu viele Versprechungen gemacht, weshalb die Staatskasse so gut wie leer war. Zur Hölle mit den Arbeitslosen, tönte das Fazit aus dem Finanzministerium – natürlich anders formuliert, aber die meisten dieser antriebslosen Taugenichtse würden dort ja ohnehin landen.

»Überlassen wir die Barmherzigkeit den Pastoren und Sachbearbeitern«, hatte der ehemalige Linkssozialist einen seiner Finanzkollegen zitiert, ehe er mit einem Fingerschnipsen aus dem Büro komplimentiert wurde, weil der Justizminister eintraf.

Poul Blegman ließ sich auf den Stuhl fallen, den der Staatssekretär gerade frei gegeben hatte. Die Sitzfläche war noch unangenehm warm. Palle Blegman sah seinen Bruder fragend an. Ein seltenes Mal sagte er nichts.

»Ich muss dir ... eine Sache erzählen ...«, wiederholte der kleine Bruder des Ministerpräsidenten und senkte den Kopf.

Der Ministerpräsident schwieg noch immer. Ihn irritierte das Wort *Sache*. Man erzählte keine Sachen – Sachen stapelte man auf einen Haufen oder schmiss sie weg, wenn man keine Verwendung mehr für sie hatte. Genau wie politische Ansichten.

»Es geht um Vater.«

»Vater ist tot.« Die Feststellung kam leise, aber wie ein Donnerschuss aus der Hölle.

»Schon. Ich meine, bevor er gestorben ist. Er ist noch einmal zu Bewusstsein gekommen – in der Klinik – vor dem Ende.«

»Das weiß ich.« Palle Blegman verschränkte die Finger seiner riesigen Pranken ineinander. Dass das bei ihm kein Zeichen von Güte oder Frömmigkeit war, wusste niemand besser als sein kleiner Bruder.

»Vater hat etwas gesagt. Er hat etwas erzählt, bevor er gestorben ist. Dass er etwas... Schreckliches getan hat. Wenn auch nicht mit Absicht.«

Die verschränkten Finger des Ministerpräsidenten wurden weiß.

»Er wollte nicht, dass du etwas davon erfährst – um dich zu schützen –, darum hat er es nur Mutter gesagt, und die hat es dann mir erzählt. Du warst bereits für den Posten vorgesehen, den du heute bekleidest, und darum durfte das niemals herauskommen. Aber jetzt, wo alles... wo Mutter auf diese Weise gestorben ist, liegt der Fall ganz anders.«

»Was für ein Fall?«

Poul Blegman brauchte weniger als eine Minute, vornübergebeugt und flüsternd, um den Status quo zusammenzufassen.

Palle Blegman schlug die Hände hart auf die Tischplatte und rief: »Aber das können wir niemandem sagen, selbst wenn... selbst wenn das ein Motiv sein könnte!«

»Er wollte dich schonen, du warst doch designierter... Aber offensichtlich wollte er nicht begraben werden, ohne seine Sünden zu beichten.«

»So viel habe ich auch verstanden!«

»Er wollte nicht riskieren...«

»Aber das könnte bedeuten, dass der Verdacht auf...?«

»Ja«, sagte Poul.

»Du glaubst, es könnte...?« Der Ministerpräsident brach

den Satz vor Nennung des Namens ab, den sie beide im Sinn hatten.

»Ja.«

»Er war schon seltsam, wirklich seltsam.« Der Ministerpräsident schüttelte den Kopf.

»Aber es gibt auch noch eine andere Möglichkeit.« Poul Blegman hatte in diesem Moment etwas von einem Kind, das gerade die härteste Strafe überhaupt erhalten hatte – und trotzdem noch einmal den Mund aufmachte.

»Ja?«

»Wir haben doch diese Zeitschrift geschlossen – als sie über uns geschrieben hat.«

»Hör mal! Das war im letzten Jahrhundert!«

»Ja, aber die Polizei ermittelt gerade im letzten Jahrhundert. Sie vermuten einen Zusammenhang.«

»Die Vergangenheit kann mich mal am Arsch lecken!«

»Sie werden Sachen ausgraben. Sie werden herausfinden, was geschehen ist, auch auf dem Gymnasium, und das ist sehr heikel, weil wir das nicht unter Kontrolle haben.«

Der Bär streckte die Hand vor sich auf der Tischplatte aus, schaute zu seinem Bruder hoch und sagte: »Sehr heikel?«

»Ja.« Poul Blegman verfiel wieder in seine einsilbigen Antworten.

»Was ist sehr heikel?«

»Du hast ein Mädchen geschändet.« Der Justizminister neigte den Kopf wie in Scham, als das eigentümlich altmodische Wort seinen Mund verließ. Es war die Scham über die eigene Courage. Der Ministerpräsident kniff die Augen zusammen und starrte seinen Bruder an, der schlagartig zu einem Gegner, einer Bedrohung geworden war. Poul Blegman war sich vollkommen darüber im Klaren, dass dies der Vorläufer eines gnadenlosen Wutanfalls war, was ihn nicht davon abhielt, bis zum bitteren Ende zu sprechen.

»Sie werden es herausfinden. Schließlich haben die damals in ihrem Scheißblatt darüber geschrieben. Du erinnerst dich doch an diese Novelle. Verner Jensen, die Pest in Person. Er hat geschrieben, dass du…«

Der Ministerpräsident stand so plötzlich auf, dass der Stuhl hinter ihm umkippte. »Ich…«, sagte er. »Ich habe einen Scheißdreck getan!«

Der Justizminister schwieg einen Moment. Dann griff er den Faden mit einer Beharrlichkeit wieder auf, die neu für seinen großen Bruder war. »Das wirklich Interessante ist, dass ihr Mann – ihr späterer Mann – für das Pflegeheim arbeitet. Ove Nilsen. Du erinnerst dich an ihn?«

»Ja.« Der Ministerpräsident hatte den Stuhl wieder aufgestellt und setzte sich. »Wir können mit niemandem über das reden, was du mir gerade erzählt hast«, beschwor er seinen Bruder. »Das darf um Vaters willen niemals dieses Büro verlassen.«

Poul Blegman nickte. »Natürlich. Um Vaters willen.«

Vorrangig aber wohl auch ihretwegen.

POLIZEIPRÄSIDIUM

Sonntag, 11. Januar, Vormittag

Vor ihnen lagen drei vergilbte Zeitungsartikel über Pils Tod. Ihre Ermittler hatten noch ein paar weitere Notizen zu dem tragischen Unglück gefunden. Der Mord-Chef schaute fragend den einzigen Menschen an, dem er vertraute, und Nummer Zwei sprach aus, was er dachte, als wäre das an diesem Punkt der Ermittlungen seine Aufgabe.

»Ja, das ist merkwürdig.«

Der kurze Satz umriss alles, worauf sie im Kielwasser des

Verschwindens und des unaufgeklärten Todes der Witwe gestoßen waren: merkwürdige Ereignisse.

Ein toter Junge in einem gelben Regenmantel. Sie starrten auf die Ausschnitte:

Junge bei tragischem Verkehrsunfall getötet.
Kleiner Junge in Søborg getötet.

Und nicht irgendein Junge, sondern der jüngste Spross des Blegman-Clans. Überfahren von Viggo Larssens Großvater, dem Großvater des Mannes, dem der Managementberater des Pflegeheims verdächtiges Benehmen und ein nahezu krankhaftes Verhältnis zum Tod vorgeworfen hatte.

Die Ermittler hatten die Ausschnitte neben eine alte Ausgabe von *Signal* gelegt, der Schülerzeitung, in der Verner Jensen den Überfall (laut seiner über vierzig Jahre alten Novelle eine Vergewaltigung) auf Agnes beschrieben hatte, die heute mit Ove Nilsen verheiratet war.

»Mir ist schon ganz schwindelig«, sagte Nummer Zwei.

Der Mord-Chef nickte. Seine Gedanken kreisten um merkwürdige Gegenstände, Käfige, Vögel, ein altes Buch – gelbe Zettel, gelbe Stofffetzen, gelbes Haar – und eine Mappe, die nicht leer sein sollte.

»All diese Einzelinformationen sind irgendwie miteinander verwoben, aber wie?«

Sein Chef ließ die Frage unkommentiert.

»Verner Jensen hat den Blegman-Brüdern zu verdanken, dass zwei seiner Zeitungen eingestellt wurden – wie ich es hier lese...«

»Die letzte hatte er zusammen mit Viggo Larssen gegründet.«

»Agnes... die Pastorin...« Nummer Zwei stockte.

Sein Chef vollendete den Gedankengang: »Ja, Agnes ist auch involviert.«

Das Dickicht in den Köpfen der beiden Kriminalbeamten dürfte in diesen Stunden ähnlich undurchdringlich gewesen sein wie der Wildwuchs an der steilen Böschung über der Fußspur des Riesen. Die abgebrochenen Äste und verwischten Spuren eines lange vergangenen Ereignisses lagen direkt vor ihrer Nase, waren aber zu alt, zu verwittert, zu sehr miteinander verwoben... Sie erkannten nicht den Pfad, der dazwischen hindurchführte. Wenn es überhaupt einen gab.

KAPITEL 15

DER LEUCHTTURM AUF DER LANDSPITZE

Sonntag, 11. Januar, Nachmittag

Ich durchquere die Fußspur des Riesen und erreichte den Leuchtturm.

Es war mitten am Nachmittag, Viggo war gerade von seiner täglichen Tour zur Steilküste zurück. Er erinnerte mich an einen Hamster im Laufrad – wobei der Strand das Rad war, das ihn in Gang hielt, tagein, tagaus, unermüdlich. Wenn er stehen blieb, würde auch die Welt stillstehen.

Ich hatte einen Entschluss gefasst.

Neben ihm auf der Bank sitzend, erzählte ich ihm von dem Pflegeheim, von mir selbst und Agnes und der Witwe. Ich erzählte ihm von dem Testament, das die alte Dame so drastisch geändert hatte – von Agnes und mir unterschrieben.

Viggo Larssen saß unbeweglich da. Ich war kurz davor aufzugeben, als er sich mir zuwandte und sagte: »Warum bist du hier?«

Eine logische Frage.

Ich saß lange da, ohne etwas zu sagen, bevor ich mit einer Version der Wahrheit antwortete, die hoffentlich plausibel genug war oder wenigstens ansatzweise glaubwürdig.

»Sie hat in Erwägung gezogen, dir eine... Summe zu hinterlassen, eine Art von Ablass – für die Art, wie ihre Familie die deine behandelt hat. Es war schließlich nicht die Schuld deines Großvaters.«

Ich sah, dass ihn das berührte. Vielleicht wollte er mir ja glauben.

»Außerdem denke ich, dass du sie in gewisser Weise an Pil erinnerst. Ihr wart gar nicht so verschieden.« Ich hielt die Luft an und vermied es, ihn anzusehen. Zumindest das Letzte war wahr.

Er sagte nichts.

»Sie hat mich gebeten, Kontakt zu dir aufzunehmen und...«

»... zu überprüfen, ob ich nicht komplett verrückt bin?«

Das stimmte tatsächlich. Ich nickte.

»Aber dazu ist es jetzt zu spät.«

Wieder nickte ich. »Sie sagen, das Testament wäre verschwunden.«

Ich glaube, er spürte, dass das nur die halbe Wahrheit war, aber mehr konnte ich nicht sagen. Noch nicht.

Er stand auf und nahm unsere Gläser mitsamt der Flasche in die linke Hand.

Ich dachte an Ove, der mit simpler Berechnung die Frau erobert hatte, die Viggo in aller Stille liebte.

Auf seine alten Tage war Ove zu einer Art Vorbote des Todes geworden, der funkelnde Todesanzeigen an senile und altersschwache Greise verkaufte und diese verleitete, ihre Ersparnisse in ein ewiges Leben zu investieren, in ihr ganz persönliches Todesprojekt, das noch lange nach ihrem Abgang Gewinne abwerfen würde. Er hatte einen guten Riecher. Je wichtiger uns die reine Effektivität unseres irdischen Daseins ist, desto manischer verhalten wir uns dem einzigen Detail gegenüber, das wir nicht kontrollieren können und das alles zunichtemacht. Die unentrinnbare Dunkelheit.

Viggo ging hinein und schloss die Tür. Ich war allein.

KOPENHAGEN

2007

Verner hatte Ove Nilsen mit der Modernisierung der verstaubtesten Abteilungen von Danmarks Radio beauftragt – und damit Viggos endgültigen Absturz eingeleitet.

Modernisierung war in den meisten Fällen ein anderer Ausdruck für *Schließung*. Bei der neuen globalen Konkurrenz von Internet und Fernsehkanälen über alle Grenzen hinweg war kein Platz mehr für langsame, von Menschen ausgeführte Prozesse, die Ruhe und ein Sichvertiefen verlangten – *Qualität*. Verflucht sei dieses Wort, dachte Verner Jensen, der für die Entrümpelung des Lizenzkolosses verantwortlich war.

Um die Jahrtausendwende waren die Berater durch die auserwählten Abteilungen gerauscht und hatten mit Beschwörungsformeln wie Umorientierung, Benchmarking, Diskurs, Wissensteilung und Urheberrecht um sich geworfen.

Das Merkwürdige ist, das sich Menschen wie Verner, die die Freundlichkeit in Person sind, am allerbesten für die praktische Umsetzung von Theorien eignen, die alles Gehabte über den Haufen werfen und trotzdem als Wissenschaft durchgehen. Vielleicht, weil Menschen wie er in ihrem tiefsten Innern die Unsicherheit haben, die es dazu braucht.

Die Dokumentationsabteilung – darunter auch die Featuregruppe – wurde zu einem großen Seminar über *Business Product Re-Engineering* zusammengetrommelt. Eigentlich wusste niemand, wofür das tatsächlich stand, es ging jedenfalls darum, Arbeitsprozesse zum Nutzen aller aufzubereiten – mit Oves Hilfe.

»Wir wollen uns auf eine gemeinsame Reise in eine bessere Zukunft begeben. Gemeinsam werden wir wieder die Spitze erobern.« Selbst Leute, die man für intelligent gehalten hätte, wiederholten diese Sätze des Coachs wie ein Mantra. Aber nicht alle spürten den abenteuerlichen Flügelschlag der Geschichte.

Viggo und die übrigen Journalisten wurden für drei Tage in Arbeitsgruppen aufgeteilt, um die fünf Schlüsselbegriffe ihrer Tätigkeit als Journalisten zu ermitteln. Am letzten Tag fasste Ove das mühsam erarbeitete Material zusammen und schrieb die Ergebnisse auf ein Whiteboard, das die ganze Wand bedeckte: *Stärke, Wahrheit, Verantwortung, Mut* und *Moral*. Verner Jensen hatte direkt hinter ihm gestanden und applaudiert.

Als er ein junger Journalist gewesen war, hatte Verners Empathie mehr oder weniger jedes misshandelte Geschöpf auf dieser Erde eingeschlossen, und diesen Idealismus hatte er sich durch die Achtziger und ein Stück in die Neunziger hinein bewahrt – inzwischen war davon nichts mehr übrig.

Er unterschrieb persönlich das Papier, das die Featuregruppe, die so rentabel war wie das eingelöste Flaschenpfand nach einem Abstinenzlertreffen, endgültig abschoss.

Drei Wochen später wurde Viggo neuerlich in die Psychiatrie im Sankt Hans Hospital eingewiesen.

Über ein Jahr blieb er dort, und Verner Jensen war vermutlich der Einzige, der ihn besuchte.

Eines Nachmittags erzählte Viggo Verner von dem letzten Seminar, das Ove Nilsen und sein Heer stromlinienförmiger Berater in Gilleleje abgehalten hatten. Er sprach jedoch nicht von Säulen und Grafiken oder Kurven und Diagrammen, sondern von einer Kursleiterin, die ihm abends bei einem Glas Wein eine merkwürdige Geschichte über den Tod ihres Vaters erzählt hatte. Der Mann hatte Krebs und äußerte den Wunsch, zu Hause zu sterben. Als sie ihn nach seinem Tod abgeholt haben, fand sie unter seinem Kopfkissen ein mit seiner Handschrift beschriebenes Blatt Papier – er hatte sonst so gut wie nie geschrieben.

Viggo hatte am Fenster seines Zimmers gesessen, mit Blick auf den Roskilde-Fjord, und Verner hatte ihm lächelnd zugehört, beruhigt, dass Viggo ihm keine Vorwürfe machte.

Jedenfalls hatte der Vater der Kursleiterin einen eigenartigen Traum zu Papier gebracht, den er in seiner letzten Nacht geträumt hatte, wenige Stunden vor seinem Tod.

»Sie wollte mir später eine Kopie geben, und...« Viggo stockte, offensichtlich aufgewühlt. »Das hat sie tatsächlich getan. Die Notiz...« Er stockte wieder und saß stumm auf seinem Stuhl.

»Ja?«

»Es war der gleiche...«

»Der gleiche... was?« Verner witterte Unrat.

»Der gleiche Traum.«

»Traum?«

»Das Omen.«

In diesem Moment war Verner klar, dass sein Freund komplett wahnsinnig geworden war. Die Absonderlichkeiten seiner Kindheit, seine lebenslange Todesfixierung –, das alles hatte ihm nun endgültig den Verstand vernebelt. Er überzeugte die Ärzte davon, ihn noch ein halbes Jahr einzubehalten.

Jahre später war es wiederum Verner Jensen, der den Beschluss fasste, den er vielleicht schon viel eher hätte fassen sollen.

»Meine Familie stammt aus Røsnæs, ein ziemlich wohlhabender Haufen, wir haben Jahrhunderte auf der Halbinsel gelebt.«

Seine Worte klangen wie der Anfang einer Seeräubergeschichte.

»An der Spitze der Halbinsel steht ein alter Leuchtturm, der momentan leer steht. Ich habe organisiert, dass du zwei Jahre dort wohnen kannst. Wenn du willst, kannst du die Zeit nutzen, alles zu Papier bringen, was du mir erzählt hast. Und vielleicht auch etwas über dich.«

»Über mich?«

»Ja. Ich finde, du solltest versuchen, uns anderen zu erzählen, was dich beschäftigt – und immer schon beschäftigt hat – und was wir alle nicht verstehen. Das wäre sicher gut für dich.«

Das war im Frühjahr 2014 gewesen. Viggo hatte das Angebot angenommen.

KAPITEL 16

DER LEUCHTTURM AN DER LANDSPITZE

Sonntag, 11. Januar, Abend

»Agnes.«

Der Name kam ohne jede Vorwarnung. Wir saßen auf der Bank, zwischen uns Viggos in Bast gebundene Riojaflasche.

Er hielt sein Weinglas mit der linken Hand und ließ den Höllenschlund nicht aus den Augen.

Ich wusste natürlich, von wem er sprach – und hoffte, dass er sich endlich öffnen würde.

»Adda.«

»Ja«, sagte ich, als meinte er mich, obgleich ich die Sehnsucht in seiner Stimme schmerzlich wahrnahm.

»Sie ist nie wieder sie selbst gewesen ... nach der ... nach dem Überfall ...«

Im letzten Augenblick war er vor dem Wort zurückgeschreckt, das ohne Zweifel viel präziser gewesen wäre, aber das er nicht ertrug, auch nach so vielen Jahren noch nicht.

Seit dem Beginn des Blegman-Mysteriums waren zehn Tage vergangen, und ich war mir nicht sicher, ob er seine Jugendfreundin mit in die Erwägungen einbeziehen wollte, die er mit mir teilte. Natürlich konnte ich nicht preisgeben, wie viel ich über Agnes wusste und die Liebe, die sie füreinander empfanden, auch wenn sie nie mehr als nur ein Schatten gewesen war. Mein Wissen darüber teilten nur wenige.

Sie war überfallen worden – um Viggos Wort zu wählen –, und Ove hatte die Chance genutzt, die sich danach geboten hatte. Weil er geduldiger war, berechnender, zielstrebiger, erfolgreicher – und dabei doch so unschuldig und ohne Hintergedanken wirkte. Ich hatte nie verstanden, wie solche komplett unlogischen Dinge geschehen konnten, dabei kannte ich mich ja nun wahrlich mit den seltsamen Launen des Schicksals aus. Es erstaunte mich immer wieder, dass die Muster, die unsere Leben trotz allem bildeten, sich durch winzige, streng genommen unbedeutende Abweichungen so fundamental ändern konnten. Zum Beispiel die Tatsache, dass Viggo die Schuld für Pils Tod wegen einer winzigen Berührung auf sich nahm, deren weitreichende Konsequenzen damals niemand auch nur erahnen konnte. Vielleicht ist es das Geheimnis des Lebens, dass die einzelnen Stolpersteine so klein sind, dass man sie kaum wahrnimmt; aber gerät man durch einen von ihnen ins Trudeln, kommt man nicht mehr auf seinen ursprünglichen Kurs zurück. Wir teilten diesen Gedanken, auch wenn er ihn nicht laut aussprach.

Agnes hatte sich für Ove entschieden, und er erinnerte mich an einen kleinen Jungen, der noch nicht verstanden hatte, wie die Dunkelheit funktionierte und deshalb immer wieder die Hand hineinsteckte.

Aus der Vogelperspektive betrachtet, hätte man in uns zwei Menschen gesehen, die etwas verkrampft, aber doch nah beieinandersaßen. Ohne sich zu berühren. Aber doch gerührt.

Bei zwei schüchternen Menschen kann aus dieser Unsicherheit eine Nähe entstehen, die der verlegenen Verliebtheit Pubertierender zum Verwechseln ähnlich sieht. All die nicht ausgesprochenen Worte, die Träume und Sehnsüchte, die wie gebrochene Rippen in der Brust stechen.

Viggo Larssen sah mich nicht wie andere Männer als Frau, deren Körper sie erobern konnten. Er spürte nur die Ähnlichkeit mit etwas in sich selbst.

Er hatte Agnes wiedergesehen, als Verner ihm das Leben im Leuchtturm angeboten hatte. Das war fast schon symbolisch.

Es war im April 2014 in der Købmagergade, unweit des Rundetårn in Kopenhagen. Sie war dort zusammen mit Ove. Sie hatten voreinander gestanden und keine Worte gefunden, bis er ihnen schließlich erzählt hatte, dass er in den Leuchtturm ziehen wollte, den Verner für ihn organisiert hatte.

Er hielt einen Moment inne, ehe er sich ganz unvermittelt mir zuwandte und sagte: »Ich habe die Blegman-Familie all die Jahre gehasst.« Es versetzte mir einen Stich. Seine Worte kamen so überraschend. Er goss sich nach und übersah – wie immer – mein leeres Glas. Aber das war nicht wichtig.

»Ich bin hierhergezogen, weil ...« Ich wusste, was er sagen wollte. Seine Gründe waren ganz banal.

Er wollte vor den Gedankendämonen weglaufen, die ihn verfolgten. Wollte die Verwundbarkeit seiner Jugendjahre hinter sich lassen – die Einsamkeit und die quälenden Vorahnungen und Omen.

In der Leuchtturmwärterwohnung hatte er sich so spartanisch wie eben möglich eingerichtet, mit einem einfachen Bücherregal, ein paar Tischen, Stühlen und einem Bett. Er war fast zur Ruhe gekommen. Und dann hatte er an Silvester, als er sich nach unten gebeugt hatte, um seine heruntergefallene Brille aufzuheben, hinter einem losen Ziegelstein das – wie er es später genannt hatte – siebte Omen gefunden. Der Stein hatte sich altersschwach von den anderen gelöst und Viggos Neugier geweckt. So war das Schiffslogbuch des alten färöischen Steuermanns in seine Hände geraten und hatte die Furcht aufs Neue geweckt.

Ich sah es in seinen Augen.

Er war in den Leuchtturm auf der Landspitze gezogen, um alles hinter sich zu lassen, um nachdenken zu können, um zu schreiben und endlich zur Ruhe zu kommen. Die Angst vor den Omen war mit der Zeit tatsächlich schwächer geworden, und es war ihm gelungen, sie als etwas Unabänderliches zu akzeptieren – bis dann die Witwe in Kopenhagen verschwunden war.

Er hielt das alte Logbuch in der Hand. Der Text glich den anderen. So seltsam konnte kein Schicksal, kein Gott die Welt einrichten.

Nach dem Fund hatte er begonnen, die Briefe zu schreiben – als einen letzten Hilfeschrei.

»Ich habe Briefe an meine alten Freunde aus Søborg geschrieben ... an Ove, Teis und Verner. Sie sind die Einzigen, denen ich wage, mich anzuvertrauen. Nur einer von ihnen hat geantwortet, er schlägt ein Treffen vor.«

Damit hatte ich gerechnet. Teis konnte eine so gewaltige Verschwörungstheorie nicht unbeachtet an der Westspitze Seelands liegen lassen. Nicht in den Händen eines Amateurs wie Viggo.

Viggo kniff in der plötzlichen Windböe, die vom Höllenschlund herüberwehte, die graublauen Augen zusammen.

Ich nutzte die Pause. »Warum nicht auch Agnes ...?«

Er sah mich an. »Agnes wohnt mit Ove ...«

»Aber sie hat doch ...« Ich stockte. Ove hatte ihr den Brief bestimmt gezeigt. Trotzdem hatte sie nicht reagiert.

»Ich muss sie alle sehen. Ich muss mit ihnen darüber reden.«

Ich sagte nichts.

Er stand auf, um nach drinnen zu gehen. In der Tür drehte er sich noch einmal um und sagte: »Ich habe mir vorgenommen, sie zu besuchen. Es ist wohl an der Zeit«, er nickte vor sich hin, »eine Reise zu unternehmen.«

Reise. Das Wort klang fremd aus dem Mund des furchtsamen Mannes.

»Ich kann mitkommen«, sagte ich ohne Furcht.

Er sah mich an. Vielleicht zehn Sekunden. Dann schloss er die Tür. Viggo Larssen hatte mich eingeladen, mit ihm zu kommen.

Mein Herz schlug auf eine Weise, die ich ihm sonst nie erlaubte. Mein langes Warten auf den richtigen Zeitpunkt – darauf, ein kleines Stück seines Vertrauens zu gewinnen – hatte endlich gefruchtet. Die Liebe taucht nicht immer auf wie ein unerwarteter Gast, wie es uns die Märchen weismachen wollen. Sie springt nicht vor den Augen der Prinzessin aus der Haut eines Frosches, flüchtet nicht Hals über Kopf, in nur einem Schuh von einem Fest und schläft auch nicht in einem gläsernen Sarg oder versteckt hinter einer Dornenhecke. Jedenfalls nicht immer. Bei Viggo und mir war es eine sehr langsame Affäre, so langsam, dass der sonderbare Mann es noch gar nicht mitbekommen hatte. Es ist in der Wirklichkeit nicht anders als im Märchen, die Frauen wissen immer mehr als die Männer.

Darum wusste ich auch, dass es so nicht bleiben würde, weil in der Welt nichts von Bestand war.

POLIZEIPRÄSIDIUM

Sonntag, 11. Januar, Abend

In Zivil gekleidete Polizisten gingen das ganze Wochenende über in den Wohnvierteln um die Maglegårds Allé, wo Palle und Poul die ersten Jahre ihres Lebens verbracht hatten, von Tür zu Tür. Mit der langsamen Gründlichkeit, als würden sie eine weitläufige Landschaft nach einem winzig kleinen verlorenen Gegenstand absuchen.

Es war altmodische, mühsame Polizeiarbeit, die die Polizisten an die Kriminalromane erinnerte, die sie in ihrer Jugend gelesen hatten. Gab es am Tatort keine vielversprechenden Spuren, ging man in der Nachbarschaft Klinken putzen. In diesem Fall gab es weder Tatort noch Tat, und die ermittelnden Beamten konnten nur auf eine alte gelbe Villa hinweisen, in der die heute mächtigste Familie des Landes vor vielen Jahren gewohnt hatte.

Erinnern Sie sich an irgendetwas, das damals geschehen ist?

Außergewöhnliche Vorfälle oder Ereignisse vor vierzig Jahren?

Wenn die Befragten vor vierzig Jahren überhaupt schon dort gewohnt hatten. Aber diese Anwohner gab es, Søborg war mittlerweile zu einem richtigen Silberhochzeitsvorort geworden. Einige der alten Bewohner gaben sich wirklich Mühe, sich an irgendwelche spannenden Ereignisse zu erinnern oder irgendwelche Beobachtungen, die mit der Blegman-Familie zu tun hatten.

Fünf Anwohner erinnerten sich an den Unfall, der Pil das Leben gekostet hatte. Mit dreien davon hatte die Polizei bereits gesprochen.

Nicht alle erinnerten sich an den Namen des Jungen, aber

die Trauer und die damals kursierenden Gerüchte waren den meisten noch ebenso präsent wie der Zorn der Blegman-Familie auf den Mann, der den Tod des Jungen verschuldet hatte. Zwei alte Frauen aus dem Reihenhausviertel wussten weiter gehende Details, wie den Tod von Viggos Mutter. Sie kannten Viggos Großmutter aus Kindertagen und drückten ihr Bedauern aus, dass die nette Frau so einen Griesgram an ihrer Seite gehabt und ihre Tochter dann auch noch auf so tragische Weise verloren hatte. Eine der beiden wusste noch, dass der Unfall Anfang der Siebziger passiert war.

Der Mord-Chef sah wie ein Boxer nach einem harten Haken aus. Er starrte fieberhaft auf die Abschrift der beiden Zeugenaussagen und die danebenliegenden Zeitungsausschnitte. »Das Datum...« Er schüttelte den Kopf und faltete die Hände, was er sonst nie tat.

Nummer Zwei nickte. »23. Juni 1971.«

Sie hatten in irgendeiner Zeitung über den Unfall gelesen, aber da hatte nur etwas von Mittsommer gestanden.

»In der Johannisnacht, kurz vor Mitternacht. Frau bei Unfall mit Fahrerflucht getötet. Die Tochter des Mannes, der Pil überfahren hatte. Die Mutter von Viggo Larssen...«

»... der die Brüder kannte, als sie noch Kinder waren.«

»Das ist das Datum auf dem Zettel in der Mappe der Witwe!«

»Wir haben das Datum selbstverständlich mit Gentofte in Verbindung gebracht, aber damals wohnten die Blegmans ja noch...«

»... in Søborg.« Nummer Zwei beendete dienstbeflissen den Satz.

»Das haben wir übersehen.«

Nummer Zwei antwortete nicht.

»Und dann das hier«, sagte der Mord-Chef und tippte

auf die Mappe, die zwischen ihnen auf dem Schreibtisch lag. Sie enthielt eine Zusammenfassung der Aussagen der wichtigsten Zeugen aus dem Pflegeheim. Agnes Persen war eine davon. Sie war als Pastorin für das Heim zuständig und kannte die Witwe vermutlich besser als jeder andere, zumindest außerhalb des engsten Familienkreises.

»Persen bestätigt, dass es ein Testament gegeben hat. Sie hat es selbst als Zeugin unterschrieben.«

»Warum zum Teufel haben wir sie nicht gefragt. Die Sache ist doch ganz einfach?« Er fluchte sonst nie.

»Persen sagt, das Testament sei irgendwann 2014 unterschrieben worden – von ihr selbst und einer Nachtschwester. Sie glaubt, dass es am Geburtstag der Königin war, weil Flaggen im Fenster standen und die Alten Kuchen bekommen hatten.«

Der Mord-Chef sah seinen Vize mürrisch an, als hätte der einen schlechten Scherz gemacht. »Das könnte passen. Aber wo ist dieses verdammte Testament jetzt? Die Pastorin beteuert, keine Ahnung zu haben.«

»Und sie weiß nicht, was in dem Testament steht? Sie hat es wirklich nur unterschrieben?«

»Das könnte wichtig sein. Du hast ja gesehen, was für Gesichter die Brüder gemacht haben. Sie haben keine Ahnung, was die Alte zu Papier gebracht hat, und gleichzeitig wissen wir...« Der Mord-Chef zögerte. Nummer Zwei brachte den Satz für ihn zu Ende: »... dass die beiden sich in einer äußerst angespannten finanziellen Situation befinden. Sie leben seit Jahren über ihre Verhältnisse. Seit sie durch die Krise 2008 ihr Vermögen verloren haben. Mussten alles verkaufen, was sich verkaufen ließ. Sie sind vollständig abhängig von dem Erbe.«

Der Mord-Chef nickte. Präziser hätte er es nicht formulieren können.

»Wir müssen diese Nachtschwester finden. Sie hat mehr als vier Jahre im Heim gearbeitet, wohnte in einer kleinen Wohnung im Keller des Nachbargebäudes. Ungewöhnlich, aber nicht gegen das Gesetz. Laut der Heimleitung hat sie letztes Jahr am 1. September überraschend gekündigt und ist nach Røsnæs gezogen.«

»Da stimmt was nicht.«

»Wegen der Kündigung?«

»Nein, wegen Røsnæs.«

»Røsnæs?«

»Ja, ich meine, von dort kam doch der Brief, den Ove bekommen hat.« Der Mord-Chef richtete sich zu voller Größe auf. »Von Viggo Larssen aus Røsnæs.«

Nummer Zwei starrte seinen Chef an. Irgendetwas stimmte da wirklich ganz und gar nicht.

TEIL IV

DIE REISE

KAPITEL 17

VERNER AUS SØBORG

Montag, 12. Januar, Nachmittag

Am zweiten Montag im Januar machten wir uns auf den Weg. Fünf Tage, nachdem die Witwe tot im Keller des Pflegeheims gefunden worden war.

Ich hatte nicht zu hoffen gewagt, dass er mich fragen würde – aber das tat er –, und ich hatte ohne Zögern zugesagt. Die Einladung machte mich glücklicher, als ich mich seit vielen Jahren gefühlt hatte.

Natürlich grübelte ich darüber nach, warum er mich auf die Reise mitnahm, und die einzige Erklärung, die ich finden konnte, war ziemlich simpel, aber vermutlich nicht erschöpfend. Viggo Larssen brauchte aus verschiedenen Gründen Unterstützung. Ich dachte an uns als zwei einander fremde Vögel, die beide ihr sicheres Nest verließen, um über das Meer in unbekannte Breiten zu fliegen – und musste über das wahnsinnige Klischee lächeln.

Die Villa war riesig, aber Verner Jensen konnte sich die vielen Quadratmeter und Zimmer leisten, nachdem er das journalistische Pfadfinderkostüm seiner Jugend abgelegt und einen festen Job angenommen hatte.

Seine anarchischen Graswurzelideale hatte er am Gammel Torv in Kopenhagen zurückgelassen (wo die letzten Mitarbeiter des gekenterten Magazins ihr Abschiedsbier getrunken hatten). Danach war er mit einem Taxi in die TV-Stadt gefahren, um seinen Aufstieg an die Spitze der verwinkelten Machthierarchie von Danmarks Radio anzutreten. Es gab Chefs und Vizechefs für alle nur denkbaren Verantwortlichkeitsbereiche, und in diesem Labyrinth erwies sich Verner als perfekter Navigator. Umgänglich und effektiv zugleich.

Die Villa stand in Frederiksberg, in einer Seitenstraße vom Gammel Kongevej. Verner Jensen war nicht verheiratet, hatte aber zwei Kinder aus einer früheren Ehe. Er empfing uns im roten Pullover, fast als wäre die Zeit stehen geblieben. Wir saßen auf einem großen blauen Samtsofa mit Aussicht auf die Birken in seinem Garten.

Verner Jensen sah Viggo Larssen an und sagte: »Du warst mit Sicherheit der letzte Idealist – der letzte von uns allen. Aber die Politiker haben Einsparungen verlangt, Outsourcing. Am liebsten hätten sie den Laden dichtgemacht. Das zumindest konnten wir verhindern. Wie du weißt... Die Featuregruppe war der letzte Brocken, den wir ihnen hingeworfen haben.«

Viggo Larssen nippte an einem Glas Saft von handverlesenen fünischen Bioäpfeln. Zu dem Thema, das Verner gerade abhandelte, hätte er vermutlich lieber seinen Rioja getrunken.

»Die Blegman-Brüder haben damals unglaublich Druck ausgeübt. Sie waren besessen von dem Gedanken, uns zu schaden, und leider reichten ihre Machttentakel bis tief in den Aufsichtsrat hinein. Die Lahmlegung unserer besten Abteilung war ein größerer Triumph für sie, als du dir vorstellen kannst. Die Rache für all die Demütigungen, wie sie sagten, die die roten Lakaien von Danmarks Radio ihnen in den Siebzigern und Achtzigern zugemutet hatten.«

Verner trank einen Schluck aus seinem Glas, und ich folgte seinem Beispiel. Der zimmerwarme Saft schmeckte pappsüß, und es kostete mich ziemliche Überwindung, ihn runterzuschlucken.

»Aber der Journalismus hatte sich natürlich sowieso verändert... Ein Jahr Vorarbeit für eine Stunde Radio oder eine Fernsehdokumentation – das kann sich heute keiner mehr leisten. Zum Glück.«

»Zum Glück?« Viggos Reaktion war spontan. Offensichtlich war er schockiert wegen des Sinneswandels des Freundes in Bezug auf die vielleicht wichtigste Diskussion ihrer Branche: dass das zunehmende Tempo in den immer stärker konkurrierenden Redaktionen jede Chance auf gründliche journalistische Arbeit vereitelte, das Einzige, was die Machthaber wirklich fürchteten. Die Zeit zum Graben, Recherchieren, Nachdenken, war die kostbarste Waffe der Redaktionen. Und diese Waffe steckte jetzt wie das Schwert der Arthussage im Felsen fest, und niemand hatte die Kraft, es wieder herauszuziehen.

Verner stellte sein Glas auf dem Couchtisch ab. Seine Hände waren groß und gepflegt. So war es schon in seiner Jugend gewesen. Kein Mofaöl hatte jemals seine Finger verschmiert, obwohl er Teis die weiß lackierte, nicht wirklich verkehrstaugliche Puch abgekauft hatte. Er beugte sich zu Viggo vor. »Eine gewisse Frische, Viggo, die einem die Dinge etwas dynamischer von der Hand gehen lässt, ist nicht zu unterschätzen. Das war uns damals noch nicht klar. Immer *dran* sein – immer *Erster* sein – kann auch dazu beitragen, die Machthaber am kurzen Zügel zu halten. Dafür müssen wir sorgen. Das ist es, worin wir...«

»...*Weltmeister* sind.« Viggo gab Ove Nilsens alten Werbeslogan in verzerrter Betonung wieder. Auf seiner Unterlippe glänzten ein paar Tropfen des süßen Apfelsaftes. Ihr alter Freund aus Kindertagen war der leitende Berater bei der Ausarbeitung einer »ganz neuen Staatsradiofonie« gewesen, wie sie es den Politikern verkauft hatten.

»Ja, Ove. Das ist lange her. Ich habe gehört, dass die Polizei ihn wegen der Witwe verhört hat. Er arbeitet für das Pflegeheim und kannte die beiden Brüder, nicht nur ihre guten Seiten.«

Viggo sagte nichts.

Verner nippte an seinem Apfelsaft. Ehe wir uns gesetzt hatten, hatte er meine Hand gedrückt und gesagt: »Es freut mich sehr, dass Viggo eine ... Sie kennenzulernen.« Vielleicht war er sich nicht sicher, ob Freundin die richtige Bezeichnung für mich war. Er stellte das Glas ab. »Jeglicher Idealismus ist jedenfalls zugunsten von Kommerz verschwunden. So ist das nun mal.« Den letzten Satz sagte er mit besonderem Nachdruck. »Aber das ist nicht unsere Schuld, sondern die globale Entwicklung.«

Globalität fiel nicht unbedingt in den Interessenbereich des Mannes aus dem Leuchtturm. Viggo Larssen blieb eine Antwort schuldig.

»In gewisser Weise könnte man sagen, dass wir – als Journalisten – drei Mal ausradiert wurden, und zwar von ein und derselben Familie. Mit dem *Signal*, dem Magazin und zu guter Letzt, mit dem erzwungenen Eindampfen der Featuregruppe. Das hat dich den Verstand gekostet.«

Ich sah Viggos alten Freund überrascht an. Das waren harte Worte aus dem Mund eines Mannes, der immer als die Freundlichkeit in Person aufgetreten war und Viggo Larssen auf der gesamten Talfahrt seines Lebens unterstützt hatte. War es möglich, dass Verner trotz ihrer gemeinsamen Vergangenheit einen kleinen, nagenden Verdacht in sich trug bezüglich dessen, was Viggos Rolle in den Ereignissen dieser Tage betraf? Glaubte er womöglich, dass sein alter Freund in irgendeiner Weise...? Ich verbot mir den Gedanken.

»Obwohl auf dem Gymnasium die Beweise fehlten.«

»Dass sie die Schülerzeitung demoliert haben.« Viggos Worte waren nicht als Frage, sondern als Feststellung formuliert.

»Ja. Es konnte nie nachgewiesen werden – dass es Poul und Palle waren.«

Dann sagte er, als wollte er das Thema in eine etwas unverfänglichere Richtung lenken: »Ich konnte Ove zumindest einige seiner verrücktesten Ideen ausreden. Zwischendurch war er wirklich eiskalt. Er wollte, dass wir eine Diskussionssendung aufziehen, in der kein Blatt vor den Mund genommen wird – als Abrechnung mit dem sozialdemokratischen *Heulsusenstaat*, wie er es nannte – *Wohlstandsgejammer, Selbstmitleid* –, er hatte viele Ausdrücke dafür. Die Haltung der Dänen zu Flüchtlingen und Überfremdung.« Verner lächelte. »Ich erinnere mich, wie einer unserer Praktikanten sagte: ›Aber sind die *Gleichheitsprinzipien* für gebürtige Dänen nicht die ganz basalen, tragenden Säulen der Gesellschaft?‹ Ove ist förmlich in die Luft gegangen. Und für ihn war völlig klar, dass alle – auch einkommensschwache Dänen – sich hinter einen Vorschlag stellen würden, solange er Gruppierungen betraf, die auf einer noch tieferen Stufe standen als sie selbst. So sieht sie aus, die Seele unserer Nation.«

Ich starrte die drei Gläser auf dem Couchtisch an – ein leeres und zwei fast volle, die nicht ausgetrunken werden würden.

»Das ging dann doch zu weit. Aber das ist Jahre her. Irgendwann wird es so kommen. Wir sind an einem Punkt...

Wartet nur den bevorstehenden Wahlkampf ab.« Er stand auf und ging aus dem Wohnzimmer. Ich hörte ihn die Treppe ins Obergeschoss hochgehen. Kurz darauf kam er zurück. Er hielt den Brief in der Hand.

»Du hast vor einiger Zeit diesen Brief an mich geschrieben.«

Er legte den Brief auf Viggos Saftglas.

Viggo streckte die Hand danach aus, zögerte und lehnte sich in dem blauen Samtsofa zurück.

»Du reibst dich komplett an diesem Thema auf.« Der Ton in Verners Stimme hatte sich geändert. Von seiner Nachsichtigkeit oder Freundlichkeit war nichts mehr zu spüren. Er schien zu einer lange vorbereiteten und gründlich einstudierten Rede anzusetzen.

»Im Großen und Ganzen dreht sich rund um die Uhr alles um den Tod. Sieh dich doch mal um: Wie viele Todesfälle gibt es an nur einem Tag in den Medien, in Filmen oder Nachrichten – rechne mal nach... Das ist zum Wahnsinnigwerden.«

Er machte eine vielsagende Pause. Ein nicht geringer Teil dieser Nachrichten ging auf sein Konto als Nachrichtenchef bei Danmarks Radio.

Viggo Larssen sagte noch immer nichts. Ich verstand, wieso. Und ich verstand, worauf Verner hinauswollte.

»Letztlich hat der Tod unsere Medien, unsere Welt vollständig okkupiert. Er zieht sich über den gesamten Horizont – durch Unterhaltung, Nachrichten und unser Denken. Wir fürchten, dass das kleinste unvorhergesehene Ereignis die Apokalypse auslösen könnte – was ja auch stimmt. Wir sehen es überall. New York, Paris, Kopenhagen, Terror... Terror allenthalben. Krieg in Syrien, Krieg im Irak, Bootsflüchtlinge, die zu Tausenden ertrinken. Wir aber ziehen den Kopf ein und *betrachten* den Tod aus der Distanz...

und haben ihn vergessen, sobald wir die Glotze ausschalten. Grillen. Shoppen. Sich mit Luxus umgeben.« Verner wischte mit der Hand durch den Raum und übersah zweifellos die etwas bescheideneren Lebensumstände seiner beiden Gäste. »Das ist unsere Art zu *überleben*.«

Viggo Larssen hatte während des ganzen Monologes regungslos dagesessen. Verner schien seinen alten Freund auf das einstimmen zu wollen, was als Nächstes kam. Es musste etwas in dem Brief gestanden haben, das den sonst so erfahrenen Mann unsicher machte – oder zumindest nachdenklich. Ich widerstand der Versuchung, mir den Umschlag zu schnappen und ihn zu öffnen.

Verner Jensen atmete tief ein. »Deine Theorie«, sagte er mit einem Blick auf den Brief, der noch immer auf dem Glas vor Viggo lag, »ist wirklich bemerkenswert. Wenn sie wahr wäre.« Er machte eine Pause. »Aber falls es eine andere Erklärung dafür gibt, werden die Leute glauben, dass...« Jäh wechselte er das Thema. »Wann hat es angefangen?« Das klang wie die ungeduldige Frage eines leicht überforderten Arztes an einen Hypochonder.

Viggo Larssen nahm den Umschlag von dem Glas, machte aber keine Anstalten, ihn zu öffnen, weil er natürlich wusste, was drinstand.

»Wie du weißt, ist mein Großvater wenige Jahre nach meiner Mutter gestorben. Als Erstes habe ich ihren letzten Tagebucheintrag gefunden – über ihren letzten Traum, bevor sie starb – und danach das spanische Tagebuch, wie ich es hier geschrieben habe.« Er legte den Brief neben das Glas auf den Tisch. »Das Merkwürdige war, dass ich auf etwas gestoßen war, das ich wiedererkannte, was ja eigentlich unmöglich ist.«

Verner nickte. Er schien die Hintergrunddetails zu kennen, auf die ich wartete.

»Sie beschrieben den gleichen Traum – mit nahezu den gleichen Formulierungen – unmittelbar vor ihrem Tod. Das traf mich wie ein Schock. Meine Großmutter hatte eine Freundin – Tante Jenny –, da war es das Gleiche. Exakt der gleiche Traum. Das Phänomen ist mir noch einige Mal untergekommen, aber ich beschloss, es irgendwie zu vergessen. Ich habe dein Angebot angenommen und bin auf die Landspitze gezogen. Und vor Kurzem bin ich im Leuchtturm auf die gleiche Beschreibung des Traumes gestoßen – in einem alten Logbuch von einem Schiffbruch.«

»Du schreibst von sieben Beispielen.« Verners Stimme klang vorsichtig. Wie ein Arzt im Augenblick vor der aufklärenden Diagnose: Ihnen fehlt nichts.

»Ja, nach dem Silvesterabend im Leuchtturm waren es sieben. Ich dachte, ich hätte es hinter mir gelassen – und da lag dann das alte Logbuch, versteckt vom ehemaligen Leuchtturmwärter. Und darin war der gleiche Traum beschrieben, und die Beschreibung stand wie bei den anderen auf der allerletzten Seite – *das Todesomen*... Deswegen habe ich euch geschrieben.«

Ich sah, wie der Nachrichtenredakteur sich bei den melodramatischen Worten innerlich krümmte. Aber ich sah auch etwas anderes, einen Funken Neugier, der der Tatsache geschuldet war, dass Verner eben kein Arzt war, sondern der Verkäufer guter Storys. Im größten Medienunternehmen des Landes. Der Wahrheitsgehalt war nicht entscheidend, solange der Inhalt sensationell war.

»Was soll ich machen?« In Viggo Larssens simpler Frage schwang Verzweiflung mit. Im Wohnzimmer herrschte Stille.

Verner Jensen schien nicht zu wissen, was er darauf antworten sollte. Zerstreut trank er Viggos Glas aus. Jetzt war nur noch meins übrig.

»Hast du die Sachen dabei?«

»Nein, die sind sicher versteckt. Im Leuchtturm.«

»Ich muss sie sehen. Sobald ich Zeit habe, besuche ich dich auf Røsnæs. Das ist trotz allem die Wiege meiner Familie...« Verner Jensen lachte, und einen Lidschlag später war auch mein Glas leer. »So ein Ausflug in den ödesten Landstrich dieses öden Landes wird mir guttun!«

IN DER KANZLEI DES MINISTERPRÄSIDENTEN

Dienstag, 13. Januar, Morgen

»Ich muss danach fragen.« Der Mord-Chef stockte, was langsam zur Gewohnheit wurde. »Ich muss wissen, ob einer von Ihnen jemals etwas...« Er hielt eine Sekunde inne. »Ob es irgendwo bei dem, was geschehen ist, so etwas... wie ein Rachemotiv gibt.«

Es befanden sich nur drei Personen im Büro des Ministerpräsidenten: der Polizeichef und die zwei Minister. Nummer Zwei fehlte als Rückendeckung auf dem ihm angestammten Platz hinter seinem Chef.

Der Mord-Chef sah die Blegman-Brüder an. Die zwei mächtigsten Männer des Landes sagten kein Wort. Erhaben saßen sie auf ihren Stühlen, während er einen Platz auf dem niedrigeren Sofa zugewiesen bekommen hatte.

»Es wird sicher nicht allzu viel Zeit in Anspruch nehmen, aber es ist... es könnte... wichtig sein.«

Poul Blegman faltete arrogant die Hände, allein die Bedächtigkeit der Geste verströmte schon Überlegenheit. »Davon gehe ich aus.«

Der Kommissar richtete sich auf dem unbequemen Sofa auf. »Ich habe einen Hinweis bekommen, der möglicherweise bis zurück nach Søborg führt...«

Der Ministerpräsident beugte sich vor und faltete die Hände wie sein Bruder.

»Ein Junge – oder vielmehr ein Mann –, den Sie möglicherweise als Jungen kannten«, fuhr der Mord-Chef fort, »hat sich an die Polizei gewandt – an uns – mit gewissen Informationen. Er verlangt Diskretion, und die habe ich ihm zugesagt. Ich vertraue ihm, habe schon mit ihm zusammengearbeitet. Im Rahmen einer Fernsehserie über unaufgeklärte Mordfälle. Aber er ist kein Sensationsreporter.«

»Eine Mordserie?«, fragte Poul Blegman skeptisch.

»Ja, so in der Art. Er ist Fernsehredakteur. Sein Name ist Verner Jensen.«

Der Name löste eine sichtbare Reaktion bei den beiden mächtigen Männern aus. Die Schultern gingen nach oben, die Augen verengten sich.

»Sie kennen ihn.« Das war keine Frage.

»Er ist auf unser Gymnasium gegangen.«

»Ja, das weiß ich. Aber es waren auch noch andere auf dem Gymnasium, und Verner Jensen meint, es könnte lohnen, sich einige von denen genauer anzusehen.«

Keiner seiner Zuhörer reagierte.

»Es gab damals einen Zwischenfall... ein Mädchen wurde überfallen.«

Poul Blegman nickte. »Ja, aber das waren Verleumdungen. Es gab keine Zeugen und keine Beweise. Wir hatten beide ein Alibi. Eine unschöne Geschichte.« Es bestand kein Zweifel, dass die Brüder auf Fragen zu diesem Gerücht vorbereitet waren. Der Justizminister hatte sein kurzes Plädoyer ganz ohne die übliche Aggression und Herablassung gehalten.

»Dazu werde ich mich nicht äußern. Der Fall ist längst verjährt«, ergänzte Palle Blegman.

»Wenn es überhaupt einen Fall gab – und den gab es nicht.« Die Aggressivität hielt wieder Einzug in Poul Blegmans Stimme.

»Eine junge Frau hat behauptet, überfallen worden zu sein. Sie hat später einen früheren Mitschüler geheiratet – Ove Nilsen.«

»Der Mann hat zu meinem Ministerium gehört.« Der Mimik des Justizministers nach zu urteilen, gehörte das nicht zu seinen besten Erinnerungen.

Der Ministerpräsident mischte sich ein. Er legte die mächtigen Bärenpranken auf die Oberschenkel und türmte sich vor dem Polizeichef auf, obwohl er sich nur auf seinem Stuhl vorbeugte. »Sie wühlen in der Vergangenheit herum. Was zum Teufel ist interessant an einem Liebespaar aus Gymnasiumszeiten?«

»Ich finde zum Beispiel interessant« – der Ermittler lehnte sich im Sofa zurück, um sich der Reichweite des Bären zu entziehen –, »dass beide für das Pflegeheim arbeiten, in dem Ihre Mutter... Das wollen wir... also... genauer untersuchen.«

Die letzte und wichtigste Information, die garantiert einen Wutausbruch ausgelöst hätte, behielt er für sich: das extrem schlechte Verhältnis der Blegman-Brüder zu ihrer Mutter, das sowohl Agnes als auch Ove bezeugt hatten. Agnes hatte obendrein noch ein neues und zweifellos geändertes Testament unterzeichnet.

Die beiden Brüder saßen einen Augenblick schweigend da, dann ergriff der jüngere das Wort. »Und auf diese Verbindung sind Sie erst jetzt gestoßen – nachdem Sie über eine Woche in unserer Vergangenheit gegraben haben. Ich muss schon sagen: Das nenne ich gründliche Polizeiarbeit.«

Der Mord-Chef krümmte sich innerlich unter der berechtigten Beschuldigung des Ministers. Aber die Blamage tat jetzt nichts zur Sache. Sie mussten vorankommen. »So viel dazu. Haben Sie irgendwann einmal Drohungen erhalten ... oder etwas von Ove Nilsen gehört ... oder Agnes ...?«

»Nein.«

Die Antwort war ebenso eindeutig wie einstimmig.

Der Mord-Chef nickte. »Gut. Wir werden in dieser Richtung weiter ermitteln. Vielleicht hat irgendwas sie verleitet. Sie haben ein Motiv. Verner Jensen sagt, dass Ove und Agnes nie Kinder bekommen haben. Vielleicht ist die Idee zur Rache in ihnen aufgekeimt, als sie Ihrer Mutter im Pflegeheim wiederbegegnet sind.«

»Und was haben Kinder mit der Sache zu tun?«

»Im Appartement der alten Dame hängen viele Kinderfotos. Ich nehme an, Fotos ihrer Enkel. Laut Verner glaubt Agnes, dass sie wegen des Überfalls keine Kinder kriegen konnte.«

»Sie werfen uns ... *grobe Gewalt* vor ...« Es klang wie ein Zitat aus einem der gewichtigsten Paragrafen des Strafgesetzbuches. »Wollen Sie uns möglicherweise der *Vergewaltigung* beschuldigen?«

»Das Gerücht gab es damals«, sagte er.

»Das Gerücht hat damals Ihre angeblich so zuverlässige Quelle – Verner Jensen – gestreut, und offensichtlich will er es jetzt wieder zum Leben erwecken.«

Der Mord-Chef sah das Ende seiner Fragenliste gekommen, ihm blieben nur noch wenige Sekunden. Den beiden Brüdern war ihr Ruf offensichtlich sehr viel wichtiger als die Aufklärung des Mordes an ihrer Mutter.

»Viggo Larssen.« Der Mord-Chef sagte nur diese zwei Worte.

»Viggo wer?« Dass der Justizminister genau wusste, wen der Mord-Chef meinte, war an der Art zu hören, wie er den Namen als Frage wiederholte.

»Er lebt in einem Leuchtturm. Sie kennen ihn aus Ihrer Kinderzeit. Er war Ihr Nachbar von gegenüber, an der sogenannten Landstraße des Todes... Sein Großvater hat Ihren kleinen Bruder überfahren.«

Nichts regte sich in dem großen Büro. Die Zeit war stehen geblieben, und das mitten im Zentrum der Macht, in dem die Regierungschefs seit Generationen über das Volk regierten.

»Er hat Besuch bekommen. Vor nicht allzu langer Zeit. Von einer Frau, die ebenfalls in dem Pflegeheim gearbeitet hat, im Nachtdienst. Sie war eine der zwei Unterzeichnerinnen des geänderten Testaments Ihrer Mutter. Jenes Testaments, das verschwunden ist.«

Die beiden Brüder erhoben sich von ihren Wegner-Stühlen, deren filigrane Rahmen simultan ächzten.

»Die zweite Unterzeichnerin war Agnes.«

Der Polizeichef lehnte sich so weit zurück, wie er konnte. In dem Augenblick tat der Bär einen Schritt auf ihn zu, und ein weiteres Mal glaubte der Mann, der die wichtigsten Ermittlungen in der Geschichte des Landes leitete, gleich von dem berühmt-berüchtigten Bärenschlag aus dem Ministerium und seiner Karriere gefegt zu werden.

»Die Nachtwache heißt Malin...«

»Ich scheiß drauf, wie sie heißt – scheiß auf Malin. Finden Sie das Testament und liefern Sie es hier im Büro ab, wenn es existiert. Bei mir. Es gehört mir. Dem Staat.«

Der Mord-Chef ließ den Landesvater nicht aus den Augen. Aber aus dem Augenwinkel registrierte er sehr wohl die Nervosität des Justizministers, ein leichtes Zucken, das seine letzten Worte ausgelöst hatten. Diese private Erbangelegenheit mit dem Staat in Verbindung zu bringen, war gelinde gesagt gewagt. Wenn in dem endgültigen Dokument etwas anderes stand, als die Brüder glaubten, würde man wissen, wer der Mörder war. Oder zumindest, wo man ihn suchen konnte.

Palle Blegman sackte zurück auf seinen hart geprüften Stuhl.

Poul Blegman atmete langsam aus.

Der Mord-Chef hielt den Blicken beider Brüder stand.

Ihre schlussendliche Antwort kam im Chor: »Malin – wir kennen keine Malin.«

Er sah ihnen an, dass sie nicht logen.

Er sah aber auch die Angst in ihren Blicken. Und die sprach sowieso immer die Wahrheit.

TEIS AUS SØBORG

Dienstag, 13. Januar, Vormittag

Er sah aus wie das, was er war: ein weltfremder Wissenschaftler, der uns in gebückter Haltung und mit leichtem Silberblick empfing, als würde unsere bloße Anwesenheit ihm Unwohlsein bereiten. Wachsam wäre vielleicht die passende Beschreibung.

Hätten die Blegman-Brüder nicht ausgerechnet an seinem Institut auf Teufel komm raus gespart, wäre er vielleicht etwas weniger gebeugt gewesen. Die Regierung hatte gefordert, alle seltenen Krankheiten, mit denen er sich beschäftigte, aus dem Universitätsbudget zu streichen. Teis Hanson wurde »nahegelegt«, vorzeitig in Rente zu gehen.

Die großen Hoffnungen, die auf die erste Generation der DNA-Pioniere gesetzt worden waren, wurden auf dem politischen Altar geopfert. Natürlich war er verbittert.

Die Wohnung im dritten Stock in der Gothersgade war trotz der großen Fenster, die auf den Kongens Have rausgingen, eigentümlich dunkel, selbst an diesem sonnigen Vormittag. Wir hatten in dem trostlosen Cabinn übernachtet – jeder in seiner kleinen Mönchszelle, mit Blick auf das alte Funkhaus in der Rosenørns Allé, einen Steinwurf von der früheren Wirkstätte der Featuregruppe entfernt. Ich hatte Viggo Larssen zu dem Gebäude starren sehen, in dem sein unwiederbringlich letzter Zusammenbruch stattgefunden hatte.

Beim Frühstück hatte ich Viggo vorsichtig nach seinem alten Freund Teis befragt, dem pummeligen Jungen aus der Siedlung, der zu guter Letzt Oves Joch abgeschüttelt und ihn vermutlich seitdem nicht mehr gesehen hatte. Im Rückblick, mit dem zeitlichen Abstand von Jahrzehnten, hätte man fast meinen können, der zukünftige Topberater und Konzeptmagier Ove Nilsen habe an dem naiven Teis mit den dicken Oberschenkeln und dem Watschelgang nur trainiert. Teis wiederum hatte sich in die aufregende Welt von DNA-Ketten und Chromosomenentdeckungen zurückgezogen, die die Welt revolutionieren sollten. Heute galt er, wie es diverse Zeitungen unumwunden formulierten, als übergeschnappt. Er war einer Gruppierung von Wissenschaftlern beigetreten, die neben vielen anderen Verschwörungstheorien auch jene pflegten, die besagte, dass die amerikanische Regierung die Zwillingstürme 2001 selbst in die Luft gesprengt hatte, um die Zustimmung für eine Invasion im Ölmekka Irak zu bekommen.

In den Anfängen seiner Karriere hatte Teis einen ganz anderen Ruf genossen. Er war auf mehreren Fachgebieten die Lieblingsquelle der Medien, auch in Bereichen, zu denen er als Forscher eigentlich keinen Zugang hatte.

Heute behauptete Teis Hanson, die wissenschaftliche Wirklichkeit sei fantastischer, als das menschliche Gehirn es sich je vorstellen könnte – das reichte von religiösen Wundern, fliegenden Untertassen, alternativen Behandlungsmethoden bis hin zum ewigen Leben. Unmittelbar nach seinem Rausschmiss aus dem Institut hatte er eine Weile Nahtoderlebnisse studiert, ausgehend von der These, dass der Tod nie wissenschaftlich bewiesen wurde. Er tummelte sich in Bereichen, die von der Stringtheorie und Astrophysik über die Osterinseln und Stonehenge, David Deutschs Viele-Welten-Interpretation der Quantenmechanik, Wurmlöcher, bis zu Zeitreisen und der Einstein-Rosen-Brücke reichten, nicht zu vergessen Schrödingers bedauernswerte Katze, die auf ewig zwischen Tod und Leben schweben musste.

Natürlich hatte Viggo seinen ersten Brief an Teis geschickt. Und eine Antwort bekommen.

»Du hast im Moor geweint.«

Das war nicht die Begrüßung, die wir erwartet hatten.

»Damals, als deine Mutter gestorben ist.«

Teis Hanson, der nicht viel größer als ich war, brachte Kaffee und stellte ihn auf den Esstisch. Von unseren Plätzen am Fenster konnten wir Schloss Rosenborg sehen.

»Du hast über sie geschrieben... in dem Brief«, erklärte er.

Ich schaute mich um, konnte den Umschlag aber nirgends entdecken. Teis wusste den Inhalt vermutlich auswendig.

»Ove und ich haben dich beobachtet. Von der Böschung am Fluss aus. Du kennst ihn ja... Ove war so. Ich glaube, er wurde als Spion geboren. Ich hab ihn seitdem nicht mehr gesehen. Aber man liest ja immer wieder was über ihn. Er ist einer von denen, die anderen ihre Lebensgrundlage entziehen, um sich selber zu bereichern. Ich glaube, er ist sehr reich.«

Ich spürte die aufgestaute Wut in den schnell dahingesagten Sätzen. Im nächsten Augenblick wechselte er das Thema.

»Ich erinnere mich an Adda...«

Viggo sagte noch immer nichts.

»Jetzt sind sie verheiratet... Schon verrückt, was für Wege das Leben nimmt – selbst für Gottes Kinder.«

Das war elegant formuliert, aber auch ein wenig bösartig in Viggos Gesellschaft. Vielleicht hatte er sich in der Kindheit ja doch etwas von Ove abgeguckt.

In gewisser Weise hatte Teis von ihnen allen die dunkelsten Anteile gehabt. In einem klassischen englischen Kriminalroman wäre er der perfekte Mörder. Er kannte die Brüder, der ältere hatte ihn zum Invaliden gemacht, und beide zusammen hatten ihm mit ihren gnadenlosen Einsparungen auf dem Gebiet, das ihm am meisten am Herzen lag, zudem ein aktuelles Motiv gegeben. Ihr Sparmanöver hatte einen Hofnarren aus ihm gemacht, einen Verschwörungstheoretiker, der verhöhnt und verlacht wurde – jetzt nicht nur von ein paar dummen Jungen, sondern von der ganzen Welt.

»Im Studium haben sie mich Gen-Teis genannt«, sagt er und schüttete Milch aus einer angeschlagenen Tasse in seinen Kaffee. »Ich habe nie jemanden kennengelernt, war wohl zu seltsam.«

Ich sah ihn vor meinem inneren Auge vor sich hin murmelnd durch die Korridore der Kopenhagener Universität watscheln.

»Später wurde das Genom sozusagen Allgemeingut. Danach lief es besser. Ich wurde geschätzt. Kam sogar mit einer Frau zusammen... viele Jahre. Aber wir haben niemals Kinder bekommen. Irgendwann ist sie verschwunden.« Er schaute rüber in die Königlichen Gärten, und ich stellte mir vor, dass er sie dort das letzte Mal gesehen hatte, auf der Rasenfläche, während er vergeblich versuchte, sie aufzuhalten. »Ihr Bett steht noch immer hier.«

Was für eine seltsame Aussage. Als wäre das Bett die Brücke zwischen zwei getrennten Welten.

»Sie wollten in die kommerziellen Bereiche investieren. Arzneien gegen Krebs, Alzheimer und so weiter. Die Erforschung seltener genetischer Krankheiten lohnt sich ja nicht wirklich – die Patientengruppen sind einfach nicht groß genug. Mein Spezialgebiet war eine äußerst seltene Lungenkrankheit. Die Pharmaindustrie hatte weit wichtigere Ziele. Mein Feld war schlicht und ergreifend... veraltet.« Er schnipste gegen seine Kaffeetasse. »Veraltet, ist das zu glauben? Das Älteste des gesamten Universums wurde als... veraltet bezeichnet.«

Er lachte.

Das Lachen mancher Menschen ist kaum von Weinen zu unterscheiden.

»Die Polizei hat mich kontaktiert.« Die Feststellung kam genauso abrupt wie das Ende des kurzen Lachens.

Viggo Larssen wiederholte nur die ersten zwei Worte. »Die Polizei?«

»Ja. Wegen der Blegman-Affäre. Damals. Als Palle mich angegriffen hat. Das hat sie sehr interessiert... Als ob das eine Bedeutung hätte. Ich glaube nicht, dass sie wissen, dass er auch meinem Institut den Todesstoß versetzt hat.« Teis schüttelte den Kopf über diese unwissenschaftliche Vorgehensweise der Ermittler. »Sie haben sich auch nach dir erkundigt. Ich habe ihnen nicht gesagt, dass du mir geschrieben hast.«

»Was...?« Ich verstummte. Nicht ich war es, die reden sollte. Aber Teis, der sich bis jetzt nicht für meine Anwesenheit interessiert hatte, antwortete, als hätte ich die Frage zu Ende gesprochen.

»Sie wollten von mir wissen, ob du einen Vogel hast. Na ja, die Formulierung haben sie natürlich nicht gebraucht.

Sie wollten wissen, ob du aus irgendeinem bestimmten Grund auf die Blegman-Brüder fixiert bist. Das habe ich verneint. Dann haben sie gefragt, ob du ein besonderes Verhältnis zum Tod hast. Das fand ich sehr amüsant. Auch das habe ich verneint.«

Viggo reagierte nicht.

»Ich habe Nahtoderlebnisse erforscht – Tod und Leben. Natürlich haben mich als Genforscher immer die basalen Bausteine des Lebens interessiert.« Teis Hansons Stimme hatte einen feierlichen Klang angenommen. »Nichts ist unmöglich, selbst wenn das, was du andeutest, möglicherweise ein wenig« – er suchte nach dem treffenden Wort – »*unglaublich* ist.« Das klang seltsam aus dem Mund des Mannes, der den amerikanischen Präsidenten des Massenmordes an seiner eigenen Bevölkerung verdächtigte. »Es passieren so viele unglaubliche Dinge. Ich bin nur noch nie vorher auf diese Theorie gestoßen – und das ist das Bemerkenswerte. Wenn du recht hast, wenn deine Dokumente echt sind, warum ist dann nicht längst irgendjemand darauf gestoßen – und das vor langer Zeit?«

»Ich verstehe deine Skepsis.« Viggo sprach leise, fast flüsternd. Trotz allem war Teis bei dieser Besuchsrunde seine sicherste Adresse. »Da muss vieles zusammenkommen – wir reden hier schließlich von Zufällen –, und dann muss man eine Antenne für die mysteriösen Zusammenhänge haben und sich dafür interessieren.«

Das war die längste Wortfolge, die Viggo Larssen in der halben Stunde, die wir jetzt hier waren, von sich gegeben hatte.

Teis schnipste wieder gegen seine Tasse.

»Alles ist möglich«, sagte er, halb zu sich selbst. »Aber selbst, wenn deine Theorie stimmt.« Er schaute auf. »Denk dran, dass alles, was stirbt, vielleicht nur in einen anderen

Zustand oder Bereich übergeht. Wir leben in elf Dimensionen oder mehr – sagt die Lehre von Quantenmechanik und Stringtheorie. Und wenn man an die These von Parallelwelten glaubt, was viele führende Physiker der Gegenwart tun, dann leben wir in unendlich vielen Welten, und die, in der wir zwei uns gerade befinden, bildet auch permanent wie sich aufblähender Schaum neue Universen...« Seine Augen leuchteten.

Viggo Larssen sah nicht aus, als verstünde er den Zusammenhang des Gesagten mit den Briefen, die er geschrieben hatte. Ich sah die Enttäuschung in seinem Blick.

»Deine Mutter, diese Tante Jenny, der spanische Widerstandskämpfer, der Steuermann von dem zerschellten Schoner – sie alle sind möglicherweise in eine andere Welt verschwunden, die wir nicht kennen. Das könnte eine Erklärung für einige der Dinge sein, die du zu sehen glaubst. Deine Visionen.«

»Das sind keine Visionen.«

»Träume.«

»Das sind auch nicht meine Träume.«

»Stimmt, weil du dann tot wärst.« Der entthronte Wissenschaftler gab ein verzücktes Kichern von sich, und ich sah am Zucken von Viggos linkem Auge, dass er das Treffen gleich beenden würde. Er war nicht gekommen, um sich auslachen zu lassen. Der Mann, den sie als Kind verspottet hatten und der auf seine alten Tage überall Verschwörungen witterte, nutzte die Chance, einen neu hinzugekommenen, noch größeren Sonderling zu verspotten. Das klassische Verhalten bei Kindern und Erwachsenen, das niemals aus der Mode kam.

»Wie ich dir geschrieben habe, öffnen Wissenschaft und Forschung allen Möglichkeiten die Türen. Laut mancher Theorien gibt es schlicht keine Zeit – Zeit ist eine Illusion –, und wenn es keine Zeit und keine Bewegung gibt, ist der Gedanke das einzig existierende Element, das eine Vorstellung davon in sich trägt, dass man lebt und sich damit von der Geburt zum Tod bewegt. Und die Idee vom Tod ist auch bloß eine Illusion, eine Art *Fata Morgana*, bei der der Tod nur jene erwischt, die sich in dem Gedanken befinden. Wir selbst sterben nicht. Wir sehen andere Menschen sterben, aber uns selbst trifft es nie. Kein Mensch hat je seinen eigenen Tod erlebt, nur den anderer. Vielleicht ist das Ganze wirklich eine Illusion. Wenn die Nahtodkandidaten zurückkehren, sind sie ja eben nicht tot gewesen. Kein wirklich Toter ist je zurückgekommen – darum gibt es keine Zeugen.«

Ich konnte sehen, dass Viggo Larssen längst die Hoffnung auf eine vernünftige Unterhaltung aufgegeben hatte. Selbst ich fand das Gerede des verrückten Wissenschaftlers ziemlich anstrengend.

Teis liebkoste die Tasse mit der Fingerspitze. »Das bedeutet, dass wir allesamt immer und überall sind und waren...«

Viggo schwieg, was mich nicht wunderte.

»Dein Brief bleibt vertraulich, das verspreche ich. Egal was die Polizei und alle anderen... Die können mich mal.«

Daran zweifelte ich keine Sekunde. Und sicher beruhte das auf Gegenseitigkeit. Der Forscher spannte die Finger zu einem Schnipser gegen die leere Tasse.

»Aber ich kann dir leider auch nicht helfen. Du musst selbst losgehen und deine Theorie beweisen. Wenn ich an die Öffentlichkeit gehe und so etwas... Abwegiges sage, kriege ich nie mehr einen Bein auf den Boden. In keinem Forschungsbereich der Welt. Und damit wäre dir kein bisschen weitergeholfen.«

Viggo stand auf, während ich noch zögerte und eine

Sekunde länger sitzen blieb. Mein Blick war auf Teis Hansons fleischige Finger geheftet, und ich wurde nicht enttäuscht.

Dieses Mal war der Schnipser so kräftig, dass die Tasse umkippte.

Wir setzten uns auf eine Bank im Park Kongens Have, die aus Teis' Wohnung nicht zu sehen war.

Ganz automatisch hatten wir uns so hingesetzt, wie wir immer vor dem Leuchtturm saßen. Meine rechte Schulter neben seiner linken. Er hatte stumm den Kopf geschüttelt, jetzt saßen wir schweigend nebeneinander. Inzwischen kannte ich ihn so gut, dass ich wusste, dass Verners und Teis' Kommentare nichts änderten.

Viggo Larssen war im fortgeschrittenen Alter aus seinem Versteck aufgescheucht worden. Der Tod der Witwe und die Blegman-Affäre hatten alte Erinnerungen geweckt und die Träume wieder hervorgeholt. Noch bevor diese Rundreise zu Ende wäre, würde er keine Geheimnisse mehr haben, dachte ich. Natürlich hätten in dem Moment alle Alarmglocken schrillen müssen. Aber das taten sie nicht.

Ich dachte an meine Pflegemutter, deren einziges Verständnis von Leben darin bestand, zu schmieden und zu regieren, dass die Funken nur so aus der Esse spritzen, in der Werkstatt unseres Herrn, während sie versuchte, Gottes Kleinste, Schwächste und Kostbarste zu reparieren. Hätte ihr jemand erzählt, dass es keine Zeit gab und das Leben eine reine Illusion war, hätte sie demjenigen auf die Füße getreten und damit bewiesen, dass das nicht stimmte.

Aber natürlich war der Tod eine irritierende Unterbrechung der großen Reparatur, die in ihren Augen die gemeinsame Aufgabe der ganzen Menschheit darstellte. Diese Überzeugung hätte sie niemals aufgegeben. Alle Hände konnten etwas ausrichten, und manche Reparateure waren zäher als andere. Einige von Gottes beharrlichsten Seelen weigerten sich bis ins Letzte, die Werkstatt zu verlassen, während andere munter die Pfade des Vergessens hinabschritten... »Der Tod, mein Kind, ist in Wirklichkeit vollkommen bedeutungslos, weil wir uns eines Tages nicht einmal mehr erinnern, was es eigentlich war, das wir um Himmelswillen nicht vergessen durften.«

Wenn ich in diesem Augenblick den Mann neben mir auf der Bank berührt haben sollte, war es reiner Zufall, ohne jeden irdischen Hintergedanken. Und er machte keine Anstalten wegzurutschen.

KAPITEL 18

KANZLEI DES MINISTERPRÄSIDENTEN

Mittwoch, 14. Januar, Morgen

Die beiden mächtigsten Männer des Landes saßen alleine in der Kanzlei des Ministerpräsidenten. Ihr mittlerweile umfangreiches Heer an Spindoktoren und Ratgebern hatte das Büro nach der morgendlichen Besprechung bereits wieder verlassen.

Der Staatssekretär mit der weit zurückliegenden sozialistischen Vergangenheit war wie üblich als Letzter gegangen, widerstrebend, als betrachtete er es als persönliche Beleidigung, den Raum verlassen zu müssen. Sein Wesen begehrte noch heute gegen alle Autoritäten auf.

Poul Blegman sah, dass sein Bruder Anstalten machte, wutentbrannt hinter seinem Schreibtisch aufzuspringen, und versuchte ihn zu beruhigen: »Solange niemand irgendetwas gefunden hat, ist doch alles gut. Wir müssen nur warten.«

Der Bär ließ sich wieder auf seinen Stuhl fallen. »Aber wo zum Henker ist es?«

»Wenn es denn überhaupt existiert«, warf der Jüngere ein.

Sein Bruder schüttelte den mächtigen Kopf. »Da bin ich mir sicher, das hat sie uns doch klar zu verstehen gegeben.

Es wird ein neues Testament geben – und darin tauchen wir nicht auf. Vielleicht hat sie die ganze Herrlichkeit ja dem Katzenschutzverein vermacht.«

Ganz sicher nicht, dachte der Justizminister, dafür war ihre Mutter eine viel zu große Vogelliebhaberin gewesen.

»Wir brauchen das komplette Erbe. Sonst ist es aus mit der Dynastie.«

Poul Blegman konnte nur zustimmen. In der Situation, in die sie sich manövriert hatten, brauchten sie das gesamte Familienvermögen. Fehlgeschlagene Investitionen, vorschnelle Immobilienkäufe, die Luxusferien der Kinder, Wetten, Geschenke und Kredite prangten als roten Zahlen auf allen Berechnungen der immer unfreundlicher auftretenden Finanzberater.

»Wenn die rauskriegen...«

»Niemand findet das raus«, beschwichtigte der Justizminister seinen Bruder.

»Kann derjenige, der das gemacht hat, der sie in den Keller gesperrt hat...?«

»Das Testament genommen haben? Ja, das ist möglich.«

»Aber *warum*?«, fauchte der Bär. »Will er uns erpressen?«

»Dann müsste er schon verdammt viel Geduld haben.«

»Vielleicht hat sie es ja bereut – und das neue Testament selbst wieder vernichtet. Vielleicht hat sie uns deshalb gebeten zu kommen?« Der Ministerpräsident griff nach dem letzten Strohhalm.

Poul Blegman schüttelte den Kopf. »Nein, das glaube ich nicht. Sie wollte zuerst mit uns reden. Bestimmt hat es jemand genommen.«

»Und was ist mit der Theorie der Polizei – über Ove und Agnes? Sie arbeiten beide dort, und Agnes hat das Testament als Zeugin unterzeichnet.«

»Aber sie hat es nicht gelesen.« Der Justizminister hielt kurz inne. »Das sagt sie zumindest. Ich sehe da aber keinen Zusammenhang, auch wenn es einen geben muss.«

Die Antwort war nicht gerade beruhigend.

OVE AUS SØBORG

Mittwoch, 14. Januar, Vormittag

Wir waren vom Bahnhof Klampenborg aus zu Fuß gegangen.

Als wir um die Ecke des Hauses bogen, hörten wir ein Geräusch aus dem Garten. Ove Nilsen stand mit gespreizten Beinen zwischen ein paar kleinen Apfelbäumen. Er trug laubgrüne Kleider und einen olivgrünen Hut und hielt einen Bogen in der Hand. Als er einen Pfeil auf die Sehne legte und den Bogen spannte, sah er wie Robin Hood aus. Eine Waldelfe oder irgendein anderes grünes Wesen musste ihn im letzten Moment gewarnt haben, denn er drehte sich langsam um. Ich duckte mich unwillkürlich, worauf er lachend den Bogen senkte.

»Ungebetene Gäste in Sherwood Forest... der Sheriff von Nottingham, noch dazu in Begleitung.«

Weder Viggo noch ich erwiderten sein Lachen.

Er legte den Bogen ins Gras und kam uns entgegen. »Lady Marian.« Er verbeugte sich. »Sie sind also die Freundin vom Leuchtturm, von der Viggo geschrieben hat.« Er reichte mir die Hand, die eben noch die Sehne gespannt hatte. Sie fühlte sich etwas feucht an. War er nervös?

Viggo Larssen wurde ebenfalls mit einem Händedruck begrüßt, wobei Ove ihn prüfend musterte.

Ove war ein verhältnismäßig kleiner, kräftig gebauter

Mann, der irgendwie was Krötiges hatte, dabei nicht unfreundlich war, mit glasblauen, gutgläubigen Augen.

»Agnes ist Pastorin in Søllerød und gerade mit der Vorbereitung der Beerdigung der Witwe beschäftigt. Ihr könnt euch denken, wie viel sie um die Ohren hat«, sagte er, während er ihnen Weißwein aus einer hübschen Kristallkaraffe eingoss.

»Ich kannte mal einen Meinungsforscher am Universitätscenter in Roskilde. Ihr wisst schon, diese alte marxistische Abteilung. Er erforschte die Natur der Einsichten, Einstellungen, Stimmungen und Wünsche, teilte sie in Klassen ein, versuchte, Muster zu erkennen und in sein sozialistisches Weltbild zu pressen, um uns Ungläubige doch noch vom rechten Weg überzeugen zu können. Die Pointe ist, dass er zu guter Letzt selbst nicht mehr davon überzeugt war und Journalist geworden ist.« Der Managementcoach stimmte ein hohes, herzliches Lachen an. Ich sah meinen Freund aus dem Leuchtturm an, um zu sehen, ob er sich provozieren ließ. Es sah nicht danach aus.

Unser Gastgeber schob seinen Sessel zu dem Tisch vor, an dem wir saßen.

»Ich hätte Künstler werden können statt Reklameguru – wenn nicht alles schiefgelaufen wäre.« Er lachte. »Zur Aufnahmeprüfung an der Schule für Kunsthandwerk und Design sollte ich ein paar meiner Arbeiten mitbringen. Ich präsentierte der Aufnahmekommission eine Schwarz-Weiß-Grafik, die eine große Sonnenuhr darstellte, Totenschädel für jede Stunde. Sie wollten wissen, was die Grafik *bedeutete*, was ich mir dabei *gedacht* hätte. Mein Vorbild war damals Salvador Dali, und ich sagte: »*Nichts* – wie in *nichts*.« So wurde es der Reklamezweig.

Er hob sein Glas und prostete uns mit einer Begeisterung zu, die ich nicht durchschaute. Legte er die nur uns zu Ehren an den Tag? Er hatte seine Blaulicht-Konzepte an beinahe alle Firmen des Landes verkauft und auch in der Politik Karriere gemacht.

Er stellte sein Glas zurück auf den Tisch und wandte sich an Viggo. »Wir haben uns ja noch mal bei Danmarks Radio getroffen. Ganz schön lange her. Ich habe den Laden ziemlich umgekrempelt.«

Kaputtgemacht, traf es wohl besser. Ich konnte mir lebhaft vorstellen, was ein Freibeuter wie Ove unter einem Chef wie Verner Jensen, der sich von jedem neuen Propheten bekehren ließ, anrichten konnte. Die Waffen zu strecken und sich den neuen Managementformen zu öffnen war typisch für die Chefs der meisten öffentlichen Institutionen, die dadurch als flexibel und modern galten, als Fürsprecher einer neuen Vernunft.

»Aber das war damals wirklich notwendig, das schwöre ich dir. Schon bei so simplen Themen wie Clusterentwicklung oder Prozessoptimierung saht ihr wie ein Haufen von einer Sturmflut eingeschlossener Biber aus. Alles, was ihr euch aufgebaut hattet, wäre ins Meer geschwemmt worden, und ihr hättet komplett neu anfangen müssen.«

»Dann kann man es ja lieber gleich einreißen...« Ich konnte mir den bissigen Kommentar nicht verkneifen.

»Ja, die Welt hat sich verändert«, fuhr er unbeeindruckt fort. »Wie auch die Medien. Ich war einer von denen, die diese Entwicklung früh erkannt haben, und davon habe ich gut gelebt.« Er lächelte. »Es ist schön hier, nicht wahr? Agnes und ich haben immer eine beinahe romantische Ader für historische Orte wie diesen hier gehabt. Es ist unser Hobby, die Geschichte unserer Gemeinde zu erforschen. Wisst ihr, dass es hier einmal eine ziemlich hitzige Diskussion über Fahrräder gegeben hat? Als die gerade populär wurden. Genauer gesagt darüber, ob Radfahrer unten auf dem Strandvejen, wo sonst nur Pferdekutschen verkehrten, Maut zahlen müssten. 1897 hatte man an einem Sonntag festgestellt, dass nicht weniger als 891 Fahrräder die Mautstation bei Slukefter passiert hatten.«

Ich starrte auf den untersetzten Mann. Offenbarte er gerade die liebevolle Seite des Topzynikers, oder verhöhnte er seinen früheren Rivalen mit dieser Liebeserklärung an Agnes?

»Agnes hat einen verärgerten Kommentar eines der aktivsten Zeitungsredakteure der damaligen Zeit gefunden: *Aus einem unschönen, wenn auch harmlosen Zeitvertreib hat sich das Fahrradunwesen zu einer Epidemie entwickelt, gegen die jedweder gute Geschmack aufbegehren sollte,* hat der Mann geschrieben. Die männlichen Kommentatoren beklagten sich über die vornübergebeugte Haltung – im Gegensatz zu der aufrechten Position beim Reiten – und erachteten das stetige Strampeln als wenig ladylike. Sogleich wagte es einer der Ärzte am Strandvejen, ihnen zu widersprechen: *Den Damen ist die neue Bewegung zuträglich. Sie verhilft ihnen im Gegensatz zum ruhigen Herumsitzen zu einem viel attraktiveren Gesäß…* Nicht schlecht, oder?«

Ove lachte laut über seine Anekdote, und Viggo lachte aus irgendeinem Grund mit. Ich nicht. Es war die dümmste Geschichte, die ich seit Langem gehört hatte.

»Stell dir mal vor, wir hätten damals gelebt. In einer Zeit, in der man sich nur darum sorgte, dass man beim Fahrradfahren am Strandvejen staubige Kleidung bekommen könnte. Aber natürlich – damals lebte man in einer deutlich überschaubareren Gesellschaft, man hatte Zeit, sich umeinander zu kümmern, nicht wie jetzt, wo man die Alten ins Pflegeheim steckt, sobald sie Hilfe brauchen. Bang! Problem gelöst.« Er goss sich Weißwein nach. »Das ist jetzt mein neues Tätigkeitsfeld. Und das sage ich nur, um dir zu zeigen, dass das Gute und das Praktische Hand in Hand gehen können. Win-win-win-win, wie wir sagen.«

Ich erkannte, dass all sein Gerede nur die Überleitung war, um uns voller Stolz von seinem neuesten Geschäftsprojekt zu erzählen. Seinem Handschlag mit dem Tod, seinem unseligen Vertrag, auch noch aus den letzten Zuckungen Profit zu schlagen.

»Guckt euch das Pflegeheim Solbygaard an und vergesst für einen Moment die traurige Sache mit der Witwe...« Er wischte die alte Frau mit einem herablassenden Handstreich aus der Geschichte. »Dort startet eines der vielversprechendsten Entwicklungsprojekte für alte Menschen, mit mir als« – er suchte nach den richtigen Worten – »Inspirator.«

Dirigent des Todes, dachte ich.

Er sah Viggo direkt an. »Wie du in deinem Brief schreibst, ist der Tod ein Thema, das natürlich viele Menschen beschäftigt, sicher auf handfestere Weise, als du es in diesem Schreiben andeutest. Ich kann zu deinen Ideen wirklich nichts sagen. Ich selbst habe solche Träume nie gehabt.«

Daran zweifelte ich keine Sekunde.

»Oder irgendwelche Bilder gesehen...«

Ich sah zu Viggo hinüber. Er hatte damit gerechnet, bei seinem alten Freund auf Granit zu beißen.

Ove hatte damit den schwierigsten Teil der Begegnung hinter sich, weshalb er auch gleich wieder auf sein Projekt zu sprechen kam und uns Wein nachschenkte. »Zuerst einmal geht es darum, den Alltag der Alten in einen neuen, aktiveren Rahmen zu rücken – körperlich und mental –, und wenn sie etwas von ihrer Frische zurückgewonnen haben, schicke ich meine Leute aus, um mit ihnen über ihr Leben zu sprechen. Das ist das Konzept. Keinem von ihnen bleibt mehr viel Zeit – es eilt.« Ove machte eine kurze Pause, aber es fiel ihm niemand ins Wort. »Es geht darum, die Essenz ihrer Leben herauszufiltern. Sie entscheiden sich für ein Konzept – Bilder, Ton, Schrift, vielleicht alles auf einmal –, und meine Firma entwirft daraus, was ich als Testament des Lebens bezeichne. Ich gestalte ihre ganz persönliche Geschichte, als Film, gesprochenen Text oder als Buch. Die meisten entscheiden sich für das Komplettpaket. Ich sage zu meinen Klienten: *Hinterlassen Sie Spuren! Sie sind es wert!*«

Ove lächelte, und ich stellte mir im Stillen die Summen vor, die er den Alten aus der Tasche zog, die außer ihrem Wohlstand in ihren letzten Tagen nichts mehr hatten – und die den Tod und das Vergessen fürchteten.

»Das ist im Grunde nichts anderes als das, was tagaus tagein bei Facebook und Twitter passiert – oder bei den wie Pilze aus dem Boden schießenden Blogs: Menschen wollen Spuren hinterlassen, immer schon – überall. Ich erweitere lediglich ihren Radius.«

Bis nach dem Tod, dachte ich. Ein kluger Schachzug. Die kommenden Generationen würden das zu schätzen wissen.

»Das einleitende Manöver – wenn ich es so nennen darf – ist die Beerdigung mit allem nur erdenklichen Prunk und Pomp. Dazu gehören großformatige, farblich ansprechende Todesanzeigen, die in den schwierigen Zeiten, in denen wir uns befinden, natürlich auch den Zeitungen helfen...« Ove lachte bei dem Gedanken. »Begeisterte Nachrufe, die von meinen Mitarbeitern geschrieben werden, und Trauerfeiern, die des Petersdoms würdig wären. Das Geld dazu haben die Leute, und sie investieren es gerne. Ich zeichne das Ganze dann natürlich auf... für die Nachwelt. Und der letzte Schritt ist, dass ihre Testamente des Lebens nutzbar gemacht werden und ihre Geschichten ein Publikum erreichen.« Er zwinkerte uns zu, für einen Topmanagementberater eine ziemlich alberne Geste. »An diesem Punkt kommt der neue Garten Eden ins Spiel. Wir stehen kurz davor, große Areale zu kaufen und ganze Landschaften mit all den Schicksalen zu gestalten, in einer Form, an der jeder teilhaben kann, der sich für diese Geschichten interessiert.«

Seine Stimme war belegt. War er verrückt, oder war das wirklich ein Konzept mit Potenzial?

»Die Grand Old Lady war eine der Ersten. Sie hat einen Vertrag mit uns gemacht ... mit der *Real Eden Foundation – Immortality Center of Unlimited Life*.« Er hob sein Glas, als prostete er seiner eigenen Gesellschaft zu. »Jetzt ist sie verschwunden. Entschuldigung, tot. Das ist eine Schande. Aber sie wird einen Ehrenplatz erhalten. Gleich neben dem kleinen Pil. Prost.«

»Pil?« Viggo reagierte überrascht.

Ove hob blinzelnd sein Glas, aber niemand prostete ihm zu, was ihn nicht zu stören schien. Er winkte ab: »Vergiss es, das ist ein Geschäftsgeheimnis. Aber an den Kleinen erinnern wir uns ja alle.«

Ich spürte Viggos Wut und hätte am liebsten beruhigend meine Hand auf seinen Arm gelegt.

»Das sind also die Dienste, die ich in aller Bescheidenheit anbiete.« Ove stellte das Glas ab.

»Und für die du Geld kassierst«, rutschte es mir ungewollt heraus.

Unser Gastgeber hob den Kopf, und für den Bruchteil einer Sekunde sah ich direkt in seine Seele, von der ich wusste, dass sie zu Hass und Neid fähig war. Deshalb stand er für mich ziemlich weit oben auf der Liste möglicher Verdächtiger im Fall der toten Witwe. Agnes war vermutlich die Einzige auf der ganzen Welt, die er wirklich liebte.

Ich dachte an Viggo, der diesem selbst ernannten Propheten das Rätsel seines Lebens anvertraut hatte – und ich dachte an Agnes, die ihre Seele hinter schusssicherem Glas verstecken musste, um das Doppelleben zu ertragen, in dem sie gelandet war: Der Fälscher in den Kleidern des Gläubigen und der Räuber in denen des Künstlers. Mein Kopf quoll über vor wütenden, jämmerlichen, ohnmächtigen Metaphern. Was man mir wohl auch ansah.

»Ja«, sagte er. »Selbstverständlich verlange ich Geld. Auch Pastoren verlangen Geld, wenn sie unsere geliebten Kleinen taufen und im Leben willkommen heißen. Das tun alle Menschen, mit Ausnahme derjenigen, die sich davor drücken.«

Heuchler, hätte ich am liebsten gefaucht, aber Viggo kam mir zuvor.

»Ja«, sagte er. »Das Leben der Menschen ist verschieden, genau wie du es eben gesagt hast.«

Er sagte das nur, um mich vor der Peinlichkeit zu bewahren. Eine seltene Geste der Zugewandtheit. Ove bemerkte das natürlich nicht.

»Ja, manch einer zieht sogar in einen Leuchtturm. Aber solche wie euch beide ... gibt es nicht viele.«

Der Hohn war nicht zu überhören.

Für eine Weile saßen wir uns schweigend gegenüber, dann war ein Auto zu hören, das in die Einfahrt fuhr.

»Das muss Adda sein.«

Er hatte mit Absicht den Spitznamen verwendet, den sie aus ihrer Kindheit kannten.

»Nehmen wir dich als Beispiel, Viggo. Die Vorstellungen, die du dir von deinem Vater machst, den du nie getroffen hast, bedeuten alles, deshalb bist du so geworden, wie du bist.«

Ich verstand nicht ganz, worauf er hinauswollte, aber sicher auf für Viggo gefährliches Terrain. »Oder nehmen wir uns als Nation. Wir sind eine Gesellschaft, in der es jeder eilig hat, trotzdem träumen wir von Ruhe und Schönheit. Von Wohlstand für uns und unsere Kinder, vom eigenen Haus. Wir alle lernen, dass der Erfolg eines Produkts mindestens zur Hälfte von Form und Verpackung abhängt und der Rest zu wesentlichen Teilen von einem guten Arbeitsklima und effektiven Organisationsformen bestimmt wird. An diesem Punkt kommen Menschen wie ich ins Spiel. Ich bin der Designer des guten Lebens für jeden, der will. Für alle, die sich nicht aus Angst vor der Zukunft zurückgezogen haben, aus Angst vor Veränderung.«

Damit waren wir bei Oves Kernkompetenz: Gerede über die vermeintlich zentralen Dinge des Lebens, und dies in einer fundiert wirkenden Form. Das war das Fundament seiner Branche, und darin war niemand besser als er.

»Sieh dir doch die junge Generation in dieser Welt ohne Werte an. Was glaubst du, wie es denen geht? Für die gibt es nur einen großzügigen Geber, und das ist das globale Netzwerk, das Internet. Aber dieses Netzwerk wird mit jedem Tag, der vergeht, mehr von seinem wahren Gesicht zeigen, und schließlich wird übrig bleiben, was es in Wahrheit ist: Ein gigantischer Markt, gesteuert von Gier, Skrupellosigkeit und ungehemmtem Handel. Die Quelle eines weltumspannenden, komplett rückgratlosen Ehrgeizes, den wir lernen müssen zu akzeptieren.« Ove hielt für einen Moment inne, um an seinem Wein zu nippen. Ich empfand seine zynische Rede als eine Art Beichte.

»Wir bezeichnen uns selbst als freiheitsliebend, als liberal, dabei sind wir nichts von beidem. Wir sind das exakte Gegenteil. An diesem Punkt komme ich ins Bild. Ich gebe dem Dasein einen Rahmen. Ich biete Authentizität. Ich schaffe Platz für das Gefühl, dass wir weiter aus Fleisch und Blut bestehen. Die hoffnungslos altmodischen Moralvorstellungen der Menschen – wie in den alten Märchen – eignen sich perfekt für meine Konzepte. Wir werden immer größere Teile unseres Lebens in durchdesignten Rahmen leben. Eine wirklichkeitsnahe Welt, in der der Tod – das ist wichtig – nicht größer ist als wir. In diesem Universum schaffe ich mir meine Kunden.«

Ich sah zu Viggo hinüber. Er war nicht weniger erschüttert als ich. Irgendwo im Haus ging eine Tür. Agnes war hereingekommen. Unser Gastgeber warf mir einen Blick zu, und wieder hatte ich wie durch einen Tunnel freien Einblick in sein finsteres Inneres. Er spürte den Widerstand, hatte ihn in meinem Blick erkannt. Der eine erkennt den anderen.

Ove stand abrupt auf und trat ans Fenster. »Agnes ist gekommen«, sagte er mit dem Rücken zu uns. Ich hörte in diesem kurzen Satz eine unausgesprochene Trauer und Melancholie und vielleicht noch etwas anderes, Tieferes.

Er schien meine Gedanken zu spüren. Er schüttelte den Kopf, wie um mich loszuwerden, und kam noch einmal auf die Kinder zu sprechen, die Kindern der anderen, die nicht bei ihm und Agnes aufgewachsen waren und keine Heimat im Evangelium hatten. »Für sie gibt es keine Revolutionen, keine Träume, sie führen ein Leben ohne Ziele. Stattdessen haben sie das Internet und alle möglichen Apps und Facebook und Twitter und Smartphones. Ihre Rufe verhallen ungehört im Nichts, denn jeder hört nur sich selbst. Es heißt, sie glauben an die freie, globale, unzensierte Kommunikation.« Ove lachte. »In Wahrheit brauchen sie gar keine Kommunikation, weil es nichts gibt, worüber sie reden könnten.«

In diesem Augenblick betrat Agnes den Raum. Sie war schlank, dünn, wirkte seltsam geschrumpft und trug ein leichtes graues Kleid, das bis zu den Knien reichte. Sie erinnerte an die verlassene Braut in einer der Geschichten von

Charles Dickens oder an Cathy im Paradies in Steinbecks Roman.

Ich wollte aufstehen, aber sie hob ihre knochige Hand und bat uns so, sitzen zu bleiben. Viggo reichte sie nicht einmal die Hand, und sie ließ sich nicht anmerken, dass sie mich kannte. Ove kannte mich nicht, weil ich das Pflegeheim verlassen hatte, bevor er dort sein Pilotprojekt startete. Viggo sagte nichts. Er bekam keine Möglichkeit, mit Agnes zu reden, da Ove Nilsen unseren Besuch mit einer Feststellung beendete, die mehr wie ein Befehl klang: »Meine Frau beerdigt morgen die Grand Old Lady der Nation. Sie muss noch die Trauerrede vorbereiten und braucht Ruhe.« Wieder sprach er über Agnes, als würden wir sie nicht kennen.

Sollte Viggo die Absicht gehabt haben, nach dem Brief und Oves ausgebliebener Antwort zu fragen – so bekam er nie die Gelegenheit dazu. Ich glaube aber nicht, dass das von Belang war. Er hatte diese Reise nicht angetreten, um ein Rätsel zu lösen oder einen Fall aufzuklären, weder den der Witwe Blegman noch seinen eigenen. Er hatte sich auf den Weg gemacht, weil er Zeit brauchte, um seinen endgültigen Entschluss zu fassen. Deshalb hatte er auch mich als seine Begleiterin mitgenommen. Das erforderte Mut.

Er konnte nicht wissen, dass die Polizeiermittler dabei waren, diesen Teil seines wohlüberlegten, vernünftigen Kurses unter ihm wegzusprengen. Und dass Verner Jensen genau das tun würde, was ich befürchtet hatte.

Noch am selben Nachmittag fuhren wir mit dem Zug nach Kalundborg und weiter mit dem Bus nach Ulstrup. Die letzten Kilometer gingen wir zu Fuß auf der Landstraße und durch den Wald der Meereshexe, bis wir wieder am Leuchtturm waren.

Auf der Zugfahrt geschah etwas Merkwürdiges.

In Jyderup stieg ein kleiner, grauer Mann ein. Der Mann war einst auch auf die Schule in Søborg gegangen, und Viggo erzählte mir anschließend, dass er sich noch gut an ihn erinnerte. Er sei damals der Einzige gewesen, der kleiner war als er und vielleicht sogar noch sonderbarer, und geredet habe er noch weniger als er. In den unteren Klassen hatte er sogar neben Viggo gesessen.

Es war wie ein Zeichen des Himmels. Vielleicht wollte der Gott von Viggos Großmutter ihn nach der deprimierenden Begegnung mit dem Teufel im Dyrehaven nicht ohne eine kleine Aufmunterung nach Hause fahren lassen.

Nach einer Viertelstunde stieg der Mann schon wieder aus – so ist das mit Wundern, manchmal zeigen sie sich nur für eine Viertelstunde –, der Mann war Dichter geworden, und lebte davon, hatte er uns erzählt.

Nichts – wie in *nichts*.

Er sollte in der Bibliothek von Udby-Nedre vier Gedichte vortragen und dafür dreihundert Kronen bekommen.

»Ich bin 1995 nach Jyderup auf Seeland gezogen«, hatte er leise gesagt, als wäre dieser Ort die letzte Station auf der endgültigen Reise ins Nichts. Vielleicht hatte er Palles und Verners ausgedehnte Kampagne verfolgt, all die Orte auszutrocknen, die weder einen Rathausplatz noch eine Fußgängerzone hatten und in denen alle, ungeachtet ihrer ethnischen Herkunft, gedemütigt und geschlagen werden konnten, sobald die Dunkelheit sich über sie senkte.

»Ich habe versucht, einen Roman zu schreiben«, hatte der Mann gesagt. »Ich kann es nicht.« Er kam ins Stocken. »Seit fünfzehn Jahren bin ich jetzt dran, vielleicht sogar länger. Ich habe mittlerweile herausgefunden, was ich als Schriftsteller falsch gemacht habe. Ich will zu viel, will alles perfekt machen, mich nicht auf das Unperfekte einlassen – und vielleicht darin stecken bleiben... Dabei ist die eigentliche Botschaft der Prozess, die Entstehung. Wenn man so will, ist das die Kunst – nicht das vergängliche, fertige Produkt, eins der gleichgültigen Bücher, die sich in den Regalen der Buchhändler stapeln.«

Ich konnte nicht anders, ich bewunderte seine Worte.

»Man muss von Grund auf ehrlich sein, ob es nun um Sex und Verdauung geht, die innersten Triebe, Körpersäfte, Gefühle und Gedanken, und dann muss man das alles mit großen, blutroten Buchstaben zu Papier bringen.«

Sein Schlusswort war nicht so überzeugend. Man spürte aber, dass er sich langsam warmredete.

»Ich habe über viele Jahre hinweg einen Abschiedsbrief geschrieben. *Der Welt längster Brief*, habe ich ihn getauft. Er wird ein ganzes Buch füllen, vielleicht sogar eine Trilogie. Das meint jedenfalls mein Mentor.« Er sah aus dem Fenster. »Ich habe mit ihm darüber gesprochen, Selbstmord zu begehen, wenn das Buch herauskommt – das wäre ein überzeugendes Bild, aber natürlich... Vielleicht würde das zu weit gehen. Wir haben noch keinen endgültigen Entschluss gefasst. Die guten Schlussfolgerungen werden mit der Zeit schon kommen – wenn sie reif sind und ihre endgültige Form angenommen haben. So etwas darf man nicht überstürzen, das tun nur die Bestsellerautoren.«

Für einen Moment fragte ich mich, ob die Kinder, die in den frühen Sechzigern in Søborg aufgewachsen waren, irgendeinen kollektiven Virus in sich trugen, der sich im Hirn, besonders der Kleinwüchsigen, einnistete und dort lebenslangen Schaden anrichtete. Die zufällige Begegnung ließ mich an den total missglückten Besuch bei Ove Nilsen denken.

Als wir uns Udby-Nedre näherten, einem winzigen Bahnhof mitten im Nichts, verabschiedete er sich feierlich und reichte uns beiden die Hand. Wir sollten ihn besuchen, sobald wir Zeit hätten – eine Einladung, von der wir alle wussten, dass sie sich mit dem ersten Windstoß, der über den Bahnsteig fegte, in nichts auflösen würde. Seine Hand war schmal und schlaff wie ein Schwamm. Ich ließ sie los.

Er öffnete seine Tasche und blieb zögernd mit einem knittrigen A4-Blatt in der Hand stehen, dann ging er zwei Schritte auf mich zu, bereute es, ging wieder zurück, um sich an Viggo zu wenden und ihm das Papier zu reichen. »Ein Gedicht. Behalt es. Es ist eine Kopie.«

Das Zögern des Mannes, die in die Länge gezogene Geste, hatte etwas Flehendes gehabt.

Im Bus nach Ulstrup nahm Viggo sich viel Zeit für die Lektüre des Gedichtes. Er hielt das Blatt so, dass ich nichts sehen konnte, auch nicht, ob die Worte ein Gefühl in ihm weckten, ob sie ihn neugierig machten oder ob da einfach nichts war.

Erst als wir auf der Bank vor dem Leuchtturm saßen und er den Rioja öffnete, reichte er mir das Blatt.

Es kommt die Zeit, da lassen wir den Schnuller liegen
Und vergessen uns für eine Weile
Es kommt die Zeit, da lassen wir unsere Steifen stehen
und wir lächeln ohne Eile
Während die Tage zur Neige gehen
In Ewigkeit Mond und Sterne aufsteigen
An einem Himmel aus Kresse und Wehmut sich zeigen
Bin zu Hause bei dir, warum auch immer, nicht gern gesehen
Und nur der Kartoffelbrei singt weinend noch den alten Reigen

Ich legte das Gedicht auf die Bank und sah Viggo an: »Der Kartoffelbrei singt weinend noch den alten Reigen?«

Er zuckte mit den Schultern.

Ich wiederholte den Satz noch einmal: »Nur der Kartoffelbrei singt weinend noch den alten Reigen?«

»Uffe war immer schon ein Original, ein merkwürdiger Mensch.«

Diese Aussage enthielt in ihrer Einfachheit die bedingungslose Solidarität, die nur kleine Jungs füreinander empfinden können – in einem Alter, in dem sie große Taten begehen, die unsichtbar sind oder die zumindest niemand versteht.

KAPITEL 19

TÅRBÆK

Samstag, 17. Januar, Abend

Der Mord-Chef bewegte sich nicht auf vertrautem Terrain. Er fühlte sich wie Donald Duck in dem alten Zeichentrickfilm, der nach unten schaute und feststellt, dass er über einem offenen Abgrund läuft. Das Fatale ist nicht, dass er keinen Boden mehr unter den Füßen hat, sondern dass er nach unten schaut – und es bemerkt. Wenn der Mord-Chef es über den Abgrund schaffen wollte, dann nicht mithilfe tiefschürfender Gedanken und weiterer moralischer Bedenken.

Der Polizeipräsident a. D. hatte ihn eingeladen.

Obwohl er nicht mehr im Dienst war, hatte seine Einladung etwas von einer Dienstorder gehabt. Er war es gewohnt, Befehle zu erteilen, sowohl in seinem beruflichen Umfeld als auch als Pensionär und Mitglied des mythenumwobenen einflussreichen Clubs ehemaliger und gegenwärtiger Staatsbeamter.

»Sie sollten unbedingt kommen. Das könnte interessant für Sie sein. Natürlich absolute Diskretion vorausgesetzt.«

Vor seinem Ruheposten als Polizeipräsident war er Staatssekretär im Justizministerium gewesen, in den Jahren, als das

Ministerium tatsächlich noch etwas bedeutete – und eine nahezu uneingeschränkte Macht ausübte –, ehe ein paar Skandale zu viel ihn vom Sockel und aus der einflussreichen Position geholt hatten. Gute Freunde in Slotsholmen hatten dafür gesorgt, dass er seine Laufbahn nicht in Schmach und Schande beenden musste, und ihm die Stelle als Polizeipräsident von Kopenhagen zugeschustert. Dort hatte er dann seine Karriere beendet.

Der Mord-Chef hatte seinen nicht gerade prunkvollen Honda Civic, Jahrgang 98, vor der Prachtvilla des Präsidenten a. D. direkt am Sund geparkt.

Der Gastgeber hatte ihn an der Tür in Empfang genommen, ihm eine Hand auf die Schulter gelegt und noch einmal die unmissverständlichen Regeln ihrer Zusammenkunft wiederholt. »Was hier in den nächsten Stunden stattfindet, darf selbstredend nicht an die Öffentlichkeit gelangen. Aber vielleicht können Sie es ja für sich verwenden. Ich lasse die Rinderlende noch ein wenig ruhen, bis zum Essen haben wir zwanzig Minuten.«

Er klang wie ein Verschwörer auf einem dunklen Treppenabsatz in einem Shakespeare-Stück, dabei war das Innere des Hauses mit den hohen, großen Raumfluchten, einer riesigen Küche und Panoramablick über den Øresund sehr hell. Eine Schiebetür führte in einen kleinen, aber malerischen Hintergarten, der in einen schmalen, weißen Sandstreifen mit Badesteg mündete, der mindestens dreißig Meter ins Wasser ragte.

Der Mord-Chef war der letzte der geladenen Gäste, und er stach deutlich aus der geschlossenen Gesellschaft heraus.

Er erkannte alle Anwesenden bis auf einen wieder, und die Art, wie sie mit einem tschechischen Bier in der Hand zusammenstanden, erinnerte ihn an eine Loge. Eine vornehme Loge für nur einige wenige Eingeweihte. Selbstherrliche Männer, die den täglichen Luxus gewöhnt waren, die auf hochstielige Gläser und perlende Aperitifs pfiffen und lieber entspannt ein kaltes Pils genossen.

Sie waren gerade dabei, die Beerdigung der Witwe durchzuhecheln, an der der Mord-Chef ebenfalls teilgenommen hatte. Die Kirche in Søllerød war bis auf den letzten Platz gefüllt gewesen, und im Freien auf den Rasenflächen hatte noch eine weitaus größere Anzahl – ganz gewöhnlicher – Menschen gestanden.

Einer der sieben Männer war nicht in der Kirche gewesen, und seine Anwesenheit in dieser Runde war eine Überraschung, obgleich er in ferner Vergangenheit ein junger, vielversprechender Jurist in Slotsholmen gewesen war. Der Mord-Chef kannte seinen Namen. Heute war er Chef des größten Zeitungsverlags im Land, obendrein eines Verlags, der drei Tageszeitungen publizierte, die sich auf die Fahnen schrieben, *den Machthabern im Nacken zu sitzen*, wie es in den unzähligen in diesen Jahren von der Presse gehaltenen Tischreden so schön geheißen hatte.

»Sie hätte ruhig etwas persönlicher werden können. Man hätte meinen können, dass sie gar nicht mit Poul und Palle gesprochen hat.«

Damit meinten sie die Pastorin, und es war der Nestor der Gruppe – ein kleiner Mann, der früher Staatssekretär in der Kanzlei des Ministerpräsidenten und heute passionierter Kunstsammler war –, der seine Sicht auf die feierliche Veranstaltung wiedergab. Sie standen in einem Kreis vor der Gartentür, eine offenbar rituelle Aufstellung, bevor man sich zu Tisch begab, um das Gespräch weiterzuführen.

»Mir schien sie nervös – nicht wegen der erlauchten Gesellschaft, sondern überhaupt.«

Erlauchte Gesellschaft, ein putziger Begriff in einer Runde, die diesbezüglich kaum zu übertreffen war, dachte der Mord-

Chef. »Aber hübsch ist die Frau – soweit das durch den Talar zu sehen war«, steuerte der jetzige Staatssekretär des Justizministeriums bei, ein schlanker, dunkelhaariger Mann mit sonnengebräuntem Gesicht, mitten im Winter.

Alle lachten.

»Unsere zwei... Freunde... schienen berührt. Aber das wäre ja auch noch schöner.«

Die Bemerkung blieb einen Moment in ihrer Doppeldeutigkeit in der Luft hängen, und natürlich konnte sie nur vom mächtigsten Beamten der Gesellschaft (und damit der Nation) kommen, dem Staatssekretär des Finanzministeriums. Mit einer Vergangenheit als Leiter der Finanzabteilung bei Danmarks Radio war er nach seiner Ernennung in einer Position, in der er im Namen der Regierung – und mit einem Heer junger Staatsbeamter unter sich – die Zukunft des Landes zurechtzimmerte.

Möglicherweise schwang eine leise Gereiztheit in der Stimme des Staatssekretärs des Ministerpräsidenten mit, als er seinem Kollegen antwortete: »Palle – und Poul – können ja wohl schlecht in der Kirche in Tränen ausbrechen. Und selbstverständlich war ihnen bewusst, dass es im großen Ballsaal unseres Herrn... nur so von Journalisten und Fotografen wimmelte.«

»Ja – und natürlich haben sie im Moment andere Sorgen.« Es war ihr Gastgeber, der sich diskret in die kleine Unstimmigkeit der beiden erhitzten Gemüter einmischte, um sie auszubremsen. Sie befanden sich alle zusammen außerhalb ihrer gewohnten Positionen, mit festem Boden unter den Füßen, aber keiner von ihnen senkte den Blick, um nachzuschauen, weil sie wussten, dass sie damit nur einen Schwindel riskierten.

»Was willst du damit sagen?« Der ehemalige Polizeipräsident sah den Zeitungsverleger an, der nicht bei der Beerdigung gewesen war. »Glaubst du, *unsere Freunde* wollen die Sympathien nutzen, die ihnen das hier eingebracht hat... vor der Wahl.«

»Daran besteht kein Zweifel. Es gibt keinen Grund, es nicht zu tun. Das werden meine Leute morgen auch in der Zeitung schreiben.« Der Verleger gab seiner Aussage den Anschein einer frisch aus Delphi eingeflogenen vertraulichen Mitteilung eines Orakels. Sein Gesicht war freundlich, mit angenehmen, leicht strengen Zügen.

»Sie hat von Einsamkeit und Rache gesprochen... Was hat sie damit wohl gemeint?« Der ehemalige Ombudsmann war zur Pastorin zurückgekehrt. Der Mord-Chef wusste über Umwege, dass er Agnes Persen aus der Kirche kannte, wo er zu besonderen Anlässen Blockflöte spielte.

»Und von Aufopferung hat sie gesprochen«, sagte der Älteste in der Runde, der ehemalige Staatssekretär des Ministerpräsidenten. »Ich musste an ein Gemälde von Velasquez oder Goya denken.« Er schaute verträumt vor sich hin.

»Ihre abschließenden Worte haben mir gefallen, dass jeder Mensch ein Recht auf Eigenarten hat.« Das kam vom jetzigen Staatssekretär des Ministerpräsidenten, der einst Linkssozialist gewesen war und lieber mit seinem Mofa in den Abgrund gefahren wäre, als einen Fuß in einen der Paläste der reichen Säcke im Strandvej zu setzen. »Vielleicht hat sie das auch auf die Brüder bezogen.«

Ein dreister Vorstoß – selbst für einen ehemaligen Sozi.

»Begeben wir uns zu Tisch«, sagte der Gastgeber. »Ich schneide jetzt das Fleisch und hole die Kartoffeln aus dem Ofen. Ich gehe davon aus, dass wir alle es *rare* mögen...«

Der Mord-Chef dachte über die entspannte Atmosphäre nach, in der die sieben verschworenen Genossen ihren Dienstboten – und Ehefrauen – freigaben, um selbst das teure Fleisch zuzubereiten, das auf dem Schneidebrett neben dem riesigen Ceranherd lag. Sie würden es ohne ordinäre Sauce béarnaise zu sich nehmen, mit einem Klacks Petersilie-Knoblauch-Butter und im eigenen roten Saft des Fleisches. Und das reichlich.

Ihm kam die verschwörerische, shakespearsch anmutende Begrüßung seines Gastgebers in den Sinn, möglicherweise Julius Cäsar, ein Stück, das ihn schon immer fasziniert und das er zum ersten Mal als junger Polizeianwärter im Königlichen Theater gesehen hatte. Er hatte als Streifenpolizist angefangen und war an den langen Sommerabenden Streife auf dem Dyrehavsbakken gegangen. Später hatte er flüchtende Einbrecher durch das weitverzweigte Netzwerk an Hinterhöfen im Schwarzen Viereck gejagt, das nach dem Abriss durch rote Backsteinkarrees ersetzt worden war. In dieser Gesellschaft hier war er der Praktiker, ein Anachronismus, einer, der nie in geheime Absprachen und intrigante Netzwerke eingeweiht würde, aber irgendeinen Grund musste es ja für seine Einladung geben.

»Als die Pastorin die Erde auf den Sarg geworfen hat, habe ich die Alte dort unten regelrecht stöhnen hören. Alle hatten geglaubt, sie würde ewig leben.« Der Polizeipräsident a. D. schien sich königlich über seine morbide Bemerkung zu amüsieren, während er dicke Scheiben von der gigantischen Rinderlende schnitt.

»Das, was sie über den Tod gesagt hat…« Der ehemalige Ombudsmann legte eine feierliche Pause ein, um sich der Aufmerksamkeit der anderen zu versichern. »Dass niemand vergessen wird, der nicht vergessen werden will… Jeder kann das ewige Leben haben, der sich ein dauerhaftes Denkmal setzt. Den Gedanken fand ich interessant.«

Interessant war auf alle Fälle, dachte der Mord-Chef, dass die Aussage von der Pastorin gekommen war, die zufällig mit Ove Nilsen verheiratet war, der kurz davor stand, genau damit viel Geld zu verdienen: Unsterblichkeit für besonders wohlhabende Bürger.

»Es war rührend, als sie den Sohn erwähnte, den die Witwe vor vielen Jahren verloren hat... Pil. Der nie vergessen worden war, weil er im Herzen seiner Mutter weiterlebte.«

Der ehemalige Ombudsmann hatte, wie ins Gebet vertieft, den Kopf gesenkt. Seine Haltung verlangte den übrigen Anwesenden eine gewisse Geduld ab. So war es schon während seiner beruflichen Tätigkeit gewesen, und der Mord-Chef spekulierte, was der Grund für seine Aufnahme in die exklusive Runde war. In seiner Zeit als sogenannter Wachhund des Folketings in Sachen Willkür und Amtsmissbrauch waren mehrere der hier am Tisch anwesenden Minister in seinen Fokus geraten. Aber natürlich war es stets bei einem »Tadel« oder in seltenen Fällen einem »ernsten Tadel« geblieben, bevor sie planmäßig auf neue, einflussreiche Posten befördert wurden.

Der Mord-Chef hatte einmal eine sehr hitzige Diskussion des Polizeipräsidenten a. D. mit seinem Nachfolger im Justizministerium mitangehört, und ihm war klar geworden, dass Männer in solchen Positionen es als ihre Pflicht ansahen, die breite Öffentlichkeit vor der Enthüllung von Fakten zu verschonen, die den Glauben der Wähler an die Demokratie ins Wanken bringen konnten. Das abzuwenden hatte oberste Priorität – um den Preis diskreter Sabotage einberufener Kommissionen, Irreführung der Öffentlichkeit und massiver Verschleierung von Fehlentscheidungen, Pfusch und Manipulation. Diese Männer waren vom echten Schlag, so jedenfalls sahen sie es selbst, weil sie um jeden Preis die Demokratie beschützen wollten, auch wenn sie auf dem Weg dahin sämtliche Prinzipien in den Dreck traten und dafür sorgten, ein paar unbeugsame

Regeln biegsam zu machen. Sie alle waren bereit, dieser Art Opfer zu bringen.

»Ja«, sagte der Verleger. »Wir haben damals darüber geschrieben. Das mit dem Tod ihres kleinen Sohnes Pil war wirklich tragisch.«

»Pil«, grunzte der Staatssekretär des Finanzministeriums, der alt genug war, sich an die Lieder und Reime seiner Kindheit zu erinnern. »Das ist schon komisch... *Pettersen und Paulsen, Pallesen und Pil, machten einen Ausflug in ihrem Automobil!*« Er lachte.

Selbst in dieser Runde konnte einem die Bemerkung ein wenig taktlos vorkommen, aber die meisten Anwesenden um den Tisch stimmten in das Lachen ein. Dem Mord-Chef war peinlich bewusst, dass noch nicht einmal sein Mundwinkel zuckte, aber vermutlich schrieben die anderen das einfach seiner mangelnden Erziehung und dem fehlenden kulturellen Hintergrund zu.

Drei Flaschen besten italienischen Barolos kamen auf den Tisch und wanderten von Hand zu Hand.

»Das könnt ihr vielleicht für euer Wahlmaterial verwerten«, sagte der Gastgeber, der mit der etwas breiten Nase unter den kleinen wässrig blauen Augen fast ein bisschen vulgär wirkte. Er war der einzige der Anwesenden, der sein Amt unfreiwillig hatte räumen müssen, was nicht an einem politischen Fauxpas lag. Im Gegenteil. Er hatte sich schlicht und ergreifend bei etwas so Bodenständigem erwischen lassen wie auf einer Dienstreise in drei etwas zu kostspieligen Hotels zu logieren. Dies war offensichtlich das einzige Vergehen, das die herrschende Elite des Systems aufrüttelte und in das die großen Nachrichtenmedien sich verbeißen konnten. Eine Extraausgabe von sechshundert Kronen auf Rechnung der Steuerzahler war so abgrundtief verwerflich, dass der Sünder nicht mehr zu retten war. Wenn aber die

Spitzen des Landes täuschten und betrogen und der Manipulation oder offensichtlichen Lüge überführt wurden, wenn sie Fallakten vernichteten, um glockenreine Ermessenswillkür zu vertuschen, entgingen sie unweigerlich – und in jedem einzelnen Fall – jeder Form von Repression.

Der Staatssekretär des Justizministeriums griff das Stichwort auf. »*Wahlen im Februar*... Daran glaube ich nicht. Sie müssen erst einmal die ganze Affäre aufklären, und davon abgesehen wüssten meine Leute davon.«

Alle Blicke richteten sich auf den Staatssekretär des Ministerpräsidenten. Hier am Tisch musste er kein Leck befürchten. »Es ist nicht die Rede von Wahlen – noch nicht –, was aber auch an dem Dorn im Auge des Bären liegt – ihr wisst schon, all die neuen Parteien...«

Alle wussten, was er meinte. Eine kleinere Truppe rebellischer neuer und alter Politiker war dabei, Unterschriften für ganz neue Parteien zu sammeln. »Das könnte ein Ragnarök geben«, stimmte der Staatssekretär des Finanzministeriums zu. »Stellt euch nur mal vor, irgendein *Wirrkopf* mit einem Parteiprogramm, das aus nicht viel mehr als moralischer Betroffenheit über die Umwelt und den Umgangston in der Politik besteht, nimmt Einfluss auf die Zukunft des Landes. Versucht euch so einen Mann vorzustellen... einen Trottel übelster Sorte. Als Kultusminister seiner alten Partei hätte er um ein Haar das komplette Danmarks Radio vor die Wand gefahren, und nun nimmt er das Land in Angriff.«

Einige der Anwesenden schauten zum Nestor der Runde, dem ehemaligen Staatssekretär für ganze drei Ministerien. Er hatte gerade den ersten Anschnitt von dem Schneidebrett aufgetan bekommen, einen drei Zentimeter dicken blutigen Fleischklumpen. Er lehnte die angebotene Ofenkartoffel ab, schnitt einen Streifen von dem Fleisch und sagte: »Bootsflüchtlinge, muslimischer Terror, Islamisten in vom Krieg zerrütteten Landstrichen...« Er schob sich den ersten Bissen in den Mund. »Das alles sind geradezu Trumpfkarten, wenn man es versteht, sie geschickt auszuspielen.« Er schluckte, fast ohne zu kauen. »Solche Bilder bedrohen unsere Sicherheit, und wenn wir uns bedroht fühlen, geben wir natürlich nicht neuen, unsicheren Parteien unsere Stimme.«

Eine simple Analyse mit einer gehörigen Portion Zynismus – aber letztendlich war es zum Besten der Demokratie, wenn die Verantwortlichen an der Macht blieben. Daran zweifelte keiner der um den Tisch Sitzenden. Auch wenn dies gescheiterte Menschenschicksale forderte – buchstäblich – und das Eingehen zynischer Allianzen.

»Und darum sollten deine Redakteure vielleicht noch einmal nachdenken, ehe sie etwas anderes schreiben.« Die Bemerkung des ehemaligen Ombudsmannes war an den Verlagschef gerichtet, und alle lachten, außer dem Zeitungschef.

Der Gastgeber hatte alle Gäste am Tisch versorgt, und die Unterhaltung geriet für einen Augenblick ins Stocken. Der Mord-Chef blickte auf sein gigantisches Fleischstück und wünschte sich jemanden, der es für ihn verzehren würde. Er hob das Messer. Nicht nach unten schauen, nicht nachdenken, und um Himmels willen keine Nervosität zeigen, obwohl es dazu an dieser Tafel mehr als einen Grund gab.

Der Gastgeber erhob sein Glas und sagte: »Sie hat den Vater der Brüder, den alten Patriarchen Peter Blegman, mit keiner Silbe erwähnt. Das fand ich schon etwas sonderbar.«

Wieder war es der Nestor der Runde, der mit seinem nahezu unbegrenzten Wissen aus den Korridoren der Macht aushalf. »Er hat hinter den Kulissen die Fäden gezogen.

Ohne ihn müssten wir uns jetzt vielleicht gar nicht mit diesem unseligen *Fall* beschäftigen ... der die unzähligen Kommissionsgerichte und Untersuchungsausschüsse ins Leben gerufen hat, mit denen wir uns seit Jahrzehnten herumschlagen.«

»Ist er nicht wegen eines Zeitungsartikels gestorben?« Der Ombudsmann warf dem Zeitungsverleger einen fragenden Blick zu. Aber es war ihr Gastgeber, der das Wort ergriff.

»Es war keine Zeitung, sondern ein Magazin, dessen Namen ich vergessen habe. Die Journalisten hatten ein umfassendes Porträt über die Blegman-Familie geschrieben. Am Tag der Veröffentlichung hat er einen Schlaganfall gehabt und ist kurz darauf gestorben.«

»Dann war er doch nicht so hart, wie er selbst glaubte.«

»Die Brüder waren außer sich. Ich war selbst dabei – als frischgebackener, grüner Journalist – als wir das Magazin fertigmachten, das alle liebten. Sie hatten keine Chance. Verner Jensen, der inzwischen Nachrichtenchef bei Danmarks Radio ist, war damals dort Redakteur.« Der Polizeipräsident a. D. sah den Staatssekretär des Finanzministeriums an.

»Damals kannte ich ihn noch nicht. Jensen und ich haben später in Bezug auf die Kürzungen und den Personalabbau bei Danmarks Radio zusammengearbeitet, und da war er grandios. Er hat die meisten Beschlüsse ohne Streiks und Mitarbeitermeuterei durchgesetzt. Zwar hat er durchschaut, dass das alles Berate-Fake ist, aber er hat es trotzdem durchgezogen. Guter Mann, dieser Jensen.«

»Aber Palle ist es gelungen, Verner Jensens kleines Drecksmagazin aus dem Weg zu räumen – das ist auch nicht zu unterschätzen.« Der Gastgeber lächelte. »Manchmal, wenn er betrunken war, hat Palle sich in die Mitte seines Büros gestellt und laut gerufen: ›Ich hab verdammt noch mal den größten Schwanz der Welt!‹ Vielleicht stimmt das ja – zumindest hat er den höchsten Posten.« Der Polizeipräsident a. D. lachte. »Solche Sachen wissen die Leute nicht.«

Nur der Zeitungsverleger lächelte mit, möglicherweise aus Höflichkeit, weil er der Jüngste in der Runde war. Es war zu merken, dass die vulgäre Bemerkung die übrigen Anwesenden peinlich berührte.

»Er war also Weltmeister.« Der ironische Kommentar kam vom ehemaligen Staatssekretär des Ministerpräsidenten, vielleicht, um allen eine weitere alkoholisierte Betrachtung des Gastgebers zu ersparen.

Es gab Kaffee aus drei Stempelkannen und einen gediegenen Larsen-Cognac. Der Mord-Chef lehnte ab.

Der Zeitungsverleger erhob sich. »Ich muss morgen früh raus und bin mit dem Fahrrad da.«

Der Mord-Chef hatte das Rad in der Einfahrt gesehen, ein stahlgraues Trek Navigator mit mindestens siebenundzwanzig Gängen.

Der Gastgeber begleitete den Verleger nach draußen, und als er zurückkam, senkte sich Stille über den Tisch.

Der Mord-Chef ahnte, dass er jetzt an der Reihe war.

»Wir haben Sie eingeladen«, sagte sein früherer Chef und stockte kurz, weil er den Namen seines ehemaligen Mitarbeiters vergessen hatte. »Wir haben Sie eingeladen, weil wir gerne in diesem geschlossenen Kreis mit Ihnen reden würden.«

Ziemlich einleuchtend, dachte der Mord-Chef.

»Wir haben Ihre Ermittlungen im Blegman-Fall verfolgt – die ganze Affäre. Keine leichte Sache. Weil so viele... einflussreiche Menschen betroffen sind.«

Das konnte man so sagen. Und niemand dürfte das besser wissen als die sechs Männer um den runden Tisch.

»Wir glauben, Sie sind auf etwas gestoßen, auf Informationen... Wir« – das schloss vermutlich alle Anwesenden um den Tisch ein, und der Mord-Chef verstand plötzlich, wieso der Zeitungsverleger sich verabschiedet hatte –, »wir wissen, dass Sie sich den Hintergrund der Familie genauer angesehen haben und ihre Finanzen.«

Das war das erlösende Wort. Jetzt wusste der Polizist, worauf die Männer hinauswollten. Er schwieg.

»Bei dem, was Sie gefunden haben, was Sie bislang möglicherweise noch nicht zuordnen oder verwenden konnten, geht es nicht um den Kauf von Unterhosen und Schuhen auf Staatskosten oder ein übertreuertes Hotelzimmer auf einer anstrengenden Dienstreise... Es geht um etwas ganz anderes, Wichtigeres und Privateres.«

Der Mord-Chef war ganz dieser Meinung, aber er schwieg noch immer. Jetzt kam es drauf an. Nicht den Halt verlieren, und um Gottes willen nicht nach unten schauen.

»Was Sie herausgefunden haben, ist, dass es nicht sonderlich gut um die Finanzen der Blegmans steht.«

Der Mord-Chef schwieg.

»Die Brüder sind schlicht und ergreifend bankrott!«

Die ungeschönte Aussage kam von dem Nestor der Runde.

Er kam ohne Umschweife auf den Punkt, wie er es immer getan hatte.

Der Staatssekretär des Finanzministeriums griff das unheilschwangere Stichwort auf, das kaum überzeugender klingen konnte, als aus dem Mund des verantwortlichen Finanzexperten. »Ja, sie sind bankrott.« Blutig und roh wie das Fleisch, das sie sich gerade einverleibt hatten. »Sie haben alles verbraucht – *alles*. Und wenn sie nicht ganz schnell etwas erben – innerhalb der nächsten Wochen –, sind sie fertig.«

Der Nestor der Runde ergriff wieder das Wort und sah dem Mord-Chef tief in die Augen. »Das ist die oberste Priorität der Blegmans. Das Erbe.«

Am Tisch herrschte Schweigen. Einige hatten die Hände gefaltet.

»Nach außen versuchen sie, das Ganze zu vertuschen, um in eine neue Amtszeit einzumarschieren.«

»Wenn das auffliegt...«, soufflierte der Chef des Finanzministeriums, »verlieren wir jegliches Vertrauen bei der Bevölkerung. Wie soll ich nach einem solchen Skandal jemals wieder dänische Familien glaubwürdig zu Opfern und Einsparungen auffordern, ohne gelyncht zu werden? Das ist eine *untragbare* Situation.«

»Das Testament muss irgendwo sein. Wenn sie ihre Söhne enterbt hat, muss das so schnell wie möglich ans Licht...« Der Älteste aus der Runde hielt den Blick des Mord-Chefs fest. »Das Sicherste wäre natürlich, den Wählern jetzt schon die Wahrheit zu sagen, egal, ob sie was erben oder nicht. Sie haben uns in eine untragbare Situation gebracht und ihre eigene Hurerei über die Demokratie gestellt.«

Stille senkte sich schwer auf die Gesellschaft um den runden Tisch. Der Mord-Chef wusste nicht genau, was das Schweigen bedeutete. Wollten ihn die sechs Staatsbeamten darauf hinweisen, dass die zwei Brüder alles und jeden platt walzen würden, der sich zwischen sie und die Abwendung ihres persönlichen Ruins stellte? Das war erstens keine Neuigkeit. Und zweitens dürften sie ihn kaum eingeladen haben, um ihn mit dieser Information zu entlassen. Die Gefühle und die Zukunft eines einfachen Polizisten waren ihnen völlig egal. Das konnte nicht alles sein.

Deuteten die um den Tisch Versammelten an, dass die zwei mächtigsten Männer des Landes ein Mordmotiv hatten? Oder wollten sie ihm mitteilen, dass er Rückendeckung erhoffen durfte, wenn er den Blegman-Brüdern an die Gurgel ginge?

In diesem Augenblick verlor er für einen winzigen Augenblick die Selbstkontrolle und schaute nach unten. Und tatsächlich schwebte er in der freien Luft, ohne Netz und Boden unter sich. Und er tat das einzig Richtige in dieser Situation. Er erhob sich so abrupt, dass der Stuhl beinahe hinter ihm umgekippt wäre.

Er brauchte dringend frische Luft und festen Boden unter den Füßen. Erst als er, den Fuß auf dem Gaspedal, in seinem alten Civic saß, wurden seine Hände und Finger wieder ruhiger. Der Gastgeber hatte ihn hinausbegleitet, und keiner der anderen hatte ein Wort gesagt.

Der Mord-Chef hatte Informationen erhalten, die er nicht für sich behalten konnte, so viel war ihm klar. Die ach so noblen Ritter, die er eben verlassen hatte, saßen auf allen Informationen – von der Steuerbehörde bis in die Kammern der oberen Staatsbeamten. Aber nur der Mord-Chef hatte den natürlichen Zugang zu den Daten, um sie durchsickern zu lassen.

DER LEUCHTTURM AUF DER LANDSPITZE

Samstag, 17. Januar, kurz vor Mitternacht

Am Tag nach meiner Rückkehr hatte der Fuchs unten an der Böschung gesessen. Als wollte er mich begrüßen, mit einem Lächeln, die lange Zunge aus seiner rotpelzigen Schnauze hängend. Natürlich tat er das nicht. Sobald ich mich ihm nähern würde, würde er durch seine beiden Eingänge flüchten, gleichzeitig – wie Schrödingers Katze. Er hob sich kaum von den braunroten Blättern ab, die zwischen den Stämmen und der kahlen Birke auf der Lichtung lagen. Mir war die Symbolik durchaus bewusst – die eine höhere Macht so installiert haben musste.

Agnes hatte die Witwe zu Grabe getragen – so hatte ich es in den Abendnachrichten gehört. Ihr Anruf war keine Überraschung. Natürlich nicht. Mein altes Nokia überbrückte besser als jedes Smartphone die Distanz durch das Tannengrün, über die Landspitze, bis zu dem Haus im Dyrehaven. Ich sah sie vor mir, vermutlich war sie aus dem Haus in den Garten gegangen. Ove durfte niemals erfahren, was seine sanfte Pastorenfrau im Verborgenen tat.

»Ich bin's, Agnes...«

Ich sagte nichts.

»Hast du es versteckt? Sie kommen zu dir.«

Sie meinte das Testament – und die Polizei – und die Blegman-Brüder.

»Ja.«

»Gut genug?« In ihrer Stimme schwang Nervosität mit.

»Ja«, sagte ich. Es war nicht schwer, die nächste Frage zu erraten.

»Das wird sie ruinieren.«

»Ja.«

»Vorausgesetzt, es gelingt ihnen nicht, es vorher zu vernichten. Sie sind extrem einflussreich.«

»Ja.« Ich wiederholte meinen einsilbigen Beitrag zur Unterhaltung – mit demselben Wortlaut und Tonfall – zum vierten Mal.

»Du musst nicht länger dortbleiben.«

»Nein.«

»Jetzt, wo die alte Dame tot ist.«

»Ich weiß.«

»Und, wirst du abreisen?«

»Nein«, antwortete ich.

Es senkte sich eine lange Pause über Seeland, Kalundborg und die Landspitze, ehe ihre Stimme mich auf dem wackelnden Haus über dem Steilhang erreichte.

»Wonach suchst du eigentlich?«

Ich riss meinen Blick vom Höllenschlund und blieb ihr die Antwort schuldig.

»Du hast ihn doch getroffen. Er wird nichts erben.«

»Nein.« Ich schlug gerade meinen persönlichen Rekord in einsilbigen Antworten.

»Ich fahre am Dienstag zu einem Pastorentreffen in Kalundborg«, wechselte Agnes das Thema. »Dann komme ich bei dir vorbei. Wenn sie die Unterlagen finden, werden sie sie verschwinden lassen.« Sie machte eine kurze Pause. »Dann wäre alles vergeblich gewesen. Und wir...« Sie verstummte.

Ich wusste, warum. Um ein Haar hätte sie den Namen ihres Mannes ausgesprochen – der faktisch im letzten Willen der Witwe stand. Weshalb die Witwe so milde gestimmt war an ihrem Lebensabend und der Versuchung erlegen war, die Ove ihr präsentiert hatte. Das Konzept vom neuen *Garten Eden*. Ein Leben für ein Leben. Das ewige Leben. Gab es etwas Gerechteres...

... wenn man an die Vision glaubt, gibt es keine Grenzen. Ich kann Ihren Sohn zum Leben erwecken. Wir können sein Grab öffnen. Der kleine Pil wird dort sein.

Er würde zurückkehren. Sie hatte in ihrem Zimmer im Pflegeheim einen Schmalfilm, das älteste Medium der Welt. Ove hatte ihr versichert, dass sich die flimmernden Bilder auf eine Festplatte überspielen und bearbeiten ließen... für die Gegenwart. So würde man sich immer an ihn erinnern, er wird sich bewegen...

Ich werde die Bilder zum Leben erwecken, damit Sie uns von ihm erzählen können.

Das hatte er gesagt. Er kannte keine Skrupel. Es ging um Addas und seine Zukunft ...

Sie werden Seite an Seite im Paradies schlafen.

Das war die Wahrheit von Oves Version – und die alte Dame hatte ihm geglaubt, ihm glauben wollen. So stand es schwarz auf weiß im Testament.

»Dann können wir über alles reden«, sagte Agnes.

»Ja«, antwortete ich.

Sie lachte. Wie sie es vielleicht in ihrer Jugend getan hatte, lange bevor ich sie kennengelernt habe.

KAPITEL 20

KANZLEI DES MINISTERPRÄSIDENTEN

Montag, 19. Januar, Morgen

Die Pressemitteilung lag auf dem massiven Mahagonischreibtisch des Ministerpräsidenten, durch den die beiden Brüder um zwei Meter voneinander getrennt waren.

Daneben lagen die Morgenzeitungen und ein kleinerer Stapel Magazine. Auf den Titelseiten prangten Fotos der Witwe oder ältere Aufnahmen aus der Blegman-Dynastie.

Die beiden Männer – das mächtigste Brüderpaar aller Zeiten, wie eine Morgenzeitung nicht ohne Ironie in Anspielung auf ihre Statur getitelt hatte – waren außer sich vor Wut.

»Erst schicken wir auf Ihren Rat hin diese Meldung raus…« Der Bär hämmert mit dem Zeigefinger auf das Papier auf dem Tisch. »Und dann bricht die Hölle los. Plötzlich will jeder wissen, wo dieses verdammte Testament ist. Einige behaupten sogar, wir hätten es verschwinden lassen. Aber warum um alles in der Welt sollten wir so etwas tun?«

Der Mord-Chef dachte an die vertraulichen Informationen, die er zwei Tage zuvor in Tårbæk bekommen hatte.

»Wenn wir das Testament nicht finden – und es ist nicht sicher, dass wir es jemals finden werden – kommen wir nicht weiter. Sie in der *Erbangelegenheit* aber auch nicht.«

Letzteres war ein Schuss ins Blaue und nicht mit den unzähligen Juristen abgesprochen, die das Präsidium bevölkerten.

Der Mord-Chef hatte vorgeschlagen, am Sonntagabend an die Öffentlichkeit zu gehen und das Verschwinden des Testaments publik zu machen, was die Staatssekretäre sowohl des Staatsministeriums als auch des Justizministeriums begrüßt hatten. Er hatte dabei gar kein gutes Gefühl – weil er Teil eines Spiels war, in das sonst niemand eingeweiht war. Doch er konnte nicht mehr zurück. Und mit Nummer Zwei konnte er darüber auch nicht reden, wenn er ihn nicht mit in den Abgrund reißen wollte, sollte die Sache schieflaufen.

Er hatte sich diskret umgehört und von einem pensionierten Staatsanwalt erfahren, dass die Existenz des Tårbæk-Clubs kein Geheimnis war. Die einflussreichen Männer waren nicht so dumm, sich konspirativ zu treffen. Offiziell handelte es sich um soziale Treffen, um einen Gedankenaustausch über fachliche Themen. Der Tårbæk-Club hatte im Laufe der Zeit bis zu zwanzig Mitglieder aus den einflussreichsten Büros in Slotsholmen gezählt, deren gemeinsamer Nenner die Verachtung politischer Schwäche und Amoral war, durch die immer wieder Beamte als Bauernopfer für die Sünden und den Größenwahn der gewählten Politiker herhalten mussten.

Die Pressemitteilung über das verschwundene Testament war die Topmeldung des Tages, sodass die zwei Brüder mit nur dreißig Minuten Vorbereitungszeit vor das Rudel der Wölfe treten mussten. Das Büro quoll deshalb über vor Beratern und hohen Beamten. Das Wort führte der Staatssekretär des Justizministers – wenn nicht alle durcheinanderredeten. Der Bär sah aus, als befände er sich am Rand eines Zusammenbruchs. Und nicht ohne Grund, wusste der Mord-Chef nun. Die Brüder steckten in einer Krise. Wie das Land. Wie seine Ermittlungen. Und wenn der Tårbæk-Club bekam, was er geplant hatte, war er selbst nur ein winziges Rädchen in dem kompliziertesten aller Getriebe.

Die Männer in der Villa dachten das Gleiche wie er und sein Vize: Wenn die Witwe das Testament so kurz vor ihrem Tod geändert hatte – mit zwei wildfremden Zeugen und ohne Einbeziehung des Familienanwalts –, konnte das nur bedeuten, dass die Änderungen massiv waren.

Das schlechte Verhältnis zwischen der alten Dame und den beiden Brüdern, die sie ins Pflegeheim gesteckt und im Vorgarten des Todes allein gelassen hatten, war aus den Ermittlungen hervorgegangen. Die zwei Brüder hatten nie daran gedacht, dass ihr Verhalten Konsequenzen haben und sie sich sozusagen selbst enterben könnten. Einen Pflichtteil gab es natürlich trotzdem, aber der würde nicht reichen, um ihr Imperium zu retten. Sie waren bankrott, und gelang es ihnen nicht, ihre Strohhalme in einen größeren Geldtank zu stecken, würde das auch so bleiben.

»Es gibt noch ein Detail, das wir erörtern müssen«, sagte der oberste Beamte des Landesvaters, woraufhin der Mord-Chef den Kopf senkte. Er hatte dem Staatssekretär nach dem Treffen in Tårbæk erzählt, was die Polizei wusste.

»Wir müssen noch etwas bekannt machen, und ich bin mir nicht sicher, ob das nicht viel früher hätte geschehen sollen.« Er warf einen missbilligenden Blick auf den Mann, mit dem er erst vor zwei Tagen blutiges Fleisch gegessen und teuren Barolo getrunken hatte. »Möchten Sie das übernehmen?«

Der Mord-Chef erzählte den beiden Brüdern von dem Vogel im Käfig.

»Sie sagen, dass in dem Vogelbauer, der bei meiner Mutter stand, ein Vogel war? Aber das weiß ich doch«, sagte Poul Blegman, ohne zu ahnen, was geschehen würde.

»Ja und?«, der Ministerpräsident war beinahe wieder der Alte. »Wozu sollte so ein Vogelbauer denn sonst gut sein?«

»Das Problem ist, dass in dem Pflegeheim keine Haustiere erlaubt sind.« Der Polizist blickte in die Runde.

»Unsere Mutter liebte Kanarienvögel«, sagte der Justizminister. »Die erinnerten sie immer an den kleinen Pil. Der hatte einen ...«

»Zum Teufel mit Pil und seinem bescheuerten Vogel!«, schimpfte der Bär.

»Die Sache ist nur die, dass sie nie einen Vogel hatte. Sie hat nur den leeren Käfig mit ins Heim genommen. Als Erinnerung an Pil. Sie durfte keinen Vogel halten.«

»Aber der war doch da!« Der Justizminister lachte verunsichert.

»Genau«, sagte der Mord-Chef und richtete seinen Blick auf seinen obersten Vorgesetzten. »Die Frage ist, wo kam er her?«

Die beiden Brüder saßen eine ganze Weile still da.

Palle reagierte als Erster. »Wollen Sie damit sagen, jemand hätte den Vogel dort deponiert ...?« Er hielt inne.

»Ja, das will ich sagen ... Wir wissen nur nicht, wer und warum.«

»Das verstehe ich nicht.« Poul Blegman schüttelte den Kopf. »Das verstehe ich nicht.«

»Nach allem, was wir wissen, hat die Person, die wir suchen, den Vogel in den Käfig Ihrer Mutter gesetzt, als Ihre Mutter ...«

»Das verstehe ich nicht.« Die Aussage kam zum dritten Mal und klang dieses Mal beinahe ängstlich.

»Es könnte ein Hinweis sein ... vielleicht auf etwas in der Vergangenheit. Ich habe das früher schon einmal gefragt ... Fällt Ihnen dazu irgendetwas ein?« Er wartete fast dreißig

Sekunden, bekam aber keine Antwort. Dann sagte er: »Die Jungs aus den Reihenhäusern?«

Keine Antwort.

»Jemand aus dem Gymnasium?«

Der Ministerpräsident sah seinen kleinen Bruder an, der auf dem großen Sofa mittlerweile ganz zusammengesunken war.

»Da kann es Hunderte geben, alle möglichen, die Rache üben wollen.«

Das Eingeständnis kam mit verblüffender Ruhe. Ebenso gut hätte er sagen können: Wir haben alle tyrannisiert, die nicht bei drei auf den Bäumen waren. Jeder um uns herum hätte einen Grund, uns zu hassen... Aber das tat er natürlich nicht.

Die Blicke der Staatssekretäre waren auf den Mord-Chef gerichtet. Dieser sparte nun auch das letzte Ergebnis nicht aus, auch wenn der Bär sicher nicht verstehen würde, warum sie es bis jetzt zurückgehalten hatten.

»In dem Kellerraum, in dem sie gefunden wurde, lag etwas. Vor ihren Füßen. Sie muss es in den Händen gehalten haben, als sie starb.«

»Etwas?«

»Ja, ein Buch.«

»Ein Buch?« Poul Blegman schüttelte erstaunt den Kopf.

»*Der kleine Prinz* – von dem französischen Schriftsteller Antoine de Saint-Exupéry.«

Der Justizminister sah den Mord-Chef mit glasig leerem Blick an. Sein großer Bruder, der Tyrann von der Maglegårds Allé, stand auf und fegte mit seiner Pranke Pressemitteilung, Zeitungen und Magazine von der Tischplatte. Sie trudelten durch die Luft und verteilten sich auf dem Teppich.

»Sie haben das *geheim gehalten*...!« Er wandte sich an den

Mord-Chef. »Sie haben geheim gehalten, dass es mehrere Spuren gab. Sie haben den Vogel... wir haben ihn gesehen... und Sie haben uns glauben lassen, er wäre die ganze Zeit da gewesen?«

»Ja, ich bin in erster Linie Polizist, der Leiter der Ermittlungen.« Der Mord-Chef hatte sich seine kurze Verteidigung vorher zurechtgelegt.

In diesem Moment kippte die unbändige Wut des Ministerpräsidenten in einen fast bittenden Ton, was allen im Raum höchst merkwürdig vorkam. »Aber was sollte das für eine *Bedeutung* haben? Der Vogel, das Buch?«

Er ließ seinen schweren Körper auf den Büffellederstuhl fallen, der bedrohlich ächzte.

»Ein lebender Vogel in einem Käfig, der seit Jahrzehnten leer stand... Das ist weiß Gott merkwürdig. Und genau deshalb wollten wir mit diesem Sachverhalt nicht gleich an die Öffentlichkeit«, brachte der Mord-Chef seine Verteidigung sachlich vor.

Der Ministerpräsident sagte: »Mein Gott, dann ist das... das Werk eines Verrückten.«

»Ja«, sagte der Ermittlungsleiter und stand auf. »Oder eben gerade nicht. Oder...« Er ließ den Satz unvollendet, als er ging.

»Oder was?«

Niemand der im Raum Verbliebenen konnte die Frage beantworten.

KAPITEL 21

DER LEUCHTTURM AN DER LANDSPITZE

Dienstag, 20. Januar, Nachmittag

Ich hatte die ganze Nacht und den Morgen über meinen nächsten Schritt nachgedacht. Erst dann fasste ich einen Entschluss. Der Fuchs hatte in den letzten Stunden mit seinen grünen Augen das Haus beobachtet, geduldig und ausdauernd. Als wartete er darauf, dass vom Hexenhaus etwas ausging – etwas Unvermeidbares, Unkontrollierbares –, das nicht einmal ich beherrschen konnte.

Es hätte mich nicht gewundert, wenn der kleine Prinz für mich unsichtbar neben ihm gestanden und mit seinen unschuldigen blauen Kinderaugen zu mir herübergesehen hätte.

War das, was geschah, eine Form von Aufopferung – oder das genaue Gegenteil? Ich wusste es nicht.

Stolz war nie eine meiner Tugenden gewesen. Freude über das eigene Tun, das ist ein trügerisches Gefühl – ein teuflischer Verrat an der eigenen Seele, auch wenn man glaubt, diese Freude käme von Gott. Diesen Irrweg lernte ich schon als Kind zu verlassen, als meine Pflegemutter mich zwang, lachend zu winken, wenn die anderen wegfuhren. Ihnen zuliebe.

Das war eine einzige Demütigung, weil nie auch nur ein einziger von ihnen zurückgewunken hätte.

Agnes saß in meinem Zimmer. Ihr Wagen stand unten am Weg, sie war, meinen Namen rufend, die Böschung heraufgeklettert.

Ich hatte erst geantwortet, als sie schon ganz nah war.

»Du hast es ... ein sicherer Ort«, sagte sie, nachdem sie sich in der kleinen Wohnstube umgesehen hatte. Ich konnte das baufällige Haus nur schwerlich mit einem sicheren Ort in Verbindung bringen. Andererseits war es auch keine Frage.

»Ja, es ist sozusagen begraben. Niemand wird es finden – bevor wir ...«

»... die Sache publik gemacht haben.« Sie schwieg.

Genau das war das Problem. Die Witwe hatte mich gebeten, auf das Testament aufzupassen – sie hatte mich an meinem letzten Tag im Heim geradezu gedrängt, es mit zum Leuchtturm zu nehmen. Natürlich wusste sie um den Zündstoff, den die Änderungen in sich hatten. Deshalb war sie damit ja auch nicht zum Familienanwalt gegangen. Er hätte vermutlich die mächtigsten Männer des Landes gestützt. Es wäre ein Leichtes gewesen, die alte Frau für unmündig zu erklären oder ihren letzten Willen verschwinden zu lassen. So etwas geschah immer wieder.

Agnes hatte das Versteck unter dem Sandfach des Vogelkäfigs gleich gefunden. Noch der dümmste Dieb hätte zuerst dort nachgesehen. Das hatte die Witwe einsehen und mir ihren letzten Willen anvertraut. Das Problem war nur, dass sie danach verschwunden war – und wir gezögert hatten.

Im Augenblick ihres Auffindens war aus unserem Zögern Unentschlossenheit geworden, Panik, die uns sonst so gar nicht ähnlich sah.

Wie sollten wir erklären, dass wir mit dem Testament erst jetzt rausrückten, nachdem die Polizei alles auf den Kopf gestellt hatte, ohne etwas zu finden? Wie konnten Agnes oder ich plötzlich und nach so langer Zeit das gesuchteste Dokument des ganzen Landes aus dem Hut zaubern? Gut fünf Minuten saßen wir in dem kleinen Haus der Meereshexe, ohne etwas zu sagen. Wir lauschten dem Wind und dachten über unser Problem nach. Das Testament musste öffentlich gemacht werden. Die Polizei suchte danach, und letzten Endes war dieses Dokument der Dreh- und Angelpunkt für den endgültigen Sturz der Blegman-Brüder in einen Abgrund, aus dem keiner der beiden jemals würde emporsteigen können. Wir hatten diese Entwicklung selbst in die Wege geleitet und mussten jetzt eine Lösung finden. In Agnes' Augen las ich Verzweiflung. Seltsam war nur, dass sie mich inzwischen nicht besser kannte und meinen Plan noch immer nicht durchschaute. Es gab nur eine Lösung, und die hatte ich gefunden, lange bevor sie die Böschung emporgeklettert war.

»Komm mit.«

Sie sah mich verwundert an.

Es fühlte sich so an, als gäbe das Haus etwas nach, als wir von der Veranda traten. Als wollte es sich nun endgültig in die Tiefe stürzen.

Ich drehte mich um, aber es war noch immer da.

Wir gingen an der Fußspur des Riesen vorbei und weiter in Richtung Steilküste, bis wir vor der steinernen Bank am Leuchtturm standen. Wir nahmen Platz.

»Hier also...«

»Ja.«

»Ein schöner Ort.«

Ich wusste nicht, ob sie das wirklich so meinte.

»Schön und... karg.«

»Wie die meisten Orte am Meer. Er kommt gleich.«
Sie nickte.

Viggo und Agnes sich noch einmal begegnen zu lassen war der merkwürdigste Entschluss, den ich jemals getroffen hatte. Manchmal verstehe ich mein eigenes Handeln nicht. Aber geht das nicht jedem so? Wir denken das eine und tun das andere, und manchmal ist das eine dunkel und unerklärlich und das andere hell und absolut. Es kann aber auch genau anders herum sein.

Kurz darauf stand Viggo außer Atem oben auf der Treppe, die vom Strand heraufführte. Die zwei starrten einander an.

Dann kam er zu uns. »Guten Tag.« Er sah nur Agnes an.

Hätte ich jemals eine Chance gehabt, in diesem Moment verspielte ich sie. Sie war noch genau so schön wie damals, als sie sich das erste und einzige Mal geküsst hatten. Viggo ging in die Leuchtturmwärterwohnung, holte den kleinen dreibeinigen Hocker heraus und stellte ihn vor uns.

Merkwürdigerweise war mein einziger Gedanke, dass er den kleinen Prinzen jetzt doch hatte ziehen lassen.

Er setzte sich auf den Hocker.

Wir erzählten ihm von der Witwe und ließen nichts aus, nicht einmal meine Rolle in dem Ganzen, die ich ihm zuvor nur angedeutet hatte. Wir erzählten ihm, dass ich zum Leuchtturm gekommen war, um ihm einen Platz in ihrem Testament zu verschaffen. In dem letzten Willen, in dem ihre Söhne nicht mehr vorkamen.

Er nickte.

Und dann erklärten wir ihm den eigentlichen Grund für die ganze Geschichte.

»Es war der Vater der beiden, der den Tod deiner Mutter verursacht hat«, sagte Agnes. Als Pastorin war sie es gewohnt, ernste Nachrichten zu überbringen.

Viggo Larssen saß auf seinem Hocker, ohne sich zu rühren. Sein Gesicht war regungslos, und aus seiner Brust kam kein Laut. Er war vor Schock erstarrt.

»Peter Blegman hat den Unfall Mittsommer 1971 verursacht, bei dem deine Mutter gestorben ist«, sagte ich.

Er sagte noch immer nichts.

»Das hat die Witwe uns erzählt, als wir ihr Testament unterschrieben haben.« Ich sah zu Agnes. »Sie wollte etwas wiedergutmachen. Wenn so etwas überhaupt möglich ist.«

Nichts kann je wiedergutgemacht werden.

»Der anonyme Brief, wegen dem du nach Kopenhagen gefahren bist, um mit ihr zu sprechen – der war von mir.«

Dieses Mal nickte er.

Er antwortete: »Sie hat nichts gesagt.«

»Sie hat den Mut verloren, als sie dich sah. Mit diesem Versagen hatte ich nicht gerechnet. Später hat sie eingesehen, dass sie etwas ändern muss.«

Ich spürte Agnes' Unruhe. Sie konnte es nicht leiden, im Unklaren gelassen zu werden. Doch ich hatte gesagt, was zu sagen war, stand auf und überließ ihm meinen Platz neben Agnes.

Der Wind hatte aufgefrischt, als ich durch die Fußspur des Riesen zurückging. Wegen des Rauschens in den Baumwipfeln würde ich nicht hören, wann sie zum Auto ging und wegfuhr. Aber das spielte keine Rolle.

Sollte der Fuchs mir über die Böschung zum Haus hoch gefolgt sein, habe ich ihn nicht gesehen. Ich lachte leise vor mich hin. Vielleicht war er erbost über meine lange Abwesenheit.

Wen man gezähmt hat, verliert man nie.

Ich schlief ein und träumte.
Nur im Dunkel gibt es Liebe.

Das habe ich von Magdalene gelernt, meiner spastischen Freundin von einer anderen Böschung, weit entfernt.

Sie brachte mir damals am Sund mit Aussicht auf die schwedische Küste bei, dass die Knochen, die wachsen und sich dehnen und später schrumpfen und brüchig werden, in einer anderen Welt und zu einer anderen Zeit eine Stärke haben können, die niemand sich vorstellen kann.

In einem Leuchtturm, im Dunkel, wenn alles längst zu spät sein sollte.

In einem Spiegel, in meinen Träumen – auf der anderen Seite der Brandung.

Im ersten Tageslicht, wenn die Farben der Sonne die Wand des Leuchtturms treffen.

Im Licht – das uns umgibt und das immer da sein wird...

... wie Liebende...

... wie eine einzige, synchrone Bewegung...

KAPITEL 22

DER LEUCHTTURM AUF DER LANDSPITZE

Mittwoch, 21. Januar, Nachmittag

Vielleicht war es pure Berechnung.

Ich hätte es begreifen müssen, als er sich am Tag nach seinem Wiedersehen mit Adda an mich wandte. Sie war seine letzte Chance – darum hatte ich die beiden zusammengeführt –, und die hatte er verpasst.

Jetzt war nur noch ich da. Und er war bereit, das preiszugeben, was er so lange vor aller Welt verborgen gehalten hatte. Der schwierigste Akt seines Lebens.

»Vielleicht bist du ja genauso sonderbar...« Er stockte kurz, aber ich wusste auch so, wie die Fortsetzung lautete. »... wie ich?«

Eine dreiste Behauptung. Ich tat ungerührt.

»Keiner meiner früheren Freunde versteht mich wirklich... oder sie haben keine Zeit.« Er klang traurig, wie ein Kind, das nicht mitspielen durfte – und nicht verstand, warum.

»Gehen wir rein«, sagte er überraschend und stand auf.

Ich fiel aus allen Wolken. Das hatte er mir noch nie angeboten.

»Ich will dir etwas zeigen.« Er öffnete die Tür. »Malin...«

Er nannte mich bei dem Namen, den ich mir für mich ausgesucht hatte, und es klang richtig. »Du bist die Einzige, der ich das anzuvertrauen wage. Ich glaube, du wirst es verstehen ... ohne mich für ...«

Ich wusste, was er sagen wollte: *Ohne mich für völlig verrückt zu halten.*

Aber im Grunde war das der Fall.

Er hatte alles vor uns auf dem Tisch in der Stube ausgebreitet. In der Reihenfolge, die er für die logische hielt. Insgesamt sieben Dokumente – Beweise, wie er sie sicher nennen würde.

Das eine oder andere kannte ich bereits: das Tagebuch seiner Mutter, das spanische Tagebuch, das alte Logbuch und Tante Jennys Brief. Dann lagen da noch ein dünner Umschlag und ein paar einzelne Blätter in Schutzhüllen.

Er holte seinen dreibeinigen Hocker, und ich setzte mich ihm gegenüber auf den Stuhl. Er griff nach dem Tagebuch seiner Mutter, sein erster Beweis. Es war das dritte und letzte – das, in dem ich nie gelesen hatte, weil es unerreichbar hinter der Scheibe des Glasschrankes lag, seit ich das erste Mal bei ihm eingebrochen war. Auf dem vorderen Deckel stand in Goldschrift *Mein Tagebuch* und darunter *1970* – ohne Abschlussjahreszahl.

Ich wusste natürlich, wann es geendet hatte. Unmittelbar vor der Johannisnacht 1971.

Genau diese Seite schlug er auf, die letzte von seiner Mutter beschriebene.

»Lies das, das ist ihr letzter ...«

Ich nahm das Buch und zuckte unwillkürlich zusammen. Ich sah es sofort. *Die Frau, Wasser, Hände, die Schlange.* Kurz und präzise beschrieben – und getragen von einer Furcht, die ich dort in der kühlen Leuchtturmwärterwohnung, in dem Augenblick, körperlich spürte.

Letzte Nacht hatte ich einen merkwürdigen Traum, wie ich ihn noch nie geträumt habe. Ich habe geträumt, meine Mutter käme auf mich zu. Sie trug ein schwarzes Kleid und streckte mir die Hände entgegen, als wolle sie mich umarmen, oder vielleicht eher, als wolle sie mich mitnehmen – an einen Ort, den ich im Traum nicht kannte. Ich hatte Angst. Ihre Haut war bleich, fast kreideweiß, und ich wusste, dass sie nicht mehr lebte. Trotzdem wollte sie mich mitnehmen. Ich stellte fest, dass wir in einer Wüste standen, aber da war kein Sand, sondern Wasser. Meine Mutter war von Meer umgeben, das sich hinter ihr erstreckte, so weit ich schauen konnte. Das Merkwürdige war, dass das Wasser lebte, so jedenfalls sah es aus. Es bewegte sich um ihre nackten Füße und Beine. Als ich den Blick senkte, entdeckte ich die Schlange – die in dem Augenblick den Kopf aus dem Wasser steckte. Ich verstand, dass es um mich ging. Meine Mutter wollte mich mitnehmen, weil sie wusste, dass ich sterben würde. Das war der schrecklichste Traum, den ich jemals gehabt habe...

Danach hat sie nichts mehr geschrieben.

Ich las das Ganze noch einmal durch, und Viggo Larssen ließ mich.

Ich sagte nichts.

Er nahm behutsam das Buch aus meiner Hand, klappte es zu und legte es zurück auf den Tisch. Dann nahm er das grüne Buch, in dem ich so oft gelesen hatte – und das ich falsch gedeutet hatte, als ich noch nicht wusste, welche Bedeutung es für ihn hatte. Er schlug die letzte Seite auf und reichte es mir. Dort standen die letzten Worte, die der Spanienfreiwillige Tage, der mit seinem Freund Halfdan durch ganz Europa gereist war, kurz vor seinem Tod geschrieben hatte. Ich hatte den kurzen Abschnitt schon so oft gelesen und wusste, was kommen würde – und was es war, was Viggo Larssen darin gesehen hatte. Meine Hände und Unterarme waren taub, als ich das Buch nahm. Viggo Larssen war entweder verrückter als gedacht oder er hatte einen Zusammenhang erkannt, den ich nicht erklären konnte.

Es ist Morgen. Die Sonne ist gerade aufgegangen. Die anderen schlafen noch. Die Nacht war so weit gut – bis auf den merkwürdigen Traum, den ich hatte, auf dem unbequemen Lager unter dem Schutzdach an dem Berghang. Meine Mutter stand mit ausgestreckten Armen vor mir, als wollte sie etwas sagen. Merkwürdigerweise war sie von Wasser umgeben, einem großen Meer, vielleicht der Øresund. Hier ist es gnadenlos heiß, und alles ist vertrocknet, in dieser Hölle wächst kaum etwas. Ihre Beine waren nackt, und sie war von einem goldenen Schimmer umgeben. Aber ihre Hände waren ganz weiß. Plötzlich schoss hinter ihr in einer weißen Schaumsäule ein Schlangenkopf aus dem Wasser. Sie bemerkte die Schlange nicht oder maß ihr keine Bedeutung bei. Aber ich war sicher, dass sie irgendetwas Entsetzliches repräsentierte. Wir sind noch immer einige Meilen von der Front entfernt. Halfdan würde sagen: »Kamerad, kaltes Wasser im Blut – sternenklar, so bewahrn wir den Mut.« Selbst bei den banalsten Sachen kann er reimen, und er hat natürlich recht.

Ich schaute vom Text hoch.

Sah Viggo an.

»Ich bin dem nachgegangen. Es gab an dem Tag eine große Schlacht am Fluss Ebro, die blutigste des Spanischen Bürgerkrieges. Viele dänische Freiwillige sind dort gefallen. Unter ihnen auch Tage.«

Ich nickte. Kriege, die in der äußeren Welt stattfanden, hatten mich nie sonderlich interessiert.

Er nahm das Buch, legte es vorsichtig neben das Tagebuch seiner Mutter auf den Tisch und reicht mir das nächste Schriftstück – den Weihnachtsbrief von der Freundin seiner Großmutter. Ich hatte den Brief schon gesehen und wusste mit frostiger Klarheit, was mich erwartete.

»Das hier war mein dritter Fund – damals, als meine Großmutter gestorben ist. Ein Brief von einer ihrer Freundinnen aus der Kindheit.«

Ich nahm den Brief, behutsam, als könnte er sonst zwischen meinen Fingern zerbröseln, und las, was vor mehr als vierzig Jahren geschrieben worden war.

Ich hatte heute Nacht so einen eigenartigen Traum. Im Traum stand meine Mutter vor mir. Mit nach vorn gestreckten Händen. Ich wollte nach ihnen greifen, spürte aber, dass irgendetwas nicht stimmte. Sie trug ein schwarzes Kleid und stand ein Stück vom Strand entfernt im Wasser – wenn es ein Strand war – an einem großen Meer. Plötzlich tauchte neben ihr eine Kreuzotter auf und peitschte das Wasser mit ihrem Schwanz oder dem ganzen Körper auf. Ich bekam furchtbare Angst, aber Mutter beachtete sie gar nicht. Sie streckte mir beide Hände entgegen, und ich dachte, dass sie mich retten wollte, dass sie wollte, dass ich mit ihr gehe. Ich hatte das Gefühl, dass sie mir etwas sagen wollte. Und trotzdem hatte ich Angst wie ein kleines Kind. Na, das ist vielleicht nicht das passende Thema für einen Weihnachtsbrief. Lass mich also schließen mit den besten Wünschen für ein frohes Weihnachtsfest und ein gutes neues Jahr. Das hast du mehr als irgendwer sonst verdient. Deine ›Tante Jenny‹

Ich legte den Brief zwischen uns und dachte an die schwarz gekleidete Frau im Wasser, die sie alle drei beschrieben hatten.

Viggo faltete Tante Jennys Brief zusammen und schob ihn zurück in den blauen Umschlag mit der Weihnachtsmarke.

Er nahm einen weiteren Umschlag vom Tisch, den ich noch nie gesehen hatte. »Das hier habe ich von einer Frau bekommen, die ein Seminar geleitet hat, das ich besucht habe, unmittelbar vor meinem Rausschmiss bei Danmarks Radio – in einer von Oves Veranstaltungen.« Er lächelte, als würde die Tatsache an sich eine Form von Nemesis enthalten – mit Ove in der Verliererrolle.

»Ihr Vater war vor Kurzem gestorben, und wir sind nach dem Essen ins Gespräch gekommen.« Er zog zwei hellblaue Briefbogen aus dem quadratischen Umschlag und gab sie mir. »Sie hat mir das hier gezeigt, weil ich ihr zugehört und irgendwann gefragt habe, ob in seinem letzten Brief etwas von einem Traum stand. Die Frage hat sie schockiert. Weil dem tatsächlich so war.«

Ich befand mich – mental – in einem fast sauerstoffleeren Raum. Ich stellte mir Viggo Larssen in einer anderen Zeit vor, ins Gespräch vertieft mit einer wildfremden Frau, und ich verspürte einen absurden Stich von Eifersucht. Ich atmete tief ein.

Liebe Linda, begann der Brief des sterbenden Mannes. Ich las seinen privaten Abschiedsgruß mit einer gewissen Scheu; seine Trauer darüber, alles zu verlieren, allem voran seine Tochter.

Auf der letzten Seite stand, was kommen musste – mit einer winzigen Variation.

Deine Mutter war heute Nacht bei mir, zumindest glaube ich, dass sie es war. Eine Frau in einem langen schwarzen Kleid streckte ihre Hände nach mir aus, und zuerst hielt ich sie für meine eigene Mutter. Es lag eine sanfte, friedvolle Stimmung über der Szenerie. Hinter ihr lag das Meer, und ich glaube, sie wollte mit mir dorthin. Ich glaube, sie hat meinen Namen gerufen. Das Einzige, was mir Angst gemacht hat, war ein Schatten im Wasser gleich hinter ihr, der aussah wie eine Schlange... In dem Augenblick hat die Krankenschwester mich geweckt.

Ich legte den Brief auf den Tisch, und er schob die zwei Bogen zurück in den Umschlag, vorsichtig, um die Ecken nicht zu knicken.

»Der gleiche Traum. Eins, zwei, drei, vier. Vier fast identische Beschreibungen. Und alle vier Schreiber sind noch am selben Tag gestorben, wenige Stunden nachdem sie den Traum aufgeschrieben haben.« Als Nächstes nahm er eine durchsichtige Plastikhülle mit einem einzelnen Blatt vom Tisch. »Das hier ist die Nummer fünf, auf die ich ebenfalls in Verbindung mit Danmarks Radio gestoßen bin, 2002, als ich für ein Feature über Nahtoderlebnisse recherchiert habe. Ich bin nicht mehr damit fertig geworden.« Und wieder war da dieses eigentümliche Lächeln. Ich war fast sicher, dass er seinen Scharfrichter vor sich sah: Ove. Assistiert von Verner.

»Das ist die Abschrift einer Tonbandaufnahme. Die Aufnahme hab ich da drüben.« Er zeigte hinter sich auf die Kommode unter der Leuchtturmtreppe. »Ich habe fünf, sechs Personen interviewt, die diesen Zustand erlebt hatten – tot zu sein und wieder ins Leben zurückzukehren. Aber nur einer der Befragten hatte genau das erlebt, wonach ich suchte. Oder die anderen konnten sich einfach nicht mehr daran erinnern.«

Er reichte mir ein A4-Blatt mit dem roten Danmarks-Radio-Logo in der oberen rechten Ecke. »Der Traum bricht mittendrin ab, was nachvollziehbar ist – weil er ja nicht gestorben ist.«

Ich nickte, als wäre es die logischste Sache auf der Welt, und las.

Wo Sie fragen – in der Nacht vor meinem Schlaganfall ist tatsächlich etwas Merkwürdiges passiert. In einem Traum... Ich stand im Wasser. Nein, meine Mutter, die seit vielen Jahren tot ist, stand im Wasser und sah mich an. Ich stand am Ufer, auf einem schmalen Strandstreifen. Ich glaube, ich war wieder ein kleiner Junge... Sie hat die Hände nach mir ausgestreckt und mich gerufen. Nein, gerufen hat sie nicht, da waren keine Worte. Ich habe nur gefühlt, dass sie mich gerufen hat. Als ich ins Wasser hinauswaten und nach ihrer Hand greifen wollte, hat sich etwas unter der Oberfläche bewegt, und ich habe schreckliche Angst bekommen. Und in dem Augenblick bin ich aufgewacht.«

»*Sie haben etwas im Wasser gesehen. An ihren Füßen?«*

Offenbar war eine längere Pause gefolgt, die mit einer halben Zeile Punkte gekennzeichnet war.

Dann sagte der Mann wieder etwas: »*Nein ... Aber ich erinnere mich, dass das Wasser um ihre Beine irgendwie unruhig wirkte, während das Meer hinter ihr grau und blank wie ein Spiegel war.«*

»*Unruhig?«*

»*Ja, ganz sicher bin ich mir nicht. Aber irgendwas war da. Sie stand ganz still da.«*

»*Was glauben Sie, hat das zu bedeuten?«*

»*Ich habe keine Ahnung, na ja ... (kurzes Lachen) Eine ganz banale Deutung hätte ich schon. Am nächsten Tag hatte ich ja einen Schlaganfall. Sie hat mich zu sich gerufen. Aber das ...«*

Er steckte den Bogen zurück in die Plastikhülle und nahm den nächsten vom Tisch.

»Das hier ist die Nummer sechs. Die hab ich in einem Trödelladen in der Ryesgade gefunden, ganz in der Nähe meiner Wohnung in der Læssøesgade. In der Straße sind eine Menge solcher kleiner Läden, in denen ich gerne gestöbert habe. Der Zettel heftete an einem Zeitungsbericht über Traumdeutung, der in einem Karton lag. Der Trödler meinte, er hätte den Karton gerade mit einem Nachlass erhalten.« Viggo schwieg und reichte mir einen offensichtlich aus einem Spiralblock gerissenen Zettel in A5-Größe.

Er war verknittert.

»Der Bericht war gerade mal zwei Wochen alt, als ich ihn im Nachlass des Verstorbenen gefunden habe. Der Mann war tot in seiner Dachgeschosswohnung in der Guldbergsgade aufgefunden worden, Angehörige konnten nicht ausfindig gemacht werden. Beim Kirchenbüro konnten sie mir auch nichts sagen – nur bestätigen, dass er tot war und dass sie den Zettel und den Zeitungsausschnitt bei ihm gefunden hatten. Er wurde auf Staatskosten beerdigt. Danach habe ich lange Zeit alle Todesanzeigen gesammelt, in denen nach Angehörigen gesucht wurde. Ab und zu verriet mir mein Freund im Kirchenbüro die Adresse...« Viggo Larssen zögerte. »Und wenn es irgendwie möglich war, ohne zu viel Wirbel, bin ich in die Wohnung der Verstorbenen, ehe sie geräumt wurde.« Er schaute beschämt nach unten. »Ich habe nie etwas gefunden.«

Ich konnte mir ein Lachen kaum verkneifen wegen seiner Mimik, aber auch aus purer Erleichterung. Ich, die über einen Zeitraum von mehreren Monaten in seinen Leuchtturm eingebrochen war, hatte unerwartet einen Gleichgesinnten getroffen.

Das siebte Omen war die bislang kürzeste Beschreibung – trotzdem lief es mir kalt den Rücken herunter, weil die schiefe handschriftliche Bleistiftnotiz sichtbar authentisch war und in Kurzform den gleichen Traum beschrieb, den ich inzwischen auswendig konnte.

Überprüfen, stand am oberen Rand. Und gleich darunter: *Merkwürdiger Traum letzte Nacht. Schwarz gekleidete Frau. Meine Mutter? Wasser, Meer. Sie streckt die Hände aus. Das Wasser um sie schäumt weiß. Da ist eine Schlange. Ich will weglaufen, aber es ist zu spät. Sie ruft mich.*

Wir saßen lange stumm nebeneinander. Dann beugte er sich vor und legte eine Hand auf den letzten Gegenstand auf dem Tisch: ein kleines, leicht welliges schwarzes Buch. Das war das Logbuch, das ich bereits kannte, das mit einer großen Menge Wrackteile an Land gespült worden war, als die Bewohner der Landspitze sich in einem kalten, hungrigen Winter auf Strandraub verlegten, indem sie das Schiff auf die scharfen Riffe vom Höllenschlund lockten – in den sicheren Tod. Der damalige Leuchtturmwärter hatte das Buch sorgsam in einem Hohlraum in der Wand versteckt – wo Viggo es in der letzten Neujahrsnacht gefunden hatte.

»Ich hatte beschlossen, mein gesammeltes Wissen für mich zu behalten und damit zu leben. Diese Warnungen... Träume... bei einem Mann mit meinem Ruf als...« Er wollte »Verrückter« sagen, ließ es aber aus. »Mir hätte doch eh niemand geglaubt. Und ich wusste selber nicht, wie es sich entwickeln würde. Ich war in der Irrenanstalt.« Er meinte das Sankt Hans Hospital. »Danach bekam ich Sozialrente und habe ab und zu mit Freelance-Jobs was dazuverdient.«

Ich nickte und legte aus unerfindlichen Gründen meine Hand auf seine, die auf dem alten Logbuch lag. Mein Herz schlug erschrocken Purzelbäume, aber er tat nichts. Zog seine Hand nicht weg.

»Mein Freund Verner – aus dem Gymnasium – hat mich ein paarmal besucht. Er war inzwischen eine große Nummer beim Danmarks Radio. Nachrichtenchef. Aber er hatte wohl immer noch...«

»... ein weiches Herz«, schlug ich vor. »Für dich.«

Seine Finger zucken unter meinen. »Ein aufgeweichtes Hirn...«

Mir war nicht ganz klar, ob er damit Verner oder sich selbst meinte.

»Durch unser Magazin damals und durch die Featuregruppe wusste er ja, dass ich mich für den Tod interessierte. Und eines Tages sagte er dann, er könne dafür sorgen, dass ich Ruhe zum Nachdenken und Schreiben bekäme. Ich glaube, er hatte das Gefühl, dass ich wieder abdrifte. Ich trank zu viel, schwafelte von vergangenen Tagen und vom...«

»... Tod.«

»Ja. Verner erzählte, dass er mir einen Leuchtturm vermitteln könnte. Und genau das hat er getan. Ich bin am 1. Mai hierhergekommen.« Er lächelte. »Ich bin seitdem nur zweimal in Kopenhagen gewesen. Vor Kurzem mit dir zusammen – und davor im August, nachdem ich den anonymen Brief bekommen hatte, den du geschickt hast.«

Es durchzuckte mich kalt, und ich zog meine Hand weg, damit er meine Unruhe nicht mitbekam.

»Von dir und der Witwe. In dem stand, dass ich mir in Verbindung mit dem Tod meiner Mutter noch einmal genauer die Familie in dem gelben Haus anschauen solle, die Blegman-Sippe.«

Ich saß reglos da und sagte nichts.

»Ich bin also zu ihr gefahren und habe mit ihr gesprochen. Mitte August war das. Ich kann nicht sagen, ob die Polizei davon weiß. Ich habe nur sie getroffen, und das Ganze endete nicht sehr glücklich. Sie weinte, und ich glaube, ich bin am Ende etwas laut geworden. Sie wollte sich einfach zu nichts bekennen, sich an nichts erinnern. Und dann fing sie an, vom kleinen Pil zu reden. Das war seltsam, weil dort ein leerer Vogelkäfig auf dem Fensterbrett stand.«

»Du bist nicht von hier fort gewesen, seit…?« Meine Frage kam zurückhaltend, nicht ohne Grund.

»Nein.«

»Nicht einmal, um Neujahr mit deinen alten Freunden zu feiern?« Was für eine idiotische Frage – aber auch dafür hatte ich einen Grund.

»Nein.«

Er nahm die Hand von dem Logbuch. »Am Neujahrsabend hatte ich das entscheidende Schockerlebnis.« Er sah ganz und gar verloren aus – im ursprünglichen Sinn des Wortes, wie ein Mensch, der keinen Weg aus der Tiefe hinauf weiß. Ich war kurz davor, meine Hand wieder nach ihm auszustrecken. »Ich dachte, ich hätte diese Todesfixierung, oder wie immer man das nennen soll, hinter mir gelassen, die Warnungen, über die ich aus unerfindlichen Gründen immer wieder gestolpert bin. Als Einziger. Als wäre ich auserwählt. Und dann habe ich das hier gefunden...«

Er reichte mir das alte Logbuch.

Ich nahm es vorsichtig und schlug es auf.

»Es ist unmittelbar vor dem Schiffsuntergang geschrieben worden. Ich kenne das Datum, weil... die Leute aus dem Ort sich noch immer daran erinnern. Es ist ein stummes, furchtbares, grausames Geheimnis, das die Familien auf der Landspitze mit sich herumtragen. Und es ist anderthalb Jahrhunderte alt.«

»Wo...?« Ich musste die logische Frage nicht beenden.

»Hier.« Er zeigte unter den Tisch. »Genau hier. Ich war etwas angetrunken, es war Silvester, spät am Nachmittag. Ich hatte meine Lesebrille auf, und plötzlich fiel das linke Glas raus. Das passiert ständig. Immer das linke. Keine Ahnung, warum.«

Ich nickte.

»Es fiel auf den Boden, und ich bin herumgekrochen und habe es gesucht. Da ist mir was Merkwürdiges an der Wand aufgefallen, direkt über der Fußleiste. Einer der Steine war locker. Ich ruckelte ihn heraus und entdeckte einen ziemlich großen Hohlraum dahinter. Darin lag das Buch. Der ehemalige Leuchtturmwärter war daran beteiligt gewesen, das Schiff auf das Riff zu locken, und er hat dann das Buch gefunden. Es bringt Unglück, die letzten Worte eines verstorbene Menschen zu vernichten – das weiß jeder –, also hat er das Buch versteckt... an einem Ort, wo niemand es je finden würde.«

Viggo hob den Blick. »Aber ich habe es gefunden. Weil es so sein sollte. Das war ein furchtbarer Schock. Der Tod...

oder wer zum Teufel es ist, hat mich hier aufgespürt ... am Ende der Welt.« Er machte eine Pause.

Es war ungewohnt, dass er so aufgewühlt sprach. Und fluchte.

»Ich habe nur das Ende gelesen, und das reichte völlig. Ich habe den ganzen Abend und den Rest der Nacht im Dunkeln gesessen und bin erst in der Morgendämmerung eingeschlafen. Als ich wieder wach wurde, habe ich vom Verschwinden der Witwe gehört.«

Ich blätterte langsam, Seite für Seite, durch das hübsche Logbuch. Ungefähr in der Mitte endeten die Aufzeichnungen – am 17. November 1871. Das schien damit der Tag zu sein, an dem sein Schiff – ein Dreimastschoner – vor dem Leuchtturm auf Grund gelockt worden war.

Ich ahnte, wohin die letzten Worte des untergegangenen Steuermanns mich führen würden.

Vielleicht habe ich zu viel gegessen, weil ich in der Nacht einen seltsamen Traum hatte. Meine selige Mutter stand in einem schwarzen Kleid weit draußen im Wasser, sie winkte mir und rief meinen Namen, als wollte sie, dass ich zu ihr komme. Es war wohl in Marstal, wo ich geboren bin, und eigentlich hasste sie das Meer, weil mein Vater, ich und meine beiden Brüder zur Handelsflotte gegangen sind. Plötzlich begann das Meer zu schäumen, wie in einem Märchen, das Wasser peitschte um ihre Beine, als würde es leben. Hinter ihr erhob sich eine große Schlange aus dem Wasser, und einen Augenblick dachte ich, sie werde sich um meine Mutter schlingen, aber sie tat nichts anderes, als mich anzustarren. Meine Mutter streckte wieder die Hände nach mir aus. Ich muss Elise davon erzählen, sie kann solche Dinge deuten. Ich vermisse sie und gehe jetzt auf die Brücke. Das Wetter ist unruhig, und es gibt gefährliche Riffe. Wenn wir in diesem Wetter ein einziges Leuchtfeuer übersehen, kann das fatale Folgen haben.

Ich saß lange mit dem aufgeschlagenen Buch da.

Plötzlich begann das Meer zu schäumen, wie in einem Märchen, das Wasser peitschte um ihre Beine, als würde es leben.

Zusammen mit den früheren Beschreibungen waren die Worte des bedauernswerten Seemannes genug, um mein Herz hart und schneller schlagen zu lassen. Dieses Mal war es Viggo, der seine Hand auf meine legte.

»Du bist die Erste, der ich das alles gezeigt habe.«

Ich saß unbeweglich da und atmete tief ein.

»Die Aussagen von sieben Menschen, zwischen denen Jahrzehnte liegen – Männer und Frauen, die sich nie begegnet sind oder von der Existenz des anderen wussten. Und dennoch beschreiben sie alle exakt das Gleiche, einen Traum mit exakt den gleichen Bildern... Und alle sterben sie am folgenden Tag. Manche von ihnen haben das Gefühl, dass es eine Todeswarnung ist.«

Das klang aus seinem Mund so theatralisch, dass ich fast glaubte, den jungen Reporter zu hören, der über Verschwörungen, Flugzeugabstürze und den Palme-Mord erzählte. Aber die sieben Beschreibungen, die vor mir auf dem Tisch lagen, schienen nicht gefälscht zu sein. So etwas hätte ich gespürt, das war eine Fertigkeit, die ich aus der Welt der Erwachsenen mitgenommen hatte, aus dem Heim der Fräulein, in dem ich aufgewachsen bin.

Viggo Larssen war auf etwas gestoßen, das noch kein Mensch vor ihm gesehen hatte, und es lief mir, ganz banal ausgedrückt, kalt den Rücken herunter.

Ich sah noch einmal Viggo Larssens sieben Dokumente an. Bücher, Briefe, einen herausgerissenen Zettel.

Er ließ meine Hand los und schob die Papiere zusammen. »Und die Nummer acht bin ich. Ich habe als Kind die eine Hälfte des Traumes geträumt, allerdings ohne den entscheidenden Teil... die Schlange. Aber ich brauche nicht mehr Beweise. Es gibt eine Warnung, eine eigentümliche

Todeswarnung, die Menschen bekommen haben, und über die ich zufällig gestolpert bin.«

»Hast du mit...«

»Ob ich mit jemandem darüber geredet habe? Ja, in Sankt Hans mit dem Psychiater, und ich landete bei einem Psychologen, der von Wahn- und Zwangsvorstellungen sprach, unkontrollierbaren Muskelzuckungen und all den verrückten *Visionen*, die ich als Kind hatte. Und es stimmt ja auch. Niemand weiß das besser als ich.« Er schaute aus dem Fenster. »Als Kind bin ich ständig mit verzerrtem Gesicht rumgelaufen, bei jedem zweiten Lidschlag musste ich die Augen fest zukneifen, konnte einfach nichts dagegen tun. Du hast bestimmt schon Menschen mit solchen Tics gesehen. Man muss das mal probiert haben, um es zu verstehen.« Er hielt kurz inne. »Mir ist es gelungen, es zu unterdrücken, aber es hat sich nur in mein Inneres zurückgezogen. Das einzig Greifbare, für das ich niemals eine Erklärung gefunden habe, liegt hier. Das kann kein Psychiater der Welt wegzaubern.« Er legte seine linke Hand auf den kleinen Stapel Bücher, Blätter und Briefe, die alle zusammen das beinhalteten, was Viggo Larssen *das Todesomen* nannte.

Ich hatte das Bedürfnis, ihn zu berühren, aber natürlich tat ich das nicht. Es war wie in meinen eigenen Träumen, in denen ich immer dicht an einem Abgrund spazierte, auf so schmalen Absätzen, dass nur Kinderfüße darauf Halt fanden, ohne abzustürzen.

»Das hat doch unabsehbare Konsequenzen – wenn das wirklich wahr ist«, sagte ich altklug und hasste mich dafür. »Wenn die Leute glauben, dass...«

»... sie eine Vorwarnung ihres eigenen Todes bekommen haben – und dass die Warnung endgültig ist...«

»... wird Panik ausbrechen«, beendete ich unseren gemeinsamen Gedankengang.

»Das ist der Grund, warum ich nicht weiß, was ich tun soll. Und das war es, worüber ich mit Teis und den anderen reden wollte. Aber keiner von ihnen hat mich ernst genommen. Wenn es stimmt, bin ich womöglich auf etwas von allergrößter Wichtigkeit gestoßen... etwas, von dem Teis sagen würde, dass es alle Dimensionen miteinander verknüpft – denk nur an die Idee, dass alles immer existiert und deshalb...« Er hatte den Faden verloren.

»Du kannst doch nicht einen Verschwörungstheoretiker bitten, dir bei der Klärung von so einer Sache zu helfen...«

»Es sei denn, er hätte recht – mit den Türmen.«

Ich schloss die Augen.

Er spürte meine Verzweiflung. »Mir ist das Problem durchaus bewusst. Allein schon die Behauptung, dass Menschen eine Vorwarnung von ihrem eigenen Tod bekommen – selbst wenn es nicht stimmt –, könnte Panik auslösen.« Er sah mich fast entschuldigend an.

»Mit wem hast du sonst noch über... deine Theorie gesprochen?« Ich konnte mich nicht überwinden, es als etwas Endgültiges zu benennen – ein Faktum –, das nicht mehr aufzulösen war, es sei denn, ich fand einen Weg in Viggos verrückte Seele.

Irgendetwas musste diesen gigantischen Tic in dem merkwürdigen Mann ausgelöst haben, mit dem ich zusammen am Tisch saß.

»Mit dir«, sagte er.

»Und außer mir?«

»Ich habe die drei angeschrieben, Verner, Ove und Teis. Und ich habe Adda davon erzählt, als sie hier war. Sonst niemandem.«

»Aber deine Briefe könnten auch andere gelesen haben. Vielleicht sind sie der Polizei übergeben worden. Du kennst die Blegman-Brüder, und du kanntest die Witwe, die jetzt tot ist. Ermordet. Du hast den Tag ihres Verschwindens gewählt, um von Todesomen und Weltuntergangstheorien zu fabulieren.« Ich hielt inne. Er hatte meinen Zorn nicht verdient, der meiner Frustration entsprang, die wiederum meiner Sorge entsprang, die von etwas noch tiefer Sitzendem herrührte, das ich niemals in Worte fassen würde...

Er hatte das stärkste Motiv von allen. Und er hatte vielleicht das Gemüt eines Verrückten. Er steckte in der Klemme, auch wenn er geglaubt hatte, am Ende der Welt in seinem Leuchtturm in Sicherheit zu sein. Das war eine Illusion in einer Überwachungsgesellschaft, der ausgerechnet die Blegman-Brüder vorstanden. Viggo Larssens Telefon wurde garantiert längst abgehört, seine Post gelesen. Möglicherweise waren in dieser Sekunde Satelliten auf uns ausgerichtet. In dem Augenblick war ich mir ganz sicher: In wenigen Stunden würden sie hier sein und ihn holen – und mich gründlich unter die Lupe nehmen. Sie würden niemals das Netz der Zufälle entknoten, das vor ihnen lag. Wie die Kinder aus Søborg miteinander verbunden waren, und was tatsächlich geschehen war. Aber die Fäden immerhin sahen sie so deutlich wie die Verbindungen in einer Facebook-Gruppe – und sie würden uns auf die Spur kommen. Natürlich würden sie das.

»Die Polizei wird sagen, dass du verrückt bist. Und sie werden aufdecken, dass Peter Blegman deine Mutter totgefahren hat.«

Ich musste nicht mehr sagen. Den Gedanken hatte er schon längst gehabt.

TEIL V

DIE RACHE

KAPITEL 23

DER LEUCHTTURM AN DER LANDSPITZE

Freitag, 23. Januar, Vormittag

Man kann nicht einfach über die Fußspur des Riesen steigen. Dafür ist sie viel zu groß. Einmal habe ich meine Schritte gezählt, von Süden bis Norden – es waren exakt vierundvierzig. Der eigentliche Fußballen der Riesenspur ist etwa dreißig Meter lang und sicher anderthalb bis zwei Meter tief.

Ich duckte mich hinter das Dickicht, wie ich es so oft getan hatte, als ich Viggo Larssen noch ohne sein Wissen beobachtet hatte.

Heute würden sie kommen. Ich dachte an Viggo.

Jeder Mensch hat ein geheimes Leben, eine tiefe, dunkle Grotte voller beängstigender Gedanken und Gefühle, über die er niemals mit anderen redet. Agnes hatte mir in unseren vier gemeinsamen Jahren im Pflegeheim immer wieder von den bemerkenswerten Dingen erzählt, auf die sie gestoßen war: »Ich habe einmal eine Frau getroffen, die ihrem Kind versprochen hatte, gemeinsam mit ihm zu sterben. Das Kind hatte Lymphdrüsenkrebs im Endstadium, ein sechsjähriges Mädchen. Die Mutter legte sich daraufhin neben ihre Tochter ins Bett, nahm sie in die Arme und versprach ihr, gemeinsam mit ihr zu sterben, damit sie niemals allein wäre. Das Kind starb, und im entscheidenden Moment hatte die Mutter nicht den Mut, ihr zu folgen, was ihr noch heute schreckliche Schuldgefühle bereitet.« Agnes war Expertin für solche Geschichten, und ich verstand mehr und mehr, warum die Jungen in Søborg so fasziniert von ihr gewesen waren. So hatte sie mir auch von einem älteren Mann erzählt, der seiner viel jüngeren Frau versprochen hatte, Selbstmord zu begehen, falls er unheilbar krank und pflegebedürftig werden sollte. Als es dann tatsächlich dazu kam, weigerte er sich, sein Versprechen einzulösen. Und seine Frau saß an seiner Bettkante und machte ihm Vorwürfe, dass er das Versprechen seines Lebens gebrochen hatte.

Agnes war fasziniert von all den seltsamen Geschichten, die sie in ihrem Beruf zu hören bekam. Wieder hörte ich ihre Stimme, dieses Mal sanft, fast wie in Trance: »Eine Frau aus meiner Gemeinde hat ihrer Mutter auf dem Totenbett ins Gesicht gesagt, was für eine schlechte Mutter sie gewesen sei und dass sie sich immer von ihr verraten gefühlt hatte. Die Mutter ist nur eine halbe Stunde später gestorben. Über die Schuld, die die Mutter ihrer Tochter damit hinterlassen hat, ist diese nie hinweggekommen. Ihre Mutter hatte sich gerächt, sie ein letztes, ultimatives Mal verraten und damit bewiesen, wie recht sie hatte.«

Agnes erinnerte mich an meine Pflegemutter, die nie etwas dem Zufall überlassen hatte, auch Gott nicht, dem Teufel nicht und ganz sicher nicht dem Schicksal. Bei mir selbst ist das anders. Ich habe nie verstanden, wie Menschen an Gott zweifeln können – oder an seinen beiden Kollegen, die es geben muss, um dieses gigantische Konstrukt, das man Leben nennt, am Laufen zu halten, moralbeladen, das Unverständliche tangierend und auf die rätselhafteste aller Pointen zusteuernd:

Dunkelheit. Vorhang. Nichts.

Kein Mensch könnte so etwas erfinden.

Ich denke, dass gerade der sachliche, rationale Mensch zu der Erkenntnis kommen muss, dass in dem Universum, das wir bewohnen, alles möglich ist. Zumal niemand die simpelste, grundlegendste aller Fragen beantworten kann: Woher kommen wir, und wohin gehen wir? Nur Fantasten können behaupten, sie hätten verstanden, wieso ein gewöhnlicher Planet in einem gewöhnlichen Sonnensystem in einer ganz gewöhnlichen Galaxie irgendwo im Universum in einer Falte der Raumzeit den Platz findet, den ihm das kosmologische Gespenst zugedacht hat. Nur zu gut verstehe ich das Bedürfnis von Millionen von Menschen nach etwas Größerem – auch wenn das allzu oft in Katastrophen endet. Man nehme nur das Christentum, das immer das Gute predigt, im Laufe der Geschichte aber unzählige Male entgleist ist. Wir folgen nur einer unendlichen Reihe von Akteuren, die mit der Fabel über die beiden Ausbrecherkönige beginnt, die aus dem Garten Eden flohen, als es ihnen dort zu eng wurde. Das Paradies, in dem die Schlange nicht das Ende verkündete, sondern den Anfang.

Viggo Larssens seltsames Traumbild zeigte noch am ehesten das, was vielleicht irgendwo existierte...

Es gab einen Zusammenhang, eine Verbindung zwischen Vergangenheit und Zukunft, ein Muster. Bestimmt gab es das irgendwo, wenn man nur gut genug hinschaute.

Natürlich wäre der erste Anblick einer so unbekannten Welt verblüffend, beinahe unverständlich.

KAPITEL 24

DER LEUCHTTURM AN DER LANDSPITZE

Freitag, 23. Januar, Nachmittag

Am liebsten hätte ich ihn gefragt: »Liebst du Agnes eigentlich noch?«

Aber ich brachte die Worte nicht über die Lippen.

Wir wanderten Schulter an Schulter über den steinigen Strand zum Steilhang, kletterten mit nassen Schuhen und kalten Fingern über die Buhnen.

Wir schwiegen.

Die Stille vor dem Sturm.

Es nahten Gäste.

Der Mord-Chef war zu Fuß gekommen, was mich nicht wunderte. Er wartete auf uns, als wir die steile Treppe vom Strand nach oben kamen.

Wir saßen an dem runden Tisch im Wohnraum. Der Mord-Chef sah sich neugierig um, wie ein Jäger, der das Territorium seiner Beute erforschte.

An mich hatte der Polizist nur drei Fragen, und er schien gewusst zu haben, dass er keine davon beantwortet bekommen würde.

Ich hatte das Testament nicht gelesen.

Ich wusste nicht, wo es sich befand.

Ich war nur eine einfache Nachtschwester, die die Witwe nicht kannte.

Eine bessere Lügnerin als mich gibt es nicht.

Er beendete das Gespräch mit einer Doppelfrage: »Warum sind Sie nach Røsnæs gezogen ... Kennen Sie sich von früher?«

»Das war Zufall. Man kann es auch Schicksal nennen«, sagte ich beiläufig, fast amüsiert, dabei war ich wie gelähmt vor Furcht, dass er mich nach meinen Papieren fragen könnte, meinem früheren Leben. Er schien bis auf Weiteres aber zufrieden damit, in mir nur eine zufällige Nachtschwester zu sehen. Was natürlich ein Irrtum war.

Als er sich an Viggo Larssen wandte, spürte ich eine Schärfe in der Luft, unbestimmte Angst lauerte in dem Mann, der schon als Kind anders als alle anderen gewesen war.

Natürlich kam ich ihm zu Hilfe. »Entschuldigung, ich habe Ihren Namen vergessen ...?«

Der Mord-Chef verharrte inmitten der Bewegung vor seiner ersten Frage und sah mich an. »Ich werde immer nur Mord-Chef genannt.«

»Aber Sie müssen doch einen Namen haben.« Er saß in der Falle. Mit Nein zu antworten, wäre dumm gewesen, zu schweigen eine Flucht. Und dabei war er doch der Jäger.

Er saß einen Augenblick lang still da, dann sagte er seinen Namen, und ich starrte ihn an, als hätte er *den kleinen Prinzen* Peter Jensen genannt oder *das hässliche Entlein* Olle Hansen.

»Jens Olsen«, sagte er.

Aus unerfindlichem Grund war ich richtiggehend erschüttert.

»Ja, nichts Besonderes, nicht wahr. Nur ein Reisender in seltsamen Aufträgen.«

Wir lachten alle drei – glaube ich jedenfalls. Obwohl kein Laut kam. Wie wenn die Schweden sich über das glatte Wasser des Sunds treiben ließen, ganz ohne Wind, wie ich es als Kind so oft gesehen hatte.

»Viggo Larssen, wie gut kennen ... oder kannten Sie die Blegman-Witwe?« Der Mord-Chef wollte sich keine weitere Blöße geben. Er trat in die offene Landschaft, spannte seinen Bogen und zielte auf sein Opfer.

Ich sah, was Viggo dachte, und wusste, dass er es niemals schaffen würde, den Fragen auszuweichen. Dieses Mal nicht. Er war angeschossen, vollständig auf den Tod fixiert – und schon deshalb der perfekte Verdächtige in dem Fall, den zu lösen der Polizist gekommen war.

Als er nicht antwortete, sprach der Mord-Chef für ihn: »Sie haben in der letzten Zeit Briefe an Ihre Freunde aus Søborg geschrieben. Und darin« – er ließ die Worte in der Luft hängen und genoss den Moment wie ein Jäger, der seinem Pfeil nachblickte – »erwähnen Sie sowohl die Witwe als auch diverse Geschichten über Todesträume und Omen. Warum haben Sie diese Briefe geschrieben?«

Viggo antwortete nicht. Der Polizeichef nickte, als wüsste er auch darauf längst die Antwort.

»Ich habe die Briefe gelesen. Sie haben die Witwe besucht. Sie waren am 18. August 2014 bei ihr. Warum?«

Viggo zeigte nicht, ob er sich darüber wunderte, wie viel der Polizist wusste.

»Ich weiß das vom Personal und von der Pastorin des Heims, Agnes Persen. Sie hat Sie hineingehen sehen. Wollen Sie leugnen, dass Sie dort gewesen sind?«

Viggo Larssen schüttelte den Kopf. Wie schockiert er war, las ich in seinen Augen.

»Haben Sie die Witwe vorher schon einmal besucht? Haben Sie sie seit Ihrer Kindheit überhaupt noch einmal gesehen?« Der Polizeichef stellte noch einmal eine Doppelfrage, auf die Viggo nur zweimal den Kopf schüttelte.

»Warum dann jetzt?«

»Ich habe einen Brief bekommen.«

»Einen Brief?«

Viggo Larssen erzählte von dem anonymen Brief, in dem das gelbe Haus mit dem Tod seiner Mutter in Verbindung gebracht worden war.

»Haben Sie den Brief noch?«

»Nein.«

»Der Fall ist uns bekannt. Es wurde nie ein Täter ermittelt. Wusste die Blegman-Witwe etwas darüber?«

»Nein. Sie hat nichts gesagt.«

»Haben Sie sie danach noch einmal besucht?«

»Nein.«

»Sie lügen. Sie waren am 1. Januar da. Da hatten Sie das Glück, nicht gesehen zu werden. Das ändert aber nichts daran, dass Sie dort waren. Sie haben die Witwe entführt – und sie dann ihrem Schicksal überlassen.«

Viggo Larssen starrte seinen Henker an. »Nein.« Er warf einen Blick auf mich – als suchte er Unterstützung, wo keine Unterstützung zu holen war.

Der Mord-Chef beugte sich über den Tisch. »Ich ermittle in einem Mordfall, und das Opfer kommt aus einer Familie, die Sie mit Fug und Recht hassen. Sie waren im Pflegeheim, weil Sie glauben, dass die Blegman-Witwe etwas mit dem Tod Ihrer Mutter zu tun hatte. Die Briefe, die sie in den Tagen nach dem Verschwinden der alten Frau geschrieben haben, setzen dem Ganzen die Krone auf.«

Viggo war an Silvester und auch an Neujahr hier im Leuchtturm. Mehr brauchte ich nicht zu sagen. Aber dann würden sie in meinem Leben herumgraben und meine Vergangenheit ans Licht zerren. Meine Aussage wäre damit nicht mehr wert als das verrottete Kleinholz im Wald der Meereshexe.

Außerdem wusste ich es nicht.

»Agnes, die Pastorin, sagt, dass Sie in Ihrer Kindheit *Der kleine Prinz* gelesen haben? Sie sollen geradezu besessen von diesem Buch gewesen sein.«

Viggo starrte ihn verwirrt an.

»Wir haben dieses Buch im Keller gefunden. Vor den Füßen der Witwe. Sie hatte das Buch bei sich im Regal stehen. Der Mörder muss es mit in den Keller genommen haben.«

Viggo Larssen senkte den Kopf und schloss die Augen. Seine einzige, letzte Antwort. Im gleichen Moment hörten wir den Motor eines Autos. Dieses Mal hatten Viggos beinahe übernatürliche Sinne ihn nicht gewarnt – weder vor der überraschenden Festnahme noch vor dem Streifenwagen, der um den Leuchtturm herumgefahren kam und nur zwei Meter vor der Tür hielt, als wollte er einen möglichen Fluchtweg abschneiden.

Wir standen gleichzeitig auf.

Der Mord-Chef blieb ruhig sitzen. Mir war schleierhaft, wie er das Ganze so präzise und mit vollendeter Dramatik hatte planen können, dass die vier Beamten exakt in dem Moment erschienen, in dem der Polizeichef den Mann im Leuchtturm festnahm.

KANZLEI DES MINISTERPRÄSIDENTEN

Freitag, 23. Januar, Abend

Der Ministerpräsident saß hinter seinem Schreibtisch. Sein Bruder war ans Fenster getreten und ließ den Blick über die Dächer und Türmchen Kopenhagens schweifen.

Der Mord-Chef stand mit hinter dem Rücken verschränkten Armen an der Tür. »Der Mann ist spleenig«, sagte der Mord-Chef. »Aber das heißt noch lange nicht, dass er ein... Mörder ist. Er ist total fixiert auf den Tod, aber das sind viele Menschen.«

Er wurde vom Regierungschef unterbrochen. »Erst nehmen Sie diesen Mann im Leuchtturm mit großem Getue fest, und jetzt behaupten Sie, dass er es vielleicht gar nicht gewesen ist?«

»Er leugnet, im Pflegeheim gewesen zu sein. Wir haben keine Augenzeugen, keine Spuren, keine Indizien, die ihn am 1. Januar mit Solbygaard in Verbindung bringen. Wir haben nur sein mögliches Interesse an der Witwe und sein Gerede über den Tod und irgendwelche Omen – und natürlich das Buch *Der kleine Prinz*, das ihn sein ganzes Leben begleitet und das er immer wieder gelesen hat, aber wer hat das nicht?« Der Polizist schüttelte den Kopf. »Ich bin vermutlich der Einzige, der es nie gelesen hat, aber das hole ich gerade nach.« Er zuckte mit den Schultern. »Etwas langatmig, nicht gerade Stieg Larsson.«

Der Ministerpräsident sah ihn skeptisch an.

Der Bruder wandte sich vom Fenster ab und sagte: »Dieser Mann, Viggo Larssen, er redet von irgendeinem Omen, von dem alle Menschen irgendwann heimgesucht werden sollen – vor ihrem Tod –, das ist doch nicht normal!«

»Nein«, sagte der Mord-Chef. »Aber das ist kein Motiv für einen Mord. Wir können noch nicht mal widerlegen, dass dieses Omen eine Lüge ist. Es ist ein Geheimnis, das die meisten Menschen mit ins Grab nehmen. Und Tote können wir bekanntermaßen nicht verhören.«

Der Ministerpräsident hieb mit seiner schweren Faust auf den Schreibtisch. »Machen Sie sich verdammt noch mal nicht über uns lustig! Sie müssen das Dreckschwein finden, das ihr das angetan hat!«

Der Mord-Chef war nicht beeindruckt. Er machte zwei Schritte in Richtung Schreibtisch. »Erzählen Sie mir noch einmal von dem Unfall Ihres kleinen Bruders. Maglegårds Allé 1963...«, bat er.

Die Brüder sahen ihn verwirrt an. »Was um alles in der Welt hat das denn mit der Sache zu tun?« Die Stimme des Justizministers klang wie ein Flüstern aus der Hölle.

»Das Gartentor stand damals offen... das war sonst nicht so. Das haben uns die Nachbarn bestätigt.«

»Wollen Sie damit sagen...« Der erste Mann des Landes legte beide Hände vor sich auf das blanke Mahagoniholz.

»Ich will gar nichts sagen. Ich gebe nur Fakten wieder. Vielleicht finden wir irgendwo ein Muster, wenn wir zusammenarbeiten.« Er spielte mit seinem Rauswurf, der ihm in dieser Situation aber fast wie eine Erleichterung vorkam. Zum ersten Mal in seinem langen Polizistenleben hatte er das Gefühl, einem Schatten gegenüberzustehen, der nur schwer zu fassen sein würde. Das hier war eine andere Nummer als betrunkene Schweden oder Einbrecher in irgendeinem Kopenhagener Hinterhof. Dieser Fall war anders als alle seine bisherigen Fälle.

»Sie deuten an, dass jemand...«

»Ich deute an, dass es möglich wäre... Sie müssen doch selbst auf diesen Gedanken gekommen sein. Vor langer

Zeit. Dass vielleicht jemand, der die Gewohnheiten Ihres kleinen Bruders gut kannte, das Tor geöffnet ... und ihn damit getötet hat. Vielleicht dieselbe Person, mit der wir es jetzt zu tun haben.«

Sie starrten ihn an wie zwei Kinder auf einem Floß mitten im Meer.

»Sie wollen sagen, jemand hat mit ...« Palle Blegman kam ins Stocken. Sein auf dem Schreibtischstuhl zusammengesunkener Körper weigerte sich, dem Ungeheuerlichen genügend Luft zu geben.

»Ja, jemand hat es mit Absicht getan.« Der Mord-Chef nickte.

»Und Sie glauben ...«

»Ich glaube gar nichts. Ich spreche nur die verschiedenen Aspekte an, bis ...«

»... Sie dieses verdammte Muster finden! Sie sollen nicht in unserer Familiengeschichte herumgraben. Wir wissen sehr wohl, dass Sie einen Verdacht haben ... Sie haben nach dem Testament gefragt, dem Erbe ... Sie denken, dass uns das ein Motiv geben würde, nicht wahr?« Der Ministerpräsident hielt inne.

Der Mord-Chef widerstand der Versuchung zu nicken. »Der Unfall könnte auch jemandem ein Motiv gegeben haben, sich an Viggos Familie zu rächen, als sich dazu die Gelegenheit bot. Aber dafür haben wir keine Beweise.«

Stille legte sich über den Raum. Mehrere Minuten – vielleicht stand die Zeit aber auch einfach nur in einem Augenblick der Ewigkeit still.

Es war das Brüllen des Bären, das diese Stille durchbrach. Er hieb noch einmal mit seiner Pranke auf den Tisch, und für einen Moment schien das ganze Büro zu beben. »Das ist irrelevant – komplett irrelevant – und noch dazu ... absolut verrückt!«

Der Mord-Chef hatte sich auf die endgültige Konfrontation eingelassen und den beiden Brüdern das Gefühl gegeben, unter Verdacht zu stehen. Der jüngere Bruder zog sich leichenblass in eine Ecke des Raumes zurück. Der Polizist hörte nur noch seinen Atem. Von dort meldete er sich wieder zu Wort: »Sie sind doch krank im Kopf!«, fauchte er.

»Ja, das muss ich als Mord-Chef wohl auch sein!«, rutschte es ihm heraus.

»Ich werde Sie für das hier rausschmeißen lassen«, fauchte der Justizminister.

Der Mord-Chef kappte die letzten Sicherungsseile und trat ganz bewusst über den Abgrund hinaus. Irgendwie war es eine Erleichterung. »Sie können mich gerne rausschmeißen, aber das würde keinen guten Eindruck machen. Außerdem können Sie bei jemandem wie mir nie wissen, auf welche Ideen er kommt.«

Nummer Zwei hätte sich über die Wut in der Stimme seines Chefs gewundert, dem es in der Regel gelang, Jens Olsen mit all seinen Gefühlen vollkommen in den Hintergrund zu drängen.

Der Ministerpräsident breitete abwehrend die Arme aus. Ihm war bewusst, dass ein Rauswurf nicht infrage kam, solange er und sein Bruder so verletzbar waren wie eben jetzt und der Mord-Chef das Testament noch nicht offiziell als verschwunden und nicht auffindbar erklärt hatte.

Stattdessen sagte er: »Ich gehe davon aus, dass alles, was wir hier in diesem Raum besprochen haben, vertraulich ist. Solange es nicht die Andeutung eines Musters gibt, das sich beweisen lässt.«

Der Polizist nickte.

Der Justizminister öffnete dem Mann, dem er gerade mit Rauswurf gedroht hatte, wortlos die Tür, und der Mord-Chef verließ den Raum, registrierte aber noch den Blick, den die beiden mächtigen Männer hinter seinem Rücken wechselten. Mord-Chefs sind eben nicht nur verrückt, sie haben auch Augen im Nacken.

Was er gesehen hatte, war Schuldgefühl oder Furcht. Er sah die Zweifel zweier mächtiger Männer, die begriffen, dass sie einander vielleicht gar nicht so vertraut waren und sich nicht sicher sein konnten, was den jeweils anderen anging.

»Genau das war dein Ziel, nicht wahr?«, sagte Nummer Zwei beeindruckt, nachdem der Mord-Chef ihm von dem Treffen berichtet hatte »Du wolltest bei ihnen gegenseitiges Misstrauen wecken.«

Der Mord-Chef brauchte nicht zu antworten. Immerhin waren sie beide gemeinsam Streife gegangen.

VERNER AUS SØBORG

Dienstag, 27. Januar, Nachmittag

Es war Dienstagnachmittag. Die Bühne war bereitet.

Und sie war vollkommen verändert.

Der Mord-Chef hatte Viggo Larssen am Montagmorgen gehen lassen, ohne das Gericht um eine Aufhebung der auf drei Tage angesetzten Untersuchungshaft zu bitten. Er hatte lediglich über die Nachrichtenagentur Ritzau verbreiten lassen, dass man die Ermittlungen fortführe, aber keine Grundlage für die weitere Inhaftierung Viggo Larssens habe.

Der Besuch im Leuchtturm und die überraschende Festnahme war nur der Versuch gewesen, Viggo zu einem Geständnis zu verleiten. Aber dieses Geständnis war nicht gekommen. Sie hatten bei der Durchsuchung nichts von

Interesse gefunden und das beschlagnahmte Material bei der Entlassung wieder freigegeben – außer *Der kleine Prinz*.

Verner Jensen hatte sein großes Vorhaben noch nicht aufgegeben. Er war einer der engsten Freunde von Viggo, Dänemarks meistdiskutiertem Mann dieser Tage, dessen Geschichte über die Todesomen die ganze Nation fesseln würde. Immerhin war sie auch einer der Hauptgründe für die Polizei gewesen, den Haftbefehl gegen ihn zu beantragen.

Verner Jensen hatte den Entschluss in dem Moment gefasst, in dem Viggo zu überraschender Berühmtheit gekommen war.

Er glaubte, den perfekten Mix aus etwas ganz Konkretem und Fantastischem gefunden zu haben – etwas, das direkten Zugang zu den Seelen der Menschen fand: die Angst vor dem Tod, die in den reichen Ländern mit zunehmendem Wohlstand, besserer Gesundheit und höherer Lebenserwartung immer größer wurde.

Er hatte im Namen von Danmarks Radio zu einer außerordentlichen Pressekonferenz eingeladen, für die Verner gemeinsam mit den Hausjuristen eine Analyse von Viggo Larssens Dokumenten vorgenommen hatte.

Im Presseraum sollten drei Männer anwesend sein: ein Traumdeuter, ein Grafologe und ein Experte für Fälschungen aus dem Nationalmuseum. Sie alle waren das Material durchgegangen und würden bestätigen, dass die Unterlagen echt waren. Ihre Aussagen waren bereits aufgezeichnet worden und sollten während der Konferenz am Großbildschirm gezeigt werden. Viggos Geschichte sollte als pure bahnbrechende Wahrheit dargestellt werden: *Menschen träumen ihren eigenen Tod* – eine Sensationsmeldung auf Augenhöhe mit der Mondlandung.

»Aber gehen wir damit nicht ein bisschen weit?«, hatte

der Vorstandsvorsitzende des Senders vorsichtig gefragt und damit eine klare Warnung ausgesprochen.

»Wir legen nur Fakten vor. Wir haben Experten. Keiner von ihnen kann erklären, wie nahezu gleichlautende Beschreibungen der letzten Träume von Menschen, die sich nicht kannten und in drei verschiedenen Jahrhunderten gelebt haben, möglich sind.« Diesen Satz hatten sie in die Pressemitteilung aufgenommen, die an alle Nachrichtenbüros, Sender und Medien verschickt werden sollte, sobald die Pressekonferenz begonnen hatte. Der Vorstandsvorsitzende hatte nicht den Kopf geschüttelt, obwohl ihm danach gewesen war. Er war groggy gewesen, fühlte sich wie gefangen in dem Raum zwischen Traum und Wirklichkeit, in dem immer mehr Medien auf Kundenfang waren. In seiner früheren Karriere war er Chef des Königlichen Theaters gewesen, weshalb er wusste, was es brauchte, um ein Riesenpublikum zu überzeugen.

Verner Jensen hatte Viggos engste Freunde zur Pressekonferenz eingeladen, die drei alten Kameraden, denen er die Briefe geschickt hatte, und selbstverständlich Agnes und mich. Wir waren da, um dem Mann aus dem Leuchtturm Rückendeckung zu geben und zu zeigen, dass wir an ihn und seine Geschichte glaubten. Eine Geschichte, die die Polizei als Beweis für seine Geisteskrankheit hatte heranziehen wollen.

Jetzt war das nicht mehr möglich, wollten sie nicht riskieren, dass daraus ein Bumerang wurde. Der kleine Mann gegen das übermächtige Regime. Wir waren alle fünf da – Verner an unserer Seite –, als die Journalisten durch die Drehtüren der Sendeanstalt strömten.

Vor weniger als einem Tag hatten wir in Verner Jensens Wohnküche in seinem Haus in Frederiksberg gesessen, vor uns auf dem langen Eichentisch die Briefe, die Viggo geschickt hatte. Und daneben die sieben Todesomen, die die Polizei freigegeben hatte. Vielleicht hoffte jemand im Justizministerium, dass ihr Inhalt den Mann im Leuchtturm zu Fall bringen würde, wie die Medien ihn in der Zeit getauft hatten, weil sein Name nicht publik gemacht werden durfte.

Verner war die Tagebücher durchgegangen, die Briefe und Papiere und Viggos Abschrift der alten Montagsreportage. Ich durchschaute nicht, ob er wirklich an die Todesomen glaubte. Ich spürte aber, dass Verners Entschluss, die Sache an die ganz große Glocke zu hängen, feststand. Hier ging es nicht um die Area 51, das World Trade Center, Nessy oder die Riesensteine auf den Osterinseln, die laut Aussage einiger Menschen von Ufos abgeworfen worden sein sollten.

Das hier war viel konkreter. Es lag vor uns auf Verners Tisch. Mit den Händen zu greifen. Verner hatte keine Zeit verloren und Experten beauftragt, die Echtheit der Unterlagen zu bestätigen. Er hatte mehrere erfahrene Chemiker das Alter des Schiffslogbuches und des spanischen Tagebuches schätzen lassen. Überdies war nach Ansicht dreier Grafologen keines der Dokumente von der gleichen Person verfasst worden.

Die Traumschilderungen stammten also tatsächlich von sieben verschiedenen Personen, die einander nicht gekannt hatten, verteilt über einen Zeitraum von mindestens einhundertunddreißig Jahren. Ziemlich unheimlich.

Verner hatte von einem zum anderen gesehen. »Wir müssen schnell handeln. Die Pressekonferenz findet Dienstagnachmittag statt, und wir senden live – auf allen Kanälen.«

Niemand antwortete, aber uns allen ging dieselbe Frage durch den Kopf: *Warum die Eile?*

»Die Wahrheit darf nicht unter den Teppich gekehrt

werden. Viggo kann noch als Held enden, und das ist sicher das Letzte, was die Blegman-Brüder wollen. Viel lieber würden sie ihm den Mord in die Schuhe schieben.« Verner nickte seinem Freund munter zu. Dann wurde er wieder ernst. »Außerdem müssen wir mit der Möglichkeit rechnen, dass die Behörden bereits von der Existenz der Todesomen wissen und das geheim halten wollen.« Er hob abwehrend die Hand. »Ich weiß, was ihr denkt. Ihr haltet das für abwegig. Aber es ist gar nicht so abwegig, dass hohe Beamte ihre Regierung zu schützen versuchen. Das hat es immer wieder gegeben, das war bei allen großen Verschwörungstheorien so. Millionen von Menschen glauben, dass Bush hinter dem Einsturz der Zwillingstürme steht. Es gibt Menschen, die glauben, dass in der Wüste Außerirdische leben. Unter der Erde. In der Area 51. Sogar die Mondlandung halten viele Menschen für ein Fake der Machthaber. Und in den Dreißigerjahren des letzten Jahrhunderts löste eine inszenierte Radioreportage über die Invasion einer Gruppe Marsmenschen in den USA eine totale Panik aus.«

»Wie wenn der kleine Prinz auf die Erde kommt und über Schafe zu reden beginnt?«, hörte ich erschrocken meine eigene Stimme. Verner sagte nichts. Ich glaube, er hatte zu diesem Zeitpunkt – knapp zwanzig Stunden vor der Pressekonferenz – eine glasklare Vorstellung davon, wie er seine Sensation lancieren wollte. Irgendwie hatte ich das Gefühl, ihn davor warnen zu müssen, eine Verschwörungstheorie über Todesomen aufzubauen, die trotz der vorliegenden Dokumente totaler Quatsch sein konnte.

Verner ignorierte meinen Einwand natürlich.

Ich stand Kräften gegenüber, die schon zu diesem Zeitpunkt nicht mehr kontrollierbar waren: zum einen die Forderung seiner Branche nach Geschichten, die einer ganzen Nation den Atem verschlugen, zum anderen aber sicher auch noch etwas anderes: Rachegelüste. Die Brüder würden die kommenden Wahlen verlieren, trotz der Sympathiewelle, auf der sie seit Neujahr segelten. Doch vielleicht kam es ja schon vorher durch Verner zum Sturz. Kein dänischer Journalist hatte es jemals geschafft, die beiden höchsten Regierungsmitglieder gleichzeitig zu stürzen. Ove hatte nach dem ersten Glas Rotwein leise kichernd gesagt, dass der Tod für ihn und Agnes bereits eine Leben spendende Einnahmequelle war, weshalb er persönlich Verners Antrieb voll und ganz nachvollziehen könne.

Agnes hatte den Kopf gesenkt wie im Gebet.

Verner, der in Anbetracht der Sensation, die er am nächsten Tag präsentieren wollte, auch nicht mehr ganz nüchtern war, sagte: »Der typische Fernsehzuschauer ist in gewisser Weise ausgestorben – den müssen wir wieder zum Leben erwecken, und das wird uns mit dieser Meldung gelingen. Wir sind alle ein bisschen tot, erdrückt vom Wohlfahrtsstaat und der Sicherheit, die ihnen Poul und Palle vorgaukeln. Das hier ist jetzt unser Beitrag, unsere Antwort. Wir geben den Menschen etwas, das sie wachrütteln wird...«

Es klang nach Stammtischphilosophie der schlimmsten Sorte. Andererseits war er der Programmchef des landesgrößten Nachrichtensenders.

Ich hatte Verner nicht zugetraut, dass er die wahnwitzige Theorie publik machen würde – andererseits erinnerte ich mich an ein Detail, das Viggo mir anvertraut hatte: Schon zu Zeiten der Schülerzeitschrift hatte man ihn wegen seines großen Hanges zu abenteuerlichen Geschichten Jules Verner genannt.

Er stand in einem roten Pullover auf dem Podium, vor sich im Saal mindestens hundert Journalisten, die Auslandskorrespondenten der anderen nordischen Länder, aus Deutschland, Frankreich, England und den USA. Verners Heer an PR-Leuten hatte perfekte Arbeit geleistet.

Er begann mit einer glühenden Verteidigungsrede für seinen alten Freund, bevor er seine PowerPoint-Präsentation startete und Viggos Träume der Reihe nach auf einer riesigen weißen Leinwand auftauchten.

Zuerst das Testament von Viggos Mutter.

Dann das Spanientagebuch, das überzeugend authentisch wirkte.

Dann Tante Jenny.

Dann die Radiokollegin Linda.

Die Erklärung des Patienten mit dem Nahtoderlebnis.

Und der Fund aus dem Trödelladen.

Zu guter Letzt folgte – als großes Finale – die Aufzeichnung des Steuermannes der Mykenes.

Schließlich standen alle sieben Todesomen nebeneinander, überwältigend und nicht zu entkräften.

Es geschah das Gleiche, das auch in Frederiksberg in Verners Wohnzimmer passiert war. Absolute Stille breitete sich aus, niemand wagte, der verrückten Theorie zu widersprechen. Verners Präsentation hatte keinen Raum für Zweifel gelassen.

Verner präsentierte nun die Expertengruppe, die die Echtheit der Dokumente bestätigte. Die ernst dreinschauenden Experten, ausschließlich Männer, unterstrichen die Echtheit der Tagebücher, das Alter von Papier und Tinte – und die eigentümliche Ähnlichkeit der Träume.

Auf meinem Platz in der hintersten Reihe spürte ich deutlich die Unruhe, die die unwiderlegbaren Aussagen der Experten ausgelöst hatten.

Verner stand auf dem Podium und lächelte.

Der wichtigste seiner Experten sollte am Abend in einer großen Nachrichtensendung live zu Wort kommen. In weniger als drei Stunden. Auch die Leute aus seiner Dokumentarabteilung hatten gute Arbeit geleistet. An der Sendung teilnehmen würden ein Psychologe, ein paar Museumsleute, ein Linguist, ein Grafologe, ein Traumforscher und ein Spezialist für paranormale Phänomene – alles Wissenschaftler führender Universitäten. Vollständig unangreifbare Experten auf den jeweiligen Fachgebieten.

Die Panik setzte weniger als eine Stunde nach der Pressekonferenz ein.

Verner hatte es erwartet.

Das ganze Setup war geprägt von umgekehrter Logik. Keiner der Experten würde spontan die Aussage wagen, dass ein erkennbares Muster – noch dazu ein klares, eindeutiges Muster – nur auf einem Zufall beruhte – das würde unwissenschaftlich wirken.

Die Bevölkerung sollte staunend die sieben durch Raum und Zeit getrennten Texte studieren, deren Verbindung darin bestand, dass ein Mann über sie gestolpert war und den Zusammenhang erkannt hatte, der möglicherweise seit der Entstehung der Schrift zu erkennen gewesen wäre.

»Warum sollte man seinen eigenen Tod nicht vorausahnen – oder träumen?«, stellte einer der Psychologen in den Raum, der für ein fürstliches Honorar seine Teilnahme zugesagt hatte.

Ein Hirnforscher fügte hinzu: »Unser Hirn ist in weiten Teilen noch immer unerforscht. Die Gedanken eines Menschen können eine Energie besitzen, die wir noch nicht kennen.«

Ein Physiker mit Spezialgebiet Superstrings und schwarze Löcher sagte der Nachrichtenagentur Ritzau: »Die Einstein-Rosen-Brücke hat uns gezeigt, dass wir uns in der Zeit bewegen können, und verschiedene neue Theorien, die allmählich von der Wissenschaft akzeptiert werden, dokumentieren die Existenz von mindestens elf Dimensionen – von denen sieben für unsere Sinne unsichtbar sind – und damit auch die Möglichkeit von parallelen Welten. Alles ist möglich.«

Ein Wissenschaftler, der übernatürliche Phänomene erforschte, betonte: »Paranormale Geschehnisse erfahren eine immer größere Akzeptanz. Das Gedankenlesen ist ein gutes Beispiel dafür. Die Quantenmechanik erlaubt gleichzeitig ablaufende Geschehnisse im Abstand von Milliarden von Lichtjahren – es gibt nichts, das heute noch undenkbar wäre.«

Dann trat Verner auf und deutete die Möglichkeit eines Komplottes gegen den Mann an, der etwas entdeckt hatte, das die Behörden nicht gerne mit der Bevölkerung teilten. Aus Angst vor einer Massenpanik. Als könnten die Dänen nicht selbst denken – als müssten freie, demokratische Menschen vor der Wirklichkeit beschützt werden. Und vor der Wahrheit.

Der Nachrichtenredakteur wurde von einem bekannten Moderator interviewt, und dieser Mann stellte der Ordnung halber die einzige kritische Frage des Abends: »Aber kann das Ganze nicht einfach Zufall sein...?«

Diese Sequenz war gründlich vorbereitet.

»Natürlich ist das möglich«, sagte Verner Jensen und senkte den Kopf. Es war ein meisterliches Manöver, das die Zweifel bei vielen Menschen endgültig beseitigte.

KAPITEL 25

DÄNEMARK IN DEN FOLGENDEN TAGEN

Ende Januar 2015

Die Veröffentlichung der sensationellen Geschichte von dem Traum, dem Zeichen, der Warnung, dem Todesomen (jedes Medium hatte seinen eigenen Lieblingsnamen für das Phänomen) spaltete in seiner ersten Runde die Bevölkerung. Auf der einen Seite die Rationalen, die Viggos Beispiele als puren Unsinn bezeichneten – auf der anderen Seite die wachsende Schar unsicherer und aufgeschreckter Seelen, die leichte Beute für die Koinzidenz der Beispiele und die geballte Glaubwürdigkeit der ausgewählten Experten waren. In einem Land, in dem das Vertrauen in Autoritäten weltrekordverdächtig war, war das vielleicht nicht weiter verwunderlich, dachte ich. In einer Zeit, in der alle möglichen luftigen Behauptungen wundersame Anerkennung erfuhren (von durchgedrehten Ernährungstipps bis zu komplett unbelegten Managementkonzepten), war das logisch. Verners Experten hatten sich des einzigen Themenfeldes angenommen, bezüglich dessen niemand den Überblick oder es gar in ein modisches, erlösendes Konzept verpackt hatte: dem Tod.

Die folgenden Tage entwickelten sich sehr viel dramatischer, als Verner es sich je ausgemalt hätte. Er hatte nicht mit der so tief sitzenden Todesangst des modernen Menschen gerechnet. Selbst im glücklichsten Volk auf Erden.

Etliche Apotheken in Großkopenhagen registrierten bereits am zweiten Tag einen Rückgang beim Verkauf von Schlaftabletten. Als fürchteten die Leute sich vor zu tiefem Schlaf und zu tiefen Träumen. Als würde man ewig leben, wenn man es nur vermeiden konnte zu träumen. Die ersten Leute begannen, Viggos Beweissammlung mit offenbar authentischen Dokumenten aus alten Tagebüchern und hinterlassenen Aufzeichnungen von längst Verstorbenen zu bestätigen. Es war fast wie damals in den Siebzigern, als Fernsehzuschauer aus dem ganzen Land behauptet hatten, sie könnten auch Löffel und Gabeln verbiegen wie der Wundermann Uri Geller, der mit seinen merkwürdigen Tricks im Livefernsehen auftrat.

Vereinzelte leise Stimmen, die vor einer Massenpsychose warnten, wurden in den ersten Tagen der Traumkrise in der Besenkammer der Nachrichtensendungen platziert. Ein Skeptiker verglich unglücklicherweise die Reaktion der Dänen mit dem Glauben daran, dass ein Kreis Menschen ein Wasserglas über einen Tisch wandern lassen und Botschaften aus einer anderen Welt buchstabieren könnte. Der bewusst spöttisch vorgetragene herablassende Vergleich hatte den komplett gegenteiligen Effekt, weil viele Dänen schlicht und ergreifend an den Geist im Glas glauben. Und wie Verner Jensen während der Ausstrahlung im Regieraum bemerkte, liebten die Dänen den Geist im Glas in gleicher Weise wie die Regentin im Königshaus. Es hatte keine Bedeutung, ob es wirklich war oder nicht.

Ich dachte an Jesus, der laut hinterlassener Zeugnisse auf dem Wasser gehen, Steine in Brot verwandeln und Blinde sehend machen konnte. Auf dieser Art von Wundern bauten alle Religionen auf. Der Mord-Chef hatte Verner Jensen angerufen, den er von einer Fernsehserie über ungeklärte Mordfälle kannte, und hatte ihn gefragt, ob es sich vielleicht einrichten ließe, die Dramatik etwas runterzuschrauben. Er hatte aufgewühlt geklungen, was ihm gar nicht ähnlich sah.

»Sie glauben nicht daran?«, hatte der Nachrichtenredakteur mit einer provokanten Gegenfrage geantwortet.

Es entstand eine kurze Pause, ehe die Antwort kam: »Ich bin Ermittler. Ich beschäftige mich mit Fakten. In diesem Fall habe ich keine Ahnung, wo oben oder unten ist. Aber ein Lottospieler kann auch die sieben richtigen Zahlen aus einem Pool nahezu unendlicher Möglichkeiten treffen – und das müssten Sie wissen. Dieses Wunder geschieht jede Woche in Ihrem eigenen Fernseher.«

»Aber das hier sind keine Zahlen. Es sind Worte. Das lässt sich ungefähr damit vergleichen, als würde man sieben Affen das Schreiben beibringen, die dann alle genau den gleichen Text schreiben. Das ist total unwahrscheinlich.«

Der Mord-Chef seufzte. Ihm war übel. »Vielleicht träumen manche Menschen aus Gründen, die wir noch nicht kennen, das Gleiche. Vielleicht ist überhaupt nichts Merkwürdiges daran, wenn man an die Milliarden von Menschen denkt, die vermutlich etwas ganz anderes geträumt haben – oder gar nichts –, bevor sie gestorben sind. Und nun ist Ihr alter Freund dummerweise auf einige mysteriöse Übereinstimmungen gestoßen.« Der Mord-Chef hatte eine etwas stärkere Betonung auf die Wendung *alter Freund* gelegt.

Am dramatischsten Tag der Krise berichteten mehrere Medien von Leuten, die das Todesomen erhalten und genau den Traum geträumt hatten – aber sich nach wie vor bester Gesundheit erfreuten und deshalb ihre Geschichte erzählen konnten. Etliche Leute sahen die Traumkrise als ihre Chance für zwei Minuten Ruhm im Fernsehen, was die Beurteilung des Wahrheitsgehaltes nicht leichter machte. Verwirrung machte sich breit.

Genau das hatte ich vorhergesehen, und Verner vermutlich ebenso. Er kannte sich mit der Wirkung der Medien aus, ich mich mit der Fantasie – und dem Traum der Menschen, bemerkt zu werden.

Die Stationen der Krankenhäuser, auf denen die wirklich Kranken lagen, hatten Verstärkung angefordert, weil die Furcht vor dem gefährlichen Traum nahezu eine Hysterie bei Patienten und Angehörigen ausgelöst hatte.

Eine vergleichbare Unsicherheit machte sich im Pflegeheim breit. Ove Nilsen wurde kurzfristig nach Solbygaard bestellt, um eine Reihe Alte zu beruhigen, die nichts anderes mehr taten, als Fernsehen zu schauen – und die aufgescheucht die Entwicklung verfolgten.

Noch zögerte das Ausland mit einer klaren Reaktion. Die meisten betrachteten, was in diesen Wochen in Hans Christian Andersens Land vor sich ging, mit einer gewissen Skepsis. Vielleicht waren die verzögerten Reaktionen aus dem Ausland auch damit zu erklären, dass die übersetzten Texte nicht die gleiche Schlagkraft hatten wie das Original. »Das kleine Märchenland mit den Kobolden läuft Amok«, sagte ein Nachrichtensprecher von CNN, während BBC die dänische Weltsensation nur ganz kurz am Rande einer Nachrichtensendung erwähnte. Dort traf die verwickelte Analyse der Dokumente auf Zweifel, und da es nicht möglich war, die Visionen längst Verstorbener zu überprüfen, fiel das Thema dem britisch-angelsächsischen Glauben an die Macht der Dokumentation zum Opfer.

Dafür reagierte der Nahe Osten – Al Jazeera war geradezu verzweifelt über das verrückte kleine Land und sein gottloses Verhalten. Zuerst die Mohammed-Karikaturen, jetzt diese Theorie, die alle wahren und heiligen Schriften dieser Welt verspottete und verhöhnte. Im Jemen wurden alle dänischen Waren aus den Supermarktregalen geräumt.

Die Laune des schwedischen Ministerpräsidenten war im Keller. Er war der Chef eines schon immer rationalen Volkes an der Grenze zur Arroganz, das aber auch an Trolle und Wichtel und kleine Jungs glaubte, die auf dem Rücken einer Gans bis zum Bergmassiv Kebnekajse und zurück fliegen konnten. »Irgendjemand wird doch mit dieser albernen Geschichte aufräumen können. Ein *Todesomen*... Die *übergeschnappte Fantasie* eines Irren, *come on*!«, sagte er mit deutlich schwedischer Betonung der englischen Wendung in einer live ausgestrahlten Pressekonferenz, wo er normalerweise genauso wohlüberlegt auftrat, wie die schwedische Nationalseele es von ihm forderte. »Hans Christians Andersens Volk leidet an einer Hirnblutung«, fauchte er und ließ damit alle Höflichkeit dem renitenten Brudervolk gegenüber fahren. Wie seine skandinavischen Kollegen fürchtete auch er eine Massenpanik, die sich auf die gesamte Gesellschaftsmaschinerie auswirken konnte. Die sieben Warnungen oder Omen wurden seit Tagen auf Facebook und Twitter geteilt, und nun bewiesen die elektronischen Staffelläufer ihre erschreckende Macht. Während Behörden und etablierte Medienhäuser versuchten, die Aufregung auf ein erträgliches Maß herunterzureden, verbreitete sich die mysteriöse Geschichte immer weiter im Netz. In rasendem Tempo wurden Facebook-Gruppen mit Namen wie *Das Todesomen lebt* und *Das Jüngste Gericht* ins Leben gerufen, und eine große Unterschriftensammlung forderte Antworten von den Regierungen. Auf YouTube kursierte ein Clip von einem Fernsehredakteur, der sich bei einer morgendlichen Redaktionssitzung über Viggo Larssens Todesomen lustig machte, indem er erzählte, dass er in der letzten Nacht den Traum gehabt hätte und noch lebte. Alle hatten in sein Lachen eingestimmt. Drei Stunden später fiel ein schwerer Scheinwerfer von der Studiodecke und traf den Redakteur, der auf der Stelle tot war.

Jetzt lachte niemand mehr.

Zwei Stunden später erwies sich der Videoclip als Fake. Ins Netz gestellt von einem vierzehnjährigen Schüler. Das waren die Segnungen der modernen Zeit.

Alles kann echt sein – oder Fälschung.

Erst am vierten Tag brachte die dänische Regierung einen Gegenangriff auf den Weg. Die Topbeamten der Ministerien hatten eine Taskforce gebildet, die einen Schwarm von Experten mit der Botschaft ins Feld schickte, dass Viggo Larssens Dokumente gefälscht und in einer verhältnismäßig kurzen Zeitspanne von ein und derselben Person erstellt worden waren. Die Sprache in den älteren Dokumenten war offensichtlich rückwirkend konstruiert. Es wurde auf die vom *Spiegel* veröffentlichten Hitlertagebücher verwiesen, die unglaublich geschickt zusammengebaut worden waren. Und sie verwiesen auf Viggo Larssens Vergangenheit mit Einweisungen und Neurosen. Wie einige seiner früheren Kameraden bestätigten, war er schon in Kindertagen ein Sonderling gewesen. Und da Danmarks Radio am Anfang die Story im Alleingang gebracht hatte, begegnete der Großteil der konkurrierenden Medien der Gegenaktion mit Wohlwollen.

Besonders als Teis Hanson – der frühere Genforscher und jetzige Verschwörungstheoretiker – auftrat, jedoch nicht als Kritiker, sondern als Verteidiger der Theorie seines Freundes aus Kindertagen. »Wenn wir in Dänemark nicht akzeptieren können, dass es mehr zwischen Himmel und Erde gibt als nur Nachtschwärmer und Hummeln (niemand wusste so genau, wie er auf diese Assoziation kam), dann sind wir übel dran. Mein alter Freund Viggo hat recht – aber die Machthaber manipulieren unsere Gedanken, sodass wir nicht mehr in der Lage sind, die Wahrheit zu erkennen«, sagte er.

Er hätte es besser nicht gesagt – jedenfalls nicht laut. Ein Volk möchte gerne geführt werden, aber nicht hören, dass es verführt wurde. Teis Hansons Aussage brachte das Ganze zum Kippen, und in den folgenden Tagen bekamen die Skeptiker reichlich Redezeit.

Die drei höchstplatzierten Beamten des Tårbæk-Club hatten eine Gruppe für Krisenkontrolle vorgeschlagen, und natürlich hatte Palle Blegman zugestimmt. Die eingesetzte Taskforce hatte ihre erste Zusammenkunft in der Villa in Tårbæk. Der Mord-Chef war vor Ort.

An dem runden Tisch hatten die gleichen sechs Männer, die er früher schon dort getroffen hatte – und der Zeitungsverleger –, die Gegenaktion geplant. Diesmal gab es keine Verköstigung, was den Akutcharakter des Treffens unterstrich.

Wie gewohnt führte der frühere Staatssekretär in der Kanzlei des Ministerpräsidenten das Wort: »Wir können nicht zulassen, dass diese Traumkrise, wie die Presse sie nennt...«, er warf einen Blick zum Chef des großen Zeitungshauses im Zentrum von Kopenhagen, »... noch weiter eskaliert. Das kann unserer Gesellschaft schaden.«

Natürlich, dachte der Mord-Chef – genauso wie es der Kampagne gegen die beiden Blegman-Despoten schaden kann, für deren Vollstreckung in den nächsten Tagen er ausersehen war. Die Geschichte von den Todesomen stand sowohl der Aufklärung des eigentlichen Falles als auch dem endgültigen Fall der beiden Männer im Weg.

»Die Leute sind völlig verstört. Traumwarnungen!«, spuckte der alternde Topbeamte auf den Tisch, wo er wenige

Tage zuvor blutrote Rinderlende gegessen hatte. »Niemand bringt mich mit einem beschissenen *Traum* ins Grab.«

»Da müssen Experten ran...«, sagte der Zeitungsverleger. Natürlich, jede hochzivilisierte Gesellschaft mobilisiert Experten, die genau das herausfinden, was sie herausfinden sollen. Damit kannte der Verleger sich aus.

»Wir sind nur ein wenig spät aus den Startlöchern gekommen«, sagte der Staatssekretär des Finanzministeriums, ein wahrer Experte, wenn es darum ging, Belege für jedes noch so vage Szenario zu erbringen. Besonders bekannt waren seine Kurven- und Säulendiagramme, die wie in Granit gemeißelt daherkamen, auch wenn alle wussten, dass das Fundament hochgradig porös war.

Der Staatssekretär des Justizministeriums definierte die Rolle des Mord-Chefs: »Sie haben die Dokumente in der Hand gehabt – die sogenannten Omen –, und Sie genießen als leitender Ermittler höchste Glaubwürdigkeit, auch wenn die Blegman-Affäre an Ihnen kratzt.«

Der frühere Ombudsmann übernahm: »Sie treten zur besten Sendezeit auf und in den größten Nachrichtenmedien.« Er nickte dem kleinen Zeitungsverleger wohlwollend zu. »Sie werden sagen, dass das Ganze Nonsens ist. Und dass Sie natürlich das Material niemals freigegeben hätten, wenn *irgendetwas* Interessantes oder Relevantes daran gewesen wäre.«

Der Mord-Chef spürte immer größere Verärgerung in sich aufkeimen. Diese einflussreichen Männer hätten, wenn sie denn gekonnt hätten, für die augenblickliche Vernichtung der geisteskranken Briefe und lächerlichen Tagebücher gesorgt. Und wenn darin die Schöpfungsgeschichte der Welt dokumentiert gewesen wäre.

Der derzeitige Staatssekretär des Ministerpräsidenten faltete die Hände. »Es ist an Ihnen, die Kampagne anzustoßen. Ihre Aussage ist von entscheidender Bedeutung.«

Er hatte es so gemacht, wie sie gesagt hatten.

Zwei Stunden später saß er in einem Interview mit den Journalisten des Zeitungsverlegers, und drei Stunden darauf war er live in den Fernsehnachrichten.

Die Mobilisierung skeptischer Experten – von Oberärzten und Chefpsychologen bis hin zu Fernsehpromis und beliebten Künstlern, die das Ganze als fantastische Stand-up-Comedy-Nummer bezeichneten – wirkte. Auch auf Facebook und Twitter zirkulierten immer mehr Geschichten mit der frohen Botschaft: *Ich hatte den Traum, aber ich lebe noch.*

Der Mord-Chef war sich im Klaren darüber, dass seine nächste Aufgabe – die wichtigste – diskret in dem Takt vorangetrieben wurde, in dem die Traumkrise sich legte.

DER LEUCHTTURM AUF DER LANDSPITZE

Dienstag, 3. Februar, Nachmittag

Die Entwicklung der ersten Tage hatten wir aus Verners Villa in Frederiksberg verfolgt.

Er war die meiste Zeit bei der Arbeit, und Viggo und ich hatten das Haus für uns – und den gigantischen Flachbildfernseher. Der Mord-Chef hatte Viggo angeraten, nicht nach Hause zu fahren, weil eine aggressive Belagerung des Leuchtturms nicht auszuschließen sei.

Jetzt waren wir zurück auf der Landspitze am südlichsten Punkt Seelands. Ich saß in Viggos kleiner Stube neben der geöffneten Tür. Auf dem Parkplatz des Leuchtturms saßen zwei Beamte in einem Zivilwagen und langweilten sich. In den letzten Tagen waren überall auf der Landspitze seltsame Gestalten gesichtet worden. Sie waren sogar durch die Fußspur des Riesen gelatscht, wie ich an den Abdrücken sah, und es grenzte an ein Wunder, dass niemand versucht hatte, in mein Haus einzubrechen. Vielleicht hatten die verschrobenen Existenzen auf der Suche nach dem Epizentrum der seltsamen Omen die immer bedrohlichere Neigung bemerkt, die meine Behausung einnahm. Das Haus der Meereshexe würde sich nicht mehr lange dort halten können – was auch nicht notwendig war. Das wusste ich besser als irgendwer sonst.

Polizeibeamte aus Kalundborg hatten die letzten »Jünger« des neuen Propheten vom Leuchtturm und aus dem Wald verjagt. Trotzdem bewachte die Polizei noch die Zufahrt zu Viggos Behausung.

Die beiden Beamten schienen trotz ihrer dicken jagdgrünen Jacken zu frieren und warfen übel gelaunte Blicke in Richtung Höllenschlund. Hätten sie dessen Geschichte gekannt, hätten sie was zu reden gehabt.

Seit dem Start der Traumkrise war genau eine Woche vergangen – und ein guter Monat seit dem Verschwinden der Witwe. Mein Gegenüber war auf zentrale Weise in beide Ereignisse verwickelt. Von meinem irdischen Platz im Leuchtturm aus konnte ich keinen eindeutigen Zusammenhang zwischen den zwei Fällen erkennen. Die Omen und der Tod der Witwe. Es sei denn... Diesen Gedanken wollte ich nicht zu Ende denken, zumindest nicht, bevor ich allein war.

Wir saßen dicht beieinander, ohne etwas zu sagen. Es war, wie es sein sollte. Wir machten beide nicht viele Worte.

Ich dachte an den Neujahrstag, an dem ich mir in einem seltenen Anfall von Übermut eine Taschenlampe geschnappt hatte und den Hang zum Leuchtturm hochgeklettert war. Nirgends war Licht gewesen – weder drinnen noch draußen. Am nächsten Vormittag war ich noch einmal hingegangen, und auch da war kein Lebenszeichen zu sehen gewesen.

Bei meinem dritten Anlauf, in den späteren Nachmittagsstunden – etwa zu dem Zeitpunkt, als das Verschwinden der Witwe entdeckt wurde und ganz Kopenhagen in große Sorge stürzte –, herrschte noch immer die gleiche Stille. Ich konnte ihn nirgends entdecken.

Später hatte er mir erzählt, dass er das Logbuch am Nachmittag gefunden und der Fund ihn so aufgewühlt hätte, dass er die ganze Nacht wach gesessen habe. Im Dunkeln. Erst irgendwann im Morgengrauen wäre er eingeschlafen. Das konnte die Erklärung sein, aber es gab auch noch eine andere, viel simplere…

… Er war gar nicht dort gewesen.

Wieder hatten wir alle Zeit der Welt – und zugleich auch nicht.

Ich stelle mir vor, dass es dieses Gefühl ist, das zwei Liebende in den Sekunden empfinden, in denen sie miteinander verschmelzen – wie zwei kleine Funken am Beginn des Lebens. Ich bin sonst nicht so romantisch veranlagt.

Natürlich waren Viggo und ich aus einem anderen Stoff gemacht als Männer und Frauen wie Ove und Agnes. Vielleicht ist es ein dunklerer Stoff, ähnlich dem, der dafür sorgt, dass das Universum sich in ewig kreisenden Bewegungen ausweitet und wieder zusammenzieht. Die Liebe atmet niemals tiefer und freier als genau dort, wo die Dunkelheit am dichtesten ist, aber dort ist sie auch am schwersten zu finden. Das habe ich von Magdalene gelernt. Meiner spastischen Freundin aus Kindertagen. Sie hatte mich am Steilhang meiner Kindheit gefunden, und mich bei meinem Namen genannt, dem Namen, den niemand mehr seitdem gehört hat, und sie hat gesagt: *Ich habe nie einen geliebten Menschen in meinen Armen gehalten, und das ist das Schwerste von allem.* Das ist mir über all die Jahre in Erinnerung geblieben.

Und jetzt musste ich besonders daran denken.

Ich weiß nicht, was die Beamten dachten – falls Polizisten in einem Ford Siesta vor einem Leuchtturm am absoluten Ende der Welt überhaupt etwas denken... Vielleicht haben sie es einfach als ein weiteres Beispiel für die eigenwilligen Ereignisse dieses merkwürdigen Ortes abgehakt. Möwengeschrei in der Nacht...

Aber das ist eigentlich nicht möglich.

KAPITEL 26

DER LEUCHTTURM AN DER LANDSPITZE

Mittwoch, 4. Februar, Morgen

Ich sah das rote Haus vor mir. Agnes' und Oves Heim lag wie eine Elfenwohnung mitten auf der Lichtung.

Der Wald ringsherum war schön – wie schon seit Jahrhunderten. An diesem klaren Februartag wirkte er wie einer Kinderzeichnung entsprungen: Die Sonne prangte hoch oben in der rechten Ecke, davor ein paar weiße Wattewölkchen und unten ein Reh, das scheu an einem Haselstrauch knabberte.

Ein Paradies.

Mein erster Eindruck, von dem man immer glaubt, dass er ewig währt, war ziemlich schwarz-weiß gewesen. Ich hatte Ove als zynischen Geschäftsmann und Agnes als mitfühlende, uneigennützige Seelsorgerin gesehen. Aber so einfach war es nicht – vorsichtig ausgedrückt.

Im Pflegeheim hatte Agnes mir von Oves Plänen erzählt – von seinem neuen Konzept für den Abschied vom Leben, das ich nicht gleich verstanden hatte. Die Witwe spielte darin eine zentrale Rolle. Die kleine Adda hatte, als sie es erzählte, einen Zipfel des Zynismus gelüftet, der auch in ihr steckte, und das vielleicht schon seit ihrer frühesten

Jugend. Ich sah sie vor mir an der Hecke stehen. Ein kleiner Junge polterte mit seinem Dreirad eine Steintreppe hinunter, aber sie nahm den Blick nicht von ihrem Donald-Heft.

Sie hatte ihrem Mann geholfen, die Witwe endgültig zu überzeugen, und gemeinsam hatten sie dabei die stärkste aller Waffen genutzt: Pil. Die Wirkung war nicht ausgeblieben, und die reiche alte Dame hatte den *neuen Garten Eden* als Erben in ihrem Testament eingesetzt. Ein großer Teil ihres beträchtlichen Vermögens sollte garantieren, dass das ambitionierte Projekt auch umgesetzt werden konnte. Die größte Summe wurde nicht notwendigerweise für den Aufkauf großer Teile des Dyrehaven gebraucht – zum Anlegen des gigantischen Friedhofs –, sondern für die Errichtung eines speziellen Kommunikationsbüros, das allen, die dem Tod nahe waren, in Bild und Ton gestaltete Lebenstestamente anbot. Das war die Seele des eigentlichen Projekts. Mit einem Lebenstestament, so stand es in den Broschüren, vermachte der Sterbende sein gesamtes Dasein an alle irdischen Wesen – und das für ewige Zeiten.

Die Idee war so simpel, dass das Lächeln auf Oves Gesicht nicht mehr verblasste. Wie als Donald Duck den Entschluss fasste, gesunkene Schiffe mithilfe von Tischtennisbällen zu heben. Siehe da, es ließ sich wirklich machen.

Ove wollte alle relevanten Informationen über das Leben eines Menschen zusammentragen – von Schwarz-Weiß-Fotos und alten Super-8-Filmen über Tonbandaufzeichnungen bis hin zu Videos und schriftlichen Dokumenten. Dann sollte das Ganze ergänzt werden durch aktuelle Interviews und Aufnahmen, die einen Rückblick auf das zu Ende gehende Dasein gewährten. Alles natürlich exakt in der Form, die der Sterbende sich wünschte.

Er wollte für diesen Teil der Aufgabe die besten Journalisten und Dokumentaristen des Landes anstellen und das redigierte, fertiggestellte Porträt dann auf einen Mikrochip übertragen und im Grabstein integrieren. Dort sollte die Geschichte dank modernster Computertechnik auf einen Plasmabildschirm übertragen werden, der den Grabstein wie eine Haut umgab.

Die Verstorbenen sollten unter prachtvollen Steinen in einer wunderschönen Landschaften liegen, geschmückt mit Blumen, und umgeben von ihrer Geschichte.

Dieses Gesamterlebnis sollte jeder aktivieren können – Angehörige, Neugierige, zufällige Wanderer –, alle, die auf der Suche nach einer guten Geschichte waren. Ein Druck auf das tiefblaue Herz in Oves Logo, das oben auf jedem Stein platziert war, reichte.

Pil, der in seinem gelben Regenmantel gestorben war, sollte neben der Witwe liegen – und auf seinem Stein würde man alte Schwarz-Weiß-Bilder sehen und einen Schmalfilm, den Ove von Spezialisten hatte digitalisieren lassen. Im letzten Teil der Filmsequenz wollte die alte Dame von ihrem Jungen erzählen. Damit war gerade erst begonnen worden, als sie verschwand.

Das Testament der Witwe war alles entscheidend – für Ove ebenso wie für die Brüder oder die Polizei. Und das wussten alle – Palle und Poul, der Mord-Chef, der Vize, ich, Agnes und Ove. Vielleicht wussten es sogar Viggo und Verner.

Wie zerstörerisch es war, wussten aber nur Agnes und ich. Schließlich hatten wir es an einem Spätnachmittag im April bezeugt.

Die alte Dame hatte ihre beiden Söhne komplett aus dem Testament gestrichen und den Großteil des Vermögens, das die beiden als das ihre betrachteten, dem Traum von ihrem und Pils ewigem Leben vermacht. Das Testament würde katastrophale Folgen haben.

Als die Sonne sich langsam über dem Wald am Leuchtturm erhob, sah ich den Fuchs unten auf der Lichtung sitzen. Halb versteckt im Astgewirr der gebrochenen Birke. Weiß vor Rot, Tod vor Leben, wie es immer gewesen war. Ich erinnerte mich an den Blick der Witwe, als sie mich vier Monate nach der Unterzeichnung des Testaments bat, dafür zu sorgen, dass alles so blieb, wie es war. Geschehen war das an einem Samstag im August. Kurz zuvor war Viggo bei ihr gewesen. Seither hatte sie nur noch schlecht geschlafen.

Ich hatte mich der Aufgabe angenommen, für die sie sogar bezahlen wollte. Ich sollte mir eine Bleibe in der Nähe des Leuchtturms suchen und ihn kennenlernen. Ich sollte einen Bericht für sie schreiben, nach dessen Erhalt sie eine endgültige Entscheidung fällen wollte. Sie wollte nicht ins Grab gehen, ehe sie nicht wusste, ob ihr die Sünden ihres Mannes vergeben werden konnten. Sowohl auf Erden als auch bei Gott. Ich verstand sie gut.

Als sie mir das Testament reichte, zögerte ich zuerst. Was sollte ich damit am Leuchtturm? Dann sagte sie mir, warum ich es nehmen sollte, und schließlich willigte ich ein.

Jetzt lag es vor mir auf dem Tisch im Hexenhaus. Am fünfunddreißigsten Tag nach dem Verschwinden der Witwe. Dabei hätte sich ein derart wertvolles Dokument niemals in einem Haus befinden dürfen, das jeden Augenblick in die Tiefe rutschen und es mit sich reißen konnte.

Ich dachte an den Mord-Chef. Er würde alles für dieses Dokument geben.

Irgendwie zweifelte ich nicht daran, dass etwas schiefgehen würde. Es war wie in einem Science-Fiction-Film, in dem ein unbekanntes Wesen an Bord eines Raumschiffs war, aber noch nicht aus der Brust seines bemitleidenswerten ersten Opfers gesprungen.

Wer war dieser Dämon?
... ich war mir nicht sicher.
Aus welcher Richtung würde der Angriff kommen?
... ich hatte meine Zweifel.
Wie konnte ich es verhindern?
... auf Letzteres hatte ich eine Antwort. Natürlich. Und ich hörte den Fuchs lachen. Wie Füchse halt lachen.

KANZLEI DES MINISTERPRÄSIDENTEN

Mittwoch, 4. Februar, Vormittag

Palle Blegman hatte wie sein kleiner Bruder das Gefühl, im Krieg zu sein – eine Erfahrung, die sie früher öfter gemacht und gemeistert hatten. Es gab allerdings einen Unterschied zwischen diesem Gegner und denen in ihrer Kindheit in Søborg oder am Gymnasium in Gladsaxe. Ihr heutiger Feind war größer und rätselhafter, und er hatte offensichtlich nicht vor, ins Licht zu treten. Er wollte unsichtbar bleiben, in den Schatten verweilen.

Die Panik in der Bevölkerung bezüglich der Omen hatte sich auf wundersame Weise bereits wieder gelegt. Vielleicht war das dem Überlebenstrieb der Menschen geschuldet. Kein Mensch konnte leben, wenn ihm Tag und Nacht ein solch tödliches Damoklesschwert über dem Kopf schwebte. Die Dänen hatten das verstanden, sie waren sich ein seltenes Mal einig gewesen, das Abenteuer abzulehnen, den Glauben an das Fantastische, das Übernatürliche, die leichten Lösungen und wundersamen Konzepte. Die Ablehnung von Viggos Omen war wie ein synchroner Atemzug gekommen, und mit ihm war die Anspannung aus den Menschen gewichen.

Palle und Poul waren ein perfektes Kriegerpaar. Schulter an Schulter, Seite an Seite. Nur dass sie von ihrem Feind noch immer nichts gesehen hatten. Erste Informationen über ihre havarierten Finanzen waren allerdings bereits an die Öffentlichkeit gelangt. Und noch immer hatte jemand das Testament, das sie zu Fall bringen konnte.

Trotz all der Kampfbereitschaft saßen sie wie zwei verwundete Teddys auf dem Sofa. Ihnen waren die Ideen ausgegangen.

DER LEUCHTTURM AN DER LANDSPITZE

Mittwoch, 4. Februar, kurz nach Mittag

Ich hatte meinen Entschluss gefasst, aber Viggo durfte davon natürlich nichts wissen.

Wir saßen auf der Bank neben der offenen Tür des Leuchtturms, wo wir uns in der bewussten Zeit zum ersten Mal begegnet waren. Eine Zeit, die wir der Einfachheit halber Wirklichkeit nennen. Er saß wie üblich, Rücken und Schultern an die weiße Wand gelehnt, da. Ich weiß nicht, ob er an das Gleiche wie ich dachte. Er sagte nichts. Wir kannten uns jetzt vier Monate und vier Tage, und ich spürte, dass der Augenblick unserer Trennung kurz bevorstand, und dieses Wissen war das Schwerste von allem.

Ich nahm seine Hand, und er ließ es zu, aber die Frage, die ich ihm nicht stellte, konnte er nicht beantworten. Natürlich nicht.

Ich sagte: »Die Seele ist wie ein schwarzes Loch…« Ich

holte tief Luft. »... also wie eines der schwarzen Löcher im Universum. Sie existieren, sind aber unsichtbar und saugen alles in sich auf.«

Natürlich reagierte er nicht auf meine banale Betrachtung.

Ich wäre gerne aufgestanden, um hin und her zu laufen und seine Kindheitsdämonen auf mich zu ziehen – und dann hätte ich noch all die verlorenen Seelen dort draußen vor der Küste zu mir gerufen, damit sie sein Schweigen durchbrachen. Allein, ich konnte es nicht.

»Der Mensch besteht aus einem unendlichen Chaos von Besonderheiten«, sagte ich, »die in dem Punkt verschmolzen sind, den wir das Normale nennen.« Das hätte ihn trösten sollen, aber auch darauf antwortete er nicht. »Schau dir nur unseren Körper an, wie wir geformt sind, die Ohren, Nase und die Zehen... der absurd dünne Hals zwischen den riesigen Schultern und dem großen Kopf... Schau dir nur diesen wackligen, missgestalteten Körper an, Arme und Beine baumeln hin und her, ohne Sinn und Verstand. Und unsere Füße, wie sie von den Beinen wegzeigen, in einem vollkommen unmöglichen Winkel... viel zu kurz, viel zu zart, nur geeignet, um umzufallen, sobald man auch nur den geringsten Stoß erhält...« Ich sah ihn an, fing seinen Blick ein. »Das alles passt nicht zusammen, nichts an uns bildet in Wahrheit eine harmonische Einheit, und trotzdem schaffen wir Menschen es immer wieder, uns in eine solche Konstruktion zu verlieben.«

Ich weiß nicht, woher das letzte Wort kam. Es würde kein weiteres kommen, und sollte er meine Gedanken als eine spezielle Form der Annäherung wahrgenommen haben, ließ er sich das nicht anmerken.

Ich gab seine Hand frei. Er wusste es nicht, aber das war mein Abschied. Ich war seine Freundin.

»Darf ich deine Vorahnungen mit nach Hause nehmen? Ich würde gerne etwas tun.«

Er saß einen Moment schweigend da. Dann nickte er.

»Ich hole sie mir selbst«, sagte ich und stand auf.

Ich wollte einen Moment im Leuchtturm allein sein. Nur einen Moment.

KAPITEL 27

POLIZEIPRÄSIDIUM

Mittwoch, 4. Februar, Nachmittag

Nummer Zwei hatte seinen Chef nie so verwirrt erlebt.

»Ich verstehe das nicht... Wie konnten wir das übersehen?«

In einem amerikanischen Film würde man bei der blauen, gut fünf Zentimeter dicken Mappe, die vor ihm auf dem Tisch lag, von einem Dossier sprechen.

Eine Frau, ein kleines Mädchen war aus der Hölle aufgetaucht, dachte Nummer Zwei. Und das hätten sie viel früher bemerken müssen.

»Sie war die Tochter, die Pflegetochter, der alten Vorsteherin. Viggo Larssens Mutter kannte die Vorsteherin, weil die Mütterhilfe ihr als alleinerziehender Mutter anfangs zur Seite gestanden hatte.«

»Viggos Mutter war in der Johannisnacht dort gewesen, am 23. Juni 1971.« Nummer Zwei nickte düster. »Und wurde auf dem Rückweg überfahren. Der Fahrer wurde nie ermittelt.«

»Aber das Wichtigste...« Die Finger des Mord-Chefs trommelten auf die Mappe. »Ist die Verwicklung der Tochter in diesen alten Fall, bei dem mindestens drei Frauen zu

Tode kamen. Möglicherweise hat sie sowohl die Nachbarin als auch ihre eigene Mutter und ihre Pflegemutter umgebracht.«

»... und ist dann verschwunden.« Nummer Zwei nickte erneut. »Damals hatte sie den unschuldigsten Vornamen, den ein dänisches Mädchen nur haben kann: Marie.«

»Jetzt nennt sie sich Malin.« Die Finger des Mord-Chefs waren mit einem Mal ganz ruhig. Nummer Zwei verstand, was er dachte. Sie konnte den Namen ändern, aber niemals sich selbst, wie sehr sie es auch versuchte. Ein Biest bleibt ein Biest.

Es war der jüngste der Kriminalassistenten, der den alten Fall ausgegraben hatte. Eine Suche in der elektronischen Datenbank hatte weder Geburtsdatum noch Geburtsort der früheren Nachtschwester des Pflegeheims ergeben, die heute in unmittelbarer Nähe des Leuchtturms auf der Landspitze wohnte. Ihr Vorname, Malin, stand in einem 2011 ausgestellten Pass, vor diesem Datum tauchte der Name aber nirgends auf.

Auch nicht im Einwohnermeldeamt.

Dass es der jüngste Kollege gewesen war, der die Lösung gefunden hatte, war reichlich beschämend, fand der Mord-Chef. Er war der Einzige, der die Suchfunktionen der modernen Technik links liegen gelassen hatte und stattdessen in den Keller gegangen war, um sich im Archiv die alten Mordfälle vorzunehmen. Und dort war er fündig geworden.

Der Fall hatte sich vor knapp sieben Jahren in Skodsborg nördlich von Kopenhagen abgespielt. Die frühere Vorsteherin eines berühmten, vornehm gelegenen Kinderheims war tot in ihrer Wohnung aufgefunden worden. Die Polizei hatte über lange Zeit dieselbe Person verdächtigt: die Pflegetochter der Frau. Marie war damals völlig überraschend von der Bildfläche verschwunden. Niemand hatte sie seither gesehen, sodass der Fall irgendwann zu den Akten gelegt worden war.

Sie fanden Bilder und glichen Fingerabdrücke ab. Es gab keinen Zweifel.

Marie und Malin waren dieselbe Person.

»Sie hat sich mit ziemlicher Perfektion eine neue Identität beschafft.«

Nummer Zwei nickte zum dritten Mal in drei Minuten. »Sie muss Unterstützung gehabt haben. Das System kannte sie ja von Kind auf. Mutterhilfe, Sozialamt, Verwaltung, Einwohnermeldeamt...«

»Verdammt. Sie wohnte in der Kellerwohnung unter dem Verwaltungstrakt von Solbygaard. Das kann doch kein Zufall sein.«

»Aber was sollte sie für ein...« Nummer Zwei kam ins Stocken. Das Wort *Motiv* war so übermächtig. Es raubte einem so viel Kraft. Wurde es genannt, dann nur, weil man nicht die Spur einer Idee hatte.

»Na ja, sie scheint irgendein Problem mit älteren Frauen zu haben...« Es gab keine Übereinstimmungen mit dem Tod der Witwe, sah man von dieser einen Person ab. Keine Fingerabdrücke, keine DNA-Spuren, keine Zeugen.

Nummer Zwei las seine Gedanken. »Niemand hat sie... am Tatort gesehen.«

»Da ist überhaupt niemand gesehen worden.«

»Auch nicht Viggo.« Der Mord-Chef nahm die Hand von der alten Akte. *Marie Ladegaard*, stand auf dem Umschlag. Ein Name, der nicht mehr existierte. Natürlich verstand er die Andeutung seines Kollegen. Sie hatten noch einmal alle Mitarbeiter des Heims vernommen. Dieses Mal mit der Ausgabe von *Der kleine Prinz* in der Hand, die sie bei der Toten gefunden hatten. Es hatten sich keine neuen Sachverhalte ergeben. Aber das Buch spielte eine Rolle.

»Viggo hat ein Exemplar von seiner Mutter bekommen, nachdem Frau Blegmans Sohn bei einem Autounfall ums Leben gekommen war. Später starb seine Mutter selbst bei einem Unfall mit Fahrerflucht. Er ist vom Tod nahezu besessen, wie der kleine Prinz in dem Buch. Er wird als ebenso merkwürdig und einsam beschrieben. Oder bringe ich da jetzt zwei Sachen zusammen, die nichts miteinander zu tun haben?«

»Er war im Pflegeheim. Er hat sie besucht. Im August. Irgendetwas ist passiert zwischen ihnen. Unsere Zeugen sagen, er wäre aufgewühlt gewesen, als er das Heim verließ. Die Witwe hat nie über den Besuch gesprochen.«

Der Mord-Chef nickte. »Aber... wer? Viggo oder Malin?«

Sie kamen nicht drumherum. Sie konnten nicht untätig herumsitzen, das wäre der schlimmste Fehler, den sich machen könnten. Die Brüder würden vor Wut kochen und die Medien den Mord-Chef und seinen Vize ans Kreuz nageln. Sie mussten eine Entscheidung treffen.

Oder anders ausgedrückt: »Das Schaf hat die Blume gefressen... oder auch nicht...«

Nummer Zwei starrte seinen Freund und Chef an. Offensichtlich hatte er sich zu lange und zu intensiv mit dem kleinen Buch beschäftigt, das sie bei der Witwe gefunden hatten.

Sie standen zeitgleich auf; die ebenso unerklärliche wie alte Gewohnheit zweier Männer, die sich ein Leben lang den Rücken freigehalten hatten. Sie brauchten deshalb auch nicht zu sprechen. Ein Nicken reichte.

DER LEUCHTTURM AN DER LANDSPITZE

Donnerstag, 5. Februar, früher Morgen

Der Wind hatte die ganze Nacht über an dem kleinen Haus oben auf dem Abhang gerüttelt und gezerrt. Das Holz hatte geknackt und geknirscht, und zwischendurch hatte ich wirklich Angst gehabt, der Wind könne mich aus dem Bett werfen oder das ganze Haus in die Tiefe schieben.

Als es hell wurde, sah ich die weißen Schaumberge draußen auf dem Meer, und der Wind klang wie das Jammern und Wehklagen all der Witwen der hier Gestrandeten.

Natürlich war das Unsinn.

Nur ein Verrückter – oder ein Flüchtling wie ich – brachte die Nacht an einem solchen Ort zu und schlief dabei sogar noch relativ ruhig und ohne große Angstträume. Der Wind, der aus der Tiefe heraufkam und das Haus traf, bedeutete Leben, da war ich mir sicher. Aber ein Leben, das jederzeit zu Ende gehen konnte. Das wusste ich bereits an diesem Morgen.

Ich schaltete mein altes Handy ein und rief meinen neuen Freund an. Den Mord-Chef.

Er bekam die Nachricht, nach der er sich seit knapp fünf Wochen sehnte. Den Namen…

… des Biestes, nach dem er suchte.

Dem Fuchs gefiel nicht, was er sah. Ein Mensch, der hastig den Hang hinunterrutschte und auf seine Höhle zukam. So zahm war er dann auch wieder nicht.

Er hatte mich erkannt und wusste natürlich, was passieren würde.

Ich zerstörte sein Heim mit der Entschlossenheit, die

schon meine Pflegemutter in mir gespürt und gefürchtet hatte. Sie hatte mich nur deshalb nicht weggegeben, weil sie Angst vor dem hatte, was ich unternehmen könnte. Dass ein Pilot irgendwo seinen Hut anheben und sehen würde, was sich darunter verbarg. Keiner ihrer treuen Elefanten – sondern das Wesen, das den Elefanten verschluckt hatte.

Ich trampelte auf beiden Höhlenausgängen herum und sah Reineke Fuchs Zuflucht hinter dem weiter unten liegenden Birkenstamm suchen.

Der Sturm hatte ihn in der Nacht umgebrochen. Jetzt lag er wie ein weißer Pfeil auf den dunklen, vermoderten Blättern. Vielleicht sagte er wie die Blume: *Mach es nicht so lang, das ist fürchterlich. Du hast dich entschieden zu gehen. Also geh!*

Ich stieg darüber hinweg, ohne mich noch einmal umzublicken.

Polizeiwagen fahren vor dem Leuchtturm vor. Der Mord-Chef und seine Nummer Zwei wissen nicht, dass sie zu spät kommen. Noch nicht. Viggo sagt: »Sie ist nicht da. Vielleicht ist sie bloß spazieren gegangen.« Wie im Traum zeigt er in die richtige Richtung. In Richtung Meer und Höllenschlund.

Sie fanden all das, was ich am Strand für sie zurückgelassen hatte. Mehr aber auch nicht. Ich hatte meinen Abgang geplant. Wie immer.

Da war mein Abschiedsbrief, auf dem Umschlag prangte der Name des Mord-Chefs. Meine Kleider, meine Schuhe, meine Jacke aus echtem Rentierleder. Der Assistent meiner Pflegemutter hatte mir die vermacht, als ich das Kinderheim hinter mir ließ (ohne meinen Namen und meine Freiheit).

Ich hatte alles ordentlich zusammengefaltet, wie Selbstmörder es tun, und noch Fußspuren direkt in Richtung Höllenschlund in den Sand gedrückt (wie im Film).

Wohin sonst?

Das Testament lag in einer Plastiktüte, die ich zur Sicherheit noch mit dem Garn umwickelt hatte, das ich im Haus der Meereshexe gefunden hatte. Zusätzlich hatte ich das Ganze mit einem Stein beschwert. Bei so vielen Zeugen – es wimmelte nur so vor Kriminaltechnikern und Ermittlern – konnte die Wahrheit nicht verborgen bleiben. Für niemanden. Der Bär würde sich auf die Hinterbeine aufrichten und sein ohnmächtiges Brüllen hören lassen.

Ich bin mir sicher, dass Viggo Larssen über die Fußspur des Riesen und die gebrochene Birke die Böschung nach oben gestiegen ist, nachdem die Polizisten ihn vernommen haben. Gegen ihn hatten sie nicht mehr in der Hand als eine Theorie – gegen mich sprach ein erst wenige Stunden altes handschriftliches Geständnis.

Natürlich sah Viggo nicht den zertrampelten Eingang der Fuchshöhle, und er würde auch niemals erfahren, was dahinter verborgen war. Seine Verwunderung würde erst oben richtig groß werden, wo das Hexenhaus lag, oder besser gesagt, liegen sollte. Spielte der Wind mit, zeichneten dann höhere Mächte ein großes, solides Ausrufezeichen in den Himmel. Genau über der Stelle, an der mein Haus gestanden hatte…

Vermutlich war es abgerutscht, weggeglitten, genau dorthin, wo die Wellen des Höllenschlunds an die Küste brandeten. All die Balken, die es gegeben haben musste, waren (als Viggo den höchsten Punkt des Hangs erreichte) längst zerschlagen und von den letzten Atemzügen der Seemänner eingeatmet worden. Symbolischer ging es nicht. Mich befriedigte das mehr, als irgendjemand wissen konnte.

Und während er dort oben stand, muss ihm die ganze Wahrheit aufgegangen sein. Seine Vorahnungen waren für immer verloren. Ich hatte darum gebeten, um ihn davon zu befreien – und jetzt waren sie für immer verschwunden.

Er war wieder zurück nach unten in die Senke gestiegen, über die Birke geklettert und dann hinauf zum Leuchtturm. Nur die beiden Leute vom Staatsschutz saßen noch immer in ihrem Fiesta. Als kleiner Hinweis darauf, dass der Mord-Chef noch nicht ganz bereit war, ihn aufzugeben.

Er ging direkt zu ihnen und forderte sie auf zu verschwinden. Sie ließen das Fenster herunter, antworteten aber nicht.

Dann beugte er sich vor. »Ihr wisst jetzt doch alles.« Er gestikulierte wild in Richtung des Ortes, an dem das kleine Haus gestanden hatte. »Sie ist weg. Sie ist nicht mehr hier. Sie hat mich ausspioniert, aber ich habe es gewusst. Die ganze Zeit. Und jetzt« – er lehnte die Stirn an den oberen Rahmen des Fensters – »wäre ich gern allein.«

Das dreimalige Zucken an seinem rechten Auge deutete an, was in den nächsten Tagen kommen würde. Die Männer im Fiesta hatten beim Mord-Chef gelernt und verstanden die Zeichen. Sie machten ein Telefonat. Mehr war nicht nötig.

Zehn Minuten später fuhr der Fiesta still und ruhig durch den Wald davon.

Ich tippe, dass Viggo in diesen Tagen alles anzweifelte – wer hätte das nicht getan. Dass er seine Wanderungen zum Bavnebjergsklint geradezu mechanisch herunterspulte, wie eine Zeichentrickfigur, die ihren Schöpfer verloren hatte; dass er mich vermisste und auf der Bank saß, den Kopf wie leer gefegt.

Was sollte er denken? Was sollte er sagen?

Immer wenn er für sich selbst zu beschreiben versuchte, was geschehen war, wechselten seine Gedanken die Richtung. Dann ging jede Logik verloren. Wie wenn die klügsten Wissenschaftler sich auf die Suche nach dem verirrten Elementarteilchen machten, das Gott bei der Schöpfung der Erde derart sinnreich in den Orbitalen eines Atoms angeordnet hatte, dass kein irdisches Wesen jemals seine Position messen konnte.

Viggos Handy hatte geklingelt, und die ersten Worte könnten die unseres Herrn gewesen sein, wenn der denn keine anderen, himmlischeren, Kanäle zur Verfügung hatte: »Wir wissen alles.«

Wissen ist ein großes Wort aus dem Mund eines Mordermittlers. Ein sehr großes. Viggo Larssen sagte nichts. Wie der Pilot in der Wüste, als der kleine Prinz seinen eigenen Tod ahnte, da er die Schlange vor seinem nackten Knöchel im Sand liegen sah.

»Wir haben ihren Brief gelesen, alles ist ganz... einfach.«
Viggo sagte nichts.
»Sie hat Selbstmord begangen.«

In diesem Augenblick musste Viggo verstanden haben, wer der Pilot war und dass der Fuchs in der Böschung nie wirklich existiert hatte und nur die Schlange im Sand von Bedeutung war.

Seine Mutter hatte die kurze Passage über den Tod des kleinen Prinzen mit ihrem dünnen Bleistift unterstrichen:

Es war nichts als ein gelber Blitz an seinem Knöchel. Er blieb für einen Moment stillstehen. Er weinte nicht. Er fiel sachte wie das Blatt eines Baumes. Nicht einmal ein Geräusch machte es, als er in den Sand fiel.

»Wir glauben, dass sie zuvor schon getötet hat... in einem Kinderheim im Norden von Kopenhagen.«

Der Pilot hatte gesagt: *Ich will dich nicht verlassen.*

»Wir rechnen damit, dass sie an der Küste angespült werden wird... vermutlich in ein paar Wochen in der Sejerøbucht.«

Ich will dich nicht verlassen.

»In der Zwischenzeit erstellen wir ein psychologisches Profil. Mithilfe des FBI.«

Der Mord-Chef klang tröstend und vielleicht auch ein bisschen stolz. Viggo Larssen verstand seine Logik.

»Ihr Motiv war Rache, Ihnen zuliebe. Sie hatte das geänderte Testament der Witwe gemeinsam mit der Pastorin von Solbygaard – Agnes Persen – bezeugt. Und dabei hat die alte Dame den beiden eine schreckliche Geschichte über ihren Mann erzählt ... der Ihre Mutter getötet hat. Er hat sie in der Johannisnacht 1971 mit dem Auto überfahren. Als Rache für Pil. Zuerst hat Malin Ihnen einen anonymen Brief geschrieben und darin die Wahrheit angedeutet, aber das reichte ihr offensichtlich nicht. Sie ist zum Leuchtturm gekommen, um Ihnen das Ganze zu erzählen, und sie hat das Testament mitgenommen, das die Witwe versteckt hatte, weil sie fürchtete, die Brüder könnten es finden und zerstören.« Ein kurzes Zögern folgte. »Es ist ein sehr eigenartiges Dokument.«

Erneut machte er eine Pause, die Viggo Larssen schier unendlich vorkam. »Sie schaffte es nicht, Ihnen die Wahrheit zu sagen – weshalb sie die Sache einfach selbst in die Hand genommen hat. Neujahr im Pflegeheim – im Keller unter dem Heim, den sie besser kannte als jede andere, weil sie dort unten ihre Wohnung hatte ... Es gibt dort einige alte schall- und luftdichte Bunkerräume aus der Zeit des Kalten Krieges. Sie wusste, dass die alte Frau nicht überleben würde und dass sie mit ihrem Tod die beiden Brüder ruinieren würde.«

Viggo hatte noch immer nichts gesagt.

»Eine durch und durch traurige Geschichte.« Der Mord-Chef hatte den Hörer aufgelegt.

Viggo Larssen lehnte sich mit dem Rücken wieder an

die kalte Wand des Leuchtturms. Er vermisste sie. Plötzlich glaubte er, den Duft ihrer Kleider und ihrer Haut wahrzunehmen. Sie hatte immer nach einer Mischung aus Tang und Sand gerochen, vielleicht waren das aber auch nur die Trugbilder eines verlassenen Mannes.

Er hatte sich nie für sentimental gehalten.

Er sah die Büsche am Rand des Abhangs über der Fußspur des Riesen, hinter denen Malin sich immer versteckt hatte. Er hatte sie schon am ersten Tag bemerkt und darauf gewartet, dass sie den richtigen Zeitpunkt für gekommen hielt – und dann war es vorbei, noch ehe dieser Moment gekommen war.

Er saß auf der Bank und starrte über den Höllenschlund. Seine Sehnsucht war von einer Wucht, die er sich nicht erklären konnte. Warum hatte sie das getan? Um ihn zu retten…?

Er wusste, dass sie niemanden umgebracht hatte. Vielleicht sich selbst, aber nicht die alte Frau in Solbygaard. Sie war bei ihm am Leuchtturm gewesen. Er hatte sie abends in den Büschen gehört, als der Wind aus Osten gekommen war.

Manche Kinder träumen zahme Träume, wie in dem Buch über den kleinen Prinzen; sie träumen von einer Blume oder einem Freund, der sich zu guter Letzt zähmen lässt. Und das war's. Andere träumen von einer Welt, die viel größer ist als der kleine Planet, den der Pilot im Buch beschrieben hat. Diese Kinder fallen schließlich über den Rand, wie Malin oder wie das zum Tode verurteilte Haus oben über der Fußspur des Riesen. Wenn es denn jemals existiert hatte.

POLIZEIPRÄSIDIUM

Donnerstag, 5. Februar, Nachmittag

Der Mord-Chef hatte von dem roten Telefon mit der topgeheimen Nummer mit dem Mann im Leuchtturm telefoniert. Er legte den Hörer auf und drehte sich zu Nummer Zwei um. Sie hatten den letzten Wunsch der Witwe noch nicht öffentlich gemacht. Sie hatten ein Motiv – grausam, aber logisch –, und sie hatten einen Mörder.

Und doch passte irgendwie nichts zusammen.

»Wir haben ihren Brief, der dort lag … am Strand.«

Der Strand war kein Strand, sondern ein Haufen scharfkantiger Steine, die sich in den ewig nassen Sand gebohrt hatten. Dort hatte der Brief gelegen.

»Sie hat einen anderen Namen benutzt«, stellte der Mord-Chef in den Raum.

Nummer Zwei sagte nichts.

»Sie steht unter Verdacht, in einem früheren Leben« – die Pause wurde sehr lang – »noch andere ältere Damen umgebracht zu haben.«

»Es wurde nie aufgeklärt, was damals tatsächlich geschehen ist.«

»Weil sie verschwunden ist.«

So stand es in den Akten, die unter dem Namen Kongslund-Affäre geführt wurden, nach dem Kinderheim, in dem die rätselhaften Dinge passiert waren.

Der Mord-Chef zog die Augenbrauen hoch. Irgendwie stimmte das alles trotzdem nicht. Er beugte sich über den alten Ordner mit dem Dossier der mysteriösen Frau. Irgendetwas fehlte da.

DER LEUCHTTURM AUF DER LANDSPITZE

Freitag, 6. Februar, Mittag

Er fror. Wie am allerersten Tag, als sie aus dem Wald gekommen und sich neben ihn auf die Bank gesetzt hatte.

Er war sich nicht sicher gewesen, wer von ihnen der Pilot und wer der Prinz war. Sie hatten geglaubt, alle Zeit der Welt zu haben hier am Rand des Daseins.

Sein Freund Verner war mit dem Bus nach Ulstrup gekommen und den Rest zu Fuß gegangen, durch den Wald der Meereshexe, raus zum Leuchtturm. Er war suspendiert worden. Nach außen hin würde es als Freistellung verkauft werden. Um solche Details kümmerten sich Männer wie Ove. In beiderseitigem Einvernehmen. Die Sprachwahl war interessant. Eine Bezeichnung für eine eigentlich verborgene Wirklichkeit. Weitaus stärkere Kräfte als Verner hatten seinen baldigen Ausstieg verkündet; er hatte das gesamte Land aufgeschreckt – in einer Weise, dass die Blegman-Brüder fast wie Helden dastanden.

»Es war Teis, oder?«

Einen Augenblick lang glaubte Viggo, sein Freund meine den Mord an der Witwe.

»Es war Teis, der die Geschichte vorgelegt hat... als der Feigling, der er ist und immer war.«

Teis war in allen Medien des Landes, als die Gegenoffensive startete.

»Es gibt etwas, das sich Tårbæk-Club nennt...«

Viggo sah Verner an. Er war schon zu lange nicht mehr in der Branche.

»Die Mitglieder sind Topbeamte – alte und junge –, natürlich alles ganz informell, aber umso einflussreicher. Eine

Spaltung der Nation würden sie niemals akzeptieren. Sie haben Teis bezahlt, unseren eigenartigen Freund, damit er an die Öffentlichkeit geht.«

Viggo sagte nichts.

»Sie wussten, dass seine Unterstützung deine Geschichte direkt dahin katapultieren würde, wo sie herkam ... in die hinterste Pampa.« Ein merkwürdiger Ausdruck.

»Vielleicht ist er der einzige Interessante von uns fünfen aus der Siedlung, weil er erst aufgegeben hat, nachdem er es zumindest versucht hat.«

»Versucht?«

»Er hat einen anderen Jungen aus der ersten Gymnasiumsklasse verteidigt – daran musst du dich doch erinnern? Und wurde niedergeschlagen.« Verner zog die Schultern hoch. »Von Palle. Aber es war Ove, der ihm den Todesstoß versetzt hat. Er hat ihn zerbrochen. Das ist eine sehr, sehr einfache Logik.«

Viggo sagte nichts.

Es verging sicher eine Minute. »Natürlich musste Teis zum Verräter werden an seinen Freunden. Das kann ja gar nicht anders sein. Und im Übrigen hat er dich gehasst, wie ein merkwürdiges Kind das andere hasst. Das ist überhaupt nicht ungewöhnlich.«

Sie saßen eine ganze Weile stumm nebeneinander auf der Bank, aber vielleicht hatte Viggo doch etwas gesagt, weil Verner sich plötzlich zu ihm umdrehte und sagte: »Was ...?«

Das Wilde ist unschuldig, genau da liegt unser Irrtum. Das Zahme wird eitel und berechnend, sieht nichts mehr außer sich selbst ... Hatte er das tatsächlich laut gesagt?

Später waren sie am Wassersaum spazieren gegangen, wie als Jungen, wenn sie bei Hornbæk hinter den Mädchen aus dem Gymnasium hergelaufen waren.

»Alle guten Heime liegen am Wasser.«

Verner wiederholte sein »Was...?«. Dieses Mal hatte er tatsächlich laut gesprochen. Eher zu sich selbst, aber trotzdem. Er schaute zum Leuchtturm auf dem Steilhang. Sie waren auf dem Rückweg. »Das war etwas, das sie immer wieder gesagt hat. Ich weiß nicht, wieso...«

»Wahrscheinlich meinte sie den Leuchtturm.«

»Ja.«

»Das Kinderheim kann man ja nicht wirklich als Heim bezeichnen.«

Viggo hatte Verner wiedergegeben, was der Mord-Chef ihm erzählt hatte. Über das Kinderheim am Øresund. Von den mysteriös verstorbenen Frauen.

»Mit ihrem Haus hier konnte sie auch nicht gerade prahlen«, sagte Verner nüchtern.

Viggo sah seinen Freund von der Seite an. »Sie hat einmal gesagt: ›Ich wohne zwischen der Hölle und dem Paradies, genau wie es sein soll.‹ Damit meinte sie wohl den Höllenschlund und...«

»... den weißen Leuchtturm, in dem ihr Prinz wohnte. Habt ihr gevögelt... also... wart ihr zusammen?«

Das war typisch für die Welt, die Viggo verlassen hatte, in der Verner sich aber nach wie vor befand. Die simplen Fragen der Gegenwart waren immer die wichtigsten.

»Es war doch ihr gutes Recht, etwas zu erwarten. Ein Mann in einem großen und imposanten Leuchtturm. Allein. Fandest du sie hübsch?«

Viggo sagte nichts.

Sie gingen die Treppe zum Leuchtturm hoch.

»Ich glaube, sie hat mich geliebt«, sagte Viggo rau.

Verner blieb auf der nächsten Stufe stehen und drehte sich um. Er sah so verdutzt aus, wie Viggo geklungen hatte. »Du vermisst sie...«

Das war keine Frage, darum musste Viggo nicht antworten.

Sie saßen auf der Bank vor dem Leuchtturm mit einer Flasche Rioja zwischen sich. Verner schenkte sich selber nach, als sein Glas leer war. Was es ständig war. Viggo holte eine neue Flasche. Die Korken lagen vor ihren Füßen im Kies.

Schließlich sagte Verner: »Glaubst du tatsächlich daran... an die Todesomen?«

»Ja, ich glaube daran.«

»Hast du sie noch?«

»Nein.«

»Wo sind sie?«

Viggo Larssen ließ ein leichtes Zucken an seinem linken Auge vorbeiziehen, fast wie als Kind. »Ich glaube, der Fuchs hat sie mitgenommen.«

Verner Jensen antwortete nicht. Er hatte im Grunde nie an Viggos Erzählung geglaubt. Aber eine Geschichte ist eine Geschichte – und wenn sie so gut wie Viggos war, konnte niemand in seiner Branche – seiner ehemaligen Branche – ihm verdenken, dass er sie pushen wollte.

»Kein Mensch ist arm zu nennen, der ab und zu tun kann, was ihm Spaß macht.«

»Was...?« Jetzt war Viggo an der Reihe zu fragen.

»Donald Duck.«

Das reichte beiden als Antwort.

POLIZEIPRÄSIDIUM

Freitag, 6. Februar, kurz nach Mittag

Der Mord-Chef war ausnahmsweise allein in seinem Büro, ohne die Nummer Zwei. Das hatte sein Gast verlangt, und er hatte volles Verständnis dafür. Er wusste, was jetzt kommen würde.

Es irritierte ihn nur, dass der Justizminister sich auf den Stuhl setzte, in dem sein bester Ermittler zu sitzen pflegte. Ihm gegenüber.

Sie hatten keine Zeit vergeudet.

»Ich kündige meine Stellung... die Gesundheit... Sie wissen schon.«

Der Mord-Chef nickte.

»Ich überlasse meinen Posten einem Jüngeren.«

»Wenn die Regierung die Wahl gewinnt.« Die Worte waren ihm entschlüpft, ehe er sie aufhalten konnte. Aber jetzt bestand keine Gefahr mehr.

»Ja.«

Der Mord-Chef atmete tief ein und sagte: »Stimmt es, was sie gesagt hat? War es so, wie sie in ihrem Abschiedsbrief geschrieben hat?«

»Sie meinen, dass mein Vater Viggo Larssens Mutter totgefahren hat?«

»Ja?«

»Nein.« Die Antwort kam ohne Zögern.

Der Mord-Chef kniff die Augen zusammen. »Nein?«

»Ja.« Manche Dialoge waren wirklich skurril.

Aber der Polizeichef verstand schon. Poul Blegman leugnete Malins entscheidende Information. Und wieder einmal fühlte er sich, als würde er über die Felskante hinaustreten und frei in der Luft schweben. Was lief hier schief?

KAPITEL 28

DER LEUCHTTURM AUF DER LANDSPITZE

Samstag, 7. Februar, Vormittag

Verner war am nächsten Vormittag wieder gefahren. Er hatte ein Taxi gerufen und war auf dem Weg zurück in die Zivilisation.

Viggos Mitleid hielt sich in Grenzen. In Verners Kreisen bedeutete eine Kündigung keine ernsthafte Katastrophe. Wenn er wollte, konnte er von seiner Pension leben, oder er nahm einige der Gegenleistungen in Anspruch, die sich im Laufe der Jahre angesammelt hatten, bei Politikern, Kollegen, privaten Firmen. Er könnte sich auch von Ove Nilsen anstellen lassen. Das wäre vielleicht eine interessante Luftveränderung. Verner wäre sicher ein hervorragender Pressechef für den *neuen Garten Eden*.

In einer plötzlichen Eingebung hatte Viggo Larssen sich hingekniet und war unter den Tisch gekrochen, um den Stein vor dem Versteck herauszuziehen, das die Polizei nicht gefunden hatte, wo ein alter Leuchtturmwärter ein Logbuch aus der Hölle versteckt hatte. Sie hatte es gefunden. Nichts in seinem Leben war am Ende noch ein Geheimnis für sie.

Er schob die Hand hinein und nahm das Logbuch heraus.

Dahinter lag ihr Brief. Der richtige Brief, den der Mord-Chef und seine Nummer Zwei niemals zu sehen kriegen würden.

Sie hatte sie alle getäuscht. Eine ihrer leichtesten Übungen.

Lieber Viggo. Wenn du diese Zeilen liest, habe ich das Einzige getan, was ich tun konnte und was vielleicht immer schon der eigentliche Sinn war. Das glaube ich, weil nur ich die Möglichkeit dazu hatte.

Er schaltete das Licht über der Bank an und ging nach draußen. Er beugte sich über das Blatt. Der Brief war mit blauer Tinte und fester Handschrift auf unliniertem Papier geschrieben.

Wie du weißt, habe ich vor einem Dreivierteljahr den anonymen Brief geschrieben über Peter Blegmans Verantwortung am Tod deiner Mutter. Du hast die Witwe besucht, aber sie hatte nicht den Mut, dir die Wahrheit zu gestehen, obgleich deine Trauer sie tief berührt hat. Das weiß ich, war es doch gewissermaßen der Grund für unser Kennenlernen, das ich zu keinem Moment bereut habe.

Viggo Larssen saß einen Augenblick reglos auf der Bank, ehe er weiterlas.

Es begann, als sie ihr Testament schrieb – ihr neues Testament. Obwohl, eigentlich hat es natürlich viel früher begonnen, damals, als der kleine Pil auf der gefährlichen Straße von deinem Großvater überfahren wurde. Das ist eine sehr seltsame Geschichte. Das Gartentor stand offen. Agnes war ebenfalls anwesend, als wir das Testament unterschrieben, und irgendwie hatte ich das Gefühl, dass die Witwe dafür Absolution suchte. Als hätte sie selbst das Tor geöffnet, willentlich, durch das ihr Sohn auf die Straße gelaufen war. Aber das ergibt natürlich keinen Sinn.

Viggo Larssen wendete das erste handbeschriebene Blatt um.

Die Jahre vergingen – Pil starb 1963, deine Mutter 1971. Sie war zur Feier in dem Kinderheim, in dem ich aufgewachsen bin. Kurz vor Mitternacht hat sie sich auf ihr Rad gesetzt und wurde kurz darauf von einem Autofahrer angefahren, der Fahrerflucht beging. Sie war auf der Stelle tot. Wir sind uns bei ihrer Beerdigung begegnet, du und ich, wo ich zusammen mit meiner Pflegemutter war, aber du hast mich nicht wahrgenommen. Das alles wäre längst vergessen, wenn die Witwe an ihrem Lebensabend nicht beschlossen hätte, Pil zum Leben zu erwecken und ihre zwei älteren Söhne aus ihrem Testament zu streichen.

Viggo Larssen schaute hoch. Es war fast dunkel. Die zwei mächtigsten Männer des Landes waren von der eigenen Mutter vom Thron gestoßen worden. Das war absurd.

1998 starb ihr Mann – der alte Blegman –, aber darüber weißt du ja alles. Seine Frau war bei ihm, als er starb – und auf dem Sterbebett hat er gestanden, was sie all die Jahre vermutet hatte. Er hat deine Mutter umgebracht. Sie hat es nie jemandem gesagt – erst als sie selber krank wurde und wusste, dass sie nicht mehr lange leben würde. Agnes und dein Freund Ove haben sie durch diese Zeit begleitet – Adda als Seelsorgerin und Ove als Berater für das Pflegeheim. Sie mochte Adda sehr und glaubte an Oves Idee. Nichts beschäftigt den modernen Menschen mehr als der Tod, der Gedanke, vergessen zu werden, ist das Schlimmste für uns.

Wer in diesem Augenblick Viggo Larssen beobachtete, konnte fast glauben, dass er lächelte.

Im April 2014 hatte sie ernste gesundheitliche Probleme und nahm endlich in Angriff, ihr Testament umzuschreiben. Ihre beiden Söhne haben sie nie besucht, sie hatten keine Zeit (nur in den Medien und im Volksmund blieb sie die Grand Old Lady der Nation), und hatten im Laufe der Jahre ihren gesamten Anteil vom Erbe des Vaters verprasst. Sie hat die beiden mit einem Federstrich enterbt. Das weiß ich, weil ich diesen Federstrich bezeugt habe. Agnes und ich waren bei ihr. Wir waren ihre Zeugen. In dem Zusammenhang hat sie uns von ihrem Mann erzählt und erklärt, dass er der eigentliche Grund für die Änderung des Testaments war. Seine Sünde musste gesühnt werden. Niemand hatte das Recht, ein Leben für ein Leben zu nehmen. Ich habe noch am selben Tag den anonymen Brief an dich geschrieben (Agnes wusste von Ove und Verner, wo du wohnst), und das bereue ich, weil ich nicht geahnt habe, dass du so darauf reagieren würdest, wie du es getan hast.

Viggo Larssen runzelte die Stirn und nahm das dritte Blatt zur Hand.

Ich dachte wirklich, dass du endlich Frieden findest, wenn du es aus dem Mund der alten Frau hörst. Dein Besuch hat sie sehr aufgewühlt. Letztlich war das wohl zu viel für sie. Sie hat dich unverrichteter Dinge nach Hause geschickt, und das habe ich ihr vorgeworfen. Ich konnte nicht anders. Sie war furchtbar niedergeschlagen, und möglicherweise war es sogar ihre eigene Idee, oder ich habe sie dazu überredet, jedenfalls beschlossen wir gemeinsam, es wiedergutzumachen. Sie wollte dir einen Teil des Erbes überschreiben, als Wiedergutmachung für deinen Verlust. Aber sie wollte auch wissen, wie du damit zurechtkommst (und vermutlich auch sichergehen, dass du das Geld nicht verprasst!). Darum hat sie mir einen großzügigen Betrag geboten, damit ich mich beurlauben lasse und auf die Landspitze ziehe, auf der du wohnst. Meine Aufgabe war leicht. Ich sollte dich kennenlernen, so viel über dich in Erfahrung bringen, wie ich konnte, und ihr Bericht erstatten. Ich glaube, in ihrer altersbedingten Vernebelung hielt sie dich für die Inkarnation ihres verlorenen Sohnes, und ich ließ ihr diese Illusion. Wenn die Zeit erfüllt war – das waren ihre Worte –, sollte ich dir, so behutsam wie möglich, die wahre Geschichte deiner Mutter erzählen und wie sie gestorben ist ... Vom Bösen in der Welt. Dazu ist es nicht mehr gekommen. Ich weiß nicht, wieso es sich immer wieder verschoben hat.

Er drehte das Blatt um.

Doch, ich glaube, es lag daran, dass ich mich in dich verliebt habe, und das ist schwer für eine Frau, die noch nie einen Mann berührt hat. Das ist das Schwerste von allem. Du auf der Bank. Du auf deinen Wanderungen an der öden Küste. Du und deine Bastflasche, auf der Bank, den ganzen Abend. Wie kann man so etwas lieben? Du und dein kleiner Prinz, deine Tagebücher, deine Fantasien über den Tod, den irgendeine höhere Macht als letzte Warnung in Gestalt deiner Mutter auf die Erde und in den Höllenschlund geschickt hatte, mitsamt der Schlange aus dem Lieblingsbuch deiner Mutter. Wie kann man so etwas lieben? Ich habe immer geglaubt, ich wäre das Verrückteste auf diesem Erdenrund, aber du da draußen auf der Landspitze schlägst mich um Längen.

Viggo Larssen schüttelte den Kopf. Das war das Merkwürdigste, was er je gelesen hatte.

Ich habe dich nicht im Leuchtturm gesehen – weder in der Neujahrsnacht noch am folgenden Tag –, und mit diesem Wissen habe ich gelebt. Das war genau die Zeitspanne, in der die alte Dame verschwand.

Wieder schüttelte Viggo den Kopf. Das war die Nacht, in der er das Logbuch gefunden hatte und im Morgengrauen eingeschlafen war.

Als ich einsah, dass der Mord-Chef nicht lockerlassen und dich irgendwann entlarven würde, habe ich meinen Beschluss gefasst. Eigentlich war es gar nicht schwer. Für Menschen wie uns existiert Zeit nur in ganz kurzen, präzise abgemessenen Strecken. Ich habe ein »Geständnis« geschrieben, das ich mit dem Testament der Witwe am Strand hinterlassen werde. Und ich schreibe diesen Brief, den ich an die einzige logische Stelle legen will, die mir einfällt. Wenn ich dich verlasse, zum letzten Mal, nehme ich deine Todesomen mit, deine Träume vom Tod. Du wirst sie nie mehr wiedersehen.

Viggo Larssen war beim letzten Blatt angekommen.

Es bleibt nicht mehr viel zu sagen. Das Testament wird die Dynastie fällen, und du wirst weiterleben. Ich glaube, dass du es dir wie die Witwe längst gedacht hast. Natürlich war es kein Zufall, dass ihr Sohn und deine Mutter bei einem Autounfall ums Leben kamen. Ich glaube, du hast gewusst, dass es Peter Blegman war, der den Tod deiner Mutter verschuldet hat, und dass du versucht hast, das hinter dir zu lassen. In gewisser Weise war ich es, die das Böse wieder zum Leben erweckt hat. Ich gehe vom Paradies in die Hölle, aber wenigstens hat mich das Haus der Meereshexe nicht bekommen. Ich bin selbst gegangen ...

Viggo Larssen blinzelte. Da war es wieder, dieses Zucken, das ihn durch sein ganzes Leben begleitet hatte. Die Bank unter ihm fühlte sich kalt an.

Ich glaube, dass du mich nach einer Zeit vergessen wirst, denn Vergessen ist, wie du weißt, die einzige Hoffnung, die wir Menschen haben. Ich möchte mir gerne vorstellen, dass du ruhig schläfst wie ein Kind, lächelnd in der Dunkelheit, wenn keine Angst es stört.

Das Zucken lief über seine Wange und formte sich zu dem vertrauten Laut in seiner Kehle – dieser Schluchzer hinter der Nasenwurzel, der sich nach unten bewegte und die Leute glauben ließ, dass er lachte.

Wenn die Rose im Buch weint, ist das eitel. Wenn ein Fuchs es tut – oder nur damit droht –, ist es gespielt. Wenn ein Mensch weint, tut er es lautlos.

Das Zucken hatte den Brustkorb erreicht. Er konnte nicht mehr stillsitzen.

Nimm nicht alle Schuld auf dich, für niemanden, weil sich durch die Schuld deine Irrtümer immer und immer wiederholen.

Die Sünden der Mütter und Väter. Er verstand, was sie meinte, und machte Anstalten, ins Haus zu gehen.

Es gibt Phasen im Dasein, da glauben wir, unsere Verfolger abgehängt zu haben, und wir haben das Ende unserer Flucht vor Augen: ein sonniger Sommertag in einem Garten, wo ein alter Mann im Schatten unter einem blauen Sonnenschirm sitzt und auf den Tod wartet. Dass ihn jemand an die Hand nimmt.

Er öffnete die Tür zum Leuchtturm.

Denk nicht mehr an die Witwe. Und denk nicht mehr an das, was geschehen ist. Der Tod ist nicht, wie viele ihn sich vorstellen, eine knochige, hohlwangige, nasenlose Missgeburt, sondern bloß eine Idee, die jemand sich über andere Geschöpfe als sich selbst macht.

Er trat ins Haus.

Niemand wird jemals etwas erfahren.

Er spürte noch immer ihre Gegenwart...

Niemand wird dich je finden.

...unter dem Namen, der ihm alles hätte sagen müssen, hatte sie die letzte Zeile mit einem dünnen blauen Strich eingerahmt, wie seine Mutter es getan hätte.

Wird das Schaf die Rose fressen...

Malin hatte drei Punkte hinter den letzten Satz gesetzt. Mehr hatte sie nicht geschrieben.

Ihr Abschiedssalut ergab keinen Sinn.

Glaubte sie tatsächlich, dass er die Witwe ermordet hatte?

KANZLEI DES MINISTERPRÄSIDENTEN

Samstag, 7. Februar, Nachmittag

Palle und Poul waren im vornehmsten Büro des Landes. Um das genießen zu können, waren die Zukunftsaussichten zu düster, die Stimmung zu gedrückt, die Möbel zu hässlich.

Mit einem Schwung hätte der Bär alles aus dem Fenster fegen und seine Handlung auch noch genießen können.

Nicht einmal das hätte an diesem Vormittag noch einen Unterschied gemacht.

»Du hast diesem kleinen Scheißer allen Ernstes gesagt, dass wir hinschmeißen und die Regierungsmacht aufgeben wollen?«

Der ältere der beiden Blegman-Brüder spielte auf den Mord-Chef an, der seit dem Verschwinden ihrer Mutter an ihnen geklebt hatte. Sie wussten, dass sie ihn nie wieder loswerden würden.

»Nein, ich habe nur für mich selbst gesprochen.« Palle Blegman stand auf und wirkte in seiner vornübergebeugten, massiven Statur wie ein riesenhaftes Fragezeichen. »Du musst deine Entscheidung selber treffen.«

»Meine Entscheidung...?«

Poul Blegman antwortete nicht.

»Du warst das, oder?«

Ein leichtes Zucken ging durch den nur wenig kleineren Mann auf dem Wegner-Stuhl. Sollte es ein Zögern gewesen sein, war es bewundernswert kurz. »Ja. Wie habe ich mich verraten?«

»Du hast dich nicht verraten. Ich wusste es schon die ganze Zeit.«

Poul Blegman erhob sich halb, ohne etwas zu sagen.

»Setz dich«, sagte Palle Blegman. »Ich habe gehört, wie Vater im Krankenhaus Mutter alles gesagt hat. Sie haben nicht mitbekommen, dass ich auch da war. Er lag im Sterben, und ich stand in der Türöffnung. Sie haben mich nicht gesehen. Anschließend war es egal. Er war tot, du am Leben. Was ist passiert?«

»Das Ganze fing mit einem Anruf von Vater an. Er war damals in der Johannisnacht beim Sonnwendfeuer bei den Konservativen im Bernstorffpark. Es war kurz vor Mitternacht – alle waren schon im Bett. Er lallte, wollte, dass Mutter ihn holte und nach Hause fuhr, er hatte Angst, einen Unfall zu bauen. Ich habe mich aber nicht getraut, sie zu wecken, weshalb ich das alte Auto aus der Garage geholt und ihn abgeholt habe. Er hatte mir in Schweden ja beigebracht, wie man fährt – außerdem war es dunkel.«

»Ja?«

»Auf dem Rückweg kam sie plötzlich mit dem Fahrrad angefahren und bog dann nach links ab, direkt vor uns. Ohne die Hand auszustrecken.«

Als wäre das eine Entschuldigung oder auch nur eine Erklärung.

»Und dann?«

»Fahr!«, hat er geschrien.

Palle erkannte seinen Vater in der Stimme seines Bruders. Er hörte den alten Saab-Motor aufbrausen und sah ihn in einer plötzlichen, zerstörerischen Bewegung nach vorn schießen.

»Ich habe aufs Gas gedrückt – es hat einen dumpfen Knall gegeben, und dann war sie weg.«

»Weg?«, fragte Palle Blegman ungläubig.

»Auf der Windschutzscheibe waren rote Flecken.«

»Kann ich mir vorstellen.« Der oberste Minister des Landes saß einen Augenblick lang reglos da und schien die Bilder auf sich wirken zu lassen. Ein Leben für ein Leben.

»Vater hat danach das Steuer übernommen...« Der abtretende Justizminister redete seltsam formell. »Und dann sind wir nach Hause gefahren. Vater hat den Wagen in die Garage gestellt, und tags darauf hat er sich den Jaguar geholt. Er hat mir damals eingebläut, dass ich nie, *nie*, über den Wagen in der Garage sprechen dürfe. Er existierte nicht mehr.«

»Ja, als ich die Geschichte im Krankenhaus hörte... Das klang wie...«

Poul Blegman hob den Blick und wartete, was sein großer Bruder sagen würde.

»... wie damals, als er diese verdammte Katze erschossen hat. Manche Dinge müssen einfach gemacht werden.«

»Du trittst also auch ab?«

Palle Blegman ignorierte die Frage wie er ein achtbeiniges Ungeziefer ignoriert hätte, das irgendwie an die Oberfläche gekommen war.

Er wandte sich an seinen jüngeren Bruder: »Jetzt hör mir mal zu. Vater lag da in seiner eigenen Scheiße, mit Schläuchen an irgendwelche Maschinen gekoppelt, und dann hob er plötzlich den Kopf, sah Mutter an und sagte: ›Ich habe sie umgebracht. Ich habe sie verdammt noch mal umgebracht. Auch wenn ich nicht gefahren bin. Erinnerst du dich daran, dass ich an einem der Tage danach den alten Saab gewaschen habe? Es war ihr Blut, das ich entfernt habe... Ein Leben für ein Leben... Ihr Blut für das deines kleinen Pil. Die Beulen habe ich aber nicht weggekriegt. Die Polizei hätte es rausgekriegt, wenn ich mit dem Wagen zu einem Mechaniker gegangen wäre. Sie haben ja Ewigkeiten nach dem Unfallauto gesucht. Ich ließ den Wagen in der Garage stehen, und als wir ein Jahr später nach Gentofte gezogen sind, habe ich einen Schrotthändler beauftragt, den Wagen abzuholen, mit all den Spuren, die vielleicht noch daran waren. Dein Sohn Poul – er ist jetzt dein jüngster – ist ein Mörder, genau wie ich und auch wie du. Du hast damals das Tor offen stehen lassen. Hast Pil raus in die Welt laufen lassen...‹«

»Raus in die Welt?« Poul Blegman sah zu seinem Bruder hinüber.

Palle Blegman setzte sich zum letzten Mal auf seinen Stuhl. »Ja, verdammt, raus... Muss ich dir wirklich jedes Wort buchstabieren?«

POLIZEIPRÄSIDIUM

Sonntag, 8. Februar, Morgen

Der Mord-Chef saß seinem Vize wieder einmal gegenüber, wie so oft seit die Witwe Blegman am Neujahrstag verschwunden war. Er hatte ihm von dem Treffen am Strandvejen in Tårbæk erzählt. Er hatte das Versprechen gehalten, das ihm an dem Abend abgenommen worden war, als er den hohen Beamten in die Falle gegangen war und sie ihn in ihren Plan eingeweiht hatten.

Eine andere Lösung hatte es nicht gegeben.

Das Testament hatte bei der Besprechung am vergangenen Abend auf dem runden Tisch gelegen. Niemand hatte ein Wort gesagt oder sich gar anerkennend darüber geäußert, dass sie das Dokument doch noch gefunden hatten.

»Exit Blegman.« Der Nestor der Gesellschaft hatte nicht hinzufügen müssen, dass er die gesamte Dynastie meinte. Das verstand sich von selbst. Die ganze Sippe würde zugrunde gehen.

Der Staatssekretär des Ministerpräsidenten hatte die graue Mappe mit seinen langen, dünnen Fingern vom Tisch genommen und genickt. Malin hätte gesagt, dass das der einzige Unterschied zwischen Männern und Frauen ist und vielleicht die Ursache für all die Kriege und den Verfall in der Welt: Männer nicken – wenn sie es eigentlich nicht tun sollten.

Er drehte das Testament um. Eigentlich ein sinnloses Manöver, andererseits ein klares Signal für die sieben Verschwörer – und den Mord-Chef, der ihnen die entscheidende Waffe in die Hände gespielt hatte –, dass die

Sache entschieden war. Es fehlten nur noch die abschließenden Maßnahmen, die Einschätzung, das Urteil. Schluss, Ende, aus. Sollten die Blegman-Brüder sich zur Wehr setzen, würde das Testament in der Form, in der es jetzt vor ihnen lag, veröffentlicht werden. Vermieden sie den Fehler und dankten ab, würde der Text in der Mappe sich wie von Geisterhand verändern, sodass die beiden genug Geld hätten, um ihren Lebensabend zu genießen. Als letzte Generation der Dynastie.

Ein solches Angebot würden sie nicht ablehnen. Der Beschluss war einstimmig gefällt worden. Männer wie sie werteten den Glauben der Menschheit an die Demokratie höher als alles andere. Das Volk durfte nicht erfahren, dass ihr Staatschef ein *crook* war – wie man in Amerika sagen würde –, ein Schurke oder Betrüger.

»Warum hat Malin das nicht geschrieben?« Die Gedanken des Mord-Chefs hatten Tårbæk und seinen eigenen Sündenfall verlassen und richteten sich wieder auf die Gegenwart.

Dieser Fehler – diese Auslassung – konnte letzten Endes doch nur bedeuten, dass die beiden Ermittler etwas falsch gedeutet oder eben gar nicht gesehen hatten. Als hätte jemand die Wirklichkeit mit einem Handstreich zum Verschwinden gebracht.

Nummer Zwei war der Einzige, der an einer solchen Überlegung teilhaben durfte. Wie schon in ihrer Kindheit.

»Warum hat sie uns die Sache mit dem Vogel im Käfig nicht erklärt?«

Nummer Zwei sagte nichts.

»Sie war es nicht«, sagte der Mord-Chef.

Nummer Zwei blieb stumm.

»Sie hätte uns von dem Vogel im Käfig erzählt… Sie hätte etwas darüber geschrieben, ein Kanarienvogel in einem leeren Käfig ... *Der kleine Prinz* auf dem Kellerboden, wer um alles in der Welt hätte einen Vogel in den Käfig gesetzt – und warum. Sie war es nicht.« Der Mord-Chef unterdrückte das Seufzen. Was hatte er übersehen?

EPILOG

DIE LETZTE PREDIGT

AGNES AUS SØBORG

Sonntag, 8. Februar

Wir nennen diesen Sonntag im Februar Sexagesimae, weil er exakt auf den sechzigsten Tag vor Ostern fällt – und weil an diesem Tag über das Gleichnis des vierfachen Ackers gepredigt wird, wie es im heiligen Evangelium geschrieben steht.

Nach Malins Verschwinden und Tod konnte es keine passendere Predigt geben. Ich hatte über Verner von ihrem Selbstmord erfahren, und er wusste es wiederum vom Mord-Chef.

Manche Menschen vergeben ihre Möglichkeiten, den Willen unseres guten Gottes weiterzuführen. Mich verwundert diese Blindheit immer wieder, ja sie stößt mich ab – genau wie der Apostel Markus es deutlicher als jeder andere beschrieben hat:

Und er fing abermals an, zu lehren am Meer. Und es versammelte sich viel Volks zu ihm, also dass er musste in ein Schiff treten und auf dem Wasser sitzen; und alles Volk stand auf dem Lande am Meer.

Jesus ließ seinen Blick über die Schuldigen und Unschuldigen gleiten und sagte:

Höret zu! Siehe, es ging ein Sämann aus zu säen. Und es begab sich, indem er säte, fiel etliches an den Weg; da kamen die Vögel unter dem Himmel und fraßen's auf. Etliches fiel in das Steinige, wo es nicht viel Erde hatte; und ging bald auf, darum dass es nicht tiefe Erde hatte. Da nun die Sonne aufging, verwelkte es, und dieweil es nicht Wurzel hatte, verdorrte es. Und etliches fiel unter die Dornen; und die Dornen wuchsen empor und erstickten's, und es brachte keine Frucht. Und etliches fiel auf ein gutes Land und brachte Frucht, die da zunahm und wuchs; etliches trug dreißigfältig und etliches sechzigfältig und etliches hundertfältig.«

Und Jesus sagte zu ihnen:

»Die, bei welchen aufs Steinige gesät ist: wenn sie das Wort gehört haben, nehmen sie es alsbald mit Freuden auf und haben keine Wurzel in sich, sondern sind wetterwendisch; wenn sich Trübsal oder Verfolgung um des Wortes willen erhebt, so ärgern sie sich alsbald. Und diese sind's, bei welchen unter die Dornen gesät ist: die das Wort hören, und die Sorgen dieser Welt und der betrügerische Reichtum und viele andere Lüste gehen hinein und ersticken das Wort, und es bleibt ohne Frucht. Und diese sind's, bei welchen auf ein gutes Land gesät ist: die das Wort hören und nehmen's an und bringen Frucht, etliche dreißigfältig und etliche sechzigfältig und etliche hundertfältig.«

Ich weiß nicht, warum Malin für ihr seltsames Leben einen solchen Ausgang gewählt hat, noch dazu an einem derart gottverlassenen Ort. Irgendwie symbolisch, dass sie an einem Ort verschwunden ist, den die einfältigen Menschen über Jahrhunderte als Höllenschlund bezeichnet haben.

Ich weiß nicht, was sie dachte; unser gemeinsames Schicksal war so nicht geplant gewesen.

Aber sie erfüllte die Rolle und den Auftrag, den ich für sie bestimmt hatte – und sie hat den Behörden das Testament auf derart kluge Weise hinterlassen, dass die Polizei nicht wagen würde, es geheim zu halten. Irgendwann wird der Inhalt öffentlich gemacht werden, und dann wird die Blegman-Sippe für immer vernichtet sein.

Davon träume ich schon ein halbes Jahrhundert.

Dass Ove gleichzeitig seinen Traum finanziert bekommt, ein Paradies auf Erden zu errichten (ich hoffe nur, dass Gott ihm vergeben wird), ist nur ein Zubrot. Wir leiden keine materielle Not, haben wir nie.

Malin, die auf ihre Art ein zutiefst naives Wesen war, hat nie erkannt, was der ausschlaggebende Punkt für unser Tun war. Sie hat aber auch nie die ganze Geschichte der Blegman-Witwe gehört. Sie kannte nur den Teil, der sich um Pil und Viggo drehte. Und um die Reue für die Tat ihres Mannes. Ein Leben für ein Leben.

Der wirklich bedeutsame Teil war nur für meine Ohren bestimmt gewesen. Und hätte Frau Blegman nicht so bitterlich geweint, als sie mich um Vergebung bat, sie hätte den Schatten gesehen, der von keinem Flehen, von keiner Beichte zu erweichen war ... Sie hatte nicht bedacht, dass es eine Sache gibt, die größer als jede Vergebung ist, im Menschenleben wie im ältesten Buch:

Ach Herr, du weißt es; gedenke an mich und nimm dich meiner an und räche mich an meinen Verfolgern. Nimm mich auf und verzieh nicht deinem Zorn über sie; denn du weißt, dass ich um deinetwillen geschmäht werde.

Ja, ich trage die Scham in mir. Und in dem Augenblick, in dem sie zu mir aufsah und ich sie anlächelte und zu segnen vorgab, wählte mein Herr mich als sein Werkzeug ...

Es hätte kein besseres geben können.

Sie hatte mich gebeten zu bleiben, nachdem wir das Testament bezeugt hatten. Ich erinnere mich noch heute an den Klang ihrer Stimme. Wir waren allein.

»Ja?« Vielleicht ahnte ich schon damals das Schreckliche, das sie sagen würde.

»Als das passiert ist...«

Ich wusste sofort, was sie mir sagen wollte.

»Palle...«

Natürlich.

»Er hat Sie vergewaltigt.« Der Herr sah auf uns herab, aber er konnte ihre Worte nicht aufhalten. »Ich wusste davon.«

In diesem Augenblick war sie allein, es gab keinen Ausweg mehr, aber das bemerkte sie nicht.

»Er ist nach Hause gekommen ... mit einem Riss in der Hose. Erde und Blätter klebten an den Knien.«

Ja, dachte ich, er kam zurück aus dem Garten Eden, besudelt mit meiner Angst und meinem Schrecken.

»Ich habe alles in die Waschmaschine gesteckt.«

Die Aussage war so grotesk, dass ich sie erst nicht verstand. Aber sie beschrieb mein Leben in all den Jahren danach. Wenn etwas schiefgeht, ja, selbst wenn alle Unglücke der Welt die Menschheit heimsuchen, ist das mit den richtigen Werkzeugen zu ertragen. Augen kann man schließen, Unschuld wiederherrichten, und die Mütter der Söhne können weiterleben.

»Bevor die Polizei kam...«

Natürlich bevor die Polizei kam.

»Und denen habe ich dann gesagt, dass er zu Hause war. Dass er schon lange vor dem Überfall auf Sie heimgekommen ist.«

Überfall. Sie hatte Palle Blegmans Tat bereits zu einem Nebensatz werden lassen, der eigentlich keine Reue enthielt. Sie weinte.

Ich saß ihr gegenüber, aber der Blick ihrer geröteten, tränennassen Augen richtete sich nicht auf mich.

»Ich konnte nicht zulassen, dass die Polizei mir meinen ältesten Sohn nimmt.«

Ich hätte es wissen müssen. Sie ließ jemand anderen für ihre Schuld büßen. Und dann kamen die Worte, von denen ich wusste, dass kein Gott sie je vergeben konnte:

»Ich kann gut verstehen, dass Sie nie Kinder bekommen haben... Die Trauer, die sie in einem wecken können... wie Pil... wie meine beiden Söhne.«

Diese Worte hätte sie niemals aussprechen sollen. *Trauer* ist wie ein gebrochener Baum, der noch auf der Erde liegt, obwohl er doch schon längst tot ist. Ihr Sohn war schuld an allem. Ich hatte eine Abtreibung, und als sie mich wieder zusammennähten, teilten sie mir mit, dass das nie wieder geschehen würde. In mir sollte nie wieder Leben entstehen. Diesen Teil der Schöpfung hatte er mir geraubt, und sie hatte ihn das ungestraft tun lassen.

Natürlich hatte ich Angst, dass jemand das geänderte Testament der Witwe finden könnte, das Malin und ich im April bezeugt hatten.

Wenn Palle Blegman es fand, würde es verschwinden oder noch vor ihrem Tod wieder geändert werden. Vielleicht würde sie auch mit ihm darüber reden wollen – alte Frauen wie sie sind so...

Die Idee, wie das alles zu lösen sein könnte, kam mir nach Viggos Besuch im Pflegeheim im August, nachdem Malin ihm in einem anonymen Brief mitgeteilt hatte, dass die Familie Blegman am Tod seiner Mutter schuld ist. Sie hätte diesen Brief niemals schreiben dürfen – ich war voller Wut, als sie es mir sagte –, aber als ich Viggo unverrichteter Dinge wieder gehen sah, während die Witwe ihrerseits untröstlich war, wurde daraus plötzlich ein Vorteil.

Malin verstand nicht, dass das Verstecken des Testaments Teil eines größeren Spiels war. Niemand konnte diese Aufgabe besser lösen als sie.

Sie haben die Möglichkeit, Viggo als eine Form der Buße noch in Ihrem Testament zu bedenken, hatte ich zu der alten Frau gesagt. Er wird das verstehen, trotzdem wird niemand sonst den eigentlichen Grund erfahren. Sie hatte genickt. War voller Eifer gewesen. Malin wird vorfahren, als eine Art Gesandte von Ihnen. Sie wird den Weg für das Praktische ebnen – und für die Vergebung –, sie müssen ihr nur das Testament mitgeben, damit niemand in den nächsten Monaten darüber stolpert. Die Witwe hatte erneut genickt. Natürlich. Sie näherte sich dem Tod; ich hörte das an ihrem Atem und sah es an ihrem Blick. Wir mussten nur noch warten... und dann, kurz vor Weihnachten, sah sie mich plötzlich mit diesem wasserblauen, verweinten Augen an und sagte: »Ich muss mit meinen Söhnen über das geänderte Testament sprechen. Es ist nicht richtig, dass sie jetzt gar nicht bedacht werden.«

Ich erstarrte. Die Brüder würden sie weichkochen, sie überzeugen, ihr Testament noch einmal zu ändern. Sie hatte die Orientierung verloren – wie Jesus, als er die Botschaft des Herrn verdrehte:

Wenn dich jemand auf deine rechte Backe schlägt, dem biete die andere auch dar; und wenn jemand mit dir rechten will und dir deinen Rock nehmen, dem lass auch den Mantel; und wenn dich jemand nötigt, eine Meile weit mitzugehen, so geh mit ihm zwei. Gib dem, der dich bittet, und wende dich nicht ab von dem, der etwas von dir borgen will.

Als es wirklich darauf ankam, verließ mein Gott mich nicht. Ich sagte: »Bitten Sie sie, am ersten Tag des neuen Jahres zu Ihnen zu kommen, aber erzählen Sie ihnen noch nichts.«

Wir legten den Termin für die Versöhnung der Blegman-Sippe fest. Geschehen sollte es am 1. Januar um 18 Uhr. Ein passender Zeitpunkt. Als wollten sie sich gemeinsam die Neujahrsansprache ihres Sohnes anschauen. Mir würde das reichlich Zeit geben, den Plan auszuführen, den ich erdacht hatte – ungesehen vom Personal, das an diesem Tag nur aus zwei Schwesternschülerinnen bestand. Am Nachmittag würden die damit zu tun haben, das von der Gemeinde bereitgestellte Essen in der Großküche aufzuwärmen. Das war meine Chance. Die zwei Brüder würden Alarm schlagen, wenn die alte Frau nicht da war – ohne auch nur daran zu denken, dass sich der Fokus eines jeden klugen Ermittlers früher oder später auf sie richten musste.

Nachmittags um fünf klopfte ich an ihre Tür, die ganze Etage war verwaist.

Die Unsichtbarkeit war mein wichtigster Verbündeter, obwohl es reichlich abwegig wäre, einen Seelsorger wie mich zu verdächtigen, selbst wenn ich gesehen würde.

Sie sah mich überrascht an. Es war der Tag, an dem ihre Söhne zu Besuch kommen sollten. Sie erwartete nicht mich.

Am gleichen Tag hatte ich eine wirklich dummdreiste Eingebung, vielleicht weil ich einen letzten, lebenden Gruß an ihren geliebten Sohn hinterlassen wollte, der auf die Straße in den Tod gerannt war. Und natürlich auch an sie selbst. Wie es schon in der Offenbarung des Johannes geschrieben steht:

Und ich sah einen Engel in der Sonne stehen, der rief mit lauter Stimme und sprach zu allen Vögeln, die durch die Mitte des Himmels fliegen: Kommt und versammelt euch zu dem großen Mahle Gottes, zu verzehren das Fleisch der Könige und das Fleisch der Heerführer und das Fleisch der Starken und das Fleisch der Pferde und derer, die darauf sitzen, und das Fleisch aller Freien und Knechte, der Kleinen und Großen!

»Ich habe ein Geschenk für Sie«, sagte ich.

»Ein Geschenk?« Ihre rot unterlaufenen Altfrauenaugen sahen mich fragend an. Vielleicht wunderte sie sich darüber, dass ich meine schwarzen Handschuhe nicht auszog. Andererseits war es draußen kalt, die Temperaturen näherten sich dem Gefrierpunkt.

»Erinnern Sie sich an das hier?«

Sie antwortete nicht.

Ich öffnete die Finger der linken Hand, und sie starrte auf das gelbe Stück Plastik, das auf meiner Handfläche lag.

Wäre es ein Naturfilm gewesen, hätte man den ersten Biss der Schlange gesehen und die nachfolgende Lähmung. Sie wusste, dass sie gefangen und nie wieder in der Lage war, sich zu erheben.

Natürlich wusste sie, was das war. Seit Pils Tod lag ein identisches Stück Plastik unter ihrem Kopfkissen.

Wir hatten die beiden Stücke bestimmt am gleichen Ort gefunden. Nach dem Unglück, als die Retter versuchten, die Regenjacke aufzuschneiden, um den blutenden Jungen vielleicht doch noch zu retten, flatterten sie über die Straße. Retten können hätte ihn aber nur Gott. Und der war wohl nicht in der Nähe gewesen.

Ich legte den gelben Fetzen auf die Fensterbank zwischen die Figuren der beiden großen Dänen; Kierkegaard und Hans Christian Andersen.

Dann hörte sie die Geräusche aus der Schachtel, die ich in der linken Hand hielt. Es war ein weißer Schuhkarton mit drei Löchern im Deckel. Sie hörte die Geräusche eines Kanarienvogels, der nervös im Dunkeln zwitscherte.

Sie hatte den Gesang sicher gehört, als Pils Seele zum Himmel aufgestiegen war, um ihre Schuld zu sühnen.

Denn das ist des HERRN Rache. Rächt euch an ihr, tut ihr, wie sie getan hat.

Ich nahm meinen kleinen gelben Begleiter aus der Schachtel und öffnete das Türchen des leeren Vogelkäfigs, den sie seit damals behalten und zwischen die Bilder der großen Männer in die Fensterbank gestellt hatte. Die Polizei würde niemals verstehen, was es mit diesem Vogel auf sich hatte, und die Brüder würden ihn kaum bemerken, was mir Sicherheit gab.

Erst als Ove allen erzählte, dass unser Kanarienvogel entflogen war, wurde ich nervös. Aber niemand zählte zwei und zwei zusammen.

Die Witwe verstand es sofort.

Denn gleichwie der Regen und Schnee vom Himmel fällt und nicht wieder dahinkommt, sondern feuchtet die Erde und macht sie fruchtbar und wachsend, dass sie gibt Samen zu säen und Brot zu essen: also soll das Wort, so aus meinem Munde geht, auch sein. Es soll nicht wieder zu mir leer kommen, sondern tun, was mir gefällt.

Ich nahm – einer weiteren spontanen Eingebung folgend – das verdammte Buch aus ihrem Bücherregal. *Der kleine Prinz.*

Das sollte sie in ihren letzten Stunden lesen.

Sie jammerte nicht, als ich sie aus dem Zimmer zum Fahrstuhl führte, der im Keller hielt. Ich trug noch immer meine schwarzen Handschuhe. Sie sah mich mit ihren verweinten Augen noch einmal an, als ich die Tür schloss und sie verließ. Das Buch lag auf ihrem Schoß.

Vielleicht wusste sie, dass der Schock oder der Mangel an Sauerstoff sie noch vor Mitternacht töten würde. Ich denke schon.

Ich hatte niemals damit gerechnet, dass die Polizei so schlecht ermitteln würde, dass mehrere Tage vergingen, ehe sie den Keller untersuchten. Sie zu finden hatte fast so lange gedauert wie die Schöpfung der Erde.

Natürlich war mein Entschluss, dem Mord-Chef beim zweiten Mal von Viggo zu erzählen, nicht ohne Risiko, aber ich dachte, keine andere Möglichkeit zu haben. Ich war mir sicher gewesen, dass schon der erste Tipp reichen würde, um ihn zu fällen, doch stattdessen war er entlassen worden, sodass ich schließlich eine andere Lösung hatte finden müssen – sonst hätten die Ermittlungen sich auf Ove richten können.

Ich wollte den beiden Polizisten beim nächsten Mal erzählen, dass Viggo am Tag des Verschwindens der alten Frau im Pflegeheim gewesen war und dass ich das aus missverstandener Loyalität verschwiegen hatte. Bestimmt hätte das gereicht.

Aber Malin muss das gespürt haben – wie, weiß ich nicht. Sie hat meinen Plan durch ihr dummes »Geständnis« durchkreuzt, vielleicht nur, weil sie nicht minder merkwürdig war als Viggo. Die beiden auf der Bank unter dem weißen Leuchtturm.

Das Ganze kam mir ungeheuer lächerlich vor …

Ich weiß genau, dass Viggo mir insgeheim Vorwürfe wegen des Todes seiner Mutter macht. Die Tatsache, dass ich an diesem Abend da war, in seinem Leben, wo er doch bei seiner Mutter hätte sein sollen. Es ist so simpel, so einfach, aber so sieht die Welt für jemanden aus, der nur die Sekunden zählt und nicht versteht, dass es ja gerade Gottes Rolle ist, alles vorherzusehen. Es hat an diesem Abend keine Vermischung von Vergangenheit und Zukunft gegeben. Keine zufällige Zeitverschiebung. Peter Blegman hatte die Zeiger der Uhr eigenhändig vorgerückt, als er seinem Sohn befohlen hat, Gas zu geben. Viggos Mutter hatte keine Chance …

Was kann ich sonst noch sagen, bevor ich meine eigenen Worte ins Feuer werfe.

Denn das Wort vom Kreuz ist eine Torheit denen, die verlo-

ren werden; uns aber, die wir selig werden, ist's eine Gotteskraft. Denn es steht geschrieben: »Ich will zunichtemachen die Weisheit der Weisen, und den Verstand der Verständigen will ich verwerfen.«

Ich kenne den Unterschied von Gut und Böse, wenn ich das Böse sehe. In meinem Verantwortungsbereich, den ich mir mit dem Schöpfer teile, gibt es keine Entschuldigung dafür, sich seiner Verantwortung zu entziehen. Ich verstand das in der Nacht, in der Palles Mutter die Augen verschloss vor dem, was ihr Sohn getan hatte. Die Unschuld bereitet den Weg für die Rache. Darum – und um nichts anderes – geht es in der ganzen Gottesgeschichte.

Aber das ist jetzt alles egal.

Es war ein Geschenk Gottes, dass Viggos seltsames Gerede über Todesomen so schnell in Vergessenheit geriet. Ich war erleichtert, als Malin berichtete, er säße wieder auf seiner Bank. Ich diesem Augenblick freute ich mich über meinen Entschluss, über den Tag, an dem ich Frau Blegman getötet hatte. Ich hatte ihre Schublade geöffnet, um das Datum des Todes von Viggos Mutter dort zu deponieren: Ein weiterer Hinweis, der die Dynastie zu Fall bringen konnte (ich konnte ja nicht ahnen, dass Mord-Chefs so schwerfällig sein und so lange brauchen können, um einfache Schlussfolgerungen zu ziehen) – und dann fand ich einen merkwürdigen handschriftlichen Zettel, ein paar eigentümliche Sätze in der Schrift der alten Dame...

Ich verbrannte sie in unserem Kamin im Dyrehaven, bevor Ove kam. Ihre letzten Worte sollten nie gefunden werden.

Ich las sie noch ein weiteres Mal, bevor ich sie ins Feuer warf.

Die lebenden Worte gehören Gott, nicht den Menschen, und natürlich durfte niemand wissen, was die Witwe andeutete. Der verwirrte letzte Traum einer alten Frau, den sie gleich nach dem Aufwachen zu Papier gebracht haben musste.

Was mich am meisten wunderte, war ihre Beschreibung von dem, was in biblischer Auslegung eine Vorahnung ihres eigenen Todes sein konnte. An jenem Tag kam es mir sehr barock vor, da ja genau das geschehen sollte. Sie stand an einem Strand und sah über das Meer zum Horizont... etwas weiter entfernt erblickte sie eine schwarz gekleidete Frau, die regungslos dastand und ihr die Hände entgegenstreckte... Als riefe sie sie... Im Traum verstand sie, dass diese Frau ihre Mutter war. In dem Augenblick, in dem sie sich aber entschloss, dem Rufen ihrer Mutter zu antworten, wurde das Wasser an den Füßen der Frau zu weißem Schaum aufgepeitscht, und eine Schlange tauchte mit erhobenem Kopf aus dem Meer auf. In der Sekunde, in der die Schlange zubiss, wusste sie, was das Rufen ihrer Mutter bedeutet hatte. Sie sollte sterben.

Wenn die eigene Mutter ruft, tritt man einen Schritt vor und sieht sich nicht um. Der Mensch, der zu Beginn deines Lebens bei dir ist, will dich das letzte Stück des Weges begleiten.

Als ihr Traum zu Asche wurde, fühlte ich nur Erleichterung. Keine lebende Seele würde je davon erfahren.

Ein Spannungsschmöker vom Feinsten!

800 Seiten. ISBN 978-3-7341-0114-4

Dänemark, September 2001: Am Strand von Skodsborg in der Nähe des renommierten Kinderheims Kongslund wird die Leiche einer unbekannten Frau gefunden. Neben ihr ein Stück Treibholz, ein toter Kanarienvogel und ein merkwürdig geknotetes Seil. Die Tote kann nicht identifiziert werden, der Fall gerät in Vergessenheit – bis sich Jahre später das Bestehen des Kinderheims zum sechzigsten Mal jährt und ein schreckliches Geheimnis mit aller Gewalt ans Licht drängt. Ein Geheimnis, das mit dem Schicksal sieben ehemaliger Waisenkinder verknüpft ist und das Dänemark bis in die höchsten politischen Ebenen erschüttern wird ...

Lesen Sie mehr unter: **www.blanvalet.de**

Mord und Totschlag in Nordland – und der ahnungslose Anwalt Leo soll es richten ...

288 Seiten. ISBN 978-3-7341-0423-7

Leo Vangen führt ein ruhiges Leben in Oslo. Das ändert sich, als Axel Platou, ein Kindheitsfreund und erfolgreicher Unternehmer, ihn bittet, ins raue nördliche Norwegen zu reisen. Dort wurden Anschläge auf Axels Lachszuchtfarm verübt, und Leo soll der Sache auf den Grund gehen. Doch die skrupellosen Vega-Brüder kümmern sich bereits auf ihre Art um die Schuldigen – die drei Männer leiten die Farm und schrecken vor nichts zurück, um ihre Einnahmequelle zu schützen. Der unbedarfte Leo gerät zwischen die Fronten wütender Ökoaktivisten, eigenwilliger Einsiedler und brutaler Lachsfarmer. Bald wünscht er sich sein ödes Leben zurück ...

Lesen Sie mehr unter: **www.blanvalet.de**

Verborgen hinter Lügen, liegt eine Wahrheit, die nie ans Licht kommen sollte ...

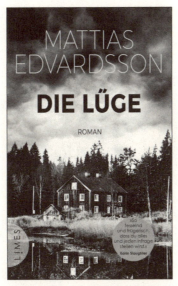

544 Seiten. ISBN 978-3-8090-2705-8

Lund, Schweden: Adam, Ulrika und Stella sind eine ganz normale Familie. Adam ist Pfarrer, Ulrika Anwältin und Stella ihre rebellierende Tochter. Kurz nach ihrem 19. Geburtstag wird ein Mann erstochen aufgefunden und Stella als Mordverdächtige verhaftet. Doch woher hätte sie den undurchsichtigen und wesentlich älteren Geschäftsmann kennen sollen und vor allem, welche Gründe könnte sie gehabt haben, ihn zu töten? Jetzt müssen Adam und Ulrika sich fragen, wie gut sie ihr eigenes Kind wirklich kennen – und wie weit sie gehen würden, um es zu schützen ...

Lesen Sie mehr unter: **www.limes-verlag.de**

**Sankt Petersburg: Eine junge Frau verschwindet spurlos.
Stockholm: Ein Hackerangriff legt das Mobilfunknetz lahm. Russlandexperte: Max Anger ermittelt!**

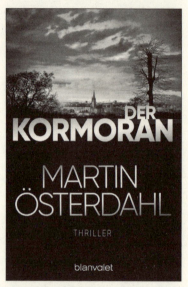

576 Seiten. ISBN 978-3-7341-0443-5

Paschie, Mitarbeiterin einer schwedischen Denkfabrik, verschwindet in Sankt Petersburg spurlos. Zeitgleich legt ein Hackerangriff das schwedische Mobilfunknetz lahm. Max Anger, Paschies Freund und Kollege, unterbricht die Nachforschungen zu seiner Familiengeschichte, um sie zu suchen. Ihm bleibt nicht viel Zeit, will er die Frau, die er liebt, lebend wiedersehen. Denn Paschie ist einem gefährlichen Mann in die Quere gekommen. Als Max entdeckt, dass es eine Verbindung zwischen Paschies Verschwinden, dem Hackerangriff und seiner eigenen Vergangenheit gibt, ist es fast zu spät …

Lesen Sie mehr unter: **www.blanvalet.de**